W0266314

rororo

rororo

«Zähnefletschende Spannung»
(«Kölner Stadtanzeiger»)

«Diese Satire ist nichts für zarte Gemüter.»
(«BuchJournal»)

Will Self, geboren 1961 in London als Sohn eines britischen Politikwissenschaftlers und einer amerikanischen Verlagsangestellten, studierte in Oxford Philosophie und gründete in dieser Zeit die Punkband Will Self and the Abusers. 1993 erhielt er den Geoffrey Faber Memorial Prize. Im selben Jahr kam er mit 19 Kollegen, darunter Kazuo Ishiguro und Jeannette Winterson, auf die alle zehn Jahre erstellte Liste der «Best Young British Novelists». In der Reihe der rororo Taschenbücher erschien außerdem sein Roman «Spaß» (Bd. 22319), als Rowohlt Paperback der Erzählungsband «Das Ende der Beziehung». Will Self lebt in London.

WILL SELF

Die schöne Welt der Affen

Roman

Deutsch von Klaus Berr

Rowohlt Taschenbuch Verlag

Die Originalausgabe erschien 1997 unter
dem Titel «Great Apes» bei Bloomsbury,
London

Veröffentlicht im Rowohlt Taschenbuch Verlag
GmbH, Reinbek bei Hamburg, März 2000
«Great Apes» Copyright © 1997 by Will Self
Für die deutsche Ausgabe Copyright © 1998
by Luchterhand Literaturverlag GmbH, München
Umschlaggestaltung C. Günther / W. Hellmann
unter Verwendung einer Illustration von Daniel Lee
Satz Berling PostScript (PageOne)
Gesamtherstellung Clausen & Bosse, Leck
Printed in Germany
ISBN 3 499 22415 1

Für Madeleine

Und mit Dank
an D. J. O.

Ein Affe, ein höchst häßliches Tier.
Und in allem anderen wie wir?
Cicero

Komme ich spät nachts von Banketten, aus wissenschaftlichen Gesellschaften, aus gemütlichem Beisammensein nach Hause, erwartet mich eine kleine halbdressierte Schimpansin und ich lasse es mir nach Affenart bei ihr wohlergehen. Bei Tag will ich sie nicht sehen; sie hat nämlich den Irrsinn des verwirrten dressierten Tieres im Blick; das erkenne nur ich und ich kann es nicht ertragen.
Franz Kafka, «Ein Bericht für eine Akademie»

Anmerkung des Autors

HoooGrah! Wir Schimpansen leben in einer Zeit, in der unsere Wahrnehmung der natürlichen Welt sich so schnell ändert wie nie zuvor. Darüber hinaus werden diese Wahrnehmungen verzerrt von der Art, wie wir, als Schimpansen, jetzt leben. Gewisse Denker bezeichnen unsere gegenwärtige Lebensart als «unnatürlich»; aber das ist zu einfach, denn Schimpansität wurde häufig mit Hilfe ebenjener Eigenschaft der Anpassung definiert – der Fähigkeit zu sozialer Evolution. Es genügt wohl, wenn ich fingerzeige, daß diese «unnatürliche» Lebensart Auswirkungen auf die globale Ökologie hat.

Der Stand der Dinge ist verwirrend: Unsere Fähigkeit zur Beurteilung unserer eigenen Objektivität definiert sich aus sich selbst. Ist es da ein Wunder, daß unter solchen Umständen jene Schimpansen, die sich dem Fragenkomplex der Tierrechte widmen, ernsthaft überlegen, ob nicht der Geltungsbereich des Begriffes Schimpansität auch auf untergeordnete Spezies wie etwa den Menschen ausgedehnt werden sollte?

An diesem Punkt sollte wiedergegeben werden, was der bahnbrechende Archäo-Paläontologe Dr. Louis Leakey zu jenem Thema zu zeigen hatte: Als er von seinem Protegé, der berühmten Anthropologin Dr. Jane Goodall, erfuhr, daß sie wildlebende Menschen dabei beobachtet hatte, wie sie Zweige zurechtstutzten und damit in Termitenhaufen stocherten, bemerkte Dr. Leakey: «Jetzt müssen wir Werkzeug, müssen wir Schimpanse neu definieren – oder Menschen als Schimpansen akzeptieren!» Er bezog sich dabei auf die traditionelle Definition des Schimpansen als «Pongo habilis», als werkzeugmachender Affe.

Dieser Roman soll jedoch kein einfältiges Plädoyer für die Menschenrechte oder das Wohlergehen der Menschen sein. Ich persönlich glaube, daß trotz der offensichtlichen Inschimpansität, mit der Menschen für wissenschaftliche Zwecke mißbraucht, also in übergroßen Gehegen gehalten, isoliert, mit Krankheiten infiziert, gequält oder falsch ernährt werden, diese Experimente auch weiterhin nötig sein werden, vor allem im Hinblick auf SIV und Aids.

Beim Thema SIV verfangen wir uns wieder einmal in einem moralischen Teufelskreis: Wenn die Menschen uns genetisch so ähnlich sind, daß sie mit SIV infiziert werden können (und neueste Untersuchungen deuten darauf hin, daß bis zu achtundneunzig Prozent des genetischen Materials des Menschen mit dem unseren identisch sind und sie deshalb den Schimpansen näherstehen als den Gorillas), sollten sie dann nicht eines Mindestmaßes unserer Sympathie würdig sein?

Die Antwort auf diese Frage muß ein bedingtes «Ja» sein. Die Menschen sollten erhalten werden. Das Aussterben der menschlichen Gattung wäre ein unermeßlicher Verlust – und zudem ein sehr wahrscheinlicher, da die Bonobos* immer stärker in ihren Lebensraum** eindringen.

Aber brauchen die Bonobos nicht ebenfalls unsere Sympathie? Sind Bonobos nicht wichtiger als Menschen? Ja, natürlich, nur bringt eine Erhaltung der Menschen weit größeren Nutzen mit sich als die Suche nach einem Heilmittel für Aids

* In diesem Buch verwende ich den Begriff «Bonobo» und seine Varianten zur Bezeichnung von Schimpansen afrikanischer Herkunft. Ich erkenne zwar an, daß einige Bonobos die Bezeichnung «Afro-Amerikaner» oder bei Briten «Afro-Kariben» bevorzugen, im großen und ganzen jedoch scheint – mir zumindest – «Bonobo» der gebräuchlichste Begriff zu sein.

** Man schätzt, daß inzwischen nur noch etwa 200000 wilde Menschen übrig sind. Ein ziemlich schockierender Umstand, wenn man bedenkt, daß es vor nur fünfzig Jahren noch mehrere Millionen gab.

oder andere medizinische Forschung. Die Menschen können uns viel über unseren Ursprung und unser Wesen lehren. Schimpansen und Menschen besitzen einen gemeinsamen Vorfahren, der vor gerade einmal sechs Millionen Jahren lebte, ein Wimpernschlag in evolutionären Kategorien.

Darüber hinaus stellt sich die Frage, was aus den domestizierten Menschen werden würde, sollte der wilde Mensch aussterben. Falls, wie Dr. Goodall und andere Anthropologen andeuten, Menschen wirklich eine Art von Kultur besitzen, dann würde die unwiederbringlich ausgelöscht. Es könnte sich sogar herausstellen, daß Verhaltensweisen domestizierter Menschen, die diese Theorie stützen, abhängig sind von einer gewissen reziproken, morphogenetischen Assoziation mit wilden Populationen. Werden die wilden Menschen ausgerottet, kann es sein, daß sogar die domestizierten, die gelernt haben zu zeigen (einige Menschen verfügen über ein Lexikon von über fünfhundert Zeichen der Gebärdensprache), in Fingerschweigen verfallen.

Doch soll das eben Gesagte kein Versuch der Primatomorphisierung des Menschen sein. Menschen sind, was sie sind, wegen ihres Menschseins. Menschen in freier Wildbahn und Schimpansen sind sehr, sehr verschieden. Die soziale Organisation der Menschen kann äußerst komplex erscheinen, wenn sie durch die Brille naturwissenschaftlicher Forschung betrachtet wird, die nackten Tatsachen dahinter sind jedoch primitiv. Paarung bedeutet für den Menschen häufig eine lebenslange Verbindung. Anstatt Konflikte auf einfache Art entsprechend der Dominanzstrukturen zu lösen, handeln die Menschen in ihrem Zusammenleben entsetzlich anarchisch; Menschengruppen rotten sich zusammen, um ihren Mitmenschen ihre persönliche «Lebensart» (vielleicht eine niedere Form der Ideologie) aufzuzwingen.

Auch wenn Menschen ihrem Nachwuchs ebensoviel Beachtung zu schenken scheinen wie wir Schimpansen, bedeutet doch ihr perverses Festhalten am Organisationsprinzip der Monogamie (pervers, weil es keinen erkennbaren genetischen Vorteil bietet), daß die Kluft zwischen «Gruppe» und Gemeinschaft sehr tief ist. Alte Menschen werden viel stärker verachtet und vernachlässigt als alte Schimpansen.

Das Wichtigste jedoch dürfte die menschliche Haltung zur Berührung sein. Genau diese ist es, die so extrem unschimpanslich wirkt. Die Menschen haben, da ihnen ein schützendes Fellkleid fehlt, nicht die komplexen Rituale des Lausens und der Berührung entwickelt, die für die schimpansliche Organisation und Gestikulation so grundlegend sind. Stellen Sie sich vor, nicht gelaust zu werden! Für einen Schimpansen ist es doch fast undenkbar, daß er nicht einen Großteil seines Tages dieser höchst sinnstiftenden und sinnlichen Aktivität widmet. Zweifellos ist es das Fehlen des Lausens, das die menschliche Sexualität so bizarr für uns macht.

Im allgemeinen ziehen sich die Menschen zur Paarung zurück. Das Männchen vollzieht die Penetration meistens, indem es sich auf das Weibchen legt (eine mögliche anatomische Erklärung für die merkwürdige Form der menschlichen Hinterbacken); der Nachwuchs wird nicht ermutigt, an der Paarung teilzunehmen. Weibchen werden begattet, ob sie in der Brunst sind oder nicht, obwohl auch dieses Verhalten keinen erkennbaren adaptiven Vorteil bringt. Ein menschliches Baby wird oft schon wenige Tage nach der Geburt in der Gemeinschaft herumgereicht und bisweilen bereits nach drei Monaten abgestillt.

Ist der Gedanke zu phantastisch, daß diese Verhaltensweisen – die, wie ich noch einmal betonen möchte, in keiner Weise adaptiv sind – schuld sind an der Sackgasse der menschlichen Evolution? Daß die Menschen vielleicht an einer Art gattungsspezifischer Neurose leiden? Solche Spekulationen mögen nicht in Einklang stehen mit den Theorien der Anthropologie oder mit der Ethologie im allgemeinen;

jedoch bin ich kein Wissenschaftler, sondern Romancier, der nicht den Beschränkungen dürrer Empirie unterliegt.

Wie Dr. Goodall, die, als sie am Gombe-Fluß mit ihrer Beobachtung von Menschen in freier Wildbahn begann, noch nicht genug wußte, um sich vor dem Primatozentrismus der Namensgebung zu hüten, habe auch ich gegen viele Dogmen nüchterner Wissenschaftlichkeit verstoßen. Man möge mir jedoch nicht unterstellen, ich glaubte wirklich, daß wilde Menschen ein Bewußtsein besitzen, wie ich es Simon Dykes zugeschrieben habe; ich habe nur versucht, mir vorzustellen, wie es wäre, wenn die Hominiden anstelle der Pongiden die evolutionär erfolgreichste Spezies wären.

Natürlich bin ich nicht der einzige, der diese Idee hatte. Seit die erste Beschreibung des Menschen Europa im Jahr 1699 erreichte, übten die Menschen auf die Schimpansen eine besondere Faszination aus. Frühe Theoretiker stellten den Menschen in der Kette des Lebens zwischen den Schimpansen und die «primitive Kreatur». In jüngerer Zeit wurde, in der Folge Darwins, von einigen postuliert, daß es sich beim Menschen um das «missing link» handle. Andere sahen sich durch die Existenz des Menschen in ihrem Bestreben bestätigt, den Bonobos ihre Schimpansität streitig zu machen. Viele Autoren sehen im Menschen das Paradigma für die sanftere wie für die dunklere Seite der schimpanslichen Natur. Von «Melincourt» bis zu «Meine menschliche Frau», von «King Kong» bis zu den «Planet der Menschen»-Filmen haben Autoren mit der ominösen Trennungslinie zwischen Mensch und Schimpanse gespielt.

Doch wie wir die Menschen auch objektiv definieren – und ohne Dr. Leakey zu nahe treten zu wollen, scheint es gute Gründe für eine Verwischung der Unterschiede zu geben –, ist die subjektive Reaktion auf die Menschheit nie unproblematisch. Man muß nur in den Londoner Zoo gehen und die Menschen in ihren Käfigen beobachten, wie sie dasitzen, ohne sich zu berühren, und aus ihren merkwürdig weiß pigmentierten Augen ihre schimpanslichen Besucher anschauen mit einem Blick, der nur als eine Mischung aus Traurigkeit und Flehen zu beschreiben ist.

Und noch schlimmer ist es, sich die Lage der Menschen vorzustellen, die zu experimentellen Zwecken in großen Gehegen gehalten werden. Der Mensch haßt es, völlig unbeschränkt zu leben, und in freier Wildbahn errichtet er ziemlich komplexe Strukturen, in denen er tagelang völlig bewegungslos kauert. Ins Freie gezwungen und ohne Material zum Bau von Unterkünften in Reichweite, fällt der Mensch sehr schnell einer Form der Agoraphobie zum Opfer, die einen Psychose-ähnlichen Zustand zur Folge hat. Experimentatoren behaupten, es sei aus wissenschaftlichen Gründen nötig, Menschen unter solchen Bedingungen zu halten, aber warum eigentlich? Doch sicher nur, um Bedingungen analog zu jenen wissenschaftlich definierten Paradigmen zu schaffen, die ihren Ursprung in ebenjener harten Trennlinie zwischen unseren beiden Gattungen haben.

Noch ein letztes und persönliches Zeichen bezüglich dieses Romans. In der Vergangenheit wurde meine Arbeit heftig wegen ihres scheinbaren Mangels an Sympathie angegriffen. Unzählige Kritiker haben signalisiert, daß ich meine Protagonisten mit diabolischer Geringschätzung behandle und ihnen Mißgeschicke und Häßlichkeit des Charakters aufs Fell spritze. Mit «Die schöne Welt der Affen» habe ich – rein zufällig – die einzig mögliche Erwiderung geschaffen auf diese idiotischen Vorwürfe, welche die Frucht eines chronischen Mißverständnisses der Bedeutung und des Zwecks von Satire sind: Ich habe meinen Protagonisten menschlich gemacht!

H'hoooh
W.W.S.
Aus dem schmutzigen alten London, 1997.

1

Simon Dykes, der Künstler, stand, ein Mietglas in der Hand, am Fenster und sah zu, wie ein Ruderachter aus der braunen Ziegelwand eines Gebäudes hervorschoß, über grüngraues Wasser glitt und dann im grauen Beton eines anderen Gebäudes verschwand. Einige Leute verlieren ihr Gefühl für Proportionen, dachte Simon, aber wie wäre es, wenn man sein Gefühl für Perspektive verliert?

«Katastrophal für einen Maler –»

«'tschuldigung», plapperte Simon, weil er einen Augenblick lang glaubte, er hätte laut gedacht.

«Es ist katastrophal für einen Maler», wiederholte George Levinson, der an Simons Ellbogen aufgetaucht war, jetzt neben ihm stand und ebenfalls durch das große Fenster auf den Fluß hinaussah.

«Ich nehme an, du meinst, es ist katastrophal für diesen Maler.» Simon drehte sich halb zu Georges grüblerischem Profil um und deutete mit ausholender Geste auf den weißen Leerraum der Galerie, die großen, rechteckigen Leinwände und die posierenden Vernissagengäste, die in lockeren Gruppen mit angewinkelten Armen dastanden, als gäben sie ein Tableau vivant, das menschliches Gruppenverhalten darstellt.

«Kaum.» George süffelte ein wenig chilenischen Wein aus seinem Mietglas. «Ich habe alles verkauft. Alles verkauft, jedes Bildchen ein rotes Pünktchen. Nein, ich meine, diese Technik könnte katastrophal sein für einen Maler wie dich, dieses Konzept von Siebdruckgewebe über Photogravüre. Ich meine, ich weiß, daß es an und für sich nicht gerade – ähm – eindrucksvoll ist, aber das Endergebnis hat etwas ... etwas von der Wucht –»

«Von Ölfarben? Von Ölmalerei? Leck mich, George. Ich feuere dich, wenn du noch ein Wort sagst.» Damit wandte Maler sich von Händler ab und starrte wieder hinaus in die Häuserschlucht und zu der Melange aus modernistischen Wohnblöcken und viktorianischen Großbürgerdomizilen am Battersea-Ufer des Flusses.

Die Ausläufer der Vernissage erreichten die beiden Männer, das Schrillen von Neuer Kammermusik, ein Hauch Marlboro-Rauch, ein junges Paar, an einen nahen Pfeiler gelehnt, während der satinbehoste Schenkel des Mädchens sanft den Cordschritt ihres Begleiters rieb und sie einander wie Schafe die Gesichter abgrasten. Isoliert standen Simon und George beieinander, mit der ruhigen Selbstsicherheit von Männern, die schon oft so dagestanden hatten, eine Stimmung, die sie ungezwungen machte.

Ein zweiter Ruderachter kam aus dem braunen Ziegelgebäude hervor, schwebte über das blaugrüne Kissen im architektonischen Rahmen, der Steuermann im Heck war deutlich sichtbar – Baseballkappe, Megaphon –, und stach dann in den grauen Beton wie eine riesige, von acht energischen Assistenzärzten angetriebene Injektionsnadel.

«Nein», sagte Simon. «Nein, als du daherkamst, dachte ich gerade … bei diesem Anblick» – er deutete auf das Quadrat der Themse, die Rechtecke der Gebäude, das flankierende Grün – «habe ich mir vorgestellt, wie schrecklich es für einen Maler wäre, wenn er sein Gefühl für Perspektive verlieren würde.»

«Ich dachte, das wäre Sinn und Zweck einer ganzen Latte abstrakter Kunst in diesem Jahrhundert gewesen, der Versuch, ohne vorgefaßte Bilder zu sehen, Kubismus, Fauvismus, Vortizi-»

«Das ist Perspektivenverlust als intellektuelle Haltung. Ich meine einen echten Perspektivenverlust, eine Art perspektivischer Blindheit, bei der alle räumliche Tiefe ausgelöscht ist und nur Form und Farbe wahrnehmbar sind, die sich auf einer einzigen Ebene verändern.»

«Du meinst eine Art neurologischer Störung? Wie nennt man das, Agnopho-»

«Agnosie, glaube ich … ich bin mir nicht ganz sicher, was ich meine, aber ich rede nicht von einer Cézanne-inspirierten neuen Sicht der Welt, sondern von einer Verminderung. Schließlich liefert uns die Perspektive das dritte Kontinuum, das nötig ist für das Sehen und möglicherweise sogar für das Bewußtsein. Ohne sie ist man vielleicht nicht mehr in der Lage, die Zeit zu begreifen, vielleicht … vielleicht muß man die Zeit neu lernen, oder man steckt fest in einem Splitter der Realität, gefangen wie eine Mikrobe auf dem Objektträger eines Mikroskops.»

«Ein interessanter Gedanke», erwiderte Levinson, nachdem einige Sekunden vergangen waren und er ihn sich nicht zu eigen gemacht hatte.

«Simon Dykes?» Eine Frau hatte sich ihnen während dieses Wortwechsels genähert und stand nun da, schwankend zwischen Schüchternheit und Anmaßung, die Hand ausgestreckt, den Körper zurückgebogen, als wäre er das Anhängsel.

«Ja?»

«Tut mir leid, Sie zu unterbrechen –»

«Schon in Ordnung, ich wollte eben –», und George Levinson machte sich über den deindustrialisierten weißen Bodenbelag davon, ein übergewichtiger Stelzvogel von einem Mann, der im Vorübergehen seinen Schnabel in jede Gruppe steckte, hier einen Namen fallenließ und dort einen anderen aufschnappte und damit einen kürzlich in einem Hochglanzmagazin erschienenen Artikel rechtfertigte, der ihn den «erfolgreichsten Raumbearbeiter der Londoner Kunstszene» nannte.

«Das ist George Levinson, nicht?» fragte die Frau. Über ihrem runden Gesicht ringelten sich strubbelige schwarze Löckchen. Der kleine, eiförmige Körper darunter wurde von ihrer Kleidung eher umschlossen als umhüllt.

«Ja, stimmt.» Simon wollte nicht so abweisend klingen, wie er wußte, daß er klang, aber die Vernissagen-Müdigkeit hatte ihn erfaßt, und er wollte nicht hier sein.

«Hat er Sie noch unter seinen Fittichen?»

«O nein, nein, jetzt nicht mehr, nicht mehr seit wir miteinander in der Schule waren, da hat er mich des öfteren nach dem Sport im Umkleideraum unter seine Fittiche genommen. Heutzutage verkauft er nur noch meine Bilder.»

«Haha!» Das Lachen der Frau war nicht gezwungen – es war überhaupt kein Lachen, eher eine Anspielung auf die Möglichkeit von Humor. «Ich weiß das natürlich –»

«Warum fragen Sie dann?»

«Hören Sie.» Die Frau runzelte die Stirn, und in diesem Augenblick erkannte Simon, daß verdrossene Gereiztheit ihre natürliche Gemütsverfassung war, alles andere eine enorme Willensanstrengung. «Wenn Sie unverschämt sein wollen –»

«Nein, tut mir leid, wirklich ...» Er hob die Hand mit ausgestreckten Fingern und drückte die angespannte Stimmung zwischen ihnen nieder, tätschelte sie bis zur Nettigkeit, tätschelte sie und tätschelte der Frau sogar ein wenig das Handgelenk. «Ich wollte nicht so scharf klingen, ich bin müde und ...» Er hatte ihr Handgelenk gespürt, ihr Uhrband, Stahl, die Spitze ihres Knöchels so scharf wie sein Tonfall ... Vogelknochen, Spatzenknochen, Knochensplitter.

Während er tätschelte, glitt sein Blick zum Fenster, und dort in dem Flußausschnitt flatterte eine hingeworfene Handvoll Vögel – Schwalben wahrscheinlich –, sie verbanden sich zu einem Schwarm und trennten sich dann wieder wie Gedanken in einem verwirrten Geist. Simon dachte an Coleridge und dann an Drogen. Komisch, wie eine Synästhesie von Vorstellungen, einige Leute hören die Türglocke als grün, und ich denke Coleridge als Drogen, oder Vögel als Coleridge oder Vögel als Drogen … Dann dachte Simon an Sarah, an ihre Schamhaare vor allem, und erst danach an die Frau, die in sein Bewußtsein, ihm unter die Augen, durch seine Augen hindurch getreten war – keine Perspektive, kapiert – und jetzt in seinem Hirn nach Brauchbarem suchte. «Ich wollte nicht so unhöflich sein. Ich bin müde, Verni –»

«Kein Wunder, wo doch Ihre neue Ausstellung so kurz bevorsteht. Wie kommen Sie denn mit Abgabeterminen zurecht?»

«Nicht besonders. Ich male meistens noch am Tag vor der Vernissage, und dann spanne und rahme ich die ganze Na –» Er brach ab. «Ich muß noch einmal unhöflich sein. Bevor ich weiterrede, möchte ich wissen, mit wem ich eigentlich spreche.»

«Vanessa Agridge, ‹Contemporanea›.» Sie schob ihre Vogelkralle unter seine Hand, und was er spürte, war weniger ein Schütteln als ein Kratzen der Handfläche. «Ich bin eigentlich wegen den Sachen hier, aber ich glaube nicht, daß ich viel über die Frau schreiben kann, da ist es schon fast ein Ergebnis für mich … Sie hier zu sehen … frisch und munter, sozusagen, eine Woche vor Ihrer neuen Ausstellung …» Ihre Stimme erstarb wie ein stotternder Motor. Das Schweigen kauerte asymmetrisch zwischen ihnen.

«Die Frau?» fragte Simon nach einer schicklichen Weile.

«Manuella Sanchez», erwiderte Vanessa Agridge und klopfte ihm mit ihrem zusammengerollten Katalog auf den Arm, auf eine Art, die sie für neckisch hielt. Simon sah sie mit seiner neuen, perspektivlosen Sicht an: klecksförmige Schnauze, rot geschlitzt, schwärzlicher Pelz obendrauf, schwärzlicher Pelz darunter. Die Schnauze schwoll etwas an, der Schlitz klaffte und zeigte Eckzähne, und sie fuhr fort: «Angeblich soll sie ja so extravagant sein – das sagt zumindest ihre Clique –, aber sie ist es nicht. Einfach nur langweilig. Weiß sich nicht zu präsentieren.»

«Aber die Arbeit, sind Sie nicht hier, um darüber zu schreiben, über ihre Arbeit?»

«Hmpf», schnaubte sie. «Nein, nein, ‹Contemporanea› macht eher Features, Lifestyle, wie die Künstler leben und so weiter. Mein Chefredakteur nennt es den ‹Vasari der Verführbaren›.»

«Klingt gut.»

«Ja, nicht?» Sie hob ihr Mietglas an die Lippen, trank und betrachtete ihn über den Rand hinweg. «Aber jetzt zu Ihrer Ausstellung. Gegenständliche Arbeiten? Abstrakte? Eine Rückkehr zu konzeptuellen Sachen wie Ihre ‹Welt der Bären›? Was dürfen wir erwarten?»

Simon setzte seine Perspektive wieder auf und betrachtete Vanessa Agridge aufs neue. Ihr dick aufgetragenes Make-up wirkte aus der Nähe betrachtet beinahe bröckelig; ihr Gesicht sah nicht wie ein Klecks aus, sondern eher schnabelartig, ihre Augen waren ziemlich nackt, tränendrüsig. Simon stellte perverse Berechnungen über Volumen, Masse, Gewicht, Alkohol-per-Volumen an, blähte die Nüstern und sog primitive Gerüche von ihr ein, erkundete schließlich mit Fernsensoren das Gewebe unter den Ausbuchtungen ihrer Kleidung, schob eine psychische Sonde in ihren Anus, die andere in ihr linkes Nasenloch. Er stülpte ihre Anatomie von innen nach außen, wie eine Socke, und vergaß dabei völlig, wer zum Teufel sie eigentlich war, was sie bis jetzt gesagt hatte, und deshalb erzählte er es ihr.

«Auf jeden Fall nicht abstrakt. Ich glaube, daß die nicht-gegenständliche Kunst schließlich zu dem geworden ist, was Lévi-Strauss vorausgesagt hat: ‹eine Schule der akademischen Malerei, in der der Künstler sich bemüht, die Malweise darzustellen, in der er seine Bilder ausführen würde, falls er wirklich einmal welche malen sollte›.»

«Das ist sehr gut», sagte Vanessa Agridge, «sehr ... witzig. Ob ich es benutzen darf, was meinen Sie – als Zitat natürlich?»

«Als Zitat von Lévi-Strauss, wie gesagt, es ist seine Beobachtung.»

«Natürlich, natürlich ...» Ein Diktaphon war in ihrer Hand aufgetaucht, wie ein Vogel in der eines Taschenspielers, eingeschaltet. Simon hatte es gar nicht bemerkt. «Dann sind es also Porträts, Stilleben –»

«Akte.» Er erinnerte sich an ein gestohlenes Zigarillo, das er in einem Moor geraucht hatte, an den weltkugelweiten Hüfthalter seiner Mutter, den Penis seines Vaters, stummelig, beschnitten –

«A la Bacon oder vielleicht» – sie kicherte – «eher Freud? Sie wissen schon, die Blüte vom Körper einer Frau abschälen, ihre Anatomie nach außen kehren, irgendwie –»

«Es sind Liebesbilder.» Pisse-in-Hose, Pisse-auf-Boden. Dieses so gallige Tröpfchen. Pissleben mit Linoleum. Oder vielleicht PISSLEBEN MIT LINOLEUM. Als Titel: «Seufzer».

«Was sind sie?» Vanessa Agridge hielt sich das Diktaphon an ihr Schweinchengesicht – zerdrückt, flach, borstig –, so wie andere Trottel ein Handy halten.

«Liebesbilder. Es sind Bilder, die auf sehr direkte, beinahe narrative Art meine Liebe zum menschlichen Körper beschreiben. Meine neununddreißigjährige Affäre mit dem menschlichen Körper.»

In den paar Minuten, in denen ihrer beider Strömungen aufeinanderprallten, hatte die Vernissage begonnen zu Ende zu gehen. Die Gäste schwammen auf die Türen der Galerie zu, schwappten hier und dort in kleine Tümpel weiterer Geselligkeit. George Levinson trieb an ihnen vorbei und drehte sich langsam zu Simon um.

«Kommst du mit, Simon?»

«Entschuldigung – wohin?»

«Zuerst ins Grindley's und später vielleicht in den Sealink.»

«Dann sehen wir uns eventuell im Sealink, ich muß erst mal hören, was Sarah macht.»

«Okay.»

Levinson verschwand stromabwärts und flirtete mit einem Jungen, den er aufgegabelt hatte, einem Jungen wie ein Puma, mit schmalen Hüften, violetten Augen und schwarzer Jacke. Und im Kielwasser des George-und-ihn-davongehen-Sehens dümpelte die Erkenntnis des eben Geschehenen.

Simon richtete sich auf, riß sich in die Gegenwart zurück. In einem Leben, in dem ihn jeder Dritte, den er traf, zu kennen schien, war es da ein Wunder, daß er sich ständig dabei ertappte, mit Fremden zu reden, als wären sie Freunde?

All das, und dann sagte Simon zu Vanessa Agridge, die – wie er jetzt sah – beängstigend deutlich ein Diktaphon hielt: «Sie müssen mich entschuldigen –»

«Habe ich bereits.» Sie nahm seinen Stil an – so etwas kam vor.

«Nein, ich meine jetzt. Ich muß gehen. Ich habe noch zu arbeiten.»

«Um Sarah zu treffen?»

«Sie ist meine Freundin –»

«Modell?»

«Freundin. Hören Sie, ich muß los.» Damit löste er sich von ihr, aus der Falle.

«Nur noch eins …», rief sie hinterher. Er drehte sich um, sie war jetzt ein dürftiger Schatten, der vor dem Sommerabend waberte.

«Ja?»

«Dieser Lévi-Strauss.»

«Ja?»

«Sie haben nicht zufällig seine Nummer? Nur weil ich dieses Zitat von ihm gern bringen würde – falls ich den Artikel schreibe, natürlich.»

Neben dem Haupteingang der Galerie befand sich eine kurze Reihe öffentlicher Telefone. Simon zog die Telefonkarte aus seinem Kartenetui und schob sie in den Schlitz. Er tippte die Nummer der Künstleragentur, in der Sarah arbeitete, ein und wartete im virtuellen Aviarium des Zwitscherns und Piepens der Verbindungsschaltung. Dann strichen ihre Lippen über seinen Wangenknochen, ihre Stimme atmete ihm ins Ohr: «Ich bin im Augenblick leider nicht erreichbar, aber Sie können ...» Nicht ihre Stimme. Ihrer Stimme so ähnlich wie Hals Stimme aus «Odyssee im Weltraum» einer menschlichen. Auch nicht ihr spritziger Tonfall, sondern entsetzlich gemessen, jedes Wort ein Spondeus.

«Bist du da?» fragte er nach dem Piepton, weil er wußte, daß sie es war.

«Ja, aber ich checke die Anrufe.»

«Warum?»

«Weiß auch nicht», seufzte sie. «Hab' einfach keine Lust, mit jedem x-beliebigen zu reden. Außer mit dir natürlich.»

«Und, wie sieht die Abendplanung aus?»

«Ein paar von uns treffen sich –»

«Wo?»

«Im Sealink.»

«Wer?»

«Tabitha, Tony, glaub' ich – aber er hat noch nicht zugesagt. Die Braithwaites vielleicht.»

«Lauter strahlende, glückliche Leute.»

«Ja.» Sie lachte, sehr kurz, ihr gemeinsames Lachen, eine Art schmatzendes Zischen. «Strahlende, glückliche Leute. Wann kannst du hinkommen?»

«Ich mache mich jetzt auf den Weg.» Er hängte ohne weitere Umschweife auf, arbeitete sich durch ein Floskelgewirr aus «Bis später», «Wir müssen uns mal treffen» und «Bis nächste Woche» – was eigentlich «Bis nächstes Jahr» hätte heißen sollen – und eilte dann die gußeiserne Treppe zur Straße hinunter.

Sommerliches London in den letzten Aufwallungen der Stoßzeit. Die Galerie lag nicht in Chelsea Harbour, was aber durchaus sein hätte können, bei der Bedeutung, die diese Vernissage für die Welt draußen hatte. Simon schlenderte das Chelsea Embankment entlang und sah hin und wieder über die Schulter zu der goldenen Kugel auf der Spitze des Turms in der Mitte des sanierten Viertels. Irgend jemand hatte ihm erzählt, die Kugel hebe und senke sich mit der Flut, aber da er nicht wußte, ob Flut oder Ebbe herrschte, konnte er es nicht nachprüfen.

Er fühlte sich müde, und in seiner Brust schwappte der süße Schleim, der entweder den Anfang oder das Abklingen einer Bronchialinfektion begleitete. Simon überlegte, was wohl zutraf, während er räuspernd und spuckend an den Autos vorbeiging, die sich in der Krümmung der zum Earls Court führenden Straße drängten. Die Braithwaite-Brüder. Strahlende, glückliche Leute. Der Sealink Club. Das bedeutete eine lange Nacht des Schreiens, Lachens und Flirtens. Eine Produktion mit einer wechselnden Besetzung aus namenlosen, aber wiederkehrenden Kleindarstellern. Und das hieß, erst um drei oder vier oder nach fünf nach Hause kommen, wenn der Morgen in prismatischen Strahlen anbrach, wenn die Einrichtung der Welt von den tapsigen Möbelpakkern des Rauschgifts wahllos umgestellt wurde.

Drogen, seufzte er, Drogen. Welche Drogen? Das Dreckskokain Londoner Bars, bei dessen Verkauf die Wirte ein Auge zudrückten, weil sie wußten, daß die einzige Wirkung, die es auf die Schnupfer hatte, im gesteigerten Konsum überteuerten Alkohols bestand? Ja, das auf jeden Fall. Er sah sich schon hacken und Lines ziehen, eingezwängt in eine winzige Toilettenkabine. Und er sah auch bereits, wie es enden würde, sah sich und Sarah vögeln mit diesem trostlosen Weltuntergangsgefühl, das dieses Dreckskokain hervorrief. Wie zwei Skelette, die in einem Schrank kopulieren, mit klappernden, aneinanderreibenden Knochen. Und morgen früh würde er sich, entkörpert, geisterhaft, am Bankautomaten wiederfinden, weiße Pulverreste zwischen den erhöhten Ziffern auf seiner Kreditkarte.

Oder vielleicht das Ecstasy, das Sarah irgendwoher bezog, vermutlich von Tabitha, obwohl Simon sie nicht gefragt hatte. Am Anfang war ihm der Name «Ecstasy» wie eine betrügerische Bezeichnung für die Droge vorgekommen. Nach den ersten paar Versuchen hatte er zu Sarah gesagt: «Wenn das Ecstasy ist, dann könnte man eine Droge, die leichten Ärger hervorruft, ohne weiteres ‹Raserei› nennen.» Aber dann hatte er den Dreh herausbekommen. Hatte gelernt, es nicht als Psychodelikum zu betrachten, wie das LSD und die Pilze, die er als Kunststudent – immer häufiger – genommen hatte, und begriffen, daß es nur auf die Schnittstellen zwischen den Hirnen, auf die Beziehungen der Leute zueinander wirkte. Es war eine Droge des projizierten Erlebens, bei dem die Gefühle anderer als Requisiten gebraucht wurden, eine Straße ins Selbstvergessen. Alle Gespräche auf E bekamen eine pubertäre Intensität, schon die Möglichkeit von Intimität wurde zu einem Fest.

Es hatte auch andere merkwürdige Wirkungen. Selbst mit einem Bauch voller Schnaps und ein paar Nasen Dreckskokain bekam Simon, sobald er eine White Dove einwarf, immer Lust auf jeden Körper in Sicht. Ob männlich, weiblich, intakt oder verkrüppelt, war egal. Was er dann wollte, war eine Grube voller sich windender nackter, Vaseline-verschmierter Körper oder besser noch eine Conga-Schlange der

Kopulation, bei der ein Schwanzstoß hier eine Mösenzukkung dort drüben hervorrief.

Auf E trat Simons Körper wie ein vom Regen angeschwollener Fluß über die Ufer und ergoß sich über seine Umgebung, ergoß sich über die Leute. Aber an diesem Punkt nahm Sarah ihn immer in die Hand. Wie eine tüchtige Hydrologin führte sie blitzschnell Dämm- und Kanalisierungarbeiten durch, bis er sich in sie ergoß.

Ja, Ecstasy. Und dann gingen sie nach Hause in die Renaissance, nach Hause in die goldene Laube ihres Bettes, wo sie auf den Mandolinen ihrer Körper zupften und klimperten, bis sie schließlich, viel zu spät, kamen. Schließlich, viel zu spät, schliefen.

Ich will mich nicht volldröhnen, dachte Simon, als er in die Tite Street einbog. Ich bin im Augenblick eigentlich überhaupt nicht drauf, und morgen ist viel zu tun, da komm' ich nicht drum herum. Und während er über die bevorstehende Nacht und den Slalom der Gifte nachdachte, überprüfte er auch seinen Körper, die Passung von Geist und Stoffwechsel, Stoffwechsel und Chemie, Chemie und Biologie, Biologie und Anatomie, Anatomie und schützender Kleidung. Seine Zehen rieben an halb schweißversteiften Hüllen, und er spürte den pilzigen Verfall, das Knirschen ihres Gewebes. Seine Fingerspitzen fühlten sich taub an. Simon dachte an periphere Neuralgie, dachte an die halbe Flasche Whisky, die er fast jeden Abend schluckte, hielt es aber dann für unwahrscheinlich. Daß er alkoholabhängig war.

Sein Bauch war gebläht, als gärte der chilenische Wein weiter, so daß sein Gang nicht nur kontrapunktiert wurde von Räuspern und Spucken – recht geschickt übrigens, zwischen den oberen Schneidezähnen hindurch, so daß er jeden Pflasterstein traf, auf den er zielte; ihm fiel ein, daß er das von einigen Jungs in der Schule gelernt und seinen pingeligen älteren Bruder damit geärgert hatte –, sondern auch durch

Pupsen zwischen leicht zusammengekniffenen Arschbacken hindurch. Wie eine Comicfigur, dachte Simon, furzbefeuert, zweidimensional.

In letzter Zeit quälte ihn sein Hintern; als würde sein Arschloch mühsam das Reden lernen, um ihn zu informieren, daß seine Tage gezählt waren.

Jetzt erinnerte er sich, wie es war, als junger Mann eine neue Geliebte kennenzulernen. Wie Intimität durch sexuelle Interaktion definiert wurde: das gemeinsame, stillschweigende Einverständnis, sich von einem vaginalen Furz oder einer vorzeitigen Ejakulation nicht in Verlegenheit bringen zu lassen. Und wie diese Intimität dann erweitert wurde, mehr Substanz bekam, durch die Bereitschaft, Scheiße, Pisse und heimliche Sekrete des anderen miteinzubeziehen. Das alles erreichte seinen Höhepunkt mit der Geburt eines Kindes, wenn ihre bis zum Zerreißen gedehnte, angeschwollene Vagina eine halbe Gallone einer Flüssigkeit, die aussah wie Wan-Tan-Suppe, auf den Plastiküberzug entleerte. Und die Plazenta, das Organ, das ihres war und doch nicht ihres, vielleicht teilweise sogar seins. Aber nein, sie wollten sie nicht frikassieren, bei keiner der drei Stärkungsgelegenheiten nicht, mit Zwiebeln und Knoblauch braten, und so wurde sie, in einer Pappkarton-Nierenschale wie aus dem Schnellimbiß, zur Verbrennung fortgebracht.

Und jetzt ertrug er diese Form des Sichkennenlernens nicht mehr. Seit neun Monaten keuchten sich Sarah und er gegenseitig in den Nacken, aber er wollte das Bad nicht mit ihr teilen. Er wollte nicht nur das Bad nicht mit ihr teilen, es war ihm sogar unangenehm, sie im Haus zu haben, wenn er Stuhlgang hatte. Es würde ihm nichts ausmachen, zum Scheißen in eine andere Stadt zu gehen. Sein Arschloch schickte ihm Hausmitteilungen über seine Sterblichkeit – und es leckte. Darmbewegungen waren nicht länger diskret, sein Gedärm schien sich die ganze Zeit zu bewegen, ihm

Furztelegramme und feuchte, braune Faxe zu schicken, die die Zwickel seiner Unterhosen aufs abscheulichste besudelten. Bei diesem Gedanken blieb Simon stehen und riß an seinem Hosenbund, damit sein Peiniger ein bißchen mehr Luft bekam, die er verpesten konnte.

Sooft Simon sich die Zeit nahm, über seine Beziehung zu diesem Körper, diesem physischen Idiotenzwilling, nachzudenken, dämmerte ihm, daß irgend etwas Schwerwiegendes schiefgegangen sein mußte, ohne daß er es gemerkt hatte. Es verwirrte ihn, wenn er sich dieses hartnäckigen Mahnmals seiner Körperlichkeit bewußt wurde. Verschwommen – in den Gedächtnisspeichern seines Körpers – erinnerte er sich an jene zwanglosen, zeitlosen Nachmittage der Kindheit, an Spiele im Zwielicht, an die elterlichen Aufforderungen, ins Haus zu kommen, wie Affenschreie in vorstädtischer Dämmerung; und mit dieser Erinnerung, sie überstrahlend wie der Sonnenuntergang, kam ein Gefühl für seinen Körper als ebenfalls zwanglos, noch nicht eingeengt und gehemmt vom Wissen um die Zukunft, von diesem Thermostat, das jede Freude, jede Gelassenheit im Tun, jede Gelassenheit in der Muße regulierte.

Und als Simon jetzt in die King's Road einbog und an der Duke-of-York-Kaserne vorbeiging, wo bewegliche Artillerie unbeweglich stand, fragte er sich, ob er den Augenblick bestimmen konnte, ab dem es schiefgelaufen war. Denn jetzt war sein Körperbewußtsein nur noch eins des Eingezwängtseins, des Widerstands, des Nichtzusammenpassens von Sehne und Knochen, Zelle und Nachbarzelle. Wie hatte das passieren können? Wieder dachte er an LSD-Trips – sie waren noch immer da, stachen heraus aus der dreiminütigen Erinnerungsparade, die er eben abschritt. Er dachte an die künstlichen Astralreisen, die er und andere Abenteurer der Seele unter ihrem Einfluß unternommen hatten. Vielleicht hatte er auf einer dieser Reisen seinen Körper verlassen und es beim Wiedereintritt nicht geschafft, sich wieder exakt einzupassen, so daß Psyche und Physis nicht mehr ganz dekkungsgleich waren, wie die Konturen eines schlecht reproduzierten Fotos in einer Zeitschrift. Zumindest fühlte es sich so an.

Da war dieses Nichtzusammenpassen, und da war auch noch die Amputation von seinen Kindern, die eine weitere Verwirrung seiner Körperwahrnehmung, eine andere, noch tiefere Körperentfremdung verursacht hatte. Als seine Ehe mit Jean in sich zusammenbrach wie ein Hochhaus mit sorgfältig plazierten Sprengladungen, waren seine Kinder fünf, sieben und zehn gewesen, aber seine körperliche Beziehung zu ihnen war intakt, Bewußtseinskabel stöpselten ihre Rotznasen und ihre verdreckten Hintern direkt in sein Nervensystem. Wenn sie sich stießen oder schnitten, wurde der Schmerz enorm vergrößert, ja vervielfältigt, so daß Simon ihn spürte wie einen Säbel in den Eingeweiden, ein Skalpell an den Sehnen. Wenn sie in kindlichem Fieber schmachteten, Bilder und Visionen halluzinierten – «Daddy, Daddy, ich bin Island, ich bin Island» –, halluzinierte er mit, kletterte mit ihnen in dem kitschigen Piranesi der Kinderzimmertapete herum und stemmte sich an einem Blatt hoch, um an einer Blüte Zehenhalt zu finden.

Wie oft er sie jetzt auch sah, wie oft er sie von der Schule abholte, wie oft er ihnen Pommes und Fischstäbchen machte, wie oft er sie streichelte, küßte und ihnen sagte, daß er sie liebte, nichts konnte dieses zehrende Gefühl der Trennung lindern, dieses Gefühl, man habe seinem Leben etwas abgehackt. Auch wenn er nicht von der Plazenta gegessen hatte, hingen ihm immer noch die Nabelschnüre aus dem Mund, ektoplasmische Stränge, die, sich an Giebeln, Autoantennen und Reklametafeln verfangend, das sommerliche London überspannten und ihn an ihre kleinen Bäuche fesselten.

Simon blieb vor einem Zeitschriftenladen am Rand des

Sloane Square stehen. Strahlende, unglückliche Mädchen in riemen- und schnallenverzierten Kunstlederhüllen gingen an ihm vorbei. Er dachte kurz an eine Frau, die er am Eaton Square gefickt hatte. Gefickt im Niemandsland zwischen Jean und Sarah. Jean und Sarah, so ein Blödsinn, diese Zäsur: JeanundSarah. Auf jeden Fall erschien Simon diese Frau jetzt, am Sloane Square, das Geistbild ihrer Wohnung mitten auf dem Bürgersteig.

Großes Sofa, Kaffeetisch mit Glasplatte, abstrakte Gemälde und ihre beiden Körper, die einander symbolische Versicherungen verkauften. Die einander ertasteten, wie eine Landschaft ersungen, mit einer Andeutung erzeugt werden kann. Hier sind Brüste, hier sind Hüften, hier ist ein Schwanz, hier ist eine Möse ... Simon schälte sie aus ihren Leggins, die Leggins wie Würmer, die sich von ihren Beinen wegringelten, ihre Waden schamlos rauh von Stoppeln, den ihren und den seinen. Er barg seinen betrunkenen Kopf in den Falten ihres weißen Bauchs, die Falten schlaff, Hautlappen. Sie kicherten, schnupften Koks, halbnackt, ihm hing die Hose um die Knöchel. Sie tranken Wodka, warm und eklig. Als er sie ficken wollte, mußte er seinen Schwanz mit dem Finger in sie hineinstopfen, aber ihr schien das gar nicht bewußt zu sein, oder sie hatte kein Bewußtsein. So oder so.

Simon wischte das Bild weg und sah nach rechts, wo ein Ständer mit Zeitschriften stand. Er überflog die Schlagzeilen: «Weitere Massaker in Ruanda», «Präsident Clinton drängt auf Waffenstillstand in Bosnien», «Rassismusvorwürfe im O.-J.-Simpson-Prozeß». Das sind keine politischen Nachrichten, dachte er, sondern Nachrichten über Leichen, Karnal-Kolportage. Leichen, die an dünnen Beinen durch dicken Schlamm gezerrt werden, zerschmetterte und pulverisierte Leichen, rot klaffende Kehlen, die Luftröhrenschnitte ein Geschenk, um den Opfern ihren letzten Atemzug zu ermöglichen.

Es paßt alles zusammen, erkannte Simon, der Halbschatten um sein Leben, die Dunkelheit am Rand der Sonne und diese Verlautbarungen der Entkörperlichung, die Wochenberichte des Todes. In seiner Phantasie, die immer zu lebhaft gewesen war, konnte er sich ohne weiteres in diese Schlagzeilen hineinversetzen, aber nur, wenn er sich Magnus, seinen Ältesten, als Hutu dachte, und Henry, den Kleinen, als Tutsi, und ihnen dann zusah, wie sie einander zerfleischten.

Simon seufzte. «Die Perspektive fehlt ...», und dann hüstelte er, als sich ihm ein Gesicht zuwandte, denn er hatte unwillkürlich laut gesprochen. Er dachte an Lucozade, hatte aber nicht die Energie, den Laden zu betreten. Er dachte daran, den Kindern eine Postkarte zu schicken, aber es gab nur solche mit Schimpansen in erniedrigenden Posen, mit Tweedsakkos und Aktentaschen unterm Arm und mit Unterschriften wie: «In London und in Gedanken bei dir». Statt dessen zog er den Joint, den er sich zuvor gedreht hatte, aus der Brusttasche seines Sakkos. Er betrachtete das Ding auf seiner Handfläche: Es war runzelig und krumm wie der Penis eines Papiertigers. Dann zündete er sich den Joint an, um sein Hirn auszuräuchern und die Trugbilder zu vertreiben.

2

Sarah saß an der Bar des Sealink Club und wurde von Männern angemacht. Einige Männer machten sie mit den Augen an, andere mit dem Mund, einige mit dem Kopf, andere mit den Haaren. Einige Männer umwarben sie mit Feinsinn und Raffinesse, andere mit Chuzpe, so eindeutig, als hätten sie ihren Schwanz auf die Zinktheke geknallt. Die eine Anmache war ganz unauffällig, wie nebenbei, ein verführerisches Spiel körperlicher Nebendarsteller, eine Einladung zum Nagelbettstreicheln, zum Hühneraugenreiben, zum Niednagelzupfen. Die andere war eine Bayreuth-Inszenierung mit ausgeklügelter Bühnenmechanik und opulenten Kulissen, grellen Zurschaustellungen ihres Geschmacks, ihres Intellekts, ihrer Stellung. Die Männer sind wie Affen – dachte sie –, die fuchtelnd und trampelnd ihre Potenz zu demonstrieren versuchen.

Sie saß da, das zierliche blonde Auge dieses Sturms der Unpersönlichkeit. Eine junge Frau, die, wenn es ihr paßte, mit Vorliebe Erwartungen enttäuschte. An diesem Abend trug sie ein kleines schwarzes Kostüm, ein kleines schwarzes Hütchen mit kleinem schwarzem Schleier, schwarze Pumps, schwarze Strumpfhosen und eine cremefarbene Seidenbluse mit langem spitzem Kragen. Sie bewegte sich ein wenig und spürte seidiges Gewebe auf ihrer Haut, einen glänzenden Schutzpanzer. Sie fühlte sich sehr präsent auf dem Barhokker. Wie draufgebeamt, die Moleküle noch freudig flimmernd im Akt der Formwerdung.

Vielleicht ist es das, dachte Sarah, was die Männer anzieht, dieser Lockruf der Urbanität. Aber sie wußte, daß es eher ihre Katzenhaftigkeit war, ihre blonde, schnurrende Geschmeidigkeit. Die Nase feinrückig und mit einem Stupsende, so daß rosige, geäderte Nasenlöcher zu sehen waren, ein Vorgeschmack auf zielgerichteteres Eindringen. Der Mund klein, aber mit vollen Lippen, vor allem die untere, die man in einem frecheren Gesicht als schmollend bezeichnet hätte. Das Kinn fuchsartig spitz, wie geschaffen zum Graben. Die Augen violett, wirklich violett, eine verblüffende Augenfarbe, mit Glanzpunkten fahlen Feuers über spitzen Wangenknochen. Diese Züge gaben einem Gesicht, das ansonsten animalisch zu nennen wäre, eine mineralische Nuance. Eine mineralische Nuance, die zur unumstößlichen Gewißheit würde, wenn sie nur ihr Hütchen abnähme und ihre schmale Stirn mit dem spitz zulaufenden Haaransatz zeigte.

Die Gesichter von Frauen werden allzuoft als herzförmig bezeichnet, aber Sarahs Gesicht war nicht herzförmig, es war rautenförmig, mit Haaransatz und Wange als oberem, Kinn und Wange als unterem Dreieck. Und wie ein Diamant mit Rautenschliff war es ein Gesicht, das andere Gesichter enthielt, Gesichtsfacetten, die sich je nach Betrachter änderten.

Die kabbelige Stärke-sechs-Geselligkeit im Sealink Club umbrandete den Hocker, auf dem dieses Juwel saß, und krachte gegen den Tresen, und die Widersee zwischen zwei Wellen gestattete es Sarah, an ihrem Cocktail zu nippen, sich ihre Camel Filter anzuzünden, ein paar Worte mit Julius, dem Barmann, zu wechseln und ihre vervielfältigte und zerschnittene Reflexion in den Facetten der verspiegelten Flaschenregale zu betrachten.

«Kommt Simon auch?» fragte Julius, der Shaker-schwingend pirouettierte und die eiswürfelklimpernde Mischung in einem hochprozentigen Strahl in Gläser goß.

«Ja, er war bei einer Vernissage … ich schätze, er kommt bald –» Sie brach ab, ein gutaussehender junger Mann näherte sich der Bar. Er starrte Sarah an, ließ seinen Blick über ihr Hütchen streifen und sagte zu Julius: «Um.»

«Um-was? Umbongo?» erwiderte der Barmann.

«Um … äh ….» Er war deutlich aus der Fassung gebracht. Aus der Fassung und in Leinenhosen, hier drinnen nicht gerade en vogue, dachte Sarah. Aus der Fassung und schwitzend in der sengenden Sonne seines guten Aussehens.

«Ich weiß nicht, ob ich den kenne, Sir. Ist er auf Grenadine-Basis?» Bevor der junge Mann etwas erwidern konnte, wandte Julius sich ab und schob seinen schlanken, geschmeidigen Körper in einer Art Shuffle, der aussah, als würde er auf einem verdeckten Förderband stehen, ans andere Ende der Bar.

«Er … er ist sehr witzig, nicht?» sagte der junge Mann zu Sarah. Eine Anmache, die zur Abwechslung mal keine war.

«Ja», seufzte sie, «und hier völlig fehl am Platz, die reinste Verschwendung. Verschwendet hier sein Leben, dabei könnte er ganz oben mitmischen, wirklich ganz oben.» Sie seufzte noch einmal, schüttelte bedauernd den Kopf und rührte mit dem Finger in ihrem Drink.

«Warum sagen Sie das?» fragte der junge Mann; aber bevor Sarah etwas erwidern konnte und ihre lächerliche Schlinge etwas enger um ihn ziehen konnte, traten die Schwingtüren der Bar in Aktion, und Tabitha, Sarahs jüngere Schwester, tänzelte herein.

Bei ihr waren Tony Figes, der Kunstkritiker, und die Braithwaite-Brüder, ein unsägliches Paar nichtidentischer Zwillinge, die ihr ganzes gemeinsames Leben – was ihr ganzes Leben war – als ein lebendiges, atmendes, sich bewegendes Kunstwerk sahen. Es versteht sich von selbst, daß dies ein Axiom begründete: Je Performance-trächtiger der Kontext, in dem sie sich befanden, desto langweiliger die beiden. Im alltäglichen sozialen Umfeld waren sie dagegen spontan und oft richtig bizarr.

«Ja, spinn' ich», sagte Tabitha, als sie nun auf Sarah zukam und ihr einen Twiglet-Kuß auf ihren spitzen Wangenknochen drückte, so twigletig, daß ein wenig Twiglet auf Sarahs Wange haftenblieb, «daß du hier so ganz allein rumsitzt.» Sie drückte ihre ältere Schwester flüchtig und grub ihr die Nägel ins Brustbein.

Sarah wehrte sich, gab Tabitha einen Klaps, sagte: «Laß mich.»

«Du mich auch.» Tabitha ließ nicht locker, sie drückte sich gegen Sarah, kniff in Seide, Baumwolle und Fleisch, suchte eine kleine Warze, die sie zwicken konnte. Die Tüte Twiglets in ihrer anderen Hand wackelte hektisch.

«Laß das!» Sie hatte die Warze gefunden – und wirbelte davon ans andere Ende der Bar, um Julius zu begrüßen.

Tony Figes trat vor und präsentierte sich mit einem «Guten Abend». Er faßte sehr flüchtig Sarahs Hand und ließ sie gleich wieder los. Tony Figes lächelte, und die lange, L-förmige Narbe, die wie ein Saum die Wange entlang und zwischen Kinngrübchen und Unterlippe verlief, wölbte sich und bildete einen zweiten Mund. Er war ein wunderlicher, gebeugter kleiner Mann, braun wie Packpapier, mit einem noch brauneren Etikett aus hingeklatschten Haaren auf der glänzenden Stirn, und an diesem Abend wie ein Geschenk in einen cremefarbenen Leinenanzug verpackt. Büschel leider schon grauer Haare quollen aus dem offenen Kragen seines Hemds. «Hmmm.» Er drehte sich um, ließ den Blick durch den Raum, über all die Anzugträger schweifen, und wandte sich dann wieder Sarah zu. «Wenn ich mich für Versicherungsnotierungen interessieren würde, wäre ich zu Hause geblieben und hätte den Infodienst angerufen.» Sarah lachte, und er trug sein Doppellächeln zur Bar und winkte Julius.

Die Braithwaite-Brüder näherten sich Sarah. Sie summten leise. Sie erkannte die Melodie nicht, es hätte «Früchte des Zorns» sein können. Dann standen sie links und rechts von ihr, der eine dünn, der andere dicklich. Aber beide Gesichter mager, ein gelbliches Schwarz. Beide streckten in Brusthöhe die Arme aus, die Handflächen nach unten. Wie Roboter, dachte Sarah, oder menschliche Gabelstapler. Sie sah von einem zum anderen, beide braunen Augenpaare waren nach innen verdreht, vielleicht eine Form der Konzentration. Dann begannen, ohne erkennbares Abstimmungssignal, alle vier Hände um Sarahs Kopf zu zucken, als würden die Brüder eine Art konzeptionelles Backe-backe-Kuchen spielen oder für eingeschränkt sehfähige Taube gestikulieren. Das Summen wurde lauter, verstummte dann ganz, und sie ließen die Hände sinken. Ohne ein Wort verschwanden sie in Richtung der Toiletten.

«Körperraum», sagte Tony Figes und zündete sich eine Camel Filter an; er sah sich als der Exeget der Brüder. «Sie machen etwas über den Raum, den der Körper einnimmt.»

«Verstehe.»

«Sie haben gesagt, sie wollen von jetzt an ihre Körper nur noch dazu benutzen, den Raum zu definieren, den andere Körper einnehmen, um darauf aufmerksam zu machen, daß die moderne Lebensart unsere Fähigkeit zur Außenwahrnehmung zerstört.» Tony hielt den Kopf zu einer Seite geneigt, seinen Martini zur anderen. Sarahs Ansicht nach wußte er selber nicht mehr, ob er nun ironisch war oder nicht.

«Wie lange sie es wohl durchhalten werden?»

«Heute abend?»

«Ja.»

«Huh, eine Stunde vielleicht. Sie haben hervorragendes Koks bei sich. Erstklassigen Stoff. Noch ein paar Lines, und dann lassen sie es hoffentlich gut sein.»

Tabitha tänzelte vom anderen Ende der Bar heran. Bei Julius wurden neue Drinks bestellt. Die Braithwaites kehrten zurück, Augen und Nasen feucht, als hätten sie beharrlich versucht, an Kokain zu kommen, das jemand in die Toilettenschüssel gekippt hatte. Sarah saß da und genoß das angeregte Geplänkel um sie herum, den Sarkasmus und die Ironie, die

Satire und den Spott, die köstliche, gemütliche Selbstbespiegelung allüberall. Jedes höhnische à part empfand sie als sanfte Zärtlichkeit, jede spitze Bemerkung als aufmunternden Klaps.

Aber es war nicht immer so gewesen. Diese Sprödigkeit war früher nur spröde gewesen, dünnes gesellschaftliches Eis, das ihr heftig ruderndes Selbstbewußtsein nicht tragen konnte. Nur ... was? Vor gerade einmal neun Monaten wäre dieser frühe Abend im Club, dieses Vorspiel zur Hingabe ihres Kinderkörpers, eine Vorhölle, ein Wiederaufbrechen des Abscheus gewesen. Jetzt hatte alles einen neuen Charakter bekommen – dank Simon. Oder genauer dank seines Körpers.

Wenn sie sich konzentrierte, wenn sie die Geräusche filterte und die Lichtsplitter von Gläsern, Spiegeln und Brillengestellen ausblendete, konnte sie sich vorstellen, wie sein Körper näher kam, das leise Surren von etwas Greifbarem, Festem, das durch die Schatten des Abends zu ihr flog. Ein Jagdgeschwader eines Körpers in dichter Formation, Schlüsselbein, Brustkorb, Hüften, Penis. Füße, Waden, Schenkel, Penis. Hände, Schultern, Ellbogen, Penis. «Sarah liebt Simons Penis.» Sie hätte es mit ihrer Hutnadel in die Bar ritzen können, es war so ein aufrichtiges, romantisches Gefühl.

Der Übergang von Halsstoppeln zu Brustbehaarung, die Härte der langen Muskeln, wie bewegliche Armschienen. Und die paradoxe Weiche seiner blassen Haut. Wie die Haut eines kleinen Jungen, eine Haut, die immer sinnlich sein, immer zum Streicheln einladen würde. Eine Haut, die nur nach ihm roch, nach ihm, gargekocht in dieser faltenlosen Hülle. Sarah wollte diese seine Haut aufschlitzen, damit er sich in sie verströme. Sie rieb bei diesem Gedanken die Schenkel aneinander und wünschte sich, er wäre schon hier. Warum gingen sie überhaupt aus? Warum hatte sie ihn heute abend hierher schleppen wollen? Sie wollte es eigentlich gar nicht.

Viel lieber wäre sie zu Hause geblieben und hätte sich von ihm schälen und schälen und noch einmal schälen lassen. Er brachte sie auf Touren, er kurbelte ihr galvanisches Herz an, so daß sie kam und kam und kam, jeder Orgasmus schwindelerregender als der vorhergegangene.

Warum gingen sie aus? Warum nahmen sie Drogen? Weil dies einfach zuviel war für sie beide, weil dies, das spürte Sarah, durch ständiges Üben eher abgestumpft als geschärft, durch zu häufiges Betreiben ihnen sogar ausgetrieben werden konnte. Sie hatte Lykurg zwar nicht gelesen, aber wenn, dann hätte sie die Schönheit des spartanischen Gesetzes zum Ehebruch verstanden. Ehebruch wurde in Sparta nicht bestraft, doch wehe dem Mann, der bei der Liebe mit seiner Frau ertappt wurde – es bedeutete für beide den Tod. Dies schenkte ehelichen Beziehungen den Reiz der Gefahr, machte sie verboten und wahrhaft sexy. So war es für Simon und Sarah, das Sealink, die Drogen, die klaffende Lakune war ihr Lakonien.

Da war dies, aber da war auch noch Naheliegenderes, seine Exfrau und seine Exfreundinnen nämlich. Die vielen, vielen Exfreundinnen. Wer Simon entblätterte, fand nicht nur Simon, sondern auch noch eine Reihe russischer Puppenfrauen, ineinander verpackte, Gestalt gewordene Erinnerungen an den Sex mit ihnen. Er war eine Enzyklopädie des Kitzlerreibens, ein Kompendium des Mösenleckens, eine Britannica des Busenstreichelns. Wenn Sarah während des Liebesspiels daran dachte, trieb es ihr die Tränen in die Augen, obwohl er in ihr war. Manchmal dachte sie kurz vor dem Höhepunkt daran, wenn die Schauer sie schon durchliefen. Dann erbebte sie unter einem doppelten Schluchzen. Wenn sie schließlich erschlaffte, klammerte Simon sich an sie, verwirrt von der Verstörung, die er wissentlich verursacht hatte.

Wo war er? Warum war er nicht schon da, damit sie seinen Mast packen, sich im Tidenhub des Sealink an ihm festhalten konnte? War Simon erst einmal da, würde der ganze Abend zu einem schiefen Deck werden, auf dem sie beide Richtung Bett schlitterten, wie zwei Hände, die sich zuerst zum Bittgebet falteten, dann lustvoll zusammenpreßten. Wo war er nur?

Er war am Oxford Circus, stand, an einer filterlosen Camel saugend, vor dem Top Shop und sah über die Asphaltarena zum Riff der Regent Street hinüber, die in leichtem Bogen nach Süden führte. Er stand am Rand des Platzes, an ein Schaufenster gelehnt. Seine Schläfen pochten, und er fühlte sich klaustrophobisch. Die U-Bahn war schlimm, war, in zwei Worten, ein Fehler gewesen. Oder genauer, der Joint, den er am Sloane Square geraucht hatte, bevor er in die U-Bahn stieg, war ein Fehler gewesen. Er hatte auf eine kleine Ruhepause von seinem Körper gehofft, eine Exkursion der Seele, während der Leib ins West End transportiert wurde. Statt dessen aber hatte das Hasch mit deprimierender Vorhersagbarkeit, wie ein stämmiger Butler, noch mehr Unannehmlichkeiten, noch mehr schlechten Gefühlen die Tür geöffnet.

Auf der von Pendlern überfüllten Rolltreppe nach unten hatte es angefangen. Mein ganzes Leben lang, schoß es Simon durch den Kopf, starre ich schon diese im Untergrund versinkenden Menschenschlangen an, die roboterhaft, ohne sich zu berühren, aber in dichter Formation durch Tunnels und über Treppen strömen. Sie sind wie die Proleten in Langs «Metropolis». Genau wie die Proleten in Langs «Metropolis». Diese flüchtige, ziemlich oberflächliche Beobachtung lockte eine tiefere Erinnerung hervor, die nun wie eine scharfe Wasserbombe blubbernd in Simons Bewußtsein schoß. Er hatte «Metropolis» als Kind gesehen und war entsetzt gewesen über Langs Vision einer unmenschlichen, verstädterten und vom Moloch Maschine regierten Zukunft, hatte sie mit seinen sieben Jahren aber nicht als düstere Phantasie betrachtet. Für Simon war es eine Art Dokumentarfilm gewesen.

Und er hatte recht gehabt. Der Bericht einer Fliege an der Tunnelwand über die schlurfende Anonymität in frankensteinscher Zukunft, in der jeder Körper nicht mehr war als die Summe der Teile seines Nachbarn. Und Simon erblaßte vor dem Ticketautomaten, und unter der Zuganzeige schwitzte Simon; er spürte die Nahtwulst schweißfeuchten Tuchs an seinem Perineum scheuern – Eingeweidebulletineingeweidebulletineingeweidebulletin

Er hatte außerdem die Frau bei der Vernissage angelogen, diese aufdringliche Schreiberin von «Contemporanea». Es stimmte nicht, was er über seine bevorstehende Ausstellung gesagt hatte. Es stimmte nicht, was er über seine Liebe zum menschlichen Körper gesagt hatte. Er hatte keine Bilder gemalt, die das Ideal als eingebettet in reales Fleisch, reale Knochen, reales Blut darstellten. Er hatte das Irreale gemalt, die Peinigung und Verzerrung dieses Körpers durch die Metropolis, ihre Züge und Flugzeuge, ihre Büros und Wohnungen, ihre Moden und Monstrositäten, ihre Piazze und Pizzabuden.

Vor ungefähr einem Jahr, in der Zeit der Finsternis zwischen Jean und Sarah, hatte Simon mit George Levinson im Arts Club zu Mittag gegessen und sich dann einen Weg durch die Cremetortenstraßen Chelseas zur Tate geschnitten. Er wußte, warum. Er war wieder einmal blockiert, böse blokkiert. Nicht nur, daß er nicht malen oder zeichnen oder konstruieren oder schnitzen wollte. Er fühlte sich wie ein Stirnlappenkrüppel, der sich nicht daran erinnern konnte, warum man überhaupt malen oder zeichnen, konstruieren oder schnitzen sollte. Die Welt schien übervoll mit ihrer eigenen Bildlichkeit – bereits zu sehr wie sie selbst. In dieser Stimmung zwang er sich, unter großer Willensanstrengung einen Fuß vor den anderen setzend, in die Richtung des Museums.

Er war bekifft zum Essen gekommen und betrunken vom Tisch aufgestanden.

Der Besuch in der Tate war für Simon ein Akt des Masochismus. Mehr noch – ein mißlungener Akt des Masochismus. Simon kam sich vor wie ein Amtsrichter mittleren Alters mit einem Hang zur Peitsche, der an der Charing Cross Road einen Jungen aufliest, obwohl er weiß, daß das Geld an den Luden geht und die Polizei ihn den Massenblättern ausliefern wird.

Er hastete die breite Steintreppe hoch, huschte hinein und drückte sich im Krebsgang am Hauptsaal vorbei, den Blick vom Türbogen zu den Zeitgenossen abgewandt, damit ihm nur ja kein Bild seiner Kollegen oder, schlimmer noch, eins seiner eigenen ins Auge fiel. Er floh in die Renaissance und vertrieb sich dort eine Weile die Zeit, fütterte Rehe und Ziegen in der blauen Entfernung umbrischer Landschaften. Es bedeutete ihm nichts, die Farben, die Komposition der Figuren, die Blickwinkel, die religiöse Ikonographie. Jeder Aspekt der Bilder, die er anstarrte, war immer und immer wieder verleumdet worden von den matten und hochglänzenden Indiskretionen der Fotografie, der Werbung. Simon hätte es nicht überrascht, wenn aus dem Rahmen eines Tizian plötzlich eine Putte in einem Peugeot 205 herausgefahren wäre.

Er schlenderte weiter und versuchte, sich zu verirren, versuchte es aber nicht zu sehr, weil es dann nicht klappen würde, denn er kannte das Museum zu gut. Erinnerte sich daran, wie er mit sechzehn, kurz vor seinem ersten Kuß, mit einem Mädchen hiergewesen war. Sie waren, die Hände mit kindlichem Schweiß zusammenzementiert, durch die Säle gewandert, krampfhaft um Konversation bemüht, während er die Bilderleisten, Lüftungsschlitze, Feuerlöscher, Lichtschalter musterte, alles außer den erregenden Blakes, wegen denen sie vorgeblich gekommen waren. Ein solches Training – sich das Hirn zermartern, während der dünne sechzehnjährige Schwanz sich gegen die Hose stemmt und der schmale sechzehnjährige Brustkorb zum Schmelztiegel für das verzehrende Herz der Lust wird – genügte, um seinen Neuronen den Grundriß des Museums einzuprägen.

Aber er hatte sich verirrt oder wußte zumindest kurzfristig nicht, wo er war, als er den Kopf hob und zwei Leinwände von John Martin, dem apokalyptischen Maler des neunzehnten Jahrhunderts, sah, «Die Gefilde des Himmels» und «Der Sturz Babylons». Ersteres war eine ziemlich konventionelle Darstellung eines romantisch idealisierten Hochlands – blauere und gelbere Gipfel und Täler, die in einen dunstigen Horizont übergehen –, doch plötzlich erkannte Simon, daß das, was er ursprünglich für eine aus einer Felsspalte quellende Wolke aus Rauch oder Gischt gehalten hatte, tatsächlich ein riesiger Tumult von Engeln in dichter, aber unregelmäßiger Formation war. Es waren so viele, daß sie die Maßstäbe des Bildes völlig veränderten. Was für Simon ein von erhöhtem Blickwinkel aus gesehener Horizont von dreißig oder vierzig Meilen gewesen war, wurde nun zu ein- oder zweihundert Meilen irrealen, nicht lokalisierbaren Nirwanas. Eine impossibilistische Ansicht von einem anderen Planeten, eher auf die Sprühdosen und Computermanipulationen des Jetzt verweisend denn auf die vielschichtigen, manierierten Darstellungen des Damals.

Das andere Gemälde, «Der Sturz Babylons», war sowohl eine Ergänzung wie ein Korrektiv. Ein massiver Wirbel aus Stein, Holz, Wasser, Feuer und Fleisch, der in ein unsichtbares Spundloch der Vernichtung hinabgurgelte. Graugewandete Babylonier trudelten darin, kopfüber und holterdiepolter, die Glieder wie Dreschflegel, die Schlagsahnebärte der Schaum des Mahlstroms. Martin schien damit zu sagen … was? Nichts sagte er, hatte sich einfach mitreißen lassen von der schieren Mechanik der graphischen Zerstörung, die er geschaffen hatte. Darum ging es in diesem Bild: Daß Babylon diesen Augenblick der Explosion in sich trug, diese Keimzelle der Vernichtung, die in all der urbanen Solidität schlummerte.

Und falls Babylon nicht, warum dann nicht London? Und falls die Gefilde des Himmels nicht, warum dann nicht die Moore eines Kumulonimbus? Klecksige Wattebausche, die die durchhängenden Bäuche von himmelsquerenden Flugzeugen küßten. Warum nicht, warum eigentlich nicht? Simon mißtraute Epiphanien. Zu oft war er schon in Sackgassen naiven Bemühens getaumelt, um Augenblicken instinktiven Glaubens zu trauen. Aber er erkannte eine gute Metapher, wenn ihn eine amüsierte. Er erkannte ein Inspirationsgerüst, das ihm Halt geben würde, wenn auch nur zum Heimwerken.

So war es mit der Serie moderner apokalyptischer Bilder gewesen, die er in der Woche darauf begonnen hatte. Auf Martins Leinwänden war der Körper verletzt oder unverletzt, aber immer verletzbar. Auf Simons waren die menschlichen Körper kaum lebensfähig: Termitenmassen aus Langs Großstadt, die Körper uniform, die Uniformen körperähnlich. Insektoide Menschen – Chitinpanzer, Außenskelette. Sie saßen in Reihen, in einem Flugzeug von der Größe einer dahinrumpelnden Kathedrale, einem Chartres der Lüfte, ganze Chöre und Querschiffe voll von ihnen, studierten Leseblöcke aus Holz mit filigran herausgeschnitzten Seiten und spielten Donkey Kong mit zuckenden Daumen, massierten die winzigen Plastikkitzler.

Simon stellte sich ein riesiges Gemälde vor, die Darstellung des Innenraums einer Boeing 747, deren Nase auf der Erdoberfläche zerschellt, nach einem flügelkappenden Zehn-Meter-pro-Sekunde-Sturzflug auf den Betonboden eines leeren Trinkwasserreservoirs in der Nähe von Staines. Zerfetzte Hüllen menschlicher Körper, nun selbst fliegend im Inneren des sich auflösenden Flugzeugs, wahre Schwerelosigkeit im letzten Augenblick, bevor ihre Erdung ihre Beerdigung vorwegnimmt.

Und nachdem ihm dieses Gemälde gelungen war, folgten andere auf dem Fuß. Es waren alles Darstellungen der denkbar sichersten und langweiligsten Lokalitäten modernen urbanen Lebens, aber alle im Griff einer destruktiven Urgewalt, die die menschliche Fracht durchschüttelt, durcheinanderwirbelt und letztendlich zerfetzt. Der Saal der Londoner Börse unter einer Flutwelle; die Schalterhalle der U-Bahn-Station King's Cross an jenem Novemberabend des Jahres 1987 im Augenblick der Explosion; das Autodeck einer Roll-on-roll-off-Fähre, als der grüne Brecher hereindonnert und rote und blaue Autos hinausspült; der Ebola-Virus beim Angriff auf Ikea, die ziehenden Horden frischvermählter Stapelwarekäufer händchenhaltend im Zustand der Verflüssigung. Und so weiter und so fort, insgesamt zwanzig Bilder.

Und obwohl Simon sich im Augenblick der Inspiration vorgestellt hatte, daß all diese Bilder satirisch sein und die Vergänglichkeit alles scheinbar Unvergänglichen zum Thema haben würden, merkte er bei der Arbeit, daß dem nicht so war. Daß die Bilder nichts mit den Schauplätzen, den Hintergründen zu tun hatten. Daß diese kaum mehr waren als Montagen, krude Skizzen von Bergmassiven und Unterwasserriffen, auf die Kinder Abziehbilder passender menschlicher Figuren kleben konnten. Und daß diese Figuren das eigentliche Thema der Bilder waren.

Der menschliche Körper war – diesen Eindruck hatte Simon – aus einer örtlich begrenzten Leere, über einen Überhang der Zeit hinausgestoßen worden; jetzt hing er da, ein Navajo an einem Stahlgerüst, der sich den Kopf zermarterte, wie er diese Steilwand eben konstruierter, konkretisierter Technologie bewältigen sollte. Der Wind hatte sich gedreht und Simons menschliche Objekte verrenkt in jenen Haltungen hinterlassen, die nötig waren, um in dieser Welt terminaler Belastung zu überleben. Ein Riß lief durch den Turm von Babylon und hinterließ die Sprachgemeinschaften auf allen fünfhundert Stockwerken mit verdrehten Schultern und Hälsen. Das war es, was er ausdrücken wollte, aber war der Verlust der Feinabstimmung seines Körpers dem vorausgegangen oder eine Folge davon? Er wußte es nicht.

Ungefähr zu dieser Zeit hatte er Sarah kennengelernt. Aber er war sich nicht sicher, ob es zwischen ihnen funktionierte oder nur sein artistisches Fungieren funktionierte. Er wußte nur, daß in diesem letzten Jahr die Tage länger geworden waren, daß sie angefüllt waren mit Malen und den neuen Leuten, die sie ihm vorstellte. Daß er nach durchzechten Nächten Kopfschmerzen gehabt hatte, was ein hoffnungsvolles Zeichen war, denn davor – in der Zäsur, dem Und zwischen Jean und – hatte er nur Schmerzen gehabt, keinen Kopf – für nichts. Außerdem, daß seine Kinder ihm wieder nähergekommen waren, daß sie sich bei ihm wieder wohl fühlten. Spürten, daß die Parasiten, die ihn von innen her auffraßen, zumindest für den Augenblick satt waren.

Wo war er? Er war am Oxford Circus, stand, an einer filterlosen Camel saugend, vor dem Top Shop und sah über die Asphaltarena zum Riff der Regent Street hinüber, die in leichtem Bogen nach Süden führte. Er stand am Rand des Platzes, an ein Schaufenster gelehnt. Seine Schläfen pochten, und er fühlte sich klaustrophobisch, als er sich vorstellte, daß ein riesiger Affe die Szene betrat. Ein postimperialer Kong, der die Scheiben der Kaufhäuser zertrümmerte und mit seinen Pranken zappelnde Menschen herauszog, die sich zwischen seinen Fingern wanden und sich im kabeldicken Fell seiner riesigen Handrücken verfingen wie die Termiten, die sie waren. Diese Menschen waren Häppchen für den Gott, Sushi für den Fleischgewordenen. Er zupfte sie aus seinem

Fell, betrachtete ihre verzerrten Gesichter und schob sie sich dann zwischen die Zähne, von denen jeder so groß war wie ein Zahnarzt.

Hmmm ... Knusprig ... und doch saftig. Das Knirschen und Mahlen dieses Parkplatzes von einem Mund erfüllte das Viertel, Biolärm, der lauter war als mechanisches Getöse. Er hielt inne und spuckte einen Verkehrspolizisten aus, dessen reflektierender Brustgurt sich zwischen Siebener und Achter unten verfangen hatte. Untaugliche Zahnseide. Er beugte die mächtigen Arme, trommelte auf das Dach von Hamley's und stieß ein mächtiges «*HoooGraah!*» aus, das zu bedeuten schien: Ich bin Körper. Ich bin *der* Körper. Vergiß den Vater. Vergiß den Sohn, und piß auf den Heiligen Geist.

Dann stolzierte dieser pantagruelische Pongide durchs Viertel, kickte Autos durch die Gegend wie metallische Rasenstücke, fraß Doppeldeckerbusse wie Doppeldeckerburger und kauerte sich schließlich mitten auf den Circus, um ächzend und drückend einen Kothaufen von der Größe eines Zeitungskiosks zu produzieren, eine Wurst, die sich wakkelnd von Stumpen zur Zigarre verlängerte und schließlich aus fünfzehn Meter Höhe auf die rasierten Köpfe einer Horde modegeplagter Fahrradkuriere plumpste, die wie Kühe bei einem Gewitter im Freien Schutz gesucht hatten.

Simon schüttelte den Kopf, seine Sicht wurde wieder klar, ein Bild ergab sich aus Flecken und Klecksen von Menschheit, die jetzt auf Bodenhöhe herumwuselten. Er sah auf die Uhr, merkte, daß er spät dran war, und machte sich auf in Richtung Sarah, in den Sealink.

3

Dr. Zack Busner, klinischer Psychologe, praktischer Arzt, radikaler Psychoanalytiker, Antipsychiater, avantgardistischer Anxiolytika-Forscher und ehemalige TV-Persönlichkeit, stand aufrecht vor dem Badezimmerspiegel und pulte sich Krümel aus dem dichten Fell an seinem Kinn. Er hatte Toast zu seinem ersten Frühstück heute morgen gehabt und es wie immer geschafft, eine beträchtliche Menge Schwarzkirschenkonfitüre in seine Behaarung anstatt in den Magen zu bekommen. Er hatte sich das Fell im Halsbereich gründlich gewaschen – mit Hilfe des Wasserkamms, den die Busners extra für diesen Zweck hatten –, aber die Krümel weigerten sich beharrlich, zusammen mit der Konfitüre zu verschwinden. Und je heftiger er sie herauszupulen versuchte, desto tiefer gruben sie sich ins Fell.

Macht nichts, dachte er und machte sich ans Ankleiden, Gambol kann sich auf dem Weg ins Krankenhaus drum kümmern. Gambol, Busners Forschungsassistent, wurde oft herangewunken, um seinen Chef zu lausen. Wie natürlich auch all die anderen Assistenzärzte, Schwestern und Hilfskräfte im Heath Hospital, ob nun der psychiatrischen Abteilung zugeordnet oder nicht. Heutzutage eilten die leitenden Ärzte – und manchmal sogar die Verwalter – herbei, wenn Busner ins Krankenhaus geschwungen kam, um ihre Finger in sein Fell zu bekommen. Wenn sie ihm nicht wenigstens ein flüchtiges Ehrerbietungslausen verabreichen konnten, präsentierten sie vor ihm und eilten dann wieder ihrer Arbeit zu.

Denn Busner, der in jüngeren und mittleren Jahren ein unorthodoxer, um nicht zu sagen versponnener Psychiater gewesen war, hatte mit zunehmendem Alter etwas wie Ehrbarkeit gewonnen. Die doktrinären Exzesse der Quantitätstheorie des Irrsinns, an denen er, frisch aus der Analytikerausbildung unter dem legendären Alkan, beteiligt gewesen war, waren schon längst vergessen. Die Theorie wurde inzwischen – falls Schimpansen überhaupt noch einen Gedanken daran verschwendeten – als amüsante Hirnverbranntheit betrachtet, als psychosoziale Version des Logischen Positivismus, des Marxismus oder Freudianismus. Offensichtlich waren die Voraussagen, derentwillen man sie entwickelt hatte, gründlich widerlegt worden, und doch war eine zweite Generation von Apologeten entstanden, die diese Theorie mit dem Hinweis verteidigte, die empirische Verifizierbarkeit einer Hypothese dürfe nicht das einzige Kriterium zur Beurteilung ihrer Bedeutung sein.

Busner nahm das frisch gebügelte Hemd vom Kleiderbügel an der Tür und streifte es sich über die gerundeten Schultern. Seine Finger waren noch so geschickt wie eh und je. Schnell knöpfte er es zu, und trotz der Arthritis, die ihn inzwischen plagte, gelang es ihm, mit dem Daumen am Knöchel des Zeigefingers die erforderliche Drehbewegung auszuführen. Als er seine gewohnte Mohairkrawatte zur Hand nahm, sie sich um den dicken Hals legte, den Knoten band und dann den Kragen umklappte, sah er sich außerdem durch die Geschmeidigkeit seiner Bewegungen im Spiegel bestätigt.

Er ließ den Kragenknopf offen und den Krawattenknoten locker – damit Gambol besser an die Krümel kam. Unterdessen hatte sein Fuß, ohne daß er es sich bewußt gemacht hatte, nach dem Kamm auf dem Glasregal unter dem Waschbecken gegriffen, und jetzt kämmte er sich, gedankenverloren sein eigenes Spiegelbild musternd, die Schnauze.

Ein markanter Brauenwulst mit einer feinen Krönung silbergrauer Haare, ein sehr flacher Nasenrücken mit regelmäßigen mandelförmigen Nüstern, keine Schlaffheit der Schnauze, nur einige Fältchen, die schräg die glatte Haut seiner vollen und froschähnlichen Oberlippe durchzogen. Seine

Lippen war so sichelförmig und straff großzügig wie in seiner Jugend.

Nicht schlecht für einen Schimpansen von knapp fünfzig Jahren, dachte er und bauschte die langen Strähnen grauen Fells, die seine Glatze umgaben, zu einem Heiligenschein auf. Keine Spur eines Kropfes, keine Räude und keine Geschwüre. In dem Zustand schaffe ich die Sechzig! Er streckte die breite Brust heraus und beugte die langen Arme. Zwar traf es zu, daß seine Gesichtszüge in Bewegung – was sie fast ständig waren – einen Eindruck kaum zu bändigender Vitalität vermittelten, doch in der Ruhe erschlafften sie etwas, weichten auf zu einem Erdrutsch des Fleisches, epidermischer Erosion. Aber Busner bemerkte davon nichts. Distinguiert, ja das bin ich, stellte er fest und drehte sich, um ein Tweedsakko von ungewöhnlicher Flauschigkeit von einem zweiten Kleiderbügel zu nehmen.

Busners Rückkehr in die Rolle des populären Medienstars, die er in jungen Jahren mit viel Selbstbewußtsein – einige mögen es auch Aufgeblasenheit nennen – ausgefüllt hatte, war durch Reife gemildert worden. In den vergangenen fünf Jahren hatte er drei Bücher * veröffentlicht, die seinen Ruf enorm gesteigert hatten. Auch wenn sie unübersehbar Sammlungen von Krankengeschichten seiner Patienten waren, hatte er doch das seltene Kunststück geschafft, ziemlich schwierige Themen und Theorien aus den Bereichen der Psychologie und der Neurologie einem breiten Publikum zugänglich zu machen. Und dies war nicht durch Trivialisierungen erreicht worden. Busner war stolz darauf, seinen Lesern nicht mit Herablassung zu begegnen.

Der zweite bemerkenswerte Aspekt seiner Bücher war die

* «Der Schimpanse, der einen Sessel begattete», 1986, «Nestbau», 1988, und «Ein Primatologe erinnert sich», 1992, alle bei Parallel Press, London und New York.

Hingabe, mit der sich Busner seinen ungewöhnlichen Patienten gewidmet hatte. Er hatte eine Methode der Beobachtung und Darstellung entwickelt, die die Objektivität und den Rationalismus seiner medizinischen Ausbildung in Edinburgh in den Sechzigern mit dem imaginativen Schwung und der kreativen Disziplin aus seiner Analytikerausbildung unter dem legendären Alkan* und der existentiellen Phänomenologie seiner Arbeit im Concept House, das er in den Siebzigern in Willesden geführt hatte, verband. Auf diese Art wurden seine Patienten sowohl unter klinischen Bedingungen studiert wie von Busner selbst in die Außenwelt eingeführt.

«Das Wichtigste», pflegte Busner seinen Studenten und Anhängern zu fingerzeigen, «ist es, eine intersubjektive, *tschup-tschupp*, Herangehensweise zu entwickeln, die es ermöglicht, in das, *yugg-yugg*, morbide Bewußtsein des Patienten einzudringen und die Welt mit seinen Augen zu sehen. Es genügt nicht mehr, gewissen Störungen gegenüber eine harte psychologische Haltung einzunehmen oder sie als motivational begründet und deshalb ausschließlich innerhalb der Grenzen der, *huh*, ‹reinen› Psychiatrie zu betrachten.»

Nun hatte zwar diese «intersubjektive Herangehensweise» offensichtliche und solide begründete Vorzüge, intellektueller wie auch ethischer Natur, gewisse Kritikaster ließen es sich jedoch nicht nehmen, auf die beschönigenden Tendenzen der Methode hinzuweisen. Wie andere morbid ergreifende Schicksalsgeschichten lieferten auch Busners Krankengeschichten guten Lesestoff und höchst unterhaltsame Episoden fürs Fernsehen. Zum Zwecke des Studiums der verdrehten Phänomenologien seiner Patienten ging Busner Wasserschilaufen mit doppelseitig Gelähmten, in die Oper mit chronischen Epileptikern, und zu Technopartys mit juveni-

* Für eine ausführliche Diskussion von Alkans analytischer Methode siehe seinen Essay «Implizierte Verfahren der Psychoanalyse» («British Journal of Ephemera», März 1956).

len Schizophrenen. Und in der Verlagsszene wurde es beinahe zu einem Muß, Busner und einen seiner Schützlinge als Partygäste zu haben.

So wurden Schimpansen, die in den Fängen des Tourette-Syndroms unwillkürlich zuckten und bellten, oder parkinsonsche Schimpansen, deren Arme und Beine unter den Nebenwirkungen des L-Dopa merkwürdig wogten, oder hirngeschädigte Schimpansen, deren gestikulatorische Bemühungen sich in der Bandschleife akuter Amnesie verfingen, ein vertrauter Anblick neben konventioneller kommunizierenden Literaturagenten, Autoren und Feuilletonisten, die sich um Canapés und Gratisgetränke rangelten. «Das ist», fingerzeigte Busner den Grüppchen, die sich bei solchen Anlässen um ihn versammelten, «eine praktische Demonstration der, *gru-nn,* Schimpansität meiner Herangehensweise an diese Störungen. Indem ich diese Schimpansen in solche Umgebungen bringe» – an diesem Punkt brach er für gewöhnlich ab, um dem betreffenden Schimpansen ein fürsorgliches Lausen zu verabreichen –, «demontiere ich, *tschup-tschupp,* aktiv die ideologischen Kategorien, die unseren Begriff von dieser Krankheit verstellen.»

Busner zog sich fertig an und sprang hoch, um den Rückansichtsspiegel an seinem Schwenkarm von der Decke herunterzuziehen. Ist mein Anus sauber? dachte er, schickte eine forschende Hand seinen breiten Rücken entlang zu den Falten und Fältchen seiner gelblich-rosigen Gesäßhaut und hob sie dann an geblähte Nüstern und zuckende Lippen. Doch trotz des entsetzlichen Durchfalls, der ihn am vergangenen Abend nach dem Besuch im L'Escargot geplagt hatte, schien sein Hintern bestens gepflegt. Gambol kann sich auf dem Weg zum Krankenhaus noch einmal drum kümmern, beschloß er, und nach einem letzten Zurechtzupfen des Sakkos, damit sich der Saum auch wirklich oberhalb seines prächtig leuchtenden Arschlochs befand, schaltete er das Badezimmerlicht aus, federte sich munter von dem Handgriff neben der Tür ab und jagte, mit mächtigen baumelnden Hoden, den Korridor entlang.

Busners Wiederernennung zum psychiatrischen Facharzt im Heath Hospital traf mitten in diese Renaissance seiner professionellen Popularität. Und obwohl von ihm noch eine gewisse Teilnahme an der alltäglichen Plackerei der Patientenbehandlung erwartet wurde, ging man im Verwaltungsrat doch mehr oder weniger davon aus, daß seine Anwesenheit hier die des großen alten Schimpansen der psychiatrischen Zunft war, der dem Ruf des Krankenhauses zusätzlichen Glanz verlieh. Man gestattete ihm Gambol als Forschungsassistenten, er durfte sich die Patienten, auf die er sich konzentrieren wollte, frei aussuchen und konnte darüber hinaus die Neuaufnahmen anderer Krankenhäuser in der Gegend in Augenschein nehmen, um sich die auszuwählen, die guten Stoff für seine Bücher lieferten.

Da Busner sich im Augenblick zwischen zwei Projekten befand, freute er sich nicht gerade auf den Tag. Für den Vormittag war eine ermüdend langweilige Abteilungsbesprechung angesetzt, und am späten Nachmittag mußte er ins University College, um die zweite seiner öffentlichen Vorlesungen über Autismus zu halten. Diese Reihe mit dem Titel «Schimpansen, die sich alleine lausen» erwies sich als ungemein populär. Als er sich zu Beginn seiner ersten Vorlesung aufs Podium schwang, stellte er erfreut fest, daß sich nicht nur die erwartete Schar ausländischer Studenten – vorwiegend Bonobos – versammelt hatte, sondern auch viele Laien und Studierende der psychologischen und primatologischen Fakultäten.

Dennoch hatte das Thema Autismus für ihn ziemlich an Reiz verloren. Das meiste von dem, was er dazu sagen wollte, hatte er bereits in seinem Buch «Ein Primatologe erinnert sich» zum Ausdruck gebracht, und die Aussicht, das noch einmal durchzukauen, wenn auch vor großem und empfänglichem Publikum, war nicht besonders aufregend. Was ich brauche, dachte er und polterte, zwischen den auf unterschiedlichen Höhen angebrachten Handgriffen hin und her pendelnd, die Treppe hinunter, ist eine neue Krankengeschichte mit einem Syndrom oder einer Symptomatologie, wie sie in der Psychiatrie oder Neurologie noch nie beschrieben wurde. Etwas Beispielloses, das möglicherweise eine umfassende Neubewertung des Wesens der Schimpansität erfordert!

Vor der Küchentür hielt er kurz inne, um sich für das Tohuwabohu seiner Gruppe zu sammeln, sprang dann hoch zum Türsturz und schwang sich hinein.

Der Anblick, der sich dem angesehenen Arzt bot, als er auf den Füßen landete und sich aufrichtete, war so, wic er ihn erwartet hatte. Die Busners waren eine große Gruppe und so fortschrittlich traditionell, wie es ihren medizinischen und akademischen Neigungen entsprach. Sie waren stärkerer Fluktuation unterworfen als die meisten Mittelschicht-Akademikergruppen, mit einem Kern von zehn bis fünfzehn Mitgliedern, die sich ständig im Haus der Gruppe an der Redington Road aufhielten.

Zack Busner war ein eifriger Verfechter der Segnungen des Patrouillierens bei Jugendlichen, und es kam häufig vor, daß er männliche jungerwachsene Mitglieder der Gruppe eigenhändig aus dem Haus warf, was bei naseweisen Nachbarn im baumbestandenen Milieu Hampsteads für hochgezogene Brauenwülste und fragende Keuchrufe sorgte. Auch weibliche Jungerwachsene konnten in Schwierigkeiten kommen: Wenn ihr Alpha der Ansicht war, daß sie eine Brunst ausschließlich mit endogamer Paarung vergeudeten, streifte er durch Hampstead und suchte höchstpersönlich passende Freier für sie aus.

Doch im Verlauf der Zeit, während sich seine Herrschaft

als Alpha-Männchen zuerst über fünf, dann zehn und nun schon über beinahe fünfzehn Jahre erstreckte, hatte für ihn die Verbindung der Gruppe dieselbe Bedeutung erhalten wie ihre Trennung. Wenn, wie im Augenblick, sich zwei oder vielleicht sogar drei der Busner-Weibchen gleichzeitig in der Brunst befanden, nahm Zack den Zustrom von männlichen Gruppenmitgliedern bereitwillig hin. Auch wenn das bedeutete, daß er geradezustehen hatte für die Flugkosten derjenigen seiner heranwachsenden Schützlinge, die darauf bestanden, aus Bali oder von der Côte d'Azur nach London zurückzukehren, um sich endogam zu paaren.

Wenn das passierte, war das Haus zum Bersten voll mit Schimpansen jeden Alters, vielleicht dreißig insgesamt, die sich zankten und prügelten, lausten und kopulierten. Aber das alles trug nur zu der gutmütigen Verspieltheit bei, die die Gruppe in Busners Augen charakterisierte, und er nahm es gelassen hin – auch früh am Morgen.

Der erste Schimpanse, den Busner bemerkte, war Charlotte, das Busnersche Alpha-Weibchen, das auf der dreiteiligen Treppe kauerte, die den Eß- vom Kochbereich trennte, und von David, dem Gamma-Männchen, mit seiner charakteristischen extremen Nonchalance begattet wurde. David hatte sich nicht einmal die Mühe gemacht, zum Akt die Zeitung wegzulegen, und Busner sah, daß er sie aufgeschlagen auf Charlottes Rücken liegen hatte und im Stoßen die Leitartikelseite überflog. Eine Horde Kinder versuchte sich dazwischenzudrängen und sprang David auf Rücken und Schultern. Busner erkannte nur eins der Jungen, Alexander, seinen kleinsten Sohn. Aufgewecktes Kind, dachte er, denn Alexander, obwohl erst zwei, hatte es geschafft, sich an dem Beleuchtungskörper über den beiden zitternden Körpern festzuklammern, und schwang jetzt, an einem Arm hängend, seinen winzigen Körper hin und her und trat David in die Schnauze.

Busner überflog mit einem Blick den Rest des Zimmers, Kinder, die sich mit ihrem zweiten Frühstück aus Schlehen und Zimtäpfeln bewarfen, Erwachsene in den Ecken, die einander mißmutig schmollend lausten, zwei junge Mütter beim Stillen, zwei andere, die im Eßbereich weitere Schüsseln mit dem zweiten Frühstück füllten. Die ganze Szene war hell erleuchtet vom Sonnenlicht, das durch die offenen Verandatüren strömte, und aus dem Garten trotteten schrill wiehernd und die Mähne schüttelnd zwei der allgegenwärtigen Busnerschen Schoßponys herein.

«HoooH'Grah!» keuchrief Busner und trommelte ein wenig auf den Türstock, wie es seinem Rang entsprach. Er fingerzeigte Paula, einer seiner jüngeren Töchter, daß sie ihm sein zweites Frühstück bereiten solle, und stolzierte dann mit halb gesträubtem Fell zu dem kopulierenden Paar hinüber.

Bei seinem Erscheinen in der Tür hatten alle anderen erwachsenen Männchen der Busner-Gruppe mit Keuchrufen David gewarnt, der nun dem Höhepunkt entgegenkreischte. Als der Patriarch das Zimmer durchquerte, präsentierten alle Mitglieder der Gruppe, ob alt, jung, männlich oder weiblich, das Hinterteil, und jeden bedachte er mit einer zärtlichen Berührung oder einem aufmunternden Gruß, hier ein Kuß, dort ein Streicheln.

Eine lockere Schlange Männchen zog sich vom Eßbereich herunter, mehr oder weniger der Dominanzordnung entsprechend, Henry hinter David, Paul hinter Henry. Busner wunderte sich, warum man David den Vortritt gelassen hatte, doch als er die Frühstückstheke am Absatz der kurzen Treppe umrundete, sah er, daß Dr. Kenzaburo Yamuta, das distale Zeta-Männchen, heftig mit seiner Tochter Cressida an der Geschirrspülmaschine kopulierte, während Colin Weeks und Gambol warteten, daß sie an die Reihe kamen.

«Morgen, *tschup-tschupp*, Zack», zeigte Kenzaburo und zog sich von Cressida zurück. «Lust auf eine Nummer hier?»

«Nein, nein», gegenzeigte Busner, während er David einen liebevoll brutalen Klaps verpaßte. «Ich werd' – *huh-huh-huh* –» er stieß ein zufriedenes Grunzen aus, während er behende in Charlotte eindrang, die sich an ihn drückte, um ihn tiefer in sich zu ziehen – «mich erst mal um meine, *tschup-tschupp,* liebe Alte kümmern.» Busner zitterte und schauderte, keuchte, kreischte und klackte dann laut mit den Zähnen vor Befriedigung, als er das weiche, feuchte Kissen von Charlottes Geschlechtsschwellung an seiner Lende spürte. Aber er mußte fast eine Minute stoßen, bis er zum Höhepunkt kam, und während der ganzen Zeit knallte ihm Alexanders Fuß gegen die Stirn, und ein paar ältere Kinder tollten, die kleinen Hände in seinem Fell vergraben, auf seinem breiten Rücken herum.

Nicht mehr wie früher, dachte er wehmütig, als er sich von Charlotte zurückzog und sich mit einem Tuch abwischte, das Frances, das Epsilon-Weibchen, ihm fürsorglich gereicht hatte. Ich weiß noch gut, beim ersten Mal mit Charlotte, da habe ich in weniger als zehn Sekunden abgespritzt! *Hooh,* wie toll war das, die Jugend ist bei den Jungen doch die reinste Verschwendung. Er fingerzeigte Frances seine Dankbarkeit und blieb noch eine Weile bei Charlotte, kraulte ihr das feine rötlichbraune Fell an den Ohren, während Henry, heftig mit den großen gelben Zähnen klackend, sie bestieg.

Als Zack den Kopf hob, sah er, daß Cressida mit Kenzaburo fertig war und jetzt vor ihm präsentierte, ein leichtes, ermutigendes Lächeln auf ihrer sanften, leberfleckigen Schnauze. Busner lachte, keuchte, leckte sich die Lippen und paarte sich mit ihr in weniger als dreißig Sekunden, und sie beide kreischten dabei vor Vergnügen. Cressida war seine Lieblingstochter – obwohl er gar nicht so recht wußte, warum. Ihre Schwellung konnte es jedenfalls nicht mit der Bettys oder Isabels aufnehmen, aber ihre freudige Unterwürfigkeit und ihr überfürsorgliches Bemuttern hatten etwas sehr Ergreifendes. Auch wenn man Busner nicht als verbohrten Macho bezeichnen konnte, fingerzeigte er doch gern, wenn er gelegentlich einmal mit seinen Kollegen nach der Arbeit auf einen Drink in den Flask ging: «Von meinen siebzehn Nachkommen ist sie diejenige, die ich am meisten mag ... den siebzehn, *h'hie-hie,* von denen ich weiß!»

Busner spürte, daß Gambol ihm Zeichen unter den rechten Arm drückte, während er mit Cressida kopulierte, aber er beachtete es nicht. Doch als er sich anschließend mit einem frischen Tuch, das ein anderes Weibchen ihm gegeben hatte, abwischte, drang ihm Gambols fragender Keuchruf in die Ohren.

«H'huuh», rief Gambol und zeigte: «Es hat sich etwas ergeben, Zack, etwas, das sehr interessant klingt –»

«Yugg-yugg, kann denn das nicht warten, Gambol, ich hatte ja noch nicht einmal mein zweites Frühstück», gegenzeigte Busner und sprang in einer Mischung aus postkoitaler Euphorie und Verärgerung über die Frühstückstheke. Er setzte sich auf einen der Stühle an dem großen runden Kiefernholztisch, der den Eßbereich dominierte, und bedeutete Isabel, der Delta, ihm die beiden vollen Schüsseln mit Zimtäpfeln und Schlehen zu bringen.

Busner nahm den «Guardian» zur Hand, der auf dem Tisch lag, blätterte zu den Auslandsnachrichten und überflog die Schlagzeilen: «Neue Bonobo-Massaker in Ruanda», «Präsident Clinton dringt auf Waffenstillstand in Bosnien», «Vorwürfe des Bonoboismus bei der Auswahl der Geschworenen im O.-J.-Simpson-Prozeß». Elend, Elend, nichts als Elend und Gewalt, seufzte Busner innerlich, als er das las. Vielleicht hat Lorenz ja recht mit seiner Hypothese, daß der gegenwärtige traurige Zustand der Schimpansenheit eine schlecht angepaßte Reaktion auf die Überbevölkerung, auf den Verlust unserer natürlichen Lebensart ist.

«Chef.» Gambol hatte seinen dürren Körper unter den Küchentisch geschlängelt und befingerte Busners baumelnden linken Fuß. «Es ist wirklich etwas, *gru-nn*, Aufregendes, etwas, das wir meiner Meinung nach unbedingt gesti-» Busner schnitt ihm das Zeichen ab, indem er seinen Fuß wegzog. Mit einer Behendigkeit und Kraft, die seine lange Herrschaft über die Gruppe erklärten, lehnte er sich auf dem Stuhl nach hinten und verpaßte Gambol einen präzisen und energischen Schlag auf den Hinterkopf. Der Stoß betäubte den glücklosen Forschungsassistenten kurzfristig, und er landete ausgestreckt auf der Seegrasmatte. Busner setzte sofort nach, indem er vom Stuhl sprang und Gambol seine großen Füße ins Kreuz stemmte.

«Wraaf!» bellte der berühmte Psychiater, packte das Epsilon-Männchen am Genick und zeigte ihm mit dem linken Fuß in die Schnauze: «Halt die Finger, Gambol, du kleiner Scheißer. Wenn ich will, daß du mich bei meinem zweiten Frühstück störst, du elender, zweitrangiger Schleimer, dann zeig' ich es dir, aber im Augenblick behalt verdammt noch mal die Finger bei dir! *Waah!*»

«Tut mir leid, Chef, tut mir leid!» wedelte Gambol hektisch, und seine Hände schossen aus dem Kokon seines zusammengekrümmten Körpers hervor. «Ich wollte, *iek-iek*, Sie nicht verärgern, bitte nicht schlagen, bitte.» Er kauerte sich hin und präsentierte Busner den zitternden Steiß.

«Schon gut, mein Kleiner, ich wollte nicht so fest zuschlagen, was soll's», gestikulierte Busner leise grunzend. «Bist doch mein liebster Purzelschnurzel-Forschungsassistent.» Er streckte die Hand aus, die nach dem Schlag, den er Gambol verpaßt hatte, noch immer höllisch schmerzte, und strich Gambol zärtlich über das zerzauste schwarze Fell. Eine Weile lauste Busner Gambol und entfernte etwas, das aussah wie verkrustetes Tipp-Ex, aus dem dichten Fell zwischen den Schulterblättern des Epsilon.

Typisch aufstrebender junger Intellektueller, dachte Busner, während er in Gambols Fell Scheitel um Scheitel aufstrich. Laust nicht genug, kopuliert nicht genug. Ich schätze, ohne seine Position als mein Faktotum hätte er in der Hierarchie überhaupt keinen Stand, schon gar nicht Epsilon. Er beendete sein rein formelles Beruhigungslausen mit einem Kniff in Gambols Nackenhaare.

Gambol entfernte sich, noch immer präsentierend, vom Tisch und fuchtelte hinter dem Rücken mit den Händen: «Danke, Zack, danke, ich erkenne Ihre Oberhoheit an, ich bewundere Ihre Erhabenheit, ich verehre Ihre Herrschaft über die Gruppe, Ihre Afterfalte umfängt uns, *grnnn.*»

«Hol das Auto aus der Garage, Gambol», zeigte Busner unwirsch. «Wir fahren in zwanzig Minuten ins Krankenhaus, gleich nachdem ich mit meinem zweiten Frühstück fertig bin.» Busner schwang sich wieder auf den Stuhl und schob sich einige Schlehen in den Mund, zermalmte sie mit seinen starken Backenzähnen und genoß ihren bitteren Saft. Er zog sich den «Guardian» wieder heran, und mit aus langer Erfahrung erwachsener Leichtigkeit verschloß er die großen, knotigen Ohren vor dem Lärm in der Küche, dem Kreischen der Kinder, dem Keuchen der kopulierenden Erwachsenen und dem Wiehern der Schoßponys.

Zack brauchte um einiges länger als zwanzig Minuten, um sein zweites Frühstück zu beenden. Der Milchmann brachte die zweiwöchentliche Rechnung vorbei, und das war Grund genug für eine zweite Paarungsrunde, wie auch die Heimkehr von Dave 2, einem weiteren Busnerschen Nachkommen, der für eine gemeinnützige Bonobo-Organisation in Hackney arbeitete. Als alle anwesenden Männer Charlotte und Cressida gedeckt hatten, war es schon beinahe zehn.

«Ich muß los, Liebes», zeigte Busner Charlotte, die mit leicht blutender Vagina noch immer auf der Treppe kauerte. «Übertreib's nicht mit dem Paaren, denk daran, was in der letzten Brunst passiert ist. *Grnnn,* es dürfte nicht zu spät werden. Ich glaube, ich komme gleich nach der Vorlesung zurück, möchte heute nachmittag noch ein bißchen zu Hause lesen. *H'huuh?*»

«Schon gut, Zack, aber du weißt doch, wie schwer es ist, sie abzuweisen, und es sind so viele jungerwachsene Männchen im Haus, was soll ich denn ma-» Sie hielt mitten im Gestikulieren inne. Einer der erwähnten Jungerwachsenen, William, schlenkerte ein paar Geschirrtücher herum und versuchte, mit dieser armseligen Werbungspose Charlotte auf sich aufmerksam zu machen.

Busner betrachtete William. Das junge Männchen entwickelte sich sehr gut, glattes schwarzbraunes Fell, elegante Nasenwülste, ordentlich abgeplatteter Nasenrücken, blasse Schnauze – jeder Zoll ein Busner. *«Hooo Grnnn»*, keuchgrunzte William mit oszillierender Stimme und zeigte dann: «Darf ich dich begatten, bitte, Tante, bitte, *huuh?*»

Busner ging zu William und versetzte ihm mit der linken – noch nicht so arthritischen – Hand ein paar kräftige Schläge auf die Schnauze. *«Wraaf!»* bellte er und zeigte: «Laß deine arme Tante in Frieden, siehst du denn nicht, in welchem Zustand ihre Vagina ist? Sie hat schon genug Erwachsene zum Paaren in dieser Brunst, da kann sie sich nicht auch noch um euch Dreikäsehochs kümmern.»

«Tut mir leid, Alph, tut mir leid, Tante», fingerzeigte William und floh wimmernd in den Garten.

Busner drehte sich um und musterte den Raum mit seiner tollenden Schimpansenhorde. *«HoooGraah!»* keuchrief er, ein Abschiedsgruß, der die Gruppe mit seiner Kraft und Mächtigkeit beeindruckte – und indirekt auch Zack Busner selbst. Die erwachsenen Männchen hörten auf zu essen, zu kopulieren und zu lausen, um ihn zu grüßen, und er verließ das Zimmer.

Marigold, eins der Busner-Kinder, etwa vier Jahre alt, kam mit seiner Aktentasche die Treppe heruntergehüpft. «Da,

Onkel», fingerzeigte es und schleifte sie zu ihm. «Einen schönen Tag im Krankenhaus.» Busner nahm die Tasche und drückte dem kleinen Weibchen einen sabbernden Schmatz auf. Dann kontrollierte er ein letztes Mal sein Arschloch im Dielenspiegel und marschierte zur Haustür hinaus.

4

Simon grüßte die Empfangsdame im Sealink Club kaum, die ihrerseits, weil sie ihn als Kunden kannte, der zugekokst spendabel konsumierte, übertrieben reagierte.

Der Club war Underground – allerdings nur von der Lage her. Den Empfangsbereich erreichte man über zwei Treppen. Breite Treppen mit plüschigem Teppich, ockerfarbene Wände mit Deckenstrahlern in entsetzlichen Metallkörben – hält man die Beleuchtung knapp, kriegt man die Mitglieder runter. Man konnte sich vorstellen, wie ein Richter sagte: «Bringt sie nach unten», und dann den kalten Schock der Erkenntnis, daß man zu lebenslanger Kontaktpflege verurteilt worden war.

Schwingtüren führten von der Lobby in den Hauptraum des Clubs. Er wurde beherrscht vom Schmerbauch der Bar, in sein Kunstlederdekor gezwängt von Gürteln aus Chrom, einem Korsett aus spiegelnden und funkelnden Stahlstäbchen. Die Kunden des Sealink – oder seine Mitglieder, denn dieses Lokal war so privat wie ein durch und durch öffentlicher Ort nur sein kann – hingen an der Bar oder hatten es sich in muschelförmigen Sitzen in muschelförmigen Sitzbereichen bequem gemacht; sie schlugen mit ihren Lederflossen und ließen sich zum Restaurant auf der Galerieebene hochtreiben, oder sie tauchten ab zu den Toiletten oder zum Tischfußballzimmer auf der Ebene unter der Bar. Meistens aber saßen sie nur da, festzementiert von ihren Geschwätzabsonderungen.

Denn wenn man ein Netz in den Sealink Club werfen und es durch seine Korridore und Vorhallen ziehen würde – sogar ein Schlagnetz, ein einfädiges, mikromaschiges, kiemenschlitzendes – holte man nichts ein außer ein paar stotternden Servierern oder gaffenden Groupies, die sich hereingeschummelt hatten.

Nein, um die eine Hälfte der Mitglieder zu fangen, bräuchte man eine Reuse oder einen Käfig, mit Publicity, Klatsch, Anzüglichkeiten oder Geld oder allen vieren als Köder oder auch Kombinationen davon: Klatsch über Geld, publizierte Anzüglichkeiten, lukrative Publicity und so weiter. Denn diese Leute waren Gründler, nichts anderes, die mit der unverfälschten Absicht der Unterwassererkundung in den Club kamen, um herauszufinden, wie tief sie sinken konnten.

Und was die andere Hälfte angeht, nun, da muß man sagen, daß sie noch einfacher zu fangen war, wenn auch nicht besser zu essen. Um sie an Land zu ziehen, brauchte man nichts anderes als eine Ebbe – die zweimal in vierundzwanzig Stunden kam, mittags und gegen drei in der Früh, wenn der Barraum nur noch eine schlammige Untiefe voller Wracks war –, ein Schlauchboot, mit dem man die Bodenstrahler – in entsetzlichen Metallkörben – umschippern konnte – und einen langen Messerarm, mit dem man nach unten greifen und sie vom Teppich stemmen konnte.

Denn diese Meute bestand aus Muscheln – Hermaphroditen zwischen zwei Schalen. Augenlos im Halbdunkel, tentakellos durch Degeneration, mit höchstens einem fiebrigen Glied, das gerade mal ein Glas heben oder eine Zigarette halten konnte, ruhten sie in den Strömungen der Konversation, aus denen sie allein durch ihr Dasein genügend Nahrung extrahierten. Einige meinten – und Simon gehörte gelegentlich zu ihnen, ein wenig Verteidigung mußte sein –, wenn man nur ein Körnchen Einsicht, ein Stäubchen Originalität in ihre abgekapselten, scharfkantigen Hirne einpflanzen würde, könnte sich etwas daraus entwickeln, könnten sie, umhüllt von einem Karbonat, wenn schon nicht Weisheit, dann wenigstens etwas Kulturähnliches bilden. Aber Simon sagte das nur, wenn er betrunken und voll von Welt war. Betrunken und so voll von Welt, daß die Welt gut sein mußte – oder zumindest zur Einbeziehung fähig –, sonst könnte er nicht so voll von ihr sein.

Sarah sah Simon von dem Hocker aus, auf dem sie noch immer saß. Sah ihn in der Tür stehenbleiben, während sich zwei Sumo-Anzüge an ihm vorbeizwängten, sah ihn den Hals recken und den Raum mit Blicken überfliegen, wobei er gleichzeitig die Augen niederschlug, um nicht den schlechten Eindruck zu erwecken, er überfliege den Raum. Sein Anblick schoß wie ein Speer quer durch die Bar zu Sarah, jeder seiner Auftritte war eine Penetration für sie, und wenn er ging, war es ein schlüpfriges, warmes Herausziehen.

Sie löste erwartungsvoll ihre Schenkel voneinander, bedeutete Julius, daß er gebraucht werde, drehte sich auf ihrem Hocker, um die strahlenden, glücklichen Leute zusammenzurufen, und schwenkte schließlich nach rechts, um Simon anzusehen und ihn, mit jetzt geöffneten Schenkeln, in sich zu führen.

Simon und Julius erreichten Sarah gleichzeitig, der eine von vorn, der andere von hinten. Simon bückte sich und küßte sie links und rechts der Lippen. Sie schob ihm eine Hand ins Genick, spürte die Kopfhaut unter den Haaren und drückte ihn an ihr Gesicht, bis seine Lippen seitlich zu ihrem Mund wanderten. Dann glitten ihre Zungen über- und untereinander, rosige, blind tastende Spitzmäuse. Ihre schmalen Knie umklammerten seine dicken Schenkel. Sie ließ ihn nicht los, ließ ihn nicht bestellen, bis sie die stramme Bestätigung spürte, dieses stadtüberspannende Stengelchen erektiblen Gewebes, an dem sie ihn hergezogen und jetzt eingefangen hatte. Und auch Simon fühlte sich erleichtert. Aufgehoben in ihrem Gefühl für ihn – eine andere Art Eingeweidebulletin.

Sein Zwickel löste sich vom Perineum, seine Kleider trockneten auf der klebrigen Haut, als würde kühle, trockene Luft in seine Ärmel und Hosenbeine geblasen. Die Stoppeln auf seinen Wangen erweichten sich zu Fell, was zuvor säuerlich in Augen und Mund klebte, wurde süß. Sie spürte in seinem Nacken die ganze Verlegenheit des Kusses, und dennoch hielt sie ihn, als wollte sie ihn anstacheln, sich zurückzuziehen, sie abzuweisen. Und natürlich tat er das auch.

«Hallo, Liebling», sagte er, und dann zu Julius: «Mein Alter.» Sie gaben sich die Hand.

Der Barmann stand hinter seiner Bar, ganz Barmann. Weiße Schürze, weißes Hemd, straff sitzende Krawatte. Das Spiegelbild seines Rückens war ähnlich korrekt. Die Flaschenreihen versprachen fast pharmazeutische Linderung jedes Leidens, das Simon plagen könnte, und Julius, der Arzt, bereitete sich aufs Handauflegen vor. «Darf ich Ihnen, Sir», fragte er feierlich, «ein erfrischendes Getränk kredenzen?»

Simon betrachtete Julius, als hätte er noch nie einen so vornehmen Barmann gesehen und als wäre das sein erster Besuch im Sealink. Er straffte sich, der Bedeutung, ja Feierlichkeit des Bestellens angemessen. Er schob die Schöße seines unauffälligen schwarzen Sakkos zurück und steckte die groben Hände in die Taschen seiner unauffälligen schwarzen Hose. Hätte er eine unauffällige schwarze Krawatte um den Kragen seines nichtssagenden weißen Hemds gehabt, hätte man sicher sein können, daß er den Knoten straffgezogen hätte, bevor er antwortete: «Einen großen Glenmorangie ohne alles für mich. Ein Samuel Adams zum Nachspülen … und für dich, mein kleines Äffchen? Das Übliche?» Das Hütchen nickte.

Tony Figes tauchte neben Sarah auf und schneuzte sich ostentativ in ein dickes Papiertaschentuch. «Simon …», näselte er, und die beiden Männer umarmten sich verkrampft von der Seite her; Tonys Narbe zuckte. Die Drinks wurden behutsam vor Sarah gestellt. Simon fragte Tony, ob er etwas wolle, und erweiterte dann die Bestellung auf die Braithwaites und Tabitha, die sich dazugesellt hatten und ebenfalls schnieften. Die verschnupften Kinder warteten – wie die braven Erwachsenen, die sie waren – auf ihre Getränke.

«Simon», wiederholte Tony, «wie war die Eröffnung?»

«Offen», entgegnete Simon, «zumindest teilweise.»

Einer der Braithwaites gab ihm ein Briefchen, Hüftknochen berührten sich, Hände strichen gegeneinander. Simon war jetzt im Besitz, und das Gesetz war weit weg. Er sah Sarah mit hochgezogenen Brauen an, und die beiden entfernten sich unauffällig von der Gruppe, schlängelten sich durch den Raum und zur Tür hinaus und stiegen die Treppe zum Parkdeckraum hinunter.

Unten im Parkdeckraum ging Simon zu der Stelle, wo das Fenster hätte sein sollen, und unter einem Bodenstrahler, der eine dämliche politische Karikatur – Äxte mit der Aufschrift «Einschnitte» – beleuchtete, öffnete er das Briefchen. Das Kokain war gelb und klumpig. Es sah gut aus. Er hob noch einmal die Augenbrauen, und ihr Hütchen nickte noch einmal. Mitten im Zerteilen der Lines auf der groben Pseudokörnung eines großen, als Schiffstruhe getarnten Fernsehers hielt er inne und deutete mit seiner Kreditkarte auf sie.

«Wie war der Tag?»

«Na ja.»

«Wie das?»

«Einfach beschissen. Und langweilig.»

«Willst du drüber reden?»

«Nee.»

Er häckselte weiter, mit wissenschaftlicher Präzision, und spürte das chemische Knirschen von Plastik auf Pulver.

Als sie den zusammengerollten Geldschein nahm und den Kopf senkte, um die Line zu schnupfen, verbannte er noch einmal die Perspektive. Ihr Gesicht wurde zu einer ockerfarbenen Fläche mit rosigen Flecken, wo die Innenseiten ihrer

Nasenlöcher sichtbar wurden. Die Fläche krümmte sich zu einem Rundstab, der sich ihm zuwandte und zu einem Gesicht wurde. «Simon.»

«Mhhm.» Er nahm den Schein. Das Kokain brannte in der Nase und betäubte sie gleichzeitig. Alternative Medizin. Wie das quietschende vergammelte Tuch, mit dem die Penner an der roten Ampel die Windschutzscheibe polieren, bearbeitete die Droge sein Vorderhirn, umnebelte seinen Verstand und klärte ihn zugleich. Dann war er nur noch steif und steif, Kundalini-Ströme liefen in beide Richtungen. Vielleicht habe ich zwei Wirbelsäulen, dachte er beiläufig und schob seine zierliche Geliebte zwischen das klobige Mobiliar. Sie landete in einer Ecke des Raums, sein Mund fest auf dem ihren.

In der Bar nahm Tony Figes eben einen Journalisten in die Mangel.

«Das ist ja fast wie eine neurologische Störung», sagte er zu dem Mann, der eine Kolumne über Kolumnen schrieb. «Ein Zwang, immer das Originellste und Ephemerste zu sagen, zu schreiben und zu tun; eine Art Bonmotomanie –»

«Nennen Sie mir ein Beispiel», erwiderte der Mann. Er war fett, mit Strähnen vanillegelben Haars auf dem konischen Kopf, aber dennoch – oder vielleicht sogar deswegen – wollte er sich nicht von einer Schwuchtel herunterputzen lassen.

«Na ja.» Tonys Narbe zuckte. «Was Sie gestern in Ihrer Kolumne über Kälberzucht geschrieben haben.»

«Was ist damit?» Der fette Mann – er hieß übrigens Gareth – senkte die Stimme. Auch wenn er kritisiert wurde, wenigstens gelesen hatte man ihn.

«Sie bringen keine neuen Argumente in die Debatte. Sie behaupten doch nur, daß niemand wissen kann, wie der Geisteszustand eines solchen Tiers aussieht.»

«Und stimmt das nicht?»

«Möglicherweise, aber der einzige Beleg, den Sie anführten, war ein anderer Zeitungsartikel.»

«Einen Drink, Tone?» Dies kam von Tabitha, die die Hälfte ihres langen Körpers, die Hälfte ihrer langen Haare dazwischengeschoben hatte. Gareth erstarrte, um Körperkontakt zu vermeiden, das langbeinige Mädchen war einfach zu sexy; und so dichtgedrängt an der Bar, wie sie standen, wurden sie unaufhaltsam zu einem Gestrüpp aus Armen und Beinen mit brennendem Tabaklaub.

«Danke, Tabitha, einen Stolli-Martini bitte –»

«Ohne Eis?» fragte Julius hinter der Bar.

«Ohne Eis, aber schön steif. Ich liebe meine kleinen Tröster stramm.» Tony schenkte Gareth sein doppeltes Lächeln, und der schüttelte sich vor Abscheu.

«Das war kein anderer Zeitungsartikel; ich habe Wittgenstein zitiert – Wittgensteins Theorie über private Sprache.» Gareth trank einen Schluck von seinem Weißwein und starrte die kahle Stelle auf dem Kopf seines Gesprächspartners an.

«Sie haben vielleicht geglaubt, Sie zitieren Wittgenstein, aber Sie haben ihn falsch zitiert, weil Sie das Zitat aus einem Artikel vom Sonntag über genau dasselbe Thema geklaut haben, ich glaube, Sie wissen, welchen ich meine.» Tony schnaubte und erkannte zu spät, daß ein Klumpen aus Kokain und Rotz am Innenrand seines Nasenlochs hing. Der schoß fast senkrecht nach unten und landete auf der Spitze von Gareths Schuh. Zum Glück bemerkte der Journalist das nicht. Tabitha allerdings schon, und sie konnte sich kaum halten vor Kichern.

«Na und? Ich glaube nicht, daß das irgendwas beweist. Warum beschäftigen Sie sich nicht mit den eigentlichen Fragen, anstatt dauernd zu versuchen, Punkte zu machen?»

«Hoho! Das eigentliche Thema. Ist es das? Das eigentliche

Thema.» Der Kritiker kam langsam in Fahrt. Tiere waren Tonys erste – und vielleicht einzige – Liebe. Er lebte in einer Sozialwohnung zusammen mit seiner Mutter, die aussah wie ein alter Labrador, und einem alten Labrador. «Wenn das so ist, unter welchen Umständen halten Sie es dann für akzeptabel, Kälber in Verschlägen zu halten, in denen sie sich nicht bewegen können, in denen sie nichts tun können, außer sich die Köpfe an den Latten blutig zu schlagen? Wäre es vielleicht akzeptabel, wenn wir sicher sein könnten, daß die Tiere nicht wirklich leiden, hm?»

Gareth hatte nicht vor, sich demütigen zu lassen. Oder genauer, er war schon vor so langer Zeit gedemütigt worden, daß alles, was folgte, nicht mehr war als Minzsauce auf dem Lammbraten der Schande. Er haßte Figes und seine kleine Clique. Die sexy Mädchen, die beiden scheinbar stummen Schwarzen, der Maler Dykes mit seiner Hochnäsigkeit. Er sah auf seine Schuhe hinunter und bemerkte den Klumpen weißlichen Schleims auf der Spitze. Er wischte ihn verstohlen am Teppich ab – zehn Stunden später wurde dieser Rückstand von einer guatemaltekischen Putzfrau in einem blauen Overall aufgesaugt – und fuhr dann Tony an: «Das ist unwichtig. Ob ich falsch zitiert habe oder nicht, mein Argument bleibt bestehen: Wir können nicht wissen, wie der Geisteszustand von Tieren aussieht.»

«Na ja, immerhin sind die Seelenklempner inzwischen bescheiden genug, um zuzugeben, daß sie rein gar nichts über Depressionen wissen. Sie verschreiben einfach Medikamente, und wenn der Patient darauf anspricht, sagen sie, er hat eine Depression, die mit dem Medikament XY behandelbar ist. Vielleicht sollten wir das auch mit den Kälbern machen, ihnen Prozac geben, und wenn sie dann glücklicher wirken, können wir davon ausgehen, daß sie es sind. Ich kann mir vorstellen, daß der Handel mit dem Fleisch dieser Prozac-gemästeten Kälber ziemlich boomen wird, Sie nicht auch?»

«Sie sind ein Idiot. Absolut kindisch.» Und Gareth schaffte es, jemanden am anderen Ende der Bar zu bemerken, jemanden, mit dem er unbedingt sprechen mußte, und zwar sofort. «Wenn Sie mich entschuldigen.» Er drehte seinen Körper um die eigene Achse und entfernte ihn.

Tony rief ihm nach: «Wie wär's denn mit Wild auf Valium?» Und Tabitha fiel mit ein: «Oder Hamburger auf Haloperidol?»

Die Clique erging sich in gezwungenem Lachen, was bei ihnen das unbehagliche Gefühl hinterließ, nicht fair zu dem Mann gewesen zu sein.

«Aber ernsthaft», sagte Ken Braithwaite, der um drei Minuten ältere der beiden Brüder, «wenn wir das Fleisch von Tieren essen, die körperliche Qualen erleiden mußten, sollten wir vielleicht ein bißchen mehr Phantasie dabei walten lassen.»

«Was meinst du damit?» Tony tauchte einen seiner Münder in seinen Martini, der andere drückte sich an die Glaswand.

«Wie wär's, wenn wir das Fleisch von Tieren essen, die emotional mißbraucht wurden?»

«Hmm, guter Gedanke. Du meinst, Fasane wiederholt sexuell erniedrigen – und sie dann erschießen?»

«So was in der Richtung.»

«Oder», sagte Tabitha, die den kleinen Ball des Witzes auffing und damit vorwärtsstürmte, «sozial stigmatisierte Hühner, die in den Wahnsinn getrieben wurden, weil man sie nicht zu Partys eingeladen hat.»

«Eine Art freispinnende Hühner, meinst du?» fragte Tony.

«Da fällt mir ein», sagte Tabitha, «falls wir heute noch ein bißchen spinnen wollen, sollten wir ein paar hiervon nehmen.» Sie hatte die fusseligen Pillen bereits in der Hand und gab nun Tony und den Braithwaites je eine.

«Wassndas?» fragte Steve, der jüngere Braithwaite, aber erst nachdem er sie geschluckt hatte.

«Ecstasy», nuschelte Tabitha – sie zerkaute die ihre, damit sie schneller wirkte. «Gutes. White Dove.»

«Von jetzt an will ich nichts anderes mehr essen», sagte Ken Braithwaite, der seine mit einem Schluck Bier hinunterspülte. «Brüstchen von Ecstasy-gemästeten weißen Tauben.»

Unter dem Keller, in dem sie sich befanden, waren die Küchen, und darunter Bazalgettes Hauptabwasserleitung für Soho, eine viktorianische Schöpfung mit ursprünglich grünen Fliesen, die aber so lange niemand gesehen hatte, daß das Grün weder hier war – noch dort, wo braune Ratten entsetzlich kreischten. Unmengen davon, die über- und untereinanderwuselten, als wären Dimensionen irrelevant. Sie kopulierten im Vorübereilen, die langen Schwänze zu schuppigen Knoten verwirrt. Und auf ihren Rücken, in dem verfilzten Fell, das ihre Körper – kleine Organsäcke – umhüllte, tummelten sich Läuse und stießen exkrementale Eier aus ihren Unterleiben.

Am Soho Square – wo die Jagd Jahrhunderte zurücklag – kopulierten zwei Köter. Der Rüde bedeckte das Weibchen, denn seine Beine waren so lang wie ihr ganzer Körper. Er kauerte sich hin, um seinen Korkenzieher einzuschieben, und drehte ihn und drehte ihn. Die beiden Körper erzitterten, halb auf dem Rasen, halb daneben. Links kratzten Klauen über den Asphalt, rechts fanden Klauen Halt im Gras. Die Vorderpfoten des Rüden patschten, zuckten dann und wedelten spasmodisch. Er war zu groß für diese Aufgabe, sein struppiger Körper kippte zur Seite wie eine verwahrloste Yacht unter zuviel Segel, und zu spät spürte er, wie sein Penis sich schmerzhaft unter dem Knochen der Hündin verhakte. Dann waren sie Arsch an Arsch, entsetzlich gepaart, fürchterlich beschissen. Sie jaulten und jaulten und jaulten.

In der grünen Tiefe, weit draußen vor dem Festlandssokkel, wo die Riesen der Meere miteinander allein sind, machte ein Penis von der Größe eines Rettungsboots sich bereit, fuhr auf seinem Sehnendavit aus und tauchte behutsam in sein ozeanisches Gegenstück. Die beiden Giganten schmiegten sich aneinander, näherten sich einander mit lächerlich subtilen Bewegungen ihrer Schwanzflossen, jede von der Größe einer vorstädtischen Sackgasse. Die hängenden Mäuler öffneten sich und entblößten Vorhänge aus Fischbein, genug um eine ganze Schule Frauen einzuschnüren. Seepocken auf Bauch knirschten über Seepocken auf Rücken. Ihre ätherophonen Schreie oszillierten unheimlich. Von solchen Wesen kann man nicht sagen, daß sie kamen, nur daß sie gegangen waren. Traten zuerst von der Erde ab, verließen jetzt das Meer.

Im Parkdeckraum lauste Simon Sarah. Mit dem Finger fuhr er die weiche Linie ihres Hinterns nach, unter der weichen Linie ihres Slips, unter dem weichen Gewebe ihres Rocks. Sie stöhnte, drückte sich an ihn, schob ihren ganzen Körper unter sein bebartetes Kinn. Ihre Finger huschten über seinen wolligen Bauch. Ihre Spalte war in der Ecke, in einer Linie mit einer Spalte in der Randleiste, einer Spalte im Teppich, einer Spalte im Verputz. Er biß ihr in die Lippe. Seine Finger wanderten – er mußte sich tief bücken, um sie zu umfassen –, hoben den Saum ihres Rocks, drückten sich auf das Tintenkissen ihres Strumpfes und stempelten dann seine Liebkosung auf das weiße Fleisch darüber. Tupf, tupf, tupf. Fingerabdrücke hingetupft. Er erkundete ihren nur leicht umhüllten Schritt, Haarbüschel um eine feuchte, vollkommene Ritze. Ihr Geschlecht klaffte. Er stellte es sich schwellend vor. Er stöhnte. Sie stöhnte. «Streichle mich», flüsterte sie, von seinem Mund halb erstickt. Er tat es. Das Gummiband spannte an seinem Finger. Er steckte seinen Abgesandten hinein, erkundete die

Höhlung, suchte die Stelle, wo er sein genetisches Zeugnis ablegen konnte. Ihre kleinen Pfötchen flatterten nach unten, über das Hemd zum Gürtel. Simon dachte an einen axtförmigen Kotbrocken, den er einmal aus der Arschfalte seines Sohnes entfernt hatte. «Äffchen, Äffchen», murmelte er ihr in den Mund.

Die Tür zum Parkdeckraum krachte auf, und da stand Tabitha, laut lachend, einen Drink in der Hand. «Was haben wir denn hier?» Sie drehte den Dimmer an der Tür hoch. «Liebe in schummrigem Ambiente, oder was?» Sarah und Simon trennten sich voneinander. Er fuhr sich mit der Hand an die Nase, vermischte Moschus und Mukus, Kitzlersaft und Kokain.

Tabitha warf sich in einen Sessel. Sie trug einen sehr kurzen Rock, und ihre Beine waren von etwas Mattem und doch Glänzendem umhüllt, was ihre enorme Länge, ihre unverschämte Wohlgeformtheit betonte. «Hier ist ja rein gar nichts los», fuhr sie fort, packte zwei Handvoll ihrer gelbbraunen Haare und zog sie in die Höhe, eine typische Geste. «Die strahlenden, glücklichen Leute und ich haben ein E eingeworfen, aber ihr zwei seht nicht aus, als ob ihr eins braucht.»

Sarah stand noch in der Ecke, sie hatte sich den Rock hochgeschoben, um Bluse und Unterwäsche zu ordnen. «Hmm, ich weiß nicht, Simon?»

«O Gott, ich sollte wirklich nicht –»

«Solltest du nicht, oder willst du nicht?» Tabitha äffte seinen Tonfall nach, warf Anzüglichkeit wie ein Lasso nach ihm aus. Sie stand immer auf die Männer ihrer Schwester, wollte sie. Wobei nicht zu sagen war, ob aus Konkurrenzdenken oder aus wirklichem Hingezogensein.

«Sollte nicht, dürfte nicht, darf eigentlich auf gar keinen Fall. Ich muß morgen den ganzen Tag arbeiten, und langsam wird's eng. Ich habe nächste Woche Eröffnung.»

«Aber Simon.» Sie stand auf und durchquerte den Raum, kam direkt auf ihn zu, so nahe, daß er sie riechen, den Speichel hinter ihren Lippen sehen konnte. Eine Pille erschien zwischen Daumen und Zeigefinger, und sie schickte sie im Raum zwischen ihren Gesichtern auf eine Umlaufbahn. «Nächste Woche liegt auf der dunklen Seite dieses Mondes, meinst du nicht auch?» Der kleine weiße Satellit stieg wieder und fiel dann in seinen offenen Mund. Simon wandte sich ab, nahm seinen Whisky zur Hand und spülte das Ding hinunter.

Sie blieben noch eine ganze Weile im Club, obwohl rein gar nichts los war. Genaugenommen genossen sie dieses Reingarnichts. Tauchten ein in dieses lauwarme Fußbad der Ungeselligkeit mit seinem Schaum aus tragischem Pathos. Bis das Ecstasy wirkte, trank Simon, um das große Verlies der Leere und des Selbstverdrusses zu überbrücken, das das Kokain, so kam es ihm vor, unter seinen Füßen zu öffnen drohte; und das Kokain nahm er, um nüchtern zu bleiben. Seine natürliche Genialität war noch nicht die anomale Genitalität, die sie werden sollte, jetzt wurde sie einfach zerdrückt und zwischen dem Hoch und dem Tief ausgestoßen. Und so ergoß er sich über die Bar und redete, redete, redete. Und immer witzig, Bonmots auswerfend und Leute einholend, die er kaum kannte, Leute, die er nicht einmal mochte.

Die strahlenden, glücklichen Leute bildeten eine Kerngruppe in einem der Sitzarrangements, und die Vorbeiziehenden hockten sich auf Sessellehnen, um Gesprächsbrösel aufzupicken oder sich einzuschmeicheln. Es war fast schon elf, als George Levinson auftauchte, sturzbetrunken und elegant gekleidet. Den Jungen, den er bei der Vernissage in Chelsea aufgerissen hatte, hatte er verloren, beim Dinner im Grindley's jedoch einen neuen gefunden. Das Gute daran war – was die Clique betraf –, daß dieser Junge eine Freundin hatte, eine Freundin, die noch betrunkener war als George. Genaugenommen betrunkener als sie alle und ziemlich linkisch, wie sie sehen konnten. Sie stieß Gläser vom Tisch, riß Witze, die absolut in die Hose gingen, sie schmiß sich an die Schwulen ran und lästerte über die Heteros, sie redete über Drogen – und zwar laut. Kurz gesagt, sie war eine Trouvaille. Eine Trouvaille, weil jede Clique ein Lackmuspapier braucht, mit dem sie ihren Säuregrad messen kann, ihre Entschlossenheit, Fremde aufzulösen und auszuscheiden.

Simon nahm daran teil und unterstützte George in seinen neckischen Versuchen, den Jungen von dem Mädchen loszueisen. Sooft sie sich beieinander einhakten oder sich sonstwie körperlich ihre Zuneigung zeigten, warf George sich dazwischen und rief. «Gib Turtlern keine Chance. Turteln ist ein Verbrechen!» Dann nahm Simon den Slogan auf und dann alle anderen. «Turteln ist ein Verbrechen!» riefen sie. Was für ein lächerlich passender Slogan, dachte Simon und starrte in die Vexierlinse, die der Boden seines Whiskyglases war, vor allem für diese Clique, denn deren Mitglieder berührten sich nur bei der Begrüßung oder beim Abschied. Für den Rest der Zeit – vor allem in dieser Wüste weißen Pulvers – war Berührung eine Illusion.

Simon sah zu Sarah hinüber und spürte genau das. Spürte, daß er sie vielleicht nie mehr berühren konnte, nie mehr in den Arm nehmen, nie mehr ihre vogelspröden Rippen an den seinen spüren konnte. Ein Wogen entstand in der Luft, eine Verzerrung, die sie noch weiter wegschob, einen Morgen Tisch, ein Tagwerk Teppich weit weg. Sie saß da mit glänzender Stirn, gebleicht von chemischem Schweiß, und hörte Steve Braithwaite zu, der ihr Details eines neuen Kunstprojekts erklärte. Sie war die Agentin der Zwillinge, deshalb war es verständlich. Eigentlich war die Clique ihr Freundeskreis, nicht der seine. George war kein strahlender, glücklicher Mensch, er gehörte zu Simon, zu Simons Vergangenheit, seiner Ehe mit Jean. Er war Magnus' Taufpate. Ihn bei den Strahlern zu sehen wirkte auf Simon falsch, verkrampft. Als würde man den gutmütigen Lieblingsonkel auf der schmuddeligen Treppe eines Puffs ertappen.

Und darüber hinaus entlarvte seine Anwesenheit die Clique als das, was sie wirklich war, verzogene Kinder, die ohne Aufsicht böse Spiele spielten.

«Ich werde wandern», sagte Steve Braithwaite, «vom Atomkraftwerk in Dounreay bis nach Manchester, die ganze Strecke immer unter den Stromleitungen entlang. Ken wird das Ganze visuell und akustisch dokumentieren –»

«Und was ist der Sinn des Ganzen?» wollte das Mädchen wissen.

«Der Sinn, junge – und unwissende – Dame» – George Levinson ging qua Beleidigung zum Angriff über –, «ist die Erfahrbarmachung verschiedener Arten von Parallaxen. Nicht, Steve?»

«Genau. Zum einen die Parallaxe der Sicht, die sich aus den Pylonen selbst ergibt – wie sie übers Land marschieren, verstrebte Notenschlüssel, die das Land mit der Partitur der Energie überspannen –»

«Zitierst wohl aus meinem – noch ungeschriebenen – Katalogtext, was, Steve?» Auch Figes trug sein Scherflein bei.

«Und natürlich die Parallaxe der Energie selbst. Während ich all diese unglaublich schädliche Strahlung absorbiere, während meine Zellen zerfallen, werde ich eine wahre Verschmelzung erleben, werde die richtige Perspektive auf das Wesen der Energie, der nackten Energie, in unserer Gesellschaft erhalten. Verstehst du nicht?»

«Nein, tu' ich nicht», lallte das Mädchen. «Für mich klingt das nach einem Haufen Scheiße. Das ganze Zeug ist nur Scheiße. Keine Kunst, sondern Scheiße. Beschissene Scheiße. Das ist Klokunst, Sachen, die jedem einfallen könnten, wenn er auf der Schüssel sitzt, aber man muß schon ein richtiger Idiot sein, um aufzustehen, sich den Arsch zu wischen und dann wirklich rauszugehen und es zu tun. Es ist Scheiße.»

«Sie scheint unsere Idee für Scheiße zu halten», sagte Steve zu seinem Bruder. Ken saugte an seiner Zigarette und warf einen schiefen Blick auf das Mädchen, das auf übergewichtige Art sexy wirkte. Lange schwarze Haare, leicht eurasische Gesichtszüge, Lippen, die nicht aussahen wie von einer Biene gestochen, sondern von einem ganzen Schwarm.

«Vielleicht hat sie da gar nicht so unrecht», erwiderte er nach einer Weile. «Allerdings – nur im Stadium der Idee.»

Simon bekam ein schlechtes Gewissen, in doppelter Hinsicht. Er stimmte mit dem Mädchen überein, was das Zeug der Braithwaites anging, es war Klokunst. Geeignet nur zum Runterspülen. Und auch danach mußten die Streifen, die es in der konzeptuellen Schüssel hinterließ, noch kräftig gebürstet und mit naturalistischem Domestos bespritzt werden. Es war so final irrelevant wie diese Photogravüren hinter Siebdruckgewebe, die er und George vor ein paar Stunden gesehen hatten. Und darüber hinaus hatte er ein schlechtes Gewissen, weil er das Mädchen nicht ungern gefickt hätte. Nein, das stimmte nicht ganz, er wollte mit dem Mädchen an einen ruhigen und abgeschiedenen Ort gehen. Alles über sie herausfinden – ihre Gedanken, Sehnsüchte, kindlichen Erinnerungen – und sie dann lieben mit einer Virtuosität, wie es sie kein zweites Mal gab, eine zeitlose Erkundung und Ausarbeitung des Phänomens Liebe. Dieser sehr tiefen Liebe, die er für sie empfand. Simon merkte, daß das E langsam zu wirken begann.

Warum dachte er jetzt an seine Kinder? Warum drängten sich jetzt, da er doch in der Lage sein sollte, sie aufs neue hinter sich zu lassen, ihr Geruch und ihre Gesichter vor das Bild des Mädchens? Wo waren sie? In ihren Betten im Brown House in Oxfordshire. Schlafend unter geblümten Decken, ihre zahnlosen Münder klebrig ausatmend, klebrig einatmend, in ihrer ganzen Süße. In der schwirrenden, von chemischer Verzerrung gezeichneten und von dem Allsinn seines leidenden Herzens gefilterten Bar sah er die drei Nabelschnüre auf sich zulaufen; sich über Möbel und die Schultern von Journalisten und Fernsehproduzenten windend, schlängelten sie sich über den Boden, liefen in der Grube, die er war, zusammen und drohten mit dem Eingeständnis seiner Sehnsucht nach ihnen sein Innerstes nach außen zu reißen.

Was tat er hier mit diesen Kindern – und so offensichtlich ohne seine eigenen? Er sah zu Sarah hinüber, die sich jetzt zu dem Mädchen beugte und es immer mehr von ihrem Freund loseiste, den George, ganz scharfe Aufmachung und stumpfe Technik, bearbeitete. Was tat er hier – und was tat George hier? Zu groß und zu alt für diese Gesellschaft, wirkte der Kunsthändler beinahe steif, seine gefärbten, in die niedrige Stirn geklatschten Haare, seine ovale Designerbrille, seine weiche Fliege, all das verriet ihn als jemand, der nicht in diesen Kindergarten paßte. Ihn hier zu haben war fast, wie Jean hier zu haben. Jean, die Simon unter ihrem Pony hervor aus Augen ansah, in denen religiöser Halbeifer glühte.

Ja, wir, sie, uns, wir sind Kinder. Kinder, die wie Schimpansen im Bolzplatzdschungel der Nacht spielen. Wir haben keinen Sinn und keinen Halt in dieser Gegenwart mit ihrer finalen Selbstbezüglichkeit, ihrer ahistorischen Selbstbesessenheit. Wir sind Brüder und Schwestern in einer Geschwistergesellschaft, die sich um die Spielzeugkiste rangeln. Wir dürfen hierherkommen und uns beliebig aufführen, während die Bedeutung woanders herrscht. Kein Wunder, daß wir angewiesen sind auf so erbärmliche Hilfsmittel, den Ausschluß der einen und die Aufnahme des anderen, um für uns selbst eine Plattform zu erzeugen, von der wir uns hinaus und über den Abgrund schwingen können. Was, wenn wir stürzten? Was, wenn bewaffnete Männer, ein Freischärlertrupp aus dem Balkan, den Club überfallen würden? All diese liebenswürdigen Männer erschießen, all diese liebenswürdigen Mädchen vergewaltigen würden?

Ein Freischärlertrupp aus dem Balkan überfiel den Club. Aus der Hüfte feuernd, schossen sie sich den Weg durch die Lobby frei. «Nur für Mitglieder, arggh …», war alles, was Samantha, die an diesem Abend Dienst hatte, herausbrachte, bevor eine Salve aus einer Kalaschnikow ihr eine eindrucksvolle Busenspalte zauberte – allerdings nicht die, die sie immer gewollt hatte. Die Bewaffneten schwärmten aus. Zwei nahmen die Treppe hinunter zu den Toiletten, zwei stürzten in den Barraum, einer blieb in der Lobby und bewachte die Tür.

Als die zwei Bewaffneten die Bar betraten, passierte sekundenlang gar nichts. Das Stimmengewirr war so laut, daß der Tumult, der durch die Schwingtüren von der Lobby hereindrang, interpretiert wurde als ebendas, als geringfügiger Tumult, ein Betrunkener, dem man den Zugang verweigerte – oder gestattete.

Nachdem sie mit so ungewöhnlicher Eile einstweilige Mitgliedschaft erreicht hatten, standen sie da, Gewehre an den Hüften, Patronengurte über schweißfleckigem Drillichzeug. Sie waren müde, so müde, daß der Anblick so vieler teuer gekleideter Leute, die Cocktails tranken und amerikanische Zigaretten rauchten, sie verblüffte. Und was die Mitglieder betraf, die nahmen kaum Notiz von den Bewaffneten. Sie waren ein wenig schäbig für den Club und mußten wohl – das dachten zumindest die, die Notiz von ihnen nahmen – Musikmanager von einem der unabhängigen Labels sein. Entweder das oder versprengte Werbeleute.

So unauffällig war ihr Eindringen, daß eine plumpe junge Frau, die selbstzufrieden in einem rückenfreien schwarzen Samtkleid an der Tür saß, den größeren und schmuddeligeren der beiden freundlich bat, sein Gewehr ein wenig auf die Seite zu schieben, weil der Schaft sie am Rückgrat kitzle.

Die Männer faßten sich wieder und drängten sich zur Bar durch. Julius schenkte ihnen sofort seine Aufmerksamkeit.

Der größere, stinkendere, musterte den Barmann. Er war fast noch ein Junge, aber sein Gesicht war gesprenkelt von den Entsetzlichkeiten, die er erlebt hatte. Es war eine Collage schreiender Farben, Pinselstriche grüner Übelkeit, ein breiter Streifen weißer Angst, Kleckse roter Wut und ein Hauch blauen Todes. Seine Stoppeln marschierten seit zehn Tagen und näherten sich einem Bart. Sein Atem roch nach einem üblen, schwarzgebrannten Schnaps. Seine Augen hingen lose in einem Netzbeutel aus Adern. Sein Hirn war heiß, geschwollen. «Darf ich Ihnen, Sir», fragte Julius feierlich, «ein erfrischendes Getränk kredenzen?»

Der Freischärler ließ sich das nicht gefallen – vor allem, da er schon die Frage nicht verstand. Wenn er sie verstanden hätte, wäre die Sache vielleicht anders ausgegangen; ein paar Drinks in aller Ruhe, ein wenig Kontaktpflege; eine Reihe von Artikeln über den Konflikt in den Sonntagszeitungen. So aber packte er den Barmann bei seinem ordentlichen kleinen Ziegenbart und riß seinen Kopf mit solcher Gewalt nach unten, daß Julius' Kiefer auf der Metalloberfläche des Tresens mit einem KRACH! zerbarst, das nur Gewalt bedeuten konnte.

Dies sorgte endlich für Stille – wenn auch nur allmählich. Die an der Bar sahen, was passiert war, und auch ihnen fielen die Kinnladen herunter. Andere, die etwas weiter entfernt auf den Freiflächen standen, hörten die Stille und paßten sich an. Aber die in den überfüllten Sitzgruppen noch weiter weg von der Bar – darunter auch die Clique und ihre Anhängsel – merkten noch immer nichts und plapperten sekundenlang weiter, bis die Worte «Also, was weiß denn der schon von Styling, er war doch noch nie bei einem Shoot ...» in der Schreckenslücke hingen und in der zäh werdenden Atmosphäre erstarben.

«Simon?» Sarahs Pfötchen lag auf seinem Knie. Er sah hoch von der Glaskugel seines Glases, in der er diese alternative Zukunft gesehen hatte. «Alles in Ordnung mit dir?»

«Ja, ja. Nur zugedröhnt … schätz' ich.»

«Ich auch», erwiderte sie und fügte hinzu: «Guter Stoff.»

«Hmm. Ja … mmmm.»

«Vielleicht … vielleicht sollten wir noch woanders hingehen?»

«Hingehen …?»

«Irgendwohin.»

5

Erst nach mehreren Rückzugsphasen schafften es Simon, Sarah und die Clique, den Sealink zu verlassen. Sooft die kichernde Runde beschlußfähig zu sein glaubte, mußte sie feststellen, daß einer der Stimmberechtigten abwesend war. Dann wurde jemand ausgeschickt, um die Klos, das Fernsehzimmer und das Restaurant abzusuchen und den Flüchtigen zurückzuholen. Und wenn der eine dann gestellt war, fehlte irgendein anderer. Figes verdrückte sich immer wieder, um Jungs aufzureißen, George Levinson ebenfalls. Tabitha galoppierte an der Theke auf und ab und zog mit ihrer verführerischen Mähne unfeine Männermücken an.

Julius wollte mit ihnen kommen. Er kannte da irgendeine Spelunke. Am Cambridge Circus – oder sonstwo. Glaubte, daß es dort Dreckskoks gab. War sicher, daß es dort Schnaps gab. Aber es gab noch weitere Probleme – nicht nur das Zusammenrufen der richtigen, sondern auch den Ausschluß der falschen Leute. Und die Drogen machten alles so schwierig. Das Ecstasy ließ ihre sozialen Instinkte ausbrechen wie Schweiß. Jeder war ihrer Aufmerksamkeit – der Einbeziehung in ihr Leben – würdig.

Während dieser ganzen hart geschnittenen Episode des Clubverlassens erlebte Simon das voll durchgestaltete Zwischenspiel der Beinaheverführung eines Mädchens, mit dem er, wie er sich erinnerte, schon einmal über Dada geredet hatte, auf einer Party, an die er sich nicht mehr erinnerte. «Betrachte mich als deinen Dada», sagte er nun bei dieser Gelegenheit, auf diesem halben Treppenabsatz. «Ich werde dich behüten und beschützen und –»

«Begrapschen?» Das Mädchen kicherte, zeigte weinflekkige Zähne und strich sich die Haare zurück, was er haßte, aber zu ignorieren beschloß.

«Genau.»

Er näherte sich ihr wie eine Mondlandefähre, bereit, die Teleskopstützen beim ersten Kontakt mit der porösen Trabantenoberfläche sofort wieder einzuziehen, und ... wurde am Rücken seines Sakkos festgehalten. Als er sich umdrehte, sah er Ken Braithwaite. «Ts-Ts», machte tadelnd der sich selbst anschwärzende Performance-Künstler. «Wir alle warten auf dich in der Lobby. Auch Sarah.»

«Tut ihr nicht.» Er brachte das merkwürdige Kunststück fertig, das Mädchen stehenzulassen, ohne ihr auch nur einen letzten Blick zuzuwerfen.

Schließlich gingen sie – als letzte. Samantha warf eben den Bodensatz des Publikums durch den Haupteingang hinaus. Sie ließen sich von der Drehtür hinausdrehen und fanden sich, noch immer kreiselnd, in der D'Arblay Street wieder. Zu der Gruppe, die sich nun über die bergigen Straßen Londons davonmachte, gehörten die strahlenden, glücklichen Leute plus George, das irritierende Mädchen, ihr Freund, Gareth, der Schreiberling, und drei andere namenlose, aber wiederkehrende Nebendarsteller. Ein großer Vamp von einer Frau in einem schwarzen Korsett über einem grauen Kleid – sie hatte ein Auge auf George geworfen, vermutlich weil sie seine Neigungen nicht kannte, aber bei dem Kurs, den sie steuerte, war es vielleicht falsch, irgend etwas zu vermuten; ein Anwalt aus dem Showbusineß mit einem Kokainproblem, der über nichts anderes redete als ausgetrickste Trickser und weißgewaschenes Schwarzgeld; und ein Mädchen, das Simon schon öfter im Club aufgefallen war, ein sehr, sehr hübsches Mädchen, seidige Haare, schlanke Figur, ein Girlie-Kleidchen, das um die Hüften schwang. Eigentlich, dachte er, ist sie zu jung, um hier zu sein, um irgendwo zu sein außer brav im Bett, neben einer Nachttischlampe mit einem Disney-Schirm.

Die Kavalkade zog, von Worten umschwirrt, die Wardour

Street entlang. Simon hatte einen metallischen Geschmack auf der Zunge und begann nun, den Abend von ganzem Herzen zu bereuen, ihn zu bereuen mit tiefem, leidenschaftlichem Ekel. Sie hätten schon im Bett sein können. Sie hätten nüchtern sein können. Sie hätten sich lieben können, ohne daß er sich als schlechter Handwerker erwies, der wieder einmal seinem Werkzeug die Schuld gab. Aber wie es stand, hatte sich seine Widerstandskraft gegen noch mehr Alkohol, noch mehr Dreckskoks, noch mehr von allem so gut wie verflüchtigt. Er würde – das erkannte er mit dem Entsetzen des Gealterten – so ziemlich alles oder jeden nehmen.

Tabitha und Sarah gingen Arm in Arm und schrien einander an. Die Kehrwagen fuhren an den frühmorgendlichen Rinnsteinen entlang, und ihre automatischen Drehbesen und Spritzdüsen dampfrührten den Abfall. Fette schwarze Huren standen an den Kreuzungen. «Na, wie wär's?» fragten sie mit drittweltlicher Müdigkeit die vorbeiziehenden Nachtschwärmer, als wären sie Wabenzi, die den Internationalen Währungsfonds anmachten. Wir sind eine herausgeputzte Horde abgeklärter Spaßsucher, dachte Simon sich irgendwann. Wir sind ein trauriges Rinnsal impotenter Wüstlinge, kam ihm kurz darauf. Julius' Ziegenbart bildete die Spitze. Eine richtungslose Speerspitze, ein trudelnder Speer.

Die Spelunke befand sich im vierten Stock und hatte noch einmal so viele komisch geformte Räume, erreichbar über Treppen mit zu steilen Stufen. Auf Julius' Wort hin und dank einiger Scheine wurden sie eingelassen. Das Publikum stand noch dichter gedrängt als im Sealink und war um einiges polyglotter. Große, schmalbrüstige, grau schimmernde Schwarze standen, in konzentrierte Gespräche vertieft, wie in Geheimkonferenzen eng beisammen. Woanders tanzten sie mit jungen weißen Mädchen, die kurze Röcke, keine Strumpfhosen und rückenfreie Tops trugen. Der Farbenfreund in Simon erfreute sich an der Tatsache, daß er sogar hier, trotz der violett, pink und blau blitzenden Beleuchtung die braune Punktierung von Gänsehaut auf ihren Waden erkennen konnte. Er überlegte, wie er das darstellen würde. Die Musik war hitziger, hämmernder, hallender Ragga. «Ya-ya-ya-Hi'-ya-ya-ya-Inna side you like/Inna way you like/Thass the way you like/Me to show you/Ya-ya-ya-Hi'!» Immer und immer und immer wieder. Simon kam es vor, als wäre die ständige Wiederholung das eigentliche Thema dieser Musik: «Ya-ya-ya-Hi-ya-ya-ya-Annagain an'again/Thass the way you like it/Again annagain ...»

Gesichter kamen auf Simon zu und zogen an ihm vorüber. Jedes schien den Entwurf einer möglichen Intimität zu enthalten. Eine Reihe von Koordinaten und Kongruenzen, aus denen in einem Computermodell fünf, zehn oder zwanzig Jahre des Redens und Kuschelns extrapoliert werden könnten – Beziehungsmorphing. Sarah hatte seine Hand gehalten, schien sich aber jetzt in Luft aufgelöst zu haben, wie vom düsteren Ocker der Spelunke verschluckt. Simon kämpfte sich zur Bar durch und beschaffte sich vier Gläser warmen, stinkenden Wodkas. Tony Figes tauchte an seiner Schulter auf und nahm eins. Seine Haarbriefmarke stand an einer Ecke ab und enthüllte die Glatze eines älteren Mannes, seine Narbe war tief eingegraben.

«Weißt du, woher sie das kriegen?»

«Wassis?»

«Weißt du, woher sie das kriegen – das da ...» Tony hielt sein Glas in die Höhe.

«N-nein.»

«Sie nehmen diese jungen Mädchen mit nach hinten, ziehen sie aus, wischen sie mit einem Schwamm ab und drücken den Schwamm in ein Faß aus. Und damit füllen sie die Flaschen ab.»

«Haha», sagte Simon – lachen konnte er nicht, denn seine Kehle war ein Betonmischer und so taub, daß er gar nicht spürte, wie der zähflüssige Mörtel ihm den Schlund verklebte und blockierte.

«Simon! Tony!» Es war Tabitha, die ihnen von der Treppe aus zuwinkte. Sie gingen hoch ins darüberliegende Zimmer und fanden dort die anderen, die auf einer Art Bord, das in belanglosem Winkel von der Wand abstand, Lines zerteilten.

«Line?» Ken Braithwaite hielt fragend seine Kreditkarte in die Höhe. Was für ein besinnungsloses Karussell, dachte Simon, sagte aber: «Ja, danke, Ken.»

«Und das ist deine letzte.» Das kam von Sarah, die jetzt aussah wie Simons Mutter oder wie eine lange verlassene Geliebte, nicht wie sie selbst.

«Tatschächlich?» Er nahm den Schein von Ken und rammte ihn sich in die Nase, bis er spürte, daß der Rand des Papierröllchens gegen blutigen Rotz schrammte wie der Kiel eines Minibootes über groben Kies. Er fügte dem Abfallhaufen in seinem Kopf noch ein paar Milligramm Dreck hinzu. Dann trank er einen Schluck Wodka, spürte den Biß und das Brennen in seiner Kehle, nahm einen Zug aus seiner x-ten Camel, roch und schmeckte aber den Rauch nicht. Er konnte jetzt ewig so weitermachen.

«Okay – wir gehen.»

«Gehen wir?»

«Wir gehen.»

Es gab nicht einmal eine richtige Verabschiedung, nur kehliges Krächzen und affenähnliche Rufe. Sie hatte ihn am Ellbogen gepackt, und wie ein Mahut, der mit sanftem Druck und leisen Befehlen die Marschrichtung eines riesigen und potentiell tückischen Tieres bestimmt, dirigierte sie ihn die Treppe hinunter, durch die langen Schlangen Jugendlicher, den krummen Korridor entlang, vorbei an den beiden geschleckten Schlägern in ihren weißen Unterhemden und schwarzen Latzhosen mit gehalfterten Handys und dann hinaus in die zinnerne Dämmerung der Londoner Innenstadt.

«Und Tabitha?» fragte Simon. Die kurze Frage war so formuliert, daß er sie ohne Lallen aussprechen konnte, vielleicht der einzige Grund, warum er sie stellte.

«Was ist mit ihr?» Sarah war nicht wütend – sie war verliebt. Sie wollte seinen Körper, ob er nun noch etwas damit anstellen konnte oder nicht. Sie wollte an ihn geschmiegt daliegen und irgendwann einschlafen. Sie wollte Schlaf, so wie Sonnenanbeter sich nach einer Sonnenfinsternis sehnen, gläubig, voller Ehrfurcht und mit immer stärker werdendem Fanatismus.

Männer, die erst kürzlich aus Afrika gekommen waren, boten an der Kurve des Bürgersteigs an der Charing Cross Road ihre Dienste als Taxifahrer an. Als Sarah sich zu einem heruntergekurbelten Fenster beugte, um mit dem Fahrer handelseinig zu werden, stellte Simon sich vor, ihr Lude zu sein. Dann fuhren sie nach Westen, und das Autoradio hielt mit ihnen Schritt. Ein Boxkampf wurde kommentiert; Simon duckte sich und täuschte im Strom der Worte, versuchte, dem K.o. zu entgehen. Sie schlingerten die Park Lane entlang. Komisch, dachte Simon, daß London zugleich frisch knospend und faulig käuflich sein kann; der Park, dessen Grün gegen das Geländer schäumte, und die Taxis und Lieferwagen, die zu dieser Tageszeit über die Straßen holperten und ihn ostentativ ignorierten. Simon drehte sich zu Sarah um. Sie saß da, merkwürdig in sich gekehrt, unbeeinträchtigt von der Nacht des Alkohols und der Drogen, bis auf ein leichtes Fälteln, ein Austrocknen der Haut unter den Augen. Sie saß da, die Knie zu einer Seite gekippt, die Hände entspannt in ihrem Schoß. Das Hütchen saß noch immer auf dem Dreieck ihres Haaransatzes. Wollte er es streicheln? Seine niedliche Adrettheit in Händen halten? Er wußte es nicht. Er war erschöpft von diesem Zirkeltraining seiner Sinnlichkeit. Es war, als hätte man ihm im Schlaf seinen Körper genommen, ihn über einen extremen Hindernisparcours gejagt und ihm beim Aufwachen zurückgegeben. Seine Eingeweide waren flüssig, seine Haut war ein Schuppenpanzer. Er veränderte seine Haltung und spürte, wie der Zwickel seiner Hose sein verschwitztes Perineum rieb und zwickte. Der Kreis schloß sich, denn dies passierte, als das Taxi eben an der Einmündung der Sloane Street vorbeifuhr. Die Eingeweidebulletins hatten ihren eigenen Rhythmus, ihre eigene, unergründliche Botschaft. Dann Harrods, der zinnenbewehrte Koloß babylonischen Handels, ein vertikaler Suk.

Ich lege mich nieder in den Abdruck der Körper all seiner anderen Bettgenossinnen, dachte Sarah und beobachtete, wie die jetzt zitronenfarbenen Strahlen des Morgenlichts über die Stirn ihres Geliebten wanderten.

Wenn ich sie berühre, denke ich nur an meine Kinder, dachte Simon, wieder einmal vertieft in ihren Liebreiz, ihre Winzigkeit.

Wenn es ein Präparat gäbe, dachte Sarah, ein Einreibemittel, das er mir geben, das er mir in die Haut massieren könnte, um diese Erinnerungen zu vertreiben. Eine Art Ret-Gel, das zuerst brennen, dann aber einwirken und die Abdrücke ihrer Berührungen und deren Einfluß auf die seinen entfernen würde.

«Wisch mir den Hintern, Daddy ... Wisch mir den Hintern!» Schrille Töne schuldbewußter Dreistigkeit, den kleinen blonden Kopf vornübergebeugt, zwischen die Schenkel geklemmt. Der Schwung der Hinterbacken und hinter ihren vollkommenen Bögen der Plastikhalbkreis des Toilettensitzes. Er zieht am Papierhalter, reißt ein paar Blätter ab, spürt ihre Trockenheit, ihre scheuernde Trockenheit. Bückt sich und zieht Blatt durch Spalte: «Au! Das tut weh, Daddy, das tut we-eh ...» Wo sind meine Kinder, dachte Simon. Wo sind sie? Sie sind nicht hier. Sie sind in Oxfordshire, im Brown House bei ihrer Mutter. Sie sind in Ordnung, es ist alles gut. Und ich werde sie bald wiedersehen, alle drei, ich werde unter ihnen zu Boden gehen, sie werden mich als Klettergerüst benutzen. Ich werde sie bald sehen, in spätestens zwei Tagen.

Das Taxi raste die Cromwell Road entlang, die Camel in Simons Finger verglühte ungeraucht im Luftzug vom Fenster, auf dessen Öffnung der Fahrer bestanden hatte. Im Westen Londons war der Nahe Osten bereits hellwach, bleiche Männer in erdfarbenen Säcken ließen unbekümmert die Kummerperlen ihrer Gebetsschnüre klackern, während sie an ihren Hotels vorbeiwehten. Sarah starrte abwesend die hausgroße Reklametafel an der Kreuzung mit der Warwick Road an, auf der ein elektronisches Display die Menge der Windows-Computerprogramme anzeigte, die IBM weltweit verkauft hatte. Während sie blinzelte, flimmerte es und verzeichnete eine weitere Transaktion in Seoul oder Syracuse. Sarah dachte: Was, wenn das die Anzahl der Frauen wäre, die zu penetrieren er sich vorgestellt hat? Der Mösenmeere, in die zu springen er sich überlegt hat? Der Schamhügel, die er bestiegen hat? «2346734», schlug die Tafel vor, und Sarah dachte: Nicht genug, bei weitem nicht genug.

Das Taxi näherte sich Barons Court. Simon sah die Glashülle der Ark, den riesigen, neuen Büroblock, der das Hammersmith Flyover beherrschte. Sarahs Wohnung lag in dem Knäuel kleiner Straßen dahinter. Bald würden sie zu Hause sein. Zu Hause hinter der Ark, deren fünfzehn Stockwerke aus Tafelglas und Beton in die Höhe stiegen und über dem Gewirr der Dächer anschwollen. Die Ark, mit ihrem Helmbusch aus Antennen und Satellitenschüsseln, die sie mit dem Äther verbanden, bereit, die Information zu empfangen, daß auf der anderen Seite der Welt eine Taube mit einem Ölbaumzweig im Schnabel gesichtet worden war. Die Ark, ein höchst geeignetes Gefährt, um eine Menagerie vor der Flut der Stadt in Sicherheit zu bringen. Und mit ihr an einem grünen Gestade vor Anker zu gehen, wo die Evolution neu beginnen konnte.

«Komm, mein Äffchen», sagte Simon und merkte erst dann, daß er zu spät dran war, denn sie bezahlte den Mann bereits. Er war jung, und seine Arme ragten steckendürr aus den kurzen, weiten Ärmeln seines gemusterten Hemds.

«Sie iss kein Äffchen, Mann», warf er über die Schulter und fixierte im Rückspiegel Simons blutunterlaufene Augen.

«Wassis?» Simon kletterte eben gebückt auf der Fahrerseite aus dem Auto.

«Sie iss kein Äffchen.»

«Das ist doch nur ein Kosename», erwiderte Simon, schon halb draußen aus dem Taxi.

«Wo ich herkomme, sind Affen keine Kosetierchen, die sind Fleisch, Mann. Fleisch oder tot.»

«Oh.» Warum versuche ich eigentlich, höflich zu sein, dachte Simon, während er erwiderte: «Und wo ist das?»

«Tansania, Mann. Da komm' ich her. Und dort, an dem großen See, da jagen wir die Affen, und ihr Fleisch ... das schmeckt uns. Iss was Besonderes. Vor allem die Schimpansen, ja, vor allem die. Sie fressen unsere Babys – wir die ihren.»

«Tatsächlich? Ich dachte, Schimpansen sind Menschenaffen, keine normalen Affen.»

«Menschenaffen oder andere, iss egal, weißte. Iss alles Buschfleisch. Wir brauchen's.» Der Taxifahrer betonte den letzten Satz, wie um Simon den Wind aus den Segeln zu nehmen. «Brauchen's zum Leben, verstehste?»

«Klar, klar, sicher verstehe ich das.» Simon stand auf dem Bürgersteig, und Sarah öffnete die Haustür; er bückte sich, um dem Fahrer noch etwas zu sagen, bevor er die Taxitür schloß, um männlich-verschwörerisch mit ihm zu reden. «Bei mir ist es genauso. Ich brauch' das Fleisch dieses Äffchens» – er zeigte auf Sarah, die eben die Tür aufschloß – «zum Leben.»

Der Taxifahrer runzelte die Stirn, legte den Gang ein und

fuhr davon. Simon ging den schmalen, mit rautenförmigen Fliesen belegten Pfad zwischen den Topfpflanzenreihen hoch, rechts die Kräuter, links die Blumen. Er betrat das Haus und schloß behutsam die Tür; das dicke, verzerrende Glas klirrte. Einen Augenblick lang stand er in der Diele mit ihrem trapezoiden Boden, den ein Rechteck beigefarbenen Teppichs nur ungenügend bedeckte, öffnete dann die Tür zu Sarahs Erdgeschoßwohnung, Rauhfasertapeten im Spiel der Farben von Magnolien, und zog sie mit einem unentschlossenen Zischen hinter sich zu.

Sie stand im Wohnzimmer neben der Stereoanlage und streichelte ihren Hund, Gracie, einen alten, plumpen Golden Retriever, der unaufhörlich sabberte. Der Hund schaffte es gerade, seine Pfoten auf Sarahs Schenkel zu legen, sein zotteliger Bauch schleifte über die Bodendielen, sein steifer Schwanz fegte einen marokkanischen Teppich. «Da-da», sagte sie eben, «da-da», und strich mit der Hand über die spitze Schnauze des Hundes, kraulte seinen gelbbraunen Nacken und wühlte in den Falten schlaffen Fleisches an seinen Flanken. «Da-da.» Gracie stieß leise Freudengrunzer aus, vermischt mit erstickten Jaulern an der Grenze des menschlichen Gehörs. «Da-da, da-da, da-da ...» Jedes Bild an der Wand war doppelt gerahmt; die harten Schatten des strahlenden frühen Morgens produzierten Formen, wo keine Materie war.

Sarahs Wohnung, so hübsch sie war mit ihren Nuancen warmen Holzes und Porzellans, ihren weichen Blau- und Rottönen, ihren hingegossenen Dingen und ihren baumelnden Dingen, Erinnerungsstücken an ein angepaßtes Leben, nun in ein passendes Ambiente gebracht, wirkte trotzdem entblößt, gebleicht von der Morgensonne und der Strahlung der Drogen. Simon ging von Fenster zu Fenster, zog Jalousien herab und Vorhänge zu, dämmte das Licht und dämpfte die Helligkeit, unterband das Tagen in der vergeblichen Hoffnung, es auf später verschieben zu können. Noch immer streichelte und kraulte sie, noch immer zeigte sie: «Da-da, da-da, da-da …», noch immer das leise Grunzen hündischen Vergnügens.

Und dann auch woanders. «Da-da, da-da», oder eher «Da … da, da …» Simon streichelte jetzt Sarah. Sie lag schräg überm Bett, die Kante der Matratze unter ihren Schulterblättern. Er lag schräg über ihr, ein haariger Schenkel auf ihren rasierten. Er stützte sich auf den linken Ellbogen, und wie ein Kind, das sich dazu auf die Couch geworfen hatte – las er sie wie ein Buch. Die eine Hand strich ihr über die blonden Haare auf der Stirn, im Nacken, dann über das schmale Rechteck ihres Rückens, während die andere über den Schenkel in die Arschfalte wanderte. Das zweite Gelenk seines Daumens blieb dort hängen, glitt dann nach oben, um auf dem Vorsprung ihres Schamhügels zu ruhen, während die Finger die Blätter ihrer Vagina öffneten. «Da … da …», sagte Simon, «da … da», keine Fragen, sondern Ankündigungen der nächsten Berührung. Ihre Hände waren an seinem Penis, die eine drückte sanft die Eichel, die andere massierte zärtlich den Schaft. Aber es half nichts, er blieb biegsam, eine schlappe Spielzeugversion DES PENIS, ein Stehaufmännchen, das kein Männchen machte. «Da … da … Da … da-da-da.» Sollte er ihr den Finger in den Arsch stecken oder ein Tuch holen und ihn abwischen? «Daddy, Daddy, wisch mir den Hintern!» Es war alles so stilisiert, eher eine Ausarbeitung des Konzepts des Liebens als das Lieben selbst. Eine Schule der Liebe, in der der Liebende sich bemüht, die Art darzustellen, wie er lieben würde, wenn er wirklich einmal lieben könnte. Der Tag kam ungebeten zu Simon zurück. Ihr Körper war so leicht unter seinem Arm, seine vorsichtigen Gewichtstaxierungen teilten ihm beunruhigende Informationen mit. Belästigte er sie? «Da … und da …» Waren seine Kinder hier – oder dort? Von Sarah kam leises Stöhnen und gereiztes Keuchen. Was er hier tat, war aus dem Zusammenhang, aus dem Genre gerissen. Er hatte seine Fähigkeit zur Aufhebung des Zweifels am Genre Sex, am Medium Körper verloren. Seine Hand, die sie liebkoste, war wie ein Mikrophongalgen, der in die Szene eines Films über das bäuerliche Leben in der Lombardei des neunzehnten Jahrhunderts hineinragte. Er war eigentlich gar nicht «da ...», ein lauteres gereiztes Stöhnen. Sie waren einander fremd, zwei Akteure in einer Split-Screen-Szene. Die Pfötchen an seinem Penis wurden langsamer und hielten an, wurden langsamer und hielten an, Sarah sagte «Dada, da-da ...!» und tätschelte Simon tröstend. Er schlief.

Schlaf während des Tages ist negativer Schlaf. Er spuckt negative Bilder aus, geschwärzte Gesichter, die einen aus dem Hellen anstarren, affengleiche Schädel unter Flachshaar, albinoweiße Augenhöhlen. Und Drogenschlaf während des Tages ist doppelt negativ; vor allem Schlaf unter Kokain, unter Ecstasy, wenn der Hirnstamm in der Erde verwurzelt ist, im toten Boden des Schlummerlands – als hätte der Schläfer ein negatives, in die haltungskorrigierende Matratze eingelassenes Kissen bekommen –, so daß die synaptischen Blätter der beiden Lappen in der kühlen Brise krasser Bildlichkeit wehen können.

Sie hatten sich hin und her geworfen, und jetzt wandten Sarah und Simon sich voneinander ab, umarmten Decken, Laken und Kissen und rangen sie auf die körnige Matte nieder. Ihre Gesichter waren verzerrt in der Anstrengung, ihren Geist unter die eisige Oberfläche des Bewußtseins zu drücken und ihn dort zu halten, bis aus Keuchen Schnarchen wurde. Im Schlaf sah Simon sich Sarah mit langen, rauschenden, regelmäßigen Stößen ficken. Sein Schwanz war stahlhart und starr, und er bewegte sich in ihr mit maschinellem Rhythmus, geölter Geschmeidigkeit. Ihre Möse umklammerte eng die Wurzel, dann eng den Schaft, dann eng die Eichel; «annagain, annagain», und wieder, und wieder. Eng, eng eng. Er spürte das Unterschallzittern, das ihren Höhepunkt ankündigte, ein Lavawurm heißer Schmelze, der tief unten in ihrem Verwerfungskern aufkochte. Er bäumte sich im Eindringen auf, so daß sein Oberkörper von ihr wegragte, ein Überhang, ein stolzer Auswuchs, nun nicht mehr dürftig, nein.

Sie waren in einem Schlafzimmer, das die Welt enthielt, Meere aus Decken, Kontinente aus Kissen, eine Biosphäre aus wogenden Laken, die ihre stampfenden, aerodynamischen Körper stützte wie aufgetürmte Kumuluswolken. «Come, Baby / Come, baby / Baby, come, come ...» Ist das jetzt Klarheit, oder was? dachte Simon innerhalb des Traums, und die Ragga-Zeile ging ein in das Stoßen, den Rhythmus. Dann gab es einige komplizierte Lockerungsübungen, Verrenkungen innerhalb der Verrenkung. Als wäre Simon ein kindlicher Turner, an einem Reck, das das Firmament überspannte, spürte er, wie sein Rücken sich durchbog, durchbog, durchbog, immer weiter zurück, während seine Beine fußfertig zeigten: Das ist die Kirche / Das ist der Turm / Öffne die Tür und das sind ... die Leute waren jetzt wieder Gesicht zu Gesicht, nur so weit entfernt, wie ihre beiden Oberkörper lang waren. Doch fickte Simon Sarah noch immer, fickte sie mit langen, rauschenden, regelmäßigen Stößen. Und diese neue Position – die Oberkörper in verschiedene Richtungen zeigend, einer der verzerrte Doppelgänger des anderen, seine Knie angewinkelt unter ihren angewinkelten Knien, den Oberkörper auf die verschränkten Arme gestützt und aus den Knien heraus seinen Schwanz in ihre Möse stoßend – machte das Ganze höchstens noch köstlicher und saftiger. Schlotz-schlutz, schlotzschlutz, schlotzten sie. Ihre Möse so fest – und doch so feucht, sein Schwanz stramm und flüssig.

Wieder erlebte Simon einen Einbruch der Klarheit, einer lächerlichen Traumlogik – er konnte das gar nicht schaffen, es war körperlich unmöglich, für diese Stellung müßte sein Schwanz … lang sein. Er sah nach unten, er war lang, sehr lang, mindestens fünfundvierzig Zentimeter, und während er noch erstaunt hinschaute, wuchs er weiter. Er zog ihn heraus aus ihrer Wölbung, ihrem rosigen Leuchten, und er verlängerte und verlängerte und verdünnte sich dabei, als wäre er ein Streifen Kaugummi, der mit Daumen und Zeigefinger zwischen den zerbröckelnden Milchzähnen eines Kindes herausgezogen wird. Wo war das Kind? Sarah schien von alldem nichts bemerkt zu haben. Ihr Oberkörper war auf die Matratze zurückgesunken, aber er wand sich noch, und ihre Beine bewegten sich, als wäre er noch in ihr. Aus ihrem Mund kam das harte Stöhnen von kraftvollem Sex, dies war Sex als harte Arbeit. Ein später, tragischer Fick? Er entfernte sich immer weiter von ihr, weiter und immer weiter. Sie war bereits auf der anderen Seite des Ozeans, und noch immer krabbelte er auf Pfotenhänden, Händepfoten rückwärts. Wie ungerührt – so dachte zumindest Simon – sie dalag, während Meter um Meter um Meter sehnigen Schwanzes aus ihrer Möse herausquoll und in blutverschmierten Schleifen und sogar Knoten auf das Laken fiel.

Dann war Sarah vor dem Fenster – das kleine Äffchen. Sie kletterte den Stamm der Eiche im Garten hoch und grinste ihn über die flaumigen Haare auf ihrer spitzen Schulter hinweg an. Flaumige Haare oder flaumiges Fell? Sie hatte die Krone erreicht und kauerte sich auf einen der ersten Äste, und der Nabelschnurpenis hing zwischen ihren Beinen herunter. Sie war völlig unbekümmert, aber Simon war sich der Abstrusität, der Bedeutungsschwere dieser Szene deutlich bewußt. Sie mußte etwas getan haben – jemand mußte etwas getan haben, denn jetzt spürte er, wie er in sie zurückfuhr. Über diese große Entfernung hinweg – durchs Fenster hinaus, an der Hausmauer herunter, über den Kies und den Baum hoch – bewegte sein Penis sich wieder in sie hinein, wurde von ihrer Falle aufgesaugt. Sie hatte irgendeinen Knopf gedrückt, und jetzt wurde er wie ein menschliches Maßband in ihr äffisches Gehäuse zurückgespult. Wie wahr, dachte Simon, der Mensch ist das Maß aller Dinge. Seine Fersen schlitterten und ruckten über das Bett, er knallte auf den Läufer zwischen Bett und Fenster, wurde hoch- und hinausgezogen. Rums! Simon fiel auf die kleine Terrasse, die ihr Patenonkel für sie angelegt hatte. Sie grinste noch immer auf ihn herab, als er, schwupp! Arsch über Brust den Baum hochgezockelt kam. Ein letzter Schwupp, und Sarah wurde von Simon geschoppt, wahrhaft trächtig gemacht. Sie rieb sich abwesend die noch feuchten Lippen ihrer Möse und schnupperte am Fell auf ihrem Handrücken. Dann bewegte sie sich vorsichtig den dicken Ast der Eiche entlang. Einen Arm schützend um ihren geschwollenen Bauch gelegt, ließ sie sich behutsam in den Nachbargarten fallen und machte sich davon.

Gegen Mittag wachten sie auf. Das Licht, das zwischen Vorhangsaum und Fenstersims hereinsickerte, hatte sich von Zitrone zu Orange gewandelt. Die Erinnerung an den Traum, das kleine Äffchen, das Sarah war und seinen Nabelschnurpenis einsaugte und dann im Nachbargarten verschwand, war noch so lebendig, so präsent, daß es mit der Körnigkeit der Matratze, der gebogenen Röhre in seiner Kehle, dem Gries in seinen Augen um Einbeziehung in seine Wirklichkeit wetteiferte.

Alptraum war es keiner gewesen, da war Simon sicher. Er hatte keinen Ansturm des Grauens erlebt, kein hämmerndes Traumherz, keine Lähmung des Traumkörpers, als er der Verwandlung seines Schwanzes zusah. Es war eher etwas gewesen, von dem er schon immer wollte, daß es passierte. Das

Gefühl der Klarheit innerhalb des Traums hatte dies bestätigt.

Simon blieb still auf der Matratze liegen und genoß das spezielle Verkrampfen der Schulter, das drängende Zwicken seines Beckens. Sollte er aufstehen, gegen den Kater angehen, sich duschen? Er drehte sich um, und sein blutgefüllter, von einer vollen Blase an der Wurzel abgeklemmter Schwanz zwickte. Er rieb sich die verklebten Augen. Sarah lag auf dem flachgedrückten Kissen, den Oberkörper um etwa zwanzig Grad abgewinkelt, die Arme irgendwohin ausgestreckt, ihre Haare feucht und verstrubbelt.

Simon stützte sich auf Ellbogen und Unterarm und betrachtete sie. Der Rand des Lakens klemmte unter ihrem Busen, der Rest bauschte und fältelte sich darunter. In dieser Lage war ihr Rücken gestreckt, und er konnte die leichten Wölbungen der Muskeln sehen, die ihren Körper umgaben – in Simons Augen eine ihrer Unvollkommenheiten. Es gab auch andere; die zu dünnen Lippen, deren Dünnheit er manchmal spürte, wenn er sie küßte, und die jetzt halb offenstanden und ihre merkwürdig spitzen Hundezähne entblößten, die, wenn sie wach war, ihr den Anschein eines Werktagsvampirs gaben, als hätte sie als Zeitsekretärin für Van Helsing gejobbt. Ihre Brüste waren in Ordnung, aber ihre Warzen nie hart genug, nie zitzenhaft genug.

Während er sie betrachtete, hoben und senkten sie sich, hoben und senkten sie sich. Ihre verschwollenen Lider flakkerten. War sie noch gefangen in dem Traum, den er eben verlassen hatte – oder in einem anderen? Er hob seine große braune Hand und legte sie auf ihren ausgestreckten weißen Arm. In seinem Griff sah er so dünn wie ein Eßstäbchen aus, und so zerbrechlich. Ich muß damit aufhören, dachte Simon. Ich tue dies, um sie zu entwürdigen – um uns zu entwerten. Vollkommenheit ist bedeutungslos – und wertlos, ein Tupperware-Gral. Wenn ich so weitermache, rede ich es mir aus.

Seine Hand hatte seinen steifen Schwanz gestreift und ihn daran erinnert, daß er einen hatte, ihn erinnert, was man damit tun konnte. Die andere Hand wanderte zu den Falten und Bauschungen des Lakens. Er fuhr mit den Fingerspitzen darüber, als wären es die Rüschen und Fältchen ihres Geschlechts. Simon schluckte und schmeckte gutturale Grauenhaftigkeit, ein Pfännchen voller kalter Camel-Reste. Konnte er das kulinarische Verbrechen begehen und sie zwingen, das zu schmecken? In der Grube des Betts zwickte sein Schwanz. Ja, er konnte.

Sie wachte auf, als seine Fingerspitzen zum finalen, fummelnden Angriff auf ihre Brustwarzen ansetzten, nachdem sich seine Handflächen in der Senke ihres Busens niedergelassen hatten. Sarah schien kein Unbehagen zu empfinden, nicht einmal kurzfristigen Ekel vor der Vorstellung, daß sein teigiger, wodkagebleichter Körper auf den ihren plumpste. Sie regte sich, erregte sich. Ihr kleiner Kopf hob sich, und die Strubbel gespaltener, blonder Haarspitzen erinnerten an einen Clown. Die dünnen Lippen öffneten sich, kurz sah er weiße Spitzen, und dann empfing sie ihn, die kleine Schnecke ihrer Zunge entrollte sich in seinem Mund, schwoll an und vertrocknete in seiner Salzigkeit. Ihre Oberkörper vereinigten sich. Simon schmeckte den Unrat in ihrem Schlund, roch die Scheiße in ihrem Atem – wie sie seine. Bald nivellierten sie einander, während mehr und mehr Speichel die kleinen Flöze Schleim mit ihren wertlosen Adern aus Dreckskokain auswusch.

Es war hart und abrupt. Ein Liebesanfall. Eine seiner großen Hände schnellte zu ihrem Schamhügel und riß das zerknüllte Laken weg. Die Finger der anderen wanderten zu ihren saugenden Mündern, sammelten Spucke und verschmierten sie in ihrem Schritt. Seine Finger stießen in sie – sie stöhnte auf, biß ihm auf die Lippe. Seine andere Hand wanderte unter ihr Kreuz, ihr Kinderkreuz, er konnte es mit einer Hand fast umspannen. Er zog sie zu sich her. Ihre kleinen Klauen rissen an seinem Kreuz, fanden kaum Halt auf dem Schweiß, der sich dort gebildet hatte. «Mach die Beine breit», bellte er ihr in den Mund. «Mach die Beine breit!» Er stieß die Finger noch tiefer in sie, dehnte sie, der Daumen kreiste über der Klitoris. Sie bäumte sich auf unter ihm wie ein gefangenes Tier. Bäumte und bäumte sich auf. Er zog die Hand von ihrem Kreuz, seinen Mund von ihrem. Er schob ihr zwei Finger in den Mund, drei. Spürte die Schärfe ihrer Zähne, die straffe Haut ihres Schlunds. Er zog die Finger heraus, wischte ihr damit über die Stirn und weiter – packte eine Handvoll Haare und zerrte sie ihr hinunter in den Nacken, dehnte ihren Körper über die Wölbung des Kissens, so daß sie zur Gänze entblößt, doppelt nackt war.

Sarahs Hände hatten seinen Penis gefunden. Simon stöhnte auf, beinahe wäre es ihm von dieser einen Berührung gekommen. Ihre Finger strichen hoch und herum, hoch und herum. Dann nach unten, berührten, umfaßten seine Eier, dann tiefer in seine schweißfeuchte Spalte. Sie betupfte und ertastete sein Arschloch, betupfte und ertastete sein Arschloch.

Seine Finger waren in ihr verhakt, er konnte den Umriß ihres Schambeins spüren. Sie hatte die Augen verdreht, so daß nur das Weiße zu sehen war. Er konnte die genaue Beschaffenheit dieser inneren, membranösen Haut spüren. Beinahe konnte er mit seinen Fingern den salzigen Sturzbach des Höhepunkts spüren, der jetzt aus ihr hervorbrach. Sein Mund war wieder auf dem ihren, und in diese Höhlung schrie sie, so daß die Echos in seinem Kopf widerhallten. Er wollte sie nicht loslassen. Er küßte sie weiter, kaute sie. Dann glitt er tiefer, schmeckte ihre Brüste, ihre Hüften, die Fusseln in ihrem Nabel. Er drückte die ganze Länge seiner Zunge gegen ihre feuchte Öffnung, spürte das Samenkorn ihres Kitzlers an seiner Zungenwurzel. Dann schob er sich wieder hoch. Ihre

Hände zogen an seinem Schwanz, sie waren Schlepper, die die mächtige Last seines penilen Kahns in den Hafen bugsierten. Eine Dringlichkeit hatte das alles, solch einen Paarungswillen auf beiden Seiten – man konnte es kaum Verlangen nennen.

Draußen in dem schmalen Gang kläffte und kratzte Gracie, die alte Retriever-Hündin, da sie den Tumult im Zimmer als eine Jagd verstand, bei der sie gern mitmachen würde. Sie deutete das Schreien und Trommeln als häsische Beute, die aus ihrem sandigen Bau hervorbrach. Sie packte den Saum eines Batikschals, der von einem Haken hing und zerrte daran mit schlaffen Lippen, fleischigen Zähnen.

Die Wucht der Vereinigung schob Sarah auf dem Kissen nach oben, so daß es schließlich unter ihrem Hintern landete. Ihre Fersen lagen auf Simons Kreuz, und er fickte sie, wie er es im Traum getan hatte, mit langen, rauschenden, geölten Stößen maschineller Regelmäßigkeit. Sie kam ununterbrochen, und ihre Vagina zuckte entlang der ganzen Länge seines Schwanzes. Ihr Mund klaffte, und jede Implosion des Ihm-in-Sie entriß ihm einen Schrei. Schrei um Schrei um Schrei, bis Simon schließlich, mit einem internen Zusammenkneifen seiner Harnröhre, ebenfalls kam und erkannte, daß sie nun nicht mehr schrie, sondern einfach weinte. Weinte und schluchzte, in Stößen, die an ihren dünnen Schultern rüttelten, die ihre dünnen Schulterblätter gegen seine stützende Hand drückten.

Simon zog sich zurück, plumpste aus ihr heraus. Dann nahm er sie der Länge nach in die Arme, den einen durch ihren Schritt gefädelt, den anderen um ihren Nacken gelegt. Sie schluchzte – das wußte er – nicht unbedingt aus Gefühl, denn das passierte häufig genug, wenn sie fickten. Nein, ihr Weinen war eine rein körperliche Reaktion, so wie andere Frauen nach dem Höhepunkt heftig schwitzten. So betrachtete er ihre Tränen, als Transpiration der Augen. Sie schluchzte und schluchzte, und er sagte: «Da-da, da-da, da-da.» Dann schliefen sie wieder. Der Digitalwecker auf ihrem Nachtkästchen zeigte 12 Uhr 22, und als er 12 Uhr 34 zeigte, träumte Simon erneut.

Der zweite Traum setzte kurz vor dem Ende des ersten wieder ein. Die Laube ihres Schlafzimmers war umrankt von einem Wald, der ihre Wände sowohl durchbrach wie bildete. Die hohen Bäume und das üppige Unterholz öffneten sich zu einem sanften Hang auf der Gartenseite. Simon war, wie er gewesen war: Auf Fersen und Handballen und die nach hinten gestreckten Arme gestützt. Und da war auch das Äffchen, das auf einem Ast eines Baumes in knapp zwanzig Meter Entfernung kauerte. Entspannt kauerte, aber mit gespreizten Beinen, so daß er deutlich ihre rosige Quelle sehen konnte, und aus ihr heraus floß sein rotes Rinnsal.

Ich kann mir meinen Schwanz anschauen, dachte Simon und schaute seinen Schwanz an. Ich bin klar, erkannte er. Ich kann diesen Traum kontrollieren. Sein Schwanz wand sich von seinen Lenden weg, lag in einer Reihe von Korkenzieherkringeln auf dem zerdrückten Laken. Dann erkannte er noch mehr von diesen Korkenzieherkringeln, Schweineschwänzchen auf dem Waldboden, die gummigen Schleifen mit totem Laub und Zweigen verkrustet, und sah sie schließlich zwischen den krummen Wurzeln der Bäume verschwinden. Simon rief Sarah, die unbekümmert an der Haut auf ihrem Unterarm kratzte. «Sarah! Sarah!»

«Simon?» Sie hob den Kopf.

«Sarah, zieh mich jetzt ein, zieh mich ein. Ich will in dir drin sein.» Er deutete auf die Knäuel Er-in-Ihr, die sie verbanden.

«Simon?» Sie sah sich um, als würde sie ihn zwischen den Bäumen suchen. Sie schaute überall hin, nur nicht zu der kleinen Lichtung mit dem gemachten Bett, auf dem er lag. «Simon? Simo ...»

Ihre Stimme verklang. Sie bückte sich auf ihrem Ast und zupfte an etwas. Simon spürte ein Ziehen. Das war er! Sie zupfte an ihm! Sarah hob den weichen Strang zum Mund. Sie hielt ihn so beiläufig in der Hand, als wäre er ein Seil und sie eine baumbewohnende Glöcknerin. Und dann fing sie ohne weitere Umschweife an, daran zu knabbern.

Simon spürte, wie ihre kleinen, scharfen Zähne in ihn bissen. «Sarah!» rief er. «Nicht … Sarah, das bin ich!» Aber sie schien ihn nicht zu hören, knabberte einfach weiter und hörte nur gelegentlich auf, um sich ein Knorpelstückchen aus den Zähnen zu pulen. Das Ding, das sie verband – war es Penis oder Nabelschnur? Er wußte es nicht –, war schon beinahe durchtrennt, aber sie kaute weiter, und er schrie noch immer: «Sarah! Hör auf! Sarah – du wirst mich verlieren, wir sind in einem Wald!» Aber sie achtete nicht auf ihn, kaute und kaute. Jetzt war nur noch eine einzige rosige Faser übrig, die zwischen ihren Schneidezähnen glänzte. Sie biß zu – und trennte ihn komplett ab.

Ich will aufwachen, dachte Simon. Wach auf! befahl er seinem Körper, doch der lag ungerührt quer auf seinem Wollen, ein schweres Gewicht. Wach auf. Er versuchte, ihn zu bewegen, nur einen winzigen Teil davon, die kleinste Bewegung würde genügen, um ihn aus diesem Traum zu befreien, aber er brachte nichts zustande. Nichts. Er strengte sich an und dachte: Ich bin hier, ich liege in diesem Nest mit Sarah. Sarah, er konnte jetzt ihre Wärme über oder unter sich spüren. Er tauchte auf, bis … er sie unter seiner Wange spürte. Die Wärme ihrer kleinen Brust mit ihrem feinen Überzug aus rauhem blondem Fell.

Simon Dykes, der Künstler, wachte auf, die Brust seiner Gefährtin an der Wange. Er seufzte und vergrub seine schnüffelnde Schnauze in ihrer animalischen Süße.

6

Es war ein wunderbarer, spätsommerlicher Morgen. Die Redington Road war gesäumt von Bäumen in ihrem letzten, fruchttragenden Stadium. Busner musterte die soliden Backsteinvillen am Straßenrand. Trotz der steigenden Hitze fühlte er sich frisch und beschwingt nach der frühmorgendlichen Paarung, und so atmete er, bevor er den Gartenpfad hinunterging, mit gespitzten Lippen tief ein und stieß dann einen lauten Keuchruf voller Joie de vivre aus. Als Antwort kam ein Chor von Keuchrufen von seinen Nachbarn, von denen einige, wie er jetzt erst bemerkte, in den Baumkronen der Umgebung saßen. «*H'hooh!*» keuchriefen sie und winkten dann: «Morgen, Busner.»

«*H'hooh!*» vokalisierte er zurück und grüßte sie fröhlich mit einem Schlenker seiner Aktentasche. Dieser erste Grußwechsel wurde aufgenommen von Schimpansen in den Nachbarstraßen, die mit Keuchrufen die Vorstadt begrüßten, und dann aufgenommen von anderen Schimpansen in großer Entfernung und wieder anderen in noch größerer Entfernung, bis die Rufe schließlich in Richtung Belsize Park verklangen.

Gambol hatte das Auto, einen kastanienbraunen 7er Volvo Kombi, aus der Garage geholt und stand jetzt mit laufendem Motor vor dem Gartentor. Busner sah drei seiner junggerwachsenen Männchen auf dem Rücksitz. Sie waren in gegenseitigem Lausen so ineinander verschlungen, daß er sie kaum auseinanderhalten konnte; doch es freute ihn, Erskine und Charles im Auto zu sehen, denn nach Ansicht ihres Alphas hatte keiner der beiden in letzter Zeit genug patrouilliert.

Busner warf seine Aktentasche auf die Ladefläche und stieg auf der Beifahrerseite ein. «Na dann, Gambol», fingerzeigte er dem untergeordneten Schimpansen, der sofort losfuhr und mit fliegenden Händen die ersten acht Gänge hochschaltete, «*yugg-yugg*, was ist denn bloß so wichtig, daß es nicht bis nach meinem zweiten Frühstück Zeit hatte, *huuh?*»

«Jane Bowen von der psychiatrischen Notaufnahme im Charing Cross rief mich heute morgen an», zeigte Gambol. «Sie arbeitet jetzt für einen Schimpansen namens Whatley – Sie erinnern sich doch an Whatley, nicht, Dr. Busner, *huuh?*»

«Natürlich, *wraaaf*, das ist der Trottel, der bei der Konferenz der British Psychological Association letztes Jahr in Bournemouth meinte, moralische Bedenken gegen unsere Arbeit erheben zu müssen.»

«Genau der. Schätze, der wird jetzt ziemlich katzbuckeln, weil Jane Bowen zeigt, daß er unsere Hilfe will.»

«*Huuh*, tatsächlich –» Busner winkte ab und wandte seine Aufmerksamkeit der dichten Flokati-Bespannung des Armaturenbretts zu. «Ich muß schon sagen, Gambol, hast du das Auto schon wieder neu bespannen lassen?»

«Letzte Woche, als es beim Kundendienst war – gefällt es Ihnen nicht?»

Busner gab es zwar nicht gern zu, aber der neue Teppich, den Gambol für das Armaturenbrett ausgesucht hatte, war eine deutliche Verbesserung. Er hatte ein kräftiges Muster aus Rauten und Sechsecken in Lila und Rot – ein köstlicher Zeitvertreib für Finger und Zehen, die das Lausen vermißten. Busner merkte, daß er bereits gedankenverloren den dichten Flor zerteilte, und das erinnerte ihn an etwas. «Übrigens, Gambol», zeigte er, «sei so nett und pul mir diese verdammte Marmelade da am Hals aus dem Fell.»

«Laß mich das machen, Alph!» fingerzeigte einer der Jungerwachsenen auf dem Rücksitz – und zwar genau auf dem Marmeladefleck. Busner drehte sich um, packte den Übeltäter – es war Erskine – am Ohr und biß ihn kräftig in die Wange.

«Wraah!» bellte Busner und fuchtelte dann: «Wenn du alt genug bist, um mich morgens zu lausen, Erskine, dann lass' ich's dich wissen. Bis dahin – mein lieber Dreikäsehoch – behältst du deine süßen Fingerchen bei dir.»

«'tschuldigung, Alph», zeigte Erskine, um Zerknirschung bemüht. Doch Sekunden später – und trotz des Risses unter dem Auge – blödelte er schon wieder mit seinen Brüdern herum, und die drei gluckster und keuchten vor kaum verhülltem pubertärem Lachen. Die beiden erwachsenen Schimpansen ignorierten sie.

Gambol befeuchtete die Finger seiner linken Hand und begann behutsam die klebrigen Knoten im Fell unter Busners Kinn zu lösen. *«Huh-huh-huh»*, brummte Busner dankbar und fingerzeigte dann: «Und, was will Whatley?»

«Na ja», entgegnete Gambol, «anscheinend kam letzte Woche ein stark verstörter Schimpanse in Whatleys Abteilung –»

«Selbsteinweisung, auf Anraten des Hausarztes, *huuh?*»

«Nein, es war ein Notfall. Der Schimpanse hatte einen psychotischen Zusammenbruch beziehungsweise Anfall; sie mußten ein Rettungsteam hinschicken. Zwangsjacke, Sedativa, die ganze Palette.»

«Verstehe.»

Gambol nahm die Finger aus Busners Fell, um sich auf das kniffelige Manöver des Abbiegens in die Hampstead Hill zu konzentrieren. Der Stoßverkehr hatte bereits etwas nachgelassen, aber noch immer fuhren dichte Autoknäuel mit hoher Geschwindigkeit die Hauptstraße in beiden Richtungen entlang. Gambol kurbelte das Fenster herunter und gestikulierte und schrie, bis ein Bonobo in einem weißen BMW ihm mit der Lichthupe ein Zeichen gab. Nachdem er sich in den Verkehr eingefädelt hatte, fuhr Gambol fort: «In den ersten paar Tagen brachten sie so gut wie gar nichts aus dem Schimpansen heraus – er heißt übrigens Simon Dykes und ist offensichtlich ein ziemlich bekannter Künstler.»

«Das kann man wohl zeigen», warf Busner dazwischen. «Eine seiner Fotomontagen hängt in der zeitgenössischen Abteilung der Tate. Großes Triptychon, ein Haufen Teddybären, die in einem Labor arbeiten – das kennst du doch bestimmt.»

«Ich gehe nicht viel in Museen, Dr. Busner, das ist nichts für mich.»

«*Yugg-yugg*, solltest du aber. Wie du weißt, ist ein großer Teil unserer Arbeit eng verwandt mit den intuitiven, unorthodoxen Denkweisen, die Künstlern eigen sind. Wir suchen nicht nach trockenen, linearen oder kausalen Erklärungen – das solltest du inzwischen wissen, Gambol –»

«Chef, *huuh?*» zeigte Gambol und drückte sich an den äußersten Rand seines Sitzes, für den Fall, daß sein Alpha angesichts dieser Unverschämtheit auszuschlagen gedachte.

«Was, *huuh?*»

«Wenn ich vielleicht fortfahren dürfte.»

«*Hooh*... na gut.»

«Wie gezeigt, als sie Dykes brachten, war er katatonisch. Anfangs konnten Bowen und Whatley nicht feststellen, ob das symptomatisch war oder ob das Rettungsteam es zu gut gemeint hatte mit dem Valium –»

«*Wraaf!*» bellte Busner. Er haßte Sedativa und im Grunde genommen jede Form von Psychopharmakum, vor allem seit dem Debakel um Cryborg Pharmaceuticals' heimliche Versuchsreihen mit Inclusion. Ein Projekt, auf das Busner sich törichterweise eingelassen hatte, weil er damals glaubte, das Medikament stelle eine Art Allheilmittel gegen depressive Gemütszustände dar.

Gambol fuhr fort: «Als Dykes dann wieder zu sich kam, ließ er niemanden in seine Nähe. Er gestikulierte die ganze Zeit über Affen und Tiere, vokalisierte wie ein Mensch und griff das Personal an – allerdings ziemlich ineffektiv. Whatley und Bowen kam dann der Gedanke, daß für ihn wohl jede

Form von pongidem Kontakt traumatisch war, und deshalb isolierten sie ihn und begannen zu korrespondieren –»

«Korrespondieren, was meinst du damit, *huuh?*»

«Sie legten ihm Zettel auf sein Essenstablett, auf denen sie ihn nach seinem Befinden und so weiter fragten.»

«Und was genau hat Dykes geschrieben, Gambol? Hat er Gründe für seinen Zusammenbruch genannt, *huuh?*»

«Er hat Bowen gezeigt, daß er sich für einen Menschen halte.»

«Wie bitte, *huuh?*»

«Er schrieb, daß er ein Mensch sei, daß die ganze Welt von den Menschen gemanagt werde, daß die Menschen die dominierende Primatenspezies seien, daß er mit seiner menschlichen Geliebten schlafen gegangen sei, und als er am nächsten Morgen aufwachte, sei sie ein Schimpanse gewesen und alle anderen ebenfalls.»

«Ihn eingeschlossen, *huuh?*»

«Na ja, für uns sieht er natürlich wie ein Schimpanse aus, aber in seinen Augen ist er ein Mensch. Er empfindet menschlich. Er zeigt, er habe einen menschlichen Körper. Er glaubt, daß er vollkommen verrückt geworden ist und daß die Welt, die er jetzt wahrnimmt, eine psychotische Wahnvorstellung ist.»

Die ganze Zeit hatten sie gebraucht, um sich die Hampstead Hill hinunterzuquälen, doch jetzt erreichten sie die Ampel an der Kreuzung Pond Street, und Gambol ordnete sich ein, um nach links in Richtung Krankenhaus abzubiegen. «Was machst du denn da, Schimpanse, *huuh?*» stocherte Busner ihm ins Fell.

«Was ist denn, Chef, *huuh?*»

«Ruf sofort Whatley übers Autovideophon an – die Sache sieht interessant aus. Wir fahren zum Charing Cross. Wollen doch mal sehen, ob wir noch ein bißchen mehr über diesen mysteriösen Wahn herausfinden können.» Gambol reagierte mit einem breiten, schelmischen Grinsen. Er hatte das vorausgeahnt und tippte mit seinem großen Zeh bereits Whatleys Durchwahlnummer ein.

Whatleys ziemlich räudige Schnauze erschien auf dem Monitor am Armaturenbrett. Seine Pupillen hatten eine unangenehm weißliche Färbung, was ihm ein wildes und zugleich schwächliches Aussehen verlieh. *«HoooGraah»*, keuchrief er, und Busner und Gambol keuchriefen zurück; Busner trommelte sogar ein wenig auf das Armaturenbrett, um Whatley mit Nachdruck zu verstehen zu geben, daß er nicht daran dachte, ihm Ehrerbietung zu erweisen.

«Ich vermute, Ihr Epsilon hat Ihnen bereits von diesem Schimpansen Dykes berichtet, Busner, *huuh?*» zeigte Whatley, und seine – wie Busner bemerkte – ziemlich warzigen Finger wackelten dabei verstohlen am äußersten Rand des Bildschirms.

«Nur in sehr groben Zügen. Was halten Sie davon, *huuh?*»

«Ich weiß nicht so recht, was ich davon halten soll, Busner. Der Schimpanse ist jetzt seit einer Woche hier. Als sie ihn brachten, schien er unter einem starken Schock zu stehen – wobei ich jetzt zugeben muß, daß es sich auch um ein manisches Intermezzo gehandelt haben könnte.»

«Wie war sein Verhalten, *huuh?*» Busner beugte sich vor, um sich besser auf Whatleys Finger konzentrieren zu können.

«Er ging aufrecht in eine Ecke seines Zimmers, sobald jemand vom Personal in der Tür erschien. Wenn der Betreffende eintrat, versuchte er, unter sein Nest zu kriechen oder sogar, *hooh*, anzugreifen –»

«Angreifen, *huuh?*»

«Genau. Die Angriffe waren jedoch unglaublich ineffektiv – er scheint nur sehr wenig oder gar keine körperliche Kraft zu besitzen, eine Art motorischer Hemmung oder möglicherweise sogar eine partielle Atrophie. Auf jeden Fall war er, obwohl offensichtlich verängstigt, nicht in der Lage, irgend jemandem Schaden zuzufügen, wir haben deshalb auf die Zwangsjacke verzichtet und ihn auch nur mild sediert, weil er nämlich ziemlich harmlos ist.»

Eine Krankenschwester tauchte am Rand des Monitors auf und gab Whatley ein Klemmbrett. «Entschuldigung», zeigte Whatley. Er schrieb etwas auf das Brett und gab es dann der Schwester mit einer entlassenden Handbewegung zurück – nicht einmal ein Klaps für die Unverschämtheit.

Busner wandte sich Gambol zu und zog verächtlich den Brauenwulst in die Höhe. Sobald Whatley sich ihm wieder zugewandt hatte, fingerzeigte er: «Und was ist mit dieser Sache mit dem Menschsein, wann ist das zum ersten Mal aufgetreten, *huuh?*»

«Nun ja, als er eingeliefert wurde, gestikulierte er mehr schlecht als recht, so zumindest der diensthabende Psychiater. Er vokalisierte auch – aber sehr guttural und unzusammenhängend, lauter komische Geräusche. Erst nach ein paar Tagen wurde seine Gestik verständlich.»

«Und, *huuh?*»

«Nun ja, er rang immer die Hände – geh weg von mir, du verdammter Affe! Laß mich, Beelzebub, du schwarze Kreatur! Solche Sachen. An diesem Punkt kam Bowen dazu und fing mit dieser Korrespondenz an, um so wenigstens zu einer Art von Diagnose zu kommen. Anfangs gingen wir davon aus, daß es entweder ein von Drogen ausgelöster Zustand war oder ein heftiger hypomanischer Ausbruch –»

«Hat er eine Vorgeschichte, *huuh?*»

«Nun ja …»

«Ja oder nein, Schimpanse, *huuh?*»

«Nach Angaben seines Hausarztes, eines Schimpansen namens Bohm oben in Oxfordshire, gab es in der Vergangenheit Depressionen und eine gewisse Drogenabhängigkeit. Vor ein paar Jahren hatte er einen ziemlich schlimmen Zusammenbruch, als seine Gruppe sich trennte, *yugg-yugg*, aber nicht so wie jetzt, nichts so unbestreitbar Psychotisches. Als wir seine Unterlagen in Händen hatten und dies erfuhren, versuchten wir eine andere Herangehensweise, sanfter, entgegenkommender.

Lausen ist für ihn offensichtlich unerträglich, und wir haben deshalb die Vorschrift erlassen, daß kein anderer Patient und auch niemand vom Personal ihn berühren darf. Das hat sich ausgezahlt – seit ein paar Tagen gestikuliert er flüssiger und schildert nun Bowen diese erstaunliche Wahnvorstellung, daß er ein Mensch sei. Nach seinen Angaben legte er sich eines Nachts als Mensch in einer menschlichen Welt schlafen, mit einem menschlichen Weibchen als Nestgenossin, und erwachte am nächsten Morgen in der Welt, wie sie jetzt ist –»

«Was ist mit dieser Gefährtin, *huuh*?»

«*Huuh*, das Weibchen, mit dem er zusammen war, als er den Zusammenbruch hatte?»

«Natürlich, natürlich.»

«Sie ist in Ordnung. Natürlich sehr aufgeregt, aber sie hält sich nicht für ein Tier!»

«Sehen Sie, Busner», zeigte Whatley nach einer Pause. «Sie wissen, *yugg-yugg*, daß ich nicht sonderlich beeindruckt bin von Tenor und Tendenz Ihrer Arbeit –»

«Ja, ja, das weiß ich.»

«Aber ich muß zugeben, daß dieser Fall nicht nur meinen Horizont übersteigt, sondern offensichtlich auch genau in Ihre Richtung geht. Das Erstaunlichste daran ist die Stimmigkeit der Wahnvorstellung. Bowen hat die Verästelungen von Dykes' Psychose untersucht, aber uns beiden ist noch kein Wahn untergekommen, der so umfassend – er hat für alles eine Antwort – und zugleich so komplex ist. Ich möchte, daß Sie ihn untersuchen, falls Sie die –»

«Bin schon unterwegs», schnippte Busner, und die Fingerbewegung des «-wegs» fiel zusammen mit seinem Abschalten des Monitors.

Nach dieser Unterhaltung mit Whatley saß Busner fingerschweigend da. Gambol fiel auf, daß sein Chef die Füße auf den Sitz gezogen hatte und mit einer Münze spielte, so daß sie über und unter jeden Finger, über und unter jeden Zeh wanderte, immer im Kreis auf einer zwanziggliedrigen Rundreise. Das war, wie Gambol wußte, ein Zeichen, daß Busner tief in Gedanken versunken war; ihn jetzt zu stören würde vermutlich eine solide Tracht Prügel bedeuten, und so behielt er seine Füße am Lenkrad. Sogar die Jungerwachsenen auf dem Rücksitz spürten, wie vertieft ihr Alpha war, und blieben unlaut.

Busner dachte sehr klar, auf eine Art, wie er nur dachte, wenn er mit einer neuen Pathologie konfrontiert wurde oder zumindest mit einem Fall, der eine Symptomatologie zeigte, die ihm unbekannt war. Er selbst verglich diese Art von Denken mit Termitensammeln. Er stieß einen imaginären Handrücken in die wuselnde Zone aus neuen Informationen, Annahmen und Mutmaßungen und zog ihn dann wieder heraus. An diesem bildlichen Tastorgan klebten dann Dutzende kleiner Hypothesen und zappelten im Fell des Erkennens. Ganz nach Belieben suchte Busner sich die eine odere andere dieser schmackhaften Hypothesen heraus und untersuchte sie. So etwa:

Ein Schimpanse, der unter der Wahnvorstellung leidet, er sei ein Mensch. Nicht nur das, er glaubt auch noch, er stamme aus einer Welt, in der die Menschen die evolutionär erfolgreichste Primatenspezies sind. Und nicht nur das! Der fragliche Schimpanse ist auch noch ein erfolgreicher Künstler. Könnte das möglicherweise eine organische Fehlfunktion sein? Die Geschichte mit der motorischen Hemmung, die Whatley erwähnt hat, klingt zwar vielversprechend, ist aber kaum schlüssig – es könnte eine hysterische Konversion sein.

Wenn es eine organische Beeinträchtigung wäre, dann wären die phänomenologischen Implikationen faszinierend … aber jetzt nichts überstürzen. Warte, bis du den Patienten gesehen hast, Busner, und für den Augenblick bleibe objektiv und leidenschaftslos.

… und doch, schon komisch, daß das gerade jetzt aufs Tapet kommt, habe ich doch erst heute früh den Mangel an interessanten Fällen bedauert –

Es gab aber auch noch eine tiefere Ebene der Mutmaßung, in die Zack Busner nun hinabstieg. Eine Ebene, die, wie ein Zwischengeschoß, den Bereich zwischen dem bewußten Gewissen und dem schuldbewußten Unbewußten einnahm. Ein Hausarzt namens Bohm in Thame; ein Patient, der wiederholt wegen Depressionen behandelt wurde – vermutlich mit Anxiolytika. Könnte das, fragte sich Busner mit einem fragwürdigen Mangel an Selbstkritik, eine der Spätfolgen dieses verdammten Medikamentenversuchs sein?

Diese Fingerwanderung des Denkens wurde unterbrochen von Charles, der auf dem Rücksitz Laut gab.

«Aaaah!» rief Charles und teilte dann mit: «Alph, können wir hier kurz anhalten, *huuh*, nur ein bißchen Herumtollen, bi-itte.»

«Wraaf!» bellte Busner und drehte sich drohend zu drei ängstlichen, einschmeichelnden Gesichtern um, nichts als hängende Unterlippen und gelbe Zähne, und zu sechs Händen, die hektisch gestikulierten: «Bi-itte, Alph, bi-itte, nur ein bißchen Herumtollen, nur ein paar Minuten!»

Der Volvo stand an der Ampel der Kreuzung mit der Albert Road; vor sich erkannte Busner das schäumende Grün des Regent's Park. Rechts hinten sah er die obersten Holme und Kabel des Snowdon-Aviariums im Zoo. *«H'h'hie-hie»*, kicherte Busner, drehte sich zu Gambol um und zeigte: «Wir könnten hier anhalten und uns ein paar echte, lebendige Menschen ansehen, bevor wir diesen eingebildeten besuchen

– was meinst du, *huuh?*» Gambol machte ein verblüfftes Gesicht, seine dicke Unterlippe zuckte fragend. «Das war ein Witz, du mußt nicht alles, was ich zeige, todernst nehmen.» Er drehte sich wieder zu den Jungerwachsenen um. «Also gut, wir machen einen Streifzug auf den Primrose Hill, aber nur zwanzig Minuten, dann müssen wir weiter.»

Gambol begann sofort mit der Suche nach einem Parkplatz, doch ohne großen Erfolg. «Die ganze Gegend hier, *yugg-yugg,* scheint jetzt Kurzparkzone zu sein», gestikulierte er, während sie zum vierten Mal im Schrittempo den zum Primrose Hill führenden Teil der Regent's Park Road entlangfuhren.

Die Lage war verzwickt, weil ständig Autos am Bordstein ein- oder ausparkten, vor allem Mütter, die mit ihren Kindern den Spielplatz besuchen wollten. Busner wurde langsam gereizt, das Tempo seines Zeigens hektischer, was – Gambol wußte das – nur das Vorspiel zu einem richtigen Wutausbruch war.

«*Yugg-yugg.* Was bringt es eigentlich noch, in dieser gottverdammten Stadt zu leben? Schaut euch nur diesen, *wraah,* Verkehr an. Von wegen Stoßzeit, hier stößt man sich die ganze Zeit. Als diese eleganten Reihenhäuser gebaut wurden, war die ganze Gegend offenes Parkland. Die Architekten und Stadtplaner der Regency-Zeit dachten sich die Anlage als bukolisch sprießenden Prozeß zwischen Auswüchsen der Urbanität, aber seht sie euch, *waah,* jetzt mal an! Man kann nicht mal parken, wenn man in den Park will.» Busner deutete auf die endlose Reihe von Autos, die mit quietschenden Reifen die Primrose Hill Road hinunterzockelten. *«Hooh,* um Himmels willen, Gambol, *yugg-yugg,* ich halte das nicht mehr aus. Laß uns hier raus, und fahr fünfzehn Minuten lang um den Block, bis wir fertig sind.»

Gambol fuhr an den Rand, und Busner und die jungerwachsenen Schimpansen sprangen aus dem Auto. Busner zwängte sich zwischen zwei geparkten Autos hindurch, schwang sich über das Geländer und rannte den grasbewachsenen Hang hinauf, ohne nachzusehen, ob die anderen ihm folgten. Die Sonne war am Himmel hochgehievt, und der Tag versprach wirklich heiß zu werden. Busner faßte eine Bank etwa auf halber Höhe des Hügels ins Auge – ungefähr vierhundertdreiundfünfzig Meter entfernt, wie er schätzte, und eilte flinken Knöchelgangs über den weichen Rasen darauf zu.

Primrose Hill war, wenn schon nicht überfüllt, so doch gut bevölkert mit Schimpansen jeden Alters, aller Schichten und ethnischer Gruppierungen. Schicke, nach Sloane Street aussehende Mütter bummelten in blumengemusterten Schwellungsschützern die Pfade entlang und vokalisierten miteinander in den gedehnten Grunzlauten ihrer Schicht, während sie Mabel, Maude oder Georgia ausführten, ihre Kleinen, die an den Fransen mütterlichen Fells hingen, das zwischen Perlenschnüren hervorragte, oder wie Jockeys auf mütterlichen Schultern hockten.

Eine Gruppe großspurig auftretender Männchen, die aus der Arbeiterschicht hätten stammen können – nur daß sie nicht arbeiteten –, vergnügte sich mit spielerischem Imponiergehabe, rannte eine kleine Anhöhe hinauf und hinunter und stolzierte mit gesträubtem Fell, das aus den Kragen ihrer Fred-Perry-Sporthemden herauslugte, schwankend auf und ab. Es gab auch einige Paarungsketten – aber das waren traurige Angelegenheiten mit nur zwei oder drei struppigen, rammelnden Beteiligten.

Busner kam an einer Gruppe Jungerwachsener vorbei, die ganz offensichtlich die Schule schwänzten – nirgendwo in der Nähe war ein Erwachsener zu sehen. Anscheinend werde ich langsam alt, dachte er, weil ich es hasse, Schimpansen mit einem Ring in der Nase zu sehen. Mag ja sein, daß sie es als Schmuck oder modisches Accessoire sehen, aber ich frage mich jedesmal, ob sie sich durch diesen Ring schneuzen können, wenn sie erkältet sind.

Die Jungerwachsenen drängten sich um einen großen Gettoblaster, aus dem der jüngste Hit, eine Ragga-Version von «Human Spanner» dröhnte, und lausten sich auf die nachlässige, arrogante Art von Jungerwachsenen auf der ganzen Welt. Busner blieb stehen, bellte sie an und winkte: «Stellt das Ding ab. Ihr wißt doch, daß Kassettenrecorder hier nicht gestattet sind. *Yugg-yugg!*» Sie sahen ihn an, steckten die Hände tiefer ins Fell und lachten meckernd. Busner überlegte, ob er zu ihnen gehen und ihnen eine Tracht Prügel verpassen sollte. Er drehte sich zu Erskine, Charles und Carlo um, die fächerförmig ausgeschwärmt waren und sich zielstrebig vorwärtsbewegten. In der ärgerlichen Horde Jungerwachsener gab es nur drei Männchen, und das waren ziemlich abgerissene Exemplare, untergewichtig und strubbelig. Keine Gegner für meine Truppe, dachte Busner und kratzte sich seine Gesäßfalte – und deshalb auch kein Spaß.

Die Patrouille wanderte den Hügel hoch. Drei Penner saßen auf der Bank, die Busner sich ausgesucht hatte, und ließen eine Flasche herumgehen. Um halb elf Uhr vormittags waren sie bereits betrunken, sie schwankten und lallten, saßen aber noch fest auf ihren vier Buchstaben. Sie schienen sich im Endstadium des Alkoholismus zu befinden; keiner hatte sich die Mühe gemacht, sich etwas anzuziehen, ihr Fell war zerlumpt und schütter und zu Knäueln verfilzt. Ihre Brustbehaarung war von Zigarettenglut angesengt, ein Geflecht geplatzter Äderchen überspannte ihren Nasenrücken, und ihre Augen waren glasig, fast blind.

Busner erreichte die Bank, hüstelte leise und bedeutete seiner Patrouille, zu ihm zu kommen. «Nun, *yugg-yugg,* Jungs», begann er, als sie sich um ihn versammelt hatten, «hier seht ihr einen der bedauerlichsten Aspekte moderner Schimpansität –»

«*Hooh,* Alph», unterbrach ihn Erskine, «du wirst uns doch nicht schon wieder eine Vorlesung halten wollen, oder –»

«Halt dich zurück, Erskine, *wraah!* Wenn ich von dir Anweisungen will, sag' ich dir Bescheid. Also, wie gezeigt, diese Penner, obdachlos, dreckig, das Hirn von Äthylalkohol vernebelt, sind Beispiele für eine Neigung, der wir als Gesellschaft kollektiv frönen, der Neigung nämlich, andere zum Sündenbock zu stempeln. Im Gegensatz zu vielen meiner Kollegen in den sogenannten, *yugg-yugg,* heilenden Berufen sehe ich keinen wirklichen Grund dafür, ihren Zustand als pathologisch zu bezeichnen. Ich betrachte es eher als ein Syndrom, eine Symptomatologie, die –»

Einer der Penner, das spürte Busner, wollte etwas gegen diese Gestikulation einwenden, wenn auch nicht semiotisch. Als er sich umdrehte, sah er, daß der heruntergekommenste, schmutzigste der drei Affen sich aufrichtete und ihm eine Flasche Kochsherry über den Schädel ziehen wollte. Busners Jungerwachsene fingen an zu kreischen.

«*Hooh,* beherrscht euch!» schnippte er mit einer Hand und entwaffnete mit der anderen den Penner. Dann leerte er die Flasche auf den Weg. Der Penner sah aus, als hätte man ihm die Halsschlagader geöffnet und der Lebenssaft würde nun aus ihm herausfließen.

Busner versetzte dem Penner einen Schlag, so daß der zu seinen Kollegen auf die Bank zurücksank. Dann sprang er vor und prügelte, «*Wraaaf! Wraaf! Wraaf!*» bellend, auf alle drei ein. Die Penner waren angemessen verblüfft, und sogar die Jungerwachsenen gingen erstaunt in die Hocke. «Ich tue dies», fingerte Busner salbungsvoll, «zu eurem eigenen Besten. Dem Aussehen eures Kollegen nach zu urteilen», er deutete auf den dritten Schimpansen auf der Bank, der, das Brustfell mit Galle und Erbrochenem beschmiert, unregelmäßig atmete, «braucht er medizinische Behandlung und keine Selbstmedikation.»

Busner setzte sich seine Bifokalbrille auf den Nasenrücken, zog ein Notizbuch und einen Drehbleistift aus der Innentasche seiner Jacke, schrieb etwas auf, riß das Blatt aus dem Buch und gab es dem Penner, der ihn angegriffen hatte. «Hier ist die Adresse von Tony Valuams Klinik in Chalk Farm, das ist nur ein paar Minuten von hier, und ich vermute deshalb, daß ihr es, *yugg-yugg*, bis dorthin schafft. Und ich würde euch raten, euch hinzuschwingen. Er hat ein sehr gutes Entgiftungsprogramm, freier Zugang für jeden, kein Papierkrieg. Da ich fürchte, daß keiner von euch in der Lage ist, sich selber zu helfen, werden meine Patrouille und ich euch auf den Weg helfen.»

«Los, Patrouille! *HooGraah!*»

Die Jungerwachsenen brauchten keine weiteren Anweisungen; Charles und Carlo waren mit besonderer Begeisterung bei der Sache, sie zerrten die Penner von der Bank und trieben sie mit Tritten, Knüffen und Schlägen zum Tor des Parks. Hin und wieder versuchte einer der Penner erbärmlich schreiend auszubrechen, aber am Ende marschierten sie alle, einander stützend und immer wieder in die und aus der Gosse taumelnd, die Primrose Hill Road hinunter.

Die Jungerwachsenen rannten gehorsam zu der Bank zurück, auf der Busner nun saß, denn sie vermuteten zu Recht, daß er seine Vorlesung über soziale Verantwortlichkeit abschließen wollte, doch als sie ihn erreichten und sich um ihn kauerten, sahen sie ihren Alpha abgelenkt von einer Reihe lauter Rufe aus nördlicher Richtung, *«Hooh-Ooh-Ooooh!»* und dann: *«Hooh-ooh-oh-Waaah!»* Die einstige TV- Persönlichkeit antwortete: *«Hooooh! Hooooh!»* und signalisierte dann seiner Patrouille: «Das ist der alte Wiltshire, seinen Ruf würde ich noch in einem Hurrikan erkennen. Ich muß mal kurz zu ihm und ihn lausen. Vergnügt euch für ein paar Minuten allein –»

«Können wir ein bißchen jagen, Alph, *huuh?*» zeigte

Erskine, der seine Dreistigkeit an diesem Vormittag wirklich auf die Spitze trieb.

«Jagen? Was genau denn jagen, *huuh?*»

«Ich hab' in den Bäumen ein Eichhörnchen gesehen, als Gambol einen Parkplatz suchte. Wenn wir zusammenarbeiten, *wraaff*, kriegen wir es bestimmt.»

Busner zeigte seine unteren Reißzähne und zerzauste Erskine das glänzende Kopffell. «Na gut, wenn ihr euch wirklich Chancen ausrechnet, aber in fünf Minuten seid ihr wieder dort, wo Gambol uns herausgelassen hat, sonst schicke ich euch für den Rest des Tages allein auf Streife.»

«Danke, Alph», zeigte Erskine, und dann stürmten die drei mit aufgeregten Luftsprüngen den Hügel hinunter. Busner sah ihnen nach und keuchrief spontan vor Freude über ihren Anblick. Als er sicher war, daß sie ihn nicht mehr sehen oder spüren konnten, stemmte er sich mit beträchtlicher Vorsicht von der Bank hoch. Die Schläge, die er den Pennern versetzt hatte, hatten seinen arthritischen Händen ganz und gar nicht gutgetan – aber das durfte er die Jungerwachsenen nicht wissen lassen, sonst würden sie über ihn herfallen.

Mit wiederholten Keuchrufen knöchelging Busner den Hügel hoch. Wiltshire war einer seiner ältesten Verbündeten, doch da sie beide sehr beschäftigt waren, kam er nicht mehr als ein- oder zweimal pro Jahr dazu, ihn zu lausen. Es war ein großes Glück, daß ihre Wege sich an diesem Vormittag kreuzten, denn Wiltshire war nicht nur Arzt, sondern auch ein international erfolgreicher Theaterimpresario. Und als solcher hatte er bestimmt etwas Interessantes über den Schimpansen, der sich für einen Menschen hielt, beizusteuern.

Die beiden Schimpansen trafen sich in der Mitte der Asphaltdecke auf dem Gipfel des Hügels, fielen einander um den Hals und tauschten schlabberige Küsse auf Augen, Nasenrücken und Mund aus. Dann setzten sie sich zum Lausen.

Wiltshire schien Unmengen von Sägemehl in seinem Achselfell zu haben, und Busner versuchte, während er seine Zuneigung ausdrückte, das Zeug herauszupulen, doch das war eine kniffelige Arbeit, und nach einer Weile machte Wiltshire sich los und zeigte: «Laß dich mal anschauen, alter Knabe. Ich hatte meine Finger nicht mehr in deinem Fell seit ... das dürften jetzt mehr als sechs Monate sein –»

«Fast ein Jahr», gegenzeigte Busner. «Falls du dich erinnerst, wir hatten eine Runde bei dieser Buchpräsentation, aber wir waren beide ein bißchen beschwipst, und ich vermute, deine Erinnerung an unsere Gestikulation ist genauso lückenhaft wie meine.»

«Mein Gott, Zack, du siehst hervorragend aus», zeigte Wiltshire, der Busner am Genick gepackt hatte und dem berühmten Psychiater mit seinen langen, sensiblen Fingern übers Gesicht strich. «Wie machst du das nur, *huuh?*» stupste er. «Keine Spur, *gru-nn*, von Räude oder Kropf, glänzendes Fell, kaum eine Falte auf der Schnauze. Wenn ich nur dasselbe auch von mir zeigen könnte.»

Busner musterte seinen alten Verbündeten. Peter Wiltshire war ein großer, schlaksiger Schimpanse. Sogar ausgesprochen groß für einen Juden, eine Tatsache, die von seinem vorspringenden Nasenrücken und seinem lockigen Fell etwas stereotyp betont wurde. Aber dieses Fell war – wie Busner auffiel – ziemlich glanzlos und stumpf, und Peter Wiltshires Hände zitterten leicht beim Gestikulieren. *«Hooh.»* Busner zeigte sich besorgt. «Ja, allzu gut siehst du nicht aus, Peter, aber ich muß dir zeigen, daß ich auch nicht ganz so fit bin, wie ich aussehe. In der Hand da habe ich Ar-thri-tis, und ich habe große Angst, daß ich sie in der anderen auch bekomme. Im Augenblick geht's noch – meine Beta, Gamma und Delta sind recht vernünftig, aber der Epsilon könnte Schwierigkeiten machen, wenn er es mitbekommt.»

«H'huuh?» fragte Peter Wiltshire und zeigte: «Damit ist

nicht zu spaßen, aber das Komische ist, ich sitze ziemlich, *hooh*, im selben Boot.»

«In der Gruppe zu Hause oder in der Arbeit, *huuh?*»

«In beiden eigentlich. Du weißt doch, daß ich diese Produktionsfirma gegründet habe. Na, und Trottel, der ich war, habe ich meinen Arbeits-Delta – den Produktionsassistenten, einen Schimpansen namens Franklin – in meine häusliche Gruppe aufgenommen, wo er sich als sehr erfolgreich und sehr, *wraah*, gerissen erwiesen hat. Auch sehr beliebt bei den Weibchen. Vorwiegend deshalb hat er's bis zum häuslichen Beta geschafft. Wenn er jetzt das Glück hat, nur noch einen Verbündeten zu finden, dann kann's gut sein, daß ich aus dem Rennen bin.»

«Und das wäre dann auch schlecht für die Arbeitsgruppe, *huuh?*»

«Ach, du weißt doch, wie das ist. Und jetzt, da ich die Vierzig schon überschritten habe – ich schätze, wenn er es wirklich darauf anlegen sollte, werde ich wahrscheinlich in Ruhestand gehen.»

Busner beschlabberte ausführlich das Fell seines alten Verbündeten, bevor er ihm mitteilte: «Wirklich, Peter, *huuh?* Ich hätte mir nicht gedacht, daß du so kampflos vom Baum herunter –»

«Hoooh-Hoooh-Hoooh ...» Busner brach ab, als eine Reihe langer Keuchrufe aus der Richtung der Elsworthy Road zu ihnen drangen.

«Da, *wraaff!*» zeigte Peter Wiltshire eindringlich, und seine Solistenfinger zuckten aufgebracht in der schwachen Brise. «Der Dreckskerl hat doch wirklich die Unverfrorenheit, mich bei meinem morgendlichen Verdauungsspaziergang zu stören. Da kommt er angerannt.»

Ein großer, kräftiger Schimpanse mit ziemlich langem hellbraunem Fell kam den Hügel herauf. Er war noch etwa fünfzig Meter entfernt und schritt, laut und ziemlich affektiert ein Lied über den stolzen Gang der Toreadores summend, stolz und großspurig aus. Busner war mehr als bereit, Peter Wiltshires Beta schon aus grundsätzlichen Erwägungen nicht zu mögen, und da er die Ängstlichkeit seines alten Verbündeten spürte, musterte er den näher kommenden Schimpansen ausführlich. Vielleicht konnte er eine Schwäche entdecken, die Wiltshire noch nicht aufgefallen war.

Die drei Schimpansen begrüßten einander mit lauten Keuchrufen. Peter Wiltshire trommelte kräftig auf die Rükkenlehne einer Bank. Busner, der jede Unschicklichkeit sofort mit Prügel bestraft hätte, war ziemlich entwaffnet, als Franklin vor ihm mit großem, kriecherischem Eifer präsentierte. Der kräftige Schimpanse reckte ihm den Arsch entgegen, und während sein Oberkörper fast den Asphalt berührte, fingerzeigte er: «*Hooh*, Dr. Busner, was für eine Freude, Sie und Ihre großartige Gesäßfalte endlich kennenzulernen – ich bin seit Jahren ein großer Bewunderer von Ihnen.»

Peter Wiltshire grunzte angesichts dieser Zurschaustellung von Unterwürfigkeit, aber Busner klopfte Franklin nicht unfreundlich auf den Hintern und zeigte: «Freut mich immer, *tschup-tschupp*, einen Bewunderer zu treffen, vor allem einen mit Talent und Ehrgeiz. Mein alter Verbündeter hat mir eben mitgeteilt, mit welchen Riesensätzen Sie in der Hierarchie nach oben geklettert sind.»

«*Hooh*, ich gebe mir Mühe, Dr. Wiltshire zu unterstützen, wo ich nur kann.» Franklins Verwirrung war ziemlich offensichtlich. Wenn er eine solche Bedrohung darstellt, dachte Busner, dann muß es mit Peter wirklich bergab gehen; so imposant ist dieser Schimpanse auch wieder nicht.

«*Wraah!* Genug von diesem Geplänkel, Franklin, warum hast du mich gesucht, *huuh?* Ich habe doch gesagt, wir sehen uns um elf bei der Probe.» Den Brauenwulst gerunzelt und sich mit einer Hand das Kopffell kratzend, starrte Wiltshire über London hinaus.

«Faludi hat noch einmal angerufen; er zeigt an, daß Mario es zu den heutigen Proben wahrscheinlich nicht schafft. Sein Hals ist noch nicht besser geworden, und er will den Flug von Mailand hierher nicht riskieren.»

«*Wraaf!* Verdammt!» Wiltshire war unverkennbar wütend. «Was bringt es denn, den größten, *yugg-yugg,* Tenor-Vokaliseur der Welt zu engagieren, wenn der Schimpanse so empfindlich ist, daß er nicht mal in ein Flugzeug steigen kann. Da wär's mir ja fast lieber, wir wären bei unserer alten Besetzung geblieben –» Er brach ab und wandte sich Busner zu. «Tut mir leid, alter Junge, aber das ist wirklich ärgerlich, und ich fürchte, ich muß unsere spontane Runde abbrechen.»

«Ist das Mario Trafuello, um den's hier geht, *huuh?*»

«Genau dieser. Hast du ihn schon mal vokalisieren hören, Zack, *huuh?*»

«Ja, letztes Jahr in Garsington, einfach großartig.»

«*Wraaf!* Aber nur, wenn man ihn wirklich auf die Bühne bekommt – der Kerl ist eine größere Mimose als jede Primadonna. Ständig nervt uns sein Agent mit irgendwelchen kleinlichen Anweisungen oder Zusatzklauseln zu seinem Vertrag. Ich bin mit meiner Weisheit schon fast am Ende. Aber schau, Zack, das war wirklich zu kurz; ich will dich bald mal richtig spüren – rufst du mich an, *h'huuh?*» Wiltshires Finger zerschnitten die Luft.

«Natürlich, Peter, natürlich. Es ist auch gut möglich, daß ich deine Meinung über diesen Schimpansen hören möchte, den ich mir jetzt ansehe. Er leidet an der ziemlich ungewöhnlichen Wahnvorstellung, daß er ein Mensch ist. Wenn er sich als wirklich so faszinierend erweist, wie ich glaube, könnte er interessant für dich sein.»

«*H'huuh?* Was du nicht zeigst. Nun, meine erste Reaktion wäre wohl, daß es ein situationsspezifischer Wahn ist. Du wirst wahrscheinlich feststellen, daß er eine Vorgeschichte von ‹Rettet die Wale›-Aktionen oder Überfällen auf Labors hat. Du weißt doch, daß Paranoiker ihre Wahninhalte oft aus gerade modischen moralischen Obsessionen beziehen. Ich bin mir sicher, daß du das auch bei diesem Schimpansen –»

«Dykes. Sein Name ist Dykes. Ein ziemlich bekannter Künstler, soweit ich weiß.»

«Dykes, *h'huuh?* Simon Dykes? Ja, das ist er. Sehr bekannt. Ich habe ihn sogar persönlich kennengelernt. Es stand mal zur Debatte, daß er vielleicht Bühnenbilder für mich macht, aber es ist nie was draus geworden. Um so mehr Grund haben wir, in Kontakt zu bleiben, Zack. Falls du diesen Knaben herumführen solltest, wie du es mit deinen Tourettikern und Amnesiekranken tust, kannst du genausogut bei mir anfangen.»

«Ich werde daran denken, Peter.»

«Und jetzt muß ich los.»

Die Verbündeten umarmten sich herzlich, und als sie sich trennten, hatten beide Tränen in den Augen. «Also, *tschup-tschupp*, es war sehr schön, dich zu sehen, Zacharias, mein Lieber. Dein Hintern wird mir fehlen, vor allem, da wir uns nur so kurz lausen konnten.»

«Mir deiner auch, Peter, *tschup-tschupp*. Du bist noch immer einer der schönsten Schimpansen, die ich kenne.»

Ein paar Sekunden lang hielten sie einander zärtlich an den Genitalien und trennten sich dann. Busner entließ Franklin mit einem flüchtigen, aber gut gezielten Tritt in den breiten Hintern und freute sich, als er sah, daß Peter Wiltshire ein wenig von seinem Stolz zurückgewonnen hatte, denn der folgte seinem Beispiel mit einem Regen leichter Schläge auf Franklins Schultern, als die beiden den Hügel hinuntergingen.

Busner fand seine Jungerwachsenen am Fuß eines Baumes am Parkausgang an der Regent's Park Road. Sie hatten ein Eichhörnchen in die oberen Äste gejagt und warfen mit Steinen nach ihm, aber bis jetzt hatte noch keiner versucht, den Stamm hinaufzuklettern. «*Wraaf!* Was ist denn los mit euch?» fingerzeigte ihr Alpha, als er auf sie zukam. «Ich hatte eigentlich gehofft, daß ihr Jungs inzwischen Hirnschalen ausleckt und nicht hier auf dem Boden hockt wie eine Horde Paviane.»

«Wir kommen den Stamm nicht hoch», zeigten sechs Hände gleichzeitig. «Da ist irgendeine Anti-Kletter-Beschichtung drauf.»

Busner betastete den Baumstamm. Es stimmte. Er war überzogen mit einer rutschigen Plastikbeschichtung, und ein Schild, das an einer Drahtschlinge hing, informierte ihn: «Während der Neuanpflanzungen dieses Jahres ist auf dem Primrose Hill jedes Klettern verboten. Gemeindeverwaltung Camden.»

«*Wraah,* Scheiß 87!» signalisierte der alte Schimpanse seiner Patrouille.

Und drei Händepaare wiederholten eifrig: «Scheiß 87!»

«Nichts», fuhr ihr Alpha fort, «absolut nichts hatte so schädliche Auswirkungen auf das Leben junger Schimpansen wie die Verwüstungen des großen, *yugg,* Sturms von 87.» Er hielt inne und hob mahnend den Finger. Da er sich bereits in belehrende Fahrt gestikuliert hatte, bemerkte er die drei kleineren mahnenden Finger nicht, die verstohlen ebenfalls in die Höhe schnellten, und auch die drei fliegenden Fingersätze nicht, die unauffällig kopierten, was nun folgte. «Das heißt, nichts außer der jämmerlichen, *yugg-yugg,* und unangemessenen Reaktion der Zentralverwaltung. Was sollen die Jungerwachsenen Londons denn tun, wenn sie nicht einmal mehr rausgehen und auf Bäume klettern dürfen, wie es ihnen beliebt? Da ist es doch kein Wunder, wenn ihr alle zu Verbrechern werdet. Kein Wunder!»

Von der Straße kam ein ziemlich unterwürfiges «Tuut». Gambol hatte den Volvo vorgefahren. «Und jetzt», fuhr Busner fort, «fahren wir weiter zum Charing Cross, um uns diesen Schimpansen anzusehen. Daß ihr euch alle tadellos aufführt – ist das klar, *h'huuuh?*»

«Ja, Sir.» Charles warf einen letzten Kiesel nach dem Eichhörnchen, das bereits den halben Stamm wieder heruntergeklettert war, und folgte dann mit den anderen dem Steiß des Alpha, während die anerkannte Autorität in Sachen schimpansliche Natur sich über das Geländer schwang und durch das offene Fenster des inzwischen am Bordstein parkenden Volvo auf den Beifahrersitz sprang.

Gambol legte den Gang ein, und die Busner-Patrouille machte sich in südwestlicher Richtung wieder auf den Weg.

7

Die Krankenhäuser Londons sind dazu da, gesundheitliche Notstände von bedrohlichem Ernst zu lindern. Ob es sich dabei um Krankheiten handelt, die von Armut hervorgerufen werden – Fettleibigkeit, Rachitis, Tuberkulose, Arteriosklerose, Krebs, giftstoffinduziertes Asthma, Hepatitis oder Aids –, oder um solche, die durch Reichtum hervorgerufen werden – giftstoffinduziertes Asthma, Hepatitis, Arteriosklerose, Krebs, Aids oder Fettleibigkeit –, das Problem der Krankenhäuser bleibt dasselbe: Wie soll man ein unbewegliches Objekt – die Entschlossenheit der Wählerschaft, ihre parlamentarischen Vertreter zu Ausgabenkürzungen zu zwingen – dazu bringen, einer nicht zu bremsenden Kraft zu weichen – der Entschlossenheit ebenjener Wählerschaft, eine angemessene, kostenlose Versorgung mit Palliativa für jegliche Beschwerden zu jeglicher Zeit zu fordern?

Die Krankenhäuser Londons sind – wie die Gefängnisse – Gebäude, die auf erhabene Art nicht zu ihrer Umgebung passen. Ob neueren Datums oder aus viktorianischer Zeit stammend, verströmen sie alle eine Atmosphäre unsterblichen, institutionellen Leids. Schimpansen kommen, scheinen diese Gebäude zu zeigen, und Schimpansen gehen, Gegenden werden aufgewertet, und Gegenden werden abgewertet, aber ewig fressen sich Geschwüre durch Nasenrücken, heften sich einsame Flugzettel an unbeachtete Schwarze Bretter und vermischen sich wirbelnde Säulen warmer, stinkender Luft in den Schächten der Fluchttreppen.

Das Charing Cross Hospital ist keine Ausnahme von dieser traurigen Regel. Seit der ausdehnungsbedingten Vertreibung von seinem ursprünglichen, zentralen Standort verteilt es seine Massen über eine Häuserzeile an der Fulham Palace

Road knapp südlich von Hammersmith. Wenn man von der Überführung, die auf ihrer Einzelreihe Pfeiler das Gewirr von Einkaufszentren, Bushaltestellen, Bürogebäuden und Vergnügungskomplexen überspannt, herunterfährt, kommt man zu einer Straße, die sich dadurch auszeichnet, daß sie sogar im Versagen versagt.

Die Fulham Palace Road ist ärmlich, aber nicht arm. Herunter-, aber noch nicht auf den Hund gekommen. Eingeschüchtert, aber ohne den Mumm, andere einzuschüchtern. Hinter dem Guinness-Trust-Wohnblock an der Straßenmündung erstreckt sich eine Prozession ranziger Eßlokale und Imbißbuden. Fisch folgt Hähnchen, Hähnchen folgt Fisch – eins industriell mit dem anderen gemästet. Die globale Geographie ist hier wüst durcheinandergeworfen, so daß der Ferne Osten dem Nahen Osten vorangeht und Indochina und Indien Plätze tauschen, immer und immer wieder.

So zerkocht ist diese Ladenzeile, daß man, falls es an einem heißen Sommertag eine Überschwemmung mit flüssigem Fett geben sollte, das zäh glänzend über den brutzelnden Asphalt schwappt, die Vorräte all dieser Lokalitäten auf die Straße werfen und dann zusehen könnte, wie alles zu einer kommunalen Paella zusammenschmort.

Das Krankenhaus erhebt sich aus diesem Kleinmietentrog billiger Abfütterung und schiebt eine Fassade reinster bauhausscher Rationalität – Glas auf Beton, Beton auf Glas – vierzehn Stockwerke hoch in die zerkaute Atmosphäre. Aber etwas ist hier schiefgegangen – wie immer in London. Zu gering – oder zu groß, denn die Metropolis ist ambig bis zum Exzeß – ist die Menge an Vorplatzgrün und stehendem braunem Wasser. Zu schwer und zu ausladend ist der Ziergiebel über der Glastürenreihe, zu ausgedehnt ist das Meer aus Metall auf dem überfüllten Parkplatz, als daß sich ein anderer Eindruck vermittelte denn der einer Institution unter Belagerung, in Schwierigkeiten, rotglühend bis in die Grundstruktur vor Anstrengung, den Krankheiten zu widerstehen, die sie von innen wie von außen bestürmen, Krankheiten des Fiskus wie der Physis.

Im Krankenhaus selbst scheint sich geballte Institutionalität gegen den Besucher zu verschwören. Zwar gibt es Rolltreppen, ja. Sie wickeln sich noch immer beständig um ihre unsichtbaren Spindeln, keine Frage. Auch gibt es Hinweisschilder in Hülle und Fülle, die einem zeigen, wohin man seinen malträtierten Körper schleppen muß, um eine Behandlung zu erhalten. Aber steigen Sie hoch ins Zwischengeschoß, umgehen Sie die Cafeteria mit ihrer schreienden und jammernden Kundschaft – bestehend aus einem Teil bleichschnauziger Mutter und drei Teilen bleichschnauzigem Sprößling –, passieren Sie eine Doppeltür und dann weitere Doppeltüren, und Sie finden sich sehr schnell in unbewohntem Raum wieder. Stationen, in denen die Geister längst verstorbener Patienten auf skelettalen Nestgestellen ruhen und die gedemütigten Seelen längst verschwundener Assistenzärzte trauervoll auf Zehenspitzen übers Linoleum schleichen. Stationen, in denen die glucksenden Schläuche und knisternden Kabel des Baums des Lebengebens verwelkt und verfault und zu verdorrten, verstaubten Lianen geworden sind.

Es ist verwirrend, dieses Gefühl, sowohl in einem Krankenhaus zu sein wie in der leeren Hülle eines Baus, der einmal ein Krankenhaus war. Verwirrend und ein wenig verstörend, denn diejenigen, die auf der Suche nach einem Kinderarzt ihre keuchenden Sprößlinge die Rolltreppe hoch- und die Korridore entlanggetragen haben, finden nur eine Reihe vergammelter Trennwände. Weniger verwirrend ist es für die Angestellten, denn die arbeiten in diesem Gebäude und kennen jedes Detail seiner Räumlichkeit, wie ein Kleinkind den genauen Grünton des Mooses kennt, das zwischen den Pflastersteinen vor seinem Zuhause wächst. Die Angestellten bewegen sich sicheren Schritts durch das Krankenhaus, sie knöchelgehen von einem Bereich, wo gearbeitet wird, zum nächsten, und wenn sie bei ihren Streifzügen durch eine dieser Dämmerdimensionen kommen, bemerken sie es kaum. Sie löschen es einfach und klinken sich da wieder ein, wo sie gebraucht werden.

Das einzige, was das Personal des Charing Cross Hospital wirklich aus der Fassung gebracht hat – und auch nur den Teil davon, der mit psychiatrischen Patienten zu tun hat –, ist das Schicksal der psychiatrischen Notaufnahme. Dieser Service, der von wesentlicher Bedeutung ist für eine Gegend, in der es mehr Straßengestikulatoren als Vorbeieilende gibt, ist nicht unbedingt im Niedergang begriffen oder Opfer einer Budgetkastration geworden wie die orthopädische Ambulanz, die Stationen für Gruppenplanung und ganzheitliche Weibchenmedizin, sondern wurde ausgestoßen, hochgehustet, ausgeschissen, so daß sie jetzt in einem Winkel eines der Nebenparkplätze liegt. Hier kauert die Abteilung auf Schlackensteinblöcken unterschiedlicher Höhe. Kein würdiger Sproß des stolzen, futuristischen Stamms, nur eine Containerunterkunft.

Dieser Außenposten der psychiatrischen Abteilung ist jedoch nicht etwa verlassen oder verwaist. Dafür gibt es zuviel Seelenverkehr. Im fünften Stock des Krankenhauses liegen die eigentlichen Stationen, Lowell für die nur vorübergehend Eingewiesenen und Gough für die Chronischen – die Geschlossene. Zwischen diesen beiden und der Notaufnahme gibt es ein dauerndes Hin und Her, eine Verschiebung verschiedener Grade der Verstörtheit. So stecken die für diese Abteilung verantwortlichen Verwalter immer mitten in einem endlosen Damespiel, wo sie mit fliegenden Händen und Füßen die Steine über das Brett bewegen, um einen Manisch-Depressiven aus der Notaufnahme in die Lowell zu verlegen, oder einen Selbstmordversuch aus der Lowell in die Gough, oder einen Soziopathen von der Gough zurück zur Notaufnahme, von wo er dann in eine Spezialklinik geschafft wird.

Das Personal der Abteilung, unter der gestrengen Leitung von Dr. Kevin Whatley, Doktor der Medizin und Mitglied der Königlichen Gesellschaft der Psychiater, hat sich an diesen perpetuell mobilen Aspekt seiner Arbeit gewöhnt, an dieses Hierhin und Dorthin der Verrückten. Und zwar so daran gewöhnt, daß eine ganze Reihe von Insider-Witzen über die Notaufnahme und ihre mißliche Lage entstanden ist. «Ich geh' mal schnell in den Gulag», bedeuten sie fröhlich ihren Kollegen, wenn sie ihre Initialen unter die für Zwangsjacke, Haloperidol oder Largactil erforderlichen Quittungen setzen. «Braucht ihr was vom Mutterschiff?» fragen sie, wenn sie den Container verlassen, ein Abgang, der unweigerlich dazu führt, daß der ganze Kasten auf seinen ungleichen Stützen schwankt.

Das Personal ist außerdem abgehärtet gegen die Überfülle mentaler Mängel, die ihnen jeden Tag unter die Augen kommt, und gegen die mangelhafte Behandlung dieser Mängel, zu der die Finanznot die Abteilung zwingt. Es ist nicht ungewöhnlich, daß Schimpansen, die nur an einer leichten Klaustrophobie leiden, in ein winziges Zimmer gesperrt werden zusammen mit Schimpansen, die sich für extraterrestrische Kriegsherren halten. Auch ist es schon vorgekommen, daß Schimpansen, die wegen unaussprechlicher Handlungen im Zusammenhang mit Federvieh eigentlich auf die Geschlossene gehören, sich auf der Lowell wiederfinden, wo nichts und niemand sie am Verschwinden hindert, bis auf ein paar Maumau spielende, nervenschwache alte Weibchen.

In gewissen Bereichen ihrer Arbeit hat sich die psychiatrische Abteilung des Charing Cross Hospital jedoch einen Ruf bewahrt, den keine andere Klinik je erreichen wird. Das trifft vor allem auf ihr «Rettungsteam» zu. Diese Truppe – die aus dem Container heraus operiert, Anweisungen aber direkt von der Abteilung erhält – ist das schnellste psychiatrische Notfallteam in ganz London. Es ist schon vorgekommen, daß es das Krankenhaus verlies, den Einsatzwagen bestieg, bis an den äußersten Rand des Einsatzgebietes fuhr, einen verrückten Schimpansen verpackte, etikettierte, sedierte und ihn in der Gough ablieferte, wo er die Putzfrauen mit Scheiße bespritzte, alles binnen einer halben Stunde.

Solche hervorragenden Leistungen bringen natürlich gewisse Vorteile ein, und das Team zieht sowohl Assistenzärzte an, die sich auf dem Gebiet der Psychiatrie spezialisieren wollen, wie auch frisch qualifizierte psychiatrische Pfleger, alle mit dem ausdrücklichen Wunsch, nicht unbedingt gründlich, aber auf jeden Fall mit großem Tempo zu praktizieren. Tempo, würden sie wohl zeigen, ist das Wesentliche.

So kam es also, daß an diesem speziellen Spätsommerabend, als das rote Videophon im Büroverschlag des Teams schrillend zum Leben erwachte und der Bildschirm sich mit statischem Flimmer füllte und dann wieder leerte, um das vertraute Gesicht des Vermittlungsweibchens von New Scotland Yard zu zeigen, die fünf anwesenden Teammitglieder wie elektrisiert in Aktion traten, noch bevor sie wußten, wohin es gehen sollte. «*Aaah!* Ich habe hier einen Schimpansen mit einem psychotischen Zusammenbruch. Fällt in euren Bereich», fingerzeigte die polizeiliche Hilfskraft.

«Adresse, *huuh?*» gegenzeigte der diensthabende Psychiater.

«63 Margravine Road, Erdgeschoß.»

«Irgendwelche Einzelheiten, *huuh?*»

«Eigentlich nicht. Akuter Zusammenbruch, männlich, Ende Zwanzig. Wir wurden von der Gefährtin alarmiert, die selber in einem ziemlich schlechten Zustand ist.»

«Drogen, *huuh?*»

«Wissen wir nicht –»

«Irgendwelche Hinweise, ob er gewalttätig wurde?»

«Er hat versucht, seine Gefährtin anzugreifen, hat es jedoch nicht geschafft, sie zu verletzen. Wie sie zeigt, ist er sehr schwach.»

«Schwach, *huuh?*»

«Genau, schwach.»

«Okay, wir sind unterwegs.»

Der Hörer wurde auf die Gabel geknallt. Der diensthabende Arzt, er hieß Paul, winkte seinen beiden Sanitätern. «Es ist die Margravine Road, *yugg-yugg,* da rentiert sich's kaum, daß wir das Auto nehmen.»

«Was schlägst du dann vor, *huuh?*» wollte Belinda, das neue Weibchen im Team, wissen. «Daß wir hin knöchelgehen und uns zurück von ihm tragen lassen?»

«Das ist kein Berserker – soll sogar sehr schwach sein, wie seine Gefährtin zeigt, die den Notdienst angerufen hat.»

«Schwach, *huh?*»

«Genau, schwach.» Paul sah Belinda an, ihre kurze weiße Jacke war über den Unterleib hochgerutscht. Fast soweit, dachte er, schürzte die Oberlippe und zog ihren Duft ein, noch ein paar Tage, und diese Schwellung wird triefen – kann's kaum mehr erwarten, die Kleine zu besteigen. Für den Augenblick aber bezähmte er seine Lust – die drei anderen waren bereits draußen, und Paul hörte, wie der Krankenwagen hustend und stotternd ansprang.

Simon Dykes, der Künstler, erwachte, die harte Brustwarze seiner Gefährtin an der Wange. Er seufzte und vergrub sich in ihrer zotteligen Süße. Die verstörenden Kadenzen des erschreckend klaren Traums waren verklungen, waren beim Aufwachen verdrängt worden von den Überbleibseln, den kalten Resten ihres Liebesspiels, die wiederum den ärgsten Kater kompensierten, den fleckigen Schaum vom verschütteten Bier der nächtlichen Ausschweifung.

Warmes Wasser, dachte Simon, das brauche ich jetzt. Warmes Wasser, warmes Salzwasser in die rotzverkrustete Nase. Dann Kaffee, dann Saft, dann Arbeit. Es würde alles anfangen im Riechhirn, dieser ältesten aller Nervenbahnen, die sich über die Vorderseite des Kleinhirns erstreckt, schlampig verspannt von der Selektion, dieser Verkörperung des Individuellen, des Kulturellen, das sich unentwegt löst vom Stammesgeschichtlichen, vom Primitiven, vom Primat-iven.

Simon schnupperte pongid. Eine Strähne langer Haare auf Sarahs Zitze steckte in seinem Nasenloch, mitten zwischen den Ablagerungen der Unmäßigkeit. Eine Strähne langer Haare, die – für Simon – undefinierbar nach Schimpanse roch. Schimpansische, warme, kuschelige Pelzigkeit. Schimpansischer postkoitaler Schweißgeruch, durch Fell gefiltert. Auf seine Art ein wunderbarer Geruch – und um so erotischer, weil er verflochten war mit Cacharel, dem Parfum, das Sarah immer trug. Eine Strähne langer Haare auf Sarahs Zitze? Simon hob den Kopf und sah voll in das offene, arglose, herzförmige Antlitz des Tiers, neben dem er lag.

Und dann war er auf den Beinen, und vielleicht schrie er – er hätte es nicht sagen können, weil die ganze Welt um ihn herum jetzt brüllte. Brüllte, während er zurückwich vom Bett, auf dem das Tier lag, ausgestreckt auf dem Rücken, die anfangs viehischen, stumpfen Augen jetzt mit schrecklichem Interesse auf ihn gerichtet, das Weiße deutlich sichtbar um zutiefst grüne Pupillen mit pechschwarzen Irisschlitzen.

Er wich zurück, stolperte über die Teppichkante und stürzte schwer gegen das Fensterbrett. Der Schmerz, der ihn durchzuckte, als Knochen auf Holz traf, bestätigte ihm, daß alles wirklich war – Sarah war verschwunden, und er war aufgewacht im Bett neben diesem Tier oder Affen oder etwas, das so verdammt groß war, daß es seine Glieder in menschlicher Haltung plazierte, die Knie spreizte, die Fersen aneinanderdrückte, die Arme unter den Oberkörper schob und sich jetzt auf die Ellbogen stützte, um ihm diese viehische Maske entgegenzurecken, deren Mund sich öffnete und riesige Zähne, lange Fänge entblößte.

«*Wraah!*» kreischte Sarah und fingerzeigte dann der zitternd am Fensterbrett kauernden Gestalt: «Simon, was soll denn das, verdammt noch mal, hör auf, so zu schreien! *H'hoooh!*» Doch Simon sah nichts anderes, als daß das Tier mit den Händen fuchtelte und sie ihm, mit erschreckender Geschwindigkeit, entgegenstreckte, um ihn zu packen, und dabei so laut kreischte, daß sein Atem zu einem fleischfressenden Fauchen wurde. So laut! Die Schreie prallten schrill vom Glas des Fensters ab und kratzten ihm über Rückgrat und Schultern. So laut.

«*Wraar-ah! Wraar-ah! Wraar-ah!*» schrie er und dann mit ohrenbetäubender Unoriginalität: «*Hooh! H'hooh – Hilfe!*» Er wollte sich von dem Tier abwenden, wollte sich abwenden von dem Mund, der so groß, den speicheltriefenden Zähnen, die so lang waren. Er wollte sich abwenden und versuchen, das Fenster hochzuschieben und in den Garten hinunterzuspringen. Er dachte so unlogisch und zugleich so pragmatisch, daß er sich die Tiefe des Falls auf die Veranda überlegte; und als das Wesen sich wieder bewegte, riß es ihn aus einer Konzentration, die er ohnehin nie hatte.

Es bewegte sich so schnell – das Tier. Es setzte sich auf und sprang, sich mit den Armen hochstemmend, auf die Hinterbeine. «*Aaah!*» vokalisierte Sarah, die jetzt wirklich Angst hatte. Simons Schnauze war so blaß, und sein Fell war nicht gesträubt, sondern schweißnaß. Es hing in triefenden Strängen von diesen langen, liebenswürdigen Armen, die sie noch vor wenigen Augenblicken mit unglaublicher Zärtlichkeit umfangen hatten und jetzt, gefühllos vor Angst, gegen das Fenster hämmerten.

«Simon! *Hooh!* Zeig mir, mein Geliebter, was ist denn nur los mit dir?»

Ans Fenster dachte er nicht mehr, und die Tür war ihm gar nicht in den Sinn gekommen. In dem Augenblick, in dem Simon sich des Tiers im Bett bewußt geworden war, hatte er einen Schock erlitten, aus dem er nicht wieder aufgewacht war. Wie ein still Brütender, der gebannt dem harten Flattern von Flügeln lauscht, dann dem *«Ratsch-ratsch-ratsch»* eines Schnabels, der an der Wand, dann über den Boden kratzt, hatte Simon jetzt einen fliegenden Vogel in der äußersten Abgeschiedenheit seines Kopfes. Es war die schiere VERKÖRPERUNG des Dings, die er nicht ertragen konnte. Seine schiere fremde VERKÖRPERUNG. Das Tier ging auf ihn los.

Sarahs einziger Gedanke, ihr einziger Instinkt war, zu beruhigen, und das bedeutete, ihn zu halten, an diesem traurigen, schlaffen Fell zu zupfen und zu zerren, die unkontrolliert zuckenden Glieder zu streicheln und seine fuchtelnden Hände zu besänftigen, die kaum verständliche Zeichen machten. Sie rutschte zur Kante des Nests, um ihn in den Arm zu nehmen und dann tröstend zu lausen. *«Geh weg! Gehweg! Geweg! Ge'eg!»* Simon sank in der Ecke auf den Boden – das Tier ragte drohend über ihm auf. Noch immer sah er nur Teile von ihm, nur sein überwältigender Geruch stieg ihm in die Nase und überdeckte den Schweißgestank seiner Angst.

Warum vokalisiert er nur so? Spekulationen gingen Sarah durchs verwirrte Hirn. Mein Gott! Er hatte irgendeinen schrecklichen Anfall. Konnten es diese verdammten Drogen sein? schoß es Sarah trotz der Agonie des Augenblicks durch den Kopf. Das Ecstasy? Das Dreckskokain? Die Achtelmeilen Glenmorangie, die er in den Tiefen des Sealink Club getrunken hatte? Sie zögerte, und weil sie spürte, daß ihre Schwellung störend zwischen ihren Oberschenkeln klemmte, wie ein Ballon, den ein Kind bei einem Partyspiel herumschleppt, bedeckte sie sie instinktiv mit dem Arm.

Das war auch gut so, denn ihr verwirrter Gefährte hatte sich gerade diesen Augenblick zum Angriff ausgesucht. «*Verrrschwiiiinde*», kreischte er, sprang von unter dem Fenster her auf sie zu und krallte mit Klauen-statt-Händen nach ihr. Sarah zuckte zusammen und machte sich auf einen Schlag gefaßt, der jedoch nie kam. Denn irgend etwas stimmte nicht mit der Art, wie Simon sich bewegte – als wäre er mit seinen eigenen Gliedern nicht vertraut. Er hatte sogar die Entfernung zwischen sich und ihrer Position auf der Nestkante falsch eingeschätzt. Jetzt schossen seine Hände ziellos zu beiden Seiten ihres Kopfes durch die Luft. Sie fing einen Arm ab und spürte sofort den Mangel an Spannkraft. Sie fing den zweiten ebenso problemlos ab. Die beiden Gefährten beschnupperten einander über eine Barriere hinweg, die ein halber Meter fröhlich gemusterter Teppich und zugleich unüberwindbar fremdartig war.

Er gab noch immer diese gutturalen Vokalisierungen von sich, die Sarah nicht verstand. Sie drückte seine zuckenden Hände nach unten, bis sie zwischen ihnen waren, und stieg dann behutsam von der Nestkante. «Simon, mein Liebster, Simon», zeigte sie ihm auf die Handrücken, in sein liebes, kummervolles Fell. «Was ist denn, *gru-nn*, mein Liebster, *huh*? Was macht dir denn, *grnn*, solche Angst? Ich bin's doch nur, Sarah.»

Er wimmerte und jammerte, aber auf merkwürdig animalische Art, sehr leise und knurrend. Seine Augen waren so verdreht, daß nur das Weiße sichtbar war. Daß sein Fell sich nicht sträubte, beunruhigte sie – und seine Fieberhaftigkeit. Seine Beine knickten unter ihm ein wie der Balg einer Ziehharmonika. Dann, nur einen Augenblick lang, spürte sie, daß seine Finger sich mit etwas wie Sinn bewegten, und sie konnte ein paar angstfahrige Zeichen unterscheiden. «Vieh», zeigte Simon. «Gottverdammtes Vieh.» Dann bespritzte er sie.

Auch der größte Schock kann vom Bewußtsein verarbeitet werden, denn es ist eine homöostatische Instanz, die beständig um Ausgleich bemüht ist – um einen stabilen Zustand. So kam es, daß Simon Dykes, der Künstler, in angemessener Pose, in seiner eigenen Scheiße liegend, langsam wieder zu sich kam, langsam sich eingestand, wo er war und was passiert war, gerade rechtzeitig, bevor es wieder passierte.

Der Einsatzwagen des Rettungsteams hielt im Ellbogen der Margravine Road an und spuckte fünf Schimpansen in den leuchtendblauen Jacken des Sanitätsdienstes aus. Paul, der Arzt, sprang über das Eisentor und knöchelging lässig den Pflasterweg hoch. Er bemerkte das sorgfältige Arrangement der Topfpflanzen – Kräuter rechts, Blumen links – und den ausgebleichten Greenpeace-Aufkleber im vorderen Fenster. Wale retten und Beinwell rauchen, dachte er, könnte gut eine Drogengeschichte sein.

Bevor er auf die Klingel drücken konnte, ging die Haustür auf, und hinter dem gehärteten Glas tauchten verschwommen die Züge eines jungen Weibchens auf. Paul warf einen Blick auf den Einsatzzettel in seiner Hand. «*Huuh?* Sarah Peasenhulme?» fingerzeigte er.

«*U-h'-u-h'-u-h'-u-h'*, richtig», erwiderte sie mit zitternden Fingern. Sie war, wie Paul bemerkte, in voller Brunst, ihre Schwellung von einem wunderschönen Perlmuttrosa, die Wölbungen ihres feuchten Fleisches köstlich hervortretend, am Damm leicht faltig, so wie er es liebte.

«Wo ist denn der Gefährte, *huh?*»

«*U-h'-u-h'-u-h'*, im Schlafzimmer.»

«Und wie heißt er, *huh?*»

«Simon, *u-h'-u-h'-u-h'*, Simon Dykes.»

Paul schob sich im beengten Windfang an ihr vorbei. Sie duckte sich und präsentierte ihm dabei halb ihre Schwellung, aber auf eine Art, die deutlich machte, daß sie es unwillkürlich tat. Paul zögerte; es war zwar nicht direkt verboten, während eines Notfalleinsatzes zu kopulieren, aber in der Abteilung war man doch der – vor allem von Dr. Whatley propagierten – Ansicht, daß es nicht unbedingt in Einklang stand mit dem Ruf, den das Notfallteam zu befördern suchte.

Dies ging Paul durch den Kopf, als er sich an dem unterwürfigen Weibchen vorbeidrückte und den blonden Kopf mit einem tröstenden Klaps und einem besänftigenden Kuß bedachte. Ein ziemlich altes Shire-Schoßpony trottete im Korridor hinter der Wohnungstür auf und ab. Das arme Vieh wieherte erbärmlich und sabberte. Hinter seinem Rücken hörte Paul, daß das Weibchen es tröstend streichelte und dabei leise schmatzte und besänftigend keuchte.

Auf der Schwelle zum Schlafzimmer blieb er stehen und spitzte ein Ohr. Alles, was er durch die halbgeöffnete Tür sehen konnte, war eine der hölzernen Stützen des Kippspiegels auf dem Toilettentisch. Perlenschnüre und seidene Tücher hingen daran. Der Tisch selbst war übersät mit einer staubigen Sammlung von Porzellanfiguren, Schmuckkästchen und anderem weiblichen Krimskrams. In der Mittagshitze war die zeitweilige Stille in der Wohnung erdrückend, wie auch ihr Geruch nach Pony, Exkrementen, Parfum und Paarung. Als er hinter der Tür ein Wimmern hörte, hielte er inne. Die Videophonistin hatte gesagt, der Schimpanse sei schwach – hieß das, nicht gefährlich? Lieber kein Risiko eingehen.

Belinda war hinter Paul getreten, und als er sich umdrehte, sah er, daß sie begleitet wurde von dem groben Schimpansen des Teams, Al, der eine Zwangsjacke bei sich trug. «Hast du das Valium, *huh?*» drückte Paul Belinda sanft auf den Unterarm.

«Ja», erwiderte sie. Paul schob die Tür vorsichtig auf.

«*Huuh?* Simon, mein Name ist –»

«*Wraaaah!*» Der Schrei des Schimpansen fuhr durch Pauls

leises Vokalisieren und sanftes Zeigen. Simon stand zweibeinig auf den zerknüllten Laken des Nests. Sein Fell war zwar nicht gesträubt, doch die Schultern waren angriffslustig gekrümmt, und mit gebleckten Zähnen schrie er weiter: «*Wraah! Wraah! Wraah!*» Er packte mit der einen Hand ein Laken und mit der anderen ein Kissen und schwenkte sie in Pauls Richtung. Der Psychiater machte einen Schritt zurück, so daß die Tür ihn wieder halb verdeckte. Er hatte genug Erfahrung mit psychotischen Schimpansen, um zu wissen, daß diese Art des Posierens zu einem Gewaltausbruch führen konnte, wenn er das unsichtbare Kraftfeld durchbrach, das Simon Dykes umgab.

«*Hooh!* Ach du meine Güte!» teilte Al Pauls Rücken mit. «Ich dachte, der soll harmlos sein – willst du das Valium, *huh?*»

«*HoohGrnnn*», vokalisierte Paul und zeigte dann Simon: «Ruhig, Simon, wir wollen dir nichts tun –»

«*Wraah! Bleib mir vom Leib, du verdammter Affe! Laß mich, laß mich, laß mich!*» Er warf seine weichen Geschosse nach Paul, aber zu kurz, so daß sie doppelt harmlos waren. Simon rückte zur Nestkante vor. Paul kam hinter der Tür hervor, weil er hoffte, daß diese Bewegung den durchgedrehten Schimpansen wieder zurücktreiben würde, aber statt dessen griff Simon an und sprang, die Federkraft der Nestmatratze nutzend, dem Psychiater mit den Füßen zuerst gegen die Brust. Paul wich einen Schritt zurück, aber zu spät. Der Schimpanse traf und stieß ihn und Al zu Boden. Simons Hände legten sich um Pauls Kehle, die Nägel gruben sich tief in sein Fell und zeigten nichts als Mordlust. Die Hände waren, wie Paul schockiert erkannte, wie die eines Kindes. Oder genauer, sie hatten nur die Kraft eines Kindes.

Paul erholte sich schnell und jagte seinem Angreifer einen kurzen Aufwärtshaken in den Bauch. Mit einem lauten Klakken seiner Zähne fiel Simon von Paul herunter und hustete und würgte. «*Waah!* Was soll denn das?» Paul hatte den Affen am Genick gepackt und versetzte ihm ein paar kräftige Schläge auf die Schnauze. Simon fing an, vor Angst und Schmerz zu wimmern. «Was ist denn los mit dir, Schimpanse? Waren wir wieder am Kokain, was, *huh?*» Er kniff ihn noch ein paarmal in den ziemlich zotteligen Nacken und merkte dann, daß es keinen Widerstand mehr gab. Der Kopf des Schimpansen fiel gegen den Bauch des Psychiaters. Die Augen waren verdreht, nur das Weiße sichtbar. Die geballten Fäuste boxten nicht, sie patschten nur sacht Pauls Bauchfell unter der hochgerutschten Jacke.

«Valium, *huh?*» zeigte Al, der direkt neben Pauls Schulter stand, und Belinda schüttelte die Zwangsjacke, die sie in der Hand hielt, was sowohl ihre Absicht zum Ausdruck wie die Schnallen des Dings zum Klimpern brachte.

«Ich glaube, keins davon wird, *yugg-yugg,* nötig sein, Simon», zeigte er dem Schimpansen, dessen Kopf er nun beinahe fürsorglich im Arm hielt. «Alles in Ordnung, *huh?* Armer Kleiner, *tschup-tschupp,* hab' ich dir weh getan? Bist du okay? Keine Angst, *huh-huh,* es wird alles wieder gut ... *Huh?* Simon? Simon? *Yugg-yugg,* er ist nicht mehr bei uns.» Diese letzten Fingerzeige galten seinem Team, denn der Kopf des Künstlers war nach vorne gekippt, und sein magerer Körper, das Fell mit Schweiß schamponiert, fiel Paul als schaumiges braunes Bündel vor die Füße.

«Er ist katatonisch», bedeutete Paul seinem hinter ihm bereitstehenden Team. «Sein Bewußtsein hat uns die Arbeit abgenommen und seinem Körper die Zwangsjacke angelegt. Aber es war auch keine Kraft in diesem Angriff. Überhaupt keine.»

«Kletter auf meinen Rücken.»

«Was ist?»

«Kletter auf meinen Rücken – wie Löffel in einer Schublade.» Die leisen Geräusche von Gliedern auf glattem Laken. Kühle Hände zwischen den Schulterblättern. Dann dort Lippen. Eine warme Hand schleicht zu Simons Bauch, eine andere streicht ihm über die Nackenhaare, *mmmf.*

«Mmmf», grunzseufzen sie einstimmig. Sie kuscheln sich zum Schlafen hin.

Kräuter rechts, Blumen links. Kräuter rechts, Blumen links. Simons schlaff baumelnder Kopf schlug gegen den Metallrand der Kopfstütze des Stuhls, in dem die Sanitäter ihn den Gartenweg hinunter und vorbei an dem gaffenden alten Weibchen von nebenan trugen.

«Darf ich auf deinen Ko-opf?» Ein Kinderschrei, dünn, aber mit der Schärfe seines eigenen Sarkasmus. Er antwortet nicht. Wieder: «Kann ich auf deinen Ko-opf?» Es ist Magnus oder Henry oder Simon – sie wollen hochgehoben, sie wollen in den Arm genommen werden. Sie brauchen es, in den Arm genommen zu werden. «Kann ich –»

«Na gut.» Die schlanken Hüften zwischen großen Händen. Als würde man die Taille einer Geliebten umfassen. Aber keine Geliebte war je so leicht. Als Simon das Kind hochhebt, spürt er den Mangel an Widerstand, spürt, wie dünn die Verbindung seines Körpers mit dieser Erde ist, und stellt sich vor, er könnte ihn – Henry oder Magnus oder Simon, er weiß nicht, wer es ist – hoch und hoch und immer höher schieben, bis in den Himmel. Dann umklammern kleine nackte Beine seinen Nacken. Kleine Hände wühlen in seinen Haaren, pakken es, gefühllos – oder auf jeden Fall ohne Scheu vor dieser Berührung. Die Hände scheinen in Simons Haaren zu sprechen: «Mein Körper – dein Körper. Wo ist der Unterschied? Wo ist die Verbindung?»

«Hoh, ach Gott, *hoh,* ach Gott, *hoh,* ach Gott, *hooh»,* zeigte das alte Weibchen, das zusah, wie das Team den bewußtlosen Simon und die kummervolle Sarah in den Krankenwagen schaffte. «Was ist denn mit denen passiert, *huuh?»*

«Kennen Sie sie gut, *huuh?»* fragte Belinda, die, mit dem Schoßpony am Zügel, den Abschluß bildete.

«*Hooh,* ja», kam die Antwort. Die Finger der Alten wanderten zu einem der Lockenwickler in ihrem schütteren Kopffell. «Sie ist ein reizendes junges Weibchen, immer mit einem freundlichen Zeichen bei der Hand. Wir gestikulieren oft miteinander … Aber mit ihm kann ich einfach nicht warm werden, muß ich zeigen.»

«Müssen Sie», schnippte Belinda, die die Alte sofort durchschaut hatte. «Und warum, *huh?»*

«Na ja, sie sind jetzt schon knapp ein Jahr beieinander, und meiner Ansicht nach ist das nicht gut für ein junges Weibchen. Und was ihn angeht, der lebt schon eine ganze Weile von seiner Gruppe getrennt. Ich weiß das, weil sie es mir gezeigt hat.»

«Tatsächlich? Wissen Sie sonst noch was über ihn, *huh?»*

«Nur daß er so was wie ein Künstler ist – was immer das heißen soll. Wie gezeigt, ich kann einfach nicht richtig warm werden mit ihm. Aber sie … *hoh,* sie ist ein reizendes junges Ding, wirklich reizend. Würde mich nicht überraschen, wenn er sie in irgend so eine schreckliche Drogengeschichte hineinge-»

Belinda winkte ab. «Schauen Sie. Sie haben nicht zufällig einen Reserveschlüssel für die Wohnung, *huh?»*

«*Hoh,* doch, habe ich.»

«Na, in diesem Fall, *yugg-yugg»* – Belinda hob das Schoßpony am Zügel in die Höhe und stellte es auf der anderen Seite des Zauns wieder ab –, «werden Sie doch sicher so freundlich sein und auf diese alte Mähre aufpassen, solange sie weg ist, *huh?»*

Als Belinda den Gartenweg hinunterlief und sich in den Krankenwagen schwang, sah das alte Weibchen, das sich seit fast zwanzig Jahren nicht mehr gepaart hatte, ihr mit kaum verhüllter Verachtung nach. Junges Flittchen, dachte sie und fuhr mit gichtigen Zehen durch Gracies Mähne, wie sie ihre Schwellung zur Schau trägt, obwohl sie noch Tage vor der Brunst ist. Wo soll denn das nur hinführen? Dann schob sie Gracie in ihr nach Möbelpolitur duftendes Haus und suchte nach ihrem Regenmantel; schließlich mußte sie noch einkaufen gehen und dem armen Tier etwas Heu fürs Abendessen besorgen.

Auf der kurzen Fahrt zum Charing Cross Hospital war es unmöglich, die beiden verwirrten Schimpansen zu trennen, und bei der Ankunft wollte Sarah nicht von Simons Seite weichen. Paul brachte sie in das kleine Kämmerchen, das zur Patientenaufnahme benutzt wurde, und beschäftigte sich mit den Papieren für Simons Einlieferung. «Die sollen sich erst mal ein bißchen beruhigen», zeigte er Belinda. «Frag sie, ob sie eine Tasse Tee will, aber versuch auf keinen Fall, ihn zu wecken, kann sein, daß sein nächster Angriff nicht mehr ganz so harmlos ist. Und schau, ob du irgendwo einen Kittel findest – das Nacktsein dürfte ihm nicht gerade helfen, sich pongid zu fühlen, *huuh?*»

Belinda fand einen Kittel, und dann half ihr Sarah, Simons steife Arme durch die weiten Ärmel zu schieben. In Embryonalhaltung lag er auf dem Untersuchungstisch, und so eng zusammengerollt setzte sein magerer Körper ihnen Widerstand entgegen. Er atmete schnell und flach, aber ansonsten gab es keine Hinweise auf körperliche Schäden.

«Möchten Sie eine Tasse Tee?» fragte Belinda, als sie ihm das Ding übergestreift hatten.

«Ja, bitte», gegenzeigte Sarah. «Sehr gern.»

«Wollen Sie mir vielleicht mitteilen, was passiert ist, *huuh?*» zeigte Belinda vorsichtig und zupfte mit sanften Fingern Simons getrockneten Samen aus den blonden Haaren um Sarahs Geschlechtsschwellung.

«Ich ... ich ... *hoh*, ich weiß auch nicht.»

«Natürlich nur, wenn Sie wollen – ich dachte nur, vielleicht fällt es Ihnen leichter, wenn Sie zuerst mit mir gestikulieren ...»

«Es ist nur, *hooh*, aber das wissen Sie wahrscheinlich schon, wir sind nämlich Gefährten ...»

«Ja.»

«Ich habe ihn seiner Gruppe nicht weggenommen – nur falls Sie das denken. Sie trennten sich schon einige Zeit davor. Es ist nur, na ja, er ist ein sehr brillanter Schimpanse, wissen Sie, gewisse Leute halten ihn für einen großen Affen, und ich will nicht, daß diese Geschichte seine Karriere beeinträchtigt. Er ist Künstler, müssen Sie wissen – und er hat nächste Woche eine Vernissage.»

«Tatsächlich, *huh?*» Belinda blieb unverbindlich. Ihr ging das Gezeige dieses schnieken, schicken Weibchens über ihren Gefährten beträchtlich auf dic Nerven.

«Ja. Und es ist so ... *u-h'-u-h'*, na ja ... ich will nicht, daß da irgendwas dazwischenkommt.»

«Wie was zum Beispiel, *huh?*»

«Sie wissen schon.»

«Sarah.» Belinda grub ihre Finger tiefer in das Fell des jungen Weibchens, um dem Ernst des Folgenden Nachdruck zu verleihen. «Haben Sie gestern abend Drogen genommen, *huh?* Machen Sie sich deswegen Sorgen?»

Belinda erhielt keine Antwort mehr auf diese Frage, weil die Tür aufging und Paul mit einem Formular auf einem Klemmbrett in der Hand und einem Kugelschreiber im Fuß in das Kämmerchen trat. «Ich habe für Simon ein gesichertes Zimmer auf der Gough besorgt», zeigte er. «Wir müssen seinen Hausarzt und seine nächsten Verwandten benachrichtigen. Können Sie uns dabei helfen, *huh?*»

«Ich … *hoh* … ich bin nur seine Gefährtin.» Sarah war nervös und sogar ein bißchen verlegen geworden.

«Das ist nicht der richtige Zeitpunkt für Ausflüchte, junges Weibchen – Sie sollten uns besser mitteilen, was Sie wissen.» Die Nähe zum Krankenhaus und zu seinen Vorgesetzten gaben Pauls Gestik etwas Ärztlich-Autoritäreres, und Sarah, die das spürte, setzte sich auf und begann ihrerseits mit größerem Nachdruck zu gestikulieren und jedes Fingerzeichen sorgfältig zu formen.

«Sein Ex-Alpha-Weibchen heißt Jean Dykes.» Paul notierte sich den Namen auf dem Klemmbrett. «Sie lebt in Oxfordshire, in einem Haus namens Brown House im Otmoor Estate in der Nähe von Thame. Ich … die Nummer habe ich leider nicht –»

«Die finden wir schon raus. Und sein Hausarzt, *huh?*»

«Bohm, Anthony Bohm. Er arbeitet im Gesundheitszentrum in Thame. Er … er …»

«Ja, *huh?*»

«Er hat Simon früher einmal wegen, *hooh,* na ja, Depressionen behandelt.»

«Nimmt Simon im Augenblick irgendwelche Medikamente?»

«Soweit ich weiß nicht, aber früher bekam er Antidepressiva.»

«Verstehe. Und was ist letzte Nacht passiert, *huh?*»

«Nichts Ungewöhnliches …» Sie brach ab und ließ die Finger in den Schoß sinken. Paul musterte ihre Schwellung mit verstohlenen Blicken. Er war ein kräftiger, wohlproportionierter Schimpanse mit einer gewinnenden leberfleckigen Schnauze, der so viele Weibchen bekam, wie er wollte, und er wußte, daß dieses junge Weibchen ihn trotz ihres offensichtlichen Kummers noch attraktiv fand. Vermutlich war es der Schock, ihren Gefährten von einem gelassenen Schimpansen zu einer rasenden Kreatur mutiert zu sehen.

«Sarah, *gru-nnn.*» Pauls Finger waren präzise gewinkelt, um ein Maximum an Mitgefühl, vermischt mit Entschlossenheit, übermitteln zu können. «Wenn wir Simon helfen sollen, müssen wir wissen, was mit ihm passiert ist, und vor allem, ob es sich hier um eine drogeninduzierte Psychose handelt. Wir wollen hier kein Schimpansenleben ruinieren – wir wollen helfen. Sie wissen, daß alles, was Sie mir jetzt zeigen, mit strengster Vertraulichkeit behandelt wird.»

«*Hoh,* also gut, wir haben gestern abend ein paar Drogen eingeworfen –»

«Welche Drogen, *huh,* Kokain?»

«Ja.»

«Und Alkohol, *huh?*»

«Natürlich – und ein paar Doves.»

«Ecstasy, *huh?*»

«Genau –»

Sie brach ab, ein Pfleger hatte die Kammer betreten.

«Ist das der für die Gough, Chef, *huh?*» zeigte er Paul.

«Ja, genau. Wollen Sie ihn jetzt rüberbringen, *huh?*»

«Ja, wollten wir.» Er zeigte auf seinen Kollegen, der draußen wartete. «In der Verwaltung hieß es, er könnte in einem Rollstuhl transportiert werden, und was anderes haben wir auch nicht dabei – aber so wie der aussieht, *yugg-yugg,* ist er ein Fall für die Trage, und da wird er noch ein wenig warten müssen.»

«Schimpanse, um Himmels willen, *yugg-yugg!*» Paul war empört, das war genau die apathische, schluderige Arbeitseinstellung, die er beim Rettungsteam tunlichst zu vermeiden suchte. «Schnallen Sie ihn im Stuhl fest oder sonstwas. *Haah.* Und wenn nötig, tragen Sie ihn rüber –»

«Ich will ja nicht drauf rumreiten, Chef, aber eigentlich dürfen wir die Patienten nicht tragen –» Er konnte den Satz nicht beenden, denn Paul sprang ihn an und verpaßte ihm mit der offenen Hand ein paar kratzende Schläge auf die

Schnauze. Blut quoll aus einem Riß über seinem Brauenwulst.

«*Iieeek!*» schrie der Pfleger, wich zurück und hielt sich die verwundete Schnauze. «Tut mir leid, Chef», gestikulierte er hektisch, «*U-h'-u-h'*, tut mir leid, *u-h'-u-h'*, ich wollte Sie nicht belästigen. Ich weiß, daß Sie ein guter Psychiater sind, ein mächtiger Psychiater, und ich verehre Ihre Gesäßfalte – tut mir leid ...» Er drehte sich um und präsentierte Paul tief gebückt den Hintern.

«Schon gut, mein Pflegerlein», zeigte Paul und strich über das zerzauste Fell des dargebotenen Hinterteils. «Ich erkenne Ihren Respekt an, ich bewundere Ihre Unterwürfigkeit, aber jetzt schaffen Sie ihn hier raus.»

«Laß mich das fußhaben», zeigte der andere Pfleger seinem verwundeten Arbeitskollegen. Er stürmte in das Kämmerchen, packte Simon mit einem seiner großen, verhornten Füße am Kragen seines Kittels und zog die reglose Gestalt des Künstlers in die Höhe. Dann warf er ihn sich über die Schultern. Als die beiden Pfleger die Kammer verließen, baumelte Simon vom Rücken des zweiten wie eine kaputte Puppe.

«So, mein Junge, *tschup-tschupp*, dann wollen wir mal.» Wie kann in dieser Berührung Bedeutung liegen? Und doch spürte Simon Bedeutung – in der Berührung: «Immer sachte. Bald liegst du gemütlich im Nest. *H'hooh*, immer locker – wollen doch nicht noch 'ne Tracht Prügel von diesem Seelenklempner – oder? Immer locker!»

Simons Augen öffnen sich zu einem kurzen, auf dem Kopf stehenden Schnappschuß eines Brunnens, der in den Himmel pinkelt. Er denkt: Ich kenne diesen Ort. Dreht den Kopf und sieht Autos in Reihen nebeneinander, Volvos, Vauxhalls, Fords. Autos – so beruhigend wie die Namen ihrer Hersteller. Benommen dreht er noch einmal den Kopf, um zu sehen, was – oder wer – ihn transportiert. Affen. Haarige Affen. Wie in dieser blöden Werbung für P.-G.-Tips-Tee. Parodien des

Menschseins. Karikaturen. Er kann nicht schreien. Es ist eine Schlaflähmung. Er verliert wieder das Bewußtsein.

«H'huu? Was meinst du?» fragte Paul seine Kollegin.

«*Yugg-yugg,* na ja, so sieht's aus», gegenzeigte Belinda.

«*Hooh,* das denke ich auch ...»

«Was zeigen Sie da?» Sarah sah von ihrem Schoß hoch, sie hatte ihre Schwellung angestarrt, als könnte diese sie aus ihrer Not erlösen, und hatte den Zeichenwechsel nicht mitbekommen.

«Nun.» Paul stellte sich auf die Hinterbeine und ging zur Tür. «Ich habe mir nur eben meine erste, vorläufige Diagnose bestätigen lassen –»

«Und die lautet, *huh?*»

«Ich glaube, Ihr Gefährte hatte einen drogeninduzierten psychotischen Zusammenbruch. Alle Symptome sind da, die Irrationalität, die Paranoia, die Aggressivität. Das einzig Verwirrende ist seine mangelnde Kraft. Normalerweise ist bei so etwas genau das Gegenteil der Fall. Aber das ist nur eine vorläufige Diagnose, wir müssen erst noch meine Kollegen und Dykes' Hausarzt – diesen Schimpansen Bohm – konsultieren, bevor wir sicher sein können.» Paul wandte sich zum Gehen, aber Sarah kam demütig auf ihn zu und fing an, ihn ein wenig zu lausen. Es war ihr erstes Lausen seit der Ankunft des Rettungsteams in ihrer Wohnung, und Paul nahm es wohlwollend hin.

«Doktor», fragten ihre Finger, «er kommt doch, *tschup-tschupp,* wieder ganz in Ordnung, nicht, *huh?* Ich – ich fühle mich sehr schuldig. Wissen Sie, ich glaube, ohne mich hätte er diese Drogen nicht genommen.»

Paul sah sie mit ernster Miene an. «Haben Sie ihm die Drogen gegeben, Sarah, *huh?*»

«N-nein.»

«*H'hooh,* nun, dann verstehe ich nicht so recht, warum Sie

sich schuldig fühlen. Aber wie auch immer, Sie sollten sich keine allzu großen Sorgen machen, die Prognose bei solchen Geschichten ist im großen und ganzen ziemlich gut. Er muß jetzt einfach ein paar Tage lang ausgenüchtert werden. Wir kümmern uns um ihn. Gehen Sie nach Hause, finden Sie jemand, der Sie laust und tröstet, und rufen Sie uns im Lauf des Tages an.» Und nach dieser Besänftigung trommelte der diensthabende Psychiater des Rettungsteams zum Abschied auf den Türstock und verließ das Zimmer.

Doch Pauls optimistische Zeichen erwiesen sich als völlig unzutreffend. Er und die Stationsärztin der Gough, Dr. Jane Bowen, hatten kein Problem, Simon Dykes in dem gesicherten Zimmer unterzubringen – der Schimpanse löste sich keinen Augenblick aus seiner Katatonie. Und sie hatten auch keine Probleme mit Dykes' Gruppe. Seine Ex-Alpha schien erwartet zu haben, daß so etwas passierte. Als Jane Bowen sie anrief, erschien Jean Dykes auf dem Bildschirm mit einem reich verzierten Rosenkranz mit Perlen aus Gold und Bernstein in den Händen. Während der gesamten Gestikulation der beiden Weibchen spielten ihre Finger mit diesem Andachtsamulett, so daß die Betbewegungen sich unter ihre Zeichen mischten. Sie trug ein dickes schwarzes Samtkleid mit einem Rüschenkragen, und die Kombination aus altmodischer Kleidung und den intensiv starrenden Augen des Weibchens machten die Psychiaterin nervös.

Das war das eine – und zum anderen empfing Mrs. Dykes bei all ihrer Religiosität und ihren altmodischen Moralvorstellungen während des ganzen Videophonats die Aufmerksamkeiten von zwei Männchen. So daß das Schreien und Keuchen des Paarens ihr formelles Zeichentempo noch weiter ausschmückten.

«*H'huuh*, Mrs. Dykes?»

«*Hooh'Grnn*, ja, wie kann ich, *huh*, Ihnen helfen?»

«Es geht um Ihren Ex-Alpha Simon –»

«Oh, Simon, gegrüßet seist du, Maria, voll der Gnade, der Herr ist mit dir, *h-h-h-h-h-hooh ...*»

«Mrs. Dykes, ich fürchte, ich habe schlechte Nachrichten für –»

«Du bist gebenedeit unter den Weibchen, *h-h-h-h-hooh*, und gebenedeit ist die Frucht deiner Schwellung ... Hatte er wieder eine, *h'huh*, Episode?»

«Einen Zusammenbruch, mein Name ist Dr. Bowen, ich bin –»

«Heilige Maria, Mutter Gottes, bitte für uns Sünder, *h-h-h-h-hoooiieek ...!*» Die Paarung kam zu einem kreischenden Ende. «Nun, das überrascht mich nicht, er ist vom rechten Weg abgekommen ... Jetzt und in der Stunde unseres Todes –»

«Mrs. Dykes, ich bin die Stationsärztin der geschlossenen Abteilung des Charing Cross Hospital in London. Wir würden Simon gern für eine zweiundsiebzigstündige Isolierung hierbehalten – aber dazu brauchen wir Ihre Zustimmung als nächste Angehörige.»

«Natürlich, natürlich ... Alpha unser, der du bist im Himmel, geheiligt werde dein Name ...» Ihre Gestik erschlaffte ein wenig, und zum ersten Mal seit Beginn des Videophonats ruhten ihre Hände im Schoß.

«Ich muß zeigen», bedeutete Jane Bowen, «haben Sie so etwas erwartet, *huh?* Ist es bei Simon schon früher zu solchen Episoden gekommen, *huh?*»

«Dein Reich komme, dein Wille geschehe ... Er war eine harte Prüfung, sowohl für mich wie für seine Kinder, Henry und Magnus, ja, das stimmt. Ein elender Sünder, voll der Galle seiner eigenen Verworfenheit. Was seine geistige Gesundheit angeht, da werden Sie Anthony konsultieren müssen –»

«Ist das Dr. Bohm vom Gesundheitszentrum in Thame?»

«Genau dieser, Anthony war uns allen eine große Hilfe, eine große, wenn auch nur distale Hilfe –» Sie brach ab; ein junges Männchen von etwa neun Jahren war ins Bild gekommen und kletterte jetzt auf den Rücken des Männchens, das eben seine Mutter begattet hatte. Der Junge hatte eine große Ähnlichkeit mit Simon Dykes, dieselben vorstehenden Augen, dieselben bauschigen braunen Haare.

«Siehst du denn nicht, daß ich am Gestikulieren bin, Magnus, also wirklich –» Sie brach ab und gab dem Jungen einen Klaps hinters Ohr. Er verschwand jaulend. «Tut mir leid. Aber Sie müssen verstehen, bei einem erst kürzlich installierten Alpha …»

«Natürlich, natürlich. Ich werde Dr. Bohm gleich nach unserer Gestikulation anrufen. Ich muß nur noch wissen, ob es Ihnen möglich ist, irgendwann heute ins Gesundheitszentrum zu fahren und die Papiere zu unterschreiben, die ich durchfaxen werde.»

«Das ist kein Problem, Dr. Bowen. Aber wenn Sie mich jetzt entschuldigen …» Das große Männchen mit dem roten Backenbart war schon wieder mit ihrem Hinterteil beschäftigt. «Ehre sei dem Vater, dem Sohn und dem Heiligen, *H-h-hoooh* –»

Jane Bowen legte auf und knöchelging, nachdenklich den Kopf schüttelnd, von ihrem Büro auf die Station zurück. Vielleicht steckte hinter der Trennung der Dykes' mehr, als die Gefährtin des Künstlers ihr gezeigt hatte.

Mit einem Blick durch das Guckfenster sah Bowen, daß Simon Dykes noch so war, wie sie ihn verlassen hatten; er saß in sehr merkwürdiger Haltung auf dem Nest, die Füße nicht hochgezogen, sondern über die Kante baumelnd, den Oberkörper merkwürdig aufrecht. Jane Bowen beschloß, einen Angriff von ihm zu riskieren, obwohl sie nur ein kleines Weibchen war – gerade achtzig Pfund. «*Huuh*, Simon?»

Er drehte sich nicht zu ihr um, aber seine Finger bewegten

sich, machten fehlerhafte Zeichen. «Geh weg, Tier, stinkender Dämon, geh weg … Dann bin ich halt verrückt, na und, vaschwinde …»

Sie nahm das als gutes Zeichen, vielleicht löste er sich bereits aus der hitzigsten Phase des Anfalls. «Simon», teilte sie sehr behutsam seiner Schulter mit, «glauben Sie, Sie kö-» Bei dieser Berührung wirbelte er herum, schrie auf und schlug nach ihrer Schnauze. Doch trotz seiner Größe konnte sie ihn problemlos abwehren und sogar seine Hände packen. «*Wraaf!* Simon, ich bin Ärztin, ich will Ihnen helfen!»

«*Aaaiiiee! Aaaiiiee! Aaaiiiee!* Geh weg! Geh weg! Finger weg von mir, du verdammter Affe. Verschwinde!»

Jane Bowen zog sich zur Tür des gesicherten Zimmers zurück. Simon Dykes brach auf dem Boden zusammen, kaum daß sie ihn losgelassen hatte. Er spritzte, aber wirkungslos, weil vorwiegend über seine eigenen Beine, und lag dann klagend und wimmernd in seinen matschigen Exkrementen. Jane Bowen schloß sanft die Tür, verriegelte sie und machte sich auf die Suche nach einer Krankenschwester. «Passen Sie gut auf ihn auf», zeigte sie. «Er ist nicht gefährlich, aber vielleicht versucht er, sich selbst zu verletzen. Bringen Sie mir zwanzig Milligramm Valium, ich werde es ihm intravenös verabreichen. Das sollte ihn beruhigen. Und dann sollten Sie versuchen, ihn zu reinigen – aber lausen Sie ihn nicht, ich habe das Gefühl, daß seine Psychose mit Berührung zu tun hat.» Sie strich ihren Kittel glatt, der ihr über die Gesäßfalte hochgerutscht war. «Ich werde jetzt seinen Hausarzt anrufen, mal sehen, ob wir ein bißchen mehr über unser gequältes Genie herausfinden.»

«H'huh, Dr. Bohm?»

«*H'hoooh*, kann ich Ihnen helfen?» Das Gesicht war rundlich, wie seine Gestik, denn seine Fingerzeichen platschten plump genau in die Mitte des Bildschirms. Das massige Kinn des Männchens war umkränzt von einem struppigen weißen Bart.

«Mein Name ist Dr. Jane Bowen. Ich bin die psychiatrische Stationsärztin im Charing Cross Hospital.»

«Wie kann ich Ihnen helfen, *huh?*»

«Es geht um einen Ihrer Patienten, Simon Dykes –»

«Simon, *huh?* Was ist denn los, *huh?* Ich hoffe, es ist nichts Schlimmes mit ihm –»

«Ich fürchte doch – er scheint eine Art Zusammenbruch gehabt zu haben, möglicherweise eine drogenbezogene Psychose. Wir brauchen natürlich seine Krankengeschichte, und ich faxe Ihnen die Formulare für eine zweiundsiebzigstündige Isolierung –»

«Ist das wirklich notwendig, *huh?* Wurde er gewalttätig, *huh?*»

«*Hooo'Grnnn,* nun ja, nicht gerade gewälttätig, obwohl er uns einige Male unprovoziert anzugreifen versuchte –»

«Verdammt, Weibchen, *yugg-yugg!* Wenn der Schimpanse für niemanden eine Bedrohung ist, warum halten Sie ihn dann fest, *huh?* Das ist ja nicht irgend jemand, Dykes ist ein berühmter Künstler –»

«Das ist mir durchaus bewußt, Dr. Bohm. Glauben Sie mir, wenn wir nicht den Eindruck hätten, daß er eine potentielle Gefahr für sich selbst ist, würden wir nicht im Traum daran denken, ihn festzuhalten. Aber lassen Sie es mich so ausdrükken – sein Kollaps war, gelinde gesagt, von sehr heftiger Natur. Bitte zeigen Sie mir, hat er eine Vorgeschichte geistiger Verwirrung, *huh?*»

«*Yugg-yugg,* nun ... *Yugg-yugg,* na ja, aus meinen Aufzeichnungen werden Sie es sowieso erfahren. Ja, die hat er. Häufige Depressionen, deshalb zweimal in stationärer Behandlung, das letzte Mal vor etwa einem Jahr. Und das erste Mal gut zwei Jahre davor. Er trennte sich von seiner Gruppe – wie

Sie vermutlich wissen, wenn Sie mit seiner Ex-Alpha telefoniert haben –»

«Habe ich.»

«*Hooh*, armes Weibchen – aber zum Glück konnte ich ihr unmittelbar beistehen – natürlich nur auf distale Art. Nun, seit dem zweiten stationären Aufenthalt nimmt er SSRI –»

«Er nimmt Prozac?»

«Das habe ich doch gezeigt – ja, er hat sich ein Folgerezept bestellt. Ich habe ihn jetzt seit über sechs Monaten nicht mehr gesehen – soweit ich weiß, ging es ihm in letzter Zeit sehr viel besser. Arbeitete wieder. Ich glaube, er hat sich auf eine ziemlich unpassende Beziehung eingelassen, aber das ist wohl kaum etwas, das seinen Hausarzt angeht, und auch ein distales Männchen seiner Ex-Alpha nicht.»

«Gibt es eine Vorgeschichte des Drogenmißbrauchs, Dr. Bohm, *huh?*»

«Was meinen Sie mit Drogenmißbrauch, *huh?* Wenn Sie meinen, ob er Drogen nimmt, dann muß ich zeigen, die Antwort ist wahrscheinlich ja – ein kreativer Typ und so weiter –, aber darüber haben wir nie gestikuliert. Sind Sie sicher, daß Drogen damit zu tun haben, *huh?*»

«Im Augenblick sieht es so aus, aber bis jetzt konnten wir aus Dykes selbst noch nichts Konkretes herausbekommen; im Augenblick befindet er sich in einem voll entwickelten Wahnzustand mit Störungen der motorischen Koordination und einem verblüffenden Kraftverlust. Zeigt immer wieder Sachen wie ‹verdammte Affen›, läßt sich nicht lausen. Er spritzt jeden an, der ihm zu nahe kommt, und fällt dann in Katatonie.»

Einige Augenblicke lang war keine Bewegung auf dem Bildschirm zu sehen, außer daß sich Bohm seinen struppigen Kinnbart kraulte. Dann zeigte er: «Nun, das klingt ernst, sehr ernst. Was meinen Sie, sollte ich zu Ihnen kommen und ihn mir ansehen? Er ist seit vielen Jahren mein Patient, fast schon ein Freund. Und jetzt sind wir natürlich – wenn auch nur auf distale Art – Angehörige derselben Gruppe.»

«Das könnte eine gute Idee sein, Dr. Bohm, ich werde Sie auf dem laufenden halten. Kann gut sein, daß eine vertraute Schnauze oder ein vertrautes Lausen ihn aus seinem Zustand herausholt.»

«*Hooh*, das denke ich auch. Tut mir leid, daß ich eben so barsch war, aber Sie wissen ja, wie das ist …» Er wedelte unbestimmt, als wollte er mit diesen bedeutungsleeren Handbewegungen seine generellen Zweifel an der Psychiatrie und ihrem Status innerhalb der Heilkunst ausdrücken.

«Bitte denken Sie sich nichts, ich erkenne die Prädominanz Ihrer Hingabe an die Allgemeinmedizin, Ihre Gleichrangigkeit mit mir und natürlich die Prächtigkeit Ihrer Afterfalte an.»

«Natürlich, natürlich. Rufen Sie mich doch einfach an, wenn es irgendwelche Entwicklungen gibt – oder auch keine Entwicklungen, denn dann komme ich zu Ihnen. Falls Sie sich unterdessen noch mit jemandem austauschen wollen, der ihm wirklich nahesteht, würde ich George Levinson vorschlagen, er ist sein Galerist und hat Ausstellungsräume in der Cork Street. Er war Simon in den letzten Jahren eine größere Hilfe als sonst jemand, und im Vertrauen gesagt, die Situation mit seiner Ex-Alpha ist nicht sonderlich gut –»

«Das habe ich mir fast gedacht.»

«Natürlich, natürlich. Nun gut, dann warte ich darauf, wieder von Ihnen zu sehen, *HoooGrah*.» Ohne weitere Umschweife unterbrach Dr. Bohm die Verbindung.

Eine ganze Weile danach saß der provinzielle Allgemeinpraktiker an seinem Schreibtisch und starrte mit leerem Blick die Poster von Teddybären und Schoßponys an, die die Empfangsdame des Gesundheitszentrums in seinem Sprechzimmer aufgehängt hatte. Schließlich nahm er sich zusammen und zeigte mit fahrigen Händen zu sich selbst: «Hierarchie, darauf läuft es hinaus, immer diese Hierarchie, diese verdammte Hierarchie.» Dann drückte er auf den Knopf seiner Gegensprechanlage und bat um den nächsten Patienten.

Aber etwas später an diesem Tag, in einer Lücke zwischen zwei affektierten Hypochondern, fragte sich Anthony Bohm, ob Simon Dykes' Zusammenbruch nicht etwas zu tun hatte mit diesem Medikamentenversuch und diesem draufgängerischen, exhibitionistischen Schimpansen Busner.

8

Dr. Anthony Bohm wurde schon wenige Tage später vom Personal der Gough herbeigerufen. George Levinson war bereits dagewesen, zweimal sogar. Was, wenn man Levinson und seinen Terminkalender kannte, fast ein Wunder war. Sarah kam, seit diesem ersten entsetzlichen Morgen, zwei- oder dreimal am Tag. Am dritten Tag brachte sie Tony Figes mit, weil sie hoffte, daß jemand, den Simon nicht so gut kannte, ihn vielleicht auf eine Art erreichen konnte, die ihr verschlossen blieb. Aber es fruchtete alles nichts. Ob der Besucher seine Gefährtin war, sein Galerist oder ein Freund, Simon Dykes' Reaktion war immer dieselbe – er drehte durch.

Simon kommt zu sich. Im Nest, im gesicherten Zimmer Nummer sechs, auf der Gough-Station. Als er die Augen aufschlägt, wirkt der Anblick der institutionell cremefarbenen Wände beruhigend auf ihn. Auch das Nest selbst ist beruhigend, seine Funktionalität, die abgerundeten hölzernen Kanten. Hier ist nichts, woran ein hysterischer Schimpanse sich verletzen könnte. Das kleine Fenster ist zum Hinaussehen zu weit oben und außerdem vergittert. Aber das macht nichts – es ist trotzdem beruhigend. Alles vermittelt den Eindruck des Wachseins. Simon betrachtet die Webstruktur des Lakens, die Noppen der institutionell grauen Decke, und sieht, daß alles real ist. Er betrachtet seinen Handrücken – nur der ist unvertraut. Es ist offensichtlich der seine, aber er erscheint irgendwie weit weg und schwebend – außerdem haarig. Von der Tür kommt ein Geräusch, und er dreht den Kopf, um noch einmal beruhigt zu werden, von der Sicherheit der Tür selbst. Es ist eine Krankenhaustür mit einem Guckfenster.

Simon denkt: Ich gehe jetzt zu dem Loch und lasse mich trösten. Parliere mit einer Vision, die mich beruhigt, weil sie real ist.

Er steht auf und geht, unsicher auf zwei Beinen, über das Linoleum. Patsch, patsch, patsch, schweißfeuchte Fußsohlen auf Linoleum. Jemand sieht zu ihm herein, jemand … das sieht er, als er sich dem Guckfenster nähert … jemand mit der Schnauze eines Tiers. Er bricht zusammen. Die Krankenschwester tritt ein, schafft ihn ins Nest zurück und verabreicht ihm, mit geübtem Finger die Vene unter dem Fell ertastend, zehn Milligram Valium.

Sie kommen bei Nacht, und sie kommen bei Tag. Manchmal Sekunden nach dem Aufwachen, manchmal Minuten, selten Stunden. Es ist immer dasselbe, wenn sie kommen; jede Sicherheit, die er aus der peniblen, intensiven Untersuchung seiner Umgebung gewonnen hat, wird gelöscht, komplett ausradiert. Wenn sie ihn lange allein lassen und dann leise und heimlich nachsehen, was er tut, bevor sie eintreten, können sie ihn dabei ertappen, wie er konzentriert ein Wäschezeichen oder ein Herstelleretikett mustert, um Gegenstand mit Herkunft in Verbindung zu bringen. Denn der Künstler ist selbst in seinem Wahn gewissenhaft. Aber auch wenn sie ihn stundenlang allein lassen und er, während die Sedativa aus ihm heraus- und die schrecklichen Gewißheiten in ihn hineinsickern, Gelegenheit hat, das Zeugnis seiner Sinne zu akzeptieren, ist ihr Auftauchen für ihn jedesmal derselbe vernichtende Schock. Sie sind so schnell, wenn sie eintreten. So vierschrötig, wenn sie, ganz schwarzes Fellgezottel und Muskelspiel, flink auf ihn zukommen.

Sie scheinen mit ihm zu kommunizieren – soviel weiß er inzwischen. Sie scheinen mit ihm zu kommunizieren, das merkt er sowohl an der Zielgerichtetheit ihrer Bewegungen, der Art, wie sie ihre haarigen Glieder hierhin und dorthin plazieren, wie auch an der Bedeutungsträchtigkeit ihrer gehaltvollen Grunzer und sonoren Schreie. Bedeutung liegt auch in der Art, wie sie ihn packen, wenn er – wie er es unweigerlich tut – anfängt, um sich zu schlagen; ihn packen, wenn er – wie er es unweigerlich tut – anfängt zu schreien. Zu schreien, bis die Nadel sticht. Zu schreien, bis das Bewußtsein wieder aus ihm heraussickert und die Träume ihn umfließen.

In den Träumen ist er immer von Körpern umgeben. Von menschlichen Körpern. Und die Körper sind wunderschön. Beinahe sagt er sich das, fast formt er den Gedanken. Wie kommt es nur, daß diese Körper so schön, so ätherisch sein können? Denn genau betrachtet sind sie es nicht, diese verzerrten Erinnerungen an die sehnig-dürren Waden seines Vaters mit den kniewurzelnden Trauben knotiger Krampfadern; an die baumelnden Brüste seiner Mutter, die Warzenhöfe gestreckte Ovale brauner Punktierung; an die zerbrechlichen Schenkel seiner Schwester, so weiß, so dünn, ihre Fußsohlen, die sich heben, erst die eine, dann die andere, jede so runzelig pink, neugeborene Sohlen, die kleine Sandfahnen aufwirbeln, während sie vor ihm her zum Meer tapst, um zu planschen. Nicht schön, wenn Schönheit außergewöhnlich ist, aber vielleicht ist Schönheit immer sehr, sehr gewöhnlich, und ich habe es nur nicht erkannt.

Am dritten Tag, nach sechs oder sieben solcher Episoden, stellte Sarah Dr. Bowen in ihrem Büro zur Rede. Sie trommelte leicht an die Tür und keuchrief etwas lauter, als sie es normalerweise getan hätte, um der Psychiaterin deutlich zu verstehen zu geben, daß sie, allem Anschein zum Trotz, kein Weibchen war, das mit sich spaßen läßt. «*HooGrah*, kann ich einen Augenblick mit Ihnen gestikulieren, Dr. Bowen, *huh?*»

«*HooGrah,* natürlich, natürlich.» Die Psychiaterin legte ihren Kugelschreiber nieder. «Sarah, *huh,* nicht?» Sie schob ihren Stuhl zurück und betrachtete das Weibchen in der Tür. Attraktive Äffin, dachte sie, sehr adrett, hätte nichts dagegen, sie selber ein bißchen zu massieren, so toll, wie ihr die Schwellung da zwischen den Beinen baumelt. Ich wette, sie hatte viel Spaß in den letzten Tagen.

«Genau. Schauen Sie, ich weiß, oder ich hoffe wenigstens, ich weiß, daß Sie alles tun, was in Ihrer Macht steht, um Simon – Mr. Dykes – zu helfen …»

«Da können Sie ganz sicher sein, *yugg-yugg.*»

«Es ist nur, daß … *hooh,* er scheint überhaupt keine Fortschritte zu machen … und ich habe mir gedacht … *hooh.*» Sarah sammelte sich. Reiß dich zusammen, dachte sie und musterte das Weibchen hinter dem Schreibtisch. Ich bin vielleicht zierlich, aber sie ist ja mehr als grazil. Falls es zu einer Balgerei zwischen uns kommt, gewinne ich bestimmt. «Es gibt da gewisse Dinge, die mir an seinem Verhalten aufgefallen sind … Dinge, die vielleicht wichtig sind.»

«Ja, *huh?*» Dr. Bowen schob die Papiere zur Seite und schenkte dem hübschen jungen Weibchen nun ihre ganze Aufmerksamkeit. «Und worum handelt es sich dabei, *huh?*»

«Es ist vor allem seine Haltung, die mich beunruhigt», fingerzeigte Sarah. Sie ging zum Schreibtisch und sprang hinauf. Ihre Hand fuhr automatisch zu ihrem karierten Schwellungsschutz und strich ihn glatt. «Er hockt immer so komisch da, immer an der Nestkante, und er zieht nie die Beine hoch. Und wenn er auf mich losgeht – einen Angriff kann ich es eigentlich gar nicht nennen –, dann immer auf zwei Beinen, immer.»

«*Grnnn,* ja –»

«Und da ist noch was, sein Fell. Es ist nie gesträubt, immer total glatt. Ist denn das nicht komisch, daß etwas so … Unwillkürliches nicht passiert, *huh?*»

«Mein junges Weibchen.» Bowen sprang ebenfalls auf den Tisch und kroch zu Sarah; die beiden begannen, sich beiläufig zu lausen. «Sie sind sehr aufmerksam, Sarah, wirklich sehr aufmerksam –»

«Ich bin Künstleragentin, man könnte sagen, das gehört zu meinem Beruf.»

«Natürlich. Nun, was Sie zeigen, stimmt, uns ist das auch schon aufgefallen. Anfangs – das wissen Sie ja – waren wir uns ziemlich sicher, daß Simon eine drogeninduzierte Psychose hatte. Ich kann Ihnen jetzt zeigen, auch wenn Simon selbst aus irgendeinem Grund dazu nicht in der Lage war, daß er Medikamente gegen Depressionen nahm –»

«Soll das heißen, *huh,* er nahm Prozac?»

«Ja, ja, Prozac.»

«Warum hat er mir das nicht gezeigt, *huh?*» Sarah war bestürzt, ihr hübsches Schnäuzchen kräuselte sich vor Kummer.

«Vielleicht schämte er sich, Sarahchen.» Jane Bowens Mitteilung war das sanfteste, zärtlichste Fellkneifen. «Wissen Sie, viele Schimpansen betrachten Depressionen immer noch als Schande.»

«Aber ich wußte doch über seine Depressionen Bescheid. Er sagte, sie seien vorbei, und er schrieb sie der Trennung seiner Gruppe zu.»

«Nun, möglicherweise spielte das Prozac dabei eine Rolle – aber was wichtiger ist, wir vermuten, daß das Prozac etwas mit seinem Zusammenbruch zu tun hatte. Oder genauer, das Prozac in Verbindung mit dem Ecstasy, das er nahm.»

«*H'huuh?* Wie das?» fragte Sarah neugierig.

«Ganz genau wissen wir das selbst noch nicht. Im Augenblick kann ich nur zeigen, daß Ecstasy – oder MDMA – auf genau dieselben Rezeptoren – Sie wissen, die Teile des Hirns, an die sich die Moleküle einer Chemikalie anheften – wirkt wie Prozac. Wir glauben, daß es zwischen diesen beiden Drogen, wenn sie zusammen genommen werden, zu starken Synergieeffekten kommt –»

«Aber ich verstehe das nicht, wir haben doch ziemlich häufig Ecstasy genommen. Wir mögen ... wir finden es ...»

«Ich weiß.» Die Psychiaterin grinste und schniefte wissend. «Gut für die Paarung, nicht, *huh?*»

«Ja, irgendwie schon.»

«Wie auch immer, Sie können es hundertmal genommen haben, aber wenn dann so ein Medikament dazukommt, können eben Synergieeffekte auftreten. Das ist individuell verschieden. Auch können wir noch nicht mit Bestimmtheit sagen, welche spezifischen Auswirkungen das hat, eine Schädigung von Simons Neurochemie scheint jedoch eine mögliche Hypothese zu sein.»

«Aber was ist mit dem, was ich eben gezeigt habe – seine Haltung und daß sich sein Fell nie sträubt, *huh?*»

Jane Bowen hüpfte vom Schreibtisch und knöchelging zum Fenster, wo sie die Kordel der Jalousie benutzte, um sich hochzuziehen. Sie war müde, und so erregend sie das rosige Pölsterchen des jungen Weibchens auch fand und so interessant die mißliche Lage ihres künstlerischen Patienten auch sein mochte, bedeuteten doch solche Fälle oft viel mehr Arbeit für die psychiatrische Abteilung als konventionelle Beschwerden. Sie starrte zum Fenster hinaus auf die zehn Meter Fulham Palace Road, die von hier aus zu sehen waren, und warf einen flüchtigen Blick auf die Horde Bonobos, die vor dem Wettbüro herumhingen, Pot rauchten und Special Brew tranken. Schließlich grunzte sie, drehte sich zu Sarah um und zeigte:

«Ich habe keine Ahnung, was diese Symptome bedeuten. Wir haben so etwas noch nie gesehen. Ich habe bereits mit unserem Oberarzt Dr. Whatley gestikuliert, und wir haben beide den Eindruck, daß es der pongide Kontakt ist, der Simon am meisten verstört.»

«*Huuh?* Der pongide Kontakt? Was meinen Sie damit, *huh?*»

«Nun, wir können es – wie gezeigt – nicht erklären, aber Simon scheint die Fähigkeit oder auch die Lust zu den grundlegenden Formen pongider Interaktion verloren zu haben. Nicht die visuelle Kommunikation – er zeigt, wenn seine Fingerzeichen auch hysterisch sind –, aber Vokalisation, Körpersprache, Lausen, Präsentieren, all das ist stark gestört, wenn nicht sogar völlig verschwunden.»

«Könnte das Teil dieser Psychose sein, *huh?*»

«Möglich wäre es. Es könnte etwas sein, was wir hysterische Konversion nennen. Uns ist aufgefallen, daß er, wenn er allein gelassen wird, viel aufnahmebereiter wird – zumindest für seine Umgebung. Er untersucht geradezu detailversessen die Möbel und sämtliche Installationen im Zimmer und auch seinen eigenen Körper –»

«Warum, *huh?*»

«Wir wissen es nicht, aber wir haben den Eindruck, wenn wir ihm ein paar Tage lang jeden pongiden Kontakt vorenthalten und ihm Schreibutensilien zur Verfügung stellen, dann könnte es sein, daß er sich uns mit deren Hilfe öffnet.»

Schnatternd vor Verwirrung schüttelte Sarah den Kopf. All diese Theorien der Psychiaterin ergaben für sie keinen Sinn. Sie wußte nur, daß ihr Gefährte litt, daß er gegen seinen Willen eingesperrt war, anstatt frei herumzustreifen. Eingesperrt wie ein Mensch in Gefangenschaft, um für irgendwelche abscheulichen Experimente mißbraucht zu werden. Und sie fand Jane Bowens Berührung ganz und gar nicht beruhigend, als die beiden wieder anfingen, sich zu lausen.

Am nächsten Morgen blieb Simon also die Medikamentendosis erspart und dem diensthabenden Psychiater dessen lächerlicher Angriff und wirkungsloses Gespritze. Der Schimpanse wurde sich selbst überlassen und das Guckfenster dazu verwendet, ihm zusammen mit seinem ersten Frühstück einen Schreibblock und einige Bleistifte ins Zimmer zu schieben.

Dr. Bowen bestand sogar darauf, ein Spionglas in das Guckfenster einzusetzen, damit Simon nicht einmal visuellen Kontakt mit dem Personal haben mußte. «Es ist diese Geschichte, daß er dauernd ‹Scheißaffe› zeigt», bedeutete Bowen Dr. Whatley während der Visite. «Das und sein Verlust der grundlegenden Fähigkeiten zu pongider Interaktion. Vielleicht ist es ja nur eine Ahnung, aber wenn es andere Schimpansen sind, die ihn so verstören – vielleicht fängt er an, uns zu zeigen, was mit ihm los ist, wenn wir jeden Hinweis auf uns aus seiner Umgebung entfernen.»

«*Huuh*, Sie glauben doch nicht etwa, daß seine Beziehung zu Schimpansen irgendwie gestört ist?»

«Schon möglich, *gru-nn* – vielleicht leidet er an einem Pavian-Wahn. Der ist zwar selten, aber ich habe solche Syndrome in der Literatur erwähnt gesehen. Wie auch immer, ich glaube, es ist den Versuch wert.»

Jetzt zeigen sie sich nicht mehr. Was für eine Erleichterung. Wenn Simon jetzt zum Guckfenster geht, sieht er nur das wabernde Spiegelbild seiner blassen Schnauze, keine haarige Visage, die ihn mit triefenden Reißzähnen angrinst. Das ist eine Erholung – aber es bestätigt auch die entsetzliche Vollständigkeit seines Wahns. Könnten es die Injektionen sein, die sie mir verpassen? schießt es Simon durch den Kopf. Vielleicht erklärt das dieses quälende Gefühl der Schwäche, der Abgespanntheit. Und dann, als er wieder einmal bewegungslos auf der Kante seiner Nestplattform sitzt, kommt das Tablett mit dem Essen – man kann nicht essen in einer Wahnvorstellung, man kann einen Orgasmus haben, aber man kann nicht essen. Beim Sex geht es kaum je um Sex, aber beim Essen geht es fast immer ums Essen. Auf dem Tablett liegen außerdem noch Papier und Bleistift. Simon denkt: Soll ich etwas zeichnen? Die Ausstellung muß doch schon längst vorüber sein – und plötzlich hält er inne, denn das ist das erste Mal, daß er innerhalb der Wahnvorstellung bewußt an seine Vergangenheit denkt. Bis jetzt war es Sache der Träume, die Vergangenheit zu repräsentieren, aber jetzt denkt er daran und betrachtet den Bleistift und das Papier. Stinknormaler Block und Bleistift. Staedtler HB, schwarz-rot, sechseckig, eher stumpf. Die wollen nicht, daß ich mich selbst verletze. Das wäre doch 'ne Schlagzeile: Künstler stirbt an selbst beigebrachter Bleistiftwunde. Ein besonders guter Zeichner war ich noch nie.

Er betrachtet verwundert die Utensilien und fängt dann an zu schreiben.

Es dauerte nicht lange. Als die Hilfskraft etwa eine Stunde später zurückkehrte, um das Frühstückstablett abzuholen, fand sie darauf ein aus dem Block gerissenes Blatt, bedeckt mit krakeliger, unregelmäßiger Schrift. Sie nahm das Tablett und brachte das Blatt unverzüglich zu Dr. Bowen.

Ohne auch nur zu überfliegen, was der Künstler gekritzelt hatte, lief Dr. Bowen zur Tür, schwang sich in den Korridor und öffnete eins der Fenster, die auf den Parkplatz hinausgingen. *«H'hoooh»*, keuchrief sie, und als Whatleys Brillengläser im Fenster seines Büros aufblitzten – es lag einen Stock tiefer als das von Bowen in einem vorspringenden Flügel des Krankenhauses –, winkte sie: *«HoooGrah*, tut mir leid, Sie zu stören, Kevin, aber Dykes hat etwas geschrieben!»

Whatleys spindeldürre Gestalt erschien in Bowens Büro, und gemeinsam beugten sie sich über die Botschaft des Künstlers.

«BITTE, BITTE, HELFT MIR», hatte Simon in ungelenken Großbuchstaben oben auf das Blatt geschrieben und darunter: «Ich bin verrückt. Ich weiß das. Ich bin verrückt. Bitte, bitte, helft mir. Sie kommen die ganze Zeit, diese Tiere, die Affen. Sind es Affen? Ich weiß es nicht. Sie kommen, sie greifen mich an. Ich habe bis jetzt noch keine Menschen gesehen. Wo sind die Menschen? Bin ich in einem Krankenhaus? Bin ich verrückt? Warum ist überall so ein Geschrei, ich höre Geschrei, die Affen schreien. Wo ist Sarah? Wer hat mir das Papier gegeben? Wo sind meine Kinder? Helft mir, bitte helft mir. Ich halte das nicht länger aus. Sie greifen mich an – diese Tiere. Sie beißen und schlagen mich, sind es Affen? Wer hat mir Papier und Bleistift geschickt? Könnt ihr mir helfen? Bitte. Bin ich verrückt? Wenn ich die Tiere noch viel länger sehe, bringe ich mich um. Bitte ...»

«Ziemlich viele Fragen», fingerzeigte Whatley und legte das Blatt auf den Tisch, ohne sich zu vergewissern, ob Jane Bowen auch schon fertiggelesen hatte. «Was sie wohl zu bedeuten haben, *huh?* Diese Geschichte, daß er Affen sieht – klingt, als könnte es wirklich ein Pavian-Wahn sein. Ich werde Ellerton in der Gruton Clinic anrufen – die haben dort ein gutes Archiv, viele Krankengeschichten, mal sehen, ob er uns was schicken kann –»

«Aber was ist mit den Menschen, *huh?* Er hat hier zweimal ‹Wo sind die Menschen?› geschrieben – was meint er damit nur, *huh?*»

«Wer weiß. Er ist ganz offensichtlich sehr verwirrt. Ich vermute, es ist ein Indiz für eine Aphasie – vielleicht die Wernickesche. Seine Gestikulation ist flüssig, aber sinnentleert und unangemessen. Trotzdem – ich würde mich nicht darauf versteifen, wir haben keinen Hinweis auf einen organischen Schaden, und ein Wahn dieser Art bringt zwangsläufig Unmengen von psychischem Schutt mit sich. Vielleicht glaubt er, daß Menschen affenähnlich sind, *huh?* Viele Schimpansen tun das, wissen Sie.»

«Ich weiß, natürlich weiß ich das», zeigte Bowen leicht gereizt – was sie sich bei Whatleys Vorgänger nie getraut hätte, denn der hatte die Abteilung viel stärker unter Kuratel. Whatley war ein schwächlicher Schimpanse, und sogar ein Weibchen wie Bowen konnte, trotz oder vielleicht sogar wegen ihrer Sexualität, seine Dominanz ohne Angst vor Sanktionen in Frage stellen.

«Und wie wollen Sie nun in der Gestikulation mit Dykes weiterhin verfahren?»

«Dabei bleiben, *grnn*. Zu seinem zweiten Frühstück gebe ich ihm ein paar Feigen oder Schlehen, irgendwas im Sinn einer Belohnung, und ich werde ihn bitten, die Affen zu beschreiben. Ich möchte herausfinden, ob er Paviane oder Menschen oder sonstwas sieht; es ist ja allgemein bekannt, daß oft schon die Beschreibung eines Wahnzustands zu seiner Beseitigung beitragen kann.»

«Und wie wollen Sie nun in der Gestikulation mit Dykes weiterhin verfahren ...» Bowen machte Whatley nach, kaum daß er ihr Büro verlassen hatte. Ihre Finger formten die Worte zu einer Parodie seines Pseudo-Oxford-Akzents, jeder gebogene Finger ein Türmchen, jede gestreckte Handfläche ein Traum. Bis jetzt konnte Bowen in Whatleys Behandlung des verrückten Künstlers noch keinen Fehler finden; aber er hatte, wie sie es bezeichnete, «eine kurze Intentionsspanne», und sie konnte sich gut vorstellen, daß er bald das Interesse an Dykes verlor. Bowen selbst neigte zu der Ansicht, daß Dykes durchaus eine organische, neurologische Schädigung erlitten haben konnte. Die merkwürdigen Haltungen, die er einnahm, deuteten fast schon auf Parkinsonismus hin; als wären die Glieder, die er zu kontrollieren versuchte, nicht identisch mit denen, die er wirklich hatte.

Gern hätte Bowen eine Serie von Wahrnehmungs- Verknüpfungs- und anderen Tests mit dem Schimpansen durchgeführt, aber das ging nicht, solange er so unerreichbar, so unkooperativ war. Es hatte wenig Sinn, ihn zu sedieren, ihn mit Betäubungspfeilen zu beschießen wie ein wildes Tier; er mußte dazu «compos mentis» sein – oder was immer in der Dykes-Welt dafür galt. Bowen seufzte; sie war eine nonchalante, lässige Schimpansin, fast bonobohaft, und die Arbeitsweise im Charing Cross war nicht nach ihrem Geschmack. Das tägliche Einerlei war ermüdend, die Arbeitszeit zu lang, und die Patienten oft unbehandelbar – Futter für Langzeitheime oder die Spinnergosse. Sie sah sich eher als übergreifend Praktizierende, als Abenteurerin, eher in der Tradition von Charcot und anderen psychiatrischen Pionieren des neunzehnten Jahrhunderts. Sie verachtete die Art, wie ihre Kollegen alles entweder auf ein Kontinuum des Geistes oder ein Kontinuum der Materie reduzierten, ohne zu überlegen, daß es dazwischen eine Ebene geben könnte, auf der diese beiden scheinbar gegensätzlichen Kontinua sich vereinigten.

Zack Busner, ihr alter Alpha am Heath Hospital, hatte seine Gestik an diesem Konzept ausgerichtet. Er hatte die Semiologie von den Antipsychiatern der Sechziger geerbt und zeigte immer vom «Existentiellen» und «Phänomenologischen». Jetzt hatte er sich zum zweiten Mal einen Namen gemacht und seine schwindende Berühmtheit mit seinen Anthologien über wirrköpfige Wunderkinder und durchgedrehte Geistesgrößen aufpoliert. Was würde Busner von Dykes halten? Das wäre doch genau die Art Fall, in die er sich gern verbeißen würde – falls Dykes' Wahn so vielversprechend kohärent blieb.

Mit seinem zweiten Frühstück erhielt Simon ein Blatt Papier mit dem Briefkopf des Krankenhauses, auf dem folgende Liste mit Fragen stand:

Charing Cross Hospital
Psychiatrische Abteilung

Donnerstag 15. August

Simon,

Wir – meine Kollegen und ich – glauben, daß Sie an einem Wahnzustand leiden, der die Grundlagen Ihrer pongiden Interaktion ernsthaft beeinträchtigt. Wir vermeiden jeden direkten Kontakt mit Ihnen, bis wir festgestellt haben, ob dies der Fall ist oder nicht. Könnten Sie bitte so klar wie möglich die folgenden Fragen für mich beantworten?
Mit freundlichen Grüßen

Jane Bowen
Stationsärztin

1. Wie fühlen Sie sich – haben Sie irgendwelche körperlichen Beschwerden?
2. Glauben Sie, daß jemand Ihnen etwas antun will?
3. Können Sie sich an Ereignisse erinnern, die zu Ihrem Krankenhausaufenthalt geführt haben?
4. Sie erwähnen immer wieder «Affen»? Wie sehen diese Affen aus?
5. Warum versuchen Sie, jeden vom Personal – mich eingeschlossen – sowie Ihre Gefährtin und jeden anderen Ihrer Freunde, die Sie besuchen kommen, anzugreifen?
6. In Ihrem Schreiben erwähnen Sie Menschen. Was für Menschen? Haben Sie «Menschen gesehen»?

Durch das Spionglas beobachtete Bowen, wie Simon Dykes das Tablett vom Sims nahm und staksig aufrecht, stur zweibeinig zu seiner Nestplattform zurückkehrte und sich hinhockte. Als er das Tablett auf den Pappkartontisch stellte, flatterte Jane Bowens Brief zu Boden. Der Künstler kratzte sich mit schlaffer Hand das Kopffell und bückte sich dann, um mit derselben Hand das Blatt aufzuheben. «Dassis auch so 'ne Sache», zeigte Dobbs, der Oberpfleger, der ebenfalls zusah, «er benutzt nie seine Füße für irgendwas außer für dieses komische Herumtapsen. Und wenn er was mit der Hand aufhebt, dann total linkisch, als könnte er nicht mit Daumen und Zeigefinger zufassen, sehen Sie ...»

Es stimmte, Simon bemühte sich, das Blatt Papier vom Linoleum aufzuheben, und vor Frustration stieß er einige seiner merkwürdigen leisen Laute aus. Schließlich hatte er das Blatt in der Hand und machte sich daran, es zu lesen, wobei sein Blick immer wieder zur Tür huschte. Bowen beschlich das unbehagliche Gefühl, er wußte, daß er beobachtet wurde.

Am vierten Tag rief Sarah in der Agentur an und fingerzeigte ihrem Chef, Martin Green, in groben Zügen, was vorgefallen war. «*HooH'Grah,* Simon hatte eine Art Zusammenbruch, Martin, er ist im Charing Cross Hospital.»

«Zuviel Arbeit oder zuviel Spaß, *huh?*» Mit leicht verärgerter Miene drehte Green sich zum Monitor um; seine Gestik war abrupt, seine Körperhaare halb gesträubt, und seine bewegliche, ausdrucksvolle Schnauze schürzte sich und zeigte seine Reißzähne.

«Ich – ich weiß es nicht.»

«Na, das heißt wohl, daß wir Sie heute nicht vor die Schnauze bekommen werden, *huh?*»

«Ich – ich bin ziemlich durcheinander, Martin, es war ziemlich schlimm.»

«Wie schlimm, *huh?*»

Sie zeigte es ihm, ohne etwas auszulassen.

«Ach du meine Güte, Sarah», fingerzeigte er nach einer Weile. «Sie wissen ja, ich gebe nicht viel auf Konventionen, aber diese Zweierbeziehung, die, *yugg-yugg,* Drogen, ich weiß auch nicht …»

«Ich weiß, ich weiß.»

«Tut mir leid, daß ich vorher so barsch war, *grnnn.* Ich habe einen ziemlich beschissenen Vormittag hinter mir, mal wieder Probleme mit diesem, *yugg-yugg,* Young. Habe mit ihm gestikuliert, bis Sie angerufen haben. Er zeigt, daß er keinen Penny zahlen will –»

«*Waah!*»

«Genau. Und was soll ich ohne Sie im Büro tun, *huh?* Ich zeig's ja nicht gern, aber Ihre Stellung in der Hierarchie wird so wohl in Gefahr geraten –»

«Ich weiß, ich weiß –»

«Das zeigen Sie die ganze Zeit. Also, wann kann ich Sie zurückerwarten?»

«Ich fahre für ein paar Tage nach Cobham, zu meiner Geburtsgruppe, um mir mal anständig die Nissen aus dem Fell pulen zu lassen. Ich rufe Sie am Montag an. Schauen Sie, Martin, ich verbeuge mich vor Ihrer Oberherrschaft als mein Arbeitgeber, ich verehre Ihren stahlharten Penis, Sie sind der strahlende Steiß in meinem posterioren Firmament. Ich genieße Ihren Geruch –»

«Schon gut, Sarah, Sie sind eine gute Untergebene, gehen Sie ruhig nach Hause, und erholen Sie sich.»

Sarah nahm den Bummelzug von der Victoria Station nach West Byfleet. Es war ein heißer Nachmittag, und Gracie keuchte; die Fliegen, die ständig um ihren Kopf summten, ärgerten sie, und sie schüttelte ihre kurze Mähne und wieherte. Sarah hatte dem Schoßpony am Bahnhof einen Futterbeutel gekauft, aber der war längst leer gefressen, und das

Pferdchen wurde langsam ungeduldig. «Dada, *tschup-tschup-tschupp,* da-da», tröstete sie Gracie und kraulte ihr gelangweilt die karamelfarbene Mähne.

Sarah lehnte sich in ihrem Sitz zurück und überflog die «Cosmopolitan», die sie mit den Zehen des einen Fußes hielt, während sie mit den Zehen des anderen die Seiten umblätterte. Anzeigen für künstliche Schwellungen, schwellungsbetonende Kleidung, Schwellungskliniken, Kurse und Handbücher mit Anleitungen, wie man das Beste aus seiner Schwellung macht. Und die intimen Geständnisse: «Ich war ein Jahr lang Gefährtin eines einzigen Männchens!» «Ich schloß mich in einer einzigen Brunst drei neuen Gruppen an!» und so weiter und so fort. Paaren, Paaren, Paaren, dachte Sarah, um was anderes geht's in diesen Frauenzeitschriften nicht, als wäre es das Wichtigste auf der Welt.

Doch sogar dieser antisinnliche Gedanke weckte in ihr die Erinnerung ans Paaren mit Simon. Sein Tempo bei diesem zweiten Mal – dem letzten Mal – war phänomenal gewesen. Es war ein Gefühl gewesen, als würde der Orgasmus sie spalten, von der Schwellung bis zum Mund, so daß ihre Eingeweide auf die zerknüllten Laken des Nests quollen. «I want a lover with a fast hand / I want a lover with a rapid touch / I don't want a male who ta-akes too long / Let him come in a disordered rush ...» Die Zeichen des Songs schossen ihr durch den Kopf, schließlich war es ihr und Simons Lieblingssong. Sie hatte immer das Gestikulieren übernommen und er die begleitende Vokalisation – und jetzt merkte sie, daß sie geistesabwesend diese Zeichen knapp vor ihrer Schwellung fingerte. Als der Zug in den Bahnhof einfuhr, war ihre Schnauze gerötet, und Gracie wieherte lauter als zuvor.

Reverend Davies, das distale Beta-Männchen der Peasenhulmes, wartete im Range Rover der Gruppe auf sie. «*Hooo-H' Grah*», keuchrief er, als sie aus dem Zug sprang. Der Bahnhof hallte wider von den Keuchrufen anderer Wiedervereinigungen, und als Sarah sich in der grünen Gartenlandschaft dieses Städtchens umsah, war sie beinahe froh, wieder in Surrey zu sein. «Hier bin ich», winkte der Reverend, «aber du bist ...», er sah auf eine Taschenuhr, die er aus seinem Westentäschchen zog, eine Marotte, die Sarah schon immer besonders ärgerlich fand, «fast sieben Minuten zu spät dran, Lust auf einen Fick, *huh?*»

Er nahm sie ohne weitere Umstände; ihr Kopf knallte gegen die offene Beifahrertür des vierradgetriebenen Rover, während er sich im Stoßen am Außengriff festhielt.

«Deine Mutter hat ein frühes erstes Abendessen so gut wie auf dem Tisch», fingerzeigte er, während sie auf der A 245 in Richtung Cobham fuhren. «Im Augenblick sind allerdings nicht viele von der Gruppe da, die meisten Männchen sind rüber nach Oxshott, um sich mit Lynn zu paaren – die ist nämlich gerade in der Brunst, weißt du.»

«*Waah*, ich weiß», zeigte Sarah verstimmt mit ungelenken Fingern. Sie war nämlich erst an diesem Morgen von Lynn angerufen worden. Das dämliche Weibchen hatte sich darüber ausgelassen, daß sie wieder einmal soweit sei und daß sie extra die Pille nicht genommen habe und daß Giles jetzt wirklich ein Kind wolle, wo sie doch die neue Untergruppe gegründet hatten, und wie sie das Kinderzimmer einrichten solle, ob Sarah denn nicht auch ganz vernarrt sei in die neuen Spielbäume, die es jetzt bei Conran gebe ... Sarah fand diese Taktlosigkeit unerträglich und hätte die Verbindung am liebsten mitten in Lynns Fingerwedeln unterbrochen.

«Wir fühlen uns doch nicht, *gru-nn*, ausgeschlossen, oder, mein Engelchen, *huh?*» stupste der Reverend in Sarahs Bauchfell und schob ihr die Bluse hoch, um ihr seinen schnell trocknenden Samen aus den Haaren zu pulen. Sarah war froh über die Zärtlichkeit.

«Tut mir leid, Pete, *huh-huh-huh*, ich schätze, Mum hat dir schon erzählt, was passiert ist –»

«Hat sie, Sarah, aber keine Angst, von mir wirst du keine, *tschup-tschupp,* Moralpredigt hören. Ich finde, in der heutigen Zeit, *gru-nn,* ist es für ein junges Weibchen nur recht und billig, bis weit in die Zwanziger in einer Zweierbeziehung zu leben. Wir können ja nicht alle neue Gruppen bilden oder uns bestehenden Untergruppen anschließen, kaum daß wir die erste Brunst erreicht haben; die Zeiten haben sich geändert. Wie geht's ihm überhaupt, *huh?*»

«Unverändert, fürchte ich, er fuchtelt noch immer von Affen und Menschen. Simons Psychiater glaubt, daß die Psychose sein grundlegendes schimpansliches Selbstverständnis betrifft. Ich weiß nicht» – sie schüttelte den Kopf –, «*huuh,* für mich klingt das nicht sehr einleuchtend.»

Das war eine der Eigenschaften, die Sarah am Reverend ganz besonders mochte, zusätzlich zu seiner typisch anglikanischen Toleranz für abweichendes Verhalten – er war ja, wie Sarah wußte, als junger Schimpanse ein aktiver Homosexueller gewesen: Er drängte nicht, und er ließ seine Finger ruhen, wenn er nichts zu zeigen hatte. So verbrachten sie den Rest der Fahrt mit mehr oder weniger bedeutungslosem Fellkraulen, einer einfach nur angenehmen postkoitalen Wiedervereinigung, und wechselten nur beiläufig Zeichen über den neu ausstaffierten Range Rover, die bevorstehende Prostataoperation ihres Alpha und die Tombola, die der Reverend organisierte.

9

Ein langweiliger Vormittag im Krankenhaus. Das Keuchrufen geistig gesunder Schimpansen draußen auf der Straße disharmonierte entsetzlich mit dem Kreischen und dem Angstkläffen der verrückten Schimpansen auf der Gough und dem Wimmern und Heulen der neurotischen Schimpansen auf der Lowell. Dr. Jane Bowen hockte in ihrem Büro, den Gesellschaftsteil des «Guardian» hatte sie beiseite geschoben und las statt dessen in den Papieren, die sie im Fuß hielt. Die Blätter, die Dobbs ihr von Dykes gebracht hatte. Die Schrift war so verkrampft und krakelig wie zuvor, aber der Stil glücklicherweise ein wenig klarer, fast wie bewußt um Sachlichkeit bemüht.

Er hatte die Fragen nicht der Reihe nach beantwortet, sondern eine Art Resümee der letzten Tage aus seinem Blickwinkel geschrieben – falls man das so nennen konnte. Denn die Schilderung wurde immer wieder unterbrochen durch Dykes' abstruse Erklärungsversuche seines Leidens, wie er es sah.

In mir drin fühle ich mich gut. Sehr gut. Ich habe keine Schmerzen – weniger als zuvor, um genau zu sein. Weniger als in den Tagen, bevor ich in diesem Irrenhaus landete. Wissen Sie, ich wachte auf, und statt meiner Gefährtin Sarah lag da dieses verdammte Vieh, dieser Affe oder was auch immer. Und dann noch dieses Minipferd. Ich habe ein Minipferd gesehen. Ich erwarte nicht, daß Sie mir irgendwas davon glauben, aber es stimmt, glauben Sie mir. Ich versuchte, diesen verdammten Affen abzuschütteln, ich schrie nach Sarah, rief sie um Hilfe. Aber das Ding war verdammt stark. Es schlug mich. Mein Gott, Sie haben ja keine Ahnung, wie fürchterlich das war. Und es war absolut echt, nicht wie ein Traum oder ein Drogenrausch, sondern echt. Echt echt. Danach weiß ich auch nicht, anscheinend bin ich ohnmächtig geworden. Ich wußte nicht, was passierte. Als ich wieder zu mir kam, waren noch mehr von diesen Affen im Zimmer. Sie schlugen mich! Das haben sie wirklich getan. Ich kann die Schläge noch immer spüren. Sie haben mich angegriffen! Sie hatten entsetzliche grüne Augen, und sie waren so schnell! So stark. Ich hätte schwören können, daß alles echt war. Und dann bin ich Gott sei Dank wieder umgekippt.

Ich weiß nicht, wie lange ich schon hier bin. Ich weiß, daß ich in einer psychiatrischen Klinik bin. Alles sieht so aus, wie es sollte. Ich glaube, ich bin im Charing Cross. Bin ich im Charing Cross? Aber diese Wahnvorstellung – wenn Sie das so nennen – vergeht nicht. Sooft jemand in mein Zimmer kommt, um mir eine Spritze zu geben, ist es einer dieser verdammten Affen oder was immer diese widerlichen Ungeheuer sind. Seit ich mit Sarah in meinem Nest eingeschlafen bin, habe ich keinen Menschen mehr gesehen, und das ist jetzt vier Tage her. Ich weiß, daß ich verrückt bin. Wenn Sie Psychiater sind, warum können Sie mir dann nicht helfen? Ich weiß, daß ich verrückt bin. Sogar diese Fragen, die Sie mir geschickt haben (und vielen Dank, daß Sie mir die Affen vom Leib halten, das ist wirklich eine Erleichterung), sind irgendwie Teil der Wahnvorstellung. Was meinen Sie mit Menschen? Und Pavianen? ICH BIN EIN MENSCH. Glauben Sie mir, ICH BIN EIN MENSCH. Bitte helfen Sie mir, bitte schicken Sie meine Ex-Alpha oder meine Kinder zu mir oder Sarah oder sonst jemanden. Ich glaube, ich halte das nicht länger aus. Ich würde mich umbringen, wenn ich die Mittel dazu hätte. Können Sie mir helfen? Bitte.

Wie beim letzten Mal zog die Psychiaterin die Nummer mit dem Fenster und dem Keuchruf durch. Whatley war nicht da, gegenzeigte zumindest seine Sekretärin. In der Kantine oder vielleicht in seinem Club, dem Garrick, beim Mittagessen mit John Osborne. Osborne – ein für Whatley ziemlich ungewöhnlicher Freund – sollte noch im selben Jahr ums Leben kommen, weil er einen elektrischen Beleuchtungskörper anpißte. Whatley hatte es kommen sehen.

Dr. Bowen mußte zwanzig Minuten warten, bis der Oberarzt sich dazu herabließ, in ihr Büro gekrochen zu kommen. «*HoooGraah.*» Er trommelte schüchtern gegen den Türstock. O Gott! Wie sie diesen Schimpansen verachtete. Sie hatten vierundzwanzig Stunden lang keinen Kontakt gehabt, aber Bowen brachte das obligatorische Lausen, so schnell es ging, hinter sich und grunzte dabei vor Verärgerung. «Also», teilte er ihrem Nacken mit, genau auf einen besonders lästigen Schorf, «wie steht's denn mit unserem hospitalisierten Genie, *huh?* Meine Sekretärin zeigte mir, daß er wieder eine Epistel abgeschickt hat.»

«*Yugg-yugg,* lesen Sie das.» Sie gab ihm Simons Blatt. Whatley las stumm, bis auf ein gelegentliches Grunzen der Konzentration. Bowen beschäftigte sich mit den Spielzeugen auf ihrem Schreibtisch. Es war Kram, wie ihn die meisten Ärzte haben, meistens Promotionsgeschenke von Eltern oder Freunden. Bowen hatte einige Schädelmodelle, bei denen man Gehirnabschnitte entfernen und ersetzen und so neurologische Schimären bilden konnte, und einen miniaturisierten psychochirurgischen Experimentierkasten, komplett mit Instrumenten und Kleinhirnmodellen. Wenn man bei einer Minileukotomie einen Fehler machte, ertönte ein Summer.

«*H'hooh!*» keuchrief Whatley amüsiert. «Das gefällt mir – ‹echt echt› – tolle Beherrschung der Zeichensprache, *huuh?*»

«Er ist ein visueller Künstler», bemerkte Jane Bowen.

«*Hoh*, ja, *hoh*, ja. Na ja» – er warf das Blatt auf den Schreibtisch und drehte sich, um sie zu beschnuppern –, «sieht nicht sehr nach einem Pavian-Wahn aus, *huh*, was?»

«Nein.»

«Haben Sie die Krankengeschichten aus der Gruton gelesen, *huh?*»

«Natürlich.»

«Ein klassischer Pavian-Wahn geht immer einher mit Reißzahnfixierung und Pseudopaarungsverhalten und so weiter –»

«Ich habe sie gelesen, Whatley.»

«Natürlich, natürlich, aber davon ist hier nichts festzustellen, oder, *huh?*»

«Nein.»

«Alles ziemlich wirr, nicht? Er bedeutet, daß er glaubt, im Charing Cross zu sein, dabei standen die Fragen doch auf Papier mit Briefkopf. Und diese Sache mit den Menschen. Sind diese ‹Tiere›, die ihn angreifen, Menschen, *huh*? Sieht er Schimpansen als Menschen, *huh?*»

«Er zeigt an, daß *er* ein Mensch ist –»

«Er glaubt, daß er ein Mensch ist, *huh?*»

«So habe ich es verstanden.» Bowen wurde allmählich frustriert. Sie durchschnitt absichtlich eine Großhirnrinde in dem Experimentierkasten, was das elektronische Todessignal auslöste.

«Also, ich weiß nicht, was ich davon halten soll. Haben Sie irgendwelche Ideen, *huh?*»

«Ich würde gern noch ein paar Tage so weitermachen, versuchen, ihn noch mehr aus der Reserve zu locken, und dann andeuten, daß wir ein paar neurologische Tests machen müssen. So kommen wir nicht mehr sehr viel weiter, Whatley. Und seine Schimpansen wollen ihn vielleicht hier rausholen. Wir haben keine stichhaltigen Gründe für eine volle achtundzwanzigtägige Isolierung, das wissen Sie – und dieser Schimpanse hat einflußreiche Freunde. Sein Galerist und sein Arzt in Oxfordshire rufen zweimal täglich an und erkundigen sich nach seinen Fortschritten.»

«Und die Ex-Alpha, *huh?*»

«Zeigt kein Interesse.»

«Seine Gefährtin?»

«Im Augenblick weg vom Fenster. Ist zu ihrer Geburtsgruppe nach Surrey gefahren –»

«Ja, sie sieht aus wie ein Weibchen aus Surrey. Ich kann mir richtig vorstellen, wie sie in einem Barbour und einem wattierten, *grunn*, Schwellungsschutz auf ihrem Hund ausreitet –» Er grinste und klackte mit den Zähnen.

«Ersparen Sie uns Ihre Paarungsphantasien, Whatley, bitte.»

So war es also Bowen, die die Kommunikation mit Simon Dykes aufrechterhielt, und es war Bowen, die Bohm und Levinson in Schach hielt, wenn sie anriefen, um sich nach seinem Zustand zu erkundigen.

«Ich glaube, wir machen gewisse Fortschritte», fingerzeigte sie letzterem, als er später an diesem Nachmittag anrief.

«Was für Fortschritte, *huh?* Besteht die Möglichkeit, daß er nächste Woche entlassen wird, *huh?* Ich habe die Vernissage seiner neuen Ausstellung bis dahin verschoben – aber dann müssen wir loslegen, egal wie es aussieht. Die Leinwände sind gespannt, die Einladungen verschickt, der Wein gekauft ... Natürlich wäre es gut, wenn er dabei wäre –»

«Gut für wen, *huh?*»

«Für ihn natürlich. Das ist eine sehr wichtige Ausstellung für Simon. Sehr wichtig. Könnte sein, daß er sich damit in den Kreis der besten zeitgenössischen Maler Englands einreiht. Sie wissen doch, daß die Tate letztes Jahr seine ‹Welt der Bären› gekauft hat, *huh?*»

«Das weiß ich, ja. Aber sagen Sie mir, was sind das für Bilder in der neuen Ausstellung, *huh?*»

«Ist das von Bedeutung für seinen Zustand, *h'huh?* Vorabinformationen dieser Art gebe ich nämlich nicht gern heraus.» Levinson fummelte ostentativ an seiner Fliege herum, und Jane Bowen konnte in den Fingerbewegungen flüchtig die Zeichen «Nervensäge, elende Nervensäge» erkennen.

«Das habe ich gesehen, *wraah!*» Vor Wut stellte sich ihr das Fell auf, und sie posierte ein wenig auf dem Bildschirm, warf mit Heftklammern, Stiften und was ihr sonst an Kleinzeug in die Finger kam. «*Wraah!* Ich möchte Sie daran erinnern, Mr. Levinson, daß Sie es mit einer Psychiaterin zu tun haben und nicht mit irgendeinem blöden kleinen Galerieweibchen. Habe ich mich klar ausgedrückt, *h'huuh?*»

«Natürlich, natürlich. Bitte, bitte, regen Sie sich nicht auf – Ihr posteriores Auge ist ein rosiges Entzücken für mich –» Jane Bowen hätte beinahe losgelacht. Die furchtsame alte Schwuchtel präsentierte halb vor ihr, sein eckiger Hintern lugte über seinen Schreibtisch hinaus. «Ich muß nur ein bißchen vorsichtig sein, das werden Sie sicher verstehen ... die Medien ... Mit diesem Zusammenbruch, was die alles draus machen könnten ... und, *hoh,* die Bilder selbst sind sehr explizit. Wirklich sehr explizit.»

«Inwiefern, *huh?*»

«Es sind im wesentlichen Darstellungen körperlicher Auflösung, Zerstörung ... sozusagen ...» Er schob sich, ohne sein Fingerzeigen zu unterbrechen, seine Bifokalbrille auf dem Nasenrücken zurecht. «... der ENTKÖRPERLICHUNG. Eigentlich ziemlich schockierend. Er hat Martins apokalyptische Bilder als Ausgangspunkt benutzt und eine Reihe von Leinwänden produziert, die sowohl imaginäre wie historische Szenen der körperlichen Zerstörung mit einer Art gequälter Explizität ...» Der Galerist ließ die Hände sinken. Die Brille rutschte ihm nach unten, er schob sie wieder hoch.

«Verstehe.» Jane Bowen war besänftigt, sogar ein bißchen geschmeichelt von der Mühe, die sich der Galerist bei der Beschreibung gegeben hatte. «Wissen Sie, *grnn,* vielleicht gibt es da eine gewisse Verbindung zu seinem Zusammenbruch. Er zeigt Symptome körperlicher Beeinträchtigung, Störungen der Propriozeption –»

«Was ist das, *huh?*»

«Die Fähigkeit, unbewußt den Zustand des eigenen Körpers einzuschätzen. Das ist normalerweise Folge einer organischen Schädigung, aber es paßt recht gut zu dem, was ihn offensichtlich seit einiger Zeit beschäftigte – es könnte etwas sein, das wir als hysterische Konversion bezeichnen. Schauen Sie, Mr. Levinson, vielen Dank für Ihr Vertrauen in dieser, *grnn,* Angelegenheit. Ich hoffe wirklich, Ihnen bald etwas Positives mitteilen zu können, aber ich würde mich nicht darauf verlassen, daß es ihm gut genug geht, um bei dieser Vernissage zu erscheinen –»

«Was ist mit Interviews, *huh?*»

«Das bezweifle ich sehr, er ist noch immer außerordentlich verwirrt.»

Nach diesem Videophonat drehte George Levinson sich um einhundertachtzig Grad und kauerte sich bewegungslos vor eine der Leinwände, die er eben der Psychiaterin beschrieben hatte. Anzudeuten, daß etwas Pathologisches daran sein könnte, war einerseits ein Understatement, andererseits – was Levinson betraf – irrelevant. Die Diskussion über Wahnsinn und Kreativität erschien müßig, wenn es um Dykes' Arbeiten ging und die Arbeiten der meisten wirklich begabten Künstler, die er vertrat. Sie machten, was sie machten – Punktum.

Aber diese Bilder, und vor allem dieses eine, das in dicken Schichten Ölfarbe ebenjenen Augenblick einfing, in dem 1987 dieses entsetzliche Feuer in der U-Bahn-Station King's Cross ausbrach. Pendler, die mit weit aufgerissenen Mündern rücklings die Rolltreppe hinuntertaumelten, weg von dem Feuerball, der aus der Schalterhalle herausschoß. Zwei oder drei Schimpansen an der Spitze der Menge, die das Feuer bereits erfaßt hatte, Kleidung und Fell ein weißlich-orangeroter Schein; und mitten in der Luft ein Kind, das auf den Betrachter zustürzte. George Levinson schüttelte verwundert den Kopf, denn er wußte, daß dieses Kind, wo man als Betrachter auch stand, immer auf einen zustürzte, als würde es vom Passiven das Aktivste überhaupt fordern – den Wurm aufzufangen. Das Kind war Dykes' Äquivalent der Augen des «Lachenden Ritters». Im Kontext dieses Bildes stand es für unvorstellbare Wunden plus einen unglaublichen Affront. Levinson dachte zurück an den Abend vor Simons Zusammenbruch, und die merkwürdige Gestikulation während der Vernissage in Chelsea fiel ihm wieder ein. War dies der Mangel an Perspektive, über den Simon sich ausgelassen hatte? Oder hatte der Künstler schon zu diesem Zeitpunkt gespürt, daß er in einen Abgrund rutschte? Wie auch immer, dachte George, zum Tumult kommt es auf jeden Fall, wenn die Kritiker die Sachen zu Gesicht bekommen.

Sommer in Surrey, dachte Sarah, die am Zaun der winzigen Koppel ihrer Eltern lehnte, vermisse ich ihn eigentlich? Vielleicht, oder vielleicht vermisse ich einfach das junge Weibchen, das ich einmal war, fixiert aufs Reiten, die Lehrer in der Schule und die Vorpaarungsspiele.

Stämmige Eiben erhoben sich hinter der Koppel, und zwischen den harten grünen Pinselstrichen ihres Blattwerks erkannte Sarah die schartige Feuersteinmauer von St. Peter, der Kirche des Reverend. «Praktisch, nicht?» hatte Peter in ihrer Kindheit oft gezeigt. «Daß ich Reverend Peter von St. Peter bin, *huh?*» Einer der Hunde kam zu ihr gelaufen. Das alte Jagdtier ihres Vater, Shambala, ein grau gestreifter Wolfshund, etwa fünfzehn Hand hoch. Der Hund kläffte und streckte eine unterarmlange rosige, sabberfeuchte Zunge heraus. Sarah streichelte und kraulte ihn, während Gracie wieherte und an den Knöcheln des Hundes schnupperte. «Jetzt ist's vorbei mit den Hasen, *huh,* Shammy, *grnn,* Shammy, alter Knabe?» teilte Sarah seinem Nacken mit.

Sie wurde unterbrochen von ihrer Mutter, die von der Tür des Wintergartens nach ihr keuchrief, «Sarah» und «Essen» fingerwedelte und diese beiden Bedeutungen mit der Klangfarbe des Tadels umhüllte: *«H'h'oooGraah!»*

«H'hoooh!» erwiderte Sarah. Doch obwohl sie mit dem Ruf ihr Kommen angekündigt hatte, verspürte sie keine große Lust, durch den penibel gestalteten Garten mit seinen nierenförmigen Rittersporn-, Mohn- und Margeritenbeeten zum Haus zurückzukehren.

Es war immer dasselbe, nach den ersten beiden Tagen, den Verwandtenbesuchen – und diesmal, da sie in der Brunst war, der fast stündlichen Kavalkade des Paarens – fühlte Sarah sich gefangen im komfortablen Haus ihrer Eltern, gefangen in ihrer komfortablen Welt. Die Floskeln ihrer Eltern, «Komme schon, meine Liebe» von ihrem Alpha und das unweigerlich darauffolgende «Er hat einfach kein Zeitgefühl» von ihrer Mutter. Und ihre altbekannten Marotten. Die Hornbrille ihres Vaters, die er mit einem Stück Gärtnerzwirn um seinen kahlen Schädel festband; die lächerlich altmodischen wattierten Schwellungsschützer ihrer Mutter, in denen man, so dachte zumindest Sarah, bei dieser Hitze entsetzlich schwitzen mußte und die der reinste Brutkasten für Zecken und Läuse sein mußten.

«Ich brauche sie wegen der Hunde, weißt du», pflegte Hester Peasenhulme dann mit zerstreuten Fingern zu zeigen und vermittelte dabei den Eindruck, als würde sie gar nicht wirklich mit ihrer Tochter gestikulieren, aber dieses Gefühl hatte Sarah bei ihr fast immer. «Die nehmen's mir übel, wenn ich den alten, vertrauten Schwellungsschutz nicht anhabe.» Das zeigte sie schon all die Jahre, seit Sarah ihre Geburtsgruppe verlassen hatte, um in London aufs College zu gehen. All die Jahre, seit dem ersten, zögerlichen Erwachen ihrer Weiblichkeit, als ihre Schwellungen noch ihrer deswegen empfundenen Verlegenheit entsprachen, bis jetzt, da nur noch zwei Hunde auf der Koppel am Fuß des Gartens übrig waren, Shambala und ihr letzter Turnierhund, Sugarlump, mit dem Sarah Jahr für Jahr die Clubwettbewerbe gewonnen hatte.

Und wenn der Schwellungsschutz ein Thema zwischen ihnen war, dann weil er mehr verhüllte als die inzwischen raren, dörrpflaumrunzligen Schwellungen ihrer Mutter. Nein, er verhüllte ein tiefes Trauma in bezug auf Paarung, Sarah und die Peasenhulmes im allgemeinen. Ein Trauma, das Sarah während ihrer Jungerwachsenenzeit sehr verstört hatte.

«Hat dein Alpha dich heute morgen begattet, *huh?*» zeigte Mrs. Peasenhulme, und ihre Finger zitterten, als Sarah durch die Hintertür gekrochen kam.

«*Hooh*, du weißt doch, daß er es getan hat, Mutter – du warst doch dabei.» Sie gab sich Mühe, ihre Finger unverkrampft wirken zu lassen, doch ohne Erfolg.

«Ich wäre dir sehr dankbar, wenn du, *yugg-yugg,* nicht so mit mir gestikulieren würdest, junge Dame, in meinen Augen wirst du nie alt genug sein, um dich deiner Mutter gegenüber respektlos aufführen zu dürfen.»

«Mutter, *hooh* ...» Sarah wollte, daß ihr der Kragen platzte, daß sie nach ihr ausschlug, wollte das Kratzen alter, vom Jäten schartiger Nägel an ihrer Wange spüren, aber dazu kam es nicht – wie es auch während Sarahs Kindheit fast nie dazu gekommen war. Statt dessen zog Hester Peasenhulme nur eine Schnute und warf Sarah ein Geschirrtuch zu. «Hilf mir beim Abtrocknen», zeigte sie. Sarah fiel es wie immer schwer zu glauben, daß ihre Mutter sie wirklich liebte, so selten, wie sie ihre Tochter angriff oder auf andere Art die Hierarchie durchsetzte.

Jahrelang hatte sich Sarah darüber den Kopf zerbrochen, hatte sich gefragt, ob es etwas damit zu tun hatte, daß ihr Alpha sie nur so selten bestieg. Nach außen hin war ihre Kindheit behütet und sicher gewesen, doch als sie ihre Geburtsgruppe verließ, waren Gefühle, die sie zwar lange gehegt, sich aber nie eingestanden hatte, auf unangenehme Art an die Oberfläche gestiegen.

Im College in London, wo sie nach dem Grundstudium Illustration und Design belegte, hatte sie dieselben Arbeitskrisen wie ihre Kommilitonen und dieselben zerfleischenden, wenn auch lehrreichen Zweierbeziehungen. Sie saß nächtelang am Schreibtisch und lernte mit der Hilfe von Speed, um dann mit Downern wieder herunterzukommen – so wie ihre Kommilitonen. Und wie sie hatte sie das Gefühl gehabt, daß ihre Seele in die Abgründe des Lebens eintauchte.

Aber für Sarah war alles ein bißchen schlimmer gewesen, die Beziehungen destruktiver, die Trennungen dramatischer, die Traurigkeiten globaler, die Depressionen erbarmungsloser.

Als sie schließlich nicht mehr konnte, tagelang nur noch weinte und nicht mehr die Kraft für Seminare und Vorlesungen aufbrachte, wandte Sarah sich an den Berater, dessen Aufgabe es war, sich um die emotionalen und psychischen Probleme der Studenten zu kümmern. Er war beruhigend direkt. Sarah hatte umständliches Psychogefuchtel erwartet, eine niederschmetternde Diagnose, perverse Therapien und die Kartographie ihrer Traumlandschaft.

«Zeigen Sie mir», fingerte Tom Hansen, blond, aufrecht, mit starkem Nasenrücken und gebieterischer Lippe, «hat Ihr Alpha sich mit Ihnen gepaart, als Sie jünger waren, *huh?*»

«Na – natürlich.»

«Häufig, *huh?*»

«Ich schätze, das kommt darauf an, was Sie darunter verstehen –»

«So häufig wie die anderen Männchen Ihrer Geburtsgruppe, *huh?*»

«Nein, das nicht. So ungefähr einmal während jeder Brunst, *yugg-yugg.* Mir ist das schon komisch vorgekommen. Und ich glaube, ich war eifersüchtig auf meine Schwester Tabitha, weil er sie mir vorzuziehen schien. Er paarte sich mit ihr zum ersten Mal, als sie acht war – und noch kaum entwikkelt.»

Bis zu diesem Gespräch hätte Sarah ungläubig und sogar verärgert reagiert, wenn man ihr gesagt hätte, daß sie ein «mißbrauchtes Kind» sei, als aber Tom Hansen ihr erklärte, wie potentiell schädigend die Vernachlässigung durch ihren Alpha gewesen war, fügten sich auch die anderen disparaten Teile zu einem Bild zusammen. Die chronische Schüchternheit ihrer Mutter, die mit Sarah fast nie auf Streifzüge ging – das war mit Sicherheit auch eine Folge ihres schlechten Gewissens angesichts Harold Peasenhulmes Vernachlässigung seiner ältesten Tochter und seiner Weigerung, ihr die kopulative Zuwendung zu schenken, die jedes Weibchen von seinem Alpha braucht, um zu einer glücklichen, solide sozialisierten Erwachsenen zu werden, die sich in ihrer Weiblichkeit und Pongidität wohl fühlt.

Sarahs erste Reaktion auf diese harte, schmerzliche Wahrheit über sich selbst war Flucht: Sie wollte sich vollständig von ihrer Geburtsgruppe trennen und eine Einzelgängerin werden, die sich ausschließlich dem Vergnügen hingab. Tom Hansen jedoch redete es ihr aus. «Auch wenn sie Sie nicht ficken – Ihre Mum und Ihr Alpha», fingerzeigte er, Larkin paraphrasierend, «sollten Sie sich vielleicht überlegen, ob sie von ihren Eltern gefickt wurden oder nicht.»

«Wie meinen Sie das, *huh?*»

«Diese Art von, *yugg-yugg,* Mißbrauch liegt häufig in der Gruppe, Sarah. Und wenn Sie den Mut haben, sich mit mir zusammen diese Geschichte zu erarbeiten, und gleichzeitig selbst daran arbeiten, die Beziehung zu Ihren Eltern zu verbessern, dann kann es gut sein, daß Sie diesen Quatsch beenden und die nächsten Generationen davor bewahren können.»

Für den Rest ihrer Zeit im College ging Sarah einmal wöchentlich zu Tom Hansen und gestikulierte mit ihm immer und immer wieder die Details ihrer Erziehung. So oft rekonstruierte sie die genauen Umstände ihrer Entwöhnungskoller für den sympathischen Therapeuten, daß er selbst beinahe zu einem Teil der Erinnerungen wurde, einem gütigen, wenn auch passiven Einfluß.

Hansen fingerzeigte ihr von Freud, dem Gründeralpha der Psychoanalyse, und daß er der erste Schimpanse gewesen war, der erkannt hatte, welch emotionale Zerstörung ein biologischer Alpha verursachte, wenn er nicht mit seiner Tochter kopulierte. Und so gelang es Sarah, sich selbst und ihre Eltern besser zu verstehen, wenn nicht sogar, ihnen zu verzeihen.

Auch zu Hause änderte sich einiges. Obwohl kein Zeichen darüber verloren wurde, begann Harold Peasenhulme, sie häufiger zu besteigen, jedoch mit derselben chronischen Teilnahmslosigkeit, die er immer an den Tag gelegt hatte, so daß er manchmal mehr als eine Minute bis zum Höhepunkt benötigte.

Und jetzt, mit seinen Prostataproblemen, wird er mir wohl nie mehr eine anständige, gründliche Kopulation verpassen, dachte Sarah ärgerlich, während sie den nächsten weidengemusterten Teller aus dem Trockengestell nahm und ihn flüchtig abwischte. Die Paarung, auf die ihre Mutter sich bezogen hatte, hatte eine Ewigkeit gedauert – ihr Alpha schwer schnaufend über ihrem Rücken, sein schlaffer Penis kaum zur Penetration fähig. Nach einer Weile hatte er es aufgegeben, ohne zur Ejakulation zu kommen, hatte seinen «Telegraph» wieder zur Hand genommen und sich in sein Arbeitszimmer zurückgezogen, ohne sie nur ein einziges Mal zu lausen.

Wenn das eine Paarung war, dann bin ich Mae West, hatte Sarah gedacht, und weil sie sich dafür haßte, zwang sie Jane, das Delta-Weibchen der Peasenhulmes, sie eine Stunde lang zu lausen, obwohl sie dafür so gut wie nicht zu gebrauchen war und darauf bestand, Sarah mit jedem Zupfen und Striegeln irgendeinen albernen Schwachsinn mitzuteilen.

Das Haus der Peasenhulmes war, wie ihr Auto, komfortabel und in seriösem, fast an die Zwischenkriegszeit erinnerndem Stil eingerichtet. Jedes Zimmer war mit geschmackvollen William-Morris-Tapeten ausgestattet. Im Wohnzimmer drängten sich wuchtige Sofas und faßartige Lehnsessel um einen hochglanzpolierten Couchtisch, den eine immer mit frischen Blumen gefüllte, geschliffene Glasvase zierte. In den Nestzimmern ruhten Lavendelkissen in den weichen Tiefen der Wäscheschränke. Und in der großzügigen, geräumigen Küche stand noch immer der alte Aga, wenn auch seit Jahren nur noch aus dekorativen Gründen, denn Hester Peasenhulme zog es vor, auf dem modernen Gasherd zu kochen, den ihr Sohn Giles ihr eingebaut hatte.

Giles, der verdammte, gewissenhafte Giles. Als wäre es nicht schon schlimm genug für Sarah, eine Schwester wie Tabitha zu haben, die männliche Lust schon entfesselte, wenn sie noch Tage vor der Brunst war, und deren auserlesen schöne Schwellungen oft wochenlang anhielten, gab es da außerdem noch Giles, den perfekten Sohn. Giles, der nicht weiter als bis nach Oxshott gezogen war, um seine eigene Untergruppe zu gründen, und der es irgendwie schaffte, fast täglich seine Geburtsgruppe zu besuchen und seinen armen alten Eltern zur Hand zu gehen.

Am vergangenen Abend nach der letzten Mahlzeit, bei der Giles und ein Großteil seiner affektiert lächelnden Untergruppe anwesend waren, hatte Harold Peasenhulme mit dem

Finger auf Sarah gezeigt. «Ich weiß nicht, was ich ohne Giles' Hilfe tun würde.» Selbstgefällig formte er die Fingerzeichen. «Jetzt, da mir jeder Schritt im Haus schwerfällt, ist er der reinste Lebensretter.» Harold Peasenhulme hatte eine Karriere in der City hinter sich, die einzig wegen ihrer Länge und ihrer Trägheit bemerkenswert war. Länge und Trägheit charakterisierten auch sein Zeigen, denn er benutzte nie nur ein Zeichen, wo auch fünf möglich waren, und er beschleunigte nie sein gestikulatorisches Tempo. Er hatte sich einmal um eine Kandidatur als Parlamentsabgeordneter beworben – natürlich für die Tories –, war vom Wahlausschuß aber abgelehnt worden mit der knappen Begründung: «Langweilig.»

Giles grinste breit über das Kompliment seines Alpha und zeigte dabei die charakteristisch spitzen Peasenhulme-Reißzähne. Mit Sorgfalt lauste er seinen Alpha. *Hooh*, dachte Sarah. Dein Musterknabe wird dich in ein Altersheim stecken und das Haus und die Gruppe übernehmen, ehe du dich's versiehst, alter Schimpanse. Dann gab sie sich wieder ihrem Schuldbewußtsein hin, einem Gefühl, das ihr Alpha vor allen anderen Regungen in ihr weckte. Der pedantische alte Schimpanse tat ihr fast leid. Fast – aber nicht ganz.

Nach dem zweiten Mittagessen am dritten Tag von Sarahs Aufenthalt rief ihr Alpha sie in sein Arbeitszimmer. *«H'hooh.»*

Sie stürzte aus der Küche, wo sie ihrer Mutter beim Marmeladekochen geholfen hatte. *«H'huuh*, ja, Alpha?»

«Sarah, ich muß mit dir gestikulieren», fingerzeigte er ungelenk, denn seine Hände und Füße waren vorwiegend mit Pfeifen und Pfeifenreinigern beschäftigt. «Hast du die heutige Zeitung schon gesehen, *huh?*»

«Nein, Alph.»

«Na, dann solltest du dir das mal anschauen.» Er legte eine

Pfeife weg, nahm den «Telegraph» zur Hand und warf ihn über den Schreibtisch. Die Zeitung war bei der «Peterborough»-Kolumne aufgeschlagen.

Das erste, was Sarah ins Auge stach, war Simons Foto. Sie erbleichte. Es war eine alte Aufnahme, und Sarah erkannte das Fell, das lässig auf seiner Schulter lag, als das seiner Ex-Alpha. Sie spürte den Stich der Eifersucht, der sie immer piesackte, wenn sie sich auch nur mit dem entferntesten Hinweis auf Jean Dykes' Existenz konfrontiert sah, nahm sich dann aber zusammen und las den Artikel.

> Trotz des guten Wetters sieht es nicht so aus, als würde die Vernissage in der Levinson Gallery in der Cork Street am nächsten Donnerstag besonders sonnig werden. Der bekanntermaßen düstere und launische Maler Simon Dykes, dessen Hang zur Stimulierung seiner Kreativität auf allerkleinstem Raum für die Stammgäste des Sealink Club nichts Neues ist, ist offensichtlich noch düsterer und launischer geworden.
>
> Verlegt er sich jetzt etwa auf Exitus-Skizzen nach Art der verrohten Gestalten, die in seinen neuen Bildern derart ins Auge stechen? Vielleicht erklärt das seinen gegenwärtigen Aufenthaltsort, die psychiatrische Abteilung des Charing Cross Hospital, eindeutig das falsche Ende von Fulham.
>
> Oder hat es möglicherweise etwas zu tun mit diesem aufgeweckten jungen Weibchen Sarah Peasenhulme, dessen Nichterscheinen in seinem normalen nächtlichen Revier mit der Unpäßlichkeit des Künstlers zusammenfällt? Klarheit darüber wird wohl nur erhalten, wer die Vernissage besucht und George Levinson aufs Fell fühlt, einem Schimpansen, der nicht dafür bekannt ist, daß er seine Finger bei sich behält.

«*Wraaf!* Verdammte, blödgrabschende Kolumnisten, wer zum Teu-»

«*Wraaaf!* Paß auf, was du von dir gibst, Sarah, wenn ich bitten darf.»

«Aber Alph, das ist widerwärtig. Auf Simon einzuschlagen, wenn er am Boden ist. Du wirst doch nicht –»

«Zufällig erweckt dieses Gewäsch in mir eine gewisse Sympathie für deinen, *yugg-yugg,* Gefährten. Wobei ich allerdings die Andeutung, daß er Drogenkonsument ist, bestürzend finde, und du weißt ja, daß ich deine Beziehung zu ihm nie gutgeheißen habe.» Harold Peasenhulme nahm die Zeitung, die Sarah verärgert weggeworfen hatte, und verstaute sie auf seiner Seite des Schreibtischs, wie um sie für spätere Verweise zur Hand zu haben.

«*Huh*, Alph, bitte nicht schon wieder dieses Thema. Simon und ich sind jetzt knapp ein Jahr zusammen.»

«Das weiß ich sehr wohl. Und ich weiß auch, daß er kaum eine neue Gruppe mit dir gründen wird, aus allen möglichen Gründen, Gründen, die du sicher auch kennst. Ich kann nur zeigen, ich hoffe, daß du diese Gelegenheit zu anderweitigen Paarungen nutzt. Ich habe dich heute morgen gedeckt –»

«In gewisser Weise.»

«Giles kommt gern vorbei und bringt auch die distalen Männchen seiner Gruppe mit, um es dir zu besorgen; du brauchst ihn nur anzurufen. Peter und Crispin freuen sich immer, wenn sie dich bespringen dürfen. Sarah, ich weiß, daß wir nicht stets einer Meinung waren, aber solltest du nicht langsam daran denken, dir eine stabile, polyandrische Gruppe zu suchen, *huh?* Dir ist doch sicher bewußt, wie unschicklich diese Beziehung ist, beinahe schon monogam und ohne jeden ersichtlichen Grund dafür.» Seine Finger stockten bei dem Begriff «monogam», als hätte er Angst, sich daran zu vergiften.

«Ich kann es nicht, Alph. Ich liebe ihn. Ich will ihm helfen.

Er ist ein genialer Schimpanse, ein großer Affe. Ich hätte nichts dagegen, seine Gefährtin ... fürs Leben zu sein.»

Mit dieser aufrührerischen Bemerkung floh sie aus dem Zimmer, ohne ihren Alpha zum Abschied auch nur flüchtigst zu lausen. Und als sie ihre Sachen packte und sich zur Abreise fertig machte, spürte sie, wie das ganze Gewicht von Harold Peasenhulmes Gleichgültigkeit auf ihr lastete. Warum, *hoh*, warum, *hoh*, warum schlägt er mich nicht, wie ein Alpha es tun sollte? Ich beleidige ihn, ich stelle seine Autorität in Frage, und er tut nichts. Offensichtlich liebt er mich nicht – hat es nie getan.

Eine gute Stunde später fuhr Reverend Peter sie zur West Byfleet Station zurück. Für ihre Eltern hatte sie nicht einmal einen Keuchruf zum Abschied übrig, so wütend war sie immer noch. Peter kopulierte unterwegs drei- oder viermal mit ihr, er fuhr dazu einfach in eine Parkbucht, schob ihren leichten Baumwoll-Schwellungsschutz beiseite und drang mit erstaunlicher Schnelligkeit in sie ein – erstaunlich zumindest für sein Alter. «Du hast keine Lust, *huh*, noch ein oder zwei Tage zu bleiben, meine Liebe? Nur damit wir uns noch ein bißchen öfter paaren können. Es tut meiner Seele gut.»

«Ach, Reverend, wenn nur du mein Alpha wärst. Dein Arsch ist ein heiliges Loch, und deine Spiritualität spritzt kräftig aus deinem Schwanz.»

«Du bist viel zu nett, meine Liebe.»

Sie küßten sich ausführlich auf dem Bahnsteig, und der Reverend kraulte auch Gracie. Zehn Minuten mußten sie auf Sarahs Zug warten, und in dieser Zeit posierten ebenso viele Männchen vor ihr. Einmal waren es sogar drei Männchen gleichzeitig, die auf dem Bahnsteig auf und ab stolzierten und Zeitungen oder Zeitschriften schwenkten, um ihr zu zeigen, daß sie paarungswillig waren. «Ach, wenn du nur einen von ihnen lassen würdest, meine Liebe», fingerzeigte der Reverend. «Wer weiß, vielleicht macht es dir sogar Spaß.»

«Nein, Peter, wenn ich dich nicht haben kann oder Simon, dann will ich in dieser Brunst kein anderes Männchen mehr. Und auf jeden Fall keinen Schimpansen, dessen Werben sich darin erschöpft, daß er sich mit einer Ausgabe des ‹PC User› auf den Kopf schlägt.»

Sie umarmten sich noch einmal. Der Zug fuhr ein. Sarah sprang auf, hockte sich, mit ihrem Pony auf dem Schoß, auf einen Fensterplatz. Das letzte, was sie sah, als der Zug den Bahnhof verließ, war der bejahrte Priester, der auf einer Bank saß und sich mit einem nachdenklichen, beinahe vergeistigten Ausdruck auf seiner graumelierten Schnauze ihren trocknenden Vaginalsaft aus seinem Lendenfell zupfte.

Doch so abfällig sie zu ihren Eltern und so direkt sie zum Reverend – der immerhin seit vielen Jahren das Beta-Männchen der Peasenhulmes war – auch gewesen sein mochte, nun, da sie wieder allein war, dachte sie an nichts als an den Zusammenbruch ihres Gefährten und überlegte hin und her, ob es nicht Zeit war für eine Trennung.

In den wenigen Tagen von Sarahs Abwesenheit hatte sich eine umfangreiche und ungewöhnliche Korrespondenz zwischen dem Insassen des gesicherten Zimmers auf der Gough und der Stationsärztin entwickelt. Dr. Bowen fragte weiterhin ihren problematischen, wenn auch begabten Patienten, was genau denn seine Beschwerden seien, und erhielt weiterhin Antworten, die sich zu einem Bild von solch pathologischer Wunderlichkeit zusammenfügten, daß sie sich gelegentlich fragte, ob sie es war, die an einem Wahn litt, und nicht Dykes.

«Wenn Sie schreiben, daß Sie ‹menschlich› sind, was wollen Sie damit signalisieren?»

«Ich bin ein Angehöriger der menschlichen Rasse. Der lateinische Name lautet ‹Homo sapiens› oder ‹Homo erectus›, so etwas in der Richtung. Warum stellen Sie mir diese Fragen, sind Sie kein Mensch?»

«Nein, ich bin ein Schimpanse, wie Sie auch. Menschen sind primitive Tiere, die man in freier Wildbahn nur in Äquatorialafrika findet. Es gibt in Europa einige Menschen in Gefangenschaft, aber die werden vorwiegend für experimentelle Zwecke verwendet. Menschen können nicht zeigen und nicht effektiv vokalisieren, geschweige denn schreiben. Deshalb weiß ich auch, daß Sie kein Mensch sind. Menschen sind außerdem größtenteils haarlos. Sie haben ein hübsches Fell – wenn ich als Ihre Ärztin das zeigen darf. Warum glauben Sie, daß Sie ein Mensch sind?»

«Ich bin menschlich, weil ich als Mensch geboren wurde. Mein Gott! Ich kann nicht glauben, daß ich das wirklich schreibe.

Wissen Sie, ich glaube, das alles ist Teil meiner Geisteskrankheit, diese Sätze, die ich als Antwort auf Ihre verrückten Fragen aufs Papier kritzele. Wo ist Sarah? Warum lassen Sie sie nicht zu mir? Oder holen George Levinson, meinen Galeristen. Die sind beide so menschlich wie ich.»

«Sowohl Sarah wie George haben Sie bereits besucht. Sie sind, wie alle anderen voll empfindungsfähigen Lebewesen auf diesem Planeten, Schimpansen. Ich verstehe Ihre Angst, Simon, und Ihre Verwirrung, aber Sie müssen erkennen, daß Sie ernsthaft krank sind. Meiner Ansicht nach kann es gut sein, daß Sie eine organische Schädigung davongetragen haben. Wenn Sie mir und meinen Kollegen gestatten, einige neurologische Tests und Untersuchungen mit Ihnen durchzuführen, werden wir feststellen können, ob dies zutrifft, und dann versuchen, Mittel und Wege zu finden, Ihnen zu helfen.»

Und so ging es weiter. Aber jedesmal, wenn diese merkwürdige Brieffreundschaft den Anschein erweckte, als würde sie zu etwas führen, und Simon signalisierte, daß er bereit sei, Dr. Bowen in sein Zimmer zu lassen und von Schnauze zu Schnauze mit ihr zu gestikulieren, versank er wieder in den Zustand viehischer Angst und Katatonie, in dem man ihn eingeliefert hatte.

«*HoooGrah*», vokalisierte Jane dann so sanft wie möglich und trat behutsam durch die Tür. Die gebeugte Gestalt des Schimpansen, der ihr den Rücken zukehrte, war mitleiderregend in ihrer hängeschultrigen Schlaffheit, die Zeichen seiner parkinsonschen Schwäche sprachen aus jeder Faser seines Körpers. Der Geruch der Verzweiflung in dem gesicherten Zimmer legte sich auf forschende Lippen und geblähte Nüstern der Psychiaterin.

«*H'hoooh?*» vokalisierte er, allem Anschein nach völlig darüber im Bilde, daß sie es war, der er da antwortete. Jane tapste leise zu ihm und teilte so sanft wie möglich und unaufhörlich schnuppernd und lausend seinem Rücken mit: «Keine Angst, Simon, ich bin hier, um Ihnen zu helfen, um Ihnen psychisch das Fell zu putzen.»

Jedesmal ließ der Künstler es ein wenig länger zu, bevor er den Kopf drehte, um sie anzusehen – und dann:

«*Wraaah!* Gehen Sie weg von mir. Gehen Sie weg, weg, weg!» Dann zog er sich wimmernd und bellend in eine Ecke zurück, mit zitternden Händen, die kaum die Zeichen formen konnten.

Anfänglich hielt Bowen sich an die Anweisungen, die sie für das Personal ausgegeben hatte. Sie unterließ es, ihm beruhigende Schläge zu verpassen, und verkniff sich auch das anschließende, noch beruhigendere Lausen, das sie jedem anderen verwirrten Schimpansen unter diesen Umständen hätte zukommen lassen. Da aber die Tage vergingen und sein Verhalten so abnorm und unkooperativ blieb wie eh und je, versuchte sie es doch mit leichten Schlägen, wenn er vor ihr zurückwich. Doch auch das brachte ihr nichts ein außer den unsinnigen Vorwurf schlechter Behandlung, sobald sie ihren Briefkontakt wiederaufnahmen.

«*HoooGraah!*» Bowen trommelte an die Tür von Whatleys Büro, sprang mit einem Satz hinein und schleuderte ihrem Chef bündelweise Dykes' Korrespondenz entgegen. Dann machte sie mit der Parade weiter, griff sich Bücher aus dem Regal des Oberarztes und warf sie in die ungefähre Richtung des Schreibtisches.

«*Hooo-Hooo-Hooh*, wozu soll das denn gut sein, Jane? Versuchen Sie vielleicht, einen Staatsstreich zu inszenieren, oder was, *h'huh?*» winkte Whatley ihr zu, und seine Zeichen erhielten durch die Armbewegungen, mit denen er den Schwall Gedrucktes abwehrte, einen Trommelrhythmus.

«*HoooGraah!* Wozu das gut sein soll, Whatley? Daß wir so nicht weiterkommen, soll das heißen. Ich schicke Ihnen jeden Tag Berichte über diesen Schimpansen Dykes, aber soweit ich das sehen kann, haben Sie noch nichts getan.»

«Na, was soll ich denn tun, *huh?* Sie sind ja offensichtlich auch nicht in der Lage, ihm zu helfen. Sie sind ja nicht mal in der Lage, eine Diagnose zu stellen. Was haben wir denn jetzt im Vergleich zu letzter Woche? Einen Haufen Quatsch von ihm, daß er ein Mensch sei und Menschen die Erde beherrschten; und als Antwort einen Haufen Quatsch von Ihnen, mit dem Sie ihm zu erklären versuchen, wie die Welt wirklich ist. Mir scheint das mit, *yugg-yugg*, Psychiatrie kaum noch etwas zu tun zu haben.»

«Vielleicht ist das genau der springende Punkt.»

«Ich kann Ihnen nicht folgen.»

«Vielleicht müssen wir uns für Dykes eine völlig andere Herangehensweise überlegen. Irgend etwas müssen wir tun, Whatley.»

Whatley, der hinter seinem Schreibtisch vor dem Bücherhagel Schutz gesucht hatte, erhob sich und kroch zu Bowen. «*Hooo-Graah*, wissen Sie, Jane, meiner ehrlichen Ansicht nach können wir dem Schimpansen nicht helfen, wenn er stur bleibt. Ihnen fällt ja auch nichts Neues ein, obwohl Sie jetzt das Ausmaß seiner, *hie-hie-hie*, ‹Menschlichkeit› bestimmt haben, oder, *huuh?*»

Es überraschte Whatley, als er nun spürte, daß Dr. Bowens Hände neckisch das Fell in seiner Lendengegend lausten, und es überraschte ihn noch mehr, als sie begann, wenn auch mit enormer ironischer Verspieltheit, eine Paarung zu simulieren. «Eine Möglichkeit bleibt uns noch, *tschup-tschupp*, Whatley», teilte sie seinem Unterbauch mit.

«*Hie-hie-hie-h'yugg.* Und was wäre das, Jane – Jane, also wirklich!»

«Busner.»

«*H'huuuh*, was?»

«Busner. Wir sollten Zack Busner bitten, sich diesen Dykes einmal anzusehen. Vielleicht fällt ihm ja etwas ein.»

10

Der lange 7er Volvo bog von der Talgarth Road ab und brauste unter dem Hammersmith Flyover entlang. Im Auto zeigte die Busner-Streife ihr übliches Verhalten, das sich paritätisch aus Aufsässigkeit und Unterweisung zusammensetzte. Die Jungerwachsenen im Fond lausten einander kichernd, füßelten mit der Inneneinrichtung des Autos und kreischten, wenn sie den Schlägen ihres Alpha auswichen, die ebenso heftig wie ungenau gezielt waren.

«*Wraff!* Jetzt, Jungs», fingerzeigte der berühmte Naturphilosoph, wie er sich selbst gern nannte, «nähern wir uns dem Krankenhaus, in dem dieser arme Schimpanse eingekerkert ist.» Gambol kutschierte das Auto durch eine Schikane, schlaffe Frittentüten wirbelten im Sog des Volvo hoch. «Achtet auf das weiße Gestänge, das die Krankenhausgebäude umgibt.»

Die Jungerwachsenen legten gehorsam die Köpfe in den Nacken, so daß drei Augenpaare zum Sonnendach hinausschauten und drei Fellkrausen aus den Kragen der T-Shirts quollen.

«Habt ihr es gesehen, *huh*?»

«Ja-a, Alpha», erwiderten die jungen Männchen im Chor.

«Der Architekt, der dies, *yugg-yugg,* entworfen hat, bildete sich bestimmt ein, er entspreche damit dem Funktionalismus des Bauhauses oder dem Brutalismus von Le Corbusier, aber alles, was er wirklich getan hat, ist was, *huh?*» Auf dem Rücksitz herrschte Fingerschweigen. «*Huh*, na?»

Erskine ließ einen Finger zucken. «*H'huh*, ja, Erskine?»

«*HooGrah*, den Laden vergittert wie einen Knast, Alph, *huh?*»

«Sehr gut, sehr gut, du bist ein guter Junge, komm her.»

Busner zwängte den Kopf zwischen den Vordersitzen hindurch und drückte Erskine einen Schmatz auf die Schnauze. «Das ist, *tschup-tschupp*, richtig. Das sind keine Stangen, das sind Gitter. Vielleicht nur dekorativ, aber dennoch ein eindrucksvolles Symbol dafür, daß die Schimpansen in diesen dreizehn Stockwerken von der Gruppe abgeschnitten sind und man ihnen sowohl Raum wie Gelegenheit zum freien Streifen verweigert. Nun», dirigierte Busner weiter, «seid ihr Jungs euch sicher bewußt, daß die Schimpansität Jahrtausende gebraucht hat, um ihre instinktive Furcht und ihren Ekel vor jeder Form der Verletzung oder Krankheit zu überwinden – und doch frage ich mich manchmal, ob wir sie wirklich überwunden haben. Diese vertikalen Verwahrzellen», gestikulierte er, und die Zeichen regneten wie Konfetti von seinen in die Höhe gereckten Händen, «sind eher Türme des Klagens denn des Fingerschweigens, in denen die überflüssigen Körper unserer Artgenossen, wie staatlich subventioniertes Aas, von Geiern in weißen Mänteln systematisch jeder Würde beraubt werden ..» Er hielt inne, und Gambol nutzte die Gelegenheit zu einem Einwurf.

«*Hoo Grah*, wunderbarer Vergleich, Chef, wunderbar.»

«*Grnn*, danke, Gambol, du darfst meinen Arsch küssen.» Gambol tat, wie ihm geheißen.

Nachdem Gambol die Busner-Patrouille unter dem Säulengang des Krankenhauses hatte aussteigen lassen, fuhr er auf den Parkplatz, um den Volvo abzustellen. Sein Kopf war – verständlicherweise – voller Wut, voller Aggression, voller Willen zur Macht. Ein Verbündeter, dachte er, alles, was ich brauche, ist ein Verbündeter, und dann kann ich anfangen, meinen Plan in die Tat umzusetzen. Ich habe keine Lust mehr, Busners Arsch zu küssen, egal, was er in der Vergangenheit alles geleistet hat. Dieser absurde Fall ist genau das, worauf ich gewartet habe. Wenn ich an die Vorsehung glauben würde oder an eine opportunistische Gottheit, nach deren aggressivem Bild wir geschaffen wurden, könnte ich mir vorstellen, daß das Schicksal mir diesen Dykes geschickt hat. Aber so wie die Dinge liegen, ist es einfach der verblüffendste, abstruseste Glücksfall meiner Karriere. Ein Verbündeter – ein Verbündeter –, vielleicht ist Whatley ja nicht abgeneigt. Und wenn der alte Knakker meint, ich wüßte nichts von seiner Arthritis, dann hat er sich geschnitten. Ich weiß darüber Bescheid, ja, und über noch vieles mehr.

Die Busner-Jungerwachsenen waren, beinahe gegen ihren Willen, beeindruckt von der Anzahl der Schimpansen, die vor ihrem Alpha präsentierten, als er durch das Erdgeschoß des Krankenhauses stolzierte. Sie waren zwar schon oft mit ihm im Heath Hospital auf Streife gewesen, hatten aber nie geglaubt, daß die ihm dort gezeigte Ehrerbietung etwas anderes war als ein Reflex, ein Kater aus der Vergangenheit. Doch als jetzt Arzt um Schwester liegen- und stehenließen, was sie gerade taten, zu Busner eilten und sich vor ihm verneigten, daß Steiße und Nasen vor Demut zuckten, empfanden die Jungerwachsenen neuen Respekt für ihn.

Die Patrouille fuhr im Lift zur psychiatrischen Abteilung. «*Hoo-Grah*, bleibt dicht bei mir, Jungs», zeigte er, als sie nach oben rauschten. «Der Schimpanse, der die Abteilung leitet, ist mir nicht gerade wohlgesonnen. Die Situation erfordert möglicherweise ein handfestes Eingreifen, und ihr könnt vielleicht dabei was lernen.»

Whatley stand da, um sie zu begrüßen, als der Lift sich öffnete – jemand mußte ihn angerufen haben. Bei ihm war Dr. Bowen. So schnell, daß es für das Auge kaum wahrnehmbar war, fingerwedelte Busner Bowen zu, trommelte dann laut gegen die scheppernde Lifttür und vokalisierte mit erstaunlicher Heftigkeit: «*Wraaaaaff!*» Bowen gab ebenfalls Laut, und gemeinsam stürzten sie auf Whatley zu, der das Klemmbrett in seiner Hand fallen ließ, hastig zurückwich, stolperte, fiel und von seinen Kollegen überwältigt wurde, die über seinen ausgestreckten Körper hinwegsprangen und lärmend den Korridor hinunterjagten.

«*Hooh*, wie ich sehe, hat euer Alpha sich nicht sehr verändert», fingerzeigte Whatley den Busner-Jungerwachsenen, die an der Wand beisammenstanden. «Liebt immer noch den fulminanten Auftritt, *hooh!* Da kommen sie schon wieder –» Whatley rollte sich, mit erstaunlicher Behendigkeit für einen Schimpansen seines Alters, zur Seite, gerade rechtzeitig, um den kreisenden Armen und stampfenden Füßen der Stationsärztin und ihres Verbündeten zu entgehen, die eine bunte Mischung aus Gegenständen vor sich her stießen, Pappkartons, eine Waschschüssel, leere Blutkonserven- und Kochsalzlösungsbeutel, und mit gesträubtem Fell und aggressivem Bellen vorwärtsstürmten. Busners Penis war erigiert – eine rosige Lanze in seinen Lenden. Sowohl er wie Bowen verspritzten Urin und Speichel.

Schimpansen – Personal wie Patienten – hatten sich in kleinen Grüppchen zu beiden Enden des Korridors versammelt und kommentierten gestenreich die Feinheiten des Auftritts. Auf und ab jagten Busner und Bowen, polternd, kollernd und spritzend. Ein Medikamentenwagen kam ihnen in die Quere, und bevor die beiden sich's versahen, prasselte ein Pillenhagel auf Boden und Wände. Injektionsnadeln, gebrauchte wie ungebrauchte, flogen durch die Luft, dicht gefolgt von einem Schwarm von Ampullen. An diesem Punkt beschloß Whatley in weiser Voraussicht, der Sache ein Ende zu machen. Als die beiden Aggressoren das nächste Mal auf seine Höhe kamen, sahen sie ihren viergliedgetriebenen Sturmlauf blockiert von seinem eckigen, zotteligen Hintern, den er ihnen, die Gesäßfalte rosig schimmernd, entgegenstreckte wie ein Polizist seine Haltekelle.

Busner blieb zitternd stehend. «*Wraaah!* Was ist denn das, Whatley, *huh?*»

«*H'Grnnn*, das ist mein Arsch, *hoh*, Großmächtiger.»

«Tatsächlich, *h'huuh?* Was meinen Sie, Jane, *huh?*»

«Sieht aus, als sei er bereit zur Kapitulation», winkte das schlanke Weibchen und strich sich das zerzauste Fell glatt.

«Stimmt das, Whatley, *huh?*»

«Ja, hochgeschätzer Erbe des Talars der Erhabenheit – Träger des struppigsten und fransigsten Zottels von London.»

«*Gru-nnn,* gut, gut, Sie sind eigentlich kein so übler Schimpanse. Im Grunde genommen mag ich Sie sehr. Kommen Sie, lassen Sie uns in Ihr Büro gehen, wir wollen uns tüchtig lausen und befingern. Ihre Untergebenen und meine Patrouille können das Durcheinander hier aufräumen.»

Die drei Psychiater bahnten sich einen Weg durch das Chaos, das Busners Auftritt hinterlassen hatte, zu Whatleys Büro. Im Auftreten zeigte Zack Busner sich herrisch, mit stolz geschwellter Brust, sein Beinfell wie Cowboylederlappen, Testosteronhosen, in seinem Inneren aber wütete der Schmerz. Seine Hände – vor allem die linke – brannten und britzelten, als hätte man unter der Haut ein Feuerwerk entzündet.

Whatley bedeutete seiner Sekretärin, daß er ungestört sein wolle, dann schwangen die drei sich durch die Tür in sein Büro und plazierten sich in geselliger Runde, Whatley lang hingestreckt auf seinem Schreibtisch, die Beine über den Rand baumelnd, den Kopf auf den Ablagekorb gestützt. Bowen setzte sich zu seinen Füßen auf den Boden und suchte mit ihren dünnen Fingern und der noch dünneren Zunge zwischen den Zehen ihres Abteilungsleiters nach Glassplittern, Pillenstaub und anderem. «*H'h'hie-hie*», kicherte Whatley. «Vorsicht, Jane, spucken Sie ja die Pillenbrösel alle wieder aus, wir wollen doch nicht, *tschup-tschupp,* daß Sie für den Rest des Tages sediert sind.»

«*Grnnn,* keine Angst, mein Lieber, *tschoh!*»

Busner hockte sich in Whatleys Parker-Knoll-Sessel und vergnügte sich eine Weile mit den unzähligen kleinen Knöpfen und Hebeln, mit denen sich Stellung und Härte so ziemlich jedes Teils des Sessels verändern ließen. Dann nahm er sich zusammen, richtete sich auf und kraulte Whatley sanft das ergrauende Fell, das ihm tief in die Stirn wuchs. Dabei vermittelte er: «Guter Whatley, netter Whatley, moralischer Whatley ...», während Bowen weiter unter ihrem Chef ziemlich genau dasselbe ins Fell drückte.

Diese Grabsch- und Grabbelsitzung zog sich eine Weile hin, bis Busner mit einem letzten Kniff in Whatleys Ohr das Lausen beendete. Whatley setzte sich auf und schlug die Beine unter. Bowen ging zur Tür und rief Whatleys Sekretärin. «*H'hooh*, bringen Sie uns bitte die Akte über Simon Dykes, Marcia», bedeutete sie dem Weibchen.

Fingerschweigen und Unlaut herrschten, bis die Akte gebracht wurde, und dann Fingerschweigen, während Busner las. Seine verwitterten Gesichtszüge zeigten keine Regung, als er den Briefwechsel zwischen Dykes und Bowen überflog. Schließlich gab er die Akte Whatley, der sie auf den Schreibtisch warf. Busner lehnte sich in den Sessel zurück und begann mit den Zehen nur eines Fußes seine Mohairkrawatte aufzurollen und wieder zu entrollen.

«*H'huuh*», vokalisierte Busner und fingerzeigte: «Nun, Whatley, wenn Sie nichts dagegen haben, daß ich mich des Falls annehme, kann ich Ihnen sagen, daß ich mir durchaus Mittel und Wege vorstellen kann, wie wir Dykes dazu bringen, sich den Tests zu unterziehen. Es ist klar, daß wir ohne die Ergebnisse von EEGs und anderer Untersuchungen unmöglich feststellen können, ob eine organische Schädigung vorliegt. Ebenso ist es ohne eine Kommunikation von Schnauze zu Schnauze unmöglich festzustellen ... wie soll ich es darstellen ...» Der große Affe ließ die Finger sinken und setzte dann neu an. «Wissen Sie, manchmal finde ich unsere Zeichensprache völlig unzulänglich zur Darstellung der komplexeren Bilder, mit denen wir arbeiten –»

«*Grnn*, ich weiß, was Sie meinen», wedelten Bowens Finger.

«Es sieht zwar absurd aus, wenn man es so zeigt, aber manchmal stelle ich mir vor, wenn es eine andere Form des Zeigens geben würde, wenn die Gestik eher eine Ergänzung als die Grundlage wäre, dann wäre es vielleicht möglich, tiefer in die Seele eines Schimpansen einzutauchen … andererseits –»

«*H'hooh*, nein, nein.» Bowen war begierig auf mehr, denn die Gesellschaft ihres alten Mentors war so erfrischend, wie sie gehofft hatte. «Andererseits aber, Jane», teilte er ihr mit herben Knüffen mit, weil er zu diesem Zeitpunkt keine Speichelleckerei wollte, «müssen wir mit Dykes gestikulieren, auch wenn ihn die Anwesenheit anderer Schimpansen verstört. Wie wär's denn, wenn wir uns mit ihm austauschen, ohne daß wir anwesend sind, *huh?*»

«Wie meinen Sie das, Busner, *huh?*» Whatley war neugierig geworden.

«Nun ja, warum richten wir keine Videophonverbindung ein? Vielleicht findet er das weniger verstörend. Einen Versuch wäre es doch wert, *huuh?*»

Simon saß im gesicherten Zimmer Nummer sechs. Sieben Tage des Wahnsinns, sieben Tage des Entsetzens. Wie jeder andere Gefangene hatte er versucht, die Tage seines Eingesperrtseins zu markieren, aber wegen der Medikamente und der Kämpfe mit seinen bestialischen Wärtern hatte er oft drei Striche in den Lack des Fensterrahmens gekratzt, wenn einer genügt hätte. Jetzt hockte er da und wackelte mit den Zehen. Nach dem Aufwachen hatte er wieder eins der verrückten Kommuniqués an Jane Bowen abgeschickt und wartete jetzt auf eine Antwort. Aber statt des gewohnten Klickens des Guckfensters hörte er nun das Kratzen eines Schlüssels im

Schloß. Simon kletterte vom Nest und knöchelging mit abgewandter Schnauze in die entfernte Ecke des Zimmers. Er konnte das Schlurfen abscheulich nackter Pfoten hören und den Fleischextraktatem seiner Unterdrücker beinahe riechen.

Sie gaben diese Laute von sich, diese Laute, die beinahe etwas bedeuteten. Ein Schnuppern und Grunzen, das sinnhafte «Sprach»-Fetzen zu enthalten schien. Jetzt, nachdem er ihnen einige Tage lang mit stetig weniger wattedumpfen Ohren – Bowen hatte seine Valiumdosis reduziert – gelauscht hatte, hörte er das Schnupper-Grunzen als «*Hoohvorsicht'-Grnn*» oder «*Hoohwilldirnichtstun'Grnn*». Konnte das sein? Die Schnauze in die Ecke gedrückt, gab er sich die allergrößte Mühe, die Laute zu entziffern, während er hoffte, daß ihn borstige Finger nicht herumreißen, ihm haarige Hände weder Schläge noch Nadeln verabreichen würden.

Sie waren wieder verschwunden. Als Simon sich umdrehte, entdeckte er auf seinem Pappkartontisch ein Telefon. Nun, so etwas Ähnliches wie ein Telefon, denn bei näherer Betrachtung sah er, daß seitlich an dem konventionellen Allerweltsgerät – weißes Tastenfeld, windiger Plastikhörer – ein kleiner Bildschirm befestigt war. Offensichtlich war er ein integraler Bestandteil des Dings, und zugleich paßte er irgendwie nicht dazu, paßte ganz und gar nicht dazu. Bevor er Zeit fand, über diese Merkwürdigkeit nachzudenken, läutete der Apparat.

Er läutete, wie Telefone immer läuten, banal und doch nachdrücklich. Dieses «*Trrring-tring-trring-tring-trrring*» signalisierte Simon: «Hier ist die Welt, die dich anruft, die Alltagswelt der Klempner und schnell montierten Auspuffanlagen», genau wie immer. Er hockte da, betrachtete träge den Apparat und genoß die Vorstellung, daß, wenn er nur schnell genug abhob, ein Buchhändler ihm verkünden würde, ein bestelltes Buch sei eingetroffen, oder eine Zahnarztsekretärin ihm mitteilen würde, eine Routineuntersuchung sei fällig.

Das Läuten hallte in dem engen Raum wider und erzeugte ein um Sekundenbruchteile verzögertes Echo, eine Verzerrung in der akustischen Wahrnehmung, die Simon mit seinem Gefühl der Verlagerung aus seinem Körper, des Nichtzusammenpassens von Psyche und Physis in Verbindung brachte. Er trug, wie er nun zum ersten Mal feststellte, einen unanständig kurzen grünen Krankenhauskittel aus dickem Baumwollstoff und sonst nichts. Simon starrte seine Füße an und konzentrierte sich auf das vertraute Muster aus Kratzern und Kerben auf den Zehennägeln, den Knubbel auf dem Knöchel des großen Zehs. Seine Füße schienen weit weg zu sein, als würde er sie durch ein umgedrehtes Fernrohr betrachten.

«Trrring-tring-trrring-tring –» Das Telefon mit dem Bildschirm daran läutete weiter. Das Kabel ringelte sich von dem Gerät weg über den Boden und verschwand dann unter der Tür. Das Kabel erinnerte Simon an die abscheuliche Nabelschnur in seinem Traum. Ihm kam der Verdacht, daß es erst kürzlich, gerade rechtzeitig, aus dem Schoß eines viel größeren Telefons gerissen worden war. *«Trrring-trig-trrring-tring –»* Ohne recht zu wissen, wie er in diese Haltung gekommen war – hockend, die Füße zu beiden Seiten des Apparats aufgestützt, so daß er die Vibration an den Sohlen spürte –, sah Simon sich nun den Hörer abheben und die altbekannte Krümmung an sein von Natur aus blumenkohlknubbeliges Ohr drücken.

Der kleine Bildschirm flackerte zeitgleich zum Klicken und Knistern der Verbindung. Weiße Punkte vereinigten sich zu einem Muster aus Hell und Dunkel. Die Schnauze eines ziemlich alten, ziemlich fetten Schimpansen erschien. Das Tier trank Tee aus einer Tasse, die es in der einen Hand hielt, während es sich mit der anderen eine ganz ähnliche Krümmung ans umfangreiche Ohr drückte. Hysterisch auflachend kippte Simon nach hinten und setzte sich auf das Kissen seines Steißes. Das Bild war so lächerlich, so disneyhaft. Es war wie ein Witzfoto, ein primitives Stück Anthropomorphismus, das noch primitiver wurde durch den verwirrten Ausdruck des Tiers. Durch Zerrlinsen salzigen Wassers sah Simon das Tier die Tasse abstellen, den Hörer zwischen Schulter und Ohr klemmen und mit jemandem außerhalb des Bildschirms gestikulieren.

«Also, abgehoben hat er», signalisierte Busner Bowen.

«Das ist doch schon ein Anfang –»

«Ja, ein Anfang. Er scheint mich auszulachen.»

«Klingt ziemlich positiv. Ich habe bis jetzt noch nicht einmal ein Zähneklacken von ihm bekommen.»

«Glauben Sie, daß eine Athetose vorliegt? Ist ihm der Hörer vielleicht aus der Hand gefallen, *huuh?*»

«Könnte eine Art Athetose sein. Wir haben auf jeden Fall unangemessene Handbewegungen festgestellt.» Bowen hockte neben Busner im Schwesternzimmer. Dobbs stand hinter ihnen und putzte sich die Nägel mit einem Multifunktionstaschenmesser. Die Jungerwachsenen hatte Busner auf Streife durchs Hospital geschickt, und Gambol fotokopierte zusammen mit Whatley Dykes' Aufzeichnungen.

«*H'hooh*, da ist er wieder, er ist wieder im Bereich der Kamera. Simon, können Sie mich sehen und hören, *huh?*»

Simon konnte ihn sehen und hören, und wenn er gewußt hätte, was der Begriff bedeutete, hätte er bei dem älteren Schimpansen Athetose diagnostiziert. Denn was Simon betraf, sah er nichts anderes als ein Tier, das, den Hörer jetzt zwischen knorpeliges Ohr und ungeschorene Schulter geklemmt, mit den Fingern seiner beiden freien Hände wakkelte, als würde es mit der Luft kille-kille machen.

Doch dieses Fingerwackeln wirkte doppelt fremd auf Simon, denn wie auch bei den Lauten konnte er, ohne recht zu wissen, wie oder warum, in den Bewegungen, die die dikken Finger des Schimpansen machten, sinnhafte Zeichen erkennen. Und ohne recht zu wissen, was er tat, kauerte Simon über dem Videophon – denn genau das war der Apparat natürlich – und fingerwackelte, den Hörer eingeklemmt wie sein Anrufer, eine Antwort: «Bäbä-Viech», zeigte er, «zippel-zappel, Bäbä-Viech» und fuhr fort: «Pupups, kaka Viech ...» Begleitet wurde dieses Babygefummel von dazwischengestreuten Vokalisationen wie «*Vaschwinde*» oder «*Leckmich*».

Busner verfolgte konzentriert diese Äußerungen und Fummeleien. Außer Sicht der Kamera signalisierte er Bowen: «Hat er auch zuvor schon Symptome einer Koprolalie gezeigt, *huh?*»

«*Huuh*», entgegnete sie, «soweit ich weiß, nicht.»

«Nun, jetzt ist er eindeutig koprolalisch!» Busner hielt den Blick auf den Bildschirm gerichtet, auf dem Simon nun zeigte: «Pipi Viech pipi. Pipi Viech pipi ...»

«Falls er wirklich, *grnnn*, koprolalisch ist, macht das alles viel einfacher –»

«Will, *hie-hie*, dir auf Kopfi pupups, pupups, *h'hie-hie*, Kopfi pupups –»

«Schließlich ist Katatonie – wie Ferenczi bemerkte – das Gegenteil von Ticks, und katatonisch war er doch, oder, *huuh?*»

«Leckmich, pupups dir in Arschi, pupups dir auf Kopfi –»

«Er ist ein bißchen alt für einen so heftigen Ausbruch des Tourette-Syndroms, nicht, Zack? Und keins seiner anderen Symptome paßt so recht zu einer solchen Diagnose.»

«Strenggenommen schon, ja – he, Simon, *HooGraah!*» unterbrach Busner ihn mit Nachdruck. «Jetzt passen Sie mal auf – das ist wichtig.»

Simon schrak hoch. Diesen Laut in seinem Ohr verstand er sehr gut. Er bedeutete «Aufpassen», so eindeutig wie die Form der Buchstaben des Schriftzugs «Aufpassen» ebendieses bedeutet hätten. Er hielt Mund und Finger ruhig. Er musterte das ungeschlachte Gesicht auf dem absurden kleinen

Bildschirm, die tierische Gestalt, die ihm eben etwas gezeigt hatte. Mir gezeigt? Was soll das heißen, mir gezeigt? Ich hätte hier eben etwas anderes zeigen sollen, nicht «gezeigt», sondern etwas, das –

«Simon, können Sie sich ein Bild machen von dem, was ich zeige, *huh?*»

«Ich – ja, kann ich, *hoh.*» Konnte er das wirklich? Woher wußte er, daß er es konnte? Wer – er? «*Hie-hie!*»

«Was ist so lustig, Simon?»

«Sie sind lustig, verdammt noch mal – Sie sind ein Schimpanse, *hie-hie!*»

«Sie auch.»

«Nein, ich bin ein Mensch. Ach, *Hoh-waah!* Das ist lächerlich. Ich habe das doch schon mit den anderen verdammten Affen durchgekaut, mit diesen, *hooh*, Tieren, die immer zu mir kommen. *Hoh!* Mann! Sie, Sie haben ja –»

«Keine Ahnung, wie es ist, *h'huuh?* Da haben Sie, *tschup-tschupp*, recht, Simon.» Busners Gestik zeichnete sich jetzt durch einen phantastischen Stil aus. Bowen sah ihm bewundernd zu. Der alte Schimpanse hatte den Trick noch nicht verlernt, noch immer besaß er die Fähigkeit, auch schwerst gestörte Patienten zu erreichen. «Und darüber will ich im Augenblick auch gar nicht gestikulieren. Gehen wir einfach davon aus, daß die Tatsache, daß ich für Sie aussehe wie ein Schimpanse, Teil des Problems ist, okay, *huh?* Und dann, *huh-huh*, wollen wir mal sehen, wie weit wir, *tschup-tschupp*, von hier aus kommen, *huh?* Wenn der Anblick Sie stört, kneifen Sie die Augen zusammen, *huh*, bis mein Gesicht auf dem Bildschirm sich verzerrt, vielleicht wirke ich dann ein bißchen menschlicher auf Sie, *huh?*»

Gambol und Whatley schmiedeten ihr Bündnis im Café Rouge, gleich gegenüber dem Krankenhaus. Whatley hatte vorgeschlagen, sich an einen der Tische draußen auf dem Bürgersteig zu hocken, um nicht in den Verdacht der Absonderung zu geraten, falls man sie sähe.

«Machen Sie sich, *yugg-yugg,* doch nicht lächerlich», fingerzeigte Gambol, als sie über die vielbefahrene Straße hoppelten. «Wenn wir draußen hocken, kriegen wir mehr Blei in den Bauch als ein Bosnier in einem Unterstand!»

«*Wraaaf!*» bellte Whatley und schlug dem Untergeordneten auf den Kopf. «Lassen Sie das, Gambol – nur weil wir uns verbünden wollen, brauchen Sie mir nicht unverschämt zu kommen!»

«'t-tschuldigung», fingerbuckelte Gambol. «Ich – natürlich verehre ich Ihre Gesäßfalte, Dr. Whatley.» Er präsentierte tief gebückt, doch ohne Hast. Für jedes Schoßpony kommt einmal die Zeit, dachte er sich zum vierten Mal an diesem Vormittag.

Sie landeten schließlich im hinteren Teil des Ladens, hinter hüfthoher, falscher Blütenpracht. Das Café war sowieso gesteckt voll mit Schimpansen. Es war die Zeit des ersten Mittagessens, und Sekretärinnen und andere Angestellte des Krankenhauses waren in Schnattern und Fummeln vertieft. Kein Schimpanse achtete auf sie, vor allem nicht der Bonobo-Kellner mit den Dreadlocks im Kopffell. «Nun denn», fingerzeigte Whatley, als sie Platz genommen hatten, «ein Bündnis also, ein Schachzug, um den alten Schimpansen zu stürzen. Und seine häusliche Gruppe wollen Sie wohl auch übernehmen, was Gambol, *huh?* Die Busner-Weibchen sind in der Brunst, was, *huh?* Und Sie kriegen nicht soviel ab, wie Sie verdienen, *huh?*»

«Ich verwehre mich dagegen, Dr. Whatley, allen Ernstes, Sir –»

«*H'huh,* dann haben Sie also ehrbarere Gründe, um sich gegen Ihren Alpha zu wenden, wie? Aber eins muß ich zeigen, letztes Jahr in Bournemouth, bei Busners letzter Zurschaustellung seines Mesmerismus, haben Sie mir keine derartige Unterstützung zukommen lassen.»

«Nun, das ging damals wohl kaum, aber – aber jetzt sieht die Sache anders aus. Ich habe – ich habe gesicherte Informationen über Busner, die ihm mehr als nur schaden könnten. Ich habe außerdem die Nase voll von der Art, wie er seine Patienten herumführt, sie zur Schau stellt und ihr Leiden mißbraucht zur Mehrung seines Ruhms. Und ich habe keine Lust mehr auf eine neue Runde Saufgelage mit einem armen, verblendeten Schimpansen, der glaubt, daß er ein Men-»

«Lassen Sie mal ein paar dieser Informationen sehen, Gambol, heraus damit.» Whatley schien seine jüngste Demütigung zu Füßen Zack Busners fürs erste ausklammern zu wollen. Er war jetzt ganz Auge und so herrisch, wie seine schmächtige Gestalt es erlaubte.

«Na ja, *tschup-tschup-tschupp*, er hat zum Beispiel eine ziemlich schlimme Arthritis –»

«*Huuuh*, wie schlimm?»

«Sehr. Ich glaube, er hat starke Schmerzen, vor allem, wenn er seine Dominanz praktisch durchsetzen muß. Wie's aussieht, kostet ihn die Aufrechterhaltung der häuslichen Hierarchie seine ganze Kraft – schießlich hat er einige jungerwachsene Männchen am Hals ...»

Vor dem Buchmacherladen versuchten Busners Jungerwachsene, sich bei einigen älteren Bonobos einzuschmeicheln, der Horde, die immer dort herumhing, Bier trank und ganz offen kiffte. «Wassn los, Schimpy», fingerte die eine, als Erskine so tief gebückt vor ihr präsentierte, daß sein zitternder Steiß den Bürgersteig polierte. «Auf Patrouille oder so 'ne Scheiße, *huh*?»

«Ja», zeigte Erskine, «und wir haben die Schnauze voll davon.»

«Waste nich zeixt», rappte die Bonobohand. «Aber Pech gehabt – dassis unser Territorium, also, *wraff!* verpißt euch, sonst –»

«*H'huuh?* Wir wollten ja nur – Analqueen des Funk –»

«Ja, *huh?*»

«Wollten nur fragen, ob ihr jemand kennt, der uns ein bißchen Gras verkaufen kann … *h'huh?*»

«Ich … ich will nur nicht, daß sie mich berühren.» Simon hockte noch immer über das absurde Gerät gebeugt und schaute vom Bildschirm – den er ansah, solange er es ertragen konnte – zu den Wülsten gelblichen- rindenartigen Fleisches zwischen seinen haarigen Fußristen und dem Linoleum. «Bitte, lassen Sie nicht zu, daß sie mich berühren.»

«Versprochen, *tschup-tschupp.*» Busners Finger liebkosten die Luft vor der Kamera, und seine Vokalisierungen waren so weich wie die erste Schwellung einer Frau, so bekömmlich wie reife Trauben. «Wissen Sic was, wenn wir unsere Gestikulation beendet haben, ruhen Sie sich erst einmal richtig aus, *huh?* Und morgen werden Dr. Bowen und ich dann eine Umgebung schaffen, in der wir diese Tests mit Ihnen durchführen können. Wir werden es so einrichten, daß Sie so wenig wie möglich von uns sehen werden. Wir werden die Station zwischen Ihrem Zimmer und dem Raum, wo wir die Tests machen, von allen Schimpansen räumen lassen –»

«Und wer wird sie machen, *huh?*»

«Wir, aber wenn Ihnen das lieber ist, könnten wir uns verkleiden.» Simon betrachtete das verschwommene Bild Busners auf dem winzigen Monitor. Warum nur konnte er, wenn er die Augen zu sehr zusammenkniff, nicht so recht verstehen, was der Schimpanse ihm zeigte? Die Vokalisierungen allein reichten nicht, um die Bedeutung vollständig zu übermitteln, sie waren nur Akzentuierung, Stil, emotionale Umrahmung. Aber wenn er zu genau hinschaute, sah er natürlich die Reißzähne, die ledrige Schnauze, die greiffähige Lippe, die grünen Augen, das schwarze Fell … «Verkleiden? W-wie, *huh? Hoooh.*»

«Vielleicht mit Masken, *huh?*» fingerzeigte Busner, ohne lange zu überlegen.

«Ja, das wäre nicht schlecht. Und … und vielleicht Hosen. Hosen oder Röcke, etwas, das Ihre Beine bedeckt. Ich finde den Anblick Ihrer Beine – mit dem Fell daran – sehr verstörend.»

Busner machte Jane Bowen Zeichen.

«Was meint er mit Hosen, *huh?* Einen Schwellungsschutz vielleicht, *huh?*»

«Keine Ahnung. Aber sagen Sie einfach ja, er könnte jeden Augenblick wieder katatonisch werden. Ich hab's schon erlebt.»

«Okay, Simon», zeigte Busner, «wir werden uns Beinkleider besorgen. Jetzt aber, *tschup-tschupp,* erst einmal vielen Dank, daß Sie heute mit mir gestikuliert haben. Für den Augenblick empfehle ich Ihnen, daß Sie aufhören, über all diese Dinge nachzugrübeln. Ruhen Sie sich aus, und ab morgen bemühen wir uns dann herauszufinden, was mit Ihnen los ist. *HooooGraah.*»

Busner legte auf und wandte sich an Bowen. «Hosen! Amüsante Idee, diese Hosen!»

«Was meinen Sie, ob es eine Art Fetischismus ist, *huuh?*» Ihre Schnauze verzog sich zu einer Grimasse zwischen Abscheu und Belustigung. «Ich muß wohl nach Soho, um mir eine zu besorgen, oder irgendwohin, wo's einen Ann-Summers-Laden gibt … Außer natürlich …»

«*Klack-kluck-klack – H'hie-hie!* Na, ich schätze, einer meiner Jungerwachsenen hat irgendwo im Haus noch eine versteckt.» Busner amüsierte sich offensichtlich über die Vorstellung. «Mal sehen, was ich tun kann. Wenn ich keine finde, schicke ich Gambol. Sie brauche ich nämlich hier, damit Sie mir für die Tests morgen alles vorbereiten.»

Die beiden Schimpansen waren von den Stühlen am winzigen Schreibtisch der Stationsschwester gerutscht und lagen nun ineinander verknäult auf dem Boden. Die Finger zärtlich im Fell des anderen, tauschten sie ihre Gedanken aus. «Ich weiß, es ist noch viel zu früh, Euer Eminenz –»

«Bitte, Jane, *tschup-tschupp*, wir kennen einander viel zu lange für solch extreme Ehrerbietung. Bitte nennen Sie mich Zack.»

«Zack, haben Sie schon eine Idee, *h'huh?*»

«Ich weiß nicht, *gru-nn*, ich weiß eigentlich noch überhaupt nichts. Ist dieses Verhalten wirklich krankhaft, *huh?* Schwer zu sagen. Trotz der Besonderheit und Intensität der Wahnvorstellung ist es durchaus möglich, daß Simons Zustand ein potentiell produktiver ist. Offensichtlich liegt hier eine Art Verdoppelung des Bewußtseins vor, eine mentale Diplopie, aber ohne diese Untersuchungsergebnisse können wir nichts sagen. Nichts Genaues zumindest, *h'huh?*»

Für eine Weile zupfte Bowen Partikel aus Busners Fell, die aussahen wie vertrocknetes Chutney, und fragte dann: «Haben Sie schon an das Ganser-Syndrom gedacht, Zack?»

«*Tschup-tschupp*, interessanter Gedanke. Allerdings sind seine Antworten strenggenommen nicht irrelevant, was ja, wie Sie wissen, das wesentliche Merkmal des Ganser-Syndroms ist, sie sind eher oneirisch, traumhaft. Komisch ist es schon, aber was für eine Symptomatologie hier auch vorliegen mag, sie ist wunderbar kohärent. Vielleicht wird sich dieser Menschseinswahn als Krankheit erweisen, die dem Ganser- oder dem Tourette-Syndrom ähnlich ist, und wenn sie erst einmal als solche klassifiziert ist, wird sie in Zukunft sehr leicht zu diagnostizieren sein. *Gru-aaa*, aber wie auch immer, jetzt haben wir das zweite Mittagessen verpaßt, und ich muß heute nachmittag noch diese verdammt langweilige

Vorlesung an der Uni halten. Ich hole jetzt wohl besser meine Jungs und mache mich auf den Weg. Wissen Sie eigentlich, wo mein Epsilon ist?»

«Er ist mit Whatley weggegangen – ich helfe Ihnen suchen.»

«HoooGrah!» Busner trommelte gegen die automatischen Türen des Krankenhauses, die, da sie defekt waren, von Milchkästen offengehalten wurden. Die Türen erzitterten unter der Gewalt seines Grußes. Er drehte sich um und knöchelging langsam zu dem Volvo, in dem Gambol hinter dem Steuer auf ihn wartete.

«*H'hooh*, Zack! Nur noch eins –» Bowen war ihm nachgeeilt. «Simon Dykes, Sie wissen doch, daß heute abend seine Vernissage ist, in George Levinsons Galerie in der Cork Street?»

«Im Ernst, *huh?*»

«Ich habe mir gedacht, ich schau' mal vorbei – seine Gefährtin besucht mich heute nachmittag, und sie kann mich, oder uns, bestimmt auf die Gästeliste setzen.»

«Keine schlechte Idee. Ich habe zwar Karten für ‹Turandot›, ich wollte Charlotte, meine Alpha, ausführen, weil sie diesmal eine ziemlich stressige Brunst hat, Sie wissen schon. Aber sie hat sicher nichts dagegen, wenn ich den ersten Akt auslasse …»

«Wraah! Wo zum Teufel warst du denn, Gambol», zeigte Busner, während sein Epsilon den großen Wagen vom überfüllten Krankenhausgelände manövrierte, «und wo zum Teufel ist der Rest der Patrouille, *huh?*» Gambol zog es vor, den ersten Teil der Frage zu ignorieren und die Schmähungen seines Alpha lieber auf Erskine, Charles und Carlo zu lenken.

«Sie sind da drüben, Chef.» Er deutete zu dem Buchmacherladen, vor dem die Jungerwachsenen herumhingen. Genau in dem Augenblick nahm Erskine einen Joint aus dem Fuß eines der Bonobos entgegen und zog tief daran. Der Volvo stoppte mit quietschenden Reifen, und Busner beugte sich aus dem Fenster.

«*Wraah!* Los, ihr Möchtegernkriminellen, gebt diesen Schimpansen ihr Marihuana zurück und steigt ein. Wir sind spät dran.»

Sie stürzten sofort heran, wobei Erskine die Anstrengung des heimlichen Ausatmens die Tränen in die Augen trieb. Dann kletterten die drei auf den Rücksitz und erwarteten eine Lektion über die psychologischen Wirkungen des Marihuanagenusses oder die schändlichen Vorurteile des Bonoboismus oder den erbärmlichen Zustand des öffentlichen Verkehrssystems in London oder über alle drei. Doch während der Volvo die Fulham Palace Road entlangfuhr, herrschten Fingerschweigen und Unlaut. Zumindest bis sie den Hammersmith-Kreisverkehr erreichten und Busner wieder Finger an Gambol legte. «Du hast mir nicht geantwortet, *grnnn*, was hattest du mit diesem Kriecher Whatley zu gestikulieren?»

Später an diesem Nachmittag saß Jane Bowen wieder im Schwesternzimmer, diesmal zusammen mit Sarah Peasenhulme. Sarah trug ihren besten Tages-Schwellungsschutz, ein hübsches kleines Ding aus Seidenchenille von Selena Blow. Das weit geschnittene Stück fühlte sich kühl an ihrem wunden Damm an. Sie war direkt von zu Hause – wo sie manchmal arbeitete – ins Krankenhaus gekommen, und Dr. Bowen war so freundlich gewesen, sie anzurufen und über die geplante Videophonverbindung mit Simon zu informieren.

Vielleicht, hatte Sarah beim Anziehen gedacht, ist Simon

heute in der Lage, mich anzuschauen, und vielleicht wird der Anblick des Schwellungsschutzes – sie konnte den Gedanken nicht so recht greifen, obwohl ihre Finger die Zeichen formten, während sie die Haken in den Ösen an den Hüften und darunter befestigte –, vielleicht begehrt er mich. Vielleicht hilft es ihm, hilft es ihm aus seinem Wahn.

«Hübscher Schwellungsschutz», fingerzeigte Jane Bowen. «Selena Blow, nicht, *h'huh?*»

«Ja-ja, hab' ihn mir letztes Jahr im Schlußverkauf besorgt. Sonst hätte ich ihn mir nicht leisten können.»

«Aber zeigen Sie mal, hat Simon eigentlich die Angewohnheit, Ihnen andere Kleidungsstücke zu kaufen? Stücke fürs Nestzimmer, meine ich.»

«Warum fragen Sie, *huh?*»

«Nun, meine Liebe, Sie dürfen jetzt nicht schockiert sein.» Jane Bowen rückte näher und begann Sarah zu lausen; sie strich das Fell am Hals des jüngeren Weibchens zuerst zur einen, dann zur anderen Seite und zupfte feine Partikel Körperpuder aus den Haaren. «Aber als Teil seines, *tschup-tschupp,* Menschenwahns hat Ihr Gefährte ... Nun, er findet den Anblick fellbedeckter Beine verstörend. Ich nehme an, *gru-nn,* daß in der ‹Menschenwelt› – wie Simon sie beschreibt – die Beine der Tiere verhüllt sind –»

«Mit Hosen, *huh?*»

«Und Röcken.»

«Und Röcken, *huh?*»

«Genau.»

Sarah errötete und nahm die Finger des älteren Weibchens in ihrem Fell kaum wahr. «*Hoh-tschup-tschupp,* ich weiß auch nicht, na ja ... er hat mir wirklich ein paar Röcke gekauft. Nichts wirklich Abartiges, wenn Sie wissen, was ich meine. Kein Tweed und keine Wolle, aber ein paar einfache Baumwollröcke habe ich tatsächlich. Ich weiß auch nicht – ich komme mir ziemlich komisch vor, wenn ich sie trage.»

«Ach, machen Sie sich im Augenblick darüber keine Gedanken, *grnnn*. Dr. Busner hat zwar angezeigt daß Simon sich ausruhen sollte – aber trotzdem würde ich gern sehen, wie Simon auf Sie in Ihrem außerordentlich hübschen Schwellungsschutz reagiert.»

Simon lag zusammengerollt in seinem Nest und versuchte gerade einzuschlafen, als das Videophon noch einmal klingelte. Verdammte Scheiße. Er schrak hoch. Verdammte Scheiße. Das Videophon zwang ihm wieder die Welt seines Wahnsinns, die Welt seiner Schande auf. Warum lassen diese Arschlöcher mich nicht in Ruhe!

In einem Gewirr von Armen und Beinen schwang er sich vom Bett auf den Boden. Erstaunlicherweise landete er auf allen vieren, die Knöchel links und rechts des Apparats. Er nahm den Hörer ab und drückte ihn sich ans Ohr. Auf dem Bildschirm erschien eine Affenschnauze. «*Klack-klack-klack*, was ist denn, Affen-*wraff*-Schnauze?» fingerzeigte und fauchte Simon, und seine großen Zähne klackten.

«Hier ist Jane Bowen, Simon, Ihre Ärztin, und ich habe noch jemanden bei mir, der gerne mit Ihnen gestikulieren würde.»

«Wen denn, *huh? Wraah!* Ich dachte, der alte Schimpanse hat angeordnet, daß man mich in Ruhe läßt, *hnnn?*»

«Sie meinen Dr. Busner, *huh?*»

Simon war verblüfft – und kippte rücklings auf seinen Arsch.

«Busner – etwa der Quantitätstheorie-Busner, *huh?*»

«Er hatte damit zu tun, ja, zusammen mit anderen Schimpansen.»

Jane Bowen war hellhörig geworden. Konnte dies – daß Simon Busners Name ein Begriff war, obwohl er den Schimpansen persönlich nicht kannte – ein Zeichen der Linderung seiner Agnosie sein, ein Verbindungsstück zwischen der Welt seines Wahns und der wirklichen?

«Doch, ich kenne ihn. Er war doch in den Siebzigern in diesen blöden Game-Shows, nicht, *huh?* Ich habe ihn immer für einen ziemlichen Scharlatan gehalten –»

«*Wraaaf!* Passen Sie auf, was Sie zeigen, *wrah!* Zack Busner ist ein sehr bedeutender Schimpanse – ein großer Affe, um genau zu sein!»

Simon war eingeschüchtert von dem Ausbruch, obwohl er die Äffin gerne weiter gereizt hätte. Denn dieses Reizen hatte ihm das Gefühl gegeben, so lebendig, klar und in seinem Körper verankert zu sein wie noch nie in all den Tagen im Krankenhaus. Aber er hatte Angst vor dieser Äffin. Angst, daß sie hereinkam. Angst, daß sie ihn berührte. «*Hoooh,* tut mir leid, Euer medizinische Eminenz», fingerbuckelte der verrückte Schimpanse, «ich wollte nichts Abfälliges über Ihren Kollegen zeigen.» Und ohne recht zu wissen, was er tat, präsentierte Simon seinen Arsch dem Videophon.

«Schon gut, Simonilein, ich verstehe ja», gegenzeigte Bowen, und dann beiseite zu Sarah: «Er ist verhältnismäßig klar, ich werde ihn dazu bringen, mit Ihnen zu gestikulieren.»

«Simon, Sarah ist hier, sie will sich mit Ihnen unterhalten. Ich stelle sie jetzt vor die Kamera.»

Sarah. Simon wagte es, den Bildschirm ein wenig genauer anzuschauen, wagte sogar sich vorzustellen, daß er, in jämmerlicher Reproduktion, ihr geliebtes Antlitz, das rautenförmige Gesicht und den spitzen Haaransatz sehen würde. Doch auf dem Bildschirm wurde nur eine Affenschnauze durch eine andere ersetzt. «Simon, Schatz», fingerzeigte Sarah. «*Grnnn,* ich bin's, Sarah, wie geht es dir, mein Liebling, *huuh?* Wie geht es dir?» Seine Schnauze war so eingefallen, sein Fell so stumpf und schlaff, aber er war noch immer ihr Männchen. Sie wich so weit von der Kamera zurück, wie es die Enge des Schwesternzimmers erlaubte, damit Simon ihren Schwellungsschutz sehen und sich die Freuden vorstellen konnte, die er verhüllte.

Aber alles, was Simon sah, war ein Schimpanse in einem blauen T-Shirt und einer Art beinlosen Unterhose, die mit Bändern an den Schenkeln des Tiers befestigt und mit einem voluminösen Zwickel ausgestattet war; dieser besaß viele Rüschen und Falten, die, wie die Blütenblätter einer Rose, in der ungefähren Gegend der Genitalien einen Wirtel bildeten. Der Anblick war zugleich komisch und verstörend. «*Hooh,* wassn das, *huuh?*»

«Simon», gegenzeigte sie, «ich bin's, Sarah.»

«*Hooh,* was du auch sein magst, ich kann –» Er hob die Hand an die Augen, um den Anblick nicht länger ertragen zu müssen, und doch zeigte er: «Ich kann dich nicht anschauen.»

«*Hoh,* Simon, *hoh,* Simon, mein armer Liebling, ich bin hier, um dir zu zeigen –»

«Was! *Hoooh,* mir was zeigen, du – du Unding!»

«Um dir zu zeigen, daß George die Vernissage wie geplant macht.»

«Die Vernissage, *huh?*»

«Deine Vernissage. Er hat die Leinwände selber spannen und rahmen lassen. Heute abend eröffnet er deine neue Ausstellung.»

Sarah musterte das Gesicht ihres Gefährten. Er schien die Nachricht erst noch verdauen zu müssen. War es richtig gewesen, ihm das zu sagen? Würde es ihn ans Ufer zurückholen, zurück zu ihr, oder weiter hinausstoßen auf den stürmischen, dunklen See seiner Verstörung? «*Hooh'Graah!*» schrie er plötzlich und unterbrach die Verbindung.

11

Tony Figes hockte schon den ganzen heißen Nachmittag im Brown's Hotel. Hockte im Brown's wie so oft an toten, hochsommerlichen Nachmittagen, wenn keine Artikel zu schreiben und keine jungen Männchen in Reichweite waren, denen er nachsteigen konnte. Er mochte die Mischung aus Prunk und Alter Welt im Dekor des Hotels, und er genoß es, die amerikanischen Schimpansen kommen und gehen zu sehen, zu beobachten, wie sie ihre kleinen Koffer bei der Ankunft hinter sich herzogen und wie sie dieselben Koffer, nun angeschwollen von Einkäufen, bei der Abreise wieder hinauszogen.

Die Amerikaner waren oft fett – sogar die Bonobos. Tony, der sich – völlig zu Recht – als häßlich betrachtete, empfand immer so etwas wie körperliche Schadenfreude, wenn er sie in Burberry-Rundzelten oder schreienden Hawaii-Hemden durchs Foyer knöchelwatscheln sah. Und erst fette Bonobos! Es gab doch einen Fortschritt. Von Sklaverei auf der Plantage zu Fettleibigkeit in einem hochklassigen Londoner Hotel in nur gut hundert Jahren! Wenn das nicht die Machbarkeit des amerikanischen Traums bewies, was dann?

Er stauchte und klopfte seinen «Evening Standard» zu einem ungefähren Rechteck zusammen und warf ihn auf den Tisch. Nicht gerade fesselnde Lektüre für eine Zeitung, dachte Tony, doch halt – «Das ist keine Zeitung!» Der Werbespruch sprang ihm so selbstverständlich – und so irritierend – von den geistigen Fingerspitzen. In den letzten Monaten hatten die «Evening Standard»-Transporter mit ihrem Rapido-Design aus roten und weißen Rauten diesen Slogan überall propagiert, desgleichen Reklametafeln und Litfaßsäulen in der ganzen Stadt. «The Evening Standard –

Das ist keine Zeitung.» Daß dieser Spruch jetzt das einzige Verkaufsargument war, dachte Tony, war eine eigenartige Form von Gerechtigkeit.

Auf dem Weg durch die Lobby klopfte Tony Figes sich gedankenverloren die Taschen seiner tunikaförmigen Rohseidenjacke nach einem anderen Rechteck ab, der Einladung zu Simon Dykes' Vernissage. Tony hatte George Levinson während des zweiten Mittagessens angerufen und ihm bedeutet, er wolle etwas früher in die Galerie kommen, um mit ihm über Strategien zu fingern. Tony mochte Simon recht gern – aber seine wahre Loyalität galt Sarah. Er wollte nicht, daß Sarah von der Presse belästigt wurde – oder von Freiern.

Während Tony die Dover Street hinunterhoppelte und dann in die Grafton einbog, versuchte er sich vorzustellen, was ihn erwartete. George Levinson hatte jede Reproduktion von Dykes' neuen Gemälden verweigert, und da Simon Dykes nach diesem schrecklichen Zusammenbruch jetzt im Krankenhaus war, hatte auch der Künstler selbst keine Möglichkeit gehabt, vorab Publicity zu machen. Alles, was Tony zusammen mit der Einladung bekommen hatte, war ein Detail aus einem der Bilder. Es war in der Technik gedruckt, die für 3-D-Postkarten benutzt wurde, und zeigte ein Kind, das mit brennendem Fell im freien Fall direkt auf den Betrachter zustürzt. Wenn man die Karte hin und her bewegte, loderte der Feuerkranz um den taumelnden Körper auf.

Tony hatte die Einladung nach Hause geschickt bekommen, in die Wohnung in der Knatchbull Road, in der er zusammen mit seiner Mutter seit seiner Geburt lebte. Er wich dem Sabbern ihres uralten Schoßponys und ihrer Frage «*H'huh*, was hat dir denn die Post gebracht, *huuuh*, To-ony?» aus und floh über den Korridor mit dem deprimierenden Altweibchengeruch in sein Zimmer. Es war ein entschieden merkwürdiges Zimmer. Die eine Hälfte war seit seiner Jungerwachsenenzeit unverändert: Poster von Glam-Rockbands aus den frühen Siebzigern, Slade, T-Rex und The Sweet; eine Nestdecke mit einem Muster aus Beatrix-Potter-Tieren, Regale mit den Narnia-Büchern, alten Comics – vorwiegend Jungweibchentitel, «Jackie», «Bunty» und so weiter – und einigen Ballettfigürchen aus Glas.

Die andere Hälfte jedoch war eindeutig männlich: Sie wurde beherrscht von einem großen Schreibtisch mit seitlichen Schubladen, bedeckt mit Büchern, Papieren und einem Leuchtkasten. Über dem Tisch hingen Regale voller hochwertiger Kunstbücher. Außerdem stand ein Metallaschenbecher auf dem Schreibtisch, randvoll mit zerdrückten Baktria-Lights-Stummeln, und daneben lag eine kleine, kokainverschmierte Glasplatte. Diese Miniaturinstallation auf dem Schreibtisch wurde beleuchtet vom Spotlight einer Anglepoise-Lampe.

Tony warf sich in den Drehstuhl hinter seinem Schreibtisch und schlang die Arme um die Beine wie ein schmollendes Kind. Mit dickem Fingernagel schlitzte er den dicken gelben Umschlag mit der Prägung «Levinson Gallery. Fine Art» auf, und das brennende Kind in 3-D fiel auf den Schreibtisch.

Wie oft, dachte Tony, war das Kind doch der Alpha des Männchens. Dieses brennende Kind – was mochte es bedeuten? In den letzten Wochen vor seinem Zusammenbruch hatte Simon immer wieder durchblicken lassen, daß seine neuen Bilder Themen der Körperlichkeit, der physischen Ganzheit als Seinsgrundlage des Schimpansen behandelten. Immer wenn Simon diese Andeutungen machte, versuchte Tony, mehr aus ihm herauszukitzeln. Doch erst als dieser brennende Wurm auf seinen Tisch plumpste, dämmerte es Tony, wie schockierend Simons Bilder sein könnten.

Jetzt schwang Tony sich um einen Laternenmast aus der Grafton in die Cork Street und blieb eine Weile daran hängen, um dem rosig leuchtenden Arschloch eines Fahrradkuriers nachzuschauen, der, auf den Pedalen stehend, kraftvoll Richtung Piccadilly strampelte. Tony schüttelte den Kopf. Sein Kopffell lichtete sich bereits – obwohl er gerade mal fünfunddreißig war. Zu Ereignissen wie dieser Vernissage meinte er, unbedingt ein Toupet tragen zu müssen. Er war klein und geschmeidig wie ein Bonobo – aber das war nicht unbedingt ein Segen. Am meisten störte ihn jedoch, daß der Verfall seiner Mutter auf ihn abgefärbt hatte, daß er vor der Zeit den Geruch ihrer Altersverzweiflung verströmte.

Tony Figes brachte den Ekel vor seinem eigenen Körper mit dem in Verbindung, was er über Simon erfahren hatte, und mit Simons Arbeit. Wie passend, dachte er, daß auch mich das beschäftigt, vielleicht in einem Ausmaß, das mich bis an den Rand des Wahnsinns treibt. Möglicherweise hat Simon seine Fähigkeit zur Aufhebung des Zweifels an der Paarung verloren – wie ich selbst. Wenn auch mit Sicherheit aus anderen Gründen.

Auch wenn Tony sich körperlich als Feigling fühlte, war er doch tapfer genug, diese Gedankenfingereien mit Nachdruck zu verfolgen bis hin zu der Hypothese, sein Versagen könnte mit der Art zusammenhängen, wie Schimpansen heutzutage lebten, abgeschnitten von der natürlichen Welt, verpflanzt in eine fundamental denaturierte Umgebung. War es da ein Wunder, daß Zeitungen und Zeitschriften voll waren von primatomorphisierenden Karikaturen?

Der «New Yorker», den Tony vorwiegend wegen der Fotos von Mapplethorpe und in letzter Zeit von Richard Avedon kaufte, war immer voll von Karikaturen, die primatomorphisierten und oft auf höchst lächerliche Art: fingerzeigende Hunde, witzereißende Elche, grüblerische Bisons, philosophische Menschen. Anscheinend fiel das niemandem störend auf – zumindest hatte Tony noch keinen über die offensichtliche Gattungsneurotik gestikulieren sehen, die er hinter diesen Karikaturen entdeckte. Über den Zwang, den diese Witzbolde dazu trieb, unsere Abspaltung vom Rest der Schöpfung zu thematisieren.

Erst in der vergangenen Woche hatte der «New Yorker» eine Zeichnung gebracht, in der sich ein typisches Madison-Avenue-Werbemännchen mit einem Eichhörnchen, das an einem Baum im Central Park hängt, unterhält. Das Eichhörnchen fingerzeigt: «Klar ist er schuldig, aber können wir jetzt das Thema wechseln, *huh?*», ein offensichtlicher Seitenhieb auf den O.-J.-Simpson-Prozeß und den Medienrummel, der die giftige Hysterie des Bonoboismus in den ganzen USA zum Überschäumen brachte. Doch die Ironie der Karikatur ging tiefer, viel tiefer, dachte Tony, als er sich auf die Hinterbeine stellte und in die Levinson Gallery schwankte.

«*H'hoooh*, ich bin ja so froh, daß du da bist, Tony», keuchrief George Levinson, der knöchelgehend aus dem hinteren Teil der Galerie auf ihn zukam. «Ich bin das reinste Nervenbündel – das reinste Nervenbündel, *iek-iek-iek!*»

«*H'hoooh*, also wirklich, George, reiß dich doch ein bißchen zusammen ...», gegenzeigte Tony, dessen Narbe vor Verlegenheit zuckte und seine bereits runzlige Schnauze in etwas verwandelte, das einem zerdrückten Fußball glich.

Die beiden Schimpansen sanken zu Boden und hielten sich eine Weile an den Genitalien, bevor sie anfingen, sich träge zu lausen. Tony schaffte es, Kleberkügelchen zwischen Georges Zehen herauszuzupfen, Bröckchen, die den Galeristen schon seit dem Tag zuvor plagten. Georges Lausen war viel oberflächlicher, nur ein unaufmerksames Kraulen im Fell des jüngeren Schimpansen.

Beim Lausen hörte Tony das Grunzen der Empfangsdame, die am Videophon ein paar Möchtegern-Zuspätkommer zurechtstutzte. «So geht es schon den ganzen Tag», teilte George Tonys Bauch mit. «Und gestern auch, *hoooh*. Ich bin immer nervös vor Vernissagen, aber ich glaube, die hier macht mich fertig. Wahrscheinlich lande ich noch in diesem entsetzlichen Krankenhaus – neben unserem armen Simon, *hoooh!*»

«*Grun-nnn*, ganz ruhig, George, *tschup-tschupp* – George, bitte …» Tony brach ab, griff nach der Tischkante und zog sich daran hoch. Als die Rezeptionistin, ein ehrgeiziges junges Galerieweibchen, das sich eine große Zukunft erhoffte, ihn erkannte, präsentierte sie halb vor ihm, ohne jedoch ihre Gestikulation mit dem Anrufer am anderen Ende der Leitung zu unterbrechen.

George richtete sich ebenfalls auf. Er trug, wie Tony bemerkte, einen dieser irritierenden falschen Schwellungsschützer, mit denen sich einige der jüngeren schwulen Schimpansen in letzter Zeit schmückten. In Tonys Augen war diese Mode absolut absurd und an George Levinson sogar ein Fall von alter Bock im Lammkostüm, aber bei dem Zustand, in dem George sich befand, hatte er nicht den Mut, ihn darauf hinzuweisen.

Tony Figes war schon oft in der Levinson Gallery gewesen. Im großen und ganzen gefiel sie ihm, wenn auch nicht immer alles, was sich in ihr befand. Während das traditionelle Äußere – großes Tafelglasfenster, diskretes graviertes Schild – eine entsprechende Innenausstattung mit Eichentäfelung und Messingbilderhaken suggerierte, hatte George Levinson sich größte Mühe gegeben, einen reinen, sich selbst negierenden Ausstellungsraum zu schaffen. Die Wände waren mit feinem, hellbeigem Gewebe bespannt; in die Decke eingelassene Punktstrahler gaben ein schwaches Sternenlicht; der Teppichboden war in Farbe und Struktur so neutral, daß man ihn kaum wahrnahm. Als Tony nun hinter Georges Steiß durch den langen Saal schlenderte, kam er sich vor, als würden seine Hände und Füße in eine behagliche Leere sinken. Doch dies war es nicht, was beeindruckte – die Bilder beeindruckten.

Der Ausstellungsraum war vierzig Handbreit hoch, doppelt so breit und volle zweihundert Handbreit lang. An den beiden Längsseiten hingen Simon Dykes' Bilder einer modernen Apokalypse. Die Schalterhalle der U-Bahn-Station King's Cross in dem Augenblick, als 1987 das Feuer ausbrach, war die erste Leinwand, die Tonys Aufmerksamkeit fesselte. Er konzentrierte sich auf das mitleiderregende, wraaahende Gesicht des Kindes, das in einen schmerzhaften Tod stürzte, und erkannte in ihm das Original des Details, das er zusammen mit der Einladung erhalten hatte. Tony stand aufrecht vor dem Gemälde. Es maß mindestens zwanzig Handbreit im Quadrat. Die Pinselführung im Zentrum, wo das Kind schwebte, war exakt, beinahe photorealistisch, zu den Rändern hin wurde sie jedoch gröber und gröber, und knapp vor den Rahmenleisten waren nur noch dicke, zu Graten und Gräben geformte Farbschichten zu sehen.

«*H'hooooh*, mein Gott, George», fingerzeigte Tony. «*Hoh*, mein Gott! Ich sehe, was du m-»

«Siehst du, was ich meine, *h'huuh?*»

«Ja – ja.» Tony ging zum nächsten Bild, das Simon einfach «Chartres der Lüfte» betitelt hatte. Es zeigte den Innenraum einer Boeing 747 genau in – wie er sofort erkannte – dem Augenblick, als ihr Rumpf von der Wucht des Aufpralls zerschmettert wurde. Ganze Sitzreihen samt Passagieren wurden durcheinandergewirbelt, ein üppiger Salat des Todes. Wie schon im ersten Bild befand sich auch hier im Zentrum die photorealistische Darstellung eines Kindes. Dieses hier merkte nichts von seinem Schicksal, es saß noch immer angeschnallt in seinem Sitz und war mit Händen und Füßen damit beschäftigt, die Knöpfe eines Videospiels zu bedienen. Auf dem Monitor des Geräts war deutlich die paradox winzige, humanoide Gestalt von Donkey Kong zu erkennen.

«Mein Gott», wiederholte Tony Figes und vokalisierte dann: «*Hooh.*»

«Sie sind beängstigend, nicht, *huh?*» Tonys Bestürzung vermittelte George Levinson ein gewisses Gefühl der Sicherheit. Schließlich lebte George schon seit Wochen mit diesen Bildern. Und wegen Simons Zusammenbruch hatte er sich auch um das Spannen und Rahmen kümmern müssen – eine Arbeit, die der Künstler normalerweise selbst erledigte. Er gestikulierte weiter. «Um es unverblümt zu zeigen – jetzt, da Simon im Krankenhaus und offensichtlich verrückt ist, wird es wohl kaum zu verhindern sein, daß die Kritiker ihrer Lieblingsbeschäftigung nachgehen und Leben und Arbeit verschmelzen, meinst du nicht auch, *huh?*»

«Ja, George. Laß uns nach hinten gehen auf einen Drink und eine Line. Ich glaube, das haben wir jetzt beide nötig.»

Als die beiden Schimpansen etwa zwanzig Minuten und zwei Drinks und drei Lines später wieder aus Georges Büro kamen, füllte sich die Galerie bereits. Es war die übliche Vernissagen-Meute – oder zumindest die Art von Meute, die eine Vernissage von Simon Dykes anlockte. Die Gruppe jüngerer Konzeptkünstler, die gegenwärtig die Londoner Szene dominierte, gehörte zu den ersten, die eintrudelten.

Tony kannte sie natürlich alle. Er hatte sie im Sealink kennengelernt oder auf Tour mit den Braithwaites, die ihnen in Alter wie Ästhetik näherstanden. Tony fand sie – zumindest in der Gruppe – mehr als affektiert, wenn nicht gar absurd. Jetzt hingen sie im Saal herum, entweder piekfein herausgeputzt oder angezogen wie Penner, und lausten einander ostentativ nicht. Es waren auch zwei Weibchen darunter – beide attraktiv, beide mit herrlich rosigen, drallen Schwellungen – und doch machte keins der Männchen Anstalten, vor ihnen zu posieren, geschweige denn, sie zu besteigen.

Diese «Weißte, Schimpanse, wir lausen nicht»-Haltung wurde ständig durchbrochen vom nervösen und repetitiven Präsentieren, dem sie alle frönten. Sie versuchten zwar, sich zu beherrschen, doch wenn – wie jetzt – jemand wie Jay Jopling, der Kunsthändler und berühmte Besitzer des White Cube, sich in den Saal schwang, fingen sie alle an zu grunzen und mit hektisch wackelnden Ärschen rückwärts auf ihn zuzuschlurfen.

Sie versuchten, dachte Tony Figes, sich zu zügeln, aber sie schafften es nicht. Und wenn sie noch so oft behaupteten, zur Avantgarde – was immer das sein mochte – zu gehören, waren sie doch wie alle anderen, süchtig nach der Rangordnung und dem Arschlecken des Ranghöreren, wie flüchtig das auch sein mochte.

Aber weder Tony noch George – in dem Fall der Wichtigere – machte sich Sorgen wegen der Konzeptualisten. Sie zeigten einen gewissen, wenn auch widerwilligen Respekt vor Simon und seiner Arbeit. Und was seinen psychischen Zusammenbruch anging, nahm Tony an, daß sie ihn auf ihre gewohnt perverse Art als cool betrachteten. Nein, die heiklen Schimpansen waren solche wie Vanessa Agridge die aufdringliche Schreiberin von «Contemporanea», die eben in die Galerie knöchelschlenderte. Für die Hochglanz-Manipulatoren der Presse waren diese Bilder ein gefundenes Fressen. Tony nahm sich zusammen. Der Schnaps hatte seinen Körper beruhigt, das Koks seinen Verstand geschärft. Er würde versuchen, den Kritikern, die er kannte, ein wenig Vernunft einzubleuen, und wenn Sarah kam, würde er sich um sie kümmern, sie unter seine Fittiche nehmen.

George Levinson gestikulierte eben mit dem Kunstkritiker der «Times», einem selbstgerechten Neuseeländer namens Gareth «Grunt» Feltham. «Das sind natürlich, *gru-nn,* Erkundungen des Schimpansenkörpers, der Essenz der Schimpansität. Schließlich bemerkte schon Freud, daß das Ego zuallererst ein körperliches Ego ist, nicht, *huh?*»

«*Wraaf!* Da bin ich mir nicht so sicher, Levinson. Man sollte doch auch, *yugg-yugg,* die Seele bei dieser Sache nicht ganz außer acht lassen, und hier sehen wir Bilder, die den Schimpansenkörper ausbeuten und sich darüber hinaus über seine Seele lustig machen. *HoohGraah*», keuchrief er energisch und schlug spielerisch nach Georges Kopf, bevor er sein herrisches Gestikulieren fortsetzte. «*Yugg-yugg,* Sie wissen, daß ich immer meine Vorbehalte gegen die Arbeit Ihres Schimpansen Dykes hatte, und ich muß zeigen, Levinson, daß dies hier sie bestätigt.» Er deutete mit seiner großen, haarigen Hand auf «Stapelware stoppt in Ebola», die Arbeit direkt vor ihnen. «*Waah,* was will er damit aussagen, mit dieser billigen, nichts als entwürdigenden Vision?»

Feltham war heftig erregt, und nun riß er den Kopf zurück und stieß zwischen fäulnisstumpfen und nikotingelben Reißzähnen eine Reihe markerschütternder Brüll- und Belllaute hervor: «*HooooGrah! Wraaaf! HooooGrah! Hoooo-Grah! Wraaaf!*»

Worauf auch andere Kritiker überall im Saal ihre Mietgläser wegstellten, Luft holten und zu vokalisieren begannen: «*HooooGraah! HooooGrah!*» Die Luft war schwer von ihrem Weinatem, und George wurde es unbehaglich zumute; er bedauerte die Drinks und die Lines, die er sich mit Tony genehmigt hatte. Einige der Kritiker begannen sogar, auf Wände und Boden zu trommeln, bis sie von den besorgten Galerieweibchen gebeten wurden, es zu unterlassen. Doch in all dem Lärm konnte George nicht feststellen, ob es zu einer Verbindung kam.

Es befanden sich jetzt gut über fünfzig Schimpansen in der Galerie. Kritiker, Sammler, Händler und Künstler samt Anhang. Zum Glück war, wie George bemerkte, der Anteil der Weibchen in der Brunst ziemlich hoch, so daß viel Aufmerksamkeit auf alle möglichen Arten von Imponiergehabe verwandt wurde, was jedoch nichts mit der Ausstellung zu tun hatte. Und tatsächlich ließ Feltham, nachdem die Vokalisierungen verklungen waren, von George ab und schob schamlos seinen Zeigefinger einem vorbeigehenden Weibchen in die Gesäßfalte. Sie schlug seine Hand weg, und Feltham hob sie sich an die Nase. «*Gru-nn, Gru-nn*», schnuppergrunzte er. «Höchstens eine Woche in ihrer Zeit. Wenn Sie mich entschuldigen, Levinson – ist ja nicht gerade Ihr Fall, *huh?*»

George reagierte nicht auf die Beleidigung, er hatte keine Lust, mit dem stämmigen Kritiker wegen einer solchen Flegelhaftigkeit zu kämpfen. Doch später freute er sich, als er sah, daß der stämmige Kritiker am anderen Ende des Saals mit dem Weibchen kopulierte, sich keuchend und zähneklakkend in seinem um den Arsch flatternden Cordsamtsakko abmühte und es, zumindest nach dem gelangweilten Gesichtsausdruck des Weibchens zu urteilen, das die Schnauze in den Teppichboden preßte, nicht schaffte, sich oder sie zum Höhepunkt zu bringen.

George sah sich noch einmal «Stapelware stoppt in Ebola» an. Wie in Simons anderen Bildern befand sich auch hier ein Kind im Zentrum. In diesem Fall blutete der arme Wurm entsetzlich aus Mund und Anus, und das Blut ergoß sich über sein Fell und die titelgebende Stapelware, bei der es sich – so die seitliche Aufschrift – um einen Bausatz für ein hübsches, frei stehendes Weinregal handelte. Simon hatte die Atmosphäre in einem Gang des schwedischen Möbelsupermarktes Ikea perfekt eingefangen. Die uniforme Helligkeit der Dekkenbeleuchtung, die Lagerabteile voller folienverschweißter Bausatzstapel für Tische, Stühle, Regale und Musikschränkchen. In dieser Umgebung, künstlich geschaffen zur Kanalisation einer vorfabrizierten Vielfalt, wirkte der Einbruch eines gewaltsamen, zufälligen Todes obszön.

Vor allem die Art des Todes, die Simon darzustellen beschlossen hatte. Ausgehend von Berichten über den Ausbruch der Epidemie in Ebola in Zentralafrika, hatte er sich die Auswirkungen des fleischzersetzenden Virus – mit massiver Beschleunigung – auf eine Gruppe von Möbelkäufern vorgestellt. Die Gestalten der erwachsenen Schimpansen waren bestürzend genug, wie sie mit blut-, exkrementen- und galleverschmierten Fellen hier und dort an der Stapelware lehnten und und sich gegenseitig in den Armen hielten. Aber der Anblick des Kindes auf dem Weinregal war wirklich abstoßend.

«*Hooh*», rief George leise und drehte sich um. Er sah Sarah Peasenhulme, flankiert von den Braithwaites, die Galerie betreten. Sofort waren alle drei umringt von schnatternden Schimpansen, von denen einige vor Sarah präsentierten, während andere sie zu umwerben versuchten. Sie befand sich noch immer in der Hochblüte ihrer Brunst, und ihre Schwellung leuchtete drall und rosig wie ein Partyballon zwischen ihren Schenkeln.

Einige aus der Meute, die sie bedrängte, hatten Camcorder in den Händen und wollten offensichtlich einige Zeichen von Sarah auf Kassette bannen. George beschloß einzuschreiten. Eng an die Wand gedrückt, um dem Gewühl zu entgehen, eilte er zu der Gruppe. Als er nur noch wenige Handbreit entfernt war, trommelte er auf die Empfangstheke und vokalisierte: «*Wraaaf!*» Es war die heftigste Vokalisation, die man je von ihm gehört hatte, und sein grimmiger Gesichtsausdruck und die gebleckten Reißzähne straften dieses eine Mal seine lächerliche ovale Oliver-Peeples-Brille, das Rohseidensakko von Alexander McQueen und den von Tony Figes zeichenlos verspotteten falschen Schwellungsschutz Lügen.

Die Gruppe öffnete sich ein wenig, und George konnte dazwischengehen, Sarah am Arm packen und sie aus der hechelnden Horde herauszerren. «*Hoooh*, komm, Sarah», teilte er ihr mit, «du wirst dich doch nicht mit diesen Schimpansen abgeben.»

«*H'huuuuh*, George was ist denn los? Warum sind sie so aggressiv?»

«Hast du Simons Bilder gesehen, Sarah? Hat er sie dir gezeigt, *huh?*« George führte sie durch den Ausstellungssaal in Richtung Büro.

«Einige, George. Er hat mich ein paarmal in sein Atelier gelassen. Ich kenne das eine da mit King Kong auf dem Oxford Circus ... und das da mit dem Flugzeugabsturz. Ist es seine Thematik, *huh?* Regen sie sich deswegen so auf, *huh?*»

«Ja, deswegen, und dann natürlich wegen Simons Zusammenbruch ... Und ich vermute, daß du in der Brunst bist, wirkt auch nicht gerade beruhigend, so geil wie die Presse und der Rest dieser verdammten Meute ist.»

So war es in der Tat. Sogar in der kurzen Zeit, die sie brauchten, um zum anderen Ende des Saals knöchelzugehen, erregten sie weitere Aufmerksamkeit. Ein Schimpanse mit dem Namen Pelham, ein freier Journalist, der für die Sonntagszeitungen schrieb, posierte vor Sarah, indem er einen «Evening Standard» schwenkte. Und Flixou, der Bildhauer, ein massiger, grober Schimpanse von legendärer Kraft und Potenz, drängte sich ihr ebenfalls auf: Er kreischte und keuchte und riß Pelham Zeitungsseiten aus den Händen. Es sah ganz danach aus, als würde es zu einem ernsten Streit zwischen den beiden Männchen kommen.

«*Err-herr-herr,* George, ich will das nicht, ich will nicht hier sein ... Es ist, es ist ...» Sie hob die Finger über den Kopf, um die Szene zu erfassen und beschreiben: das Lausen, Trinken, Gestikulieren und Kopulieren der erregten Schimpansen. «Wie in einem verdammten Zoo.»

«Nun ja, *gru-nn,* in gewisser Weise könnte man das auch als Erfolg betrachten. Ich glaube, Simon würde es freuen, wenn er wüßte, daß er eine solche Aufregung verursacht hat. Aber Sarah, warum gehst du nicht vor in den Sealink, und ich komme nach, sobald ich kann, *huh? HoooGraah!*» keuchrief er Tony Figes zu, der ganz in der Nähe mit den Braithwaites gestikulierte. Figes winkte ab und kam zu ihnen. «Tony, wenn du genug gesehen hast, könntest du dann Sarah an die Hand nehmen, sie ist nicht glücklich.»

«Du hast recht, George, sie muß hier raus.»

So strebte die Gruppe wieder dem Ausgang zu, wobei die beiden Bonobos die Flanken schützten und jeden aggressiv angingen, der versuchte, Sarah zu bedrängen. Ohne weitere Zwischenfälle erreichten sie die Tür und traten auf die Straße. Ken Braithwaite ging zum Bordstein und versuchte mit Keuchrufen ein Taxi zu organisieren. Sekunden später hielt eins an, allerdings mit ausgeschaltetem Schild, und ließ zwei Schimpansen aussteigen. Es waren offensichtlich geladene Gäste, obwohl sie nicht so aussahen wie typische Vernissagenbesucher. Der eine war ein großes, etwas schwammiges, aber insgesamt gut erhaltenes Männchen in einem altmodischen, zweireihigen Dinnerjackett. Die andere war eine zierliche Brünette, ein wenig schäbig in einem früher einmal modischen Lurex-Top und einem dazu passenden Schwellungsschutz.

«*HoooGrah!*» keuchrief Sarah und signalisierte dann ihrer Gruppe: «Das ist Dr. Busner, der Quantitätstheorie-Schimpanse, der Simons Fall übernommen hat, und das Dr. Bowen, die psychiatrische Stationsärztin im Charing Cross. *Hoo-Grah*, Dr. Busner, *Hoo-Grah*.»

Busner bezahlte den Fahrer und kroch zu ihnen. «*Hoo-Grah*, das ist doch Sarah», fingerzeigte er, «nicht, *huuh*, Simon Dykes' Gefährtin?»

«Richtig, und das ist George Levinson, Simons Galerist.» Sarah stellte auch die anderen vor. Bowen gesellte sich zu ihnen, und die nächsten Sekunden waren beherrscht von ziemlich verwirrtem Präsentieren und angedeutetem Lausen. Die Kunst-Schimpansen wußten nicht so recht, wo sie die Psychiater einordnen sollten, an welcher Stelle der Hierarchie sie standen. Aus dem Durcheinander aus zitternden Steißen und höflichem Lausen entstand schließlich eine Art Patt: Sarah endete mit ihren Fingern in Dr. Bowens Fell, und George und Tony versuchten, sich gegenseitig vor dem berühmten Psychiater niederzuknurren.

«Nun, Mr. Levinson», fingerzeigte Busner nach einer Weile, «ich bin wirklich schon sehr neugierig auf diese Bilder. Können Sie sich vorstellen, daß sie mir irgendeinen Hinweis auf Mr. Dykes' bizarren Zustand geben könnten, *huu?*»

«Das kann ich nicht zeigen, Dr, Busner, wirklich nicht ... Für Simon sind sie ein ziemlicher Neuanfang, ganz anders als seine früheren Arbeiten. Sie sind sehr ... sehr drastisch –»

«Verstehe. Und die Thematik, *huh?*»

«Nun, der Körper, Dr. Busner, der Körper des archetypischen Schimpansen, wie er vom Druck des modernen, urbanen Lebens eingeengt, beschädigt und zerschmettert wird.» George erwärmte sich für sein Thema, seine Finger gestikulierten in flüssigem Tempo. «Ich glaube, Simon hat da etwas, *tschup-tschupp,* ziemlich Bemerkenswertes mit diesen Bildern geleistet, ob allerdings die Kritiker es würdigen werden, kann ich nicht zeigen.»

«Nun ja, wir werden sehen. Jane, wollen wir uns hineinschwingen, *huh?*»

Dr. Bowen löste sich von Sarah und gab dem jüngeren Weibchen einen beruhigenden Klaps auf den Hintern. «Aber Dr. Busner», fingerzeigte Sarah, «welchen Eindruck haben Sie von Simon, glauben Sie, daß er sich wieder erholt, *huh?* Was werden Sie für ihn tun, *huh?*»

Busner kam zu Sarah und tätschelte ihr ziemlich linkisch den Kopf. «Na, na, so viele Fragen. Ich verstehe natürlich, *gru-nn,* daß Sie beunruhigt sind, Ms. Peasenhulme, aber es ist viel zu früh, um eine Diagnose auch nur zu versuchen. Der Zustand Ihres Gefährten ist ernst, aber ich habe – bis jetzt – noch keinen Grund zu der Annahme, daß er nicht behandelbar ist. Wie Sie vielleicht wissen, pflege ich eine ganzheitliche, psycho-physische Betrachtungweise dessen, was man ‹seelische Krankheit› nennt. Der ganze Schimpanse ist es, der mich interessiert, und deswegen bin ich auch hier. Wir hoffen, morgen mit ihm ein paar Tests durchführen zu können; rufen Sie doch Dr. Bowen nach dem zweiten Mittagessen an – vielleicht haben wir dann schon Neuigkeiten für Sie.»

Mit einem Keuchruf verabschiedete Busner sich von den versammelten Schimpansen, trommelte ein wenig auf einen metallenen Abfallkorb und betrat mit Bowen am Steiß die Galerie.

Seit einigen Stunden war im gesicherten Zimmer nun schon nichts mehr passiert. Simon Dykes, der Künstler, lag auf seinem Nest und hielt sich den verstrubbelten Kopf. Durch diesen Kopf raste eine abscheuliche Kavalkade von Bildern. Das Material seiner Gemälde, durch die Luft geschleuderte Körper, verbrannte Körper, zerschmetterte und verstümmelte Körper, alle durcheinander und in Beziehung zu den unerträglichen Affen, den grinsenden, zähneklackenden Visionen, die ihm ihre Wirklichkeit aufdrängen wollten. Er stöhnte und schaukelte, stöhnte und schaukelte.

Das Untier, das behauptete, Sarah zu sein, hatte signalisiert, daß die Vernissage seiner Ausstellung an diesem Abend stattfinden würde. Wenn ich verrückt wäre – Simon verflocht das Grübeln mit dem Stöhnen –, wäre mir das egal, würde ich es gar nicht begreifen können – oder? Aber es ist mir nicht egal, und ich begreife es. Ich kann mir vorstellen, mit welcher Scheiße sie mich bespritzen werden ... mit welcher Scheiße sie mich bespritzen werden ... so wie ich diese Tiere mit Scheiße bespritze.

Wer sind sie? Simon stellte sich die Levinson Gallery voller Schimpansen vor. Ein grotesker Anblick, die Tiere mit ihren zotteligen Körpern, ihren krummen Altmännerbeinen, ihren von Wiesenchampignons umklammerten Ohren. Alle zeigten sie auf seine Bilder, ein Fingergefuchtel, und alle schoben sich gegenseitig den Arsch ins Gesicht und die Finger in den Pelz. Sie bildeten einen wimmelnden, tierischen Teppich, eine armselige Parodie der Kunstbetrachtung – oder etwa nicht?

Zum ersten Mal seit seinem Zusammenbruch kam Simon jetzt der Gedanke, daß vielleicht der Gehalt dieser Halluzinationen, diese Wahnvorstellung des Tierischen, dessen Fratze das Menschliche verbarg, sich zusammensetzte, sich herleitete aus seinen eigenen, quälenden Obsessionen. Denn was waren die Affen anderes als verzerrte Versionen des Körpers? Daß sie nur Körper, nur Verkörperung waren, das war die einzige Gewißheit. Denn was sie zeigten, war offensichtlich unsinnig – oder unzulässig. Diese Gedanken schienen für Simon das Gütesiegel wahrer Einsicht zu besitzen. Sie besänftigten ihn. Ein verborgener Beobachter, in der Lage, das Dämmerlicht des gesicherten Zimmers zu durchdringen, und mit Mitgefühl für den Verrückten ausgestattet, hätte an diesem Punkt eine Entspannung von Simons Gliedern feststellen können. Er gab mehrere lange Nestgrunzer von sich, suchte sich eine bequeme Stellung und wartete auf die Affen mit dem sedierenden Stich.

Angenommen, die Vernissage war wirklich heute gewesen? Wo wäre Sarah jetzt? George Levinson hätte wohl kaum ein drittes Dinner oder ähnliches organisiert – nicht, wenn sich sein Klient auf der geschlossenen Abteilung eines psychiatrischen Krankenhauses befand. Nein, Simon nahm an, daß Sarah vorbeigeschaut hätte, sicher mit Tony Figes und den Braithwaites, und dann vermutlich auf einen Drink in den Sealink gegangen wäre. Das Bild von Sarah im Sealink, die spröde Sarah, die berührbare Sarah, wand sich durch Simons Eingeweide und ließ gerinnen, was an freundlicher Milch sich dort befunden haben mochte. An ihrer Stelle spürte er nun eine harte Sprungfeder lustvoller Eifersucht. Er erinnerte sich an den speziellen Blick in Sarahs Augen, wenn sie erregt war, wie ihre Pupillen sich in staunender Bereitwilligkeit weiteten. Er erinnerte sich an die Bewegung und Haltung ihrer Glieder, wenn sie sich auf ihn legte, sich auf ihn setzte. Er stöhnte gequält auf. Wo sie jetzt wohl war? Ob sie an ihn dachte?

Ja. Sarah dachte an Simon, aber sie dachte ebenso an Ken Braithwaites Schwanz, den er mit recht kräftigem Schwung in sie rammte, und ihre Gedanken waren deswegen ein wenig durcheinander, ein wenig diffus.

Die beiden Schimpansen hatten auf halber Treppe zwischen der Hauptbar des Sealink und den Toiletten angefangen sich zu paaren. Ken hatte nicht unbedingt vor Sarah posiert, nur die Möglichkeit eines Ficks angedeutet. Und im Grunde genommen hatte diese Beiläufigkeit, die Art, wie die Zeichen ihm so ganz nebenbei von den Fingern glitten, sie dazu gebracht, das Angebot anzunehmen. Eine Paarung mit Ken wäre – dieses Gefühl hatte sie – genauso neutral beruhigend wie eine Kopulation mit Reverend Peter.

So war es auch. Sarah stemmte sich an der Biegung der Treppe gegen das Geländer. Ken drang mühelos in sie ein, ihre Schwellung war so weit und so feucht, daß sie ihn einsaugte. Ken war wie verzaubert. Sein schlanker Körper ruckte und zuckte über ihr, während seine Finger ihrem blonden Nacken mitteilten: «Deine, *grunn*, Schwellung, deine, *gru-nn*, Schwellung, deine Schwellung …», bis das Grunzen und Kreischen der Lust dann ernsthaft losging.

Einige Schimpansen, die die Treppe hinauf- und hinuntereilten, mußten sich über das zuckende Paar hinweghangeln, aber keiner zeigte etwas. Kopulationen zu kommentieren wurde im Club als schlechter Stil betrachtet, und daran hielt man sich für gewöhnlich.

Ken kam mit großer Geschwindigkeit und zog sich so schnell aus Sarah zurück, daß der gekrümmte Stachel seines Schwanzes sie innen genau auf die Art scheuerte, die sie ebenfalls zum Höhepunkt brachte. Sie kreischte, ihre Zähne klackten. Sie spürte, wie Kens Soße auf ihr Rückenfell klatschte. «*Iiee Wraah!*» schrie sie, drehte sich dann um und fingerzeigte: «*Hooh*, Ken, meinst du, daß Simon wieder in Ordnung kommt, *huh?*»

«Wer kann das zeigen, Sarah, wer kann das zeigen? Aber falls er in dem Zustand ist, darüber nachzudenken, wird er wenigstens wissen, daß du in guten Händen bist.»

Zack Busner fühlte sich schrecklich beengt in seinem alten Dinnerjackett. Die Klimaanlage im Covent Garden funktionierte anscheinend überhaupt nicht, und da der Tag heiß und schwül gewesen war, herrschten Temperaturen um die dreißig Grad. Er versuchte, sich auf die Bühne zu konzentrieren, aber «Turandot» gehörte nicht zu seinen Lieblingsopern, und weil er erst zum zweiten Akt gekommen war, fand er die Handlung verwirrend. Sollten die Vokalisateure nicht Chinesen sein? Wenn ja, warum trugen sie dann ruritanische Kostüme? Also wirklich, dachte Zack, moderne Operninszenierungen machen aus Preziosen Prätentiöses. Sogar Peter Wiltshires Versuche, Zeit, Genre und Mise en scène zu verändern, kamen ihm oft bemüht vor.

Zumindest konnte er, wenn er die Übertitel auf dem Display über der Bühne ignorierte, dem honigsüßen Keuchrufen und dem getragenen Schreien der Vokalisateure lauschen; und Charlotte schien sich zu amüsieren, sie grunzte befriedigt und strich sich sanft über die furchige Wölbung ihrer nachlassenden Schwellung.

Busner hatte also Muße zum Grübeln, Muße zum Nachdenken über den merkwürdigen Fall des Simon Dykes mit seinem Menschenwahn. Busner war von Dykes' Gemälden mehr beeindruckt gewesen, als er es erwartet hatte. Die Idee, die Unnatürlichkeit der Lebensbedingungen des modernen, urbanen Schimpansen allegorisch ins Bild zu setzen, sagte ihm zu. Was Dykes mit visuellen Mitteln tat, entsprach in Busners Augen seiner eigenen Suche nach einer psycho-physischen Betrachtungsweise neurologischer und psychiatrischer Störungen. Die Körper der Schimpansen in Dykes' Bildern befanden sich alle in destruktiven Umgebungen – ein abstürzendes Flugzeug, ein brennender Aufzug, ein verseuchter Möbelsupermarkt –, was man als Analogie zu der pervertierten Beziehung zwischen schimpanslichem Geist und schimpanslichem Körper betrachten konnte.

War es möglich, daß sich Dykes' Zusammenbruch in diesen Bildern bereits ankündigte? Waren sie, wie das plötzliche Aufblitzen mystischer Klarheit bei einem Epileptiker kurz vor einem Anfall, Vorahnungen der plötzlichen Entfremdung von seinem Körper, von seiner Schimpanslichkeit, die er jetzt durchmachte? Und wie paßte dieser Menschenwahn dazu? Busner ließ seine Gedanken frei die Assoziationen befingern, die das Menschliche in seinem Geist hervorrief. Der Mensch wurde allgemein als das bestialischste aller Tiere betrachtet, weil es dem Schimpansen am ähnlichsten war. Bereits vor der Entdeckung der echten anthropoiden Affen – der Orang-Utan, der Gorilla und der Mensch – im sechzehnten Jahrhundert beeinflußte dieser Glaube die Beschreibung aller Affenwesen.

Auf den Menschen wartete so eine vorgefertigte Nische der Dämonisierung. Wenn der Berberaffe, der Mantelpavian und der Pavian als Nachkommen Luzifers betrachtet wurden – und einige kirchentreue Schriftsteller hatten sogar behauptet, der Teufel sei nach dem Ebenbild des Pavians geschaffen –, wieviel diabolischer konnte der Mensch dann noch sein? Der Mensch mit seiner widerlich nackten Haut, seinen abscheulich vorstehenden Hinterbacken, seiner gierigen, unangemessenen Zügellosigkeit? Doch paradoxerweise war das von der zeitgenössischen Kultur vermittelte Bild des Menschen beinahe wohlwollend. Kinder hatten häufig Stoffmenschen als Spielzeuge. Geburtstagskarten, die als Schimpansen verkleidete Menschen zeigten, waren an fast jedem Zeitungskiosk erhältlich. Außerdem gab es die berüchtigten Werbespots für P.-G.-Tips-Tee mit ihrer absurden Verwendung von Menschen in Affenrollen, in denen mit viel Spezialeffekten der Eindruck vermittelt wurde, als könnten die Menschen intelligent zeigen und würden das Getränk genießen.

Dazu kam ein verstärktes Interesse der ethisch sensibilisierten Öffentlichkeit an Fragen der Tierrechte. Einige Moralphilosophen propagierten inzwischen die Ausdehnung einer eingeschränkten Form der Schimpansenrechte auf den Menschen mit der Begründung, daß sie, ausgehend von ihrem genetischen Profil, die nächsten Verwandten des Schimpansen und außerdem offensichtlich intelligent seien.

Welcher Elemente all dieser Bilder und Versionen des Menschen hatte Dykes sich wohl bedient, um seinen Wahn zu möblieren? Gab es Hinweise darauf in seinem sonstigen Leben, außerhalb seiner Kunst? Oder würde, was bedauerlich wäre, auch dieses Wahnsystem, wie so viele andere, die Busner bereits gesehen hatte, bei näherer Untersuchung zersplittern in die wirren, unzusammenhängenden Fingerzukkungen eines paranoiden Schizophrenen?

Eins war sicher: Einen Fortschritt konnte es erst geben, wenn es ihnen gelungen war, das Ausmaß der – sofern vorhandenen – organischen Schädigung von Dykes' Gehirn zu bestimmen. Dann und nur dann konnte Busner fortfahren. Bis jetzt gab es nur wenig, woran man sich halten konnte, aber Busner hatte ein gutes Gefühl, was seinen neuen Patienten betraf. Das war ein Fall, der durchaus beträchtliches öffentliches Interesse auf sich ziehen konnte, und dem war Busner noch nie abgeneigt gewesen.

Als hätte er seine Gedanken bewußt so getimt, daß sie mit dem Ende der Vorstellung zusammenfielen, wählte das Publikum genau diesen Augenblick, um Busners kontemplativen Zug aus den Schienen zu werfen, indem alle aufsprangen und applaudierend keuchriefen. «*Hoo-Graaah! Hooo-Graah!*» Busner stand ebenfalls auf und keuchrief höflich. «Ich hoffe, es gibt eine Zugabe», teilte er Charlotte mit. «Ich habe mich so intensiv mit dem blöden Fall dieses Schimpansen Dykes herumgeschlagen, daß ich ‹Nessun Dorma› verpaßt habe.»

12

Die rauhe Zehenspitze klopfte auf das Linoleum: *«Tap-tap, tap-tap, tap-tap.»* Daß die Haut viel härter war als die eines menschlichen Zehs, merkte man genau daran, daß sie nämlich, wenn sie das Linoleum berührte, das Geräusch *«tap-tap, tap-tap, tap-tap»* produzierte. *«Yugg-yugg»*, hüstelte Simon Dykes gereizt.

Die idiotische Maske – angefertigt wie er vermutete, als Halloween-Verkleidung für Kinder – drehte sich zu ihm um, und hinter dem starren Bogen grellroter Lippe kam ein leises Grunzen hervor: «*Gru-nn*, alles in Ordnung, Simon – Sie sind nicht zu nervös oder verunsichert, *huh?*»

Simon hätte nicht zeigen können, warum, aber an der Mischung aus vertrauter Vokalisation und Gestik erkannte er, daß es die Psychiaterin namens Bowen war, die ihm die Finger aufdrückte. Er hatte darauf bestanden, daß nur sie ihn begleitete, während er aus seinem gesicherten Zimmer in die Eingeweide des Krankenhauses knöchelging, wo die Kernspin- und Computertomographien durchgeführt wurden. Aber danach, als er aus dem riesigen, knatternden Stahlschlund der Maschine wieder herausglitt, hatte er weder den Mut noch den Wunsch gehabt, mit dem Wesen, das ihn erwartete, zu gestikulieren.

Busner hatte zu seinem Zeichen gestanden und die Korridore und Bereiche, die Simon auf seinem Weg nach unten durchqueren mußte, so gut wie möglich räumen lassen. Nur gelegentlich war noch ein äffisches Wesen zu sehen, das sich eilig aus dem Staub machte, als Jane Bowen mit ihm im Steiß aufkreuzte, und jedesmal wenn das passierte, erschrak er und drückte sich gegen die Wand. Und jedesmal hatte sie ihn mit gutem Zureden wieder auf alle viere gebracht und weitergeführt. Wie gerne hätte ihn Bowen angesichts seiner Verzweiflung ausführlich gelaust und ihn getröstet auf die schimpanslichste Art, die sie kannte, sowohl als Ärztin wie als Weibchen. Aber sie hütete sich davor, es auch nur zu versuchen.

An diesem Morgen hatte es keine Valium-Spritze gegeben. Bowen hatte ihm über Videophon bedeutet, daß jede Art der Sedierung die Aussagekraft der Untersuchungen beeinträchtigen würde. «Wenn Sie das Gefühl haben, daß wieder ein Anfall kommt, brauchen Sie mich nur zu rufen, und ich bringe Sie sofort zurück ins gesicherte Zimmer. Wir versuchen nur, Ihnen zu helfen, Simon, bitte vergessen Sie das nicht.»

Doch vom gelegentlichen Anblick eines Schimpansen einmal abgesehen, was Simon verstört – und auf perverse Weise auch beruhigt – hatte, war das Innere des Krankenhauses selbst. Simon war zuvor schon im Charing Cross Hospital gewesen. Wie oft, konnte er nicht zeigen, aber oft genug, um mit ihm vertraut zu sein. Die Nachrichten an den Schwarzen Brettern an den Wänden, die Glastüren mit ihrer Drahtnetzverstärkung, die grellen, quietschenden Linoleumböden, sogar der Weg, den sie zurücklegten, in einem Lift nach unten, über einen Innenhof, dann noch ein Lift nach unten – all das paßte zu seinen Erinnerungen an Besuche im Krankenhaus bei kranken Freunden.

Vielleicht lag es an der fehlenden Sedierung oder einfach an der Tatsache, daß man ihn aus seinem Gefängnis entlassen hatte, aber etwas an diesem Krankenhaus lief seinen Erwartungen völlig zuwider: die Größe. Alles, die Höhe der Dekken, die Breite der Türen, die Abmessungen des Mobiliars, wirkte leicht verkleinert. Es war so geringfügig, daß es kaum wahrnehmbar war, aber Simon entging es nicht. Das war das Charing Cross Hospital, zum Verrücktwerden umgebaut für Wesen, die ein wenig kleiner waren als Menschen. Umgestaltet für Schimpansen.

In den ersten Minuten nach Verlassen der relativen Sicherheit seines Zimmers war Simon ganz durcheinander. Bowens Maske verhüllte zwar ihr gräßliches, äffisches Gesicht, aber die Hose, die sie sich über ihre tierischen, haarigen Beine gezogen hatte, bestand aus einem transparenten Material, so daß das Fell noch immer zu sehen war. Zusammen mit ihrem schäbigen weißen Mantel machte sie das zu einer clownesken Gestalt.

Ich muß sie einfach weiter als Absurditäten, als Einbildungen betrachten, beschwor sich Simon. Ich darf ihnen nicht zuviel Glauben schenken – denn das hieße zu akzeptieren, daß ich wirklich verrückt bin. Ich muß an meinem Menschsein festhalten. Also richtete er sich resigniert, wie ein alter Schimpanse mit einer chronischen, zehrenden Krankheit, auf und schlurfte mit gesenktem Kopf und schlaffem Fell los.

Bowen war betrübt über Simons Erscheinung, als sie ihn aus dem gesicherten Zimmer führte. Zugegeben, er schlug weder nach ihr, noch bespritzte er sie. Zugegeben, er schien – gerade noch – in der Lage, den gelegentlichen Anblick eines anderen Schimpansen zu ertragen, aber sein ganzes Verhalten war so träge, so teilnahmslos, daß sie sich bei einer – allerdings zeichenlosen – vernichtenden Diagnose ertappte. Dykes erinnerte sie, das erkannte sie, an Schimpansen im Zustand fast katatonischer Depression oder mit schweren neurologischen Funktionsstörungen. Dieser Menschenwahn, dachte sie jetzt, ist vielleicht nur der pompöse Auftakt für einen Zustand, dessen chronisches Stadium durch Apathie, Introversion und schließlich völligen psychischen Kollaps gekennzeichnet ist.

Jetzt waren die beiden Schimpansen wieder auf der Gough und warteten im Aufenthaltsraum auf die Wahrnehmungstests – und auf Zack Busner. Der Aufenthaltsraum war von funktioneller Kahlheit. Es gab einen Resopaltisch, einige Plastikstühle und einen stählernen Abfallbehälter in einer Ecke.

Vertikale Strukturjalousien sperrten das grelle mittägliche Licht aus, und die Neonröhren an der Decke summten und flackerten. Ein Videophon stand stumm auf dem Tisch. Das Zimmer roch, wie Bowen sich eingestehen mußte, nach gebleichter Verzweiflung.

«*HooGrah*, Simon, ich gehe nur schnell zum Automaten und hole mir eine Tasse. Wollen Sie auch was, *huh?*»

Er hob den Kopf, als er ihre Vokalisation hörte, und gegenzeigte: «Ja, okay.»

«Tee, Kaffee, *huh?* Milch, Zucker, *huh?*»

«Egal.»

Kopfschüttelnd, so daß die Maske an den Ohren scheuerte, knöchelging Bowen zur Tür. Armer Kerl, dachte sie, seine Gestik bestätigt meinen Verdacht, die Zeichen sind ganz verwaschen, ohne Betonung oder Tempo.

Im Korridor sah sie Busner, der breit grinste und schnell auf sie zugelaufen kam. Er hatte eine altmodische Lederaktentasche unter den Arm geklemmt und stolzierte auf zwei Beinen. Gambol, sein forschungsassistierender Epsilon, folgte ihm auf dem Fuß. «*Hooo-Grah!* Na, hallo, Jane, schon wieder erholt von Ihrem Ausflug in die Kunstwelt, *huh?* Nein, nein, das ist doch nicht nötig, bitte, bitte ...» Busner wehrte Jane Bowen ab, denn sie hatte sich, als sie ihn sah, sofort zu Boden geworfen und ihm den Arsch entgegengereckt und bestand jetzt darauf, daß er ihn küßte. «Sie werden sich an meine etwas formlose Art gewöhnen müssen, Jane, wenn wir nun wieder zusammenarbeiten. Habe ich nicht recht, Gambol, *huh?*»

«*Hoh*, absolut», gegenzeigte Gambol, obwohl seine Gedanken in eine ganz andere Richtung knöchelgingen.

Ob er sich wohl heute vormittag würde davonmachen können, um noch einmal mit Whatley zu gestikulieren? Tags zuvor war noch einiges offengeblieben. Falls es zu einem Bündnis kommen sollte, wurde es Zeit, daß Gambol sein

Versprechen, Schmutz über Busner zu liefern, erfüllte, daß er sich seinen Traum von Aufstieg, Bezwingung und letztendlicher Dominanz erfüllte.

«Ich hole Dykes nur schnell eine Tasse Tee, Zack», fingerzeigte Jane Bowen. «Ich glaube, es wird Sie, *gru-nn,* freuen zu hören, daß die Kernspin- und Computertomos gut gelaufen sind. Ich habe sie auch noch eine umfassende Röntgenuntersuchung machen lassen und sie gebeten, sich zu beilen, damit wir die Ergebnisse mit den Tests vergleichen können, die Sie jetzt noch mit ihm anstellen wollen.»

«*Tschup-tschupp,* gut, *gru-nn,* gut, nun, ich schätze, es ist an der Zeit, daß ich unserem Patienten mal von Schnauze zu Schnauze gegenübertrete. Haben Sie auch so eine Maske für mich, *huh?* Wie Sie sehen, habe ich meine eigene Hose mitgebracht!» Und damit zog Busner aus seiner Aktentasche eine Haremshose, ganz ähnlich der, wie Jane Bowen sie trug. Die drei Schimpansen konnten sich kaum beherrschen, der Gedanke, solche Nestzimmer-Kleidung in einer Arbeitsumgebung zu tragen, war zu absurd – richtiggehend pervers. «*H'hie-hie-hie*», kicherte Busner. «*H'hie-hie-hie-hoh,* mein Gott, *klack-klack!* Ich weiß, wir sollten nicht darüber lachen, aber dieser Fall treibt mich wirklich zu den absurdesten Mätzchen, denen zu frönen ich als Arzt je das Vergnügen hatte. Da, *h'hie-hie-hie,* Gambol, halte mal meine Tasche, während ich die anziehe.»

Das Videophon läutete, aber einige Sekunden lang reagierte Simon nicht. Er hockte zusammengesunken am Tisch, den Kopf in die Arme vergraben. Ich bin eine verlorene Seele, dachte er, oder überhaupt keine Seele. Jetzt habe ich sie verloren – für immer verloren. Als würde er in einen langen, dunklen Gang starren, sah er undeutlich Bilder aus seiner Vergangenheit vor sich; es waren Bilder verlorener Körper, menschlicher Körper. Sein erstes Kind, das in einem Schwall aus dem Schoß herauskam – nicht einfach herauskam, sondern herausschoß, ein blauer Ball des Lebens, der auf die Gummimatte klatschte, mit zuckenden Armen und Beinen, und aus dessen Kehle ein unbestreitbar menschlicher Schrei brach, ein wunderbarer Schrei. «*Wraaah!*» kreischte Simon, «*wraaah!*», und sein Fell zitterte vor Rührung, vor Trauer über den Verlust.

Das Videophon läutete noch immer. Simon hob ab und wartete, bis das Flimmern auf dem Bildschirm sich klärte. Eine Menschenmaske erschien, aber es war eine andere als die, die Bowen trug. Dieser «Mensch» protzte mit einer blonden Strähne Plastikhaars, die ihm in die glänzende, fleischfarbene Stirn fiel, und einem absurden blonden Schnurrbart über dem starren Lippenbogen. Ohne recht zu wissen, warum, und bevor das Tier sich vorstellte, nahm Simon an, daß es Busner war.

«*HoooGraah*, guten Tag, Mr. Dykes, ich möchte Ihnen zu Ihrer Ausstellung gratulieren –»

«Was, *huh?*» Fast gegen seinen Willen horchte Simon auf. Die Maske und die gestikulierenden Finger waren kein Hindernis. Er spürte dieselbe heftige, jagende Erregung, die ihn immer erfaßte, wenn eine Würdigung seiner Arbeit bevorstand.

«In der Levinson Gallery, die Ausstellung mit Ihren apokalyptischen Bildern – ich habe doch recht, wenn ich sie als apokalyptische Bilder bezeichne, *huh?*»

«Ja, offensichtlich, *gru-nn*, habe ich sie in diesen Kontext gestellt, wobei ich ebenso offensichtlich die Absicht hatte, mich der religiösen Tradition der apokalyptischen Malerei subversiv zu nähern.»

«Offensichtlich, offensichtlich … *gru-nn-yugg-yugg*, ich glaube, der subversive Charakter Ihrer Arbeit ist das, was die anwesenden Kritiker am meisten beeindruckt hat.»

Busner versuchte, auf eine Art zu zeigen, die er sich als «menschlich» vorstellte, und sich dabei so ruhig wie möglich zu halten, auch wenn ihm das unbequem war. Doch die ganze Vorstellung wurde ruiniert von seinen gestikulierenden Händen, die immer wieder zu der Bifokalbrille am Band um seinen Hals zuckten und mit ihr spielten. Simon war auf jeden Fall nicht beeindruckt. Die Masken funktionierten überhaupt nicht. Er sah Busners knotige Ohren zu beiden Seiten hervorstehen, und die bedeutungsübertragenden Finger, die auf dem Bildschirm wackelten und zuckten, waren so haarig und grob wie Jane Bowens Zehen. «*Yugg-yugg*», hüstelte er und fingerzeigte dann: «Sehen Sie, Dr. Busner, ich glaube, diese Farce mit den Masken und den Hosen können wir uns sparen, das bringt alles nichts – ich sehe Sie immer noch als Schimpansen. Oder genauer, ich glaube, daß Sie unter dieser Maske ein Schimpanse sind, also können Sie sie ebensogut abnehmen.»

«*Huuh*? Wirklich? Sie finden sie nicht beruhigend? Es waren die besten, die es im Laden gab, fast die Qualität, die bei Theater und Fernsehen verwendet wird. Meinen Kindern haben sie eine Heidenangst eingejagt. Finden Sie sie nicht realistisch, *huh*?»

«Nein, überhaupt nicht, *hooh*.»

«*Hoh*, nun dann, in diesem Fall …» Mit heroischer Geste nahm Busner die Maske ab und bedeutete gleichzeitig Gambol, daß er ihm die Haremshosen von den Beinen ziehen solle. «Die Scheißdinger jucken mich», teilte er dem Nacken seines Epsilon mit.

Simon nahm sich zusammen, um nicht zu erschrecken, und stellte sich der Schnauze des Tiers. Es ging nicht darum, ob er sich selbst für verrückt hielt oder die ganze Welt – wichtig war nur, daß er sich bemühte, mit Busner zurechtzukommen. Stell den Psychiater zufrieden, und vielleicht, nur vielleicht, wird dann alles besser.

«Und, *huuh*, wie ist das?»

«G-ganz okay», zeigte Simon mit Fingern, die halb seine Augen bedeckten, «w-wenn Sie nur … wenn Sie sich nur etwas langsamer bewegen könnten – vor allem, wenn Sie hier reinkommen – ich finde das Tempo, mit dem Sie sich alle bewegen, ziemlich furchterregend. Verstehen Sie, was ich meine, *huh?*»

«Natürlich verstehe ich Sie, schließlich bewegen Schimpansen sich ja wirklich um einiges schneller als Menschen, nicht?»

«Tun sie das, *huh?*»

«Ja, viel schneller. Wie's aussieht, haben Sie noch einiges über die Welt zu lernen, Mr. Dykes. Vielleicht erscheint Ihnen mein Äußeres weniger verstörend, wenn wir unsere gemeinsamen Sitzungen quasi als Unterrichtsstunden betrachten, *huh?*»

«Kann sein. Ich weiß es nicht.»

«*H'huuh*, lassen Sie uns auf dieser Basis beginnen, okay? Nun, sind Sie bereit, meine Anwesenheit mit Ihnen im selben Raum zu akzeptieren – es gibt da einige Wahrnehmungs- und Verknüpfungstests, die ich mit Ihnen anstellen muß und die voraussetzen, daß wir uns in Lausweite befinden.»

«Was, *huh?*»

«Verzeihen Sie, das ist mir nur so von den Fingern gerutscht, Dr. Bowen hat mir ja gezeigt, daß pongider Kontakt Sie verstört. Ich meine damit nur, daß wir uns … wie soll ich es formulieren … in theoretischer Lausweite befinden sollten.»

«Solange Sie mich nicht anfassen – oder mir zu nahe kommen.» Simon unterbrach die Verbindung und lehnte sich zurück. Bowen fiel auf, daß seine Haltung wie immer merkwürdig steif und aufrecht war. Er faßte sich nicht an die Zehen, wie es die meisten Schimpansen taten, wenn sie auf einem Stuhl Platz nahmen, und machte es sich auch sonst in keiner Weise bequem.

Während dieser Gestikulation hatte Bowen sich ihrer Maske und der Hose entledigt. Dann wich sie in eine Ecke des Zimmers zurück und versteckte sich halb hinter einem Stuhl, um in keiner Weise bedrohlich auf Simon zu wirken.

Busner kam aufrecht ins Zimmer und bewegte sich mit so übertriebener Langsamkeit, daß Bowen schon fürchtete, Simon würde es als herablassend empfinden. Er stellte seine vollgepackte Aktentasche auf den Tisch, zog sich einen Stuhl heran und setzte sich wie Simon hin, den Rücken gerade, die Hände, wenn sie nicht zeigten, locker im Schoß.

«Nun, Mr. Dykes, ich habe hier ein paar sehr einfache Tests, die ich heute mit Ihnen anstellen möchte, so einfache, daß ich beinahe fürchte, Sie könnten sie als Beleidigung für Ihre Intelligenz empf-»

«Dr. Busner, *huh?*»

«Ja, Mr. Dykes?»

«Sie haben zuvor etwas über die Kritiker bei der Vernissage gezeigt.»

«Richtig.»

«Ob Sie mir darüber wohl etwas mehr mitteilen könnten, *huh?*» Von Apathie war jetzt nichts mehr zu spüren. Simon beugte sich vor, so daß er fast in Busners Reichweite kam, und seine Schnauze zeigte eine Konzentration und Intensität, die Bowen noch nie an ihm gesehen hatte.

«Ich war so frei und habe meinen Forschungsassistenten Gambol die Artikel in den heutigen Morgenzeitungen kopieren lassen – wollen Sie sie sehen, *huh?*» Busner zog den Stapel Papiere aus seiner Aktentasche und hielt sie in die Höhe. Simon schnellte vor und wollte sie packen, aber Busner wich ihm gekonnt aus und zeigte: «Noch nicht, Mr. Dykes. Sie werden mir diesen groben Behaviorismus verzeihen, aber ich bin wirklich der Ansicht, wir sollten erst die Tests machen, dann die Kritiken, *huuh?*»

Simon sank auf seinen Stuhl zurück. «Na gut», wedelte er

lustlos, «aber ich habe keinen Schimmer, was Sie damit herausfinden wollen.»

Die Sitzung dauerte den ganzen Vormittag. Busner und Bowen begannen mit Wahrnehmungstests. Die simpelsten waren kinderleicht, er mußte Formen zuordnen, eine Figur in eine andere einpassen, Farben spektographisch anordnen und verschiedene symbolische Übereinstimmungen interpretieren. Simon Dykes zeigte bei allen Tests befriedigende Leistungen, doch keineswegs so gute, wie man sie von einem erwachsenen Schimpansen bei guter Gesundheit erwarten würde.

Die Probleme, die Simon mit diesen einfachen Tests hatte, wurden deutlicher, als sie sich den schwierigeren Übungen zuwandten. Seine Augen-Hand-Koordination, sein Seh- und Hörvermögen – alles war leicht gestört. Es gab keinen Hinweis auf eine tatsächliche kognitive Fehlfunktion, aber irgendwie schien die Verbindung zwischen Simon Dykes' Hirn und dem Rest seines Körpers beeinträchtigt, vermindert. Immer wieder plazierte er eine Ziffer, einen Buchstaben oder ein Symbol falsch. Wenn Busner oder Bowen ihn auf diese Fehler hinwies, erkannte Simon sie sofort, doch bei der nächsten, in Zweck und Absicht analogen Aufgabe machte er denselben Fehler wieder.

Dann legte Busner Simon den für Schizophrene entwickelten Stanford-Binet-Test vor, in seinem Fall allerdings auf zweiunddreißig Fragen beschränkt, und ein ähnlich spezifiziertes MMPI oder Minnesota Multiphasic Personality Inventory. Simons strähniges Fell triefte vor Schweiß, während er sich durch diese Blätter mit Fragen arbeitete, auf die es nur eine vernünftige Antwort gab. Weder fragte er Busner, wozu das gut sei, noch zeigte er irgendeine Erregung, außer bei den Teilen der Tests, die nicht in sein Wahnbild paßten. Beim MMPI zum Beispiel gab es einen ganzen Abschnitt, der sich nur mit der Paarung beschäftigte, einen Abschnitt, den Simon völlig überging und nur jedesmal das Zeichen für «Paarung» einkreiste und ein Fragezeichen daneben setzte.

Busner und Jane sahen ihm unlaut zu und nutzen die Gelegenheit für ein ausführliches Lausen. Busner glitt behende von seinem Stuhl zu Boden und legte seinen Kopf in Bowens Schoß. Sie arbeitete sich sorgfältig durch sein Kopffell, das Nackenfell und, nachdem sie ihm Jackett und Hemd ausgezogen hatte, das Rückenfell hinunter, wobei sie immer wieder leise schmatzte. Einen Teil der Lese – Schleim, getrocknete Schweißpartikel, Brösel und andere Essensreste – steckte sie sich in den Mund, aus dem anderen – Papierfitzelchen, Plastikfädchen, Läuseeier, Heftklammern, Hautschuppen und Spreu – machte sie auf dem Linoleum ein kleines Häufchen. Als sie fertig war, tauschten sie Plätze, und Busner bearbeitete ihren Rücken. Schnuppernd und grunzend suchte er mit Lippen und Fingern ihr Fell ab. Es überraschte ihn, welche Mengen Medikamente er zwischen Bowens glänzenden braunen Haaren fand, und so teilte er ihr zwischen den Schulterblättern mit: «Ich muß aufpassen, was ich hier tue, Jane, sonst bin ich plötzlich sediert!», worauf sie sich schüttelte vor tonlosem Lachen.

Simon beantwortete die letzte Frage und warf den Bleistift in die Luft. Er fiel mit einem leisem «Tock» auf den Boden. Busner richtete sich auf. «*H'huuh*, sind Sie fertig, Mr. Dykes?» zeigte er mit der einen Hand und umfaßte mit der anderen seinen Hoden.

«*Hooh*, ja, ich bin fertig, fix und fertig. Jetzt zeigen Sie mir, daß ich verrückt bin, Doktor Menschenschnauze, *yugg-yugg*, zeigen Sie mir ...» Die Finger des Künstlers stockten und wurden zeichenlos. Die drei Affen verharrten in schockiertem Fingerschweigen, das immer länger dauerte. Bowen erwartete einen Ausbruch von Busner, aber nichts geschah. Er sah Simon nur verwundert an, den Brauenwulst tief gefurcht.

Das Videophon klingelte, und Bowen ging ran. Mit einem

Zeh glättete sie sich ein Stück Fell, das Busner gegen den Strich gebürstet hatte, sah kurz dem Schimpansen am anderen Ende der Leitung zu und unterbrach dann die Verbindung mit demselben Zeh. «Es war das Labor –»

«Und, *huh?*» Busners Wulst entrunzelte sich und stieg in die Höhe.

«Sie sind fertig.»

«Sehr gut. Sehr, *grnn*, gut. Das ist wirklich schnell. Zeigen Sie mir, Jane, war das nur Ihr Einfluß, oder hatte da auch Whatley seine Hand mit im Spiel, *huuh?*»

«Keine Ahnung, Zack, aber ich bilde mir gern ein, daß es nur an mir lag.» Sie kratzte sich die Knie.

Der Patient, der während dieses Zeichenwechsels unlaut dagehockt war, wurde jetzt wieder lebendig, und seine Finger flogen. «Also, *yugg-yugg,* was ist jetzt mit diesen Kritiken, *huuh?* Haben Sie denn nicht gezeigt, ich könnte sie sehen, wenn ich Ihre blöden Tests gemacht habe, *huh?* Ja oder nein, Menschenschnauze. Menschenschnauze! Menschenschnauze!» Simon illustrierte diese Beleidigungen, indem er eine der Menschenmasken in die Hand nahm und sie vor der betreffenden Schnauze schwenkte. Busner verlor die Geduld und schlug nach ihm, ein Schwinger, der Simon zu Boden warf. Die Folgen waren traumatisch. Simon krümmte sich zu einem Ball zusammen und begann sein eigentümliches, leises Klagen, während seine Hände, halb seine verängstigte Schnauze bedeckend, zeigten: «Verdammter Scheißkerl! Sie haben mich geschlagen! Scheißkerl. Sie sind kein verdammter Arzt – Sie sind ein Monster, ein gottverdammtes Monster!» Und dann begann er ernsthaft zu schreien: «*Aaaaargh! Aaaaargh! Aaaaargh!*»

Busner und Bowen tauschten argwöhnische Blicke. Das war nicht die Reaktion auf eine körperliche Ermahnung, die sie von einem psychotischen Patienten erwartet hätten – wie dessen Wahn auch beschaffen sein mochte. Busner kannte zwar Simons Krankengeschichte, dennoch fiel es ihm schwer, mit dessen Mangel an Körperlichkeit, an natürlichen Reflexen umzugehen. Trotz seiner langjährigen klinischen Erfahrung war es ihm nicht möglich, diesem atypischen Verhalten mit Trost und Beruhigung zu begegnen. So war es Jane Bowen überlassen, sich neben Simon hinzukauern und sanft grunzend zu fingern: «*Grnnn-gru-nnn-hooh,* Simon, es tut mir leid, aber Sie sollten Dr. Busners Autorität wirklich nicht auf diese Art anzweifeln, das bringt nichts –»

«Iwillnur, iwillnur –» fummelte er.

«Was denn, *huuh,* Simon, *huh?*»

«Iwillnur sie seh'n. Sonst nix.»

«Was sehen, Simon, *huh?*»

«Die Kritiken, die verdammten Kritiken.»

«Simon, Simon, *gr-unnn,* Simon, bitte, *tschup-tschupp,* tut mir leid. Sie sind immer noch mein Patient, das wissen Sie – und außerdem ein sehr interessanter. Hier sind sie ...» Busner kauerte sich neben Simon auf das abgeschabte, ausgetretene Linoleum. Er hätte so gerne den Kopf des Schimpansen in die Hände genommen, ihn gestreichelt, gedrückt und auf anständig schimpansliche Art getröstet, aber Bowens Blick hielt ihn davon ab. «Bitte verstehen Sie, daß ich das, *grnnn,* was ich mit Ihnen gemacht habe, mit jedem anderen Patienten, der ein derartiges Verhalten zeigt, auch tun würde. Aber jetzt muß ich mir mit Dr. Bowen Ihre Testergebnisse ansehen. Für Sie wäre das nur langweiliges Zeug – sehr technisch. Ich würde vorschlagen, daß Sie in Ihr Zimmer zurückgehen, ein drittes Mittagessen zu sich nehmen und Ihre Kritiken lesen – ich glaube, Sie werden sie interessant, wenn nicht sogar erfreulich finden –, während wir uns mit Ihren Ergebnissen beschäftigen. In etwa einer Stunde sehen wir uns dann wieder ... *huuh?* Was meinen Sie?»

In der Personalkantine schnappte sich Bowen einen Ecktisch. Das bedeutete, daß sie sich die Röntgenaufnahmen und Tomographien ohne Leuchtkasten ansehen konnten. Busner brachte die Tabletts von der Essensausgabe und Bowen die drallen Umschläge und die noch dralleren Schnellhefter. Sie breiteten Simon Dykes' Hirnschnitte auf dem Tisch aus und beugten sich darüber. «Ich will das nicht systematisch machen, Jane», fingerzeigte Busner und schob sich gleichzeitig ein Steak-and-Kidney-Pie in den Mund. «Ich will das alles so schnell wie möglich durchsehen und zu einer eher impressionistischen Diagnose kommen. Falls Ihnen irgend etwas auffällt, zeigen Sie mir Bescheid.»

Bowen rieb die Schenkel aneinander und spürte, wie ihr Fell sich selbst kämmte – ein klettenloser Klettverschluß. Ach, jetzt eine rosige, feuchte Schwellung lecken, köstlich haarige Nippel im Mund sich aufrichten spüren wie reife – Genug! Sie schob das Bild beiseite. Bis zur nächsten Brunst ihrer Nestgenossin Rachel war es noch eine ganze, frustrierende Woche hin, da widmete sie ihre Finger besser dem Denken, anstatt in Gedanken Rachel zu befingern.

«*Wraah-hoh*, mein Gott, sehen Sie sich das an!» Busner hielt eine der Transparentfolien mit den Kernspin-Aufnahmen in die Höhe. «Sehen Sie. Eine deutliche fokale Signal-Hyperintensität in der Fossa Sylvii, da, da ... und da. *Hoh-hoh-hoh*, ich hätte mir nie gedacht, daß wir so einen eindeutigen organischen Schaden finden. Und sein Stirnlappen sieht auch nicht gut aus ... Nein, *hooh*, ganz und gar nicht –»

«Er ist geschwollen, nicht?»

«Furchtbar geschwollen. Wenn ich es, *grnnn'yum*, nicht besser wüßte, würde ich das als Hydrozephalus bezeichnen –»

«Das würde auch die anderen nassen Stellen erklären, *huh*, nicht?»

«Falls sie das wirklich sind – vielleicht auch nicht. Geben

Sie mir doch mal die PET-Aufnahmen, ich möchte sie vergleichen.»

Während die Kernspintomographien, ähnlich wie Ultraschallaufnahmen, farblos waren und das Gehirn lediglich in Grauschattierungen darstellten, so daß es so dicht und geheimnisvoll differenziert aussah wie eine Flusenkugel, die man aus einem verstopften Staubsauger zieht, produzierte die Positronen-Emissions-Tomographie phantastische bunte Dias, die eher farbkodierten Infrarot-Satellitenaufnahmen glichen. Simon Dykes' Gehirn zeigte sich in der PET-Darstellung als grelle Kollision kräftiger Blau-, dunkler Rot- und giftiger Grüntöne. Und da das Kleinhirn die Form einer Palette hatte, war es, als würde man eine Kunstkleckserei oder eine Visualisierung der Farbrezeption betrachten.

Das hätte vermutlich Simon Dykes bei der Betrachtung dieser nuklearen Kartographie seines Gehirns gedacht, Busner aber, trotz seiner angeblich so künstlerischen Ader, betrachtete die PET-Aufnahmen mit wissenschaftlichen Augen, und dabei fielen ihm die dunklen, matten Schattierungen der linken Gehirnhälfte im Gegensatz zu den rot, gelb und orange leuchtenden Bereichen der rechten auf. «*Grnnn-grnnn*», grunzte er, während er sie studierte. «*Grnnn-grnnn*, sehen Sie sich das an, Jane – dies korreliert auf jeden Fall mit Dykes' Verhalten, auch wenn es keine Erklärung dafür ist. Sie haben doch auch ein EEG gemacht, nicht, *huh?*»

«Ja. Die Ergebnisse sind da in dem Schnellhefter.» Sie schob ihm den Ordner mit dem Fuß zu.

«*HooGrah*, wie ich erwartet habe. Starke elektrische Aktivität in der rechten Gehirnhälfte – das ist wirklich einzigartig –, aber die linke ist äußerst matt, äußerst matt. Das erklärt, warum unser Schimpanse so tolpatschig ist, und möglicherweise auch diese außergewöhnlichen Wahnvorstellungen. Das ist auf keinen Fall unvereinbar mit polyapoplektischer Demenz, wenn auch nicht gerade charakteristisch dafür, *hooh*. Und was diese FSIs angeht, die scheinen diese zentrale Kortexregion förmlich zu bedecken, nicht, wobei allerdings das Tomo darauf hindeutet, daß sie über das ganze Gehirn verteilt sein müssen, *h'huh?*»

«Sie glauben aber nicht, daß es sich um Tumore handelt, oder, Zack, *huh?*»

«Gute Frage, *tschup-tschupp*. Sie haben nicht den richtigen Farbton für Zysten, fest sind sie allerdings auch nicht. Nein, ich glaube, das sind Schatten, vielleicht Risse oder Narbengewebe. Geben Sie mir noch mal die Kernspin-Aufnahmen.»

Während Busner sich über die Tomographien beugte, wandte Jane Bowen sich den Röntgenbildern zu, und jetzt war sie es, die *«HooGrah!»* schrie. Jeder Schimpanse in diesem Teil der Kantine drehte den Kopf, um zu sehen, wer da keuchrief.

«Leise! Leise!» fingerzeigte Busner hektisch. «Wir wollen doch hier keinen Auflauf! *Wraah!*» Er verscheuchte ein paar neugierige Schimpansen, die ihre Schnauzen schon fast auf dem Tisch hatten. «Was ist denn, Jane, *huh?*»

«Hier, sehen Sie sich diese Seitenansicht von Dykes' Schädel an. Da, der Unterkiefer.»

Busner hob, ohne seine eigene Warnung zu beachten, das Röntgenbild gegen das sonnenhelle Fenster. Ein vorlauter Chirurg, der ungefähr fünfzehn Fußlängen entfernt stand, sah die Form des Schädels und reagierte so aufgeregt wie Jane Bowen. Er brach in lautes, zähneklackendes Lachen aus. «*H'hie-hie-klack-klack*, was kommt denn noch, Busner? Haben Sie sich jetzt einen Menschen besorgt, den Sie an der Leine herumführen können, was?»

Busner reagierte nicht darauf. Er warf das Röntgenbild auf den Tisch und teilte dem Bein seiner Kollegin mit: «Er hat keinen Affensockel, oder, Jane, *huh?*»

«Nein, Zack, offensichtlich nicht.»

«Könnte das die Folge eines Unfalls sein, *huh?*»

«Unwahrscheinlich, würde ich zeigen.»
«Ein Geburtsfehler, *huh?*»
«Vielleicht.»
«Oder vielleicht ist er doch menschlich!»

... warum Dykes es für nötig erachtet, das Gewissen – und sogar den Magen – seines Publikums dergestalt zu malträtieren, läßt sich in diesen Zeilen nicht beantworten, doch an diesen Bildern ist etwas sowohl Krudes wie Selbstsuchendes, das sie vom Sockel echter Kunst stürzt und sie eher im Bereich der Karikatur ansiedelt ...

... Dykes, dessen «Welt der Bären» letztes Jahr für viel Furore sorgte, als es von der Tate für ihre ständige Sammlung angekauft wurde, enttäuscht uns mit dieser schlampigen Serie ausbeuterischen Sensationalismus sehr. Nachdem er den perversen Formalismus seiner früheren, eher bildhauerischen Arbeiten offenbar aufgegeben hat, bietet er uns nun statt dessen die formale Perversität seiner Malerei ...

... ein Kind, das brennend durch die Luft fliegt, bildet das Zentrum eines Bildes, das sich lustig macht über die Leiden realer Schimpansen in der entsetzlichsten Verkehrskatastrophe in Londons jüngerer Geschichte. Warum Dykes das Recht dazu zu haben meint, übersteigt ...

... der Künstler selbst sich nicht sehen ließ, gab es viel Geschrei und Gepaare unter den versammelten Kritikern und Kunstszeneasten. Dykes' Gefährtin, Sarah Peasenhulme, erschien nur kurz und wurde eilends von Tony Figes und seiner Clique fortgeschafft ...

... Interesse, das vielleicht ausgeblieben wäre, gäbe es da nicht das mysteriöse Verschwinden des Künstlers, der angeblich in der Woche vor der Vernissage einen völligen mentalen Zusammenbruch erlitten hat ...

... er ist verrückt – und sie ist schlecht, Schimpanse. Mit einer Schwellung größer als ihr Kopf und einem «konstruktiven Rat» des prominenten Bonobo-Installationskünstlers Ken Braithwaite nicht abgeneigt. Die beiden wurden nach der Vernissage auf der Treppe des Sealink Club in einer Stellung gesehen, die keine Fragen offenließ ...

Der betroffene Verrückte schob die Fotokopien, die er auf dem institutionell grauen Bezug seines Nests ausgebreitet hatte, zusammen. Er formte daraus eine lockere Kugel, indem er das erste Blatt fest zusammenknüllte und die anderen um diesen Kern wickelte. Obwohl er aufgeregt und wütend war über das, was er gelesen hatte, bemerkte Simon, daß seine Finger mit größerer Genauigkeit und Geschicklichkeit auf die Befehle seines Hirns reagierten als in der Zeit vor seinem Zusammenbruch.

Er sah zu, wie seine Finger formten und stopften. Ihm war zuvor noch nie aufgefallen, wie haarig seine Handrücken waren – oder auch seine Schenkel. War es das Alter? Oder irgendeine schreckliche Nebenwirkung der Medikamente, die sie ihm gaben? Der Affe mit dem Namen Bowen hatte ihm signalisiert, daß sie das Prozac abgesetzt hatten, aber Simon konnte nicht glauben, daß dies Einfluß auf seinen Geisteszustand hatte – außer daß diese Absetzung ursächlich war für seine Wahnvorstellungen einer auf den Kopf gestellten Welt. Er klackte traurig mit den Zähnen, warf die zusammengeknüllten Kritiken in die Luft, und ohne darauf zu achten, wohin sie fielen, rollte er sich ebenfalls zu einer Kugel zusammen und fing an, hin und her zu schaukeln, hin und her.

Gewisse Dinge änderten sich nie. Auch wenn die Welt von Affen beherrscht, ein Planet der Affen war, gab es auch unter ihnen einen Prozentsatz abscheulicher, widerlicher Schmierfinken. Abscheuliche, widerliche Schmierfinken. Simon erinnerte sich nicht nur an diesen Haß, er spürte, wie er seine Eingeweide korrodierte, als wäre sein Bauch eine schwappende Grube voller Batteriesäure, und dieses Gefühl verankerte ihn stärker in den Perversitäten des Jetzt, als ein Seelenklempner es hätte tun können – ob nun Mensch oder Schimpanse.

Aufstöhnend umklammerte er seine Waden. Zeigten seine Bilder jetzt Affen? Brennende, fallende, blutende Affen? Konnte das wahr sein? Und Sarah, was sie über Sarah und Ken Braithwaite geschrieben hatten, konnte das ebenfalls wahr sein? Warum bin ich nicht eifersüchtiger? Als sie noch ein Mensch war, wollte ich ihren Körper ausschließlich für mich. Ich wollte allein der Genießer ihrer Sanftheit sein, allein der Besetzer ihrer Feuchtigkeit, allein der Lauschende ihres Stöhnens. Und jetzt die Vorstellung eines öligen Schaftes, der in ihr versinkt …

… der Traum. Wie ich aus ihr herausgleite. Aus ihr ausgestoßen werde. Sie saß in einem Baum. Zusammengekauert. Und knabberte an der Schnur, die uns verband. Knabberte mit scharfen Reißzähnen daran. In dem Traum – war sie eine Schimpansin. Ja, das war sie.

Whatley und Gambol stocherten in ihrem Salat im Café Rouge gegenüber dem Krankenhaus. Da Gambols Anwesenheit in der Station offiziell war, gab es für sie eigentlich keinen Grund mehr für weitere Heimlichtuerei. Er stieß die Finger in Blätter von Rauke und Radicchio und zeigte dann aus diesem Gestrüpp heraus: «Ich habe etwas, das Sie, *grnnn*, interessieren dürfte, Dr. Whatley.»

«*H'huuh*, ja?» gegenzeigte der Chefarzt um eine Avocado-Spalte herum. «Sie wissen, Gambol, daß ich an einem Bündnis nur Interesse habe, wenn es sich wirklich als produktiv erweist – und zwar schnell! *Aaah* –» Er brach ab, um den Kellner zu rufen.

«*H'huu*? Alles zu Ihrer Zufriedenheit, meine Herren?» Der Kellner trug eine eng um die Taille gewickelte weiße

Schürze. Sein weißes Hemd hatte grellrote Knöpfe. Sein Kopffell war zu einer roten Tolle gefärbt und geföhnt. Whatley und Gambol sahen ihn mit unverhüllter Verachtung an. «Soweit vorhanden, schon», fingerzeigte Whatley, «aber ich habe Knoblauchbrot bestellt, *yugg-yugg-huh*.»

«Schon unterwegs, Sir.» Der Kellner sprang in Richtung Küche davon, und als er unterwegs einem Kollegen begegnete, umtänzelten sie einander in präzise koordiniertem Gliedergewirr. Whatley grunzte, wandte sich wieder seinem Salat zu und sah, daß die Schüssel einen Deckel in Form einer Hochglanzmappe erhalten hatte, wie sie von Konzernen zur Präsentation von Berichten und anderen Dokumenten verwendet wird. «Was ist das, Gambol, *huuh?*» Whatley musterte das Ding, nahm es in die Hand und kratzte sich mit einer der scharfen, plastikbeschichteten Ecken das Kopffell.

«Bitte werfen Sie einen Blick hinein», gegenzeigte Gambol. «Ich glaube, Sie werden das sehr interessant – und äußerst hilfreich finden.»

Jane Bowen nahm in ihrem Büro einen Anruf von George Levinson entgegen. «*HoooH'Grah*, Dr. Bowen, wie geht es Ihnen heute, *huh?*» Er hatte, das sah man sogar auf dem Bildschirm, einen entsetzlichen Kater. Eine sportive Sonnenbrille saß gefährlich schief auf seinem hohen Nasenrücken. Sein langer, brauner Backenbart war schmutzig, verkrustet mit den Überresten des nächtlichen Vergnügens. «*HoooH'Grah*, nicht schlecht, Mr. Levinson.»

«Hat Ihnen die Vernissage gestern abend gefallen, *huh?*»

«Ganz gut, ganz gut – ist aber eigentlich nicht mein Fall.»

«Ich, *yugg-yugg*, würde sagen, es war nicht unbedingt repräsentativ für eine nichtöffentliche Vernissage. Ich nehme an, Sie haben einige der Streits mitbekommen, die im Verlauf des Abends ausgebrochen sind, *huuh?*»

«Den Anfang von einem. Kam es am Ende wieder zu einer Verbindung?»

«*Yugg-yugg,* nun ja, nicht unbedingt. Aber zeigen Sie mir, hat Simon die heutigen Zeitungen schon gesehen, *huh?*» Er kraulte seinen Backenbart, zwirbelte ihn zwischen fummelnden Fingern, als wäre sein Wangengezottel der Künstler persönlich.

«Ich glaube, er liest sie gerade. Wir haben einen ziemlich erfolgreichen Vormittag hinter uns. Wir konnten ihn aus dem gesicherten Zimmer herausholen und alle Untersuchungen machen, die wir wollten –»

«Und, *huh?*»

«*Hoogrnn.*»

«Dr. Bowen, *huh?*»

«*Hoogru-nn,* ich fürchte, ich bin nicht berechtigt, sie Ihnen darzustellen, Mr. Levinson – was Sie sicher verstehen werden.»

Jane Bowen hoffte, daß Levinson sich zurückhalten würde, obwohl sie nur zu genau wußte, daß er es nicht tun würde. Eine Zeitlang glotzte er sie hinter seiner Sonnenbrille hervor an. Obwohl sie die Augen des Galeristen nicht sehen konnte, wußte Jane, daß sie in Hängematten roter Adern ruhten.

Schließlich zuckten seine Finger. «Die Sache ist die ...»

«Ja», schnippte sie.

«Die Sache ist, daß seine Ex-Alpha, wie Sie sicher wissen, nicht die Absicht hat, sich für Simon ins Zeug zu legen –»

«*Yugg-yugg,* aber Sie, *huh?*»

«Ich bin sein Freund ... Ich habe bereits mit seinem Anwalt gestikuliert. Wenn er weiter in völliger – wie heißt das gleich wieder – Isolation gehalten wird, haben wir das Recht, als Bevollmächtigte aufzutreten – wir wurden beide von ihm als Nachlaßverwalter eingesetzt –»

«Wollen Sie Einwände gegen eine Isolation erheben, *huh?*»

«*Hooh,* ich weiß nicht, Dr. Bowen. Bitte, ich will in keinster Weise Ihre Autorität in Zweifel ziehen, ich halte Sie für die weiseste, gütigste und bewundernswert scharfsinnigste Psychiaterin. Ihre Gesäßfalte verzaubert ...... Und jetzt, da auch noch der berühmte Dr. Busner dazugestoßen ist, nun ... ich bin mir sicher, daß Simon bei Ihnen in guten Händen ist, aber die Frage ist doch, ist er eine Gefahr für sich oder andere, *huh*? Glauben Sie, daß eine weitere Isolation ihm helfen wird, *huuh* –?»

Er brach ab, um einen Finger unter die Brille zu schieben. Als er ihn wieder herauszog, haftete ein Körnchen oder Bröselchen daran, das er sich behutsam auf die Zunge legte.

Bowen führte sich kurz die Situation vor Augen. Es war offensichtlich an der Zeit, bezüglich Simon Dykes eine Entscheidung zu treffen. Sein Zustand wurde im Fortgang ihrer Untersuchung eher mehr als weniger anomal, und mit dem nun vorliegenden Nachweis eines organischen Schadens – oder sogar einer Deformierung, konnte man da wirklich noch behaupten, daß er im üblichen Sinn verrückt war?

«*Grnnn*, nun, Mr. Levinson, ich muß gestehen, wir wissen nicht so recht, was wir mit Mr. Dykes tun sollen, ich glaube, wir werden in Kürze eine Fallkonferenz einberufen –»

«Und das bedeutet, *huh*?»

«Daß es wahrscheinlich eine gute Idee wäre, wenn Sie und Ihr Anwalt sich Ihre Rechte als Bevollmächtigte sichern. Wenn Simon nicht freiwillig der Behandlung zustimmt, die wir für die richtige halten, kann es soweit kommen, daß wir Sie überzeugen müssen, ihn dazu zu zwingen.»

«Das sieht in meinen Augen aber ziemlich bedenklich aus, *yugg-yugg*.»

«Ich glaube, ich kann Ihnen dies sagen, ohne in irgendeiner Weise unserer endgültigen Diagnose vorzugreifen, Mr. Levinson. Meiner Meinung nach stehen Simon Dykes' Chancen auf eine Heilung nicht sehr gut – wie immer seine Krankheit auch konkret beschaffen sein mag.»

Nach dem Auflegen griff Bowen noch einmal zum Hörer. Sie rief Whatley an, sie rief Gambol auf Busners Handy an, sie rief die Abteilung der psychiatrischen Sozialarbeiter an und schließlich aus Höflichkeit auch Sarah, um ihr mitzuteilen, daß eine Entscheidung in bezug auf Simon in nächster Zukunft bevorstand. Dann lehnte Dr. Bowen sich in ihrem Stuhl zurück, legte die Füße auf den Tisch, beugte den Kopf nach vorn und begann, sich anständig und ausführlich zu lekken.

Etwa zwei Stunden später machten sich die betroffenen Schimpansen einzeln auf den Weg zu der Konferenz in Whatleys Büro. Norris, der Vertreter der Sozialarbeiter, schwang sich auf der Außenseite des Gebäudes von Balkon zu Balkon hoch und dann durch das Fenster der Sekretärin herein. Zack Busner polterte den zentralen Korridor der psychiatrischen Abteilung entlang und stieß dabei Schimpansen beiseite, die sich ihm unterwürfig näherten. Whatley kam von seiner verschwörerischen Fütterung mit Gambol. Sie staffelten ihre Auftritte. Whatley erschien wie die Cheshire Katze, nur verkehrt herum – das erste, was die Anwesenden von ihm bemerkten, waren seine Zähne, die an ihren Sitzschwielen knabberten. Gambol kam etwas später und beseitigte mit Fingern und Lippen ostentativ die Spuren einer kürzlichen Paarung.

Bowen kam aus ihrem Büro; mit erhobenem Hintern, einen Packen Ordner in die Achselhöhle geklemmt, knöchelschritt sie zur Tür herein.

Dr. Bowen eröffnete die Sitzung: «*HoooGraah!*»

«*HoooGraah!*» entgegneten alle, einige energischer als die anderen – Gambol grunzte nur kurz und trommelte auf das Linoleum, während Busner brüllte und so kräftig auf ein Kissen einschlug, daß Whatley erst jaulte und dann fingerzeigte:

«Das hat meine Tochter gemacht, *hooh!*»

Als schließlich wieder Unlaut und Fingerschweigen herrschten, begann Bowen die Einzelheiten von Simon Dykes' Fall von Anfang an zu referieren: sein Zusammenbruch, seine Reaktion auf das Rettungsteam, sein Verhalten sowohl dem Krankenhauspersonal wie den Schimpansen gegenüber, die er gut kannte. Dann rekapitulierte sie die Details seiner Krankengeschichte, wobei sie, wenn nötig, aus den Aufzeichnungen zitierte, die Anthony Bohm ihnen überlassen hatte. Schließlich schob sie die Unterlagen beiseite und ließ ihre Finger eine Weile bei der Möglichkeit verweilen, daß Dykes' gegenwärtiger Zustand eine hysterische symptomatische Konversion seines depressiven Allgemeinzustands darstellen könnte. Sie betastete und befühlte auch die Vorstellung, daß eine Unverträglichkeitsreaktion auf das von Bohm verabreichte Prozac vorliegen könnte, möglicherweise katalysiert von dem MDMA, das er in der Nacht vor dem Zusammenbruch genommen hatte. Dann wandte sie sich wieder dem gegenwärtigen Problem zu und zerfieselte es in seine Einzelaspekte. Und schließlich stellte sie einige der Untersuchungsergebnisse dar, die auf eine bipolare Störung hinwiesen, und ohne ins Detail zu gehen, richtete sie die Aufmerksamkeit ihrer Zuhörer auf die organischen neurologischen Schädigungen.

Danach keuchrief sie und hockte sich hin, ein Bein von sich gestreckt, so daß Norris, der Sozialarbeiter, es bearbeiten konnte. Whatleys Finger waren die ersten, die flogen. «Und was wollen Sie uns damit anzeigen, Jane, *huh?* Ich habe den Eindruck, daß die einzig mögliche Diagnose sich auf diese FSI, auf diese Manifestationen organischer Schädigungen in seinem Gehirn, gründen muß. Die Prognose dürfte, bei diesem Grad der, *yugg-yugg,* Schädigung, und egal, worum es sich handelt, ziemlich schlecht ausfallen. Dykes' Menschenwahn ist dabei offensichtlich ohne größeren Belang; denn ihn zu verstehen wird uns in keiner Weise helfen, ihm zu helfen, *h'huuh?*»

Bowen schürzte die Schnauze, kratzte sich das dichte Fell unter dem Kinn, zupfte ein Nudelstückchen ab, das seit dem dritten Mittagessen dort klebte, und gegenzeigte: «Nun, ja, Dr. Whatley, ich glaube, da könnten Sie recht haben.»

Norris meldete sich: «Ist er versichert, *huh?* Wird seine Paarungs- oder Geburtsgruppe ihm unter die Arme greifen, *huh?* Hat schon jemand nachgeprüft, ob er bereit ist, einen privaten Krankenhausaufenthalt anstelle eines vom Staat finanzierten zu bezahlen?»

«Ich fürchte, die Antwort, *yugg-yugg,* heißt nein in allen Punkten», gegenzeigte Bowen. «Seine Geburtsgruppe hat sich längst getrennt, seine Paarungsgruppe ebenso. Von seiner Gefährtin weiß ich, daß keine Versicherung vorliegt – wegen seiner psychischen Krankengeschichte, *hoooh,* und sein enger Freund und Galerist Mr. Levinson – der sich übrigens eben um Handlungsvollmacht bemüht, für den Fall, daß wir eine weitere Isolation für nötig erachten – hat mir gezeigt, daß Vermögen kaum vorhanden ist, bis die Erlöse seiner gegenwärtigen Ausstellung hereinkommen, falls, *hooh,* überhaupt welche zu erwarten sind.»

Alle Schimpansen machten angemessen ernste Mienen angesichts dieser Informationen. Dykes mochte ein nicht unbekannter Künstler sein, Geisteskrankheit aber war ein großer Gleichmacher, das wußten sie alle. Es konnte ohne weiteres dazu kommen, daß Dykes in ein paar Monaten seine Tage in einem dunklen Winkel irgendeiner Langzeitanstalt versabberte oder in der entsetzlich ungeschützten Umgebung, wie sie gegenwärtig von «baumbehüteten Wohngemeinschaften» angeboten wurde.

«Ich würde zeigen, daß hier, *grnnn,* bis zu einem gewissen Grad auch die Frage der Lebensqualität zu berücksichtigen ist.» Whatley wählte seine Zeichen sorgfältig und plazierte sie so, daß jeder sie sehen konnte. «Es erscheint mir besonders grausam, diesen Schimpansen, der von vielen als prächtiges, wenn auch unausgeglichenes Individuum angesehen wird, hier auf unserer Station oder irgendwo anders verfaulen zu lassen. Levinson ist doch sicher bereit, irgend etwas für ihn zu tun, *huuh?*»

Ein tiefes, schleimschweres Räuspern kam aus der Ecke, wo Zack Busner auf dem Rücken lag und gemächlich mit den Füßen gegen die Wand strampelte, so daß die Rauhfasertapete köstlich die juckenden Sohlen seiner verhornten Füße kratzte. *«Grnn-grnn-Hoo-Grah!»* vokalisierte er, und als alle sich ihm zugewandt hatten, zeigte er: «Ich glaube, uns steht noch ein anderer Weg offen.»

«Und der wäre, Dr. Busner, *huh?*» Whatley strich seine Zeichen glatt, überzog sie mit symbolischer Vaseline.

Busner stemmte sich grunzend in die Hocke und wies Gambol an, sein Rückenfell zu lausen. «Der wäre, mir zu gestatten, Mr. Dykes in meine Obhut zu nehmen. Ich habe dergleichen schon oft getan, sowohl mit psychiatrischen wie mit neurologischen Patienten, die ungewöhnliche Symptome zeigten. Ich bin mir ziemlich sicher, daß an Mr. Dykes' Zustand nichts grundlegend Mysteriöses ist, und was die Prognose angeht, so habe ich schon Patienten mit viel schlimmeren Traumata erlebt, die einen nicht unbeträchtlichen Grad der Besserung erreicht haben. Das Gehirn besitzt – wie Sie alle wissen – eine wunderbare, *aaah,* Plastizität. In die korrekten Bahnen gelenkt, kann es durchaus wieder eine, *tschup-tschupp,* Homöostasis erreichen. Und darüber hinaus ... *grnn,* da er keine Gefahr darstellt, außer für sich selbst, sehe ich nicht, warum er nicht in meine Obhut überstellt werden sollte –»

«Wenn er und Mr. Levinson oder sein Anwalt oder wer auch immer die Verantwortung, *huh,* übernehmen will, dem zustimmt –?»

«Natürlich.» Busner ließ das Zeichen einen Augenblick lang in der Luft hängen, seine Finger kreisten und schwebten, bevor er Gambols Hände von seinem Nacken wegschlug und sich auf die Hinterbeine stellte.

«Schön und gut, Dr. Busner, *yugg-yugg,* aber wo wollen Sie Ihren sich menschlich wähnenden Schimpansen unterbringen, *huh?»* Norris konnte sich weder in Zeichen noch Laut des Sarkasmus enthalten.

Zack Busner riß die Arme in die Höhe, machte zwei Schritte auf Norris zu und schlug dem Sozialarbeiter auf die Augenbraue. Rotes Blut tropfte auf schwarzes Fell. Norris schrie auf, drehte sich dann um und präsentierte. Zack klopfte dem jaulenden Angehörigen des pflegenden Standes vorsichtig auf den Rücken, als wäre er eine lebendige Ruhebank, und wedelte dann: «Na, zu Hause bei meiner Gruppe natürlich. Wo sonst hätte er eine bessere Gelegenheit, die Grundzüge des schimpanslichen Seins neu zu erlernen, *huuh?»*

Die anderen grunzten zustimmend, und Bowen beendete die Sitzung.

Im Korridor hing Gambol für eine Weile träge von einem Stützbalken. Seine Füße spielten – in Taillenhöhe – mit einer Rolle Feuerwehrschlauch an der Wand. Busner knöchelging eilig an ihm vorbei, Bowen im Steiß. «Ich werde jetzt sofort mit Dykes gestikulieren, Gambol – du wartest hier auf mich.»

Gambol füßelte weiter. Also wirklich, dachte er, das hätte nicht besser laufen können, wenn wir es so geplant hätten. Wenn Busner nicht vorgeschlagen hätte, Dykes voll zu übernehmen, hätte entweder Gambol selbst oder Whatley etwas Derartiges angedeutet. Denn aus ganz eigenen Gründen erhofften sie nichts sehnlicher, als daß Busner Dykes an seine geräumige haarige Brust drückte. Nach seinem zweiten Lunch im Café Rouge wußte Whatley genau, warum, inzwischen kannte er den Inhalt der Hochglanzmappe. Als er nun aus seinem Büro kam, blinzelte er dem vom Stützbalken baumelnden Epsilon-Machiavelli zu. Die beiden Schimpansen hatten dasselbe Bild vor Augen: Dykes war wie eine Handgranate, die man Busner zugeworfen hatte. Und Busner, der Narr, hatte sie pflichtbewußt aufgefangen, ohne zu merken, daß der Zündstift bereits gezogen war.

13

Simon Dykes, kein Künstler mehr, sondern nur noch Psychiatriepatient, hockte auf seinem Nest im gesicherten Zimmer Nummer sechs und grübelte über die Ereignisse des Vormittags nach. Seine Verrücktheit nahm – dieses Gefühl hatte er – eine neue Beschaffenheit an, wie ein Nebel, der, anfangs scheinbar undurchdringlich, plötzlich zu wabern beginnt und aufreißt, um Fetzen von Landschaft zu zeigen. Konnte sein Menschsein der Wahn und sein Schimpansesein – groteskes Zeichen! – die Wirklichkeit sein?

Er gähnte, kratzte sich mit einer Hand die Achselhöhle und mit der anderen die Gesäßfalte. Dann begann er, ohne sich dessen bewußt zu sein, seinen Körper zu untersuchen. Er strich sich über die Schenkel, fuhr mit gespreizten Fingern die Schienbeine entlang bis zu den Füßen. Er fühlte sich nicht anders an – oder etwa doch? Natürlich hatte er sich seit Wochen nicht mehr rasiert, und aus den Stoppeln unter seinem Kinn war ein Bart geworden, den er mit den Fingern in die eine Richtung glattstreichen, in die andere aufstellen konnte. Aber seine Brust, die Arme und Schenkel waren nicht haariger als zuvor.

Simons forschende Finger suchten nach einer Delle in seiner rechten Kniescheibe. Eine Delle, von der sie wußten, daß sie da sein mußte, eine Delle, die von einem bösen Fahrradunfall mit sechs oder sieben Jahren herrührte. Sie fanden sie nicht, und der einstige Künstler nahm seine Augen zu Hilfe. Er starrte das Knie an. Vielleicht war das Fell hier wirklich dichter. Er konnte sich nicht erinnern, es je so verflochten gesehen zu haben, einzelne Büschel, die zu Minidreadlocks verschmolzen. Wo war die Delle? Die alte Narbe? Die Finger wühlten – ja wühlten – in dem schütteren Fell, bis sie sie gefunden hatten, und dann seufzte Simon. Seufzte erleichtert, weil er noch immer Simon, noch immer menschlich war.

Er rollte sich vom Nest und knöchelging zum Fenster. Das vierhändige Gehen fühlte sich natürlich an, und es tat gut, sich zu strecken und nach den dünnen Stangen vor dem Fensterschlitz zu greifen. Simon zog sich auf die Hinterbeine. Draußen war zwar nichts zu sehen, das Fenster ging auf einen Innenhof des Krankenhauses hinaus, aber auch ein noch so beschränkter Ausblick war Teil der Außenwelt. Simon stellte sich vor, das erkannte er plötzlich, nach draußen zu gehen. Und mehr noch, er wollte nach draußen gehen, was immer er dort finden mochte.

Was hatte diese fiese Bemerkung über Sarah in der Zeitung zu bedeuten? Fickte sie mit Ken Braithwaite? Fickten Schimpansen überhaupt? Und was war mit all den anderen Leuten, die er kannte? «Leute» – das Zeichen wirkte merkwürdig auf Simon, eher wie eine halb verschluckte Vokalisation denn etwas wirklich Bedeutungshaftes. Und was war mit seinen Kindern, seinen drei kleinen Männchen? Simon stellte sie sich aufgereiht vor, Kinder von der Stange, Repräsentanten der drei Standardgrößen: Small, Medium, Large. Alle drei trugen identische dunkelblaue Pullover mit dem Namen ihrer Schule auf der Brust. Alle hatten sie die gleichen knarzend neuen, scheißefarbenen Lederranzen auf dem Rücken, und alle drei hatten den gleichen Gesichtsausdruck, der ihnen die Schnauzen kräuselte und die süßen grünen Augen zusammenkniff. Dann trennten sie sich und kamen auf ihn zugelaufen und kletterten an ihm hoch, der eine sprang ihm auf die Schultern, der zweite klammerte sich an seinen Arm, und der dritte – der kleinste – zog sich an seinem Bein hoch. Die vier Dykes-Männchen verknäulten sich zu einem Bündel gespielter Aggression, aus dem gelegentlich ein hysterisches Kichern, ein Zähneklacken oder ein tremolierendes Grunzen drang.

Das Guckfenster an der Tür glitt mit dumpfem Klicken auf. Simon schüttelte sich aus seinem Tagtraum, und als er sich zur Tür umdrehte, erkannte er eine vertraute, verwitterte Schnauze und vertraute, wachsame Augen, deren vertikale Iriden von einer Seite zur anderen huschten. «*Hooo-Grah!*» Busner trommelte gegen die Außenseite der Tür.

Simon spürte, wie seine Brust sich – unwillkürlich – zusammenzog, wie Luft mit rasselndem «*Hoooh*» eingesaugt wurde und dann durch das Gatter seiner großen Zähne wieder vorplatzte: «*Graah!*», und er trommelte ein wenig auf die Seite des Betts, ein bleischwerer Wirbel.

Busner war mehr als nur ein wenig überrascht. «Simon», fingerzeigte er, «das ist das erste Mal, daß ich Sie keuchrufen höre –»

«Was, *huh?*»

«Egal. *H'huh,* würde es Sie sehr stören, wenn ich hereinkomme? Ich habe etwas mit Ihnen zu gestikulieren.» Busners Finger bewegten sich etwas verkrampft in der engen Öffnung des Guckfensters.

«N-nein, wenn es, *grnnn,* sein muß.»

Die Tür schwang auf, und der berühmte Naturphilosoph – wie er sich selbst gern nannte – schwang sich herein und landete schwer auf seinen haarigen Füßen. Einen Augenblick verharrte er so, und Simon beobachtete ihn argwöhnisch. Busner war Affe durch und durch. Seine Brust ein dickes Faß, der Umfang noch betont durch den Faltenwurf des Tweedsakkos. Seine kurzen Säbelbeine bildeten zwar eine solide Stütze dieses Muskelbergs, aber der Kontrast zwischen ihrer Tierhaftigkeit und dem V des weißen Hemds mit der braunen Mohairkrawatte war ganz einfach ekelerregend. Simon spürte, wie ängstlicher Abscheu in ihm hochblubberte, während er die Schnauze des Tiers anstarrte. Den Halbmond harter Lippe, der Reißzähne, groß wie Wäscheklammern, entblößte, die eingedrückte Nase, die ovalen Nüstern schwarze

Tunnel, und darüber die Augen, die unmenschlichen Augen mit ihrem grünen Funkeln, den mutierten Pupillen.

«*Yugg-yugg,* Simon, schauen Sie mich nicht so an – ich sehe, daß Sie sich wieder aufregen. Fingerzeigen Sie, gestikulieren Sie mit mir, so vermeiden Sie am ehesten eine Überreaktion. Es ist egal, ob ich Schimpanse oder Mensch bin, das Wichtigste ist, daß wir zeigen können.»

«Zeigen», zeigte Simon verwirrt. «Was soll das heißen, *huh?*»

Busners Brauenwulst stieg fragend in die Höhe.

«Zeigen, Simon, fingerzeigen, mit Ihren Händen gestikulieren – wie ich es im Augenblick tue, *grnnn.*»

Simon schnitt eine Grimasse. Eine merkwürdige kleine Grimasse. «Aber Menschen zeigen nicht, Dr. Busner, wir *sprechen.* So kommunizieren wir. Soweit ich weiß, hat man einigen Schimpansen und sogar Gorillas ein paar Zeichen beigebracht – Zeichen, die aus den Zeichensprachen für Stumme und Taube entlehnt sind. Aber Menschen zeigen nicht – wir haben es nicht nötig. Wir *sprechen.*»

Nun war es an Busner, verwirrt dreinzuschauen. Ihm schwirrte der Kopf. Dykes' Wahn war so wunderbar symmetrisch. Ganz offensichtlich hatte er – in irgendeinem entfernten Winkel seines Gedächtnisses – die Information ausgegraben, daß wilde Menschen mittels eines großen Repertoires an Vokalisationen gestikulierten. Aber dieses nackte Faktum hatte er mit weiteren Mutmaßungen geradezu barock ausgeschmückt. Dykes hatte eine ursprüngliche Lautäußerung so umgeprägt daß sie zur Bezeichnung dieser Art von Gestikulation wurde. Busner beugte sich vor, seine gespreizten Finger verwirbelten die Luft. «Simon, *gru-nn,* glauben Sie, daß Sie mir dieses *ech-e* beibringen könnten, *huuh?*»

«Sprechen, Dr. Busner, die *Sprache.* Ja, ich wüßte nicht, warum nicht. Schließlich» – hier hielt Simon inne und betrachtete seine Finger, Finger, die jetzt mit derselben Flüssigkeit Zeichen formten wie die jedes anderen Schimpansen – «scheine ich in der Lage zu sein, zu *sprechen* wie Sie, *grnnn.*»

Busner nickte, wippte auf den Fersen, stand auf, knöchelging zum Fenster und hangelte sich zu den Gitterstangen hoch. Dort baumelte die frühere TV-Persönlichkeit eine Weile. Simon starrte den nackten Hintern des Affen an. Busners kümmerliche Backen und der fleischige Steiß waren ein zugleich vertrauter und befremdlicher Anblick. Die Falten brauner und rosiger Haut sahen fast aus wie ein Schnabel, der aus der haarigen Protuberanz herausragte. Als würde Busner Simons Blick spüren, ließ er nun eine der Stangen los und begann eine linkshändige Untersuchung seines Arschlochs. Dann führt er die Finger an die greiffähige Lippe und die nicht vorhandene Nase, wo sie einer kritischen, bisensorischen Untersuchung unterworfen wurden. Mit derselben Hand feuerte er dann Simon die Zeichen entgegen: «Alles in Ordnung mit meinem Arschloch, *huuh?*»

«Bestens, Dr. Busner – ‹Spitzenloch›, könnte man zeigen.»

Busner kicherte und zähneklackte über diese Bemerkung. «*H'hie-hie-klack-klack*, oje, vielleicht halten Sie mich jetzt für kindisch, aber ich muß sagen, ich fand Ihre Bemerkung ziemlich witzig. Doch nun, Simon, müssen wir entscheiden, was wir mit Ihnen machen sollen –»

«Mit mir machen, *huh?*»

«Genau.» Busner ließ sich wieder auf den Boden fallen. «Ich will ganz offen mit Ihnen sein. Wir haben in Ihrem Gehirn strukturelle Anomalien gefunden. Wir wissen nicht, ob sie ein Hinweis auf einen organischen Schaden oder Teil eines Krankheitsprozesses oder vielleicht sogar eine angeborene Deformation sind, aber sie sind da – und sie haben mit ziemlicher Sicherheit mit Ihrem, *yugg-yugg,* Menschenwahn zu tun.»

«Ist es heilbar?»

«Das kann ich Ihnen noch nicht verfingern.»

«Dann wollen Sie mich also hierbehalten! Hier in diesem Loch! Geht's darum, *huuh?* Ist es das, was Sie mir zeigen wollen?» Simon hatte sich aufgerichtet und ging auf zwei Beinen mit merkwürdigen, ruckartigen Bewegungen hin und her, wie ein jungerwachsener Bonobo, der zu Dschungelmusik tanzt. Dazu machte er einige seiner erstickten, tiefen Vokalisationen, die für Dr. Busner klangen wie *«Ogottogott-ogottogott ...»*

«*Waah!* Simon, lassen Sie das, das bringt uns nicht weiter. Nein, ich glaube, es hat keinen Sinn, Sie weiter hierzubehalten oder Sie in eine Langzeiteinrichtung zu überweisen.»

«Nein, *huh?*»

«*Wraah!* Nein! Wenn ich auf irgendeine Weise auf diesen Wahn Einfluß nehmen soll, muß ich Ihnen helfen, sich der Wirklichkeit zu stellen. Ich will, daß Sie zu mir nach Hause kommen und mit meiner Gruppe leben. Daß Sie mit mir Streifzüge unternehmen und etwas von diesem Planeten der Affen sehen, auf dem Sie sich befinden – und gleichzeitig –»

«*Hoh,* ja! Was, was gleichzeitig? Was? *Wraah!*» Simon blieb knapp vor Busner stehen, und er zitterte vor Wut, vor Angst, vor entsetzlicher Frustration. Busner platzte beinahe der Kragen – er spürte, wie er allmählich die Selbstbeherrschung verlor. Nur seine langjährige Beschäftigung mit den unverschämtesten und hartnäckigsten Patienten schenkte ihm jetzt noch Toleranz, die Toleranz, diese Ungezogenheit nicht zu bestrafen.

«Gleichzeitig, Simon, können Sie mir, *gru-nn,* etwas von Ihrer Welt zeigen – Ihrer Sicht der Welt.»

«*Wraah!* Das würde ich sehr gerne, das würde ich liebend gerne –»

«*Hooh,* wir könnten dieses Verfahren sowohl als lehrreich wie als therapeutisch betrachten –»

«Natürlich, natürlich, warum nicht. Was für eine ausgezeichnete Idee, *yugg-yugg!*» Simons Gestikulation verbesserte sich, wie Busner bemerkte, sehr schnell. Diese letzte Zeichenkette war mit verdeckten sarkastischen Spitzen durchwirkt. Der Antipsychiater ertrug es nicht länger; sein Arm schnellte vor, seine Nägel kratzten über Simons Brust. Obendrein schlug Busner Simon auf den Brauenwulst – ziemlich fest. Simon drehte sich, wie nicht anders zu erwarten, um und bespritzte seinen bestialischen Seelendoktor mit flüssiger Scheiße. Ein kurzes Gerangel entstand – Arme und Beine flogen, beide knurrten und kreischten.

Binnen Sekunden war alles vorüber, und Simon lag lang hingestreckt auf dem Rücken, sein scheißebespritzter Seelenklempner auf ihm. Simon jaulte und wimmerte erbärmlich. «Schon gut, Simonilein, mein Kleiner.» Busners Finger, die jetzt auf Simons Körper spielten, waren zärtlich, besänftigend. «Lassen Sie die Angst nur raus, lassen Sie das Verletztsein raus, die Wut. Greifen Sie mich ruhig an – das ist sehr schimpanslich, wirklich sehr schimpanslich.»

Und der ehemalige Künstler reagierte auf die Finger, die über seine Brust tanzten, reagierte auf sie, wie er es noch nie getan hatte. Er spürte Busners Fürsorge – und gestattete sich, daran zu glauben. Kurz darauf hockten die beiden Affen mit untergeschlagenen Beinen da, Simon hinter Busner, und Simon zupfte die schnell trocknende Scheiße aus dem Fell seines Arztes. Es war sein erstes Lausen seit dem Zusammenbruch.

Dr. Bowen startete einen Rundruf. Sie rief Jean Dykes und Anthony Bohm in Oxfordshire an. Sie rief George Levinson in der Cork Street an und Tony Figes in der Zeitung. Schließlich rief sie Sarah Peasenhulme an.

«*HoooH'Graah.*»

«*HoooH'Graah.* Haben Sie Neuigkeiten für mich, Dr. Bowen, *huh?*» Sarahs Zeichen verrieten alle möglichen Befürchtungen – sie trug, wie Jane Bowen bemerkte, für einen Arbeitstag einen ziemlich ausgefallenen Schwellungsschutz.

«Habe ich, Sarah, einige gut, andere weniger gut. Dr. Busner nimmt – wenn man so will – Simon in seine Hände –»

«*Huuh*, und das heißt?»

«Nun, er hat das schon mit anderen Patienten gemacht – normalerweise solche mit neurologischen Schäden oder einem Zustand, der sich, *graah*, als produktiv erweisen könnte –»

«Und was soll das heißen, *huh?*»

«*H'hoh*, ich will damit sagen, wir fürchten, daß Simons Zustand möglicherweise unheilbar ist – wir haben eine beträchtliche Schädigung seines Gehirns festgestellt.»

«*Wrah*, aber wie, *h'huh*? Warum? Waren es die Drogen oder dieses verdammte Prozac, das er immer nahm? Was, *huuh?*»

«Sarah, das wissen wir nicht, aber glauben Sie mir, Dr. Busner hatte mit dieser Art von Fällen in der Vergangenheit schon beträchtlichen Erfolg. Er wendet bei diesen Störungen eine, wie er es nennt, ‹psycho-physiologische› Methode an. Auch wenn es ihm damit nicht gelingen sollte, Simon von seinem Wahn, er sei ein Mensch, zu heilen, könnte er ihn doch so weit bringen, daß er damit zurechtkommt – und vielleicht sogar nutzbringend damit umgeht, in seiner Kunst zum Beispiel.» Bowen spielte im Gestikulieren mit ihrem Ohr.

Sarah schüttelte ungläubig und bekümmert ihren kleinen, blonden Kopf. Sie hatte ihren Stuhl leicht nach hinten gekippt und die Füße auf den Schreibtisch gestemmt, und das war der Grund, warum Jane Bowen einen ungehinderten Blick auf die seidene Rosette ihres Schwellungsschutzes hatte. Eine Hand wanderte nun zu einem Fuß und zog ihn an die forschende Lippe. Unreif gegenzeigte Sarah mit ineinander verflochtenen Fingern und Zehen: «Kann ich – bitte, kann ich – ob er mich zu sich läßt, *huh?*»

«Ich weiß nicht, ob das eine so gute Idee ist, Sarah. Jede Form von pongidem Kontakt ist für ihn immer noch sehr problematisch. Soweit ich weiß, ist Dr. Busner eben dabei, ein wenig sein Vertrauen zu gewinnen. Es kam heute zu einem ersten, wenn auch noch sehr eingeschränkten Lausen, und natürlich ist Simon damit einverstanden, in seine Obhut gegeben zu werden.»

«Aber, *hooh,* wir sind Gefährten, Nestgenossen, da wird er doch sicher –»

«Ich werde Simon zeigen, daß Sie ihn sehen wollen, Sarah – aber alles andere müssen wir wirklich ihm überlassen. Sie müssen verstehen, daß bei seinem Zustand die Bettgenossin der letzte Schimpanse ist, den er sehen will.»

Tony Figes knöchelging die Ladbroke Terrace entlang und schwang sich ein paar Straßen weiter in die Portobello Road. Eigentlich folgte er den hübschen jungen italienischen Schimpansen, die vor ihm die Straße entlangzockelten, gar nicht, er ging nur zufällig hinter ihnen und genoß zufällig den Anblick ihrer hüpfenden, rosigen kleinen Ärsche. Einer der Jungerwachsenen trug einen modischen Rucksack in der Form eines Menschenkindes. Der Italiener ging zweibeinig, beschwingt vor Urlaubsfreude, und sein anthropoider Ranzen hüpfte und wackelte, als wäre er lebendig und würde den Ritt genießen.

Der Anblick erinnerte Tony Figes an den Grund seines Hierseins. Er war bereitwillig auf Dr. Bowens Bitte eingegangen; ja, natürlich könne er sich den Schlüssel zu Simons Wohnung von George Levinson besorgen, nein, es mache ihm nichts aus, dorthin zu gehen, ein paar Sachen für Simon zusammenzupacken und ins Krankenhaus zu bringen. Er tue es sehr gerne – das sei doch das mindeste. «Küssen Sie meinen Arsch!» hatte er respektvoll, wenn auch ein wenig ironisch, am Ende des Zeichenwechsels Dr. Bowen signalisiert. «Küssen Sie den meinen», hatte sie ähnlich formell gegengezeigt.

Auf dem Markt herrschte nur mäßiger Betrieb – es war ein Freitag –, und die Straßenhändler boten ihre Waren nicht nur den Touristen, sondern auch einander an. Hin und wieder stieß einer von ihnen ein Heulen aus und stellte sich ein wenig zur Schau, indem er aufrecht die geteerte Gasse zwischen den Ständen hinunterrannte, Schalen, Kolben, Schoten und anderen Gemüseabfall vor sich her füßelte und mit zwei Handvoll Bananen oder einem Dutzend Orangen jonglierte.

Tony Figes achtete auf all dies nicht; er hielt den Kopf gesenkt und den Blick auf den rucksacktragenden Italiener gerichtet. Es war ein schwüler Tag, und er spürte, wie der Schweiß ihm das Fell durchtränkte. Er blieb stehen, öffnete seine Jacke und ließ sich den flauen Wind über die Brust wehen. Als er seine Kleidung dann wieder geordnet hatte, waren die italienischen Schimpansen verschwunden. Tony grunzte leise vor sich hin. Er überlegte, ob er in den Star gehen und seine braune Einsamkeit in die Sepiatöne der Bar, in die tintige Schwere eines Pints Guinness übersetzen sollte, ließ es dann aber sein und schwang sich in die Colville Terrace.

Eine Horde Bonobo-Rowdys hing an der Ecke herum, und die Jungerwachsenen hielten sich Dosen mit Special Brew an die rosigen Lippen und gestikulierten untereinander mit den lässigen Zeichen der Straße. Ihr Körperfell lugte in Büscheln aus den Löchern ihrer Netzhemden heraus, ihr Kopffell war entweder kahlrasiert oder zu Recht- oder Dreiecken gestutzt. Tony zog den Kopf ein und drückte sich an der Häuserfront entlang. Vor Bonobos im allgemeinen hatte er keine Angst, aber die hier wirkten so geschmeidig, so behende. Tony beneidete sie um ihre mühelos aufrechte Haltung, aber alle Bonobos – vor allem die hier – hatten etwas Menschliches, etwas Animalisches an sich. Tony schüttelte selbstkritisch den Kopf, denn wie für jeden guten Liberalen war Bonoboismus für ihn unter seiner Würde, und knöchelging an ihnen vorbei.

Die Bonobos lauschten einem Gettoblaster, den irgendeiner aufs Pflaster gestellt hatte. Der Ragga-Hit dieses Sommers dröhnte aus den Lautsprechern. Die Vokalisationen waren Tony vertraut und brachten Erinnerungen an die Nacht von Simons Zusammenbruch zurück. «*HooGraaWraaHoo / HooGraaH'hoo / Iee Wraa-Iee Wraa …*» Er schüttelte den Kopf; Simon war an einem Ort, wo sich garantiert niemand paaren wollte.

Die schwere Tür rauschte auf. Das Treppenhaus roch nach Kohl und Urin. Schon komisch, dachte Tony, wie die verschiedenen Wellen der Veredelung sich in diesen Vorstadtsiedlungen aneinander gebrochen und so einen kabbeligen Sund des Reichtums und der Armut geschaffen hatten, in dem die Zielgruppe der staatlichen Gesundheitserziehung und die Mitglieder exklusiver Gesundheitsclubs Arsch an Gesäßfalte wohnten.

Tony rieb sich die Augen in den entzündeten Höhlen. Er war noch fertig von der vergangenen Nacht, einer Nacht, die damit geendet hatte, daß er in einem Club in Charing Cross ein Mietmännchen aufgelesen, mit nach Hause genommen – was angesichts der Radarohren der alten Mrs. Figes ziemlich riskant war – und so mit Alkohol und Koks abgefüllt hatte, daß der Schwanz des armen Kleinen zur Unbrauchbarkeit geschrumpft war. Tony hatte ihn dennoch bezahlt.

Simon Dykes' Wohnung lag im dritten Stock des Hauses. Bei Umwandlungen, die so chaotisch verlaufen waren wie diese, fand man einerseits raumgreifende Wohnungen, während andere, reine Lückenfüller, den vorhandenen Rest des Raums nutzten, Treppenabsätze, ehemalige Bäder und Dienstbotenzimmer. Simons Wohnung gehörte zu letzteren. Es war, wie Tony wußte, die erste Unterkunft, die er sich nach der Trennung seiner Gruppe hatte besorgen können, aber dennoch war sie, für einen Schimpansen mit einer angeblich erfolgreichen Künstlerkarriere, dessen Bilder und Objekte sich für beträchtliche Summen verkauften, eher schäbig als bescheiden.

Tony schwang sich über das letzte Treppengeländer und hatte die Tür geöffnet, bevor alle vier Glieder den Boden berührten. Der lange, luftlose Gang roch schal nach heruntergekommenem Schimpansenmännchen. Ein übervoller Abfallkorb, aus dem Zigarettenkippen, Whiskyflaschen und Schlimmeres quollen, stach ihm ins Auge. Eine Baumwollspur aus abgelegter Kleidung führte in ein verdunkeltes Schlafkabuff. Im Wohnzimmer, in das Tony hineinsprang, warfen Jalousien gefiltertes Sonnenlicht auf ein ranziges Inventar aus Bildern, Illusionen und vergänglichen Memorabilien.

Ein großer Tisch unter dem Panoramafenster trug eine Last aus Skizzenblöcken, Bildbänden, Gefäßen mit Zeichenfedern und Bleistiften, Fotos, Aschenbechern und leeren Gläsern. In einer Ecke türmte sich auf einem wackeligen Sofa noch mehr schmutzige Wäsche. Die Atmosphäre der Verstörung – ja der Verzweiflung – war schlimmer, als Tony befürchtet hatte. Auf diesem Kompost konnte durchaus ein so beängstigender Wahn wie der von Simon Dykes sprießen.

Leise schnatternd knöchelging Tony zum Tisch. Er sprang auf einen Stuhl, kippte ihn nach hinten und stocherte mit den Füßen in dem Chaos der Papiere. Es war, wie ihm auffiel, eine Menge Material über Menschen darunter. Sämtliche Bücher Jane Goodalls über ihre Arbeit mit den wilden Menschen von Gombe, Zeitungsartikel über Menschenforschung, Flugblätter von Tierrechtsgruppen, die sich mit dem Wohl des Menschen beschäftigten. Tony *hoohte* leise; das war mehr als genug hochkalorisches Futter für Simons Menschenwahn. Es gab aber auch noch konkretere Hinweise auf die Richtung, in die sich die Gedanken und Phantasien des Künstlers in den Wochen vor seinem Zusammenbruch bewegt hatten, den Wochen, in denen er seine Serie apokalyptischer Bilder vollendet hatte.

Skizze um Skizze, ausgeführt mit dickem Bleistift auf dickem Karton, zeigte die Entwürfe für seine riesigen Darstellungen des modernen London, aber anstelle der Schimpansen, die die fertigen Arbeiten bevölkerten, sah man hier die nackten, zombiehaften Gestalten von Menschen. Menschen mit ihrem aufrechten, steifbeinigen Gang; Menschen, die sich in Gruppen bewegten, doch alle auf Armeslänge entfernt; Menschen, die beieinandersaßen, ohne sich zu berühren, ohne sich zu lausen, verloren im kommunikationslosen Gefängnis ihrer dürftigen Gefühlswelt, ihrer primitiven Geistesart.

Anfangs blätterte Tony diese Skizzen eher aus Neugier durch, als Freund eines Freundes, der krank war, aber während er diese merkwürdig satirischen Darstellungen der Stadt als Waldenklave betrachtete, kam auch der Scharfsinn des Kritikers ins Spiel. Und er fand sie eher besser als die Leinwände, die daraus entstanden waren. Indem Simon die Idee einer von Menschen beherrschten Welt zu seinem Thema machte, war es ihm gelungen, mit wenigen Bleistiftstrichen viel mehr über den Zustand der modernen Schimpansität auszudrücken, als er es mit Fässern Ölfarbe erreicht hatte.

Der Gedanke, was ein skrupelloser Charakter mit diesem Material anstellen könnte, ließ Tony besorgt keuchgrunzen. Auf jeden Fall könnte es die Illustration für einen vernichtenden Bericht über Simons Zusammenbruch liefern, und das würde nicht nur den Künstler kompromittieren, sondern die Kunst selbst. Was tun? Noch immer leise vor sich hin vokalisierend, stand Tony auf und streifte durch die Wohnung. In einer Küchenschublade fand er einen Plastiksack, in den er einige der saubersten Hemden und T-Shirts, die er finden konnte, hineinstopfte. Er hielt inne, als er am Boden einer offenen Schublade eine Hose entdeckte, doch die Chance, daß

Simon sich in nächster Zeit mit so intimen Paarungspraktiken beschäftigten würde, war äußerst gering, das wußte er.

Nachdem das elende Einsacken erledigt war, wandte Tony sich zum Gehen. Doch er merkte, daß er die Skizzen der vermenschten Welt nicht einfach dalassen konnte. Er versuchte es, doch immer wenn er zur Tür strebte, schienen die Skizzen in sein inneres Ohr zu keuchrufen. Er knöchelging rückwärts zum Tisch und starrte sie über die Schulter an. Sein Blick fiel auf die dunkle Öffnung einer Kartonröhre, die neben dem staubigen Heizkörper lehnte, und bevor er analysieren konnte, was er tat, hielt er die Röhre in den Füßen, rollte die Skizzenkartons mit den Händen zusammen und steckte sie hinein.

Unter den Skizzen kam ein kleines Lager mit Döschen rezeptpflichtiger Pillen zum Vorschein. Tony nahm sie eines nach dem anderen in die Hand und las die Etiketten. Es war Simons Hausapotheke für den Kopf – Prozac 50 mg pro Tag; Diazepam 20 mg bei Bedarf und etwas mit dem Namen Calmpose, in rosa 5-mg-Plättchen. Er öffnete die Döschen und wirbelte den portionierten Inhalt im Staub seiner eigenen Auflösung herum. Dann schraubte er die Deckel wieder auf und steckte sich das Prozac – ein gutes Vorspiel für ein White Dove – und das Diazepam – ein gutes Gegenmittel – in die eigene Tasche. Beides würde Simon in seinem augenblicklichen Zustand wohl kaum von Nutzen sein.

Der lange, niedrige 7er Volvo schnurrte unter dem Säulengang vor dem Portal des Charing Cross Hospital. Ein dichtes Gewölk Auspuffgase quoll aus dem hinteren Ende und besudelte ein Stückchen Himmel, das der Erde zu nahe war. Gambol saß auf dem Fahrersitz, alle vier Glieder in der empfohlenen Zehn-vor-drei-zwanzig-nach-acht-Position am Lenkrad. Ein Grinsen lag auf seiner füchsischen Schnauze, ein ungewöhnliches Grinsen, da es sowohl völlig ernsthaft – seine Pläne nahmen Gestalt an – wie abgrundtief falsch war.

Ein leichter Tumult regte sich hinter Gambols rechter Schulter, ein Tumult, den Gambol mit einem seiner beweglichen Ohren wahrnahm. Er brauchte sich nicht umzudrehen, um zu wissen, daß Zack Busner zusammen mit seinem neuen Hausgast das Krankenhaus verließ.

«*HoooGrah!* Also gut, Jane, Whatley, dann wollen wir mal.» Busner stand aufrecht in der Vorhalle, die eine Hand mit festem Griff auf der Schulter seines neuen Schutzbefohlenen, während er mit der anderen ein paar aufdringliche Assistenzärzte abwehrte, die sogar jetzt noch versuchten, ihn zu lausen.

«*HoooGrah,* Busner. Ich würde Ihnen ja Glück mit Mr. Dykes' Zustand wünschen, aber ich glaube nicht, *grnnn,* daß Glück genügen wird –»

«*H'huuuh,* und was genau meinen Sie damit?» Busners Gestik war knapp, aber pointiert. Whatley wich sofort zurück und drehte ihm den Arsch zu.

«Nichts! *Hooh,* rein gar nichts.»

«Gut. Nun, Jane, ich rufe Sie morgen vormittag an. Wie bereits gezeigt, betrachte ich Ihren Beitrag zu Mr. Dykes' Behandlung als unschätzbar in klinischer wie in wissenschaftlicher Hinsicht.»

«*Tschup-tschupp,* vielen Dank, Euer posteriores Strahlen, Euer ärschliche Wohlgeformtheit –»

«Jane, bitte. Lassen Sie mich Ihren Arsch küssen –» Busner drückte dem zarten Hinterteil des Weibchens einen Abschiedskuß auf, trommelte kurz auf den orangefarbenen Plastikmilchkasten, der die kaputte Automatiktür offenhielt, und führte dann Simon, der zu verwirrt war vom Tageslicht, der schimpanslichen Aktivität und der Aussicht auf beschränkte Freiheit, um irgendein Zeichen von sich zu geben, zum Auto. Busner öffnete die hintere Tür, schob Simon hinein, schloß sie, richtete sich auf, sprang auf den Volvo, trommelte aufs Dach, keuchrief noch einmal der kleinen Versammlung zu und schwang sich dann durch das offene Beifahrerfenster ins Innere.

Die Schimpansen am Bordstein keuchriefen laut zum Abschied, und der Volvo fuhr davon. Nur um sich hoffnungslos im metallischen Gewebe stockenden Verkehrs auf der Fulham Palace Road zu verfransen. Es war bereits halb fünf, die Stoßzeit hatte begonnen. «*Yugg-yugg,* kannst du denn nichts dagegen tun, Gambol, *huh?*» fragte der hervorragendste Naturphilosoph seiner Zeit. Er war, trotz des Lausens, noch immer ein wenig mit Simons Scheiße bespritzt und kratzte sich im Gestikulieren einen getrockneten Klumpen aus dem Nakkenfell.

«*Yugg-yugg,* im Augenblick fällt mir nichts ein, Alpha – das Problem ist Hammersmith. Wir könnten versuchen, über die Lillie Road abzukürzen, aber ganz ehrlich, da stehen wir genauso im Stau.»

Busner drehte den Kopf, um nachzusehen, wie sein Idealfall mit den ersten Minuten der Freiheit zurechtkam. Er spielte sogar mit dem Gedanken, Simon zu fragen, ob er eine Vorstellung habe, welche Route sie nehmen sollten – schließlich lebte seine Gefährtin ganz in der Nähe, da mußte er in der Lage sein, sich ein Bild von der Gegend zu machen. Doch Simon hatte die Schnauze gegen das Glas gepreßt, die Hände dicht an die Augenhöhlen gelegt und die Handkanten an das Fenster gerammt. «Nein, das bringt wahrscheinlich nichts, lassen wir uns lieber Zeit, damit unser Passagier sich die Welt, in die er jetzt wieder eintritt, genau anschauen kann, *hooh.*»

Es war eine Welt, die Simon äußerst verwirrend fand. Unzählige Male hatte er dieses Straßenstück zu Fuß, mit dem Auto und in Gedanken durchmessen. Er kannte jeden grindigen Straßenverkauf, jeden Verlierer-Buchmacher und jedes starkbierführende Off-Licence in der Krüppelparade der Läden, die vom Krankenhaus zum Hammersmith Flyover humpelten.

In den Wochen im gesicherten Zimmer Nummer sechs hatte er sich die grelle Geographie dieser Gegend immer und immer wieder vor Augen geführt, wie um sich des Wahrheitsgehalts seiner Erinnerungen zu versichern. Und jetzt, da er hier war, stimmte alles, bis hin zu dem gräßlich stilisierten gelben Hahnenkopf über dem Schnellimbiß Red Chicken Shack, bis hin zur erodierten Lippe des Asphalts, die leprös die Verkehrsinsel küßte, bis hin zu den Stores, die die Fenster der Wohnungen über den Läden verklebten wie riesige Spinnweben. Wohin Simon seinen Blick auch wandte, überall sah er etwas Vertrautes, ein Ladenschild, das Logo einer Tankstelle, die Speisekarte im Fenster eines Cafés. Der Anblick dieser bekannten, alltäglichen Szene betonte nur noch die Verzerrungen, denen man sie unterworfen hatte.

Wie bei seinem Ausflug in den Keller des Krankenhauses zu den Untersuchungen gab es auch hier das Problem des Maßstabs. Simon mußte den Rücken krümmen, um in den Fond des Volvo zu passen, obwohl er wußte, daß es ein großes Auto war. Diese räumliche Inkongruenz hatte alles infiziert, Gebäude, andere Fahrzeuge, die Straße selbst – alles war klein. Und überflutet wurde diese Zweidrittel-Szenerie von ihren zwergenhaften Bewohnern.

Sie knöchelgingen über den Bürgersteig, die Ärsche hochgereckt, damit die Welt sie bewundere; sie standen an Bushaltestellen in zotteligen Gruppen beisammen; sie kletterten an den Außenseiten der Gebäude hoch, benutzten dürre Bäume, schmale Simse, bröckelnden Verputz und wackelige Antennenhalterungen, um sich in die Höhe zu hangeln. Sie bewegten sich mit erstaunlicher Behendigkeit und Unbekümmertheit. Während das Auto langsam vorwärtszockelte, beobachtete Simon einen dieser Passanten, der zuerst auf gleicher Höhe mit ihm zwanzig Meter knöchelging, dann über einige Poller und Aschentonnen sprang, dann holterdiepolter durch eine Gruppe entgegenkommenden Artgenossen fegte, dann sich an der Unterseite eines Wartehäuschens entlanghangelte, sich schließlich wieder auf den Boden fallen ließ und auf allen vieren weiterging.

Wenn Simon sich auf den Weg eines Schimpansen die Straße entlang oder ein Gebäude hinauf konzentrierte, konnte er die Kraft und Effizienz, mit der sich dieser bewegte, beinahe bewundern; er konnte die Weitsicht und Vorausschau erkennen, die nötig war, um auf dem überfüllten Gehsteig, der verstopften Straße oder den pockennarbigen Steilwänden der Gebäude vorwärtszukommen. Doch wenn er sich gestattete, diese Masse der Schimpansen als ebendies zu betrachten, als eine Masse von Schimpansen, dann sah er nichts als ein Rudel Tiere, das sich mit soviel Bewußtheit bewegte wie eine Herde Schafe oder, schlimmer noch, ein Schwarm Heuschrecken.

Das alles wurde noch merklich abstoßender, als der Volvo schließlich den Hammersmith-Kreisverkehr erreichte. Hier flossen die Bäche hetzender, hüpfender Schimpansen zu einem reißenden Strom schaumkronengleicher Hinterteile zusammen. Daß alle Schimpansen, die Simon bis jetzt gesehen hatte, nur den Oberkörper bekleidet hatten, war nicht so schlimm, solange sie sich, wie bisher, in geschlossenen Räumen aufhielten. Doch als er jetzt den Sturzbach der Tiere sah, der sich in den brutalen Rachen der Fußgängerunterführung ergoß, fand er den Anblick von haarigen kurzen Beinen und fleischlosen Ärschen, die unter den Säumen von Nadelstreifenjacketts, Jeansjacken, blumengemusterten Blusen und T-Shirts mit Slogans herausragten, wieder völlig absurd. Als einer sich umdrehte, die Schnauze in Falten legte und dann die Backen aufblies, um einen Keuchruf auszustoßen, lachte Simon laut über das Mienenspiel des Tiers. Und dieses kehlige Kichern war der Anlaß für die ersten Fingerbewegungen seit der Abfahrt vom Krankenhaus, für die erste echte Gestikulation, seit Simon seine Freiheit wiedererlangt hatte.

«*Gru-nnn!* Na, Simon, was ist denn so amüsant, *huuh?*» Busner sprang hoch, so daß er auf dem Sitz stand, sprang dann noch einmal und drehte sich in der Luft, um sich seinem Schützling zuzuwenden. Dann packte er die flauschige Kopfstütze, legte das Kinn darauf und verwirbelte mit den Finger den Mief im Auto.

«Es sind die Schimpansen, *klack-klack*, diese Schimpansen.» Simon deutete auf die hüpfenden Hinterteile auf der Betontreppe. «Die sehen einfach so, *klack-klack-klack*, lächerlich aus – absolut lächerlich!»

«*Hoh*, und warum, *huuh?*»

«Es ist die Art, wie sie angezogen sind, wissen Sie, daß nur die Oberkörper bedeckt sind und unten ihre, *h'hie-hie*, lächerlichen, dürren, häßlichen Hintern rausschauen.»

Busner folgte Simons Blick. Dank seiner Fähigkeiten als höchst mitfühlender Therapeut konnte er sich zumindest teilweise in die Perspektive seines Patienten hineinversetzen. Er runzelte den Brauenwulst und kniff die Augen zusammen. Und tatsächlich, die Masse der hier herumwuselnden Schimpansen hatte unbestreitbar etwas Absurdes. Was beim Individuum zielgerichtet war, wirkte in der Masse lemminghaft. Es war, dachte Busner, durchaus vorstellbar, daß mit dieser Beobachtung ein verquerer Splitter Klarheit Simon Dykes' Wahn durchstieß, und dies signalisierte Busner auch.

«*Tschup-tschupp*, ich schätze, Sie haben da nicht ganz unrecht, Simon, aber am Hintern eines Schimpansen ist doch nichts Häßliches. Die Gesäßfalte eines Schimpansen ist sein oder ihr schönstes Körpermerkmal. War es nicht der, *tschup-tschupp*, unsterbliche Barde, der schrieb: ‹Was ist ein Name? Was wir ein Arschloch nennen / würd' anders genannt nicht süßer duften› –»

«Tatsächlich, *huh?*»

«Ja, und außerdem kann man, sozuzeigen, einen Schimpansen an seinem Arschloch erkennen, vom Arschloch auf die Seele schließen.»

«Tatsächlich, *huh?*»

«Ja.»

«Na, das ist wahrscheinlich der Grund, warum ihr Schimpansen es nicht verhüllt.» Simon genoß diesen Zeichenabtausch, in ihm blühte dabei eine Heiterkeit auf, die das Grauen der äffischen Straße überdeckte.

«Sie verhüllen, *huuuh?*»

«Ja, Sie wissen schon, wie ich es von Ihnen verlangt habe.»

«*Hoh!* Ich verstehe, *tschup-tschupp*, Sie meinen, Hosen tragen. Tun das die Menschen, *huh?*»

Jetzt war es Busner, der am liebsten losgekichert hätte, aber er beherrschte sich, weil er das Gefühl hatte, daß dieser idiotische Zeichenwechsel der Beginn einer ernsthaften Gestikulation mit dem Wahn sein könnte. Wenn es ihm nur gelang, dieses Territorium korrekt zu kartographieren, würde sich der Wahn vielleicht auflösen, und aus Simon Dykes könnte wieder ein ganzer Schimpanse werden.

«Ja.» Simon wählte seine Zeichen sorgfältig. «Sehen Sie, Nacktheit ist in den meisten menschlichen Kulturen ein Tabu, denn den Unterkörper nicht zu bedecken heißt, die Genitalien zu entblößen, und das erregt ein unangemessenes sexuelles Interesse.»

Busner war verblüfft über diese Bemerkung und fing an, sich selbst zu lausen. Um Simons Scheiße hatte er sich längst gekümmert, aber an seiner Brust hing noch ein anderes lästiges, vertrocknetes Sekret, das sein Fell verklebte. Er benetzte sich die Finger mit Spucke, rieb damit an dem klebrigen Fleck und gegenzeigte aus diesem schmierigen Lätzchen heraus: «Verstehe, verstehe, das klingt einleuchtend, schließlich haben die Menschen – wie ich vermute – nicht viel Fell, *huuh?*»

«So gut wie gar keins.»

«Und die Menschen, so stelle ich es mir vor, paaren sich, ob das Weibchen in der Brunst ist oder nicht, *huuh?*»

«Paaren, *huh?*»

«Kopulieren, Geschlechtsverkehr haben, sich lieben … ficken, wenn das Weibchen gerade keinen Eisprung hat.»

«*Klack-klack-klack!* Absolut. Die meisten menschlichen Männchen, die ich kenne, würden einen weiten Bogen um ein Weibchen im Eisprung machen. Schließlich will man ja nicht bei jedem Ficken Kinder machen, oder, *huh?*»

«Verstehe, verstehe, natürlich nicht.»

An diesem Punkt ließ Busner die Hände in den Schoß sinken. Die Verästelungen von Simons Wahn verwirrten ihn, es war alles so stimmig, wenn auch auf verstörende Art. Wenn man ein intelligentes Tier mit solchen Paarungsgewohnheiten hat, Paarungsgewohnheiten, die von den Paradigmen biologischer Notwendigkeit völlig losgelöst sind, ein Tier ohne jedes Fell, das die Genitalien bedeckt, «dann sind Beinkleider in irgendeiner Form zur Verhüllung ihrer sexuellen Schwellungen natürlich unabdingbar, könnte ich mir vorstellen …»

«*HooGrah!*» Jetzt war es an Simon, die Kopfstütze zu pakken, sich auf die Hinterbeine zu stellen und seinem Therapeuten eine verständnislos gerunzelte Schnauze zu präsentieren, denn Busner hatte unbewußt mit den Fingern gedacht.

«*H'hooh,* ich könnte mir vorstellen, meine ich, daß ein menschliches Weibchen Beinkleidung tragen muß, damit ihre sexuelle Schwellung nicht entblößt ist …» Busners Fingerzeigen ging erneut in Rubbeln an dem Fleck feuchten Fells über.

Simon glotzte ihn zeichenlos an. Das war es, was ihn an diesen Tieren so verwirrte, daß sie mit einem gestikulierten, in Zeichensprache zwar, aber doch offensichtlich mit großer Intelligenz. Und plötzlich, wenn man eben dachte, es entwickle sich etwas, fingen sie an, sich zu kratzen wie der räudigste alte Hund, den man sich vorstellen konnte. Wie Sarahs Retrieverhündin Gracie, die sich mit arthritisch zuckendem Bein den Unterbauch schabte.

Sexuelle Schwellungen – genau das waren sie. Sie waren wie übermäßig aufgeblähte Geschlechtsteile. Nein, sie waren übermäßig aufgeblähte Geschlechtsteile. Simon ließ sich diesen Gedanken durch den Kopf gehen und erinnerte sich, wie er einmal Sarahs Körper umgedreht hatte. Ihren haarlosen, schlanken Körper. Ihn so umgedreht hatte, daß ihre Beine, grazil wie die eines jungen Mädchens, sich öffneten und einen lichten Busch und eine klaffende, gefältelte Röte entblößten. Diese Schimpansin – diejenige, die behauptete, Sarah zu sein, die ihn im Krankenhaus besucht und mit ihm über Videophon gestikuliert hatte – die hatte ein geschwollenes Geschlechtsteil gehabt. Was war das anderes als das ultimative, fleischgewordene Mösenfoto? War dies die Wahrheit? Daß diese Affenwelt eine gräßliche Phantasmagorie war, zusammengesetzt aus den Bruchstücken einer Besessenheit? Seine apokalyptischen Bilder, seine verkrampfte Beziehung zu Sarahs Körper, die bedrückende Amputation seiner Gefühle nach dem Verlust seiner Kinder – all das schien einzufließen in das häßliche Jetzt, schien es förmlich zu begründen. Ein Jetzt, das so unsäglich und zugleich so alltäglich war mit seinem gegenwärtigen Schauplatz, dem Hammersmith-Kreisverkehr, und seinen gegenwärtigen Requisiten, einer Volvo-Limousine, einer Reklametafel, die für Limonade warb, einem halbgegessenen Hähnchenschenkel im Rinnstein – und gleich daneben sein ironischer eschatologischer Kontrapunkt, eine Kotwurst.

Simon erschauerte, sank in seinen Sitz zurück und bedeutete Busner, daß er im Augenblick keine Lust mehr auf weitere Gestikulation hatte. Er drückte sich die Hände an die großen Ohren, legte den Kopf in den Schoß und wartete, daß sich alles änderte.

Gambol manövrierte den Volvo weiter durch den Verkehr. Sein Alpha, der für den Augenblick von Dykes abgelassen hatte, machte es sich wieder auf dem Sitz bequem, nahm seine Aktentasche und zog die neueste Ausgabe des «British Journal of Ephemera» heraus. Weder das Keuchrufen der Schimpansen noch der Verkehrslärm störte ihn. Denn er las natürlich einen seiner eigenen Artikel.

Als der Volvo die Marylebone-Überführung verließ und den Gloucester Place hoch in Richtung Regent's Park fuhr, hörte Simon auf, Trübsal zu blasen. Das war ein Teil Londons, den Simon noch viel besser kannte, und er war neugierig zu sehen, wie die Schimpansifikation ihn verändert hatte. Die Antwort lautete – nicht sehr viel. London ist, dachte Simon, bestenfalls ein heilloses Mischmasch von Gebäuden. Ein bißchen was Altes, ein bißchen was Neues – geborgte Architektur, wohin man schaute, und überall blaues Spiegelglas, das Teile derselben reflektierte.

Vor der Moschee am Regent's Park musterte Simon amüsiert die Moslem-Schimpansen. Die Männchen trugen Käppis und spielten mit unmäßig langen Gebetsketten; und die Verhüllung der Frauen wurde konterkariert von ihren arschfreien Tschadors.

In den Ästen der Bäume, die den breiten Grünstreifen zwischen Straße und Kanal bedeckten, lümmelten Schimpansen-Penner. Simon hatte sie zuerst gar nicht bemerkt, so versteckt waren sie im dichten Laubwerk, doch als zuerst ein blattreicher Ast schwankte und dann ein haariges Glied eine zerdrückte Dose Special Brew zu Boden warf, sah er den pongiden Pennbruder und grinste noch einmal in sich hinein.

Der Volvo zockelte die Hampstead High Street hoch, vorbei an Läden, Weinbars und Cafés, die Simon kannte, in denen er getrunken und geflirtet und sich betrunken hatte. Die Schimpansen in dieser Gegend waren besser gekleidet als die im Stadtzentrum. Die meisten Weibchen schleppten steife

Papiertüten mit dem Logo von Designerläden. Außerdem trugen sie jene Kleidungsstücke zur Schau, die Simon inzwischen als Schwellungsschützer kannte; Rosetten aus Satin oder Seide, mehrere Handbreit im Durchmesser und so kunstvoll gefältelt und gerüscht, daß sie an die angeschwollenen – oder potentiell angeschwollenen – vulvären Lippen erinnerten, die sie vor den Blicken verhüllten. Simons Brustkorb hob sich in einem tonlosen, bitteren Lachen. Die Entsprechung war so raffiniert, so genau und so ESELIG.

An der Ampel kurbelte Gambol am Lenkrad. Sie bogen nach links in die Heath Street ein und dann rechts in die kahle georgianische Reihenhaussiedlung der Church Row. Nun richtete Simon sich wieder auf und begann eine neue Gestikulation mit seinem haarigen Hermetiker. «*H'huh*, wo genau fahren wir eigentlich hin, Dr. Busner?»

Busner hob nachlässig die Hand. «Zu mir nach Hause, wie gezeigt.»

«Und wo, *huuh*, ist das?»

«An der Redington Road – kennen Sie die, *huh?*»

«*Hoh*, ja, ich kam als Kind mit meinen Eltern öfter hierher – sie haben da Freunde besucht –»

«*Gru-nn*, na, dann dürften Sie sich ja fast wie zu Hause fühlen, was, *huuh?*» gegenzeigte Busner und wandte sich wieder seinem Journal zu, ohne sich auch nur noch einmal umzudrehen.

Gambol hielt am Bordstein an, und die Fahrgäste stiegen aus. «Ich brauche dich heute nicht mehr», wedelte Busner ihm zu, «aber bitte sieh zu, daß du morgen pünktlich hier bist. Ich möchte mit Mr. Dykes einen Ausflug machen.» Busner trommelte zum Abschied aufs Autodach, und Gambol rauschte davon. Kaum war der Epsilon um die Kurve, stieß er einen wütenden Schrei aus. Dann schaltete er fünfmal in ebenso vielen Sekunden hoch, und das große Auto dampfte in Richtung Stadtmitte davon.

Das Busner-Heim war leer an diesem schwülen Nachmittag. Das war zum Teil Absicht – Busner hatte angerufen und seiner Gruppe eingeschärft, sich bedeckt zu halten – und teilweise Zufall: Sommerschlußverkäufe, Jobs, Streifzüge, Schule, Paarungsaktivitäten und zwanzig andere Gründe hatten die meisten aus dem Haus getrieben.

Nachdem Busner die Haustür aufgeschlossen hatte und Simon dem dürren Hintern seines Therapeuten nach drinnen gefolgt war, fand er dort eine Umgebung, die nach dem antiseptischen, zeichenlosen, kreischenden Alptraum des Krankenhauses so vertraut, so beruhigend, so heimelig war, daß er vor Erleichterung beinahe geweint hätte.

Simon stapfte von Zimmer zu Zimmer, untersuchte alles, beschnupperte alles, strich mit Handflächen und Fußsohlen über teppichbespannte, lackierte, gepolsterte Oberflächen. Im Wohnzimmer standen hohe Einbauregale aus dunklem Holz, bestückt mit einer Vielzahl von Büchern ohne erkennbare Ordnung nach Themen oder Autoren. Simon entdeckte Titel, die er kannte. Die meisten Klassiker – alte und moderne – waren vorhanden, ebenso Werke aus den Bereichen der Geschichte, der Philosophie und, natürlich, der Medizin und der Psychologie. Simon zog hier ein Virago-Bändchen und dort eine Penguin-Ausgabe heraus, nur um mit tastender Lippe zu prüfen, wie sich der Einband anfühlte. Natürlich grinste er und klackte mit den Zähnen, als er ein Exemplar von Maughams «Des Schimpansen Hörigkeit» entdeckte.

An den Wänden hingen Bilder. Richtige Bilder. Im Krankenhaus waren Simons größte Seelenqualen nicht zuletzt von den gräßlichen, ausgebleichten Reproduktionen ausgelöst worden, mit denen die Verwaltung die Wände schmükken zu müssen glaubte. Einige von Busners Bildern waren amateurhafte Klecksereien, offensichtlich von Gruppenangehörigen, aber andere waren beeindruckender. So gab es eine kleine Zeichnung von Eric Gill, auf der mit einer einzigen, klaren Linie der Umriß eines Schimpansen wiedergegeben war. Simon seufzte, als er dies sah. Der Schwung der Linie war so elegant und so zwingend, daß er wie ein graphisches Beruhigungsmittel auf die gestörte Psyche des gewesenen Künstlers wirkte.

In der großen, parkettierten Diele gab es eine tickende Standuhr, einen Hutständer und einige alte Kupferstiche in schweren Rahmen. Wohin Simon im Haus auch blickte, war die Farbgebung gedämpft, dunkel, besänftigend. Die Wände waren entweder in Pflaumen- oder Maulbeertönen gehalten oder in hellem Rot und Ocker. Auf den Böden lagen dicke Teppiche, zum Teil verschnörkelte Perser, zum Teil alte, streng geometrische Axminster.

Die Nestzimmer im ersten Stock waren individuell gestaltet. Eins war bedrückend weiblich mit einem mit Volants besetzten, weißlackierten Himmelnest, das auf einem meerblauen Teppich förmlich schwebte; ein anderes war entsprechend männlich, voller Fußbälle, Skistöcke und anderem Sportgerät.

In genau so einem Haus, dachte Simon, hätten meine Kinder und ich leben können – wenn alles anders gekommen wäre. Ein solides Gruppenheim in einer baumbestandenen Straße in einer gemütlichen Vorstadt im Norden Londons. Nur in zwei Punkten war das Busnersche Haus nicht vergleichbar, anders, möbliert nicht nur mit Möbeln, sondern von seinem Wahn: An den Wänden gab es in verschiedenen Höhen alle Arten von Handgriffen, gut erreichbar für tobende Affen, Handgriffe, die offensichtlich so alt waren wie das Haus selbst – aus Holz, aus Messing oder bedeckt mit Basreliefs. Zum einen die, und zum zweiten gab es da noch diesen bedrückenden, stechenden Gestank nach jenen Tieren, die, wenn auch jetzt abwesend, doch irgendwann – wie die drei Bären – mit Sicherheit zurückkamen.

14

«Er ist im Zimmer der jungerwachsenen Männchen», teilte Busner Charlotte, seinem Alpha-Weibchen, mit. «Sie sind unterwegs auf Nachtpatrouille, und vorerst schien er sich dort wohler zu fühlen als im Gästezimmer.»

«*Hoh,* Zack.» Charlotte bewegte sich in ihrem Nest. «*Grnn-gr,* findest du es wirklich richtig, daß wir einen so schwer gestörten Schimpansen bei uns aufnehmen, *huh?*»

«Richtig für wen, *huuh?*» erwiderte er abwesend, und seine Zeichen fielen wie das Trippeln eines schweren Insekts zwischen ihre Schulterblätter.

«Für ihn, für dich, *hooh,* ich weiß auch nicht. Es kommt mir vor wie gestern, daß wir diesen Schimpansen mit dem Tourette-Syndrom hier hatten – weißt du nicht mehr, wie seine Ticks und seine unwillkürlichen Vokalisierungen dich halb wahnsinnig gemacht haben, *huh?*» Sie drehte sich zu ihm um und drückte ihre weiche, leberfleckige Wange in sein Bauchfell.

«*Tschup-tschupp,* das stimmt, meine Alte, aber vergiß nicht, was mich an dem armen Nairn am meisten aufgeregt hat, war das Stereotype seines Zustands. Natürlich war das Syndrom voll entwickelt, aber eigentlich hatte es nichts richtig Greifbares. Ich glaube, bei Dykes liegt die Sache ganz anders. Sein Zustand ist ziemlich einzigartig. Ich weiß auch nicht, Charlotte, vielleicht hast du ja recht, aber ich habe so das Gefühl, daß Dykes sich als mein letzter wirklich wichtiger Fall erweisen könnte –»

«Zack, Zack, so etwas darfst du nicht zeigen.»

«Charlotte, *huh-huh,* meine älteste Nestgenossin, meine angebetete Alpha, ich fürchte, ich muß dir was zeigen.»

«Was denn, Zack, *huuh?*»

Charlotte richtete sich im Nest auf, zog die Decke an sich und schaltete die Nachttischlampe an. Dr. Kenzaburo Yamuta, das distale Busnersche Zeta-Männchen, und Mary, das Jota-Weibchen, die das Nest mit ihnen teilten und jetzt ihrer Zudecke beraubt waren, streckten sich, stöhnten, suchten sich eine neue Lage und schnarchten weiter.

In der plötzlichen Helligkeit bemerkte Busner aufs neue, wie müde Charlotte aussah. Diese Brunst hatte sie wirklich alle Kraft gekostet. Sie trug ein Baumwollnachthemd, das über den Bauch hochgerutscht war. Ihre Schwellung verheilte zwar, war aber noch wund, am Hals waren Risse und Nagelspuren zu erkennen.

«Charlotte, *klack-klack,* Charlotte, meine Alte, wir sind beide nicht mehr so jung, wie wir mal waren, *huh-huh*. Es ist uns ziemlich gutgegangen in den letzten Jahren, die Gruppe ist so stabil wie nie, unsere Nachkommen machen sich – am Ende des Jahres werde ich mit voller Pension in den Ruhestand gehen können.»

«Zack, meinst du das wirklich ernst, *huuh?*»

«Ich meine es nicht nur ernst, es gibt auch noch einen zweiten, weniger freiwilligen Faktor. Ich glaube, Gambol schmiedet ein Bündnis gegen mich.»

«*Yugg-yugg,* Zack! Das kann doch nicht dein Ernst sein! Das kleine Schwein! *Wraah,* nach allem, was du für ihn getan hast!»

Ihr Fell unter dem dünnen Baumwollstoff sträubte sich, ihre Finger griffen nach den seinen, ihre braunen Augen starrten tief in seine grünen. Busner begann, Charlottes Handrükken zu lausen. Das war eine spezielle, intime Art des Lausens, die nur ihnen beiden vorbehalten war. Mit sanften, zärtlichen Bewegungen strich er ihr mit dem kräftigen Fell seiner Fingerrücken über den feineren Flaum der ihren. Das beruhigte sie fast sofort, und sie fing an zu keuchen und zu schmatzen und kuschelte sich wieder ins Nest. «Charlotte», teilte ihr die einstige TV-Persönlichkeit mit, «dein Arschloch bedeutet mir mehr als alles andere, deine *huh-huh*, Schwellung ist die Welt, die mich umfängt –»

«*Tschup-tschupp*, mein süßer Zottel, du alter Narr, *tschup-tschupp* –»

«Ich meine es ernst, Charlotte. Aber weißt du, wenn Gambol es schafft, mich von der Spitze der Hierarchie zu stürzen, dann soll es so sein. Ich bin alt – und das ist der Lauf unserer Schimpansenwelt, so war es schon immer. Nein, das einzige, was mir wirklich Sorgen macht, ist, daß er und Whatley – ich weiß, daß Whatley mit ihm unter einer Decke steckt – ihren Coup landen könnten, bevor ich mit Dykes irgendwelche echten Fortschritte gemacht habe. Ich bin mir sicher, daß sie bald aus den Ästen springen werden – die Frage ist nur, wann.»

Die beiden alten Busners lausten sich lange. Durch die offenen Fenster des Nestzimmers drangen die leisen Keuchrufe von Schimpansen, die die Bars und Restaurants von Hampstead verließen. Die Nachtluft kühlte ab, im Haus wurde es langsam stiller. Nach einer Weile begann Charlotte, tief und gleichmäßig zu atmen, und als ihr Schnarchen schließlich eigentümlich mit dem ihrer schlafenden Untergebenen harmonisierte, war Busner mit seinen Gedanken wieder allein.

Und das war auch Simon im Zimmer der jungerwachsenen Männchen. Es stimmte, er fand das Ambiente hier behaglicher als in dem etwas billigen, betont kahlen Gästezimmer. Doch zugleich beschworen die doppelt verkleinerten Etagennester mit ihren bunt gemusterten Daunendecken, die Poster von Popstars und Fußballern an den Wänden, die an Fäden von der Decke baumelnen Modellflugzeuge und die zwergenhaften Bücherregale mit ihren Stößen von Bilderbüchern Erinnerungen an das Brown House herauf, an seine Kinder und ans Menschsein, Erinnerungen, die schrill auf ihn einstürzten.

«Daddy.» Nichts. «Daddy.» Nichts. «Da-ddy!» Nichts. «Daddy-Daddy-Daddy!» – «Was? Was ist denn?» – «Daddy, du bist puh-puh.»

Gekicher über diesen Witz. Drei blonde Köpfe, die zusammenstießen wie Nüsse, und tanzende Finger, die sich in seine Schenkel gruben.

«Daddy.» Nichts. «Daddy.» Nichts. «Da-ddy!» – «Was? Was ist denn jetzt schon wieder?» – «Da-da, Magnus ist der Himmel, und ich bin die Welt. Und der Himmel ist doch größter als die Welt, oder?» «Größer, mein Liebling, größer als die Welt ...»

Er hatte geglaubt, seine Liebe für sie wäre größer als die Welt, aber vielleicht war sie nichts dergleichen gewesen. Er hatte geglaubt, daß die starke körperliche Sympathie, die er für seine Kinder empfand, ihn in dieser Welt verwurzelt halten würde, aber er hatte sich getäuscht. Wie hatte das passieren können? Simon lag im Nest, in Hampstead, in einer Welt, die vom Physischen, vom Körperlichen beherrscht war, und starrte die dunkle Wand an, starrte ein Poster an, das einen Schimpansen mit starkem Brauenwulst zeigte, der in ein Mikrophon schrie. Unter der Schnauze stand: «Liam Gallagher, Oasis.» Was für eine Oase, dachte Simon, eher schon eine Fata Morgana. Eine Fata Morgana, die sich auflösen sollte.

Jeder Schorf, jede Abschürfung, jeder Knuff und Schlag. Der Tag, als der Bruch anschwoll, stündlich stärker, in Magnus' kleiner Leiste, bis er so groß war wie ein Gänseei, und er und Jean weinten vor Angst, als Anthony Bohm ihn mit wissenden Fingern untersuchte.

Der Tag, als Henry auf die Kinderstation im Charing Cross Hospital kam. Sein Schnäuzchen gefangen in der Plastikmaske des Atemgeräts. Das entsetzliche *«ker-tschuf, ker-tschuf»*, mit dem es das Gas in die versagenden Lungen pumpte, Leben in seinen leidenden Körper blies. Und Simon hatte zugesehen, wie in dem plastikverhängten Abteil daneben ein junger Arzt mit wohlgesetzten Fingern verständnislosen somalischen Eltern bedeutete, daß man bei ihrem kleinen Kind den Dickdarm entfernen müsse. Daß von diesem Tag an ihr Leben der reinste Scheißepott sein würde.

Und der Tag an dem Simon junior, der Mittlere, der Sensible, in der Schule verprügelt worden war. Und weinend nach Hause gekommen war, der Stupsnasenrücken gerötet und zerschunden. Und Simon war ins Büro der pedantischen Direktorin marschiert, hineinmarschiert mit Simon in seinen Armen, und während der junge männliche Körper an seinem zitterte, hatte er mit der Direktorin gehadert, mit der Schule gehadert und mit der viel größeren Welt gehadert, die seinem Kleinen so weh tun konnte.

Simon drehte sich mühselig in dem engen Bett zur Wand. Er zog die winzige Daunendecke eng um sich und spürte die Baumwolle an seiner haarigen Schulter kribbeln. Er steckte den Kopf in die Armbeuge und hoffte auf Schlaf. Schlafen hieß von einer Welt träumen, in der man nicht ungewollt berührt wurde, in der die Lästigkeit der Zwickel regierte, in der Kinder sich sabbernd an einen schmiegten. Simon hoffte, das Valium, das Busner ihm gegeben hatte, würde schnell wirken, würde ihn erlösen aus dieser tollwütigen Wirklichkeit. Er wollte sich in dem Nest vergraben, wollte eintauchen in seine vertraute baumwollene Enge. Er zog die Decke hoch, bis sie seinen zotteligen Schädel mit ihrem bunten Muster aus tanzenden kleinen Menschen bedeckte.

Der Morgen brach an wie immer im Busnerschen Haus – mit Chaos. Die jungerwachsenen Männchen waren von ihrem nächtlichen Streifzug zurück und tobten in der Küche. Die älteren Weibchen bereiteten das erste Frühstück für alle vor, die zur Arbeit mußten. Cressida war nach drei Wochen noch immer in der Brunst, was ihr sowohl Stolz wie Beschwerden bereitete, doch die Paarungsaktivitäten waren noch relativ gedämpft.

Ein Blick durch den großen Raum mit seinen trappelnden, springenden, wirbelnden und überwältigend schimpanslichen Bewohnern genügte Busner für die Entscheidung, daß es noch zu früh war, um Simon Dykes mit der vollen Wucht des Alltagslebens zu konfrontieren. «*HooooGrah!*» keuchrief er laut und trommelte auf den Deckel eines herumstehenden Plastikeimers. Der Lärm verstummte. «Okay! *HooGrnn,* ihr alle. Ich habe euch bereits gezeigt, daß ich wieder einen Patienten ins Haus bringen werde, aber ich wollt's euch noch mal einhämmern ...» Und er hämmerte auf den Eimer. «Dieser arme Schimpanse hat eine schwere Krankheit, die ihn zu der Wahnvorstellung treibt, sich für einen Menschen zu halten –» Einige der jüngeren Busners begannen zu kichern und mit den Zähnen zu klacken. «*Wraaaf!* Laßt das, ihr Bande, sonst spürt ihr meine Zähne auf euren elenden Schnauzen. *Waaah!*» Das Kichern verstummte. «Also, ich will, daß es hier still und gesittet zugeht. Ich werde mit Simon ins Sommerhaus gehen, damit er dort sein erstes Frühstück zu sich nimmt – ich glaube, daß er die Gesellschaft der Schoßponys ein wenig erträglicher findet als eure. *HooGraah!*»

Busner sprang aus dem Zimmer und jagte die Treppe hoch. Auf der Schwelle zum Zimmer der jungerwachsenen Männchen zögerte er und grunzte ein paarmal fragend, bevor er sich hineinschwang. Simon richtete sich eben auf und rieb sich die Augenhöhlen. Verwundert stellte Busner fest, daß Simon sich das untere Etagennest zum Schlafen ausgesucht hatte. Sicher, dachte er, auch eine Ausformung des Menschenwahns. Wie ein Mensch suchte Simon Schutz, wo er nur konnte. «*HooGrah,* guten Morgen, Simon. Haben Sie gut geschlafen, *huuh?*»

Simon konnte sich kaum auf die Fingerzeichen konzentrieren. Er rieb sich den Kopf. Im ersten Moment wußte er zwar, wo er sich befand, wußte, wer da mit ihm gestikulierte, konnte aber nicht sagen, zu welcher Spezies er gehörte. Dann löste der Nebel des Schlafes sich auf, und der einstige Künstler sah sich der Hölle eines neuen Tages unter Affen gegenüber. *«HooGrah»*, vokalisierte er schwach und fingerzeigte: «Guten Morgen, Dr. Busner. Tut mir leid, Eure arschlöcherne Herrlichkeit, ich habe geträumt ... geträumt .. daß ich ein Mensch bin –»

«Und sind Sie beim Aufwachen auch Mensch, *huh?*»

«Ja, ja, natürlich.»

«Sie haben kein Fell, *huh?* Ihre Glieder sind gerade, die Arme kürzer als die Beine, *huh?*»

«Ja, *hooh,* ja! Natürlich –»

«Ihre Hinterbacken sind rund und glatt wie zwei Salatschüsseln, *huuh?*»

«Klack-klack-klack, nun ja, wenn Sie das zeigen. Auch wenn das nicht gerade das Bild ist, das ich benutzt hätte!»

Mit diesem deutlich gutgelaunten Ausbruch packte der Affenmensch die Unterkante des oberen Nests und schwang sich aus der Koje. Ohne Busner zu beachten, stolzierte er durchs Zimmer und suchte sich Kleidung zusammen. Er zog ein T-Shirt aus dem Plastiksack, den Tony Figes gebracht hatte, an und darüber eine Jeansjacke.

Da Simon sich weigerte, an der Außenwand des Hauses nach unten zu klettern, führte der herausragende Anxiolytika-Forscher ihn die Treppe hinunter und zur Hintertür hinaus. Simon zwang sich immer noch zu einem aufrechten Gang – und er ignorierte die Handgriffe. Simon hing ein wenig zurück, als sie die Terrasse überquerten, und er mußte lachen, als er durch die Gartentür in die Küche spähte. So viele Schimpansen verschiedenen Alters in einer häuslichen Umgebung hatte er noch nie gesehen, und der Anblick erinnerte ihn an Parodien aus seiner Kindheit, an Filme über teetrinkende Affen im Zoo. Sie schienen sich soviel Obst oder Brot wie nur möglich in den Mund zu stopfen, und jeder grabschte nach dem Essen im Mund des anderen. Sie schwangen sich durchs Zimmer und benutzten dabei alltäglichstes Mobiliar – einen Satz Kiefernstühle und einen dazu passenden Tisch, eine Küchenanrichte und eine Resopal-Frühstückstheke – wie Turngeräte eines Abenteuerspielplatzes. Busner, der Simons Belustigung bemerkte, wedelte nur etwas von «Familie, zu laut, ein bißchen zuviel für Ihren ersten Tag. Die Tochter ist noch in der Brunst ...», und führte ihn zu dem achteckigen Pavillon am Ende des Gartens, den er in einer bukolischen Anwandlung bei einem Katalogversand bestellt hatte.

Hier setzte Simon sich hin und mampfte sich durch eine Schüssel Schlehen – die für ihn unangenehm bitter schmeckten – und eine Schüssel Zimtäpfel – die für ihn ekelhaft süß schmeckten. Busner versuchte, ihn für ein Stück Durian zu interessieren, und fingerzeigte: «Das Beste, was es gibt. Mein Gamma-Weibchen besorgt sie in einem sumatrischen Feinkostladen im Belsize Park», aber schon der Geruch verdarb Simon den Appetit.

Was Simon am meisten zu beruhigen und von den problematischeren Aspekten seines neuen Zuhauses abzulenken schien, waren die Busnerschen Schoßponys. Wie immer trotteten drei oder vier von ihnen im Garten herum, wieherten dünn und plazierten ihre kleinen heudurchsetzten Häufchen ordentlich zwischen den Rosenbüschen. Simon fand sie faszinierend. «Sie sind so klein», bedeutete er Busner verwundert, der in seinen «Guardian» vertieft war. «Warum sind sie so klein, *huuh?*»

«Klein, *huh?* Ja, das sind sie. Das ursprüngliche Wildpferd war natürlich um einiges größer, aber in den Jahrtausenden, die Schimpansen und Pferde nun schon zusammenleben, wurden sie quasi kleingezüchtet, bis daraus das moderne

Hauspferd mit dieser handlichen Größe herauskam – gerade groß genug, um Gärten und Äcker zu düngen, ohne sie zu beschädigen, *tschup-tschupp.*» Busner hob eins der kleinen Tiere am Zaumzeug an und strich ihm über die karamelfarbene Mähne.

«Aber was ist mit den Hunden? Was ist mit den Hunden passiert, *huuh?* Ich vermute, *klack-klack-klack,* Sie werden mir jetzt gleich zeigen, daß die größer geworden sind!»

«Richtig, Simon, die sind größer geworden. Wildhunde hatten nur eine Schulterhöhe von ungefähr fünf Hand. Jüngste Forschungen haben ergeben, daß der Stammvater aller modernen Hunde ungefähr die Größe des zeitgenössischen Wolfs gehabt haben muß. Nun, aber ein Tier dieser Größe wäre als Lasttier natürlich ziemlich unpraktisch. Im Verlauf der Jahrhunderte haben die Schimpansen die Hunde deshalb großgezüchtet. Wenn es Sie interessiert, kann ich Sie in einen der Zwinger in der Gegend bringen und Ihnen Hunde zeigen, die sechzehn Hand hoch sind.»

Simon nahm diese Information zeichenlos auf. Diese Verkehrung der Domestizierung von Arten war wie ein surrealer Bremsfallschirm, der die Verkehrung der natürlichen Ordnung, die er bereits ertragen mußte, noch ein wenig bizarrer machte. Er dachte unweigerlich an Sarah, wie sie ihre Reißzähne ekstatisch bleckte, als er dieses letzte Mal in sie stieß, und er dachte auch an Gracie, Sarahs Retrieverhündin, und wie sie an diesem Morgen an der Tür zum Schlafzimmer gewinselt und geknurrt hatte, um eingelassen zu werden. Dann fiel ihm das winzige Pferd ein, das durchs Haus tollte, als er in dieser todernsten Welt haariger Peiniger aufwachte. Wie viele solcher Rollenverkehrungen würde diese Welt noch für ihn bereithalten? Fliegende Hasen? Lebendgebärende Fische? Er schlang auf seinem Gartenstuhl die Arme um die Beine und begann auf seinem Hintern hin und her zu schaukeln, wie ein Primat im Käfig oder ein autistisches Kind.

Busner bemerkte Simons Stimmungswandel. Ich sollte ihn besser weiter ablenken, dachte er, und fortfahren mit meinem Programm der Integration, der mentalen Außenweltorientierung. «*Grnnn*, Simon.»

«Ja, was ist denn, *huh?*»

«Ich dachte, wir könnten heute mit Ihrer Wiedereinführung in die Welt fortfahren. Mit Hochdruck weitermachen sozuzeigen.»

«Und was genau hatten Sie dabei im Sinn, *huh?*»

«Nun ja, einen Ausflug in den Zoo natürlich.»

Gambol keuchrief durchs Fahrerfenster, als er mit dem Volvo am Bordstein vor dem Busnerschen Haus hielt. Dann saß er da und wartete. Wie aufs Stichwort tauchte Simon Dykes auf dem Gartenweg seitlich des Hauses auf. Er ging, wie Gambol bemerkte, noch immer aufrecht, mit Bonobo-ähnlichen, steifbeinigen Schritten. Und wie bei einem Bonobo rückte diese Haltung Simons rosigen Penis überdeutlich ins Blickfeld. Gambol wurde blaß; Dykes hatte etwas Beleidigendes und zugleich Verstörendes an sich. Er hielt sich zu ruhig, zappelte nicht umher wie ein Schimpanse – und dann noch diese gutturalen Vokalisierungen, diese verzerrte Gestikulation. Trotzdem war er Gambols Sprungbrett, und das Epsilon-Männchen wußte das nur zu gut.

Er schwang sich durch das offene Fahrerfenster und ging Dykes entgegen. «*HoooGrah*, guten Morgen, Mr. Dykes, wie geht es Ihnen heute, *huh?*» Simon starrte den Schimpansen, der ihn angesprochen hatte, argwöhnisch an. Allmählich fielen ihm feine Unterschiede auf, an denen er die Tiere auseinanderhalten konnte. Die Ohren dieses Schimpansen waren ungewöhnlich klein und adrett. Seine Schnauze war fast haarlos und die Haut weißer als die Busners oder Bowens – geschweige denn der Affen im Krankenhaus, die fast alle viel schlanker gewesen waren, mit schwärzeren Schnauzen und rosigeren Lippen.

«*Hooh*, ja, *HooGraah*.» Ohne zu begreifen, warum, trommelte Simon gegen den Stamm eines nahen Baums und zog geräuschvoll die Luft durch die Zähne. Dann ging er weiter den Gartenweg hinunter, und der kleine Schimpanse bewegte sich rückwärts vor ihm her. Simon war verblüfft, mit welcher Behendigkeit sich der Affe auf diese Art bewegte, wie er ohne jede Unsicherheit eine Ferse hinter die andere plazierte. Am Tor angelangt, hakte er es blind mit sicheren Händen auf und schlüpfte, noch immer rückwärts, durch die Öffnung. Dann kniete er sich hin und streckte Simon den zotteligen Hintern entgegen.

Simon hatte so viele Tiere dies vor Busner tun sehen, daß er jetzt wußte, was von ihm erwartet wurde. Er bückte sich und drückte die Hand auf den dargebotenen Arsch. Und wie immer war er verblüfft, wie menschlich sich der Körper eines solchen Dings anfühlte, wenn erst einmal die entsetzliche Haarigkeit ausgeklammert war. «*Grnnn*, da-da, *tschup-tschupp*, Gambol, nicht, *huh?*»

«Richtig. Ich bewundere Ihren Wahn, ich verehre Ihre Verrücktheit –»

«Schon gut, schon gut, Gambol, da-da, *tschup-tschupp*.» Simon bedachte Gambol noch mit ein paar gönnerhaften Klapsen.

Als Busner sich zu ihnen gesellte, hatte er seine Aktentasche unterm Arm und ein paar kreischende Kinder am Hals. Und hinter ihm her zockelte eine Horde jungerwachsener Männchen in einer sehnigen Schlange lausender Hände und schmeichelnder Arme. Das erste dieser Männchen hing an Busners Nackenfell, das nächste im Fell des ersten und so weiter. Alle stellten sie die Haare auf, alle knurrten sie. Es war eine ziemlich eindrucksvolle Prozession erregbaren Schimpansenfleisches, und dementsprechend eingeschüchtert war

Simon. Er drückte sich an die Hecke. Busner fuhr die Jungerwachsenen an. «*Wraaf*, für euch gibt es heute keinen Streifzug, ich will nicht, daß ihr Mr. Dykes ärgert ... und was euch angeht, *wraah!*» Er zerrte sich die Kinder ziemlich unsanft vom Hals und warf die kreischenden Kleinen in ein Blumenbeet.

Endlich allein, schwangen die drei Affen sich in den Volvo. Gambol ließ den Motor an und brauste, sechsmal in ebenso vielen Sekunden hochschaltend, davon. Die große Limousine rauschte den steilen Hügel nach Frognal hinunter, bog dann rechts ab und verschwand in Richtung Primrose Hill.

Auf jene Insassen des Autos, die ihr Schimpansesein akzeptierten, mochte London relativ luftig, klar und geräumig wirken, für Simon Dykes jedoch war es ein beengter, trostloser Ort. Von den alleinstehenden Backsteinhäusern auf der Hügelkuppe von Hampstead über die bröckelnden Reihenfassaden des Belsize Park bis zu dem Dicht-an-Dicht der schmalen Häuschen um den Primrose Hill – wohin Simon den Blick auch richtete, sah er eine Stadtlandschaft, die an ihrem eigenen Durcheinander erstickte, eine Abstellkammer der Jahrhunderte, in der sich Gebäude aneinanderlehnten wie abgelegtes Gerümpel, schmutzverklebt und mit Spinnweben überzogen. Nie war London so klaustrophobisch, so zwergenhaft wie jetzt gewesen. Und überall entdeckte er die gnomenhaften, unrasierten Bewohner, deren harte Zehen übers Pflaster klapperten, deren harte Hände griffen und grabschten, beständig sich bewegten.

Simon, der zusammengekrümmt im Fond saß, kam sich vor wie Alice im Apathieland. Am liebsten hätte er den Affen mit Namen Gambol gebeten, das Schiebedach zu öffnen, damit er seinen Giraffenhals hindurchstrecken konnte. Um die Kluft zwischen seinem Körpergefühl und seiner Weltwahrnehmung soweit wie möglich zu verringern, verbrachte er die Fahrt damit, seine Augen wieder gegen die Scheibe zu pressen und dabei mit lockerem Griff seinen Schwanz und seine Eier zu umfassen. Komisch, daß es mir nichts ausmacht, halb nackt zu sein, dachte er oder glaubte vielleicht nur, es zu denken.

Der Volvo bog in den Regent's Park ein und beschleunigte in Richtung Zoo. Auf Höhe des Haupteingangs beschrieb Gambol einen weiten Bogen und schaltete dabei geschickt ungefähr acht Gänge herunter. Schließlich hielt er genau neben einem Schimpansen, der ein großes Bündel heliumgefüllter Luftballons in der Hand hatte.

Busner stieg vorne aus und holte Simon aus dem Fond. Simon fand Busners Berührung viel erträglicher, seit er eigenhändig getrocknete Scheiße aus dem Fell des radikalen Psychoanalytikers gezupft hatte. Busners Körper hatte eine merkwürdige Aureole der Akzeptabilität angenommen, die irgendwo zwischen der des eigenen Arschlochs – indem es berührbar war, die meisten anderen dagegen nicht – und der eines vertrauten, wenn auch stinkenden alten Hundes lag – wie Sarahs Gracie.

Beim Ballonverkäufer blieb Busner stehen und fingerzeigte: «Sie waren doch sicher schon mit Ihren Kindern hier, Simon, *huh?*»

«Ja, das stimmt, sehr oft. Magnus, der Älteste, ist ein großer Fan von Tieren, Natur und allem, was dazugehört. Die anderen sind einfach nur mitgelatscht ...» Simons Finger hielten inne. Er starrte die metallischen Oberflächen der Ballons an, die sich über seinem Kopf tummelten. Neben den Mikkeys, Minnies und Mr. Blobbys gab es auch andere, merkwürdigere Karikaturen, mit blassen Schnauzen und übertrieben langen Nasen.

Als Busner sah, wovon Simon so gebannt war, wechselte er Zeichen und Münzen mit dem Händler, erwarb einen Ballon und drückte Simon die Halteschnur in die Hand. «Das ist ein Mensch, Simon, die Kinder lieben sie ...» Dann zog er Simon am Arm zum Souvenirkiosk. «Und schauen Sie hier, *grnn.*» Neben den Lifewatch-Tassen, den Wimpelchen und Stickern hingen auf einem Ständer auch eine Reihe Plastikmasken, Löwen, Giraffen, Tiger, und auch die blasseren Schnauzen, die bergeracschen Nasen. «Schauen Sie! Menschenmasken.»

Die beiden Affen gingen weiter. Simon hing ein wenig zurück, die Schnauze auf gleicher Höhe mit Busners Hintern, und beobachtete interessiert, wie die grauhäutigen Hoden des berühmten Psychiaters träge hin und her schwangen, unter dem Saum seines Tweedsakkos auftauchten und wieder verschwanden.

Busner kaufte Eintrittskarten von einem Bonobo im Glashäuschen, und dann betraten sie über eine geschwungene Rampe den Zoo. Alles war genau so, wie Simon es noch von seinem letzten Ausflug mit den Kindern kannte. Wie lange war das eigentlich her? Seit seinem Zusammenbruch, das hatte zumindest Busner ihm gezeigt, war inzwischen fast ein Monat vergangen, und wegen der Vorbereitungen für die Ausstellung und der langen Nächte im Sealink hatte Simon seine Kinder auch davor schon einen Monat nicht gesehen. Aber den letzten gemeinsamen Ausflug hatten sie hierher unternommen, in den Zoo.

Die haarigen Tiere in ihrer lächerlichen, arschverkühlenden Halbkleidung, hier knöchelgehend, dort stolzierend und hier drüben schwinghangelnd – sie alle flimmerten und verschwammen zu einer Kodachrome-Vision von Pink-zu-Rot-zu-Orange, lauter unmenschlich menschliche Fleischfarben. Seine Kinder, mit ihren blonden Haaren und den blauen Augen, die Iriden so rund – wie Bonbons: lutschbare Menschlichkeit. Wie die drei, an Eiskremtüten leckend, Hand in Hand zum Gorillagehege tollten.

«*H'hooh*, Simon!» Busner stand zweibeinig da, in seiner dozierenden, patronisierenden Haltung. «Nun, Simon, wie Sie wissen, wollen wir uns in Ihrer Therapie eines didaktischen und erklärenden Verfahrens bedienen. Wir werden Sie mit der Realität Ihrer Schimpanslichkeit konfrontieren und so versuchen, den Kern Ihres Wahns aufzulösen. Aber vergessen Sie nicht, sollte irgendwann der Anblick dieser Tiere zu verstörend auf Sie wirken, keuchrufen Sie einfach, und wir machen sofort kehrt.»

Simon glotzte den Affen an, der da mit wedelnden Fingern vor ihm stand. Ein Affe, halb bekleidet mit einem Tweedsakko, einem Viyella-Hemd und einer Mohairkrawatte; ein Affe, der eine Bifokalbrille an einer Kette um den Hals hängen hatte. Er konnte nicht anders, er mußte einfach laut auflachen und mit seinen großen Reißzähnen klacken. Was um alles in der Welt konnte verstörender sein als dies?

Busner, der spürte, daß Simons Stimmung zwischen Belustigung und Entsetzen schwankte, beschloß, ihn weiterzuführen. Sie umrundeten ein Beet voller vorstädtischen Grüns und standen schließlich Schnauze an Schnauze mit der großen Statue von Guy dem Gorilla, lange Jahre die primäre Primatenattraktion des Zoos. Wie immer war die überlebensgroße Bronzefigur von ihren Mini-Mahuts in Gestalt von Schimpansenkindern belagert, die kichernd, keckernd und von Umstehenden angeknurrt zwischen den Schulterblättern auf ihrem breiten Rücken herumkletterten. Ihre Eltern bedeuteten ihnen, stillzuhalten, damit sie Fotos machen konnten.

Busner zog Simon zu der Ligusterhecke vor dem Sicherheitszaun. Dahinter befand sich ein Graben, etwa zwei Fußlängen breit, und dann die dichtstehenden Stahlstangen des Gorillageheges. Das Gehege – etwa vierzig mal achtzig Hand und dreißig Hand hoch – war mit dicken Lagen Stroh ausgepolstert. Auf einer Seite lag ein riesiger Plastikmülleimer ohne Boden, Stroh ragte daraus hervor. Zwischen vier dicken Pfosten war ein Seilnetz gespannt, und in dieser hänfenen Senke lag ein halber Ballen Stroh, der, wie Simon vermutete, den Gorillas das Material für den Bau ihrer Tagesnester lieferte.

Busner krümmte einen Finger in die Richtung eines fast pyramidischen, von silbergrauem Fell bedeckten Dings, das etwa in der Mitte des Geheges auf der Strohaufschüttung kauerte. «*H'hooh*, Simon, schauen Sie! Da ist er, ein großer Silberrücken – Ihr erster lebendiger Mensch!»

Falls Busner irgendeine spezielle Reaktion erwartet hatte, dann bestimmt kein Lachen, doch Lachen bekam er. Ein vollkehliges, hohes, knirschendes, klackendes Lachen. Simons Finger artikulierten seine Ungläubigkeit, und sein Gackern war so laut, daß es die Aufmerksamkeit der Schimpansen in der Umgebung erregte. «*H'hie-hieklack-klack*, das ist doch kein Mensch! Das ist ein Gorilla!»

«Ja, ja, *tschup-tschupp* – bitte –, es ist ein Gorilla, aber er gehört zur Familie der Menschen, zusammen mit – glaube ich zumindest, denn ich bin kein Zoologe – mit dem Orang-Utan, denn alle drei Arten sind schwanzlos, *huuh*?» An diesem Punkt packte Busner Simon am Kragen, um ihn zu beruhigen, denn der arme Schimpanse wimmerte, Verzweiflung brach durch seine Heiterkeit.

«Natürlich, Dr. Busner, natürlich, wie dumm von mir, *u-h'-u-h'-uh'*, aber Sie müssen verstehen, daß in meinen Augen der Gorilla, der Schimpanse und der Orang-Utan zur selben Familie gehören und der Mensch davon abgetrennt, einzigartig ist, indem er nämlich zum einen Selbstbewußtsein besitzt und zum anderen, *u-h'-u-h'*, das Ebenbild seines Schöpfers ist.»

Nun war es an Busner, zeichenlos zu werden, denn wieder einmal staunte er über die perfekte Symmetrie von Dykes' Wahn. Busner wußte, daß einige radikale Philosophen und Anthropologen gegenwärtig versuchten, die Artengrenzen neu zu ziehen, und dabei den Schimpansen «den zweiten Menschen» tauften. Anscheinend, dachte Busner, hat ein Teil von Dykes' Psyche diese Information absorbiert und sie auf den Kopf gestellt, eine tragikomische Verkehrung.

Doch wie verblendet Dykes auch sein mochte, er sprach auf jeden Fall gut auf seine Entlassung aus dem Krankenhaus an. Seine Gestikulation wurde stündlich flüssiger und differenzierter. Und obwohl er sich immer noch verkrampfte, sobald ein anderer Schimpanse ihm zu nahe kam – eine Reaktion, die traurige Vokalisationen nach sich zog –, verfiel er nicht mehr in unkontrollierte Hysterie. Busner hielt den Zeitpunkt für gekommen, das Tempo etwas zu beschleunigen. Deshalb packte er den noch immer kichernden Schimpansen bei seinem braunen Nackenfell und führte ihn weiter, zum eigentlichen Menschengehege.

Es gehörte zum selben Komplex wie das der Gorillas. In seinem Zentrum befanden sich vier Abteile, je zwei für die Menschen und für die Gorillas. Sie waren zweckdienlich orange-gelblich gestrichen und mit Nischen und Schlafplattformen ausgestattet. Die Abteile der Gorillas waren viel kleiner, da der Zoo nur das eine Pärchen besaß, dagegen eine ganze Horde Menschen. Beide Unterkünfte enthielten Spielgeräte, die man zur Käfighaltung von Menschen für nötig erachtete, dicke Hanfseile und strategisch plazierte Telegraphenstangen und Handgriffe in verschiedenen Höhen.

Busner und Simon knöchelgingen zur linken Seite des Komplexes und kamen zuerst zum kleineren der zwei verglasten Räume, die die Menschen beherbergten. Eine Gruppe Schimpansen drängte sich davor und drückte die Schnauzen gegen das dicke Glas, um nicht ins eigene Spiegelbild zu schauen. Die Schimpansen gestikulierten und vokalisierten aufgeregt miteinander. «*Hooo Grah*, schaut euch den an, er schält eine Banane!» «*H'huuh*, ist das ein Männchen?» «*Grnnn*, was macht der denn da, soll das Spielen sein?»

Simon, der noch keine Lust verspürte, so nahe hinzugehen, daß er sehen konnte, was hinter der Scheibe war, blieb ein wenig zurück und studierte die Tiere, die Tiere betrachteten. Hatten sie denn gar keine Ahnung, wie lächerlich, wie töricht sie wirkten? «*Wraah*», rief ein stämmiges Männchen und gestikulierte mit seiner Begleiterin – konnte es sein, daß ihr Kopffell zumindest andeutungsweise nach Menschenart frisiert war, fransig geschnitten und an den Schläfen gebleicht? Auf Simon wirkte es zumindest so. «Schau dir die Zahnstummel des Heinis da an, *wraah!*» Und sie kicherte und faßte in das dicke Fell seines schlangenförmigen Arms, schmiegte sich an ihn und klemmte sich die wuchernde Schwellung zwischen ihre Säbelbeine.

Es gab auch andere Schimpansen, Schimpansen mit merkwürdig schlitzförmigen Augen, die Camcorder in der Hand hielten und sich gegenseitig dabei filmten, wie sie vor dem Gehege menschenähnliche Haltungen einnahmen. Bei diesem Anblick stieg Simon die Galle hoch. Er zupfte Busner am Ärmel und teilte dann der Handfläche seines Therapeuten mit: «Warum haben diese Schimpansen so komische Augen? Die sind wie Schlitze, und ihr Kopffell ist dunkler und glatter als das der anderen.»

Busner sah Simon mit ungläubig hochgezogenem Brauenwulst an. «Das sind Japaner, Simon, aber bitte seien Sie diskret mit Ihren Fingern, wer weiß, vielleicht können sie ja die englische Gebärdensprache.»

Aber Simon achtete nicht mehr auf ihn, seine Neugier hatte nun doch die Oberhand gewonnen. Er bemerkte graue, klumpige Gestalten, die sich hinter dem Glas bewegten, ins Licht kamen und sich dann wieder zurückzogen. Er schob sich durch das Gedrängel haariger Glieder, bis er die Handkanten gegen das Glas drücken und hindurchstarren konnte. Busner stand dicht neben ihm, die Hand fest auf seiner Schulter, um ihn zügeln zu können, falls er feindselig reagieren sollte. Da waren sie, die ersten menschlichen Gestalten, die Simon sah, seit Sarahs Körper sich im Orgasmus gegen sein rammendes Becken gedrückt hatte. Die ersten menschlichen Gesichtszüge, in die er blickte, seit die seiner Geliebten hinter Haaren verschwunden waren.

Einer stand mit dem Rücken zu Simon, gut zwei Meter entfernt. Zwei andere lagen, Rücken an Rücken, auf der Schlafplattform an der rechten Wand. Ein weiterer lag auf dem Rücken im Stroh, ein hüpfendes Kleinkind auf seinem Blähbauch. Das erste, was Simon an den Menschen auffiel, waren ihre Hintern. Sie waren obszön kahl und lächerlich rund, eher wie bleiche Strandbälle denn Körperteile. Die Hintern der Tiere wirkten um so nackter wegen der relativen Behaartheit des restlichen Körpers. Simon konnte zwar Männchen und Weibchen nicht unterscheiden, aber alle bis auf das Kleinkind hatten dichte Schambehaarung und einige sogar schütteres Fell auf Brust, Armen und Beinen.

Dann drehte das Exemplar im hinteren Teil des Geheges sich um und schlenderte aufrecht auf die gaffenden Schimpansen zu. «*Aahs*» und «*Wraahs*» waren zu hören, als der Mensch aus dem Schatten ins Helle trat. Simon starrte den Menschen an – falls es wirklich einer war. Er hatte dergleichen noch nie gesehen. Zum einen war er sehr fett, aber fett auf ungewöhnliche Art, mit Schwabbellappen an allen seinen Gliedern und einer riesigen, hängenden Wamme von Brust bis Unterbauch. Außerdem hatte er warzenähnliche Fleischzäpfchen am Hals, ein Hals, der auf Simon merkwürdig verlängert wirkte, wie auch der ganze übrige Körper.

Aber der Körper, so ungeheuerlich verfettet er auch sein mochte, war nicht annähernd so beeindruckend wie die tellerflache Schnauze des Dings. Simon konzentrierte sich, versuchte, die Physiognomie eines Mannes zu erkennen, sah aber eigentlich nichts dergleichen. Immerhin hatte das Wesen etwas, das ein Nasenrücken sein konnte – oder zumindest ein fleischiger, rüsselähnlicher Gesichtsfortsatz –, und anstelle eines markanten Wulsts über den Augenhöhlen eine abgeflachte Stelle. Dies ließ die Augen des Tiers entweder protuberanter wirken, oder sie waren es tatsächlich, auf jeden Fall glupschten sie Simon an, blau, basedowsch und ohne den geringsten Funken von Verstand oder Selbstbewußtsein. Simon zupfte Busner am Ärmel und teilte seiner Handfläche mit: «Wissen Sie, ob das ein Männchen oder ein Weibchen ist, *huh?*»

Busner starrte seinen Patienten ziemlich entsetzt an, bevor er erwiderte: «Es ist ein Männchen, Simon, sehen Sie sich doch bloß diese große Wurst von einem Pimmel an.» Simon war entsetzt, daß er den feuerwehrschlauchdicken, fünfundzwanzig Zentimeter langen Penis, der von der buschigen Leiste baumelte, nicht bemerkt hatte. Und wie als Kommentar zu diesem Versehen packte der Mensch sein schlaffes Organ und begann, mit kräftigen, mechanischen Bewegungen daran zu pumpen.

Dies provozierte begeisterte Keuchrufe unter den versammelten Schimpansen. *«HoooGrah!»* schrien sie alle und gestikulierten aufgeregt. «Schaut! Er wichst! Er wichst!» Einige der Schimpansen erregte diese Zurschaustellung animalischer Sexualität so sehr, daß sie Paarungshaltungen einnahmen, doch das legte sich bald wieder.

Simon hielt weiter die Augenhöhlen ans Glas gepreßt und konzentrierte sich auf die ausdrucklose Schnauze des masturbierenden Menschen. Nach einer Weile hörte der wieder auf, ließ sein noch immer schlaffes Glied los und zockelte in den finsteren Hintergrund des Geheges zurück. Als er sich umdrehte, sorgte das noch einmal für Aufregung unter den Schimpansen, denn sie wunderten sich über ebenjenes Merkmal, das Simon so überrascht und angewidert hatte. «Schau dir seinen Popo an, Mummy», zeigte ein Kind ganz in Simons Nähe. «Der ist ja ganz furchtbar und glatt.»

«*Wraaf*, sei still!» gegenzeigte die Mutter streng.

Aber es war der Mensch, der, umringt von spielenden Kindern, auf dem Rücken lag, dem die Schimpansen die meiste Aufmerksamkeit schenkten. Sie waren bezaubert vom Gekasper eines pummeligen Würmchens, das immer und immer wieder auf den glatthäutigen Bauch des liegenden Erwachsenen krabbelte, sich aufzurichten versuchte und dann in einem Wirbel verkürzter Arme und überlanger Beine ins Stroh zurückfiel.

Immer wenn das passierte, gaben die Schimpansenkinder Laut, und ihre schrillen, durchdringenden Schreie prallten vom Glas ab. Dann fingerzeigten sie alle die – in Simons Augen stereotype – Bemerkung: *«Aah,* schau Mummy, sie spielen!», worauf das erwachsene Weibchen ebenfalls *«Aah»* machte und gegenzeigte: «Sie sind ja so niedlich», als wäre diese Niedlichkeit, dieses scheinbar so schimpansliche Verhalten, etwas völlig Neues und Unerwartetes.

Die beiden Menschen auf der Schlafplattform rührten sich jetzt und setzten sich auf. Der eine war eindeutig ein Weibchen, mit noch größeren Fleischaufblähungen auf der Brust als das Männchen, und mit langen, braunen Zitzen. Beim anderen war es extrem schwer, das Geschlecht zu bestimmen, da er seine Glieder eng an den Körper gezogen hatte und auf seinem Hintern hin und her schaukelte. Keins der Tiere nahm die Anwesenheit des anderen zur Kenntnis, und ihre schweineartigen Schnauzen waren, wie schon die des masturbierenden Männchens, ohne jeden Ausdruck und ohne jede Gefühlsregung.

Busner streichelte Simon am Hals und tupfte ihm sanft einige Zeichen ins Fell. «Beachten Sie, *tschup-tschupp,* daß die Menschen sich nicht lausen, ja, *tschup-tschupp,* sich kaum berühren.»

Simon, der sich des Inhalts von Busners Zeichen etwa in dem Augenblick bewußt wurde, als er begriff, daß es sich um Zeichen handelte, staunte unvermittelt über das poetische Potential des Zeigens: Von Berühren zeigen – im Berühren; ein Tanz und ein Spiel der Finger, einer auf dem anderen, einer zum anderen. Simon streckte tastend die Hand aus, fand den mächtigen Schenkel des Psychiaters und teilte ihm mit: «Was ich hier sehe, kommt mir sehr merkwürdig vor, *u-h'-u-h'*, ganz und gar nicht das, was ich erwartet habe.»

«Nun, ich glaube, daß Menschen, die in Gefangenschaft aufgezogen wurden, einige wesentliche Unterschiede zu denen in freier Wildbahn aufweisen.»

«Zum Beispiel, *huh* –?»

Simon bekam keine Antwort, weil plötzlich Geräusche entstanden, als würden verschiedene metallische Gegenstände bewegt, Riegel aufgezogen, Tore geöffnet, Ketten geschwenkt. Zuvor war Simon die übertriebene Trägheit aufgefallen, mit der die Menschen sich bewegten, fast wie mit Largactil ruhiggestellte Psychiatriepatienten, doch dieser Lärm ließ sie nun schlagartig aktiv werden. Alle bis auf das schwankende, geschlechtslose Individuum auf der Schlafplattform richteten sich auf und bewegten sich mit ihrem eigenartigen, steifbeinigen Gang zur Tür auf der linken Seite des Geheges.

Einer der nun aufrechten Erwachsenen war ein Männchen, doch bei weitem kein so großes Exemplar wie der Masturbator. Es war kleiner, stämmiger und hatte eine spärlichere, hellere Schambehaarung. Dieses Individuum rangelte mit dem großen Männchen um den Vortritt in der Schlange und stieß ihn dabei immer wieder mit der Schulter an. Das größere Männchen öffnete daraufhin den schlaffen Mund und zeigte kümmerliche, verfaulte Zähne. Falls Simon eine verständliche Vokalisation erwartet hatte, etwas von dem, was er als *«sprechen»* bezeichnet hatte, wurde er nun schwer enttäuscht, denn alles, was aus diesem Mund kam, war ein tiefes, kehliges Brüllen. Ein Brüllen, das so tief war, daß das gehärtete Glas erzitterte.

Das große Männchen brüllte und versetzte dem anderen

einen so kräftigen Stoß, daß es ein paar Schritte nach hinten taumelte. Es stützte sich an der Glasscheibe ab, und Simon starrte ihm tief in die leeren Augen. «Sehen Sie», kitzelte Busner in Simons Nacken, «die Anfänge einer Rangordnungsbestimmung – wenn auch noch ziemlich primitiv.»

Die anderen Menschen marschierten hintereinander zur Tür hinaus, mit eingezogenen Köpfen, um sie sich nicht am Türsturz zu stoßen. Das vermutliche Beta-Männchen richtete sich wieder auf und folgte ihnen. *«Aaah»*, vokalisierte ein Kind, das sich an Simons Bein geklammert hatte, und fingerzeigte: «Armes Ding, sie haben es zurückgelassen!» Simon war überrascht – er fand die Berührung des kleinen Schimpansen gar nicht so unerträglich. Der Nachzügler im Gehege ging nun ebenfalls zur Tür, duckte sich aber nicht rechtzeitig. Es knackte vernehmlich, als Türsturz auf ungeschützten Kopf traf, und der Mensch fiel rücklings auf seinen gepolsterten Arsch. Schallendes Gelächter voller ungezügelter, überschäumender Fröhlichkeit erhob sich unter den Schimpansen.

Simon spürte Wut in sich aufsteigen. Weißglühende Wut. Er drehte sich zu Busner um. *«Wraah!* Das ist abscheulich, gefühllos. Haben die Schimpansen denn kein Mitleid mit diesem armen Wesen!»

«Hooh, ganz ruhig, Simon, ich bin natürlich Ihrer Meinung, aber wir wollen doch nicht zuviel Aufmerksamkeit auf uns lenken.» Er zog seinen unorthodoxen Patienten von den anderen Schimpansen weg, die sich noch immer die Seiten hielten vor Lachen. «Sie müssen sich vor Augen halten, daß der Anblick eines Menschen, der sich den Kopf anstößt, ein Archetypus des Slapsticks ist, *huuh?*»

«Was soll denn das heißen, *huh?*»

«Nun, das räumliche Bewußtsein des Menschen ist deutlich schlechter ausgeprägt als das des Schimpansen. Seine Fähigkeit zur Außenwahrnehmung – sein intuitives Wissen um die räumliche Verteilung der ihn umgebenden Objekte – ist vermindert, kaum vorhanden. Die Schimpansen haben deshalb den Menschen schon immer als Clown-Paradigma benutzt. Im Zirkus sieht man oft als Menschen verkleidete Affen, die durch die Gegend rennen und einander anrempeln. Sehen Sie jetzt, was ich meine, *huuh?*»

Simon sah eine Menge. Über dem Dach des Gibbonkäfigs sah er in der Entfernung die schwankenden Baumwipfel des Regent's Park. Er sah die Lifewatch-Sticker, die einige der Schimpansen in seiner Nähe trugen, und außerdem sah er seine Kinder, die lachend zwischen dem Coca-Cola-Automaten neben dem Pandakäfig, dem Lifewatch-Sticker-Spender, der immer und immer wieder seine alberne Fünftonmelodie spielte, und dem Schimpansengehege herumtollten. Die leichtfüßig, flink hin und her rannten, mit dem Gefühl der Zügellosigkeit, das so nach Kindheit schmeckte, nach einer Zeit, in der Energie noch nicht gespart, konserviert werden mußte. Die Körper der Jungen so anmutig, so behende, so ganz anders als die dieser tumben Tiere, deren Gestalten hinter dem gehärteten Glas verschwammen. Simon war hin- und hergerissen zwischen verschiedenen, gegensätzlichen Anblicken, wie ein Kind, das, die Nase an die Türkante gedrückt, mit jedem Auge eine andere Perspektive hat, die simultan unassimilierbar sind. Er sah den Korridor seines Lebens hinunter. Simon war ein großer Mann. Er hatte sich den Kopf an Tausenden von Türstürzen, Bollwerken, Tischplatten und Querstangen angestoßen. War dies die Wesensbestimmung seiner Menschlichkeit? Diese Schläge und Stöße, von denen jeder – auch daran erinnerte er sich – verschlüsselt das Wissen in sich trug, daß er hätte vermieden werden können, als wäre die Wirkung der Ursache vorausgegangen.

Der Korridor von Simons Lebens kippte. Er war jetzt ein Schacht, ein Schacht, der nur so aussah wie ein Korridor, mit an den Wänden befestigten Möbelstücken, gegen die sein taumelnder Körper nun stieß. Rücklings, rücklings, Hüfte gegen Kante, Ellbogen gegen Knauf, Kinn gegen Tür ... bis hinunter zu was? Einem endgültigen Urknall? Simon hatte jetzt das Gefühl, ihn vorausahnen zu können – diesen Big Bang. Spürte den harten Schlag von Hinterkopf zu Nacken, von Nacken zu Schulter, von Schulter zu Steißbein zucken. Eine Hand wanderte zu seinem Arsch. Die Finger fummelten in den Fältchen. Tauchten dann wieder auf, stiegen in die Höhe, spreizten sich. Er wandte sich Busner zu, der noch immer an seiner Seite wachte, ihn berührte, und zeigte ihm: «Wissen Sie, als ich noch ein kleiner Junge war, wurde ich von einem Bus angefahren. Es war an der Fortis Green Road ...» Seine Finger verhaspelten sich. «Auf dem Nachhauseweg von einem Film ... aber was für ein Film, *huh?*»

«*H'hooh*, tatsächlich?» Busner war abgelenkt, vielleicht gefangen im selben Korridor wie Simon oder in einem parallelen. «Na, das war dann wohl miese Außenwahrnehmung Ihrerseits, *huuh?* Aber jetzt wollen wir doch mal sehen, was die Menschen machen, *huuh?* Ich glaube, jetzt ist Fütterung.»

Nachdem Gambol seinen nominellen Alpha und den verblendeten Schimpansen, aus dem er Kapital schlagen wollte, vor dem Zoo abgesetzt hatte, blieb er noch einen Augenblick im Auto sitzen und spielte mit den Hebeln und Reglern. Auch wenn er von Busner wie ein Taxifahrer behandelt wurde, war er doch viel mehr als nur ein intellektueller Schmiermaxe, der Besorgungen machte, Anrufe erledigte und Forschungsvorbereitungen traf. Gambol hatte einen Einser-Abschluß in Psychologie der Universität Edinburgh und war außerdem Morton-McLintock-Stipendiat zur Erlangung des Masters in klinischer Psychologie.

Nach seinem zweiten Abschluß war er unter den Einfluß von Zack Busner gekommen. Natürlich kannte Gambol Busner schon seit Jahren. Sein charakteristischer Keuchruf war die akustische Ikone der frühen Siebziger gewesen – auch heute noch zu hören in den endlosen Wiederholungen der Game- und Gestikulier-Shows, mit denen die Kabelsender sich entehrten –, doch es war Gambols Lektüre von Harold Fords Standardmonographie der Quantitätstheorie des Irrsinns gewesen, die Zack Busner zu seinem Helden machte. Gambol fing an, alles von Busner zu lesen, was er auftreiben konnte, von seiner jämmerlich mißlungenen Dissertation «Einige Implikationen der Implikation»* über die Berichte aus seinem vom Unglück verfolgten Concept House bis hin zu seinen späteren Arbeiten über die existentiellen und phänomenologischen Implikationen extremer neurologischer Störungen.

Gambol wurde zum begeisterten Anhänger. Seine eigene Dissertation hätte eine Würdigung von Busners vielgerühmter psycho-physischer Herangehensweise an seine ungewöhnlichen Patienten werden sollen. Hätte werden sollen, bis zu dem Zeitpunkt, als ihm die Hochglanzmappe, die er im Café Rouge Whatley zugeschoben hatte, in die haarigen Hände fiel.

Lieferant dieser Mappe war ein Schimpanse namens Phillips, der in einer nachgeordneten Forschungseinrichtung des multinationalen Arzneimittelkonzerns Cryborg Pharmaceuticals arbeitete. Gambol war Phillips schon des öfteren bei Seminaren über Psychopharmakologie begegnet, die Cryborg für Fachleute anbot. Als Phillips erfuhr, daß Gambol Busners Epsilon und Forschungsassistent war, ließ er durchblicken, daß er eine starke Abneigung gegen den großen Affen hegte

* Abrisse sind gegen Einsendung von £ 7,99 beim Concept House Archive erhältlich. Lieferfrist 21 Tage.

und daß ihm die Wiederbelebung von Busners Karriere und Reputation als üble Farce erschien.

Doch als Gambol von Phillips Genaueres wissen wollte, wurde der Schimpanse vorsichtig, seine Gestikulation reduzierte sich auf wenig mehr als Fingernagelklicken. Ob Gambol Bescheid wisse, klopfte er an, über die merkwürdige Delle in Busners Karriere, die sich Anfang der Neunziger abzeichnete? Ob Gambol wisse, daß Busner in dieser Zeit seine Stellung als Facharzt am Heath Hospital aufgegeben hatte und in Cryborgs Dienste getreten war? Ob Gambol eine Ahnung habe, welche Art von Diensten dies gewesen war?

Die Antworten waren natürlich alle negativ. Gambol bedrängte Phillips und traf sich mit ihm in verschiedenen Pubs in Hampstead. Im Verlauf der Monate waren so die Details der Geschichte allmählich ans Licht gekommen. Das erste war die Enthüllung, daß Busner, so Phillips in Cryborgs Auftrag eine Versuchsreihe mit einem angstlösenden Medikament durchgeführt hatte; und als zweites kam die Andeutung – wenn auch nicht die verbindliche Festlegung –, daß diese Versuche illegal gewesen waren.

Und hier hielt Phillips inne. Es war ein merkwürdiges Bündnis, denn beide Untergeordnete behielten noch eine gewisse Zuneigung für Busner bei, während sie gleichzeitig Möglichkeiten erkundeten, seinen Ruf zu unterminieren und seine Karriere zu zerstören.

Dann kam Dykes, und die Lage änderte sich schlagartig. Phillips war baff, als Gambol ihm von dem Künstler und seinem merkwürdigen Menschenwahn berichtete. Er bat Gambol, er solle ihn über alle weiteren Entwicklungen auf dem laufenden halten, und gab Gambol die Mappe, die an Whatley weitergereicht wurde, der so – mit Phillips Zustimmung – zum dritten Schenkel ihres verschwörerischen Dreiecks wurde.

Die Mappe war der Entwurf einer Werbebroschüre für ein

Medikament mit dem provisorischen Namen Inclusion. Die Fakten, wie sie in der Broschüre dargestellt wurden, machten Inclusion zu einem potentiellen Allheilmittel für alle neurotischen und depressiven Krankheitszustände. Wie das Medikament im einzelnen wirkte, blieb vage – die Broschüre war für nicht übermäßig gewissenhafte Allgemeinärzte mit wenig Zeit bestimmt –, daß aber Cryborg es für einen Meilenstein der Psychopharmakologie hielt, war eindeutig zwischen den Zeilen des medizinischen Kauderwelsch zu lesen.

Phillips teilte Gambol mit, daß die Beziehung zwischen Busner und dem Schimpansen, der sich für einen Menschen hielt, von größerer Dauer war, als Simon Dykes wußte. Er versprach Gambol Aufklärung in dieser Angelegenheit, aber nur unter der Bedingung, daß er ihm regelmäßig von Dykes' Fortschritten berichtete. Und über einen dieser Berichte dachte Gambol nun nach, während der Volvo mit qualmendem Auspuff vor dem Tor des Zoos stand. Er haßte es, in diesen Videophonhäuschen zu kauern und verstohlen zu gestikulieren, als wäre er irgendein schäbiger Industriespion. Aber das Autovideophon zu benutzen stand außer Frage. Busner war korrekt bis zur Pingeligkeit, was Ausgaben betraf. Für jede Heftklammer, jeden Anruf, jede Tasse Tee mußte wöchentlich Rechenschaft abgelegt werden.

Gambol seufzte und legte den Gang ein. Er würde nach Camden Town fahren, um den Anruf zu erledigen. Und er sollte sich besser kurz fassen in seiner Gestikulation, denn Busner hatte durchblicken lassen, daß der Ausflug in den Zoo vielleicht nicht sehr lange dauern werde und daß er Gambol bei ihrer Rückkehr am Tor erwarte.

Simon wäre jetzt am liebsten sofort zum Auto zurückgekehrt. Sie waren hinter den anderen Schimpansen um die vergitterte Freifläche des Menschengeheges herum zu dem Raum auf der anderen Seite des Komplexes geschlendert. Dort fand die Fütterung statt.

Simon erwartete nicht gerade Tische mit weißen Tüchern, Silberbesteck und kristallene Weingläser, aber dennoch war die Szene, die er nun vor sich sah, erbärmlich und verstörend. Ein riesiger Haufen Essen war auf die Schicht stinkenden Strohs auf dem Boden des Raums gekippt worden. Und was für Essen – Äpfel, Orangen, Bananen und Brot. Das war alles. Simon suchte vergebens nach irgendwas anderem, Garnierungen, Beilagen oder Fleisch, aber es gab nichts, nur Äpfel, Orangen, Bananen und Weißbrot, von der industriell gefertigten Art, so weich und labberig, daß die Scheiben auch in der Obstkaskade aneinander klebenblieben.

Offensichtlich hatte dieses Festessen den Streit zwischen den beiden Menschenmännchen ausgelöst. Jetzt saß das größte Männchen – der Wichser, wie Simon ihn inzwischen nannte – neben dem Haufen, die langen Beine locker übereinandergeschlagen, den abscheulichen Schoß unter einem Berg Futter versteckt. Er mampfte ein mehrlagiges, in bester Cordon-bleu-Manier aus fünf dick bepackten Brotscheiben gebautes Sandwich.

Alle Menschen befanden sich zur Fütterung in diesem Raum. Simon zwang sich, seine Artgenossen mit einer gewissen Objektivität zu betrachten, nach körperlichen Unterscheidungsmerkmalen zu suchen, Geschlecht und Alter zu bestimmen. Neben dem Wichser gab es noch drei andere erwachsene Männchen. Dasjenige, das den Schlag abbekommen hatte, stand X-beinig, den Kopf an eine Schlafplattform gelehnt, da und wartete offensichtlich, bis das Alpha-Männchen sich sattgefressen hatte. Doch ein anderes erwachsenes Männchen stand offensichtlich höher in der Gunst des Wichsers und hätte, der warzigen Haut nach zu urteilen, auch ein Blutsverwandter sein können.

Dieses stand mit hängendem Unterkiefer, an einen metallenen Handgriff geklammert, da und sah aus wie ein schlecht angepaßter Bahnpendler, den die Evolution an der Endstation eines Nebengleises vergessen hatte. Der Wichser schob diesem Individuum hin und wieder einen Leckerbissen zu, und der Pendler – wie Simon den vermutlichen Verwandten des Wichsers nun nannte – nahm den Apfel oder die Banane und zermalmte sie zwischen seinen Stummelzähnen, so daß ihm Fruchtbrei, Kerne und Saft übers Kinn liefen.

Die Szene, die Simon zuerst nur verwirrt und dann, trotz seines Ekels, fasziniert hatte, nahm ihn jetzt völlig gefangen. Je länger er sich die Menschen ansah, desto verwandter fühlte er sich ihnen. Wie er zogen sie es vor, sich zweibeinig zu halten oder zu liegen. Wie er bewegten sie sich schwerfällig, sämtliche Tätigkeiten gepolstert von einer Trägheit, die gegen die harte, materielle Realität ihres Geheges aufbegehrte. Die schlaffe, mutlose Art, mit der sie in ihrem Essen stocherten, an den verstreuten Strohhäufchen zupften oder sich in ihrem abenteuerlosen Nichtspielplatz bewegten, war ein grausames Abbild von Simons stockender Reise durch die chaotische Abscheulichkeit der Schimpansenwelt.

«*U-h'-u-h'*, warum hat man eigentlich die Wände mit diesen blöden Buschmotiven bepinselt?» Simon hatte Busners Arm gepackt und drückte ihm die Frage in das Fell zwischen Uhrband und Manschette.

«Wie, *h'huh*, warum? Wahrscheinlich, um ihren äquatorialen Lebensraum nachzubilden. Lesen Sie diese Tafel da drüben – da erfahren Sie das Wichtigste.»

Die Tafel informierte Simon, daß die Menschen über das gesamte, ständig schmaler werdende Band afrikanischer Regenwälder und Savannen verteilt waren. Daß ihre Anzahl stark im Schwinden begriffen war, da die Bonobos ihnen immer stärker ihren Lebensraum streitig machten, und daß ihr lateinischer Name «Homo sapiens troglodytus» lautete. «*Huuh*, und was heißt das?»

«*Gru-nn*, na ja.» Busner kratzte sich hinter seinem umfangreichen Ohr. «Ich bin mir nicht ganz sicher, ‹weise Höhlenbewohner› vielleicht, *huh?*»

«Aber Dr. Busner, das Zeichen ‹Mensch›, was bedeutet das, *huh?*»

«*Yugg-yugg*, Simon, jetzt haben Sie mich drangekriegt. Dürfte wahrscheinlich irgendein Eingeborenenzeichen sein, vielleicht eine Transkription einer menschlichen Vokalisation, die etwa so klingt: *menn'tsch*. Wäre einleuchtend, *huh*, nicht?»

Simon sah seinen Mentor, seinen Führer, seinen einzig vorstellbaren Weg zur geistigen Gesundung an. «*U-h'-u-h'*, aber eigentlich wissen Sie es nicht, oder, *huh?*» fingerte er, und sein Zeigen war ängstlich, fahrig.

«Stimmt, Simon, ich weiß es nicht – aber ich möchte es gerne rausfinden. Wir sind beide zu einer Reise aufgebrochen, einer pikaresken Suche nach Erkenntnis. Ich muß mehr über die Menschen herausfinden – und Sie über die Schimpansen, *huh?*»

Während die beiden Schimpansen Zeichen in die Luft hackten, näherte sich dem Menschengehege ein ehrenamtlicher Mitarbeiter des Zoos. Es war ein räudiges, schwächlich wirkendes Männchen, sogar für Simons ungeübtes Auge, in einer weißen Jacke mit einem Lifewatch-Sticker am Revers über dem Schmerbauch. Der Ehrenamtliche winkte den am Geländer drängelnden Schimpansen zu und versuchte mit fliegenden Fingern, die drängendsten Fragen zu beantworten. Warum waren die Menschen – nach dem Warnschild am Gitter – «Gefährliche Tiere»? Warum gab es so wenig Paarungsaktivität? Wie konnte man zwischen Männchen und Weibchen unterscheiden? Und so weiter.

«*H'hoh*, glauben Sie mir» – der Ehrenamtliche rang beinahe die Hände –, «der Mensch ist ein äußerst gefährliches Tier. Lassen Sie sich nicht täuschen von all diesen Filmen und Werbespots, in denen Menschen wie Schimpansen angezogen sind und alle möglichen raffinierten Kunststücke vollführen. Alle Exemplare, die für diese Art von Dressur verwendet werden, sind unter fünf Jahre alt. Ab ungefähr fünf ist der Mensch so gerissen, daß man ihn nicht mehr gefahrlos abrichten kann, und muß aus dem Verkehr gezogen werden. Dann nimmt der nächste Vierjährige seinen Platz ein. Entweder das, oder die älteren Menschen werden, *yugg-yugg,* unter Drogen gesetzt, so daß skrupellose Schimpansen sie als Jahrmarktsensationen ausbeuten können und mit ihnen zum Beispiel durch die Badeorte am Mittelmeer ziehen, wo Schimpansen sich mit den Tieren fotografieren lassen.»

Simon folgte den Ausführungen mit großem Interesse und ließ sich dann dazu hinreißen, selbst eine Frage zu stellen. «*H'huh,* aber sind Menschen denn nicht schwächer als Schimpansen? *Huh,* ihnen körperlich unterlegen? Wie können so dumme, schwächliche Tiere eine ernste Bedrohung für Schimpansen darstellen, *huh?*» Busner strahlte Simon an, es freute ihn, daß sein Patient mit anderen Schimpansen Zeichen wechselte. Der Ehrenamtliche jedoch sah ihn schief an. Für ihn, wie für die Mehrheit der Schimpansen, mit denen Simon in Kontakt gekommen war, deutete die spastische Gestik, die merkwürdige Haltung und das stumpfe Fell des einstigen Künstlers auf psychische Labilität hin, ob nun erworben oder angeboren.

Der Ehrenamtliche bedachte Simon mit jenem Blick, mit dem Schimpansen psychisch Kranke brandmarken, einer Mischung aus Mitleid und Angst, die herablassend wirkte. Dann fingerzeigte er: «Nun, *yugg-yugg,* in diesem Punkt haben Sie recht. Doch obwohl der Mensch schwächer ist als der Schimpanse, ist er auch um einiges größer. Und obwohl nicht intelligent in schimpanslichen Begriffen – menschliche Intelligenz ist nichts anderes als die Summe intelligenter Handlungen, die ein Mensch ausführen kann –, besitzt er doch eine krude, angeborene Verschlagenheit und die Fähigkeit, von seiner Umgebung destruktiv Gebrauch zu machen. Kurz gesagt, *yugg-yugg*, die Menschen stellen Waffen her, die sie auch benutzen, sobald sie die Gelegenheit dazu haben –»

«*H-H'H'Hie-hie-hie-hie!*» Simons Säbelzähne öffneten sich, und Gelächter quoll aus dem Schmelzgitter hervor. Er dachte natürlich an Waffen, die er selbst gern herstellen und destruktiv gebrauchen würde.

Der Ehrenamtliche ballte die Fäuste. Die anderen Schimpansen waren ebenfalls empört. Busner hielt es für angebracht, sich wieder auf den Weg zu machen. Offensichtlich hatte Simon für den ersten Tag genug Welt gesehen, man durfte nichts überstürzen. Busner packte ihn fest an der Schulter und führte ihn von der menschlichen Lebensraumkopie weg. Hinter Simons Rücken schnippte er ein paar knappe Zeichen: «Bitte vielmals um Entschuldigung. Ein Patient von mir. Nicht in allerbester Verfassung. Bitte haben Sie Nachsicht – ich bin sein Arzt.»

Und Simons Nackenfell teilte der existentialistische Phänomenologe mit: «Kommen Sie, Simon, *gru-nn*, Gambol wartet am Haupteingang auf uns. Der Ausflug war lange genug für heute, und ich glaube, *tschup-tschupp*, Sie haben sich sehr gut gehalten.»

Simon spürte davon nicht viel. Im Laubengang, der vom Menschengehege wegführte, kamen die beiden Schimpansen zu einem Schild an der Ziegelwand neben dem Löwenaffenkäfig. «Der Primatenbaum» stellte die evolutionäre Verwandtschaft der Primaten untereinander dar.

Busner vermutete, daß dieses Schild Simons Aufmerksamkeit erregt hatte – die Strichzeichnungen der Gorillas, Menschen und Affen. Schimpansen und Menschen waren in einer Gruppe. Oder, um genau zu sein, der Mensch stand aufrecht da, locker Arm in Arm mit dem Gorilla, während der Schimpanse etwas seitlich versetzt in genetischer Splendid Isolation dahockte. Sie bildeten den obersten Ast des Baums, Seite an Seite mit den Altweltaffen. Die unteren, weitläufigeren Verästelungen beherbergten die lockeren Bruderschaften der Neuweltaffen; links die Krallenaffen, Tamarine, Nacht- und Kapuzineraffen und rechts die Halbaffen – Lemuren, Galagos und Koboldmakis.

Busner versuchte im Geiste, das Schema so umzustellen, daß es der verzerrten Weltsicht seines Patienten entsprach, ließ es dann aber sein, denn der arme, traurige Schimpanse packte ihn halb lachend und halb weinend mit beiden Händen am Ärmel seines Jacketts und zerrte ihn zu einem anderen, kleineren Schild.

«*Yugg-yugg,* was ist denn, Simon, *huh?* Was wollen Sie denn?»

«Ist dieses, *hie-hie-hie,* dieses Ding hier, *klack-klack-klack,* stellt es wirklich dar, was ich glaube, *huuh?*» kraulte, kicherte und wimmerte Simon.

Busner las das Schild: «‹Die Michael-Sobell-Pavillons wurden am 4. Mai 1972 vom Herzog von Edinburgh eröffnet.› Nun, das scheint mir doch ziemlich eindeutig zu sein –»

«Dann, *hie-hie-hie,* stimmt es also, *huh?*»

«Was stimmt, *huuh?*»

«Daß der Herzog von Edinburgh tatsächlich ein Affe ist! *Hie-h'hiehie-hie-klack-klack-klack.*» Der früher so berühmte Künstler bog sich vor Lachen.

«Nicht irgendein Affe», ermahnte ihn Busner, und die Zeichen vermischten sich mit Knüffen, «ein Primat, Simon, ein Herrentier – wenn auch vermutlich nicht gerade ein sehr herrliches.»

Simon, der den Arm erhoben hatte, um Busners Schläge abzuwehren, ließ die Ballonschnur los, die er die ganze Zeit in der Hand gehalten hatte. Busner zügelte sein Dominanzverhalten, und ein paar Minuten lang hockten die beiden

Schimpansen nur da und sahen der glänzenden kugeligen Menschenkarikatur nach, die höher und immer höher in den tiefblauen Himmel stieg.

15

In der folgenden Woche kam es im Busnerschen Haus zu zwei ziemlich üblen Vorfällen. Der erste trug sich zwischen Simon und dem Postschimpansen zu, der zweite zwischen Simon und einer Gruppe jungerwachsener Busner-Männchen. In beiden Fällen war es nicht zu einer Provokation gekommen, sondern Simon hatte entweder auf eine eingebildete Drohung reagiert oder aber vorsichtig und böswillig versucht, mehrere Schimpansen zu verletzen.

Der Postschimpanse wurde, als er gegen acht Uhr morgens auf dem Gartenpfad zum Haus knöchelging, von einem großen Männchen überrascht, das zuerst einige leise, unverständliche Vokalisationen von sich gab, ihm dann eine leere Plastikmülltonne über die Schultern stülpte und ihm schließlich unbarmherzig in die Leistengegend trat.

Das Gerangel wurde aufgelöst von Nick und William, zwei der älteren Busnerschen jungerwachsenen Männchen. Die beiden waren daran gewöhnt, sich um diejenigen ungewöhnlichen Hausgäste ihres Alpha zu kümmern, die außer Kontrolle gerieten. Sie schafften Simon in sein Zimmer, luden ihn dort ab, weckten ihren Alpha und gingen dann wieder nach draußen, um den Postschimpansen zu besänftigen und ihn davon abzuhalten, die Polizei zu rufen. Auch als Busner persönlich erschien, mußte er noch beträchtliche Überredungskunst aufbieten, um den Schimpansen zu beruhigen.

Die zweite Episode betraf eine Reihe von Vasen, die Simon quer durchs Haus eingesammelt hatte. Die Busners hatten soviel Zierat herumstehen, daß ihr Verschwinden gar nicht auffiel, bis sie eines Morgens auf die jungerwachsenen Männchen herabhagelten, die auf der Terrasse Imponieren spielten. *«Waaa-Wraaaaf!»* kreischte Simon und schleuderte

Blauglas-Flöte hinter bauchigem Porzellanpott her. Niemand wurde direkt getroffen, aber einige Schimpansen wurden von herumfliegenden Splittern verletzt, darunter auch Charlotte.

Das war zuviel für den alten Affen. Er schwang sich hoch ins Gästezimmer, in das Simon geflüchtet war, und verabreichte dem Wahnsinnigen ein paar kräftige, heilsame Schläge. Obwohl Charlotte ziemlich ruhig gewesen war, fühlte Busner sich verpflichtet, ihr anzubieten, Simon ins Krankenhaus zurückschaffen zu lassen.

«*Yugg-yugg,* ich muß zugeben, es sieht so aus, als hättest du recht gehabt, meine Liebe, und dieser Kerl ist wirklich zu verstört, um im normalen Leben zurechtzukommen –»

«Aber Zack, geliebte Falte, hast du denn das Gefühl, daß du, *huuh,* weiterkommst mit ihm?»

«Nun, ich dachte schon ...»

«In dem Fall muß er bleiben – es ist unsere Pflicht.»

«Ja, es ist unsere Pflicht, *gru-nnn*», ergänzten Mary und Nicola, das Jota- und das Theta-Weibchen, die in dieser Nacht das Nest mit ihrem Alpha teilten.

Es stimmte, daß es Fortschritte gegeben hatte. Simon war bereit, auszugehen und sich der Welt zu stellen, aber nach jedem Ausflug war er geschwächt und mürrisch. Dr. Jane Bowen kam in die Redington Road, sooft es ihr Dienstplan erlaubte. Für Simon war sie die Sympathischste von seinen Betreuern, sie war sanfter und neigte weniger zu körperlichen Ermahnungen als der große Affe.

Bowen unternahm mit Simon – normalerweise frühmorgens oder spätabends – Spaziergänge in The Heath. Dort ermutigte sie ihn, ein bißchen Schwinghangeln und vierfüßiges Gehen zu üben. Manchmal waren diese Ausflüge erfolgreich, zu anderen Zeiten endeten sie jedoch in Hysterie, etwa wenn Simon, ohne zu erkennen, worum es sich handelte, das Ende einer der erstaunlich langen Conga-Schlangen des Analverkehrs bemerkte, die schwule Schimpansen in dem dichten Gebüsch unterhalb von Jack Straw's Castle bildeten.

Bowen hatte bei diesen Spaziergängen immer einen Camcorder dabei und beobachtete ihren ungewöhnlichen Schützling mit allen Techniken der Objektivität, die ein Anthropologe, der im afrikanischen Busch wilde Menschen studiert, benutzen würde. Allmählich festigte sich in ihr die Überzeugung, daß Simons Menschenwahn eine definierbare Symptomatologie besaß – hier winkte die Chance auf einen bedeutsamen akademischen Essay.

Außerdem zog Simon ins Gästezimmer – wenn auch unter Zwang. Als Busner ihn fragte, warum er das Zimmer so verstörend finde, deutete Simon auf das bezaubernde präraffaelitische Gemälde eines wunderschönen jungen Weibchens, das halb untergetaucht in wäßriger Morbidität lag, ihr William-Morris-Schwellungsschutz mit Todeslilien geschmückt, und fingerzeigte verächtlich: «Diese verdammte groteske Karikatur.» Busner verstand, was er meinte, und ersetzte es durch ein abstraktes Bild.

Nach ihrem Ausflug in den Zoo trug Busner Gambol außerdem auf, soviel Material wie möglich über den Menschen und andere Anthropoide zu sammeln. «Ich will alles, was du in die Finger bekommen kannst», signalisierte er seinem verräterischen Epsilon, «Arbeiten der theoretischen Anthropologie, Feldstudien, fiktionale Werke –»

«*Huuh*, auch Filme, Chef?»

«Natürlich, Filme, Fernsehdokumentationen, auch Fotos. Und stell hier ruhig auch einen anständigen Computer auf und klinke uns in dieses, *yugg-yugg*, Internet-Ding da ein, die aktuellste Menschenforschung ist sicher computerisiert. Ich will alles verfügbare Material sichten und aufarbeiten. Außerdem glaube ich, daß dieses etwas merkwürdige Forschungsprojekt Dykes und mich näher zusammenbringt.»

So kam es, daß Gambol, der innerlich über diesen Mißbrauch seiner intellektuellen Fähigkeiten fluchte, real durch die Bibliotheken und Archive Londons und virtuell durch den elektronischen Raum streifte. Aber sogar er war überrascht über den reichen Nährboden der Menschenforschung, der nur noch beackert werden mußte.

Er brachte Robert Yerkes' klassische Studie von 1927 mit dem schlichten Titel «Menschen», die erste Feldstudie über den wilden Menschen. Er brachte sämtliche Bücher Jane Goodalls über die wilden Menschen von Gombe. Aus der Videocity in Notting Hill brachte er die «Planet der Menschen»-Videos – alle vier – und stellte in Simons Zimmer eine Video- und TV-Anlage auf, damit der Künstler und sein Therapeut sie in Mußestunden anschauen konnten.

Gambol beschaffte aber auch obskurere Texte. Eine Faksimile-Ausgabe von Edward Tysons 1699 veröffentlichter klassischer anatomischer Studie über ein in Angola entdecktes unreifes Exemplar eines Menschen mit dem Titel «Orang-Utan sive Pongo Sylvestris ODER DIE ANATOMIE EINES PYGMÄEN, verglichen mit der eines Affen, eines Herrentieres und eines Menschen». Dieser Text hatte eine höchst interessante Wirkung auf Simon. Er entzündete etwas tief im Inneren des Künstlers – zumindest nahm Busner das an. Eine vergessene, aber einstmals bewußte Erinnerung an die ersten bedeutsamen Begegnungen zwischen den Menschen und der westlichen Zivilisation; oder vielleicht sogar eine vergrabene, stammesgeschichtliche Erinnerung, abgetrennt vom Bewußtsein des Künstlers auf dieselbe Art, wie die große Spalte des Ostafrikanischen Grabens den Menschen vom Schimpansen abtrennte und ersteren in der evolutionären Sackgasse des Dschungels zurückließ, während letzterer sich ungehindert ausbreiten konnte über das Flickwerk der Ökosysteme, das den immer schneller werdenden Prozeß allopatrischer Artbildung begünstigte.

Simons geschärftes Interesse war um so interessanter, weil Tysons Text den offiziellen Eintritt des anthropoiden Menschen in das westliche Bewußtsein kennzeichnete. Einige Kommentatoren glaubten, daß er auf gleiche Stufe mit Vesalius und Darwin gestellt werden sollte.* Aber seine Klassifikation des Menschen – er plazierte ihn in der Kette des Lebens irgendwo oberhalb des Hottentotten und schrieb somit der Spezies grundlegende Schimpansität zu – hatte eher langfristige Wirkung: Fünfzig Jahre und der Mythos des edlen Wilden waren nötig, bis die anthropoiden Menschen in den großen Prozessen des achtzehnten Jahrhunderts zwischen den Anatomen und den Augustinianern zu Beweismitteln wurden.

Als Busner den Eifer bemerkte, mit dem Simon sich dem Tyson-Faksimile widmete, versuchte er, mit ihm Schritt zu halten. Er hatte dem Verwaltungsrat bereits mitgeteilt, daß er an einem sehr interessanten Fall arbeitete. «Unter uns», hatte er Archer, dem Verwaltungschef des Heath Hospital, während eines gemeinschaftlichen Lausens in der Kantine ins Fell gedrückt «dieser Patient, den ich, *tschup-tschupp,* von Whatley vom Charing Cross bekommen habe, ist eine ziemliche Sensation. Sein Menschenwahn hat möglicherweise eine organische Ursache, die uns mehr über das Verhältnis zwischen schimpanslichem Bewußtsein und schimpanslicher Physiologie verraten kann als eine ganze Busladung normaler Neurologiepatienten.»

Zu behaupten, Archer hätte dergleichen bei Busner zur Genüge gekannt, wäre übertrieben, aber es war wirklich nicht das erste Mal, daß die einstige TV-Persönlichkeit einen «bedeutenden Durchbruch» signalisierte, und Archer wußte,

* Darwin hatte natürlich alles vorausgesehen, wie folgende Bemerkung zeigt: «Wäre der Schimpanse nicht sein eigener Klassifikator gewesen, wäre es ihm nie in den Sinn gekommen, eine eigene Ordnung nur für seine Aufnahme zu begründen.»

daß es auch nicht der letzte sein würde. Nicht, solange Busner das Netzwerk der Bündnisse aufrechterhalten konnte, das ihm seine Rückkehr in den Stand akademischer Gnade ermöglicht hatte. Andererseits sind Bündnisse immer provisorisch, und jeder Stern, der steigt, kann auch wieder sinken.

So delegierte Busner also seine Lehrverpflichtungen und übergab seine Fälle im Krankenhaus einem ehrgeizigen Arbeits-Theta, einem Stationsarzt, der sich eine große Zukunft ausrechnete. Abgesehen von gelegentlichen Fahrten zu unvermeidlichen Besprechungen und unantastbaren Laussitzungen blieb er tagsüber zu Hause in der Redington Road.

Gambol hatte das große Hinterzimmer im ersten Stock, das Busner als Arbeitszimmer benutzte, so eingerichtet, daß Simon sich darin einigermaßen wohl fühlen konnte. Alle Bilder und Fotos, die Simons Wahn zuwiderliefen – also solche mit Schimpansen in Kontexten, die für Simon unwiderruflich menschlich waren –, wurden entfernt. Sogar Busners Sammlung abscheulicher, von koprophilen Patienten gefertigter Tonskulpturen wurde weggeräumt. Ans Schwarze Brett in der Küche kam eine Liste strikter Anweisungen: Niemand durfte das Arbeitszimmer betreten, solange der Patient sich dort aufhielt. Imponier- und Paarungsaktivitäten waren auf die Küche und das Spielzimmer der Jungerwachsenen im Erdgeschoß zu beschränken. Schoßponys waren immer an der Leine zu halten.

Außerdem räumte Gambol den Schreibtisch ab, so daß Simon seine eigene Seite bekam und sich dort durch Anordnung seiner Unterlagen und persönlichen Habseligkeiten, soweit vorhanden, eine Art privaten Freiraum schaffen konnte. Auf Busners Anregung hin besorgte Gambol sogar Skizzenblöcke, Blei- und Kohlestifte und legte sie ihm bereit, für den Fall, daß der Künstler seine Arbeit wiederaufnehmen wollte.

«Man weiß ja nie», hatte Busner Simon signalisiert und die Zeichen über den sorgfältig arrangierten Künstlerbedarf rieseln lassen, «wann die Muse sich bemüßigt fühlt, Sie wieder einmal heimzusuchen.»

«*Hoh-yugg-yugg,* ja», entgegnete Simon mit schnippischen Fingern, «und was soll ich, *yugg-yugg,* tun, wenn sie es tut, *huuh?* Sie gründlich lausen?»

Busner, der spürte, daß eine körperliche Ermahnung nur noch mehr Unverschämtheiten provozieren würde, ließ diese Bemerkung auf sich beruhen.

So saßen die beiden da, und während der Affe versuchte, sich den Geist des Menschen vorzustellen, bemühte sich der Mensch, mit dem Körper eines Affen zurechtzukommen. Sie blätterten in Büchern, betrachteten die Fotos und hockten gemeinsam vor dem neuen Computer, auf dem sie sich abwechselnd durch die virtuelle Welt der Anthropologie klickten.

Sie sammelten Informationen im Verzeichnis der Menschenforschungskolonien an amerikanischen Universitäten. Sie besuchten die Web-sites der «Uganda Six Day Human Safari», der «Extant Animal Skulls, Human and Chimpanzee», der «Human Zone» – eine Sammlung ausgewählter menschlicher Kunst, in der Simon sich von Menschen gefertigte Bilder, die sie selbst betitelt hatten, ansehen konnte.

Sie stöberten in den Online-Dateien des Human and Chimpanzee Gesticulation Institute, informierten sich über die Biographien von Washoe* und anderer berühmter Menschen, denen man das Zeigen beigebracht hatte. Und natürlich klickten sie sich in die Web-site von Dr. Jane Goodalls Institut ein, wo Simon zähneklackend feststellte, daß es einen Einsteigerkurs für Menschenbotschafter gab.

* «Lieblingsbeschäftigungen: Washoe ist gern im Freien. Außerdem sieht sie sich gern Kataloge (vor allem Schwellungsschützer-Kataloge) oder Bücher allein an oder gestikuliert über Bilder mit Verbündeten. Außerdem putzt sie sich gerne die Zähne, malt, veranstaltet Kaffee- oder Teepartys oder spielt Fangen durchs offene Fenster.»

Im Internet gab es eine verwirrende Vielzahl von Informationen über Menschen. So konnte man sich einen Job im Bereich Arbeit mit Menschen besorgen – solange man nur einen negativen Hepatitis-B-Antikörper-Test vorweisen konnte. Und natürlich konnte man mit Menschenrechtsaktivisten in Kontakt treten. Allein das Eintippen des Zeichens «Mensch» in das Suchprogramm produzierte über viertausend Verweise auf Sites.

Da dies sowohl Busners wie Simons erster Kontakt mit dem Internet war, reifte in beiden bald die Vorstellung, dieses globale elektronische Gestikulationssystem sei ausschließlich von Menschen bevölkert, ein Dschungel aus Bytes. Und angesichts dieser Fixierung des Schimpansen auf seine bald ausgerotteten nächsten lebenden Verwandten fragte sich Busner verstärkt, ob sich im Zustand seines Patienten nicht Zeitgeist mit Psychose vermischte.

Hin und wieder unterbrachen sie ihre Studien und krabbelten in Simons enge Enklave, um sich Videos anzusehen. Doch Simon hielt das alles nie lange aus. Es war, als würde er jeden Morgen mit der festen Entschlossenheit aufstehen, etwas aus seiner Notlage zu machen, doch je länger der Vormittag sich hinzog, um so tiefer zog er ihn hinab. Normalerweise stand Simon, wie einer dieser jämmerlichen Menschen in Gefangenschaft, nach dem zweiten Frühstück von seinem Platz auf, kam um den Tisch herum auf Busner zu und streckte ihm seinen angewinkelten, stumpffelligen Arm hin. Busner wußte dann genau, was der Affenmensch wollte; er brachte ihn auf sein Zimmer, schob ihn sanft aufs Nest, zog eine Spritze voll Valium auf und drückte die Nadel in Simon, den Kolben langsam in den Zylinder, so daß sich das Neuroleptikum mit Simons Blut vermischte und ihn in den Traum drückte.

Denn obwohl der Künstler glaubhaft einsichtsvolle, wenn auch zwanghafte Versuche unternahm, seinen Seelenzustand zu begreifen, konnte seine Physis damit nicht wirklich Schritt halten. Noch immer ging er, wie die Parodie eines Varieté-Bonobos, schwankend zweibeinig. Seine Bewegungen wirkten, auch auf einen Fünfzigjährigen wie Busner, quälend langsam. Was anfangs sowohl Busner wie Jane Bowen als körperliche Marotte oder hysterische Lähmung erschienen war, wurde nun immer schlimmer. Simon kam mit der Umwelt einfach nicht zurecht. Seine Füße griffen nicht. Seine Außenwahrnehmung blieb ausschließlich auf die Vorwärtsrichtung beschränkt, ein enger, konischer Strahl, so daß seine Sicht auf die Außenwelt, wie Busner vermutete, der eines Autofahrers ohne Rück- und Seitenspiegel glich, der zusätzlich seinen Kopf nicht drehen konnte.

Was der Patient selbst über seinen körperlichen Zustand berichtete, blieb weiterhin verwirrend inkohärent. Manchmal akzeptierte er, was seine Sinne ihm meldeten, daß er ein Fell besaß, jedoch keinen Nasenerker, dafür große Ohren. Zu anderen Zeiten brach die körperliche Agnosie – oder sogar Diplopie – voll durch. Simon sah sich selbst größer als alle anderen in seiner Umgebung, glatter und, wie ein Schimpanse, der zur Erde gestürzt ist, als unsagbar schön.

«Mir ist der Gedanke gekommen», fingerzeigte Zack Busner eines Abends Peter Wiltshire, mit dem er endlich zu einem gemütlichen Lausen zusammenkommen konnte, «daß dieser, *gru-nnn,* starke Eindruck, in einem menschlichen Körper zu stecken, eine Art evolutionäres Phantomgedächtnis von Dykes sein könnte. Denn wenn der Schimpansenfötus eine Reihe von morphologischen Veränderungen durchmacht, die der stammesgeschichtlichen Entwicklung entsprechen, warum dann nicht auch die Psyche, *huuh?*»

«Ein interessanter Gedanke, Zack. Hättest du, *huuh,* was dagegen –?» Wiltshire deutete in Richtung des Barschränkchens.

«Natürlich, natürlich ...» Busner nahm das Glas und

schwankte mit baumelndem Gemächte durchs Zimmer. Wiltshire sprang von seinem Stuhl, folgte ihm und umfaßte die Eier seines alten Verbündeten sanft mit einer Hand, während Busner ihnen beiden großzügig Laphroaig eingoß und mit Wasser auffüllte.

«Aber was hast du jetzt weiter mit Dykes vor, Zack, *huuh?* Willst du ewig mit dieser psycho-physischen Methode weitermachen? Und falls ja, was glaubst du herauszufinden, *huh?* Doch sicher nicht nur neurologische Daten, denn wenn du nur die wolltest, wäre das alles hier doch gar nicht nötig ... ich weiß nicht, wie ich das taktvoll ausdrücken soll ... aber dieses ganze Gefuchtel –» zeigte Wiltshire, wie zur Illustration heftig fuchtelnd.

«Ich weiß, ich weiß. Ich bin gar nicht unbedingt überzeugt, daß es hier etwas herauszufinden gibt, es ist nur so, daß er mir, je länger ich mit ihm zusammen bin, immer interessantere und ungewöhnlichere Blickwinkel auf die Schimpansität eröffnet.»

«Aber was ist mit seinen Gefühlen, Zack? *Huuh,* was ist mit seinen Kindern – er wird sie doch sicher sehen wollen, *huuh?* Und seine Gefährtin?»

Busner nahm einen großen Schluck und ließ die brackige Spülung zwischen den Zähnen schwappen, bevor er gegenzeigte: «Ja, das ist ein Problem. Wenn es eine echte Psychose ist, wird ihm der Kontakt mit seinen Nachkommen ganz und gar nicht hilfreich sein, ja könnte seine Rekonvaleszenz sogar beeinträchtigen. Aber wenn es ein organisches Problem ist –»

«Du solltest ihn gehen lassen –»

«Aber wohin, *huuh?* In eine Langzeiteinrichtung? Du darfst nicht vergessen, Peter, Dykes ist ein begabter Schimpanse, einer, der es wert ist, daß man ihn rettet. Ich möchte es mal so zeigen, entweder wir müssen ihm helfen, das verschüttete, aber noch vorhandene Bewußtsein seiner eigenen Schimpansität wiederzufinden, oder wir müssen es ihm ermöglichen, sich in der Welt zurechtzufinden, auch wenn er sie weiterhin durch die Brille seines perversen Wahns sieht.»

«Und wie stellst du dir das vor, *huuh?*»

«*Hoh*, auf die ganz normale Art. Genau so, wie ich es mit einem Tourettiker oder einem gewöhnlicheren agnosischen Patienten tun würde. Ich werde mit ihm auf Tour gehen. Aber während ich in der Vergangenheit meine Patienten dazu bringen mußte, mit sozialen, emotionalen und physischen Situationen neu zurechtzukommen, werde ich Dykes auf einer viel grundlegenderen Ebene helfen müssen –» Busner brach ab. Frances, ein jungerwachsenes Weibchen, war mit einem Tablett voller Obst ins Zimmer getreten.

«*Grnn'yum*», vokalisierte sie und zeigte: «Mutter hat gemeint, daß du und Dr. Wiltshire vielleicht etwas zum Kauen wollt, Alpha – wo soll ich es hinstellen, *huuh?*»

«Stell's dort auf den Boden, meine Liebe, damit wir beide mit den Zehen drankommen.»

Frances stellte das Tablett auf den Teppich und ging dann zu ihrem Alpha. Busner legte ihr väterlich liebevoll die Hand auf den Unterbauch und teilte sanft das Fell um ihre Vagina, so daß er ihr zwei Finger in die Spalte schieben konnte. Was für eine zärtliche, ergreifende Szene, dachte Peter Wiltshire – sein langjähriger Verbündeter war wirklich altersmilde geworden. Busner gestikulierte zwischen den Schenkeln seiner Tochter hervor, so daß das junge Weibchen stöhnte und kicherte. «Unsere erste Station wird Oxford sein. Ich dachte, ich gehe mit Dykes zu Grebe, dem Philosophen, und danach vielleicht zu Hamble nach Eynsham.»

«*Huuh?* Hamble – hältst du das wirklich für eine gute Idee?»

«Warum nicht, er ist Zoologe, Verhaltensforscher und Historiker. Wenn ich Dykes so etwas wie Einsicht in die Schnittstellen seines Wahns mit der Wirklichkeit vermitteln soll, muß er in all diesen Dingen Bescheid wissen –»

«*H'h'h'hoooh!* Alph, das kitzelt!» fingerte Frances.

Busner sah auf seine erregte Hand hinunter. «'tschuldigung, meine Liebe, hab' ganz vergessen, wo ich gezeigt – du kannst jetzt gehen, *tschup-tschup-tschupp.*» Er ließ die Jungerwachsene los, und sie knöchelging hinaus und schloß leise die Tür hinter sich.

Zur selben Zeit trafen sich in Chelsea, in einem Restaurant am Ende der Tite Street, die drei Schimpansen, die gegen Busner konspirierten, zu ihrem ersten gemeinsamen Abendessen. Phillips, der Schimpanse von Cryborg, hatte den Treffpunkt vorgeschlagen – «Ein gemütlicher kleiner Laden. Die haben einen Baum mitten im Speisesaal, und wer Lust hat, zwischen den Gängen ein bißchen zu klettern, kann sich einfach hochschwingen» –, und er erwartete Whatley und Gambol dort.

Anfangs kam es zu einem kleinen Durcheinander, bis eine provisorische Hierarchie etabliert war. Gambol präsentierte hektisch vor beiden ranghöheren Schimpansen, so daß sein Arsch erst in die eine, dann in die andere Richtung zeigte. Phillips präsentierte halb vor Whatley – und Whatley tat das gleiche. Dann setzten sie sich zu einem einleitenden, fahrigen Lausen.

«Also, *tschup-tschupp*», zeigte Phillips nach ein paar Minuten, «was gibt's Neues von unserem geschätzten Naturphilosophen und seinem jüngsten Patienten, *huuh?*»

«Nun», gegenzeigte Gambol, «er hat Dykes in sein Haus in Hampstead mitgenommen, und jetzt studieren sie zusammen –»

«Studieren, *huh?*»

«Genau, *klack-klack*. Busner scheint zu glauben, daß er Dykes mittels Bildung von seinem Wahn erlösen kann. Wenn er soviel wie möglich über Anthropologie lernt, kann er seine

Schimpansität neu erlernen oder zumindest wieder Funktionstüchtigkeit erreichen.»

«Sieht für mich nach einer – *tschup-tschupp*, das tut gut, *klack*, genau da – absurden Idee aus. Ich habe zwar von Fällen gehört, bei denen alle möglichen atrophierten, ja sogar zerstörten organischen Funktionen wiedererlernt wurden, aber die grundlegende Schimpansität eines Individuums – das ist einfach bizarr.»

An diesem Punkt beugte Whatley sich zu Phillips und begann eine sehr ernsthafte Gestikulation.

«Das mag, *tschup-tschupp*, durchaus sein, Phillips, aber wenn Sie – wie Gambol und ich – Dykes gesehen hätten, würden Sie es verstehen. Der Wahn ist erstaunlich konsistent, sozusagen fest möbliert. Aber zeigen Sie mir, Phillips, *tschup-tschupp*, was genau wissen Sie eigentlich über diese ganze Geschichte, *huuh*? Gambol hat mir das Material über Inclusion gezeigt. Stimmt es tatsächlich, daß Busner in illegale Versuche mit einem neuen anxiolytischen Präparat verwickelt war, *huh*?»

«*Hoh*, aber ja. Er war auf jeden Fall darin verwickelt. Und da ist noch was, sehen Sie, etwas, dessen Busner sich vielleicht gar nicht bewußt ist.»

«Und das wäre, *huh* –?»

«Entschuldigung», wedelte ein Kellner ihnen zu, «aber haben die Herren schon gewählt, *huuh*? Gambol hielt drei Finger in die Höhe, und der Kellner wandte sich wieder ab, schwang sich um den künstlichen Baum und verschwand in Richtung Küche.

«Das Täubchen sieht gut aus», zeigte Gambol. «Haben die posterioren Magnifizenzen sich schon entschieden, *huuh*?»

«Ach, halten Sie den Mund, Gambol, *wraff!*» Whatley versetzte Gambol einen Schlag und Phillips ebenfalls, so daß der Kopf des armen Epsilon wie in einem Comic zwischen ihren schweren Händen hin und her wackelte. «Lassen Sie doch erst mal Phillips zu Ende zeigen, wenn ich bitten darf. Phillips, *huuh?*»

«Nun, wie ich zeigen wollte, bevor man mir so unverschämt dazwischenfuhr, sollte Busner in Cryborgs Auftrag einen Doppelblindversuch mit diesem Präparat Inclusion leiten. In der Gegend um Thame in Oxfordshire fand sich ein bestechlicher Allgemeinarzt, der bereit war, sowohl dieses Präparat wie ein Placebo einigen seiner Patienten zu verabreichen, bei denen er klinische Depressionen oder zumindest Depressionen, die auf Psychopharmaka ansprechen könnten, diagnostiziert hatte –»

«Wie-wie hieß denn dieser Allgemeinarzt, *huh?*» Whatleys Finger verflochten sich fast mit denen Phillips', als er ihn unterbrach. Auch Gambol war aufgeregt, er stand auf dem Stuhl, die Arme ausgestreckt, das Fell gesträubt, die Zähne gebleckt.

«*HoooGrah,* wie er hieß? Nun, das ist es ja, der Name dieses kleinen Landarztes, der bereit war, sein Wohl über das seiner Patienten zu stellen, war Dr. Anthony Bohm.»

«*H'hoooh,* na, ist denn das zu glauben – Bohm, zeigen Sie.» Whatley lehnte sich zurück und zupfte an der Tischdecke, als wäre sie lebendig und bräuchte dringend eine lausende Hand. «Also dies wirft ein äußerst merkwürdiges Licht auf die Sache. Wollen Sie damit zeigen, daß Dykes ein Opfer dieses Präparats Inclusion sein könnte, *huh?* Ich meine – was kam denn bei diesem Versuch heraus? Was ist mit diesem, *huuh,* Medikament passiert?»

Aber inzwischen war der Kellner wieder aufgetaucht, und Phillips nahm sich Zeit, fragte nach den Empfehlungen des Hauses, gab Anweisungen, wie sein Fleisch zubereitet werden sollte, und ließ dann einige Minuten lang Füße und Hände über die Weinkarte wandern, bevor er sich dazu herabließ, eine Entscheidung zu treffen. Schließlich wandte er sich wieder seinen Kollegen zu, die ihn mit unverminderter Wißbegierde anstarrten. «Das Medikament, *grnnn*, wurde zurückgezogen, sämtliche illegalen oder anderweitigen Tests gestoppt. Einige Monate lang lief Busners Testreihe sehr gut, und noch bevor die Ergebnisse einer genauen Prüfung unterzogen worden waren, zeigte sich, daß das Medikament die erwünschte Wirkung hatte. Doch dann hatte einer der Patienten, dem man unwissentlich Inclusion verschrieben hatte, einen akuten psychischen Zusammenbruch.»

«War es, *huuh*, Dykes, Euer anale Eminenz?»

«Ja, Gambol, der war es.»

Einen Augenblick saßen die drei Schimpansen bewegungslos da, aus allen drei Mündern hingen identische Sabberfäden. Der Kellner tauchte wieder auf, rückwärts zwischen den Tischen hindurchgehend, kam er auf zwei Beinen auf sie zu, ihre Vorspeisen vor den Schulterblättern balancierend. Er stellte zwei Tassen Suppe und einen Teller mit Pâté auf den Tisch, fingerzeigte, ohne sich auch nur einmal umzudrehen, «Bon appétit!» und knöchelging davon. Whatley befreite mit einem Fuß seine Uhrkette aus seinem Nackenfell, griff mit dem anderen zum Löffel und fingerzeigte dann, was alle drei dachten: «Weiß Dykes irgendwas davon, *huh?*»

«*Hoh*, nein, ich glaube nicht. Ich meine, Dykes würde sich wohl kaum in Busners Obhut begeben, wenn er wüßte, daß er der Psychiater war, der unverantwortlicherweise diesen schlimmen, psychotischen Anfall bei ihm ausgelöst hat, oder, *huuh?* Interessanter jedoch ist die Möglichkeit, daß Inclusion für Dykes' gegenwärtigen Wahnzustand verantwortlich sein könnte.»

«Ja, ja, das ist eine interessante Spekulation – letztendlich jedoch wohl kaum beweisbar. Ich verehre Ihren Hintern, Dr. Phillips, ich bewundere Ihren Scharfsinn, aber skizzieren Sie mir doch kurz, warum, *grnnn*, Sie bereit sind, dies alles Gambol und mir mitzuteilen – was ist Ihr, *huuh*, Motiv?»

«Dies, Dr. Whatley, ist eine ziemlich einfache Frage. Ich

habe Cryborg Pharmaceuticals meine besten Jahre geschenkt, insgesamt beinahe fünfzehn. Dann wurde letztes Jahr bei mir eine unheilbare Krankheit festgestellt – mit Einzelheiten will ich Sie nicht belästigen. Von der Personalabteilung wurde mir mitgeteilt, daß ich weder Anspruch auf die betriebsinterne Krankenversorgung noch auf meine volle Pension habe, wenn ich es nicht schaffe, noch ein volles Jahr zu arbeiten. Und ich fürchte, dies ist nicht möglich. Ich habe, *waaah*, Cryborg alles gegeben – und jetzt möchte ich soviel wie möglich mitnehmen, wenn ich gehe.

Was Busner betrifft, nun, ich habe persönlich nichts gegen ihn, aber ich finde seine jüngste Reinkarnation als psychiatrischer Pandit ziemlich ekelerregend, vor allem angesichts des Zickzackkurses seiner Karriere, seiner Effekthascherei, seiner öffentlichen Inszenierungen. Für mich ist er die absolute Inkarnation der Heuchelei, der Hybris. Bei dem Gedanken, daß man ihn jetzt wieder ins Pantheon der großen Affen hochloben will, stellt sich mir das Fell auf. Ich bin entschlossen, Cryborg zu vernichten – wenn dabei auch Busner vom Baum fällt, soll es mir recht sein. Ich werde ihm, *h'hooh*, keine Träne nachweinen.»

Whatley und Gambol starrten den erregten moribunden Chemiker eine Weile in Fingerschweigen und Unlaut an. Dann fragte Gambol ihn behutsam, ob er das Salz wolle.

Simon Dykes und Zack Busner hockten in ihrem gemeinsamen Arbeitszimmer über einem Exemplar des «Traktats des Gelehrten Martin Scriblerus, betreffend den Ursprung der Wissenschaften». Dies, eine der ersten Satiren, die den Menschen als «unbewegten Philosophen» einsetzte, war aller Wahrscheinlichkeit nach von Pope und Arbuthnot verfaßt worden – unter anderen. Eng an Tysons Arbeit über vergleichende Anatomie angelehnt, war dieser «Traktat» der Vorläufer einer großartigen Reihe von Satiren des achtzehnten Jahrhunderts, die hochentwickelte Menschen primitiven Affen gegenüberstellten. Eine Reihe, die in Swifts Yahoos kulminierte.

Antipsychiater und Patient lasen in Fingerschweigen und Unlaut, und ihre vereinte Konzentration wurde nur unterbrochen vom gelegentlichen Schaben von verhornter Fingerspitze in Gesäßfalte, von einem gelegentlichen Grunzen oder begleitenden Räuspern.

Busner genoß die Recherche. Er hätte sich nie vorgestellt, daß die Beziehung zwischen Schimpanse und Mensch so viele verschüttete Implikationen haben konnte. Es stimmte, die westliche Zivilisation hatte sich auf der Stufenleiter des Lebens nach oben, in Richtung Göttlichkeit, projiziert. Und wie Disraeli wollte jeder auf der Seite der Engel stehen. Damit hellschnäuzige Schimpansen sich der Vollkommenheit nähern konnten, waren Buhaffen nötig, erbärmliche Versionen der anderen. Es war leicht zu verstehen, daß der Bonobo, mit seiner verwirrenden Anmut und seinem aufrechten Gang, wie geschaffen war für diese Rolle; doch jetzt erkannte Busner, daß im Schatten des Bonobos ein noch beunruhigenderer, noch bestialischerer «anderer» lauerte – der Mensch.

Busners Scheinmensch unterbrach ihn genau an diesem Punkt in seinen Spekulationen: «*H'hooh!*» vokalisierte er und zeigte: «Dr. Busner, ich will jetzt meine Kinder sehen, ich will sie jetzt wirklich sehen. Sie fehlen mir, *u-h'-u-h'*, so sehr. Kann ich sie – kann ich sie denn nicht sehen, bitte, *huuh?*»

Busner musterte seinen Patienten. Simons braunes, buschiges Kopffell lag – wie immer – stumpf und schweißverklebt auf seinem Brauenwulst. Seine vorquellenden, grüngrauen Augen schauten glasig und stumpf. Nur wenn Simon über Themen gestikulierte, die den Gehalt seines Wahns betrafen, erreichte er so etwas wie Lebendigkeit. Ansonsten war er apathisch, jedoch leicht zu unverständlichen, irrationalen Ausbrüchen zu verleiten.

Busner sprang auf den Tisch und faßte Simon bei der Schulter. Er wußte inzwischen, wie er seinen Patienten berühren mußte, um die gewünschten Resultate zu erzielen. Simon mußte taktil vorgewarnt werden, bevor man direkt in sein Fell fingerzeigen konnte, denn sonst klagte er über Kitzeligkeit oder schlug sogar aus. Busner vokalisierte: *«Tschup-tschupp»* und teilte dann der verfilzten Feuchtigkeit mit: «Simon, ich kann Ihre Gefühle ja verstehen, aber Sie müssen auch die der anderen berücksichtigen.»

«Und was genau, *yugg-yugg,* soll das, *huh,* heißen?»

«Das soll heißen, daß es vielleicht nicht so gut ist, wenn Ihre Kinder Sie in diesem Zustand sehen – wenn sie sehen, was Sie über Ihr Innenleben von sich geben.»

«Über mein Menschsein, meinen Sie, *huh?*»

«Genau, *tschup-tschupp,* mein kleiner Patient.»

«Wenn ich Ihr kleiner Patient bin, dann bin ich, *yugg-yugg,* verrückt, nicht?»

«Das habe ich nie gezeigt Simon. Ich gestikuliere nicht gern in diesen Begriffen.»

«Ich will meine Welt wiederhaben. Ich will meinen, *hoooh,* glatten Körper wiederhaben. Ich will die Körper meiner Kinder wiederhaben. Ich will sie, *hoooh!*»

Busner schwang sich, ohne Simons Arm loszulassen, auf die andere Seite des Tisches. Er wußte genau, daß die sich beschleunigende Frequenz von Simons Hysterie kurz davor war, in die Parabeln der Hemmungslosigkeit umzukippen. Wichtig war es jetzt, ihn zu besänftigen – wie man es mit einem autistischen Kind tun würde. Nur unter Ausnutzung der gesamten Körpersprache konnte jetzt noch eine Gestikulation zustande gebracht werden. *«Huhhuh-huh»*, vokalisierte Busner tröstend und teilte dann dem Kreuz des Schimpansen mit: «Sie fehlen Ihnen, nicht, Simon, *huuh?*»

«*Er-herr-er,* das wissen Sie doch! Ich will sie alle sehen, Magnus, den kleinen Henry *und* Simon –»

«Aber Simon, *tschup-tschupp,* haben Sie sich schon überlegt, wie sie sein könnten?»

«Was meinen Sie, *huuh?*»

«Nun, für Sie werden sie wie Schimpansen aussehen – glauben Sie, Sie können das ertragen? Ihre Kinder sehen aus wie Tiere. Was wäre, wenn Sie auf sie genauso reagieren wie auf andere Schimpansen, *huuh?*»

Simon erschlaffte in den Armen des älteren Schimpansen. Er schnupperte an Busner, und dessen haarig stechender Geruch war merkwürdig tröstend. Er stellte sich noch einmal seine Kinder vor, aber diesmal konkreter, nicht nur als Auswüchse seines persönlichen Elends, sondern wie sie fest umrissen, fixiert, gefangen hinter den Plastikscheiben eines Fotowürfels auf dem Kaffeetisch im Haus ihrer Mutter erscheinen würden. Würde er es aushalten? Statt blonder Köpfe braunes Fell zu sehen? Scharfe Reißzähne anstelle von bröckelnden Milchzähnen zu sehen? Das Quieken, Zwitschern, Knurren und Sabbern anstelle des hellen Plapperns zu hören, an das er sich erinnerte?

Aber vielleicht, dachte Simon, während er spürte, wie Busners Finger sein Rückenfell tröstend hierhin und dorthin strichen, vielleicht ist dieses Bild der Jungen, an das ich mich klammere, nicht Geistesklarheit, nicht Erinnerung, sondern der absolute Grundpfeiler meines Zusammenbruchs. Reiß es aus, und dein Verstand richtet sich von selbst wieder auf, wie im rückwärts abgespielten Film einer Gebäudesprengung. «Nein», fingerzeigte er in Busners dichtes Fell, «nein, ich muß sie sehen – könnten Sie es mit meiner Ex-Alpha arrangieren? Sie wird tun, was Sie ihr zeigen. Bitte, *huuh?*»

Sarah Peasenhulme gab sich die allergrößte Mühe, sich an Simon zu erinnern und ihn zu besuchen, aber es war einfach traurige Wahrheit, daß ihre Erinnerungen an ihn bereits undeutlich und verschwommen wurden. In den Tagen direkt nach seinem Zusammenbruch war die Erinnerung an seine wühlende, zugekokste Penetration ihres Körpers noch frisch und unbefleckt. Sie fühlte sich noch verstrickt in sein Bauchfell, spürte noch seine Nestgesten auf ihrer Haut. Aber seit Ken Braithwaite sie tröstend gedeckt hatte, verschwamm Simons Körper in ihrem Gedächtnis, löste sich auf wie ein Trugbild.

Seitdem sie ihn selbst gesehen und mitbekommen hatte, daß seine Verrücktheit, seine Psychose, sein Wahn – was es auch sein mochte – andauerte, hatte Sarah den Glauben daran verloren, daß er zurückkehren, wieder zu ihr kommen würde. Als sie im Krankenhaus diesen verrückten Schimpansen vor sich hatte, vermischten sich sein fahriges Fingern, sein sinnloses Kreischen mit ihren Erinnerungen an den Simon, den sie gekannt hatte. War er nicht immer schon fahrig gewesen? Und vieles von dem, was er gezeigt hatte, war sinnlos. Er mochte der schnellste Liebhaber gewesen sein, den sie je gehabt hatte, aber vielleicht war sein Tempo ein wenig ludenmäßig, ein wenig dominierend, ein wenig unschimpanslich.

Sarah hatte sich Hoffnungen gemacht. Simon war noch jung – gerade mal dreißig. Er war erfolgreich. Er verdiente nicht schlecht. Hatte sie sich zuviel erhofft, wenn sie sich vorstellte, er könnte eine neue Gruppe mit ihr gründen? Einerseits war der Gedanke an gierige Kinderfinger, die an ihrem Fell zupften, an einen heißhungrigen Kindermund, der an ihrer Brust saugte, entsetzlich, betäubend, entmündigend. Andererseits war da die Verlockung der Sicherheit, des Status, der Unumstößlichkeit des Kinderhabens, die es unmöglich machte, sich zu wünschen, man wäre eine andere als die, die man war. Da war dies – und die gute, anständige Begattung, die man erwarten durfte, wenn man mit wenigstens vier gesunden Männchen das Nest teilte.

Also ging Sarah wieder in die Arbeit. Machte sich wieder daran, mit den Zehen in Portefeuilles zu blättern und mit den Händen Dias auf dem Leuchtkasten hin und her zu schieben. So mischte sie die Bilderwelten der Künstler, die sie vertrat, wie Spielkarten und versuchte dabei, durch geschicktes Abheben den Simon-Joker ganz unten zu plazieren.

Abends knöchelging sie noch immer von ihrem Büro am Woburn Square nach Soho, um dort die leuchtenden, glücklichen Schimpansen im Sealink auf ein paar Drinks und Drogen und erfüllende Umarmungen zu treffen.

In den Wochen direkt nach der Vernissage von Simon Dykes' Ausstellung in der Levinson Gallery hatte es einiges Getue gegeben. Kindische Kolumnisten, die sie in der Arbeit oder zu Hause anriefen. Ein paarmal hatte sie sogar Knöchel an ihrer Tür gehört – doch auch das hatte sich wieder gelegt. Hin und wieder, wenn Sarah sich im Club oder woanders abrupt umdrehte, weil sie spürte, wie hinter ihrem Rücken gestikuliert wurde, sah sie Finger sich in Andeutungen ergehen, daß dort die Exgefährtin des Künstlers sei. Doch sie wollte – oder konnte – sich darüber nicht den Kopf zerbrechen.

Eines Abends, etwa eine Woche nachdem Simon das Krankenhaus verlassen hatte, traf sich Sarah mit Tony Figes auf einen Drink im Club. Tony war – neben Reverend Peter Davis – die emotionale Stütze in Sarahs Leben. Ein Mischung aus Berater und Freund. In der Gestikulation mit ihm vergaß Sarah ihre Schwellung, vergaß sie ihre Brunst, vergaß sie die rosigen, penilen Mikadostäbchen, die in den geschniegelten Fellen an der Bar lauerten.

Tony hatte die Pappkartonröhre dabei, die er aus Simons Wohnung mitgenommen hatte. Als er durch die Schwingtüren in die Bar trat, schlug er mit dem Ding gegen die Wände, was ein lautes *«Tock-tock-tock»* produzierte. *«HoooGrah!»* keuchrief Tony und stürmte zur Theke, an der Sarah, ein Bündel aus blondem Fell und schwarzem Satin, hockte.

«HoooGrah», bellte sie zurück und fingerzeigte: «Was ist denn das, Tony, etwas, woran du gerade arbeitest, *huuh?*»

«Nicht unbedingt, meine Liebe, komm mit runter in den Parkdeckraum, wo wir ungestört sind, da zeig ich's dir.»

«Hast du mal 'ne Baktria, *huh?*» fragte Sarah, als sie dann in dem Kellerraum saßen.

«Da.» Tony hielt ihr das vertraute Päckchen hin. «Ich fürchte nur, es sind Lights.»

«Macht nichts», gegenzeigte Sarah und zündete sich die Zigarette an, «in letzter Zeit ist mir das Leichte sowieso lieber.»

«Sarah.» Tony zog die Zeichnungen heraus. «Die da hab' ich in Simons Wohnung gefunden, als ich seine Sachen holen war. Die sind allerdings alles andere als leicht – ziemlich starker Tobak, würde ich sagen.»

Sarah nahm den losen Stapel dicken Zeichenpapiers aus Tonys ausgestrecktem Fuß und blätterte die Bögen mit geübten, professionellen Bewegungen durch. Sie registrierte die Thematik der Zeichnungen, untersuchte die Qualität der Linienführung, der Schattierung. Sie beurteilte sie, wie sie die Arbeit eines ihr unbekannten Künstlers beurteilen würde, und unterdrückte die Gefühlsaufwallung, die sie immer überfiel, wenn sie sich Arbeiten ihres früheren Gefährten ansah.

Nachdem sie alle Zeichnungen durchgesehen hatte, legte sie sie auf den Teppich und drückte ihre Baktria aus. *«Hooh*, also leicht sind die wirklich nicht. Meinst du, wir sollten Dr. Busner Bescheid zeigen, *huuh?*»

«Ich weiß nicht –»

«Offensichtlich ist Simons, *hoooh*, Wahn tiefer verwurzelt, als wir – oder er – angenommen haben.»

«Sieht so aus. Simon war schon länger von Menschen besessen, als wir es gewußt haben. Was meinst du, was Menschen für ihn bedeuten, Sarah, *huuh?*»

«Keine Ahnung. Wahrscheinlich, was sie für uns auch bedeuten, die dunkle Seite unserer schimpanslichen Natur, *huh?* Die wir verwässern, indem wir aus dem Menschen ein niedliches Spielzeug machen, oder verdrängen, indem wir aus dem Menschen eine primitive, furchteinflößende Bestie machen, *huh?*»

«Aber in diesen Zeichnungen bevölkern die Menschen doch unsere Welt, nicht, *huuh?*»

Sarah seufzte schwer, stemmte sich aus dem Sessel und wackelte hinüber zum Pseudofenster. Sie lehnte den Kopf an die Scheibe und empfand Schmerz. Sie erinnerte sich an die Nacht, als sie das letzte Mal in diesem Raum gewesen war – die Nacht von Simons Zusammenbruch. Sie erinnerte sich an das Scheuern des Kokains in ihrer Nase und an das Scheuern seines Schwanzes, als er ihr den Kopf in die Ecke gedrückt und sie genommen hatte.

Sie drehte sich zu Tony um. «Weißt du, Tony, *u-h'-u-h'-u-h'*, ich glaube, Simon war am Ende. Ganz einfach. Er hatte die Schnauze voll von allem. Sogar vom Paaren. Immer wieder hat er mir gezeigt, daß er seine Fähigkeit zur Aufhebung des Zweifels am Paaren verloren habe. Daß er ans Paaren nicht mehr glaube. Daß er den Mikrophongalgen ins Bild hineinragen sehe wie einen Schnabel, der nach intimen Vokalisierungen pickt. Daß er den Kameraschimpansen hinter den Scheinwerfern hin und her hüpfen sehe, auf der Suche nach dem besten Blickwinkel auf uns. Daß er, *hooh* –»

«*Gru-nnn*, Sarah, beruhige dich.»

Tony knöchelging zu ihr und nahm sie in seine dürren Arme. Sie drückte ihre Schnauze in sein Nackenfell. Eine Weile herrschte Fingerschweigen, nur das leise Lippenschmatzen zweier alter Verbündeter in inniger Umarmung war zu hören. Dann teilte Tony Sarahs Rücken mit: «Ich glaube, du solltest diese Zeichnungen an dich nehmen, Sarah, *tschup-tschupp*. Siehst du, ich glaube nicht, daß Simon zu uns zurückkehren wird. Und –»

«Und was, *huuh?*»

«Und du solltest etwas haben, das dich an ihn erinnert. Etwas, das Wert für dich hat und» – der schwule Schimpanse löste sich von ihr, und Sarah sah die Narbe in seinem Kinnfell zucken – «das auch für viele andere Wert haben kann. Sarah, das könnten die letzten Zeichnungen sein, die Simon je gemacht hat. Wenn er noch bei klarem Verstand wäre, würde er sicher wollen, daß du sie bekommst und mit ihnen machst, was du für richtig hältst.»

Schließlich begriff Sarah, was Tony ihr verfingern wollte. Er wollte, daß sie Simons Zeichnungen von traurigen Menschen, die eine zerstörerische Stadtlandschaft durchstreiften, als eine Art Nestei benutzte. Als Startkapital quasi, und um sich zu befreien. Doch während sie Tony herzlich auf den Nasenrücken küßte, konnte sie sich nur vorstellen, wie diese Zeichnungen mit einem Flammenkranz kalten Feuers aussehen mochten, denn zu diesen Dingern fiel ihr nichts anderes ein, als sie zu verbrennen.

Zack Busner rief Jean Dykes vom Videophon in der Diele an. Simon lag zwar in seinem Valiumsumpf, aber Busner wollte es nicht riskieren, daß der Künstler aufwachte, ihn überraschte und dabei mitbekam, was er mit seiner Ex-Alpha gestikulierte. *«HoooGrah»*, vokalisierte er und trommelte auf das Videophontischchen, «Mrs. Dykes, ich bin Dr. Zack Busner, und wie George Levinson Ihnen vermutlich bereits mitgeteilt hat, bin ich Simons behandelnder Arzt.»

«Ja, das hat er, Dr. Busner, wie kann ich Ihnen helfen, *huuh?*»

«Es geht um Ihre Kinder, Mrs. Dykes. Zeigen Sie mir, hatte Simon seit Ihrer Trennung viel Kontakt mit ihnen?»

Jean Dykes ließ sich Zeit mit der Erwiderung. So lange, daß Busner die Frage beinahe wiederholt hätte. Er hatte Zeit, die frühere Alpha des Künstlers zu mustern und von dem, was er auf dem Bildschirm sah, auf ihr gemeinsames Leben zu schließen. Konnte dieses altmodisch gekleidete, bedrückend ernsthafte Weibchen eine intime Beziehung mit Dykes gehabt, konnte sie mit einem so flatterhaften, respektlosen Schimpansen Kinder aufgezogen haben? Den abgenutzten Perlen des Rosenkranzes nach zu urteilen, die wie zusätzliche Knöchel zwischen ihren zeigenden Fingern hervorlugten, war dies ein Weibchen, das den Glauben sehr ernst nahm.

Schließlich ließ sie sich zu einer Erwiderung herab. «Dr. Busner. In unserer Gesellschaft haben Männchen, wie Sie vermutlich wissen, mit ihrem Nachwuchs sehr wenig zu tun. Die sogenannte Paarungsrevolution der Sechziger hat es den Männchen vielleicht einfacher gemacht, unziemlicher Kopulation zu frönen, aber ihr Verantwortungsbewußtsein scheint sie kaum verändert zu haben. Simon jedoch war immer ein sehr aufmerksamer Alpha, der sich alle Mühe gegeben hat, mit Henry und Magnus in Kontakt zu bleiben.»

«Und Simon, *huuh?*»

«Simon, *huuh?*»

«Das mittlere Kind – Simon. Ich sollte ihn wohl besser Simon junior nennen.»

«Dr. Busner, *hooh*, es gibt keinen Simon junior. In unserer Geburtsgruppe gab es nur zwei Kinder. Nur zwei.»

Busner brauchte eine Weile, bis er diese neue Information verdaut hatte. Das war eine neue Verästelung in Dykes' Wahn, eine neue Verwerfung in einer bereits verschobenen Wirklichkeit. Schließlich rührten seine Finger sich wieder. «Mrs. Dykes, mir ist sehr wohl bewußt, daß dies sehr belastend für Sie sein muß, aber können Sie sich vorstellen, warum Simon glaubt, daß er drei männliche Kinder hat anstatt zwei, *huuh?*»

«Dr. Busner.» Das bigotte Weibchen drückte sich die Perlenschnur an die Stirn. «Ich habe nicht gerade, *yugg-yugg,* den allergrößten Respekt für Ihren Beruf. Wenn Sie ein Seelenarzt sind, sollten Sie wohl eher die Seele meines Exoberhauptes verarzten, anstatt in den Sackgassen seiner Psyche herumzuirren.»

«Und was, *huuh,* meinen Sie damit?»

«Daß ich, um ehrlich zu sein, nicht gerade, *yugg-yugg,* erfreut bin über den Verlauf unseres Zeichenwechsels.»

Der berühmte Naturphilosoph – wie er sich selbst gern nannte – nahm sich Zeit, um diesen Tadel zu verarbeiten. Er zupfte abwesend an einer Nisse im Fell seines Unterbauchs und starrte durch die Haustür in den Vorgarten hinaus, wo in einem Fleck Sonnenlicht zwei Kinder Paaren spielten. Dykes' Wahnzustand war also noch verzweigter, als er vermutet hatte. Was für eine organische Funktionsstörung konnte bloß für eine solche Einbildung verantwortlich sein? Alle Krankheiten – ob organisch oder psychisch – konnten ausgreifend und produktiv sein. Aber produktiv im Sinne der Kreation eines Kindes, das in Wirklichkeit gar nicht existierte? Grotesk.

«*Gru-nnnn,* Mrs. Dykes, eigentlich habe ich angerufen, um mit Ihnen die Möglichkeit zu befingern, daß Simon seine Kinder sehen kann –»

«*Hoh,* tatsächlich, *huuh?*»

«Ja – obwohl es in den meisten Fällen eher ungünstig ist, wenn Psychotiker Kontakt mit Personen haben, denen sie emotional sehr nahestehen.»

«Ich hätte nichts dagegen, daß Simon Magnus und Henry sieht – falls er das wirklich will.»

«Das ist, *gru-nnn,* sehr freundlich von Ihnen, Mrs. Dykes, aber im Augenblick, angesichts dieser neuen Entwicklung, halte ich es wirklich nicht für eine gute Idee. Wenn Sie mir gestatten, Sie über jede Verbesserung seines Zustands auf dem laufenden zu halten, möchte ich für den Augenblick alles so lassen, wie es ist.»

«Wie Sie wollen, Dr. Busner. *HoooGrah.*»

«*HoooGrah.*»

Als Simon einige Stunden später aufwachte, sich aus dem Nest stemmte, zweibeinig ins Arbeitszimmer tapste und dort den Seelendoktor in seine Lektüre vertieft fand, erwartete ihn eine neue krasse Absonderlichkeit, eine neue Verwerfung der Welt. Busner sah von seinem Exemplar von «Melincourt» hoch. «*Gru-nnn*», vokalisierte er und zeigte dann: «Ich hoffe, Sie fühlen sich erholt nach Ihrem Schläfchen. Ich bin ganz vertieft in die Geschichte Ihres Artgenossen Sir Oran Hautton. In Peacocks Roman wird er erzogen von einem Mr. Forester, der glaubt, daß alle großen Affen, darunter auch die Menschen, zur Schimpansenfamilie gehören. Nicht gerade eine Theorie, der ich persönlich zustimmen würde, *grnnn.*»

Simon beachtete diese freundlichen Gesten kaum. Er präsentierte vor Busner, wie er es gelernt hatte, indem er seinen zotteligen Arsch in die ungefähre Richtung des alten Affen streckte; und als er einen beruhigenden Klaps erhalten hatte, richtete er sich auf, damit er seine Zeichen dem Seelenklempner direkt auf die Schlabberschnauze drücken konnte. «Haben Sie mit Jean gestikuliert – meiner Ex, *huuh?*»

«Ja, Simon, das habe ich.»

«Und, *huh?*»

«Simon, *grnnn,* was ich Ihnen jetzt zeigen muß, könnte Sie aufregen –»

«Sie will nicht, daß ich sie sehe, *huh?*»

«Nein, Simon, darum geht es nicht –» Busner rutschte von seinem Stuhl und knöchelging zu dem traurigen, verrückten

Schimpansen. «Jean hat mir gezeigt, daß sie nur zwei männliche Kinder haben – nicht drei, nur zwei.»

«*Hooh,* ach wirklich, *huuh?* Und welche zwei sind mir dann geblieben, *hooh?*» Sarkasmus troff aus seinen Vokalisationen, aber Busner zog es vor, ihn zu ignorieren.

«Simon, es gibt keinen Simon junior. Verstehen Sie, was ich Ihnen zeige, *huuh?*»

«Ja, ja, vollkommen – Sie radieren einfach all diese Erinnerungen aus, das blutige Schieb-mich-Zieh-dich der Geburt, die erste Umarmung, das erste Dies, das erste Das und, nicht zu vergessen, eine Persönlichkeit. Das ist nicht Nichts, über das Sie da gestikulieren, *yugg-yugg!* Das ist nicht NICHTS! Es ist ein verdammter *Junge,* nichts Geringeres. Ein echter, menschlicher *Junge!*»

Mit diesen letzten, gutturalen Vokalisationen – ein Rückfall in die ersten Tage nach seinem Kollaps – brach der einstige Künstler zusammen, rollte sich auf dem Boden zu einem fötalen Kokon zusammen und fing an zu spritzen. Busner blieb nichts anderes übrig, als ihm eine Aderpresse anzulegen, die Lösung zu injizieren, das Häufchen Elend in sein Zimmer zu schaffen und dort ins Nest zu legen.

Im medikamentösen Schlummer schwelgte Simon Dykes in einer verwandelten Welt. Ein wunderbares Gefilde, bevölkert von schönen, höflichen Wesen, die glatten Körper in schwerelose weiße Gewänder gekleidet. Ein riesiger Raum, eine Art Halle, die Wände aus durchscheinendem Stein, geschmückt mit hoch aufragenden Pfeilern und Bögen, der Boden ein sanft wogender Rasen. In dieser Kathedrale der Wonne bewegten die Wesen sich langsam und zaghaft, voller natürlicher Anmut. Die Hände hielten sie, leicht schwingend, an den Flanken, oder wenn sie saßen, locker im Schoß gefaltet, die Finger so unbeweglich wie die von steinernen

Statuen, die in stillen Dorfkirchen die Apokalypse erwarteten. Und wenn sie ihre roten Lippen öffneten, kamen liebliche, wohltönende, wunderbar verständliche Vokalisationen hervor und stiegen in das lichthelle Gewölbe.

Simon wanderte zwischen diesen Fremden, ohne zu berühren oder berührt werden zu wollen. Und wie in so vielen Träumen seit der schicksalsschweren Nacht, in der die Schimpansität ihn übermannt hatte, bewegte sich Simon mit beängstigender Klarheit inmitten dieser gemessenen Gavotte anthropoider Gestalten. Ist es das, was ich zurückgelassen habe? fragte er sich, als sie an ihm vorbeischwebten. Ist dies jener, den ich für Simon gehalten habe – der kleine Simon, *huuh?* Er erkannte in dem verlorenen Kind sich selbst – seinen verlorenen Körper, um genau zu sein. Er sah den Körper seines Kindes dastehen, zitternd, nackt, ohne schützendes Fellkleid. Der kleine Simon, so grazil wie ein junger Bonobo, das Kopffell blond und im Nacken gestutzt, die Züge fein und ernst, der winzige Schwanz und die Eier wie das Staubblatt einer erlesenen Orchidee. Simon wandte sich in die Richtung seines verlorenen Jungen, schwebte über den Grasboden auf ihn zu. Doch als er sich näherte, weiteten sich die blauen Augen des Jungen, die roten, roten Lippen teilten sich, und der Jünglingskörper bog sich zurück in angstvoller Ahnung. Dann hörte Simon die schrecklichen, bedeutungsschweren Vokalisierungen, so guttural und doch so treffend: *«Geh weg! Geh weg, Beelzebub! Elendes Vieh! Affenmensch!»*

Simon Dykes erwachte, im Nest, im Hampsteader Haus seines Psychiaters, und schreiend begann er seinen zweiten Monat als Schimpanse.

16

Trotz dieses Rückfalls schwankte Zack Busner nicht in seiner Entschlossenheit, mit Simon, wie er es nannte, auf Tour zu gehen. «Dir mag es vielleicht absurd erscheinen, mein liebes altes Arschlöchlein», teilte er Charlottes Hintern mit, als die beiden, zusammen mit fünf anderen, im Nest lagen, «aber, *klack-klack*, Grebe ist der ideale Schimpanse, um mit Simon über die philosophischen Implikationen seines Wahns zu diskutieren, *tschup-tschupp*.»

«*Huh-huh-huh*, und warum, mein Lieber, *huh?*»

«Weil der junge Trottel koprophil ist – deshalb. Simons Scheißespritzerei wird ihm nicht das geringste ausmachen, *h'h'hie-hiehie!*»

Die Vorstellung dieses Klamauks wirkte auf Busner so anregend, daß er aus dem Nest sprang, einen Handgriff packte, sich zur Tür schwang und noch immer kichernd in Richtung Bad verschwand.

Der Herbst war über London gekommen und raubte mit feuchten, kalten Fingern den Bäumen das Laub. Morgens strömte Bodennebel in weißen Rinnsalen durch die Redington Road, und der Teer glänzte dunkel und feucht. Wegen des plötzlichen Blattverlusts waren die Körper der Schimpansen, die zur Morgengymnastik in den Bäumen schwinghangelten, deutlich sichtbar, braunere Kleckse vor einem graueren Himmel. In der kalten Luft klangen ihre Keuchrufe viel lauter durch Hampstead, und die Paarungsschreie der Geburtsgruppen, die vor der Arbeit noch eine Runde kopulierten, hoben sich deutlich vom Hintergrundsrauschen der Stadt ab.

Im Busnerschen Haus ging es allerdings gedämpfter zu. Charlottes und Cressidas Brunstzeiten waren schon lange vorüber, und obwohl Antonia und Louise – das Gamma- und das Zeta-Weibchen – nun ihre Zeit hatten, waren ihre Schwellungen bei weitem nicht so eindrucksvoll und lockten deshalb entsprechend weniger Freier an. Hin und wieder stieß Busner auf ein verzweifeltes männliches Exemplar, das, mit erigiertem Penis und gesträubtem Fell, die Zufahrt auf und ab raste oder gegen das Tor hämmerte. Aber das waren zweitrangige Mösenjäger, die von den Busner-Weibchen mit einem Geschirrtuchwedeln oder einem Spritzer Möbelpolitur vertrieben wurden.

Viele der Jungerwachsenen waren außer Haus, entweder in der Arbeit oder auf der Universität. Die Kinder gingen wieder in die Schule oder auf nachmittägliche Streifzüge. An manchen Tagen waren Zack Busner und sein merkwürdiger Patient die einzigen erwachsenen Männchen im Haus, wo sie in strenger Abgeschiedenheit gemeinsam studierten, bedient von einer huschenden, quiekenden, aber meistens unsichtbaren Gruppe von Weibchen.

Zack Busner beendete seine Toilette mit einer schnellen Kontrolle seines Hinterteils im Spiegel und ging zu seinem Patienten, um zu sehen, wie weit dessen Vorbereitungen auf seinen bislang längsten Ausflug gediehen waren. Simon Dykes lag unangezogen in seinem Nest, und der Fernseher flimmerte im verdunkelten Zimmer. Der säuerlich scharfe Geruch nach leidendem erwachsenem Männchen war überwältigend – sogar für Busner. Er knöchelging leise hinein und setzte sich auf die Nestkante. Simon hatte das Video, das er sich ansah, gestoppt, so daß ein Einzelbild auf dem Monitor zuckte und flackerte.

Es war, wie Busner erkannte, ein Bild aus «Planet der Menschen». Er hatte sich bereits alle vier Filme dieser Science-fiction-Serie zusammen mit Simon angeschaut und dabei die

Reaktionen des Schimpansen auf diese verkehrte Welt beobachtet, die ja eigentlich dessen phantastischen Erinnerungen entsprechen sollte. Aber sie hatten kaum Eindruck auf ihn gemacht. Simon fingerzeigte nur, daß Masken und Make-up, die man zur Nachbildung der «Menschen» benutzt hatte, lachhaft unecht wirkten. «Menschen haben bewegliche, *yugg-yugg,* ausdrucksstarke Schnauzen – diese Karikaturen da sind steif und starr, und man kann genau sehen, wo Prothesen benutzt wurden. Und wie ich Ihnen schon des öfteren, *yugg-yugg,* signalisiert habe, Dr. Busner – Menschen gestikulieren mit ihren Stimmen, nicht mit ihren Händen. Warum hat sich der Autor dieses Billigstreifens nichts Besseres einfallen lassen, *huh?*»

Aus der Fassung brachte Simon natürlich auch die Tatsache, daß die Menschen in diesem Film nicht die alleinigen Herren des Planeten waren, sondern sich die Oberherrschaft mit Orang-Utans und Gorillas teilen mußten. Es freute ihn, daß die Menschen Pazifisten und Intellektuelle waren, aber er ärgerte sich über Roddy McDowells Darstellung des menschlichen Wissenschaftlers Cornelius. «*Yugg-yugg,* er ist lächerlich, wie er da auf und ab stolziert, als würde er an Drähten hängen. Warum, *wraah,* hat er sich nicht die Mühe gemacht, ein paar echte Menschen zu studieren, damit er den zweibeinigen Gang richtig hinbekommt?»

Perverserweise hatte Simon viel mehr Sympathie für die drei schimpanslichen Astronauten, deren vom Unglück verfolgte interstellare Mission sie nach dreitausend Lichtjahren in die ferne Zukunft der Erde führt. Vor allem bewunderte er Charlton Hestons Darstellung. Es schien ein Gleichklang zu bestehen zwischen der weltmüden, verbitterten Haltung seiner Figur Taylor und Simons glühender Verzweiflung. «Eins muß ich allerdings herausstreichen», fingerzeigte er Busner, als sie gemeinsam Hestons Fingerspiel betrachteten. «In meiner Welt war Heston das Sinnbild glattbrüstiger Männlichkeit. Die Vorstellung, daß dieses zottelige Etwas und er ein und derselbe sind, ist … ist … *klack-klack-klack*, absurd!»

Was jetzt auf dem Bildschirm flimmerte, waren Hestons entschlossene Gesichtszüge, und die Störstreifen und Ausreißer auf seiner Stirn ließen ihn aussehen, als würde er in einem stetigen Rhythmus mutieren. Das Einzelbild stammte aus einer frühen Szene des Films, kurz nach der Bruchlandung, als die Astronauten noch Schwierigkeiten haben, die Tatsache zu akzeptieren, daß sie gemäß Hasleins Hypothese zweitausend Jahre in der Zukunft gelandet sind. Taylor knöpft sich seinen idealistischeren, emotionaleren Kollegen Landon vor und zeigt: «Es ist eine Tatsache, *yugg-yugg*, akzeptiere sie – dann schläfst du besser.»

Es war das letzte Zeichen, das «besser», das Hestons Finger auf dem Bildschirm formten. Busner starrte den gefummelten Komparativ einige Minuten lang an und überlegte dabei, was der heutige Ausflug wohl bringen würde. Dann lehnte er sich zurück und teilte Simons Beinfell mit:

«*Gru-nnn*, guten Morgen, Simon, sind Sie bereit für Ihren, *huuh*, Ausflug?»

Simon stützte sich auf den Ellbogen. Busner bemerkte – wie immer – die augenfällige Atrophie der unteren Gliedmaßen dieses Schimpansen. Seine Zehen ließen sich kaum bewegen, deshalb konnte er mit ihnen auch nicht zeigen. Grebe hatte dazu sicher etwas Interessantes zu bemerken, wenn sie ihn besuchten. «*Hooo-Grah*, guten Morgen, Dr. Busner. 'tschuldigung, ich habe eben noch etwas gedöst. Dieser Ausflug, ich weiß nicht so recht – ich, ich fühle mich ein bißchen wie dieser Landon –»

«*Grnnn*, tatsächlich? Inwiefern, *huuh*?»

«*Hoh*, wie dreitausend Lichtjahre von zu Hause entfernt, wahrscheinlich. Ja, das bringt es ziemlich auf den Punkt.»

Busner wollte nicht zulassen, daß sein Patient in irgendeinen perversen Tagtraum verfiel, eine *Fugue* als Giebelschmuck der Villa seines Wahns. Er versetzte Simon einen schnellen Knuff aufs Ohr, und als der Schimpanse zu wimmern und zu greinen anfing, konnte Busner ihn in den Arm nehmen und ihn ausführlich lausen und befingern. «Schon gut, *tschup-tschupp*, armes kleines Simonilein, diese, *tschup-tschupp*, Ermahnung ist doch nur zu Ihrem eigenen Besten. Ich bin der festen Überzeugung, daß Sie nur wieder gesund werden, wenn Sie in die Welt hinausgehen und mehr über Ihre eigene Schimpansität herausfinden. Sie sind wie jeder Patient mit einem Hirnschaden – bei der entsprechenden Förderung entstehen neue Nervenbahnen, die die Funktionen der zerstörten übernehmen.»

Simon wischte dies beiseite und fragte mit drängenden Fingern: «Aber wer ist dieser Schimpanse, den wir besuchen wollen, *huuh*?»

«David Grebe ist ein faszinierender Schimpanse. Fast so was wie ein Universalgelehrter. Sein Hauptgebiet ist semiotische Philosophie, und deshalb dachte ich mir, es wäre interessant, wenn Sie beide sich zusammensetzen und über Ihr Konzept der menschlichen Kommunikation – dieses *Sprechen* – gestikulieren. Und vor allem bin ich mir ziemlich sicher, daß Grebe der Richtige ist, um gewisse Gedankenfäden zusammenzufassen, einen Strang zu formen, sozuzeigen. Und anschließend», Busner stand auf und wirbelte auf zwei Beinen durchs Zimmer, «wollen wir uns ein bißchen Erholung gönnen. Ich möchte nach Eynsham fahren und Hamble besuchen.»

«*Huuh*, Hamble, den Naturforscher?»

«Genau.»

«Ich habe seine Bücher gelesen – sie sind sehr gut. Sehr lustig.»

«Ja ja. Nun, wie Sie dann sicher wissen, hat Hamble Menschen in freier Wildbahn aufgespürt. Außerdem weiß er mehr über die Natur in all ihren Facetten als sonst einer, den ich kenne. Ich bin mir sicher, daß Sie eine Gestikulation mit ihm sehr interessant finden werden – er ist ziemlich exzentrisch.»

Busner beschloß, nicht mit dem Auto nach Oxford zu fahren. Zum einen war Gambol nicht verfügbar. Er verbrachte immer weniger Zeit im Busnerschen Heim. Busner hatte er signalisiert, er habe für eine Langzeitstudie, die sie im vergangenen Jahr begonnen hatten, noch einige ausstehende Arbeiten zu erledigen, und ohne nachzukontrollieren, worum genau es sich handelte – bei dem Tempo der Busnerschen Innovationen konnte es von zwanghaftem Schwinghangeln bis zu Nestnässen alles sein –, hatte Busner ihm dafür freigegeben.

Außerdem fuhr Busner nicht gern selbst. Einmal, als seine ersten Kinder noch jung waren, war er sogar soweit gegangen, ein Auto mit Automatikgetriebe zu kaufen, weil, wie er sagte, das ständige Schalten seine Gedankengänge störe. Er zog es seit jeher vor, mit dem Zug zu reisen, und bei dieser Gelegenheit konnte man Simon auch ein bißchen mehr mit der Welt konfrontieren. Für den Fall, daß ihn das zu sehr mitnahm, hatte Busner Beruhigungsmittel dabei. Er fühlte sich durchaus in der Lage, Simon in den Griff zu bekommen – falls das überhaupt nötig war.

Auf Händen und Füßen verließen sie das Haus. «Wir knöchelgehen bis zur Baker Street und nehmen uns ein Taxi – wenn es Ihnen nichts ausmacht, *huuh?*» winkte Busner, als er die Tür hinter sich schloß. Simon willigte mit einem Grunzen ein, und tatsächlich freute er sich regelrecht auf diesen Spaziergang. Ein paar Schritte schwankte er aufrecht, doch dann ließ er sich, ohne sich dessen bewußt zu werden, auf die Knöchel sinken. Mit den nicht vorhandenen Hinterbacken und der prächtig leuchtenden Analfalte seines Therapeuten direkt auf Augenhöhe bildete er das Schlußlicht, und der Streifzug begann.

Zum ersten Stopp kam es an der Kreuzung der Finchley Road mit der Fitzjohn Avenue in Swiss Cottage. Es war inzwischen mitten am Vormittag, und der Bodennebel hatte sich verflüchtigt, aber es würde trotzdem ein grauer Tag werden. Hier, in der Achselbeuge der Urbanität, wo es aussah, als wollte sich ein Auto ans andere kaltschweißen, war der Kontrast zwischen körnigen Gebäuden, körniger Luft und den wuselnden Körnern der Schimpansität überhaupt kein Kontrast. Busner hielt die Schnauze auf den Bürgersteig gerichtet und marschierte weiter, auf die Betonballung von Bücherei plus Schwimmbad zu. Er hatte die Bauminsel bereits erreicht, die diese Gebäude von der Umgebung abtrennte – von der äußeren Erscheinung her einem versteinerten Rotadex oder einem anderen Stück schreibtischständiger Gigantomanie nicht unähnlich –, als er spürte, daß das Schlußlicht seiner Patrouille zurückgeblieben war.

Er drehte sich um und sah, daß Simon am Eingang zur U-Bahn stehengeblieben war. Busner lief zurück. «*Hooo-Grah*, was ist denn, Simon, *huuh?*» Simon zeigte nichts, deutete nur mit gekrümmtem Finger auf die schmutzige Treppe, wo heftige Paarungsaktivitäten stattfanden beziehungsweise nicht mehr aufhörten.

Busner verstand sofort, wo das Problem lag. Im Krankenhaus war Simon isoliert gewesen, und abgesehen von den kurzen Streifzügen mit Jane Bowen und dem bewußt begrenzten Ausflug in den Zoo war Simon kaum in der Welt draußen gewesen. Als Folge davon hatte er nicht viel Paarungsaktivität mitbekommen. Und angesichts der Körperfixiertheit seiner Psychose war es nicht überraschend, daß er seine «Menschenwelt» als paarungsfreie Zone definierte, oder zumindest als einen Ort, wo Kopulation meistens nur zwischen zwei Individuen und – Busner hielt dies für einen äußerst raffinierten und sehr künstlerischen Einfall – im Dunkeln stattfand.

«*H'h'hie-hie-hie!*» kicherte Simon und fingerzeigte: «Schauen Sie sich das an. Ich weiß ja inzwischen, daß ihr, *yugg-yugg,* Schimpansen fickt, als würde es morgen unmodern werden – aber das da!»

Im Grunde genommen war an dieser Paarungsrunde nichts Besonderes. Ein Weibchen mittleren Alters, eine Bankangestellte, dem unauffälligen grauen Jackett und der noch unauffälligeren weißen Bluse nach zu urteilen, war, wie Busner schätzte, an diesem Morgen in die Brunst gekommen. Sie hatte beschlossen, dies mit Hilfe eines nicht unattraktiven Schwellungsschutzes bekanntzumachen, der jetzt als Rüschenbündel einige Stufen unter seiner ruckenden und keuchenden Besitzerin lag.

Anscheinend, schloß Busner, hatte sie am Eingang zur U-Bahn ihren ersten Freier akzeptiert, und nachdem sie ihre köstliche rosige Schüssel für ein erstes Rühren präsentiert hatte, empfing sie jetzt auch andere Köche, die in die Küche gekommen waren. Eine lockere Schlange dieser Männchen, jedes mit steifem, schleimigem Schwanz im gesträubten, schleimigen Fell, zog sich die Treppe hoch. Und etwas weiter unten auf einem Absatz leckten und zupften zwei Männchen, die bereits kopuliert hatten, einander Sperma und Schleim aus den Lenden.

«Eigentlich, Simon», teilte Busner Simons Beinfell mit, «ist das durchaus kein besonders libidinöses Spektakel – zumindest für Londoner Verhältnisse. Warten Sie, bis Sie ein paar der Paarungsketten sehen, die sich bilden, wenn die Schimpansen von der Arbeit kommen und zu trinken anfangen. Da kann es passieren, daß ein junges Weibchen in voller Brunst eine Schlange von zwanzig Männchen hinter sich herzieht, während sie sich durch einen Pulk Schimpansen zwängt, die vor dem Pub herumhängen. Und wenn eins dieser Männchen bei einem anderen Weibchen Erfolg hat, während es noch um das erste wirbt, kann es zu einer Kreuzkette des Paarens kommen. Ich habe es schon erlebt, daß der ganze Oxford Circus mit solchen Conga-Schlangen des Vögelns überzogen war. Manchmal muß die Polizei ganze Viertel absperren und die bumsenden Schimpansen mit Wasserwerfern abspritzen, bevor sie wieder zur Vernunft kommen. Wie Sie sehen, ist das hier also gar nichts Besonderes. Aber eins muß ich Ihnen zeigen, Simon –»

«*Huh*, und das wäre?»

«Bitte seien Sie diskret in Ihrer Gestikulation über Paarungspraktiken. Zuschauen ist zwar nicht tabu, Kommentare können aber als sehr unhöflich aufgefaßt werden, *wraah!* Passen Sie auf, Simon, der da hat es auf uns abgesehen!»

Es stimmte. Das Männchen, das sich eben mit einem gepreßten Fauchen aus der triefenden Schwellung der Bankangestellten zurückgezogen hatte, kam mit gesträubtem Fell und lautem Knurren die Treppe hoch und auf sie zu. Es war ein großes Exemplar, und der Anblick seiner gebleckten Reißzähne, an denen noch Reste eines Weizenfrühstücks klebten, und seines mickrigen Glieds, das wie ein Metronom kontrapunktisch zu seinem Gang hin und her wackelte, hätte für Simon komisch sein können, wäre er nicht gleichzeitig unglaublich furchteinflößend gewesen.

Simon spürte, wie sich das Fell in seinem Nacken aufstellte – ein Gefühl, das er noch nie bewußt erlebt hatte. Aggressiv knurrend und bellend, richtete er sich zu seiner vollen Größe auf. Das wütende Männchen kam weiter die Treppe hoch, hob dabei Laub, weggeworfene Fahrscheine und anderen Abfall vom Boden auf und bewarf damit den berühmten Antipsychiater und seinen Patienten.

Einige wenige stürmische Augenblicke lang sah es so aus, als könnten sie das große Männchen einschüchtern. Doch zwei andere postkoitale Männchen, die bereits eine ganze

Weile schnatternd auf und ab hüpften und mit ihren Attachéköfferchen gegen die Fliesenwand des Treppenaufgangs schlugen, bekamen nun offensichtlich Lust einzugreifen. Als Busner diese Verschiebung in den Kräfteverhältnissen bemerkte, sah er die Zeit für einen Rückzug gekommen. Er packte Simon am Nacken. «*Waaah!* Kommen Sie, die sind uns über!»

Simons Reaktion auf diese Aufforderung war höchst merkwürdig. Ohne weitere Befehle abzuwarten, ließ er sich auf die Hände fallen und machte sich auf allen vieren mit Tempo davon. Busner konnte ihm nur folgen. Kaum hatte der einstige Künstler den Rand der Bauminsel erreicht, sprang er in die Höhe, packte den untersten Ast der ersten Platane, schwang sich hoch und hangelte sich durch die Krone, als wäre er in den Bäumen aufgewachsen.

Busner hatte keine Zeit, sich darüber zu wundern, er konnte den Müsli-Atem seines kräftigen Verfolgers schon fast im Nacken spüren. Sekunden nach seinem Protegé hatte auch er den Baum erreicht und zog sich mit schmerzenden Fingern, in denen die Arthritis knisterte wie neurale Elektrizität, in die Höhe.

Die Verfolgerschimpansen machten sich nicht einmal die Mühe, ihnen nachzuklettern. Sie blieben vor dem ersten Baum stehen, bellten noch ein letztes Mal wütend hinauf und machten sich dann wieder in Richtung U-Bahn davon. Vermutlich, dachte Busner, als er ihren Nadelstreifenrücken nachsah, zur Arbeit in einem Immobilien- oder Versicherungsbüro.

Es zeigte sich, daß für Simon diese Episode eine Offenbarung schimpanslicher Instinkte gewesen war. «Ich bin einfach, *tschup-tschupp*, in diese Bäume hochgeklettert. Ohne lange darüber nachzudenken. Es war erstaunlich, dieses Gefühl der Flüssigkeit, der Geschmeidigkeit – und der Kraft. Seit ich ein Jungerwachsener war, bin ich, *h'h'h'hie-hie*, auf keinen Baum mehr geklettert!» Simons ganzes Körpergefühl war verändert. Er hing lässig an einem Arm von einem schwachen Ast und fingerte dabei im Unterbauchfell seines Therapeuten.

Busner fragte sich – allerdings zeichenlos –, ob diese Verwandlung Folge des Adrenalinstoßes sein konnte, den Simon während dieses Scheinangriffs erlebt hatte. Das und die Tatsache, daß der Fluchtinstinkt die primitiveren, fundamentaleren Teile des Gehirns seines Patienten aktiviert hatte. Die Bestätigung dieser Theorie folgte auf dem Fuß, denn kaum hatte sich Simons Fell wieder geglättet und hing schlaff und stumpf wie immer von seinen Gliedern, sah er sich nicht mehr in der Lage, vom Baum herunterzuklettern oder sich von Krone zu Krone vorwärtszuhangeln. Außerdem hatte er Angst herunterzufallen. Busner mußte hinuntersteigen, den Hausmeister der Bibliothek suchen und mit ihm und einer Leiter für behinderte Schimpansen zurückkehren. Erst dann ließ Simon sich herunterlocken.

Auf dem Weg zum Regent's Park stießen sie noch auf mehrere Paarungsrunden, und jedesmal blieb Simon stehen, um zuzuschauen, auch wenn er nicht mehr den Fehler machte, deswegen die Hände zu ringen. Vor dem elektronischen Tor einer großen Villa hing ein attraktives junges Weibchen mit blondem Kopffell halb aus dem Fenster eines großen schwarzen BMW. Ihr Kopf knallte gegen die Innenseite der Tür, und ihre Kopulationsschreie wurden begleitet vom Aufblitzen der Scheinwerfer. Ihr Partner war ein drahtiger Bonobo, der sie, die Zähne in den Rücken ihres Kleids verbissen, kunstvoll vom Fahrersitz aus nahm.

Bei einigen von der Straße zurückversetzten Garagen hielt Simon inne und sah gebannt zu, wie ein taffer Trupp Jungerwachsener, offenbar auf Patrouille von irgendwo aus dem Norden, sich mit atemberaubender Geschwindigkeit über ein dunkelschnäuziges Weibchen hermachte, das fast so groß war wie sie. Keiner brauchte mehr als fünfzehn Sekunden vom ersten schreienden Eindringen bis zum letzten Zähneklacken und zum keuchenden Rückzug.

Nachdem sie den Park erreicht und den Outer Circle überquert hatten, traten sie durch den Saum aus Bäumen auf eine weite Rasenfläche, auf der eine jener Conga-Schlangen der Kopulation, die Busner beschrieben hatte, in vollem Gange war. Busner, der Übung hatte in der Entwirrung solcher Szenen, begriff sofort, was passiert war: Eine kulturell marodierende Phalanx von Sprachstudenten aus den Beneluxländern samt ihrer begleitenden Lehrer hatte sich mit drei verschiedenen Gruppen patrouillierender Cockney-Männchen vermengt. Die daraus entstandenen Schlangen und Konterschlangen posierender Männchen und akzeptierender – oder zurückweisender – jungerwachsener Weibchen bildeten jetzt ein verschlungenes und ziemlich kompliziertes Muster aus dürren Hintern und willigen Schwellungen. Die Jungerwachsenen hatten sogar die Bäume kolonisiert. Busner und Dykes konnten von dort, wo sie hockten, braune Körper erkennen, die sich durch die Kronen hangelten und teilweise sogar, wie Turner am Reck, an ausgestreckten Armen Riesenfelgen um die Äste drehten. Die krude Symphonie der Vokalisationen hallte durch den Park.

«Erklären Sie mir das alles hier, Dr. Busner, bitte», zeigte Simon, mit leicht verkrampften Fingern zwar, aber mit gleichmäßigem Tempo. Er griff in die Seitentasche seiner schwarzen Jacke, zog ein Päckchen filterloser Baktrias heraus, zündete sich eine an und hockte sich entspannt hin.

«*Grnn*», grunzte Busner und zeigte: «Nun, was Sie hier sehen, ist die Quintessenz – könnte man sagen – der Schimpansität. Über Jahrhunderte hinweg haben Künstler solche Massenpaarungen dargestellt. In der frühen Renaissance arrangierte man solche Rammelreigen inmitten von Flora und Fauna, umrahmt von sanft welligen Hügeln. Tizian malte großartige himmlische Paarungsszenen, in denen engelsgleiche Schimpansen zwischen Wolkenwirbeln und Girlanden kopulieren –»

«Aber Dr. Busner, ich verstehe das nicht. Lassen sexuelle Praktiken dieser Art denn nicht, *uh-uh,* auf eine fürchterliche, lieblose Welt schließen, in der die Paarung ein anonymer, bedeutungsloser Akt ist, *huuh?*»

Busner sah Simon über seine Bifokalbrille hinweg mit hochgezogenem Brauenwulst verwundert an. Es ist unverkennbar, dachte er, daß Simon Dykes sich inzwischen um eine gewisse Eleganz seiner Gesten bemüht. Das machte den Künstler besonders liebenswert. Busner tätschelte Simons Schnauze und teilte ihr mit: «Nun, dann zeigen Sie mir doch noch einmal, wie es in Ihrer Welt ist. Die Menschen sind natürlich monogam, *huuh?*»

«Nein, nicht unbedingt. Es ist die vorherrschende kulturelle Norm in den meisten westlichen und westlich beeinflußten Gesellschaften, aber es gibt auch Völker, die noch immer Polyandrie und Polygamie praktizieren –»

«Verstehe. Und der westliche Mensch betrachtet solche sexuellen Gepflogenheiten als in gewisser Weise primitiver, *huh?*»

«Das stimmt.»

Busner, der zusah, wie der Rauch von Simons Baktria verwirbelte und sich in seinem Halsfell verfing, dachte mit einem Anflug von Spott über die eleganten Verkehrungen und Spiegelungen dieses hartnäckigen Wahns nach. Monogamie als Ziel und nicht als Anfang, als Zustand verfeinerter Intimität und nicht als primitive, animalische Paarung. Die sie natürlich war.

«Aber Simon, *gru-nnn,* halten denn alle menschlichen Zweierbeziehungen ein Leben lang?»

«Auf keinen Fall, nein, nein. Die Menschen binden sich für höchst unterschiedliche Zeitspannen aneinander. Es gibt Verbindungen, die viele Jahre halten, und andere, die schon nach Tagen oder Wochen vorbei sind.»

«Aber das Organisationsprinzip dieser Beziehungen bleibt, *huh-huh*, Treue, *huuh*? Exklusive Paarungsrechte?»

«Ja.»

«Und hält man sich daran?»

«Nicht unbedingt.»

«Huuh?»

«Nun, natürlich kommt es zu Paarungen außerhalb der Beziehung, sowohl der Männchen wie der Weibchen ... sogar ziemlich häufig.»

«Und diese exogamen Paarungen – passieren die alle vorsätzlich, *huh?*»

Simon nahm einen letzten Zug aus seiner Baktria, drückte dann die glühende Spitze zwischen schwieligen Fingerspitzen aus und warf sie weg. «Ich muß wohl, *h'h'hie-hie,* nein zeigen. In vielen Fällen passieren sie unwillkürlich – wie aus einem Zwang heraus. Der menschliche Drang zur Unbeständigkeit scheint ebenso stark zu sein wie der zur Zweierbeziehung.»

An diesem Punkt hüpfte ein junges Weibchen in voller Brunst an den Gestikulierenden vorbei. Ihre Schwellung, die so groß war wie ein 3-Pint-Krug, kam dabei fast in Kontakt mit Busners Schnauze. Der große Affe atmete geräuschvoll ein und sog genießerisch den Moschusduft in die Nase. «Sehen Sie sich das nur an», wedelte er. «Wenn wir nicht zum Zug müßten, würde ich sie mir vornehmen. Sie ist wunderbar. Schauen Sie sich bloß diese rosige Blume zwischen ihren Schenkeln an, *h'hoooh!*»

«Aber Simon», fuhr der berühmte Naturphilosoph fort, als sie ihren Knöchelgang wiederaufgenommen hatten, «Sie zeigen von zahlreichen Zweierbeziehungen und von beständigem exogamem Paaren auch während Ihrer Existenz. Korrigieren Sie mich, wenn ich mich irre, aber für mich sieht das aus, als würden Sie so ziemlich dasselbe tun wie die Schimpansen, *huuh?*»

Simon betrachtete die grauen Hoden, die, vor seinen Augen baumelnd, prokreative Zeit anzeigten wie das Pendel einer biologischen Uhr. Eins mußte er zugeben – ganz unrecht hatte der alte Affe nicht.

17

Schnüffelnd und schnuppernd, die Schnauze gegen das rautengemusterte Fensterkreuz seines Arbeitszimmers gedrückt, starrte Dr. David Grebe kurzsichtig in den Innenhof des Exeter College hinunter. Seine Tolpatschigkeit machte Kontaktlinsen für Grebe zum Problem, und seine Eitelkeit, zusammen mit einem überdurchschnittlich abgeplatteten Nasenrücken, verbot eine Brille. Zack Busner und sein jüngster pathologischer Protegé sollten eigentlich längst hier sein – es war Zeit fürs dritte Mittagessen. Grebe hatte sich nicht die Mühe gemacht, irgendwelche speziellen Vorbereitungen für die Mahlzeit zu treffen – eine Tischreservierung im Restaurant oder sonst etwas –, und er hatte keine Ahnung, ob Busner den Affenmenschen so sicher unter Kontrolle hatte, daß man ihn im Speisesaal oder sogar am Honoratiorentisch präsentieren konnte.

Er sah noch einmal auf seine Armbanduhr, wozu er die dichten Fellzottel an seinem Handgelenk beiseite schieben mußte, die das Zifferblatt verdeckten. Fast halb zwei, wo blieben sie nur? Der Zug aus Paddington kam um fünf vor eins an, hatten sie sich denn am Bahnhof kein Taxi genommen? Grebe kratzte sich nachdenklich die Gesäßfalte. Ob der Affenmensch es wert sein würde? Das war die Frage. Ein Wahn, der die grundlegenden Konzepte des Zeichenerwerbs betraf, war für einen Philosophen wie Grebe eine faszinierende Sache. Busner hatte am Videophon durchblicken lassen, daß Simon Dykes sensibel, intelligent und trotz seiner Ataxie zu eleganter Gestik in der Lage war. Falls das stimmte, konnte Grebe etwas dazulernen.

Neues zu lernen war Grebes innigstes Bestreben. Der kleine, gebeugte Waliser hatte zwar nur noch einen Kranz grauer Haare um seinen ansonsten kahlen Schädel, war aber erst Anfang Dreißig und hatte die steilen Stiegen und breiten Treppen der universitären Hierarchie in Windeseile erklommen, weil er sich geschickt an den schlüpfrigen Handgriffen der Macht emporhangelte. Seine Dozentur im Exeter hatte er weder mit den gewöhnlichen Methoden von Bündnis und Intrige erreicht, noch indem er sich bei einer Clique höherer Semester und frischgebackener Akademiker eingeschmeichelt hatte, sondern allein durch seine Fähigkeit, beharrlich Unmengen von Information zu absorbieren und daraus glaubwürdige Theorien zusammenzufingern.

Wo er jetzt hockte, auf der Spitze der zwanzigfächrigen Klippe eines Bücherregals, hatte er fünf weitere Repositorien des Zeichens im Blick – alle von ähnlich geologischen Ausmaßen. Grebes Studierzimmer, im Hohlraum eines Bogens über dem hinteren Tor des College gelegen, bot darüber hinaus genügend Platz für vier Aktenschränke, zwei große Arbeitstische und ein eindrucksvolles Computersystem. Das alles natürlich zusätzlich zu dem üblichen oxfordianischen Wirrwarr aus Beistelltischen, üppig gepolsterten Tutorensesseln, schwankenden Papierstapeln und noch mehr Büchern.

Denn auch wenn Grebe ein unverbesserlicher Hamsterer war, der jedes Byte an sich riß, von dem er nur glaubte, daß es ihm irgendwann nützlich werden konnte, war er kein analer Verhalter, der philosophische Information ohne Rücksicht auf ihre Verbreitung anhäufte. Im Gegenteil – und das war der Grund, warum Zack Busner ihn als Gestikulationspartner für seinen perversen Patienten ausgesucht hatte –, Grebe war ein Theoretiker mit großer Ausstrahlung.

Von Grebe stammte die Theorie, daß sich das Zeigen als schimpansliches Kommunikationsmittel direkt aus dem Lausen entwickelt habe. Lausen, so Grebe, sei zwar effektiv in den kleinen Gruppen, in denen die Schimpansen ursprünglich gelebt hatten, als sie, wie die Menschen, noch die tropischen Regionen Zentralafrikas durchstreiften, aufgrund seiner mangelnden Sichtbarkeit jedoch untauglich, um Zusammenhalt und Fortentwicklung in größeren Gruppen zu gewährleisten. Deshalb das Zeigen.

Deshalb auch – und das erklärt, warum Grebes Name nicht nur innerhalb des akademischen Zirkels bekannt war – die leuchtend aufblühende Pracht der Sexualschwellung des Schimpansenweibchens. Grebe war, zusammen mit einem Primatologenkollegen, der festen Meinung, daß der Perinalbereich primitiver Schimpansenweibchen höchstwahrscheinlich klein bis zur Unauffälligkeit war, dem des Menschenweibchens nicht unähnlich – wie merkwürdig und abstoßend das auf den zeitgenössischen Schimpansen auch wirken mochte.

Aus dem gleichen Grund mußte, so hatte Grebe argumentiert, die menschliche Fähigkeit, bis zu fünfzig verschiedene Phoneme zu erzeugen und vermutlich auch zu interpretieren, ein Beispiel für den adaptiven Irrweg der neuralen Entwicklung des Menschen sein. Die Interpretation dieser verwirrenden Laute mußte einen so großen Teil der enormen menschlichen Hirnkapazität in Anspruch nehmen, daß keine Möglichkeit mehr blieb für den «Big Bang», der in der pongiden Evolution eingetreten war.

Im Gegensatz zum Schimpansen, dessen Zeichenkompetenz sich im Verlauf von über zwei Millionen Jahren kontinuierlicher, an der Hirn-Zeichen-Interaktion orientierter Selektion entwickelt hatte, war der Mensch in einem perversen und schrillen Lautgarten steckengeblieben, mit Gestikulationsfähigkeiten, die so verkrüppelt und atrophiert waren wie seine verkrüppelten und atrophierten Finger und Zehen.

Mit Argumenten dieser Art reihte Grebe sich ein neben Größen wie Noam Chomsky und anderen Psychosemiotikern, die davon überzeugt waren, daß die Fähigkeit zu sinnvollem Zeigen allein Resultat des kompakten Schimpansenhirns war. Nahm es denn angesichts der unglaublichen Plastizität des Primatenhirns wunder, daß die neurale Überkapazität des Menschen eine selektive Herausbildung kognitiver Fähigkeiten verhinderte? So war die menschliche Fähigkeit zur Informationsverarbeitung und damit zur Erlernung von Fertigkeiten ironischerweise beschränkt durch einen Mangel an Beschränkung. Oder ganz einfach: Der Mensch hatte sich in seinem eigenen Kopf verirrt. Unfähig zur Herausbildung eines abstrahierenden Bewußtseins, auf ewig dazu verdammt, den sinnlosen Diktaten des stammesgeschichtlichen Gedächtnisses zu gehorchen und dem grausigen Gurgeln seiner eigenen, planlos produzierten Vokalisationen zu lauschen.

Aber es war nicht so, daß Grebe diese Theorien wälzte, während er in den Hof hinunterstarrte – und die adretten Hintern der Erstsemester bemerkte, die unter den Säumen ihrer Collegekutten hervorlugten –, nein, er betastete den Teil seines Selbst, der nach der Karaffe verlangte, danach gierte.

Die Karaffe stand auf einem kleinen achteckigen Tisch, der strategisch neben seinem Lieblingssessel plaziert war. Sie stand nie an einem anderen Platz. Wenn nötig, füllte Grebe oder Grebes Hausdiener sie auf und kontrollierte den Verschluß – aber sie stand nie an einem anderen Platz. War es zu früh am Tag für ein Gläschen? Grebe fuchtelte unschlüssig. Sollte ich warten und fragen, ob Busner und sein Affenmensch auch eins wollen? Es wäre wohl kaum höflich, wenn sie ankommen und mich bereits mit dem Glas in der Hand sehen.

Wie es so oft bei Gewohnheiten der Fall ist, nahm Grebes Körper ihm die Entscheidung ab. Er bog sich auf dem hohen Bücherregal nach hinten, vollführte einen uneleganten – aber nicht uneffektiven – Rückwärtssalto und landete auf allen vieren neben dem Tisch mit der kostbaren Fracht. «*Aaah*», machte der berühmte Gelehrte voller Vorfreude. Er zog den Stöpsel aus der Karaffe und schnupperte mit gekräuselter Kennerlippe daran.

In Wirklichkeit erreichten Zack Busner und Simon Dykes den Zug nach Oxford mehr als rechtzeitig. Als sie am stampfenden Ungetüm der Lokomotive entlang über den Bahnsteig knöchelschlenderten, sah Simon zum Tonnengewölbe des viktorianischen Bahnhofs hoch und bedeutete seinem Arzt: «Einige Dinge ändern sich wirklich nie.»

«*Hoh*, wirklich, *huh?*»

«Dieser Bahnhof», signalisierte Simon. «Die Qualität des Lichts ist genau dieselbe wie immer, als hätte man das ganze Gebäude in ein schmutziggrünes Meer versenkt – den Ärmelkanal zum Beispiel.»

Busner betrachtete seinen seelenkranken Schützling mit unverhüllter Freude. Es war das erste metaphorische Zeichen, das Dykes in Busners Gegenwart gemacht hatte, und die erste einem Künstler angemessene Bemerkung. Konnte das ein Hinweis auf eine weitere Aufweichung, ja Auflösung des Wahns sein?

Die Fahrt verlief ereignislos. Busner kaufte Karten für die erste Klasse, weil er annahm, daß es dort weniger Schimpansen und damit auch weniger Streß für Simon geben würde. Schließlich war es dann jedoch Busner selbst, den die Nervosität packte. Das beständige Klappern verhornter Fingerspitzen auf den Tastaturen von Laptops und das unablässige Schnattern von Geschäftsschimpansen, die an ihren Handys hingen, irritierte ihn so sehr, daß er sich kurz vor Reading zu einigen Drohgebärden genötigt sah.

Busner schnappte sich einen Armvoll der Intercity-Kundenmagazine aus dem an der Wand befestigten Halter, rannte damit den Gang auf und ab und schleuderte sie seinen

Mitreisenden in die Schnauzen. Der Vollständigkeit halber versetzte er einigen der lautesten Individuen noch einen Schlag auf den Kopf. Obwohl dies den gewünschten Effekt hatte – für den Rest der Fahrt herrschte Unlaut –, wurde er doch erkauft mit einer sehr englischen, eisigen, kollektiven Verlegenheit. Wie die Paddington Station, erkannte Simon, änderten sich einige Dinge wirklich nicht. Nie.

Als sie in Oxford den Bahnhof verließen, holte Simon Busner ein, dessen Steiß sich zielstrebig auf den Taxistand zubewegte. Tief gebückt präsentierend, fingerzeigte er: «Hätten Sie etwas dagegen, wenn wir zum College dieses Schimpansen knöchelgingen, *huuh?* Sie wissen doch, daß ich eine Zeitlang in der Nähe von Oxford gelebt habe, und ich würde gern ein bißchen was von der Stadt wiedersehen.»

«Natürlich, Simonilein», erwiderte Busner mit beruhigenden Händen, «aber, *gru-nnn,* vergessen Sie nicht, mir Bescheid zu zeigen, wenn Sie spüren, daß eine Panikattacke im Anmarsch ist.»

Simon empfand keine Angst, als sie an der Worcester vorbei und die Bartholomew Street hoch zu St. Giles schlenderten, sondern eher ein Mittelding zwischen Belustigung und Abscheu. In seiner Erinnerung war Oxford eine anmutige Renaissancestadt voller eleganter, unsterblicher Architektur und nicht dieses schäbige Straßengewirr altersschwacher Häuser, das vor Schimpansen wimmelte.

In London war der dreidimensionale Charakter des schimpanslichen Stadtlebens für Simon zwar offensichtlich gewesen, doch nicht in diesem Ausmaß. Auf der Spitze des Randolph Hotel, vom Martyr's Memorial baumelnd, über die Dächer von Balliol und St. John's tollend – wohin Simon auch schaute, sah er rangelnde, kopulierende, schwinghangelnde Studentenschimpansen. Daß so viele von ihnen die kurzen Collegekutten trugen – es war die erste Woche des Wintersemesters –, die dank ihres Schnitts die freiliegenden Hintern betonten, reizte Simon nur noch mehr zum Lachen.

Als sie um die Ecke des Balliol College bogen – zweibeinig, so dicht war der Strom der entgegenkommenden Touristen –, sah Simon eine Szene, die ihn in schallendes, fröhliches Gelächter ausbrechen ließ. «*H'h'hie-hie-hie*», klackte er. Busner blieb stehen und drehte sich zu seinem Patienten um, weil er einen neuen Anfall befürchtete, doch Simon streckte seinem Therapeuten eine beschwichtigende Hand entgegen. «*Gru-nn*», rief er und zeigte: «Schauen Sie, dort!» Busner folgte Simons Finger. Auf der anderen Seite der Broad Street befand sich eine Touristenattraktion mit dem Namen «The Oxford Experience». Simon kannte das noch aus der Zeit vor seinem Zusammenbruch, den Jahren im Brown House. Vor dem Eingang zu dieser Schaubude drängte sich eine Horde amerikanischer Touristen – sogar Simon erkannte sie als Amerikaner am Schnitt ihrer kurzen Burberry-Mäntel –, die sich mit einer Gruppe Erstsemester auf dem Rückweg von ihrer Immatrikulationszeremonie im Sheldonian Theatre vermischt hatte.

Ein paar der weiblichen Erstsemester waren in voller, prächtiger Brunst, ihre Sexualschwellungen wunderbare rosige Leuchtfeuer, die den schmuddeligen Platz erhellten. Natürlich war eine Paarungskette im Gange, und männliche Touristen rannten den Bürgersteig auf und ab und schwenkten teure Kameras und Videoausrüstungen über ihren behüteten Köpfen. Die Mischung aus Hinweisschild und Szene war die reinste Karikatur. DAS war die «Oxford Experience», Oxford, wie es leibte und lebte – rammelnde, rangelnde Tiere.

Simon fuchtelte durch die Luft. «Was mich schafft» – er deutete auf das Kuddelmuddel auf der anderen Straßenseite –, «sind diese Oxford-Studenten. Wer würde erwarten, daß die geistige Elite so belämmert ist!» Und damit krümmte er sich in einem Anfall ernsthaften Kicherns.

Busner nahm ihn bei der Hand und zog ihn am Tor des Balliol vorbei; zwischen den parkenden Autos sich hindurchschlängelnd, überquerten sie die Broad Street, und Simon kicherte noch einmal kurz los, als er die steinernen Köpfe der Schimpansenphilosophen sah, die vor dem Sheldonian auf Säulen ruhten. Sokrates mit übergroßen Reißzähnen, Plato mit einem Nasenrücken, Heraklit mit steinernem Lorbeerkranz um seine nicht vorhandene Stirn.

Vor der getäfelten Tür zu Grebes Arbeitszimmer rief Busner *«HoooGraah!»*, und als von drinnen ein Keuchruf kam, traten die beiden Schimpansen ein. Ohne recht zu wissen, was er tat, kroch Simon gebückt über den Perserteppich, drehte sich um und reckte seinen Arsch einem schrumpelschnauzigen Schimpansen entgegen, der in einem großen Sessel residierte und an einem kristallenen Sherryglas mit einer dicken braunen Flüssigkeit nippte. Wie immer war Simon erstaunt darüber, daß sein Körper automatisch wußte, vor welchen Affen er präsentieren mußte.

Grebe stellte sein Glas Scheiße auf den achteckigen Tisch und tätschelte zur Begrüßung den langen Rücken des vor ihm präsentierenden Schimpansen. Grebe hatte Simons Gang durchs Zimmer genau beobachtet und dabei die merkwürdige Atrophie seiner Glieder wie auch den Automatismus seiner Ehrerbietung bemerkt. Als Busner sich ihm näherte und die beiden ranghohen Schimpansen voreinander präsentierten, gab Grebe seinem ersten Eindruck sofort Zeichengestalt. *«Yugg-yugg»*, vokalisierte er und fingerte: «Nun, Busner, liegt hier vielleicht eine Art Heautomorphismus vor, *huuh?*»

Busner, den die Präzision dieser Fragestellung amüsierte, richtete sich neben Grebe auf, drückte den Akademiker an sich und teilte ihm dabei mit: «Nein, das ist hier nicht der Fall, *tschup-tschupp*. Er scheint uns so zu sehen, wie wir sind; und obwohl die Ausstattung seines Wahns weiterhin unverändert ist, so ist doch die Wahrnehmung seines Körpers als eines menschlichen allem Anschein nach nicht mehr ganz ungetrübt. Beobachten Sie ihn jetzt ...»

Nachdem Simon präsentiert und dabei begriffen hatte, daß seine untergeordnete Stellung ihn von der Verpflichtung zu ausführlichem Lausen befreite, schlenderte er nun an Grebes Bücherregalen entlang und zog hier einen Band mit der Hand und dort einen mit dem Fuß heraus. «Der Ausflug scheint ihm gutgetan zu haben, Grebe, mein Kleiner, *tschup-tschupp*. Das ist so ziemlich das erste Mal, daß ich ihn füßeln sehe, und eben hat er fast so etwas wie einen Witz gezeigt. Und bevor wir in London in den Zug einstiegen, überraschte er mich mit einer metaphorischen Formulierung – es war das erste Mal, daß er ein bildhaftes Zeichen verwendete, *grunnn*.»

Grebe, der mit der rechten Hand Busners Hodensack umfaßt hielt, gegenzeigte mit der linken: «Mir widerstrebt zwar, *tschup-tschupp*, diese Hast, Busnerchen, aber ich bin ziemlich hungrig, und das da» – er deutete auf das Glas – «erfrischt zwar, aber es stärkt nicht. Meinen Sie, daß, *tschup-tschupp*, Mr. Dykes im Speisesaal zurechtkommen wird, *huuh?*»

«Ich wüßte nicht, warum nicht, *grnnn*, bis jetzt ist er ja auch zurechtgekommen.»

«Gut, dann würde ich vorschlagen, wir vertagen uns bis nach dem dritten Mittagessen und kehren anschließend für eine gepflegte Gestikulation hierher zurück. Ich stehe Ihnen bis ungefähr halb vier zur Verfügung, dann muß ich zurück zur quadrumanen Quengeligkeit meiner Anfangssemester.»

Während des Essens blieb Simon ziemlich still. Die dunkle Tiefe des Speisesaals von Exeter College hallte wider von den Keuchrufen der Studenten, die an den langen Tischen eher aufeinander als nebeneinander hockten. Von der dunklen Holztäfelung starrten die gemalten Augen von Edelschimpansen, Gelehrten und Prälaten ins Dämmerlicht. Simon musterte diese Porträts von Affen in Roben, Affen in Rüstungen und Affen, deren Kragenfell sich aus Krausen kräuselte, und er staunte über die Präzision in der Darstellung jedes Fellkringelchens und -löckchens. Er sehnte sich danach, seinen Platz zu verlassen – er saß genau am Eck des erhöhten Honoratiorentisches – und sich an den uralten Handgriffen an den Wänden in die Höhe zu schwingen, um nachzusehen, ob die Qualität der Pinselführung auch bei näherer Betrachtung überzeugte.

Und noch etwas beunruhigte Simon. Grebe hatte zwar Busner vorgestellt, der dank seines Rufes sowieso allen bekannt war, aber er hatte keinen Finger gerührt, um seinen Kollegen den Grund für Simons Anwesenheit zu erklären. Dennoch hatte die Gelehrtenrunde Simon an ihre haarige Brust gedrückt. Sein direkter Nachbar – ein Physiker namens Kreutzer – wandte sich immer wieder an ihn, um ihm eine Beobachtung über das College oder das Wetter mitzuteilen.

Außerdem ließ die Professorenschaft eine Karaffe Rotwein in einer schier endlosen Runde herumgehen. Kaum war sie leer, kam ein Bedienter aufs Podium gesprungen, nahm sie und eilte davon, nur um sie Sekunden später wieder frisch gefüllt auf den Tisch zu stellen. Als die Karaffe zum vierten Mal an seinem Ellbogen auftauchte, lehnte Simon zum vierten Mal ab und richtete, um eine höflich entschuldigende Erklärung bemüht, das Zeichen an Kreutzer: «Ich bin, *u'h-u'h*, nicht ganz auf der Höhe, und ich fürchte, Wein zum dritten Mittagessen überfordert mich.»

Kreutzer riß so überrascht den Brauenwulst in die Höhe, daß er ihm vom Kopf zu fliegen drohte, und bedachte Simon mit einem spöttischen Blick: «Tatsächlich, *huuh?* Ich bin mir nicht sicher, ob er mich nicht auch überfordert, aber, *hie-hie*, die Herausforderung nehme ich gern an.»

Damit führte der süffelnde Schimpanse das volle Glas an seinen Sabbermund und kippte die Hälfte in einem Zug hinunter, wobei die Flüssigkeit seine von früherem Frönen flekkigen Zähne umspülte. Mit triefender Schnauze ließ er dann seine Finger weitererzählen: «Früher, *grnnn*, wurde man ganz selbstverständlich gefragt, wenn man sich an den Honoratiorentisch hockte, ob man ein Zwei-Flaschen-Schimpanse oder ein Drei-Flaschen-Schimpanse ist.» Aus irgendeinem Grund schien er das sehr lustig zu finden und brach in schallendes, zähneklackendes und -knirschendes Gelächter aus.

Die anderen Gelehrten hatten diese beiläufigen Zeichen wohl mitbekommen, denn auch sie fingen an zu lachen. In dem düsteren Saal hingen ihre klaffenden Münder im Halbdunkel, ihre übergroßen Zähne stachen aus ihren haarigen Schnauzen. Zum ersten Mal an diesem Tag fühlte Simon sich völlig entfremdet und entkörpert. Er sehnte sich danach, aufzuspringen und aus dem Speisesaal zu rennen, das College zu verlassen, am Cornmarket den Bus nach Tiddington zu besteigen und von dort zum Brown House knöchelzugehen. Könnte er ein Wiedersehen mit seinen Kindern ertragen? Kinder, deren Schnauzen er ohne Rasur womöglich nicht wiedererkannte?

Aber diese Fuge der Hysterie, deren Noten körperlichen Unwohlseins bereits die Tonleiter erklommen, wurde unvermittelt unterbrochen. Neben dem Lärm am Honoratiorentisch entstand nun in der Tiefe des Saals ein noch größerer Radau. Die Anfangssemester, die während des ganzen dritten Mittagessens schon sehr übermütig gewesen waren, wurden nun geradezu gewalttätig aufsässig. Sie stellten sich auf den Bänken auf die Hinterbeine und keuchriefen so laut, daß ihre Lippen sich spitzten. Sie trommelten heftig auf die Tische, und Besteck und Geschirr klapperte und schepperte.

Simon sah Kreutzers knotige und mächtige Ohren in diesem Tohuwabohu vibrieren und erwartete, daß er und die anderen Professoren auf den Tumult mit einer Dominanzdemonstration reagierten. Und wie er die Schimpansengesellschaft kannte, bedeutete das Gewalt. Aber zu seiner Überraschung stimmten die Professoren in den Lärm mit ein, indem sie auf den Honoratiorentisch kletterten und mit wehenden Talaren und leuchtenden Gesäßfalten auf und ab rannten.

So gesträubt waren die Felle der distinguierten Akademiker, daß sie beinahe zum Doppelten ihrer Größe anschwollen. Doch was Simon wie immer am meisten erstaunte, war ihre unglaubliche Flinkfüßigkeit. Wie diese Affen es nur schaffen, sich so fix zu bewegen! dachte Simon. Kein Glas wurde umgestoßen, kein Teller verschoben, während verhornter Gelehrtenfuß um nackten verhornten Gelehrtenfuß graziös auf den Damast trat.

Das Gejohle der Anfangssemester verebbte, als einer von ihnen, nachdem man ihm ein großes Glasgefäß gegeben hatte, aufrecht zum Ende des Mitteltisches gegenüber dem Honoratiorenpodium wankte, sich dort in Positur stellte und laute, mißtönende Keuchrufe ausstieß. «*HooooGrah! HooooGrah! HooooGrah!*» Unlaut legte sich über den Saal. Simon nutzte die Gelegenheit, um Kreutzers Aufmerksamkeit auf sich zu ziehen. «*HooGrah!*» rief er und fingerzeigte: «Was um alles in der Welt ist denn jetzt los, Dr. Kreutzer, *huh?*»

«Sie sind wirklich kein Oxford-Schimpanse, was, *huuh?*» gegenzeigte der Gelehrte.

«Nein, nein, ich habe an der Slade Bildende Kunst studiert.» Der Physiker musterte Simon mit zusammengekniffenen Augen und abfällig geschürzter Schnauze. «Als hätte ich gezeigt, daß ich Ballettänzer bin», berichtete Simon Busner später.

«Nun, *aaaah,* das, mein künstlerischer Freund, ist ein ‹Sconcing›, wie wir das nennen, ein Straftrunk. Es gibt gewisse ziemlich archaische Traditionen, die wir hier am Exeter hochhalten, und eine besteht darin, daß ein Student, der im Speisesaal gewisse Themen anschneidet, sich einer Strafe unterziehen muß. *HooooRaaarg!*» Diesen letzten, donnernden

Keuchruf stieß er in dem Moment aus, als der riesige Krug des Studenten von einem Bediensteten mit dunklem Ale gefüllt wurde. Die anderen Studenten waren inzwischen zu einem haarigen Haufen um den schwankenden jungen Affen zusammengeströmt.

«*Huuh*, und welche Themen sind das?» fragte Simon seinen Nachbarn.

Wieder verzog Kreutzer abschätzig die Schnauze. «Die üblichen, Politik, Religion, jede Art von Fachsimpelei –»

«Mit Fachsimpelei», gegenzeigte Simon, «meinen Sie akademische Themen, *huh*?»

«Natürlich, *wraff*.»

«Aber das deckt doch so ziemlich alles ab, worüber man gestikulieren kann –»

«Nein, nein», fingerte Kreutzer sarkastisch. «Es gibt ja noch Sport – oder das Wetter!»

Dieser Zeichenwechsel wurde unterbrochen von den Studenten, die jetzt anfingen, laut und mit anschwellendem Tempo auf die Tische zu hämmern. Der Student, der bestraft werden sollte, setzte den Krug an den Mund. Simon, neugierig geworden, konnte nicht umhin, Kreutzer zu fragen: «Ist das, *huuh*, die Strafe? Einen Krug Ale zu trinken?»

«Das sind drei Pints – und wenn Sie glauben, daß es einfach ist, probieren Sie es mal selber, *aaaah!*»

Sogar von seinem Platz aus, etwa zwanzig Fußlängen von dem Schimpansen entfernt, sah Simon, wie dessen Halsfalten sich hoben und senkten, während er das Bier in sich hineinschüttete. Er war ein eindrucksvolles Exemplar, und der Inhalt des Krugs verringerte sich schnell. «Guter Zug», fingerzeigten einige der Professoren begeistert und riefen dann *«HooGraah!»*, um den Schimpansen anzufeuern. Alles schien gutzugehen für den bestraften Studenten – es war nur noch etwa ein halbes Pint übrig –, als Simon plötzlich sah, daß sein Steiß zitterte, sich streckte. Und dann fing der

Schimpanse ohne Vorwarnung zu spritzen und sich dabei zu drehen an. Erst tauchte im wilden Wirbel seines Tanzes sein spuckender Hintern auf, dann sein sprudelnder rosiger Penis. Pisse und flüssige Scheiße regneten in immer weiteren Bögen auf die anderen Studenten. Schließlich fiel der inkontinente Derwisch vom Tisch und wurde von seinen Kommilitonen aus dem Speisesaal getragen.

Die Professoren waren keineswegs angewidert, sondern richtiggehend begeistert von dieser perversen Zeremonie. Es dauerte Minuten, bis ihre aufgeregten Schreie und ihr exaltiertes Gestikulieren verebbten. Als Simon nach einer Weile in diesem Gewirr wuselnder Hände wieder einzelne Zeichen erkennen konnte, sah er, daß Kreutzer den Finger an ihn richtete. «Sie sind doch bei Grebe zu Besuch, *huuh?*» fragte der Physiker.

«Richtig», gegenzeigte Simon.

«Na, das wird dem Perversen Laune machen – er hat ja eine Schwäche für Scheiße zum dritten Mittagessen, *hie-hie-hie!*»

Simon hatte keine Zeit, diese Bemerkung zu verdauen, denn Busner tauchte neben ihm auf und machte ihm klar, daß es Zeit sei zu gehen. Simon präsentierte vor seinem Tischnachbarn, doch Kreutzer ließ sich nur zu einem äußerst flüchtigen Tätscheln seines dargebotenen Hinterns herab. Der 3-Flaschen-Schimpanse wartete auf den Portwein, der zügig den Honoratiorentisch entlanggereicht wurde.

Der Tag, der bis dahin grau gewesen war, flimmerte in fadem Sonnenlicht, als die drei Schimpansen über Vor- und Innenhof knöchelgingen. Grebe eilte voraus, und als Busner und Simon, nachdem sie sich die steinerne Wendeltreppe hochgehangelt hatten, wieder in sein Arbeitszimmer traten, saß er bereits in seinem Sessel, die bräunliche Karaffe einladend erhoben. «Scheiße, *huuh?*» fragte der Philosoph.

«Für mich nicht, danke», gegenzeigte Busner. «Simon, *huh?*»

«Entschuldigung – was haben Sie gezeigt?» Simon machte eine verständnislose Miene.

«Ob Sie ein Gläschen Scheiße möchten?» Die Karaffe wurde geschüttelt, so daß der Inhalt leise schwappte.

«*HoooGrnnn*, wenn es Ihnen nichts ausmacht, möchte ich auch lieber nichts.»

Busner erwartete einen Ausbruch von Simon angesichts dieser Konfrontation mit Grebes Koprophilie. Busner selbst war zwar einem gelegentlichen Glas Scheiße nicht abgeneigt, aber Grebe war ein Aficionado, der, wie er wußte, in den Collegekellern eine umfangreiche persönliche Jauchegrube besaß. Mußte nicht Simon, mit seiner Überzeugung, daß er menschlich war, diesen Aspekt schimpanslichen Verhaltens unerträglich finden?

Die Antwort darauf kam sehr schnell, denn Grebe hatte seine eigenen Recherchen angestellt. Während er genießerisch, mit prüfender, tastender Oberlippe, an seiner Scheiße nippte, hob er die Füße und zehenzeigte in Simons Richtung: «Mr. Dykes, ich hätte gedacht, daß Sie als Mensch meine Koprophilie verstörend, wenn nicht gar abstoßend finden würden. Ich weiß, daß Ihre Artgenossen, sowohl in freier Wildbahn wie in Gefangenschaft, eine ausgeprägte Abneigung gegen ihre eigenen Exkremente an den Tag legen und sich oft weit von ihren Nestplätzen entfernen, um ihre Verdauungstätigkeiten zu verrichten und die Ergebnisse dann, *yugg-yugg*, zu vergraben.»

Simon hatte sich vom Bücherregal abgewandt, um den Philosophen anzusehen. Die Fahrt vom Busnerschen Heim hierher, die bizarren Szenen beim dritten Mittagessen im Speisesaal und jetzt Grebe mit seiner Koprophilie – es war ein Tag der Widersprüchlichkeiten. Denn obwohl Simon inzwischen in der Welt der Schimpansen ein wenig zu Hause war und sich unbefangener in ihr bewegte, fühlte er sein Menschsein so stark wie eh und je. Es war einfach praktisch, so argumentierte er für sich, auf allen vieren zu laufen, wie sie es taten. Diese Welt war so verkleinert, daß man sich bei einer anderen Art der Fortbewegung nur den Schädel anhauen würde. Ebenso war es nur eine Frage der Anpassung, keine Beinkleider und Schuhe zu tragen und sich gelegentlich die Gesäßfalte zu kratzen, um sich von lästigen Nissen und Flusen zu befreien. Das Zeigen ging Simon inzwischen locker von der Hand, und warum auch nicht, schließlich war die menschliche Kommunikation, das Sprechen, ebenso gestisch wie vokalisiert. Aber Scheiße essen? Nein, niemals. Dies war, wie das rasante Rundum-Rammeln, ein Zeichen wahrer Animalität. Außerdem erkannte Simon, daß er aufgrund ebendieser Tatsache keine Abneigung gegen Grebe und seine Kotkaraffe empfand: Es war Tierdung, keine Menschenscheiße und, wenn auch verflüssigt, in Kristall gefüllt und auf einen Tisch gestellt, nicht ekliger als braune Hasenköttel, die einen Hügel sprenkelten.

Und so kam es, daß Simon Grebe hinrieb: «Das stimmt. Wir, *yugg-yugg,* scheißen nur, wo wir scheißen dürfen – alles andere wäre unhygienisch. Menschliche Koprophile werden als Perverse betrachtet. Aber wenn ich mich nicht irre, Dr. Grebe, hat einer Ihrer Kollegen bei Tisch angedeutet, daß man auch Sie zu dieser Sorte zählt, *huuh?*»

Busner hielt sich an diesem Punkt zurück – wenn Simon schon Prügel bekommen sollte, dann konnten sie ebensogut von Grebe sein. Aber Grebe zog es vor, diese Unverschämtheit nicht mit Prügeln zu bestrafen, sondern auf gestischem Wege. Er reckte die Schnauze in die Höhe, als würde er die Decke anstarren, und scheinbar in die Betrachtung des Stucks vertieft, ließ er ein beidhändiges Feuerwerk belesener Rhetorik vom Stapel.

«Mr. Dykes, es würde Ihnen nicht schaden, wenn Sie sich in Erinnerung rufen, wie wir das, *yugg-yugg,* Spektakel des Menschseins betrachten. Um den ‹Cauda Caudex› zu zitieren, eine der ersten Abhandlungen, die sich mit den Tieren beschäftigen: ‹Menschen heißen so, weil sie, indem sie das vernünftige Verhalten von Schimpansen nachäffen, erscheinen, als besäßen sie ‹'mens', vulgo Geist und Verstand. Sie sind sich der Elemente sehr bewußt und sind fröhlich, wenn der Mond voll ist, und traurig, wenn er abnimmt. Menschen haben keine Schwänze. Der Teufel hat die gleiche Gestalt, einen Kopf, aber keinen Schwanz. Wenn der Mensch als Ganzes schon hassenswert ist, so ist sein Hinterteil noch schrecklicher und abstoßender ...› Nun folgen einige theologische Bemerkungen, und dann fährt der Caudex fort mit einem Hinweis, der für Ihre spezielle semantische Arroganz relevanter sein dürfte: ‹'Simia', das lateinische Zeichen für Mensch, kommt aus dem Griechischen und bedeutet: mit zusammengedrückten Nasenlöchern. Die Nasenlöcher der Menschen› – oder sollte ich zeigen, Ihre Nasenlöcher – ‹sind tatsächlich zusammengedrückt, und ihre Schnauzen sind gräßlich, mit Falten wie die eines abscheulichen Blasebalgs –›»

«HoooGrnn», keuchrief Simon leicht pikiert und fingerzeigte: «Dr. Grebe, ich verstehe, worauf Sie hinauswollen, aber bei den Menschen, um die es hier geht, handelt es sich doch sicherlich nicht um wilde, afrikanische Menschen. Dieser Text muß entstanden sein vor ihrer Entdeckung, oder zumindest vor ihrer gründlichen Erforschung durch den Schimpansen, *huuh?* Und außerdem», dirigierte Simon weiter, «wenn Sie unbedingt semantische Haarspaltereien betreiben wollen, was bedeutet dann ‹Mensch› genau? Können Sie mir das erklären?»

Grebe nahm einen Schluck Scheiße, bevor er antwortete. Busner sah, daß er die Gestikulation genoß – er erfuhr Neues und hatte noch mehr mitzuteilen. Außerdem war Busner beeindruckt von seinem Protegé – Simons leidenschaftliche Verteidigung seines Wahns war an und für sich eine höchst eindrucksvolle Manifestation desselben.

Grebe sprang aus seinem Sessel und schwang sich zu seinem Arbeitstisch, wo er ein Blatt Papier heraussuchte. Er gab es Simon mit den Zeichen: «Das dürfte Sie interessieren, Mr. Dykes, *h'huuh?* Wissen Sie, ich habe Ihre Frage erwartet und einem Verbündeten in London ein E-Mail zu diesem Problem geschickt, weil ich ja wußte, daß Busner Sie zu mir bringen würde – einem Dr. Phelps von der Schule für Orientalische und Afrikanische Studien. Vielleicht, *grnnn,* interessiert Sie seine Antwort, *huh?*»

Simon nahm den Ausdruck und las das folgende:

HooH'Graah.

Lieber David,

betreffend die Menschen. Ich habe den anerkannten Experten für Zeichen mit afrikanischer Herkunft gefragt, und er schrieb mir:

Die frühesten Belege für «Mensch» deuten darauf hin, daß der Begriff den «Eingeborenen in Angola» bezeichnet. Im Kimbundu (einem angolanischen Zeichensystem) heißt es «kimenhentse», in Fiot (einem Zeichensystem in Cabinda) «kikh'menhentse» und im Kikongo-Zeichensystem, wie es in Zaire verwendet wird, ist es «ki-kh'menhentsi» (das Präfix ki- ist ein Substantiv-Marker).

Auf meine Frage, ob diese Zeichen etwas bedeuten, schrieb er:

All diese Zeichen werden einfach als «Mensch» transkribiert, andere Bedeutungen werden nicht beschrieben.

Ich hoffe, das hilft weiter. H'hoooh, Nigel.

Simon blieb eine Weile zeichenlos, nachdem er das gelesen hatte. Phelps' Mitteilung verströmte eine greifbare Kälte, einen Eiszapfen des Wissens, der sich in Simons Überzeugungen bohrte. Als er es nun so schriftlich fixiert sah, in trockenen akademischen Zeichen, konnte er es beinahe glauben, sich das

Eingeständnis aufsetzen wie einen Hut – und dann wieder abnehmen. Aufsetzen – abnehmen. Aber wenn er es zu oft aufsetzte und wieder abnahm, würde es wie ein echter Hut ein Phantomgefühl hinterlassen, und dann hätte er wohl das letzte Rudiment seiner Menschlichkeit verloren.

Simon erhob sich und kratzte sich die Gesäßfalte. Er trug ein Sakko, das er sich für den heutigen Tag von Busner geborgt hatte, ein Tweedstück – alle Sakkos Busners waren aus Tweed, seinen Smoking hob er sich für Anlässe auf, die schwarze Krawatten verlangten. Es kitzelte Simons Gesäßfalte, wenn er es nicht ein bißchen hochzog und entblößte, was er inzwischen, aus reiner Gewohnheit, als sein prächtiges, leuchtendes Arschloch betrachtete. Bei einer solchen Debatte, dachte sich Simon, ist es wirklich besser, wenn man seinen Arsch rausstrecken kann.

Er richtete sich auf, stolzierte ein wenig hin und her und wedelte mit Phelps' Notiz. «*HoooGrnn*», vokalisierte er und zeigte: «Dr. Grebe, Sie wollten mit mir über mein Konzept des menschlichen Zeichensystems gestikulieren – können wir fortfahren, *huuh?*» Grebe sprang, nach einem weiteren Schluck von seinem Kot-Cocktail, auf die Hinterbeine. Die wenigen Haare auf seinem Schädel waren aufgerichtet und bildeten einen eigentümlichen Sagittalkamm.

«*Yugg-yugg*, ich gratuliere Ihnen», dozierten seine Finger, «zu Ihrer Gelassenheit, Mr. Dykes. Für einen Schimpansen, der mit einem so eigentümlichen Glaubenssystem geschlagen ist, halten Sie sich sehr gut. Ausgehend vom Bericht Ihres Arztes über Ihren Zustand habe ich angenommen, daß Sie an einer Form der Aphasie leiden, bei der Sie zwar nicht in der Lage wären, Zeichen per se zu verstehen, jedoch, dank einer außergewöhnlichen Sensibilität für das Tempo des Zeichenfalls, fähig, das Gezeigte als Ganzes zu begreifen, *grnnn*.»

An diesem Punkt griff Grebe, der offensichtlich immer

mehr Gefallen am Dozieren fand, zu einer Technik, die er gerne benutzte, um seine Studenten in Schach zu halten. Er sprang auf die Rückenlehne des Sessels, so daß seine Füße auf den beiden Ohrstützen standen, machte dann einen Satz und klammerte sich mit den Händen an den Kronleuchter. Alles Folgende zeigte er, so elegant wie arrogant, ausschließlich mit seinen Zehen. *«H'huuh»*, fuhr er nun, von seinem kopfstehenden Pendelpodium aus, fort. «Entweder das, oder aber der genau entgegengesetzte Zustand, ein Verlust dessen, was die Psychosemiotiker als ‹Tempogefühl› bezeichnen, ein Verlust der Fähigkeit also, die ‹Zeichenfärbung›, wie ich es analog zu Freges ‹Klangfarben› nennen möchte, zu identifizieren. In anderen Zeichen also, eine Agnosie des Tempos oder Atempie. Ich hoffe, mein Arsch hängt ihnen nicht zu hoch, *huuh?*»

Simon, der die runzlige Rückseite des Professors mit seinen Blicken verfolgte, gegenzeigte: «Keineswegs, Dr. Grebe – keineswegs.»

«Gut, *grnnn*. Nun besteht aber, wie Sie zweifellos wissen, Gestikulation nicht nur aus Zeichen, sie besteht aus der Darstellung, der Darstellung des ganzen Seins, nicht nur der reinen Zeichenerkennung. Und Sie wollen mir tatsächlich vormachen, daß in Ihrem Bewußtsein eine völlig unterschiedliche Methode der Gestikulation existiert, die auf vokalisierten Phonemen beruht, *huuh?*»

«Genau dies, Dr. Grebe. Wir Menschen vokalisieren hervorragend, aber wir können natürlich auch Gesten interpretieren. Um genau zu sein, umfaßt das menschliche Zeichensystem sowohl bedeutungstragende Zeichen, die durch Laute ausgedrückt werden, wie visuelle Indikatoren, die sich in Gesten manifestieren. Das Zeichensystem ist die, *grnnn*, Gesamtheit und entsteht aus der Interaktion der beiden semiotischen Ebenen.»

Nach diesem Zeichenschwall hockte Simon sich, hoch zufrieden mit der Eleganz seiner Gestik, auf den Perserteppich.

Auch Busner war beeindruckt und kroch zu Simon, um ihm zärtlich das Lendenfell zu kraulen. Grebe jedoch ließ sich nicht so leicht den Schwung aus den Zehen nehmen. Noch immer vom Kronleuchter baumelnd, versetzte er Simon den endgültigen Schlag. «Meiner Ansicht nach», zeigte er prätentiös, «gibt es kaum einen Unterschied zwischen den beiden Zeichensystemen. Außer, *gru-unnn*, Sie wollen uns hier ein Zeichensystem skizzieren, in dem die Bedeutung der Gesten nur von einem Individuum verstehbar ist – und das ist, wie wir von Wittgenstein wissen, eine Unmöglichkeit. Ich nehme doch an, daß dies nicht auf das Zeichensystem zutrifft, das Sie mit diesem Ruf *Sprache* bezeichnen, *huuh*, Mr. Dykes?»*

Trotz des besänftigenden Kraulens, das der berühmte Naturphilosoph seinem Hodenfell zukommen ließ, fand Simon diese herablassenden Zehenzeige so gut wie unerträglich. Grebe versuchte, seine Überzeugungen von innen her auszuhöhlen, um damit den Unterschied zwischen Simons Erinnerungen an die Menschheit und diesem – so abscheulich didaktischen – Planeten der Affen zum Einsturz zu bringen.

In seinen Eingeweiden ballte sich die Erinnerung zu einem dichten Knäuel zusammen. Es bestand aus all den Dingen, die er an der menschlichen Stimme am meisten schätzte: die unbeschreibliche Schönheit von Jessye Normans Vortrag von Strauss' «Vier letzte Lieder»; der Wohlklang und die Vitalität einer Shakespeare-Deklamation; die grollende Koloratur von Mandelstam-Gedichten im russischen Original; oder eine knisternde Aufnahme von Bernard Shaw, wie er der Welt den Kopf zurechtrückte. Der Klang der Regengesänge afrikani-

* Hier zeigte Dr. Grebe wohl sein wahres Gesicht und hätte zweifellos John B. Watson, dem Begründer des modernen Behaviorismus, zugestimmt, der behauptete, daß abstrakte Konzepte für das Denken irrelevant seien, da jedes natürliche Denken in Form von sensomotorischen Prozessen der Finger und Zehen ablaufe. Anmerkung des Autors.

scher Eingeborener drang an sein inneres Ohr, ebenso die Stimmen von Aborigines-Ältesten, die singend ihr zeitloses Traumland heraufbeschworen. Was war mit Billie Holiday, wie sie einen hohen Ton reinsten Zuckers anstimmte, oder dem süßen Plappern eines Kindes – eines seiner eigenen Kinder? Und es gab noch mehr, viel mehr, die sanften Koseworte einer Geliebten, Atem wie Liebkosungen in seinem Ohr; oder die heftigeren Aufforderungen einer Geliebten – Sarahs Aufforderung, fick mich ... fick mich ... fick mich! Alles verloren? Alles nie gewesen?

Der einstige Künstler, seiner Lebensperspektive beraubt, sah hoch zu dem verkürzten Anblick des Affen, der über seinem Kopf baumelte. Seine Augen folgten der haarigen Furche zwischen Gesäßfalte und Hodensack. Simon richtete sich auf und trommelte auf den Sitz von Grebes Sessel. Busner stellte bestürzt fest, daß Simons Fell rundum gesträubt war, Haare ragten aus dem Kragen des geborgten Sakkos heraus, das Kopffell war stachelig wie das eines Punkers.

Dann stieß Simon die erstaunlichste Vokalisation aus, die Grebe oder Busner je gehört hatte; eine völlig überzeugende Imitation eines wütenden wilden Menschen und doch durchdrungen von einer unheimlich sichtbaren, grundlegend schimpanslichen Bedeutungshaftigkeit. *«Du-verdammter-scheißefressender-Affe!»* kreischte er. *«Ich-sollte-dir-ein-neues-Arschloch-reißen!»* Und dann, nachdem er die Fallkurve des Philosophen mit eindeutig schimpanslicher Präzision abgeschätzt hatte, sprang er hoch, packte Grebe bei den Hoden und riß ihn von der Decke.

Der Professor stürzte mit lautem Knall zu Boden und stieß dabei die kostbare Karaffe um, so daß ihr ekliger Inhalt den Teppich bräunte. Simon kannte keine Gnade, er verdrosch den Experten für Psychosemiotik und menschlichen Zeichenerwerb mit kräftigen, schwungvollen Schlägen, die laut durch das Arbeitszimmer hallten.

Es war, schlicht und einfach, kein Kampf von Ebenbürtigen, und binnen Sekunden ragte Grebes blasser Hintern in die Höhe, und seine noch blassere Schnauze war in die Pichelflecken gedrückt. «*Iieek!*» vokalisierte er und «*Aaaargh*» und fingerzeigte: «Bitte, bitte, Mr. Dykes – Sir! Ich bewundere Ihre künstlerische Weitsicht. Ich verehre Ihre, *hoooh-wraah*, Gesäßfalte! Ich verneige mich vor der prächtigen Strahlkraft Ihres Arschlochs! Ich erkenne Ihre Oberherrschaft an – jetzt und, *hooh*, für alle Zeit!»

Simon hörte natürlich auf, Grebe zu schlagen, und gewährte ihm das notwendige tröstende Lausen, zu dem der hierarchisch Höherstehende verpflichtet war. Obwohl er in Wahrheit Grebe gern angetan hätte, was er ihm in seinen Vokalisationen angedroht hatte – wenn er sich nur hätte erinnern können, was es war.

Als Simon und Busner später durch die Markthalle knöchelgingen, konnte Busner nicht umhin, seine Bewunderung für den Mumm seines Patienten mit einem spontanen Keuchruf auszudrücken. «Hat Ihnen», fingerzeigte er Simon, der sich eben die x-te Baktria dieses Tages anzündete, «diese Dominanzdemonstration eigentlich Spaß gemacht, *huh?* Ich weiß, Sie sind nicht so unschimpanslich, daß Sie das kaltgelassen hätte.»

Simon blinzelte den avantgardistischen Anxiolyse-Forscher durch sein Nikotinmiasma an und gestikulierte mit seinem Sonderangebots-Wegwerffeuerzeug: «Ich will Ihnen zeigen, was mich beschäftigt, Dr. Busner. Wenn wir, wie Grebe skizzierte – und meine persönlichen Sinneseindrücke scheinen das zu bestätigen –, in einer Welt leben, in der die visuelle Gestikulation erst- und die akustische nur zweitrangig ist, dann ist doch bestimmt die Erfindung des Fernsehens der Erfindung des Radios vorangegangen, *huuh?*»

«Das stimmt», gegenzeigte Busner mit gerunzeltem Brauenwulst, «genauso war es. Ich glaube nicht, daß es das Radio lange vor dem Zweiten Weltkrieg gab. Es wurde erfunden von einem Schimpansen names Logie Baird – einem Schotten, soweit ich weiß.»

«Und wie hat er das Radio erfunden, *huh?*»

«Durch Zufall, durch einen reinen Zufall. Eines Tages ging er in sein Labor, und sein Forschungsassistent hatte in einem Schrank einen Fernseher laufen lassen. Und Baird tat nichts anderes, als die Schranktür zu schließen. Können wir jetzt weiterhoppeln, *huuh?*»

18

In London hatte ein deutlich weniger hilfsbereiter – wenn auch verquer unterwürfiger – Forschungsassistent eine außerordentliche Versammlung der Allianz gegen Busner einberufen. Anwesend waren seine Mitverschwörer: Whatley, der abgespannt und müde aussah, und Phillips, der inzwischen unübersehbar krank war. Whatley hatte eine ziemlich genaue Vorstellung davon, was Phillips fehlte – trotz des Halstuchs, das der Schimpanse trug, konnte er deutlich die Flecken des Kaposi-Sarkoms erkennen. Der Psychiater fragte sich, wie Phillips sich wohl mit SIV infiziert hatte, war aber so untypisch taktvoll, ihn nicht danach zu fragen.

«Na, *grnnn*, Gambol, ein amüsanter Ort, den Sie für unser Treffen ausgesucht haben, *huuh*? Aber gar nicht so unpassend.» Phillips deutete auf die Wände des Restaurants, die mit einem riesigen Fresko bedeckt waren. Es war eine grelle Dschungelszene im Stil des Zöllners Rousseau. Zwischen zwei breiten, gesprenkelten Blättern ragte die viehisch stumpfe Schnauze eines erwachsenen männlichen Menschen hervor. Tiefer im Unterholz waren die ähnlich animalischen Gesichter von Weibchen mit Kindern auf dem Rücken zu erkennen. Die nackten Zitzen der Menschenweibchen stachen aus diesem zweidimensionalen Unterholz wie die Läufe milchschießender Gewehre.

Das Menschenmotiv war ermüdend allgegenwärtig. Auf den Speisekarten prangten Strichzeichnungen tanzender Menschen, an der Decke klebte ein großes – und seltenes – Foto von zwei Menschen, die Schnauze an Schnauze kopulierten, die Hinterbeine des Weibchens um die Taille des Männchens verschränkt, ihre zeichenlosen Zehen gespreizt. Sogar die Kellner im Human Zoo – denn so hieß dieses Themenrestaurant – trugen Menschenkostüme aus einem Synthetikgewebe, dessen Struktur die gummiartige Beschaffenheit der Haut dieser Tiere imitierte.

Whatley deutete auf einen dieser Kellner. «Warum hat denn der da eine schwarze Haut, Gambol, *huuh?* Ich wußte gar nicht, daß es auch Menschen mit schwarzer Haut gibt.»

Gambol hob den Blick von einem Blatt Papier, das er eben überflogen hatte. «Entschuldigung, haben Sie etwas gezeigt, *huh?*»

«Der schwarze Mensch, *yugg-yugg*», wiederholte Whatley verärgert.

«Doch, doch, die können schon schwarz sein. Der Kellner da soll ein Exemplar des westlichen Menschen darstellen, der lateinische Name lautet ‹Homo sapiens troglodytes verus›. Es gibt auch zentrale und östliche Subspezies –»

«Wie verschiedene Rassen, *huuh?*» unterbrach ihn Whatley. «Als wäre dieser Mensch ein Bonobo, *huuh?*»

«So ungefähr.»

«Unterscheiden sich die schwarzen Menschen von den anderen, so wie Bonobos sich von europiden Schimpansen unterscheiden, *huuh?*» Dieser Einwurf kam von Phillips, der von dem Kellner in seinem schwarzen Bodystocking ebenso fasziniert war.

«Keine Ahnung», gegenzeigte Gambol. «Ich bin klinischer Psychologe, kein Anthropologe, *yugg-yugg.*»

Obwohl Phillips die unwirsche, verärgerte Art von Gambols Zeigen bemerkte, fuhr er fort: «Ich meine, sind sie gute Tänzer und Unterhalter wie die Bonobos, *huuh?* Gute Sportler und so, *huh?*»

«*Wraaaf!*» bellte Gambol – vor einem so kranken Phillips hatte er keine Angst. «Halten Sie doch endlich die Finger, Phillips, dieser Kellner kommt an unseren Tisch, um unsere Bestellung aufzunehmen, und er ist wirklich ein Bonobo. Vergessen Sie nicht, unter dem Fell sind wir alle gleich.»

Natürlich hatte genau die Tatsache, daß der Cryborg-Schimpanse dies nicht glaubte, ihn in so tödliche Schwierigkeiten gebracht. Bisexuell, wie er war, und einem schmutzigen Spielchen mit Bonobos nicht abgeneigt, gehörte Phillips zu jenen westeuropäischen Männchen, die es amüsant und stimulierend fanden, in zentralafrikanische Länder zu reisen und mit den Einheimischen zu verkehren. Das Ergebnis dieser Eskapaden war die Krankheit, die ihn nun vor den Augen seiner Verbündeten umbrachte. Alle drei waren sich deutlich der Ironie bewußt, daß der Bonobo, der Phillips mit SIV infiziert hatte, sich womöglich durch den Biß eines wilden Menschen angesteckt hatte.

«*HooGrah*», vokalisierte der Bonobo in dem schwarzen Bodystocking und zeigte: «Darf ich Ihre Bestellung aufnehmen, meine Herren, *huh?*»

«*Huh,* was ist dieses ‹Nur Bananen›?» fingerte Gambol auf die Speisekarte.

Der Bonobo-Kellner kratzte sich seinen falschen Schritt, bevor er gegenzeigte: «Das ist ein Gericht, das wir nach unserer Filiale in der Wardour Street benannt haben – ein Crostini mit Eichhörnchenhirn auf Bananenmus. Es ist sehr beliebt, *grnnn'yum.*»

«*HooGrah,* dann nehme ich das und als Vorspeise die Suppe.»

Die anderen Schimpansen bestellten ebenfalls, und der Kellner notierte sich ihre Wünsche trotz seines lächerlichen und hinderlichen Kostüms mit äußerst geschickter linker Hand. Dann eilte er davon, und die drei konnten ungestört die Hände über die Situation mit Busner ringen. *«Yugg-yugg»*, hüstelte Whatley und zeigte: «Ich glaube, es ist an der Zeit, daß wir den Sprung wagen und Busners krasses Fehlverhalten der Gesundheitsbehörde melden. Nicht nur, daß er diesen schwer gestörten Schimpansen allerorten vorführt, es ist auch so gut wie sicher, daß Dykes' Wahn, Psychose oder was immer eine Folge von Busners irregeleiteter Beteiligung an illegalen Medikamentenversuchen ist, *wraff!*»

«Ganz meine Meinung», wedelte Phillips. «Welcher Respekt Busner für seine Leistungen in der Vergangenheit auch zustehen mag – und sogar das ist strittig –, sein jetziges Verhalten ist doch unbestreitbar ärztliche Fahrlässigkeit. Wir müssen etwas tun!»

Whatley, der Gambol am Oberarm gefaßt hatte, fingerte seine Zeichen mit Nachdruck in dessen Fell: «Gambol, *huuh*, glauben Sie, Busner weiß, daß Dykes womöglich ein Opfer von Inclusion ist und sein Menschenwahn von diesem Medikament ausgelöst wurde?»

«Meine Herren, daß er zumindest eine Ahnung hat, dürfte außer Zweifel stehen. Er weiß, daß Anthony Bohm Dykes' Hausarzt war. Er weiß, daß Bohm bei diesen illegalen Inclusion-Versuchen der durchführende Arzt war. Ob er allerdings Dykes davon etwas mitgeteilt hat, da kann man nur raten –»

«Nun», warf Phillips wieder dazwischen, «aber die Sache ist doch die, daß auf jeden Fall etwas unternommen werden muß, *huh?*»

«Genau, und deshalb habe ich auch diesen Brief an die Gesundheitsbehörde mit allen Einzelheiten von Busners Fehlverhalten aufgesetzt. Ich habe hier zwei Kopien, vielleicht lassen Sie sich die ein wenig durch die Finger gehen, und wenn wir dann Einigung über die Formulierung erreicht haben, können wir das Ding abschicken, *huuh?*»

Natürlich hatte, wie Gambol vermutete, der Erfinder der psycho-physischen Methode zur Behandlung mentaler Pathologien und organischer Funktionsstörungen mehr als nur eine Ahnung von seiner potentiellen Verwicklung in die Ursachen von Dykes' drastischem Zustand. Aber, so dachte Busner, aus einer solche Liane verwickelter Kausalität ließ sich wohl kaum die Frage nach SCHULD herleiten. Er und Dykes saßen nun mal im selben Boot – sei's drum. Dykes konnte durchaus einen tatsächlichen neurologischen Schaden haben, ob angeboren oder erworben, oder er konnte sich in den Klauen einer unglaublich barocken Psychose befinden. Keine der Möglichkeiten stellte ihr Vorgehen in Frage. Jeden Tag konnte Busner Veränderungen an Simon entdecken. Er paßte sich, schloß der Psychiater, an seinen merkwürdigen phänomenologischen Filter auf die gleiche Weise an, wie jeder in seiner Wahrnehmung stark behinderte Schimpanse sich an seine Zwangslage anpassen würde, ob nun Blindheit und Fingerschweigen oder Taubheit und Unlaut.

Busner war sich aber bewußt, daß es nicht mehr lange dauern konnte, bis unbequeme Fragen über seine Beziehung zu Dykes aufgeworfen wurden. Gambols Abwesenheit sowohl von der häuslichen wie der beruflichen Sphäre ließ auf die Bildung eines neuen Bündnisses schließen. Nun, dachte Busner, während er Simon Dykes' Steiß durch die überfüllten Gänge und die keckernde Kakophonie der Markthalle folgte, wenn meine Verwicklung in den Seelenzustand dieses armen Schimpansen den Verlust meiner ärztlichen Zulassung zur Folge hat, dann sei's drum. Meine gesamte Philosophie und Karriere fußt auf meiner Ablehnung dürrer funktionalistischer Kategorien; es wäre ein angemessenes Ende meiner Herrschaft als Alpha.

Aber diese Spekulationen – ertastet und untersucht auf Busners gewohnte Art, als wären sie Termiten des Denkens, die er aus einem Hügel der Erkenntnis pulte – kamen zu einem abrupten Ende, als Busners Schnauze gegen Simons Hintern stieß. *«Tschup-tschupp.»* Der mächtige Lippenrand des radikalen Psychoanalytikers kräuselte sich genießerisch, als er den Duft von Simons Gesäßfalte einsog.

«Huh-huh-huh», keuchte Simon und fing an zu husten. Er war stehengeblieben, um sich wieder eine seiner zahllosen

Baktrias anzuzünden. Busner hatte zwar prinzipiell nichts gegen das Rauchen – auch wenn Simons Mangel an händischer Geschicklichkeit bedeutete, daß sein Brustfell mit Brandflekken übersät war –, aber er hegte die Befürchtung, daß es einen Rückfall in den Teufelskreis des Suchtmittelmißbrauchs bedeuten konnte.

Aber das war es nicht, was Simon beschäftigte. Er hockte da, paffte seine Zigarette und betrachtete die Packung mit gerunzeltem Brauenwulst. «Diese Zigaretten», fingerzeigte er. «Irgendwas stimmt nicht ganz mit denen.»

«Vielleicht zu stark, *huuh?*»

«Nein, nein, das ist es nicht. Es ist nur so, daß das Tier auf der Packung zwei Höcker hat –»

«Weil es ein baktrisches Kamel ist, Simon, die haben zwei Höcker.» Busner kniff seinen Protegé in den Pelz.

«Ich weiß – das ist mir durchaus bewußt. Aber in meiner Erinnerung» – ein nichtssagendes Fingerflattern –, «in meiner Erinnerung ans Menschsein habe ich immer Camels geraucht.»

«Camels, *huuh*. Sie wollen damit also zeigen, daß Baktrias auf Ihrem, *gru-nn*, Planeten der Menschen Camels heißen?»

«Genau, *h'hie-hie-hie*, was für eine absurde und triviale Verdrehung – fast schon komisch, *huh?*»

«Es ist allerdings, *klack-klack*, nicht sehr komisch, wie Sie sich mit diesen Baktrias Ihr Brustfell verunstalten», gegenzeigte Busner und tupfte zärtlich Speichel auf eine besonders wunde Stelle unter Simons linker Brustwarze. «Und jetzt müssen wir uns wieder auf den Weg machen; Hamble wird schon auf uns warten – ich weiß doch, wie er ist.»

Tatsächlich wartete Hamble, der zweite von Busners prospektiven Wahnlösern, bereits, als das Taxi – gefahren von einem ärgerlich zappeligen Bonobo – den steinigen Feldweg von

Eynsham her heraufgezockelt und vor seinem Haus zum Stehen kam.

Hamble kauerte auf allen vieren und starrte die Ankömmlinge über die Weißdornhecke hinweg an, die seinen Garten umzäunte. Aber sein Brustkorb war so mächtig und seine ganze Erscheinung von einer so wüsten Zotteligkeit, daß er für Simon einen höchst animalischen Anblick darstellte. Um so mehr, als er nichts anhatte außer einer alten Armee-Tarnjacke, die nicht einmal zugeknöpft war. Mit seinen riesigen Schultern und dem kräftigen Atem, der in die Herbstluft dampfte, sah Hamble aus wie der Inbegriff eines Schimpansen. Sah aus – dachte Simon, während er die bukolische Lage von Hambles Haus auf sich wirken ließ, den Garten voller Apfelbäume auf der einen und sanft wellige Stoppelfelder auf der anderen Seite – genau wie ein Wesen, das aus einem Zoo geflohen ist.

Hambles Schnauze war blaß für die eines erwachsenen Männchens, aber er hatte ein besonders lockiges, rötliches Backenfell, das man schon fast Koteletten nennen konnte. Und diese, zusammen mit seinen gebleckten Reißzähnen, genügten, um Simon vollends zu verunsichern, so daß er sich, während Busner den Taxifahrer bezahlte, verpflichtet sah, mit äußerster Ehrerbietung zu keuchrufen und dann rücklings, mit hoch erhobenem Arsch, die Falte nervös gefurcht, über den Rasen zu kriechen.

Aber Hamble war so exzentrisch, wie Busner angedeutet hatte. Er trommelte nur höchst flüchtig – und notwendigerweise geräuschlos – auf die Hecke, keuchrief ebenso schwach wie Simon und fing dann an, ihn sanft zu lausen und ihm dabei mitzuteilen: «Bitte, Mr. Dykes, darf ich Sie Simon nennen, *huh*? Erniedrigen Sie sich nicht mit soviel Ehrerbietung. Natürlich erkenne ich Ihre Unterwürfigkeit freudig an, aber es ist, *tschup-tschupp*, wirklich unnötig!»

Simon hob den Kopf über Arschhöhe und musterte seinen

Gestikulator. Hambles Mund war geöffnet, doch die Oberlippe bedeckte seine Zähne, was ihm einen harmlosen Ausdruck gab. *«H'huuh?»* keuchrief Simon.

«Natürlich», erwiderte Hamble. «Sie dürfen nicht vergessen, was Coleridge in seinem ‹Epigramm› schrieb: ‹Er sah eine Hütte mit doppelter Remise / eine Hütte von Stand; / Und der Teufel, der grinste, denn seine Lieblingssünde / ist Hochmut im Demutsgewand›, *huuh?*»

Simon betrachtete die grinsende Schnauze des großen Schimpansen, die gutmütigen Fältchen an den Augen, und ohne groß darüber nachzudenken, was er tat, richtete er sich auf und umarmte Hamble. Es tat mehr als gut, die schlangengleichen Arme um seinen Körper, das beruhigende Kneten von Hambles Händen zu spüren. Nach einigen Sekunden lösten sie die Umarmung, und Simon zeigte: *«Hoh,* Dr. Hamble, *tschup-tschupp,* ich kann Ihnen gar nicht zeigen, wieviel es mir bedeutet, Sie diese Zeilen zitieren zu sehen. Coleridge ist einer meiner Lieblingsdichter. Erst am Tag vor meinem Zusammenbruch ging mir ein Bild von ihm durch den Kopf, sein Vergleich des Geistes mit einem aufgeregten Schwalbenschwarm, der sich trennt und wieder vereinigt –»

«Wie eine Schimpansengruppe», warf Hamble dazwischen.

«*Huuh?* Nun ja, vermutlich wie eine Schimpansengruppe. Aber ich dachte an den menschlichen Geist – finden Sie das absurd, *huh?*»

Ohne seine schelmische Miene abzulegen, wandte Hamble sich Busner zu, der auf drei Gliedern, die Aktentasche unter einem Arm, vorsichtig über den schlammigen Rasen hoppelte. Die beiden ranghohen Männchen präsentierten voreinander auf die flüchtige Art alter – aber keineswegs enger – Verbündeter.

«HoooGrah», keuchrief Busner, und Hamble erwiderte den Ruf und zeigte: «Also nein, Zack Busner, Sie sehen aber

gut aus. Ich habe Sie nicht mehr gespürt seit … wie lange ist das her, *huuh?*»

«Das müssen schon ein paar Jahre sein, Raymond», gegenzeigte Busner. «Seit diesem katastrophalen Kneipenbummel mit McElvoy, nach seinem Vortrag in der Royal Society, *grnnn.*»

«Katastrophal», fingerte Hamble flüchtig, «nur wegen des Tourettikers, den Sie dabeihatten. Wenn Sie sich erinnern, es waren seine unangemessenen Vokalisierungen, die uns diese Schlägerei bescherten. Also ehrlich, Zack – dieses ganze Keuchgeschrei!»

«Tja, Raymond, das tun sie eben, die Tourettiker – unangemessen keuchrufen. Aber was soll's», fuhr Busner mit sanftem Fingerspiel in Hambles dichtem Lendenfell fort, «jetzt, *tschup-tschupp*, spüren wir uns wieder, und das ist doch das einzige, was zählt, *huuh?*»

Hamble bleckte die Reißzähne und ließ ein lautes zähneklackendes Kichern hören. «*Klack-klack-klack*, also, Zack, daß Sie immer das letzte Zeichen haben müssen. Aber jetzt würde ich zeigen, daß Simon, wenn ich mich nicht sehr irre, eine einstweilige Trennung von Ihrer Person guttun würde. Warum lassen Sie uns nicht eine Weile allein gestikulieren und machen einen Spaziergang? Es sieht aus, als würde es ein schöner Nachmittag werden.»

Busner nahm diese Zeichen so, wie sie gemeint waren. Warum nicht? dachte er. Hamble ist so gutmütig, wie es ein Schimpanse nur sein kann, und seine Verschrobenheit machte es ihm womöglich leichter, auf Simon einzugehen. Busner brach das eindringliche Lausen ab und richtete sich auf. «Und wohin soll ich rennen, Raymond, in diese Richtung da, *huuh?*»

«Ja, warum nicht, da kommen Sie zum Fluß hinunter, aber passen Sie auf der unteren Weide auf, der Farmer hält dort Hunde, und die können ganz schön frech werden.»

Busner drückte Simon einen Schlabberschmatz auf die Schnauze und gab ihn, zusammen mit seiner Aktentasche, in Hambles Obhut. Das letzte, was die beiden von dem berühmten Naturphilosophen – wie er sich selbst gern nannte – sahen, war sein prominentes Perineum, das wie eine rosa und gelbe Blume erst hier, dann dort zwischen den winterharten Sträuchern am Ende des Gartens auftauchte.

Hamble grunzte, nahm Simon bei der Hand und führte ihn ins Haus.

Die nächsten Stunden waren die stimulierendsten, konzentriertesten und körperhaftesten, die Simon seit seinem Zusammenbruch erlebt hatte – und die beunruhigendsten. In einer Hinsicht war Busners Einschätzung von Hambles Einfluß korrekt, als nämlich das Wissen des Naturforschers über alles, was mit Anthropologie zu tun hatte, so spielerisch kneifend und liebkosend vermittelt wurde, daß Simon sich schon vom Vorspiel zu einer größeren Akzeptanz seiner Schimpansität verleitet sah.

Zugleich aber verstärkten Hambles offensichtliche Verschrobenheit, sein merkwürdiges Haus und sein eindeutig schimpansliches Verhalten Simons Gefühl des zunehmenden Verlusts seiner Menschlichkeit. Das war das eine, das andere war die Tatsache, daß Simon vor seinem Zusammenbruch Hambles Bücher gelesen hatte und sich ein geistiges Bild des Schimpansen als Menschen und seines Backenfells als echter Koteletten bewahrt hatte. Und Hamble machte es Simon nicht gerade leichter, indem er ihm einen Joint anbot.

Doch das kam später. Zuerst betraten sie den Bau, wie Hamble sein Haus nannte. Dies wurde verdeutlicht durch das Basrelief einer ihre Jungen säugenden Füchsin, das die Oberschwelle der alten Eichentür zierte, durch den krummen, mit erdfarbenem Teppich ausgelegten Flur, der dahinterlag, und die anderen krummen Gänge, die von ihm abzweigten und in erdhöhlenähnlichen Zimmern endeten. Noch auf dem Flur trafen sie drei aus Hambles großer Kinderschar, und beide Erwachsenen blieben stehen, um sie zu kitzeln und ihr spielerisches Posieren zu beklatschen.

Nicht nur die Kinder machten das Knöchelgehen im Bau ziemlich schwierig. Wohin Simon seine Füße oder Hände auch stellte, überall lag irgendein Ding. Der Bau war voll von Dingen – rappelvoll, um genau zu sein. Es gab Tierskelette, ausgestopfte Vögel, Schimpansenschädel und Schmetterlingssammlungen, die entweder an den schiefen Wänden hingen oder daran lehnten. Regale ächzten unter dicken Wälzern aller Art, Tische und Stühle gab es in verwirrender Vielfalt. Einige dieser Oberflächen trugen kleinere Sammlungen von Muscheln und Krustentieren, getrockneten Blumen, Felsproben und Halbedelsteinen, alles mit erstaunlicher Präzision arrangiert. Was noch an Wandfläche übrigblieb, war bedeckt mit Aquarellen von Flora und Fauna und Tuschezeichnungen derselben, afrikanischen Masken und den unbeholfenen Plakatfarbenklecksereien der Hambleschen Kinder.

Neben den Klecksereien und den Kindern selbst war da noch das Spielzeug: Zinn- und Plastiksoldaten, Puppenstubenmöbel, Legosteine, Modelleisenbahnen, Teddybären – und natürlich einige Plüschmenschen –, alles arrangiert mit derselben verschwenderischen Liebe wie die Erwachsenenartefakte und mit ihnen vermischt, so daß das Ganze ein höchst eigentümliches Palimpsest der Verdinglichung ergab.

Hamble bewegte sich in diesem häuslichen Museum mit äußerster Sicherheit, und nachdem sie in bequemen Ledersesseln Platz genommen und mit der Gestikulation begonnen hatten, wurde Simon bald klar, daß dieser intramuralen Moräne eine Ordnung innewohnte, die von Hamble selbst stammte.

In dem Wohn- und Arbeitszimmer mit seinen kleinen,

hoch angesetzten Fenstern und dem fröhlich knisternden Kaminfeuer war das Durcheinander überwältigend. Hamble sprang gelegentlich mitten in der Gestikulation auf und griff nach einem Gegenstand oder einem Buch, um seine Bemerkungen zu illustrieren. Und immer, wie Simon erstaunt feststellte, griff er dabei nach dem richtigen Gegenstand, ob er nun vor oder hinter ihm lag. Simon wußte zwar, daß diese extreme Außenwahrnehmung nicht ungewöhnlich war für einen Schimpansen, erstaunlich jedoch war die Art, wie sie sich im Arrangement der Gegenstände ausdrückte. So, als wären sie Analoga oder Abbilder des Inhalts seines Geistes. Schon nach wenigen Minuten des Zeichenwechsels hatte Simon das Gefühl, er gestikuliere mit dem großen Schimpansen in Hambles – zugegebenermaßen geräumigem – Kopf.

«*Gru-unnn*», vokalisierte der Naturforscher fröhlich, kaum daß sie Platz genommen hatten, und zeigte dann: «Um Ihre Frage zu beantworten, Mr. Dykes –»

«Bitte», warf Simon dazwischen, «nennen Sie mich Simon.»

«Nun gut, Simon. Nun, auch wenn ich in keiner Weise die Aktivitäten extremistischer Tierschützer rechtfertigen möchte, definiere ich das Bewußtsein doch umfassender als die meisten meiner wissenschaftlichen Kollegen. Was zu trinken, *huuh?*»

«Ja, vielen Dank.»

«Bier, Wein oder was Stärkeres, *huuh?*»

«Bier wäre gut, *grnn.*»

Hamble streckte sich, griff mit den Händen hinter den Kopf und nahm, ohne hinzusehen, eine Flasche vom Getränketischchen, öffnete sie, goß ein Glas Bier ein und gab es Simon, ohne einen Tropfen zu verschütten. Dabei gestikulierte er ohne Unterbrechung mit den Füßen weiter. «Auch wenn er am Anfang des Jahrhunderts schrieb und mehr als einen gewissen Hang zum Morphium hatte, ist Eugène Marais'

Definition des Geistes noch immer der Beachtung wert. Ich nehme an, Sie haben sein Buch ‹Seele des Menschen› gelesen, *huuh?*»

«Ich fürchte, nein, Dr. Hamble.»

«Bitten nennen Sie mich Raymond. Nun, *grnn*, es war Marais, der zum ersten Mal die Unterscheidung zwischen individueller und stammesgeschichtlicher Erinnerung bei Tieren traf. Seine Theorie war, daß das Verhältnis zwischen den beiden den Grad des Bewußtseins, des Empfindungsvermögens, oder wie Sie es bezeichnen wollen, bestimmt. Er hätte vermutlich» – an diesem Punkt griff der Naturforscher mit unfehlbarer Hand nach einem Buch, öffnete es und gab es Simon – «Linnaeus zugestimmt, der schrieb: ‹Es ist erstaunlich, daß der klügste Mensch sich so wenig von der weisesten Person unterscheidet.› Hier haben Sie eine Ausgabe seines ‹Systema Naturae›, in dem er den Menschen als Subspezies des Schimpansen klassifiziert und ihm den Namen ‹Pongis sylvestris› oder ‹Pongis nocturnus› gibt. Obwohl ich bezweifle, daß Marais ganz so weit gegangen wäre, *huuuh?* Ist das Bier recht so, *huh?*»

Simon hütete sich, seine Verärgung darüber auszudrücken, daß man ihm dergestalt Texte referierte, die er bereits gelesen hatte. Statt dessen glitt er von seinem Sessel, kroch zu seinem Gestikulationspartner und präsentierte tief gebückt, während er fingerzeigte: «Bitte, *HoooGrnn*, Dr. Hamble, Raymond, ich bewundere Ihre Bücher und finde trotz unserer kurzen Bekanntschaft Ihre Gesäßfalte höchst charmant ... Ich bin vertraut mit den meisten historischen Texten über die Primatoiden und vor allem die Menschen. Doch alles, was ich lese, verstärkt nur meinen, *HoooGrnn*, Eindruck einer völligen Verkehrung der Welt – der Mensch als Schimpanse, der Schimpanse als Mensch.»

Als Simon sah, daß Hamble weiter die Hand nach ihm ausstreckte, fuhr er, während er zu seinem Sessel zurückkehrte, fort: «Was mich besonders interessiert und was mir, so glaube ich, bei meiner, *yugg-yugg,* bizarren Vorstellung, ich sei, *hooh,* menschlich, am meisten weiterhelfen wird, sind Informationen über wildlebende Menschen. In den Menschen im Zoo konnte ich mich absolut nicht wiedererkennen. Wissen Sie, mir ist eins meiner Kinder abhanden gekommen – und ich frage mich, ob es vielleicht bei wildlebenden Menschen ist …» Und mit dieser sehr befremdlichen Enthüllung erstarrten Simon Dykes' Finger.

Es war ein Gedanke, den der einstige Künstler schon länger hegte. Auch wenn die unorthodoxe Therapie, die Busner bei ihm anwandte, bis zu einem gewissen Grad Wirkung zeigte – je mehr Simon seinen unvertrauten Körper der Welt anpaßte, desto weniger problematisch wurde sein Verhältnis zu seiner Schimpansität –, litt der einstige Künstler noch immer an grenzenloser Nostalgie. Erinnerungen an seine menschliche Sexualität, an Sarahs Körper und in deren Folge Bilder von Simon junior, seinem Jungen, klar und unwiderlegbar. In dieser Arsch-über-Kopf-Welt, in die Simon sich gestoßen sah, labte er sich an dieser einen Tatsache, daß er drei Kinder hatte, ja, drei. Wenn er das fehlende Kind lokalisieren könnte, dann könnte das die Reißleine des Fallschirms sein, der ihn wohlbehalten in eine glatte, haarlose Welt zurückbringen würde.

Hamble legte den Brauenwulst in Falten, als er das sah. Busner hatte ihm Dykes' Zustand skizziert, als er anrief, um den Termin zu vereinbaren. Hamble hatte zwar die partielle Atrophie der Glieder des Schimpansen erwartet und die erstaunliche Kohärenz im Beharren auf seiner Entfremdung von der Schimpansität, aber dies war etwas anderes. Er legte die Fingerspitzen aneinander und schnippte dann: «Wenn Sie meinen, Simon. Nun, *gru-nnn,* es stimmt, ich habe Menschen in freier Wildbahn erlebt.» Wieder griff er mit unfehlbarer Hand nach irgendwelchem illustrierenden Material, diesmal nach einem unverkennbar menschlichen Schädel. Diesen gab er Simon, der ihn während der ganzen folgenden Gestikulation in der Hand hielt. «Wie Sie völlig zu Recht annehmen, unterscheiden sie sich deutlich von solchen in Gefangenschaft. Aber ich möchte Ihnen einen Tausch vorschlagen: Ich berichte Ihnen von meiner Begegnung mit wilden Menschen, und Sie zeigen mir etwas von Ihrem Verständnis des Menschseins. Was mich am meisten, *grnnn,* interessiert, ist die menschliche Sexualität, *huh?*»

Dies rührte an den schmerzlichen Kern von Simons Erinnerungen, und obwohl er genau auf das achtete, was Hamble nun zeigte, peinigten ihn grelle fleischliche Phantasien.

«Im letzten Jahr», ergingen sich Hambles Finger, «war ich für sechs Monate im Kongo. Nun war zwar der wildlebende Mensch nicht mein oberstes Forschungsziel, ich bin aber dennoch auf einige, *grnnn,* Exemplare gestoßen. Ich war auf Streifzug mit einigen einheimischen Bonobos. Wir befanden uns nicht im eigentlichen Herz des äquatorialen Waldes, sondern eher an den, *h'hooh,* Rändern, wo der Baumbestand ziemlich dünn ist. Einige der Bonobos schwinghangelten voran, aber ich fand es bequemer knöchelzugehen. So erreichten wir ein breites, flaches Flußtal, und am anderen Hochufer sahen wir eine große Horde dieser Wesen, *hooh.*»

«Ein furchterregender Anblick, *huuh?*» warf Simon dazwischen.

«*Wraah!* Absolut, es waren weit über hundert, die sich zwischen den Bäumen drängten wie Geister oder Zombies. Das ist auch der Grund, warum sie von den Eingeborenen so gefürchtet werden; sie ziehen immer in großen Horden umher, und wenn sie auf eine isolierte Gruppe Bonobos stoßen, können sie die mit ihrer schieren Übermacht überwältigen.

Wie auch immer, *grnnn,* in diesem Fall kam unsere Gruppe zum Stehen, und wir drängten uns dicht zusammen, um abzuwarten, was die Menschen tun würden. Sogar aus dieser

Entfernung – es müssen wohl fünfhundertdreiundachtzig Meter gewesen sein – konnten wir deutlich hören, daß sie mit ihren merkwürdigen leisen Vokalisationen kommunizierten und sogar krude Zeichen machten. Offensichtlich war das ihr Nestplatz, denn zwischen den Bäumen konnten wir einige ihrer primitiven Unterkünfte erkennen –»

«Sie bauen Unterkünfte, *huuh?*»

«Ja, das tun sie, *grnnn*. Der wildlebende Mensch leidet an Agoraphobie und erträgt zuviel Freiraum nicht. Auf jeden Fall kam die Menschenhorde nach einer Weile zu einer Art Übereinkunft. Ich konnte ein großes Männchen, vermutlich ein Alpha, erkennen – ein furchterregendes Exemplar mit einer dichten Mähne Kopffell –, das signalisierte, sie sollten sich in zwei Gruppen aufspalten, um mich und die Bonobos in die Zange zu nehmen. Was mit dem Fluß war, wollen Sie jetzt wohl wissen, *huuh?* Nun, es ist leider so, daß die Menschen absolut keine Angst vor dem Wasser haben – einige können sogar schwimmen! Sie können sich also vorstellen, was für eine, *hooh*, Angst wir hatten!»

Simon konzentrierte sich nicht allzusehr auf Hambles Fingerspiel, sein Blick war nach innen, auf sein privates, infernalisches Schattenspiel gerichtet. Außerdem waren die aufwühlenden Keuchrufe der Hambleschen Kinder aus den Tiefen des Hauses zu hören, Keuchrufe, die Simon beharrlich an seine eigenen Kinder erinnerten. Doch als Simon jetzt sah, daß Hambles Hände ruhten, schnippte er ein stereotypes Zeichen. «Und was haben Sie getan, *huh?*»

«Nun, wir rückten so laut keuchrufend und knurrbellend, wie wir konnten, zum Flußufer vor. Einige der Bonobos hatten Waffen dabei – unglaublich altmodische Dinger, richtige Donnerbüchsen –, und sie spannten und feuerten sie ab, immer und immer wieder. Das hatte den, *grnnn*, gewünschten Effekt, die Menschenhorde zog sich zurück – und wir ebenfalls. Es war so eine Art Patt.»

«*H'huuh?*» Simon riß sich aus seinen Gedanken und setzte sich aufrecht hin. «Wollen Sie damit zeigen, Raymond, daß wildlebende Menschen Ihrer Ansicht nach ein manifestes Bewußtsein haben, *huuh?*»

«Eine Art Bewußtsein sicher, allerdings nicht das, was gewisse Anthropologen ihnen zuschreiben.»

«Und das heißt, *huuh?*»

«Das heißt, wenn Sie diese Filme nehmen, die Schimpansen wie Savage-Rimbaud über Menschen gedreht haben, denen man das Zeigen beibringt, und sie in Zeitlupe abspielen, können Sie sehen, daß die Menschen minimal versetzt nach ihren schimpanslichen Lehrern gestikulieren. In anderen Zeichen, sie sind schlau genug, um aufzunehmen, was gezeigt wurde, und mit dem Gelernten gegenzuzeigen, ohne deswegen unbedingt zu eigenständigem Denken in der Lage sein zu müssen, *grnnn.* Der springende Punkt ist, wie schon Jay Gould bemerkte, daß es uninteressant ist, einem Tier beizubringen, sich wie ein anderes zu verhalten, und analog dazu definiert sich menschliche Intelligenz durch das, was Menschen natürlicherweise tun, *huuh?*»

Während dieses Vortrags hatte Hamble eine Tüte Gras aus der Innentasche seiner Tarnjacke gefüßelt. Jetzt warf er sie in die Luft, fing sie wieder auf, wedelte damit herum und winkte: «Wie wär's mit einem Joint, *huuuh?* Wie der alte Zack mir gezeigt hat, sind Ihnen Grenzüberschreitungen ins Reich der Kräuter nicht fremd.» Sein schelmisches Grinsen spannte die breiten Lippen über die weißgraue Schnauze.

«Ich weiß nicht, *hooh* ...»

«Kommen Sie, werfen Sie mir eine Baktria rüber, und ich dreh' uns einen, während Sie mir was von der menschlichen Sexualität zeigen. Sie wissen natürlich, daß in anthropologischen Kreisen artübergreifender Sex ein häufiges, wenn auch unkommentiertes Phänomen ist, *huh?*»

«Meinen Sie das ernst, *huuh?*»

Hamble fing die Baktria geschickt mit einer Hand und fuhr mit der anderen fort: «Absolut. Es existiert das – allerdings nie bewiesene – Gerücht, daß Dian Fossey, der weibliche Louis Leakey, die man zum Studium der Berggorillas nach Ruanda schickte, eine, *yugg-yugg,* Affäre mit einem Gorillamännchen namens, *klack-klack-klack,* Digit hatte. Höchst passend, *huh?* Erst nachdem Digit von Wilderern getötet wurde, drehte Fossey durch und startete die Anti-Wilderer-Kampagne, die dann zu ihrem Tod führte. Entweder das, oder die einheimischen Bonobos hatten eine gewisse Abneigung gegen den Gedanken, daß ein Schimpanse sich mit einem Gorilla paart. Und, *grnnn,* dieser Schimpanse Aspinall ist ein weiteres Beispiel.»

«Aspinall, *huh,* der Casino-Schimpanse?»

«Genau der. Wie Sie wahrscheinlich wissen, hat er in Kent einen Zoo, wo er den Wärtern, *tschup-tschupp,* intimere Beziehungen zu den Tieren gestattet, als sie sonstwo üblich sind. Aspinall hat oft durchblicken lassen, daß er, *grnnn,* die sehr enge Beziehung zu seinen Gorillas genießt. Vielleicht war das der Grund, warum einer erst vor kurzem seinem Wärter einen Arm abriß – er wollte einfach nur, *klack-klack,* kuscheln!» Ein Feuerzeug war in Hambles Fuß aufgetaucht, und er zündete sich den dicken Joint an, den er schwungvoll gedreht hatte, lehnte sich dann in seinem Sessel zurück und gluckste vergnügt.

Rauch quoll aus seinem schlaffen Mund, und die bläulichen Haken und Kringel verwoben sich luftig mit der Wolle auf der Naturforscherbrust. Seine Zeichen gingen zum Teil in dieser Gewitterwolke unter, so daß Simon nur ungenau mitbekam, was nun folgte. «Aber Sie müssen meine Neugier befriedigen, Simon, *huuuh.* Sie behaupten doch, Erfahrungen mit einer Wirklichkeit zu haben, in der die Menschen die dominante Primatenspezies sind. Einer Wirklichkeit, die auf der Makroebene, wenn Sie so wollen, der unseren sehr ähnlich ist, mit Industrialisierung, japanischen TV-Gameshows und, *yugg-yugg* – das Zeug kitzelt –, Hydrokultur-Hanf; die auf der Mikroebene jedoch, der Ebene der Sexualität, der Körperlichkeit, ganz verschieden ist, mit anderen Paarungspraktiken und so weiter, *huuh?*»

Eine Weile herrschten nun Fingerschweigen und Unlaut. Hamble füßelte Simon den Joint, und ohne lange zu überlegen, griff Simon mit seinem Fuß danach. Es war die erste nicht-anxiolytische Droge seit seinem Zusammenbruch, und es war auch das erste Mal, daß er bewußt den Fuß als Hand benutzt hatte. Simon hob das Bein an die Schnauze und wunderte sich über seine Geschmeidigkeit, die Präzision von Positionierung und Bewegung. Er nahm einen tiefen Zug und schnupperte das charakteristische blumige Aroma des Krauts. Der erste Kick war so köstlich, daß er noch einmal zog und noch einmal und dabei gleichzeitig aus- und einatmete wie ein Saxophonist, der einen ausgedehnten Lauf spielt.

«Wie es ist, *huuh?*» Simons Gestik wurde lässig und ausdrucksstark, das Halluzinogen zeigte Wirkung. «Nun, Raymond, wir paaren uns – wie Sie wissen – Schnauze zu Schnauze. Und unsere Haut fühlt sich wunderbar weich und seidig an. Man berührt sich nur selten in unserer Welt, und so ist das Paaren unsere Gelegenheit, einander ausführlich zu ertasten. Ich habe Schimpansen, *yugg-yugg,* kopulieren sehen, und im Vergleich zur menschlichen Paarung wirkt das hektisch und unbefriedigend. Bei uns kann das Paaren ewig dauern, und dazu gehört zärtlichstes, *gru-unnn,* und sorgfältigst inszeniertes Tasten, *tschup-tschupp,* Drücken, *tschup-tschupp,* Liebkosen, *huh-huh-huh,* und Streicheln –»

«Sieht mir aber sehr nach Lausen aus», warf Hamble dazwischen.

«Nein, nein, *yugg-yugg,* ganz und gar nicht. Wir wenden einander die Schnauzen zu, wir sehen einander ohne Angst vor Sanktionen in die Augen, und wir küssen uns – unsere Zähne sind ja viel kleiner als eure – mitunter minutenlang. Und außerdem, Raymond, paarlieben wir uns nur mit exogamen Partnern. Paarliebe mit nahe verwandten Gruppenangehörigen ist den Menschen ein Greuel. Ein absolutes Tabu. Wie kann Romantik entstehen, wenn man sich mit jedem Weibchen paart, dessen Schwellung einen reizt, *huuh?* Wie kann es da Zärtlichkeit geben, *huuh?* Und wie soll man ein Gefühl bekommen für den Unterschied zwischen Erwachsenen und Jungerwachsenen, wenn man wahllos mit seinem eigenen Nachwuchs kopuliert, *huuh?*»

Hamble, der nicht gerade verstimmt, aber doch etwas verwundert war angesichts dieses symmetrischen Paradoxons, fingerte zu sich selbst: Wie kann es Romantik oder Erwachsensein geben, wenn man es nicht tut?

Simon war jetzt high, und die Bilder seiner Vergangenheit, seiner zärtlichen, menschlichen Vergangenheit stürzten mit abscheulicher Schärfe auf ihn ein. Wie hatte er glauben können, er habe seine Fähigkeit zur Aufhebung des Zweifels an der menschlichen Sexualität verloren? Oder vielleicht – bei diesem Gedanken stellten sich ihm die Haare auf – war es gerade sein Unvermögen, das Heiligste, Wichtigste, das essentiell Menschlichste im Leben zu begreifen – den körperlichen Ausdruck der Liebe –, das Simon in diese Alptraumwelt mit ihren kiffenden Affen und dokternden Schimpansen gestürzt hatte.

Der fragliche Doktor tauchte genau in diesem Augenblick wieder auf, und Busner war nicht sehr erfreut, als er sah, daß Hamble einen Joint mit Simon teilte. Mit geballter Faust knöchelging er in das Zimmer. *«HoooH'Graah»*, begrüßte er sie und zeigte: «Also wirklich, Raymond, ich glaube nicht, daß Wahn und Gras gut zusammenpassen, Sie etwa, *huuh?*»

«Keine Ahnung, *yugg-yugg.*» Hamble nahm mit dem Fuß den Joint aus Simons ausgestreckten Zehen entgegen. «Ich habe mir gedacht, vielleicht hilft es, den Wahn dieses armen Schimpansen noch weiter aufzudröseln und unsere Gestikulation sozuzeigen mit Rauch zu weihen, eine Gestikulation übrigens, die für mich höchst erhellend war. Aber wie auch immer», und damit rutschte er aus seinem Sessel und kroch zu Busner, «wir beide kennen uns doch schon zu lange, um uns wegen so etwas in die Haare zu kriegen, *huuh*, Zackilein?» Die beiden Alpha-Männchen begannen, einander mit seltener Kunstfertigkeit zu kraulen, während Simon in seinem Sessel schlummerte, eine Kakophonie trotzig menschlicher Kopulationsschreie in seinem gequälten Schädel.

Kurz darauf verließen sie den Bau. Hamble signierte ein Buch über seine Reisen in Amazonien – «Bis zum Hals in der Scheiße» – für Simon, der etwas verlegen zeigte, daß er bereits ein Exemplar besitze, allerdings mit einem anderen Titel und in einer parallelen Welt.

Das Taxi wartete auf sie, und als sie auf dem holperigen Feldweg davonfuhren, war das letzte, was Simon sah, Hamble in genau derselben Pose wie bei ihrer Ankunft, hinter der Weißdornhecke in seinem Garten, die große Schnauze gutmütig gefurcht, die rötlichen Koteletten aufleuchtend in den letzten Strahlen der untergehenden Sonne.

Während der gesamten Rückfahrt nach London prasselte ein Sturzbach der Erinnerung auf Simon herab. Sarah, den kleinen blonden Kopf in den Nacken gelegt. Seine Hand, die ihr über das Kopffell strich. Ihre scharfen kleinen Reißzähne, in der Ekstase gebleckt. Ihre kleinen Hände, die sanft an seinem geschwollenen Schwanz zogen. Und diese so charakteristischen menschlichen Vokalisationen, hervorgestoßen in der Hitze des Paarens: *«Da-da, da-da ... Da. Da.»*

Zurück in der Redington Road, schloß Simon sich in seinem Zimmer ein und legte das Video «Kampf um den Planet der

Menschen» in den Recorder. Es war der Film aus dem Zyklus, der ihm am meisten Spaß machte, und paradoxerweise gestattete er ihm, den Tenor seiner verlorenen Identität zu erfassen und für einige Sekunden festzuhalten. Ihm gefiel die lachhafte Szenerie des Films; daß der Kampf um den Planeten in etwas stattfand, das aussah wie ein Einkaufszentrum von Milton Keynes. Da war diese Pfriemeligkeit, und da waren die zombiehaften Menschen selbst – die sich auf luftigen Laufstegen drängten, um ihre Schimpansen-Herren zu überwältigen –, und alles so unglaubwürdig dargestellt. Die Designer des Films hatten sich nicht die Mühe gemacht, sich intelligente, domestizierte Menschen konkret vorzustellen. Und so waren sie, wie die Schimpansen, von der Taille abwärts nackt und ohne Schuhe.

Einige der Textzeilen des Films – des letzten des Zyklus – ließen Simon laut und zähneklackend auflachen. Vor allem, wenn in der Szene, in der die gemeinen Schimpansen den superintelligenten Sohn der Menschen, die im vorletzten Film («Flucht vom Planet der Menschen») aus der Zukunft geflohen waren, eingekreist hatten, der oberste Bösschimpanse – Simon konnte ihn nicht anders nennen – die Hände rang: «Das ist so, als würde man einen bösen Bazillus betrachten und wissen, daß man ihn gefangen hat, *wraaah!*»

Und dann, ganz am Ende, als die Menschenhorden den gesamten Komplex überrennen – so typisch Siebziger, diese Szene –, wedelt dieselbe Figur die unsterblichen Zeichen: «Das ist das Ende der schimpanslichen Zivilisation, und die Welt wird ein Planet der Menschen werden, *wraaah!*»

Wenn es nur so wäre, dachte Simon, der den Bildschirm anstarrte und niedergeschlagen an einer Baktria zog. Die Wirkung von Hambles Kraut – das sehr stark gewesen war – war verflogen und hatte nur die verfestigte Überzeugung zurückgelassen, daß er sich mit seiner Ex-Alpha Jean treffen mußte, daß er seinen Kindern von Schnauze zu Schnauze gegenübertreten mußte. Wenn es eine volle Übereinstimmung zwischen dieser Welt und der Welt vor der katastrophalen Nacht im Sealink gab, dann waren die einzigen Schimpansen, die ihm helfen konnten, die aus seiner ehemaligen Gruppe.

Busner riß Simon aus seinen Grübeleien. Er keuchrief vor der Tür, und als er keinen Gegenruf hörte, trat er ein. *«HoooH'-Grah»*, vokalisierte er und zeigte: «Nun, Simon, wie fanden Sie Ihren Ausflug, lehrreich, *huuh?*»

«Auf jeden Fall, Dr. Busner. Es hat mir sehr gutgetan, diese Kreatur zu vermöbeln, und was Hamble angeht, der war mir sehr sympathisch, *grnnn*. Es schien ihn überhaupt nicht zu stören, daß ich mich als Mensch und die Welt, die ich wahrnehme, als lächerliche Illusion betrachte –»

«Schon», warf Busner dazwischen, «aber vergessen Sie nicht, daß Hamble sehr, sehr exzentrisch ist.»

«Darüber hinaus war es, *hooh*, genauso wie immer.»

«Genauso, *huuh?*»

«Manchmal fühle ich mich fast in der Lage, die Realität der Dinge, wie sie sind, anzunehmen – aber dann stürzt die Vergangenheit wieder auf mich ein, *hooh*, und das ist unglaublich verstörend. Aber von einer Sache, die ich Hamble gezeigt habe, bin ich überzeugt, daß es die Wahrheit ist. Ich habe eine sehr klare und unmißverständliche Erinnerung an mein mittleres Kind, *hooh*. Ich muß mich einfach mit meiner Ex-Alpha treffen, nur sie kann mir helfen, die Wahrheit herauszufinden. Bitte, Dr. Busner, es sind jetzt über zwei Monate, kann ich endlich meine Kinder sehen, *huuh*, bitte?»

Simon kroch zu Busner und präsentierte vor ihm mit äußerster, unterwürfiger Ehrerbietung. Der radikale Psychoanalytiker – wie er sich selbst gern nannte – legte dem schlaffhaarigen Schimpansen aufmunternd die Hand auf die Gesäßfalte und teilte dem bärtigen Hintern mit: «Da – da, *tschup-tschupp*, Simonilein, keine Sorge, mein armer Kleiner, ich war heute sehr beeindruckt von Ihrem Verhalten – und Ihrer Fingerhaltung. Ich glaube, daß eine Begegnung mit Ihrer alten Gruppe uns durchaus weiterbringen kann. Ihre Ex-Alpha hat nichts dagegen, und so werde ich zusehen, daß ich es so bald wie möglich arrangieren kann. Aber da ist noch etwas, das ich Ihnen vorschlagen wollte –»

«Und was, *huuh?*»

«Ich habe eben einen Anruf von Ihrem alten Verbündeten Tony Figes erhalten. Er zeigt mir, daß heute abend in der Saatchi Gallery eine Vernissage stattfindet. Er scheint zu glauben, daß es eine Ausstellung ist, die Sie besonders interessieren könnte.»

Simon unterbrach das Lausen und wandte sich Busner zu. «Meinen Sie damit, daß wir hingehen sollten?»

«Nun, *yugg-yugg*, auf keinen Fall, wenn Sie sich dazu nicht in der Lage fühlen. Es werden sicher viele Schimpansen dort sein, die Sie kennen, andererseits», fuhr Busner hinterhändig fort, «ist es gleich in der Nähe, wir könnten knöchelgehen, und wenn Sie das Gefühl haben, daß ein Anfall bevorsteht, könnten wir, wie immer, sofort wieder verschwinden. Ich würde es für eine gute Idee halten. Es könnte die nächste Hangelhilfe hinauf in den Baum der Gesundung sein, *h'huuh?*»

19

Der Abend war kalt und windig. Trotzdem knöchelgingen Simon und Busner die Fitzjohn's Avenue entlang und durch Swiss Cottage zur Boundary Road; leider gab es, im Gegensatz zum Vormittag, kaum noch Paarungsaktivitäten zu beobachten. Das änderte sich schlagartig, als sie in die Nähe der Galerie kamen. Schon aus zweihundertvierundzwanzig Meter Entfernung und trotz der Dunkelheit konnte Busner erkennen, daß die Kreuzung Abbey Road und Boundary Road fest in der Hand der Kunstszene war, ein Gewimmel von Schimpansen, die rammelten, kreischten, einander lausten, Beziehungen flochten und vor dem Einlaß zur Saatchi Gallery Schlange standen.

Busner richtete sich auf und wandte sich Simon zu. «*Huuh*, sind Sie sicher, daß Sie das aushalten werden? Es werden viele Schimpansen dasein, die Sie kennen –»

«*Hooh*», erwiderte Simon und gegenzeigte: «Ich werde sie wahrscheinlich kaum erkennen bei dem Gedränge, und außerdem sind sie ja alle Schimpansen, *klack-klack-klack!*»

«Schon, Simon, aber Sie dürfen nicht vergessen, daß die anderen Sie auf jeden Fall erkennen werden. Sie waren seit Ihrer Vernissage nicht mehr in der Öffentlichkeit, und Ihr Zusammenbruch wurde in der Presse breitgetreten. Ich glaube, Sie können davon ausgehen, *yugg-yugg*, daß Sie Aufmerksamkeit erregen werden.»

Worauf Busner eigentlich hoffte, war, daß Sarah Peasenhulme, Simons Exgefährtin, ebenfalls zur Vernissage kam. Das hatte er zumindest dem Zeichenwechsel mit Figes entnommen. «Sie hat jetzt eine Art Zweierbeziehung mit Ken Braithwaite, dem Performance-Künstler», hatte Figes am Videophon gezeigt, «aber Sie würde sich sehr gerne wieder einmal mit Simon paaren und seine Gesäßfalte spüren. Glauben Sie, er kann sich dazu, *huuh*, aufraffen, Dr. Busner?»

Busner gegenzeigte, daß er das nicht wisse, daß aber Simon seine Schimpansität mehr und mehr zu akzeptieren scheine. Das war nicht nur so dahingezeigt, denn auf dem Weg von Hampstead bewegte Simon sich so flüssig, wie Busner es an ihm noch nie gesehen hatte. Die Atrophie in Füßen und Beinen schien nachzulassen, und trotz des kalten Winds trug er seine Jacke offen, was man eigentlich nur als Eingeständnis werten konnte, daß er echtes Fell falschem Pelz vorzog.

Die beiden Schimpansen besaßen genug Dominanz, um sich durch die äußeren Kreise der Menge zu schieben und durch das große, stachelbewehrte graue Stahltor des Galeriekomplexes zu treten. Von dort führte eine glatte, asphaltierte Rampe in einem Knick zum Eingang der eigentlichen Galerie. In der Biegung der Rampe stand das lebensgroße Modell einer Feuerspritze. Simon, dessen Steiß sich vor Busners Schnauze durch das zottelige Gemenge schob, ignorierte es. Aus seinen zielgerichteten Bewegungen schloß Busner, daß ihm diese Rückkehr an einen bekannten Ort neues Selbstvertrauen gab.

Weniger vertrauenerweckend waren die fragenden Keuchrufe, die aus der Menge der Kunstschimpansen an Busners Ohr drangen. Simon war erkannt worden, und diese Information ging von Handgelenk zu Handgelenk.

Busner gab die Einladungen dem Galerieweibchen an der Tür, das, als sie Simon sah, ihren Hintern präsentierte und sie dann beide bat, sich ins Gästebuch einzutragen. Trotz des Nicht-Rauchen-Schilds über ihrem Kopf forderte sie den einstigen Künstler nicht auf, seine Baktria auszumachen. Simon stand aufrecht am Tisch, voller Stolz und Herablassung, und schrieb schwungvoll seinen Namen. Einige Schimpansen drängten sich dort, und zwei präsentierten vor ihm, und er tätschelte ihnen automatisch die zitternden Steiße.

«H'huuuh», vokalisierte Busner, als sie weitergegangen waren. «Kennen Sie diese Schimpansen, Simon?»

«Ich glaube nicht», gegenzeigte er. «Vielleicht sind es Kunststudenten.»

Busner war schon öfter in der Saatchi Gallery gewesen, aber die schiere Größe des Gebäudes erstaunte ihn aufs neue. Allein der Vorraum war groß genug, um darin Levinsons Laden in der Cork Street zur Gänze unterzubringen. Über eine kurze, breite Treppe rechter Hand kamen sie in einen Saal, groß wie ein Flugzeughangar – und beinahe so hoch. Der Boden war überzogen mit derselben dicken grauen Emulsion wie die Rampe draußen, und die Wände waren weiß getüncht. Die Beleuchtung war so neutral und monoton, daß die Quelle ohne Bedeutung war. Einige Skulpturen standen hier und dort auf der ästhetisierten Farblosigkeit, einige wenige Gemälde hingen an den entleerten Wänden. Aber es waren nicht die Kunstwerke, die Busner und Simon ins Auge stachen – es war der dröhnende Mob der Schimpansen.

War der Eingangsbereich zur Galerie bereits voll gewesen, so war es hier im Saal absolut überfüllt. Ein repräsentativer Querschnitt durchs schimpansliche Leben, hätte man zeigen können, wäre es nicht so offensichtlich unwahr gewesen. Nur das kunstbeflissene, trendy London war hier. Alle trugen sie ihre besten Stoffe, und alle tranken sie den Champagner, den man servierte, alle gestikulierten sie wild, stolzierten, posierten und imponierten.

Die Weibchen trugen kurze Kleidchen, Bustiers, Blusen und Schwellungsschützer in einer verwirrenden Vielzahl von Stilen – aber alle absolut en vogue –, und die Männer waren nicht weniger modisch gewandet. Die Jacken und Hemden beider Geschlechter waren größtenteils offen und ließen Brustfell sehen, in vielen Fällen auch eine gepiercte Brustwarze oder zwei. Es gab Schimpansen in Leder, in Vinyl, in etwas, das aussah wie Blattgold, in PVC, in Chiffon, in schwarzer Serge, die – wie Busners Delta Isabel ihm kürzlich mitgeteilt hatte – der Renner der Saison war.

Beim Anblick dieser hypergestylten Horde sah Busner sich gemüßigt, den Finger auf das zu legen, was ihn beschäftigte. «*H'huuh?*» vokalisierte er.

Simon drehte sich um. «Warum sind sie alle so herausgeputzt?» Der einstige Künstler sah seinen Therapeuten an. Der arme alte Affe, dachte er, bei einer solchen Veranstaltung ist er wirklich wie ein Fisch auf dem Trockenen. Zum ersten Mal, seit er unter Busners Obhut gekommen war, hatte er nun das Gefühl, daß ihre Beziehung sich umkehrte. Er war so daran gewöhnt, daß Busner ihm half, ihn lauste, ihn informierte und beständig massierte, daß diese neue Situation, in der er derjenige war, der ein beruhigendes Lausen und ein informatives Grabschen verabreichen konnte, ihn anspornte.

«*Yugg-yugg,* Dr. Busner, betrachten Sie diese Szene», wedelte Simon, «einfach als Ausdruck – wie soll ich es zeigen – der Dominanzstruktur, die unter den disparaten Elementen der Kunstwelt herrscht. Sie sind alle so overdressed, weil das eine der wenigen Möglichkeiten ist, wie sie die Aufmerksamkeit, die Zuwendung ihrer, *yugg-yugg,* hierarchisch Höherstehenden – oder Untergeordneten oder Gleichgestellten – erreichen können.»

«Das habe ich mir schon gedacht.» Busner fuchtelte durch die Luft, und die beiden Schimpansen hockten sich hin, faßten einander an den Hodensäcken und ließen die pongide Parade an sich vorbeiziehen.

«Schließlich», fuhr Simon fort und plazierte die Zeichen sorgfältig in Busners Lendenfell, «können sie ihren Ruf kaum wie ein, *h'hie-hie,* Schild auf dem Rücken mit sich herumtragen, oder, Busnerlein, *huh?*»

«Bitte», knetete Busner sanft, «da unser Lausen inzwischen so wechselseitig geworden ist, warum nennen Sie mich nicht einfach Zack, *huh?*»

«Natürlich, Zackilein, *tschup-tschupp*, es ehrt mich, daß Sie meinen Aufstieg in der Hierarchie anerkennen. Wie gezeigt, der jeweilige Ruf dieser Künstler – sofern sie es tatsächlich sind – ist so umstritten, daß er einer beständigen Interpretation und, *gru-nn*, Neubewertung durch eine große Gruppe von Kritikern bedarf, *grnn*. Die Kritiker haben ihre eigene Hierarchie, und die Hierarchie, die zwischen ihnen und der Gruppe der Künstler besteht, ist ebenfalls höchst variabel – einem beständigen Wechsel unterworfen. Das ist der Grund, *tschup-tschupp*, warum sie alle so herausgeputzt sind und auf Teufel komm raus posieren und präsentieren und lausen und kopulieren, *h'hie-hie-hie!*»

Busner kicherte ebenfalls, als Simon ihm diese letzte Bemerkung ins Fell kitzelte. Und da sie sich direkt vor dem Getränketisch befanden, nahmen die beiden Schimpansen sich je ein Mietglas Champagner und knöchelschlenderten weiter am Rand des überdimensionierten Saals entlang. Hier, im Hauptteil der Galerie, hing eine Serie großer, greller Gemälde. Sie stellten Szenen aus dem Alltagsleben des provinziellen Amerika dar – Autowaschen, Grillen, Frisbeespielen etc. –, aber alle seitwärts verschoben, als litte der Betrachter, oder der Maler, unter Astigmatismus. Da war diese Verzerrung, die, wie Filme von David Lynch, ein Unbehagen beim Betrachter produzierte, da waren aber auch die hyperrealen Farben und die fransigen Pinselstriche, die diese Wirkung wieder ausglichen.

«Nicht schlecht», signalisierte Simon, «ganz und gar nicht schlecht. Was haben Sie gezeigt, wie heißt diese Ausstellung gleich wieder, *huh?*»

«Es ist eine Präsentation junger amerikanischer Künstler», erwiderte Busner.

Sie hatten den Rundgang vollendet und sich ein zweites Mietglas Champagner genommen, als Simon, der bei dieser Streife die Führung hatte, mit zitterndem Steiß und gesträubtem Rückenfell stehenblieb. Sofort grub Busner seinem Protegé beruhigend die Finger ins Fell. «*Huuh,* Simon, was ist denn?»

«*HoooGrnnn*», rief Simon erregt und zeigte: «Ich kann mich täuschen, Zack, aber ich glaube, ich kenne diese zwei Schimpansen da oben auf der Treppe.»

Busner folgte Simons Blick und sah zwei nichtidentische Bonobo-Zwillinge. «Diese Bonobos dort, *huh,* meinen Sie die da?»

«Ja, genau, es sind Bonobos, nicht, *huh?* Ich habe schon Zeichen über Bonobos gesehen, aber keiner hat mir bis jetzt genau gezeigt, was sie eigentlich sind.»

«Was meinen Sie, wer diese Bonobos sind, Simon, *huh?*» Busners Zeigen war sanfteste Liebkosung.

«Ich glaube, *h'hooh,* es sind zwei Freunde von Sarah, die Braithwaites, Ken und Steve. In einer der Kritiken über meine Ausstellung, die Sie mir im Krankenhaus gegeben hatten, wurde angedeutet, daß Ken mit Sarah kopuliert hätte. Es ist komisch ...» Simons Finger erstarrten.

Busner kniff ihn. «Was, *huh?*»

«Ich denke, ich müßte eigentlich eifersüchtig auf Ken sein – falls es Ken ist, aber irgendwie bin ich es nicht, ich würde nur gern zu ihm gehen und schauen, wer vor wem präsentiert, *huh?*»

Busner betrachtete Simon skeptisch. Er verstand natürlich, worauf Simon hinauswollte. Angesichts der perversen menschlichen Praxis der Monogamie war das anderweitige Paaren eines langjährigen Alpha-, Beta- oder Gamma-Weibchens oder sogar einer Gefährtin oder sogar – Busner lachte innerlich über diese Absurdität – einer vorübergehenden Nestgespielin vermutlich Grund für Seelenqualen. Doch so fesselnd der Antipsychiater – wie er sich selbst gern nannte – dies fand, viel verlockender war Simons Wiedererkennen der Bonobos.

Die beiden Schimpansen beobachteten die Braithwaites. Die Bonobos standen aufrecht am Treppenabsatz, während eine ganze Prozession von Schimpansen vor ihnen präsentierte, jedoch auf höchst ungewöhnliche und flüchtige Art; sie hoben die Ärsche kaum, gewährten so gut wie keine Berührung und verkniffen sich jedes Lausen. «Was sind eigentlich Bonobos, *huuh?*» fragte Simon nach einer Weile.

«Ganz einfach eine Rasse von Schimpansen, die in Afrika lebt, Simon», gegenzeigte Busner.

«Wollen Sie damit zeigen, daß sie Schwarze sind, *huh?*»

Busner wußte inzwischen genug über menschliche Unterarten, um sich von dieser Frage nicht durcheinanderbringen zu lassen. «Genau, Simon», gegenzeigte er. «Sie entsprechen der schwarzen menschlichen Unterart.»

«Dann gibt es vermutlich auch so etwas wie Bonoboismus, *h'hie-h'huh?*»

«In der Tat.»

«Na, *h'hie-hie*», der einstige Künstler bleckte vergnügt die unteren Zähne, «das erklärt einiges.»

«Was zum Beispiel, *huh?*» Busner war verblüfft.

«Zum Beispiel, daß kaum welche bei dieser Vernissage sind. Einige Dinge – wie ich schon einmal Grund hatte zu zeigen – ändern sich eben nie.»

Mit diesem Fingerschlenkerer erhob Simon sich auf die Hinterbeine und stolzierte die Treppe zu den Braithwaites hoch. Busner eilte hinter ihm her. Doch in den wenigen Sekunden, die sie für die Treppenbesteigung brauchten, waren die Braithwaites im Getümmel der Vernissagengäste verschwunden. Simon sprang in die Luft, sah aber nichts als eine Fellflut aus Schimpansenköpfen, die auf den Fluchtpunkt der Kunst zuschwappte. «Sie sind in der Menge untergetaucht», winkte Simon Busner zu – und dann erstarrte er. «*Hooh*, das ist merkwürdig ...»

Dieser Teil der Galerie war ebenso ausdruckslos und leer

wie der Rest – nur nicht ganz so vergeudet. Verteilt in ihrer farblosen Nichtexistenz standen verschiedene Schimpansenpuppen. Es waren nicht unbedingt Skulpturen – sie bestanden, soweit Simon das sehen konnte, aus Plastik oder Latex –, doch es waren auch keine gewöhnlichen Puppen. Die lebensgroße Figur, die ihnen am nächsten stand, war wie mitten in der Bewegung erstarrt und sah aus, als wollte sie ihren Sockel verlassen. Bekleidet mit einem weißen Mantel und mit einem Reagenzglas in der Hand, trug sie auf ihrem Hals jedoch kein Schimpansengesicht, sondern einen riesigen, massigen Mutantenkopf. «So», fingerzeigte Simon spöttisch zu Busner, «stelle ich mir Sie oft vor, *h'hie-hie!*»

Die anderen Puppen waren ähnlich anomal – eine Figur mit Kartoffelkopf, ein Bugs-Bunny-Mutant und ein Dodo. Aber die merkwürdigste war die traurige Figur eines Menschenjungen. Auch dieses Geschöpf war von seinem Schöpfer verwandelt worden. Es war bedeckt mit einem höchst unmenschlichen schütteren Fell und hatte Hinterpfoten mit greiffähigen Zehen, von denen es eine benutzte, um sich selber einen nie endenden Schuß mit einer 2-Millimeter-Insulin-Wegwerfspritze zu setzen.

Simon und Busner knöchelgingen leise *huuh*end um die Figuren herum, bis sie schließlich am anderen Ende des Saals bei dem hybriden Jungjunkie stehenblieben, um ihre Finger an einer Interpretation zu versuchen.

«*H'hooh*, sehr passendes Material, Simon, meinen Sie nicht auch, *h'huuh?*»

«*Gru-nnn*, da muß ich Ihnen zustimmen, Zack. Hier handelt es sich offensichtlich um Kommentare zu der Art, wie wir, wenn man so will, der Natur die Tour vermasseln, zur Verzerrung unseres Körpergefühls als Reaktion auf die antinatürliche Art, wie wir als Schimpansen jetzt leben.»

Busner erstaunte zwar dieses Eingeständnis der Artgenossenschaft, er bewahrte jedoch Fingerschweigen darüber und zeigte nur: «Ihren eigenen jüngsten Arbeiten nicht unähnlich, *h'huuh?*»

«Stimmt», gegenzeigte Simon, «wie meine apokalyptischen Bilder verweisen diese Puppen auf einen grundlegenden Perspektivenverlust, hervorgerufen durch eine von außen aufgezwungene harte Trennungslinie zwischen Schimpanse und Tier.»

Im Verlauf dieser Gestikulation hatte sich ihnen, von Simon und Busner unbemerkt, ein kleiner, gebeugter, sommersprossiger Schimpanse mit einem unübersehbaren Toupet und einem sorgfältig über den Arsch hochgezogenen Leinensakko genähert. Als Simon nun die Finger sinken ließ, präsentierte dieser Schimpanse ihnen seinen Arsch und wedelte: «*HoooH'Graah*, Dr. Busner, es ist mir eine Ehre, mich vor Ihnen zu erniedrigen; Simon, es freut mich, dich wieder auf den Beinen zu sehen, bitte gewähre mir das Vergnügen, deine Hoden in die Hand zu nehmen.» Und das tat der Schimpanse auch.

Simon, dem diese haptische Empfindung seltsam bekannt vorkam, sah dem freudig sich Unterwerfenden direkt in die Schnauze, eine Schnauze, in der zwei Münder klafften, einer mit Zähnen, der andere mit Narbengewebe versiegelt. Simon erkannte Tony Figes. «*HoooH'Grah*, Tony! Busner hat mir schon mitgeteilt, daß man dich hier treffen könnte. Was hältst du von denen da, *huh?*»

Tony Figes beschloß nach einem Blick in Simons arglose Schnauze, die Gestikulation so zu führen, wie sein Gegenüber es offensichtlich wollte, und fingerschweigend darüber hinwegzugehen, daß sie sich das letzte Mal in der Kaschemme hinter dem Oxford Circus gesehen hatten, nur Stunden vor Simons Zusammenbruch. So gegenzeigte er gelassen: «Sie sind nicht uninteressant. Ich habe gesehen, was du eben Dr. Busner signalisiert hast, und ich bin ganz deiner Meinung. Diese Puppen – und es ist besonders bemerkenswert, daß der

Künstler in diesem Kontext auf den Menschen zurückgegriffen hat – sind, wenn man so will, *grnnn,* moderne Therianthropen, Schimären aus Schimpansen, Tieren und Fabelwesen – die Fauna der Zukunft. Wie bei den Therianthropen der traditionellen Schimpansenkulturen dürfte auch hier die Interpretation nicht zu weit hergeholt sein, daß sie einen gewissen sakrifizierenden Zweck erfüllen, *huh?*»

Busner fiel auf, daß Simon sich durch Figes' Fingerakrobatik keineswegs aus der Fassung bringen ließ. Im Gegenteil, mit hochgezogenem Brauenwulst und erfreulich gesträubtem Fell stieß der gelegentliche Affenmensch einen spontanen Keuchruf aus: *«H'hooh»* und drang dann in Figes: «Und welche Art von sakrifizierendem Zweck, Tony, *huuh?*»

«Nun, unsere Jagdaktivitäten mögen zwar eingeschränkt sein von der Art, wie wir als Schimpansen jetzt leben, aber ich glaube, Lévi-Strauss' Bemerkungen zum Thema haben, *gru-nnn,* heute noch dieselbe Gültigkeit wie damals, als neolithische Künstler zum ersten Mal Ocker auf die Höhlenwände von Lascaux auftrugen. Wie du, *tschup-tschupp,* sicher weißt, wies er darauf hin, daß die Anfänge aller schimpanslichen Kunst in der Darstellung – und Abbildung – von Tieren liegen, *huuh?*»

Simon war nicht mehr ganz bei der Sache. Mit der Erwähnung von Lévi-Strauss hatte sich im Hirn des einstigen Künstlers ein Kreis geschlossen, sein Wahn hatte die Drei-Minuten-Erinnerungsspanne durchmessen; was einmal dagewesen war, konnte ihm keiner mehr nehmen. Und ohne in irgendeiner Weise seine haarigen Glieder, seinen dünnen, rosigen Schwanz, sein geschwärztes Gesicht und seine knochigen Brauen, seine vorstehenden grünen Augen und sein abstehendes Kopffell zu akzeptieren, sah Simon Dykes sich nun zum ersten Mal in der Lage, einen Raum zu bearbeiten.

Dort drüben stand, schwankend, zwei Kataloge schwenkend und mit seiner unnachahmlichen Arroganz gestikulierend, ein großes, weißbärtiges Männchen mit schütterem Kopffell und einem deutlich vorstehenden Kropf. Es war – das wußte Simon sicher – Gareth «Grunt» Feltham, der dogmatische Kunstkritiker der «Times». Und bei ihm war sein gelegentlicher Freund und Wasserträger – was er, wie Simon eben sah, betonte, indem er ihm ein volles Glas hinhielt – Pelham, der Kolumnist. Pelham war in seiner pongiden Inkarnation so dürr, wie er es in seiner menschlichen gewesen war. So dürr – und jetzt gesegnet mit körperlicher statt psychischer Räude.

Und dort, dieser riesige Schimpanse – der sich eben über in kauerndes Weibchen hermachte, ihren Bella-Freud-Schwellungsschutz zur Seite schob und mit einem Keuchen in sie eindrang –, war Flixou, der Bildhauer, Simons gelegentlicher beruflicher Rivale. Das Erkennen Flixous hob Simon auf die nächsthöhere Ebene dieses absurden Spiels. Das Eintreffen mehrerer Weibchen, mehrerer Weibchen in der Brunst, verstärkte die Paarungsaktivitäten. Einige von ihnen waren in voller Blüte und protzten, da ohne Schutz, mit geschwollenen Schamgegenden von der Größe und der Farbigkeit von Plastikwaschschüsseln. Bei ein paar anderen war die Zeit gerade erst gekommen, und das eben knospende Fleisch lugte aus ihrem Fell heraus. Und da war noch ein anderes Weibchen, ein Weibchen mit blondgetöntem Kopffell, ein junges, zartes Weibchen mit einem Selena-Blow-Schwellungsschutz über ihrer verwelkenden rosa Blüte. Simon blähte die Nüstern – auch aus zwanzig Fußlängen Entfernung merkte er, daß dieses Weibchen, obwohl schon fast am Ende ihrer Brunst, noch immer empfänglich war.

Er schaute ihr direkt in die Schnauze, ihre herzförmige Schnauze, und als er sah, daß ihre makellos dünnen und doch weichen Lippen sich öffneten und Reißzähne entblößten, die, sogar für eine Schimpansin, merkwürdig spitz waren, wußte Simon, daß es Sarah war. Da stieß er einen mächtigen, dröhnenden Keuchruf aus: *«Hoooo-Raaargh!»* Busner wie Figes drehten sich erschrocken zu ihm um. Simon war kurz davor, zu ihr zu rennen und er wußte nicht was zu tun, doch dann sah er, daß andere bereits bei ihr waren.

Die Braithwaites, um genau zu sein. Beide, Ken und Steve, posierten vor Sarah auf entschieden unorthodoxe Art. Auf den Hinterbeinen zwischen den Kunstpuppen hin und her schlitternd, wirbelnd, tanzend und Rückwärtssaltos schlagend, boten die Bonobos einen wahren Augenschmaus. Andere Männchen, die sahen, daß ein beliebtes Weibchen in den letzten Zügen ihrer Brunst auf der Eröffnung eingetroffen war, gierten danach, ihre Öffnung zu erkunden. Es waren Männchen in Shandongseidensakkos, Männchen in Paul-Smith-Sakkos, Männchen in Levi's-Jeansjacken, und alle hatten sie erigierte, zitternde rosige Schwänze, und alle hatten sie erigierte, zitternde Gesäßfalten. Und alle paradierten sie vor ihr, bedrängten sie, und vor Gier, sie zu bespringen, kreischten, bellten und trommelten sie auf den Boden.

Simon sah, wie sich eine lockere Hierarchie herausbildete, wobei Ken Braithwaite an der Spitze der Schlange stand. Sarah, die über die Schulter zu Simon herüberspähte, kauerte sich hin. Ken Braithwaite rupfte ihren Schwellungsschutz beiseite und begann, sie mit typisch schimpanslicher Nonchalance zu decken. Ohne sein Mietglas abzustellen, rammelte er, keuchte und zähneklackte schließlich. Nachdem er binnen Sekunden gekommen war, zog er sich zurück, wedelte: «Danke für den, *huh-huh*, Fick, Sarah» und schwankte davon. Steve Braithwaite folgte ihm und schnupperte an der frischen Soße im Fell seines Bruders.

Ohne darauf zu warten, daß das nächste Männchen in der Schlange seine ehemalige Gefährtin, seine anbetungswürdige Nestgenossin besprang, stieß Simon einen zweiten dröhnenden Keuchruf aus: *«HooooRaaargh!»* und sprang auf die kopulatorische Conga-Schlange zu. Tony Figes fingerzeigte Busner: «Glauben Sie, daß er, *hooh,* das übersteht, *huh?*», und die ehemalige TV-Persönlichkeit ließ sich dazu herab, einen ihrer seltenen Witze zu reißen: «In dem Fall heißt es wahrscheinlich, wer nicht bespringt, der nicht gewinnt, *h'hie-hie!*»

Sie sahen zu, wie Simon auf dem deindustrialisierten Bodenbelag schlitternd zum Stehen kam. Flixou, der Bildhauer, hatte es geschafft, sich in die Schlange der Möchtegern-Kopulatoren zu drängen, und machte sich eben daran, Sarah zu besteigen. Simon erfaßte die Situation sofort und machte sich über ihn her. *«Aaaaiieee!»* schrie er und versetzte Flixou einen wuchtigen Schlag in den Nacken. Der Bildhauer – dessen berühmteste Arbeit bis zu diesem Zeitpunkt ein gigantischer Eisblock gewesen war, den er an der Southbank aufgestellt und einfach «Eisverschwendung» genannt hatte – taumelte zurück. Bevor er sich wieder fassen konnte, hatte Simon ihm die Klauen über die Schnauze gezogen. Blut quoll aus einem Riß, und um sein Jasper-Conran-Sakko nicht zu beschmutzen, gab Flixou sich lieber geschlagen. Er präsentierte vor dem Affenmenschen, der es ihm mit einem tröstenden Klaps auf den Hintern dankte und gleichzeitig behende in Sarah eindrang.

«*IieeWrah!*» kreischte sie, als sein vertrauter Schwanz in sie tauchte.

«*Huh-huh-huh!*» keuchte Simon im Zustoßen und teilte ihrem Rückenfell mit: «*Hoh,* Sarah, das ist so, *tschup-tschupp,* seltsam!» Er strich ihr das blonde Fell vom Scheitel ihres runden Kopfes bis zu den quellenden Rückenmuskeln glatt. Mit einer Hand griff er unter ihre kreisenden Hüften, umfaßte ihre Schwellung von vorn und spürte ihr dralles Fleisch mit dem Schmiermittelcocktail zwischen seinen Fingern. «*Huh-huh-huh!*» Noch drei Stöße, und sie zähneklackten unter den ersten Wallungen eines gemeinsamen Höhepunktes, um schließlich, wie eine einzige, lustgequälte Seele, zu einem

Orgasmus zu kommen, wie ihn die Saatchi Gallery seit Tagen nicht mehr gehört hatte. «*IiieeeeWraaah!*» kreischten sie. Bis ins nächste Zimmer hinein ließen Schimpansen ihre Finger sinken und drehten die Köpfe nach dem Radau um.

Zack Busner freute sich über diese Entwicklung der Ereignisse, und da er annahm, daß Simon, nachdem er sich so erfolgreich mit Sarah gepaart hatte, sich auf jeden Fall Zeit für ein anständiges postkoitales Lausen nehmen würde, schlenderte er auf drei Gliedern, das Mietglas in der freien Hand, davon, um nachzusehen, ob noch Champagner übrig war.

Am Getränketisch stand eine schnatternde Schar von Schimpansen, die den Paarungsketten auf der Empore keine Beachtung schenkten. Einen davon erkannte Busner, ein großes Männchen mit hellbraunem Kopffell und ziemlich femininen Hüften. Busner, der sich nun seine Bifokalbrille auf dem Nasenrücken zurechtrückte, hatte ihn an den lächerlich modischen ovalen Oliver-Peeples-Augengläsern und dem noch absurderen falschen Schwellungsschutz erkannt. Es war natürlich George Levinson.

George führte das Zeichen in dieser Gruppe, seine kräftigen Hände fuchtelten durch die Luft. Als Busner sich dazustellte, sah er eben noch die Zeichen: «Natürlich sind Juden ganz normale Schimpansen – nur eben ein bißchen normaler –», und dann bemerkte Levinson ihn und präsentierte tief. «*H'hooh*, Dr. Busner, was für eine Freude, Ihren verehrten Arsch hier zu sehen. Tony Figes hat mir gezeigt, daß Sie Simon mitbringen wollten, *h'huuh?*»

Busner tätschelte Levinsons Hintern. «*H'hooh*, Mr. Levinson, Sie müssen aber sehr in Ihre Gestikulation vertieft gewesen sein – haben Sie diesen großartigen Kopulationsschrei vorhin denn nicht gehört, *huh?* Das war Simon, der seine alte Gefährtin bestieg –»

«Sarah, *huh?* Was für ausgezeichnete Neuigkeiten, was für ausgezeichnete Neuigkeiten. Darf man dann annehmen, daß er auf dem Weg der Besserung ist, *huh?* Daß Ihren ziemlich unorthodoxen Methoden, Dr. Busner, ein Erfolg beschieden war?»

Einer aus der Gruppe, die sich um Levinson drängte, hatte aufmerksam zugesehen und präsentierte nun ebenfalls vor Busner. «*H'hooh*, Dr. Busner, nicht, *huh?*»

«Ja.»

«Ich bewundere Ihre prachtvoll leuchtende Gesäßfalte, Ihr Arsch ist wie der Morgenstern, und Ihre einzigartige Philosophie ist ein Leuchtfeuer des Disputs in einer langweiligen Welt. Ich bin, Sir, Ihr gehorsamster Untergebener.»

Busner, den diese kriecherische Unterwürfigkeit freute, tätschelte den dargebotenen Hintern und küßte ihn obendrein. «Vielen Dank, daß Sie meinen Arsch küssen», gestikulierte der Schimpanse und erhob sich auf die Hinterbeine. «Sie erinnern sich wahrscheinlich nicht mehr an mich, aber wir haben uns letztes Jahr in der Cassell Clinic kurz gelaust.»

Busner sah sich den Schimpansen näher an, der noch sehr jung war – erst Anfang Zwanzig –, mit einem sehr schwarzen Fell, einer sehr weißen Schnauze und einem extravagant dauergewellten Kopffell, das ihm überhaupt nicht stand. «*H'huuh?* Nein, ich kann nicht zeigen, daß ich mich erinnere», gegenzeigte er. «Wie war der Name gleich wieder, *huh?*»

«Alex Knight», antwortete der Schimpanse. «Ich bin Fernsehproduzent. Ich habe damals eine Dokumentation über Gestikulationstherapien gemacht – deshalb war ich in Cassell –»

«*Gru-nnn*, jetzt erinnere ich mich, ja Bernard Paulson hat sie eingeführt, das hat er wirklich. Was kann ich für Sie tun, *huuh?*»

Der Fernsehproduzent erniedrigte sich noch ein bißchen mehr, war ihm doch bewußt, daß das, was er nun zeigen wollte, einen Tabubruch darstellen konnte. «*HooGrnn*, soweit ich weiß, Dr. Busner, behandeln Sie den Künstler Simon Dykes, *huh?*»

«Richtig.»

«Der seit seinem Zusammenbruch an dem bestürzenden Wahn leidet, er sei ein, *huuh,* Mensch?»

«Ja, ja, auch das trifft zu, obwohl er gerade heute abend erstaunliche Anzeichen der Besserung zeigt – sich beispielsweise in Paarungsketten drängt, als wäre er schon wieder fast der Alte –»

«Aber er sieht sich noch immer als Mensch, *huh?*»

«Ja, ich fürchte, der Kern seines Wahns bleibt, *yugg-yugg,* intakt. Aber zeigen Sie mir, Knight, warum interessiert Sie das, *huh?*»

«Rein spekulativ, Dr. Busner, wirklich rein spekulativ, ich habe mich nur gefragt, ob Sie – und Mr. Dykes natürlich – Interesse hätten, über die Möglichkeit einer Fernsehdokumentation zu gestikulieren, *huh?*»

«Eine Dokumentation, *huh?*»

«Ja. In der es in erster Linie natürlich um die therapeutische Beziehung gehen soll, die Sie zu ihm aufgebaut haben – aber auch um Ihre existentialistisch-phänomenologische Philosophie der seelischen Störungen, *gru-nnn.*»

Busner musterte die Schnauze des Schimpansen. Der Fernsehproduzent wirkte aufrichtig, und außerdem war er damals von Paulson eingeführt worden, dem Busner vertraute. Was ihn aber wirklich reizte, war Knights so beiläufig erwähnte Kenntnis seiner Philosophie. Vielleicht war das ein Schimpanse, mit dem Busner ins Geschäft kommen konnte. «*H'hooh,* Mr. Knight, prinzipiell halte ich ja nicht viel vom Fernsehen. Meiner Erfahrung nach verwässert und popularisiert es seine Themen viel zu häufig. Jedoch *hooh,* haben sich gewisse Umstände ergeben, die bedeuten, daß ich an einer solchen Gestikulation interessiert sein könnte. Haben Sie eine Karte, *huuh?*»

Knight hatte keine Karte, und er mußte die Umstehenden um Papier und Stift angehen, um Busner seine Nummern aufschreiben zu können. Busner nahm den Zettel, steckte ihn ein und zeigte: «Ich glaube, Sie können davon ausgehen, daß ich Sie in naher Zukunft anrufen werde, Mr. Knight ...» Er wollte eben abwinken, um nicht allzu interessiert zu erscheinen, als von der Empore eine Reihe lauter Keuchschreie zu ihm drangen: *«HoooWraah! Hooo-Wraah! HoooWraah!»*, Keuchschreie, die unverkennbar von Simon stammten.

Seit ihrer Trennung waren nur Minuten vergangen, aber das hatte Simon genügt, um sich in Schwierigkeiten zu bringen. Nach der Paarung mit Sarah hatten die beiden sich zusammengehockt, und Simon hatte das befriedigendste, tröstendste Lausen seit seinem Zusammenbruch empfangen. Die kleinen Finger seiner Exgefährtin glätteten, zupften und kneteten geschickt sein Lendenfell, pulten trocknenden Samen und Vaginalsekrete heraus und streichelten seinen noch zuckenden Schwanz. *«Gru-unnn,* Simon, es tut so gut, dich wieder zu spüren, mein Geliebter», teilte sie ihm mit, «und du siehst schon soviel besser aus, ich habe mir ja solche Sorgen um dich gemacht –»

«*Grnnn,* mir geht es wirklich besser, Sarah, das stimmt. Ich kann dir nicht sagen, wie oder warum, aber die Welt wirkt nicht mehr so fremd auf mich. Es hat mir ja nicht einmal was ausgemacht, daß Ken Braithwaite dich eben gedeckt hat –»

«Aber warum sollte es auch, Simon, *huh?* Deine Stellung in der Hierarchie ist ungefährdet.»

Simon sah ihr in die grünen, längs geschlitzten Augen; sie waren tierisch – zugegeben –, aber ohne Böswilligkeit oder Falsch. Er kämmte das blonde Nackenfell und erwiderte: «Es wäre schwierig, dir das alles zu erklären – aber auf jeden Fall hat es mir nichts ausgemacht, *grnnn.*»

In diesem Augenblick knöchelschlenderte der fragliche Bonobo heran, und mit ihm der Rest der Clique, die leuchtenden, glücklichen Schimpansen, Steve, Tony Figes und Julius, der Barschimpanse aus dem Sealink. Ein blondes Weibchen – aber größer als Sarah und das blonde Kopffell länger – lief ebenfalls herbei und kreischte über die Schulter zwei Männchen an, die in ihrem Gefolge posierten. *«H'hooh»*, vokalisierte Simon und zeigte: «Hallo, Tabitha, noch immer von den Männchen gejagt, *huuh?*»

«*H'hooh,* Simon!» Sie drückte ihm einen Schlabberschmatz auf die Schnauze. «Schön, dich zu spüren!» Julius gab ihm ebenfalls einen Kuß und hielt ihm eine Weile den Hodensack.

«*H'hooh,* mein Schimpanse», fingerzeigte Simon.

«*H'hooh,* mein Schimpanse», gegenzeigte Julius. «Darf ich Ihnen ein erfrischendes Getränk kredenzen, *huh?*» Die beiden alten Verbündeten bogen sich vor zeichenlosem Lachen.

Julius hatte sich, wie Simon bemerkte, einen neuen, umgedrehten Ziegenbart rasiert, länger und zackiger als der, den er zuvor gehabt hatte. *«H'huuh,* neuer umgedrehter Ziegenbart, Julius?»

«Ja, *hie-hie*», kicherte der Barschimpanse, «mit freundlicher Unterstützung durch Gillette – für das Beste im Schimpansen! *H'hiehie-hie!*»

Bei soviel guter Laune und all dem leidenschaftlichen Lausen, mit dem die leuchtenden, glücklichen Schimpansen ihre Wiedervereinigung begingen, war es kein Wunder, daß Simon nicht ablehnte, als Steve Braithwaite fingerzeigte: «Wie wär's mit einer Line, Simon, *huh?*» Alle zusammen krochen sie zu den Toiletten.

Die Kabine war hoch genug, daß alle sieben sich hineinzwängen konnten. Steve klappte den Brillendeckel herunter und hockte sich hin, um auf dem Deckel des Spülkastens die Lines zu häckseln. Simon hockte mit Tony am Boden, während die Braithwaites und Tabitha fröhlich von der Decke baumelten, gelegentlich das Kopffell der Freunde unter ihnen füßelten und so für lautes Lippenschmatzen sorgten. Simon nahm den zusammengerollten Geldschein, den man ihm anbot, und schob ihn sich in die Nase. Er zog die Line ein und schmeckte sofort die chemische Bitterkeit in seiner Kehle. Dann wandte er sich Steve zu und fingerzeigte: «Wo kommt der Stoff her, Steve, *huh?*»

«Ich hab' ihn von diesem Schimpansen Tarquin aus dem Club», gegenzeigte der Bonobo. «Ist eigentlich nur Dreck – aber es reicht für einen anständigen Tritt in den Arsch.»

Simon schnupfte ausführlich und spürte, wie das Dreckskoks ihm den Kehlkopf hinunterrieselte. «Stimmt, Steve», zeigte er. «Der Stoff ist wirklich Dreck. Gott sei Dank ändern einige Dinge sich wirklich nie. *H'hooh!*»

Aber das typisch warme Hochgefühl, das das Dreckskoks erzeugte, hielt nicht lange an – und wie in seiner wahnhaften Erinnerung ans Menschsein das Kokain ihn immer an den Rand akuter Angst getrieben hatte, so tat es dies auch jetzt. Als er sich, zurück auf der Empore, eben seine x-te Baktria des Tages anzündete, wedelte Julius, der neben ihm knöchelging, plötzlich: *«Hooh,* ich würde nicht rauchen, wenn ich du wäre – nicht nach einer Line.»

«Was gestikulierst du denn da, Julius ...», gegenzeigte Simon, doch als er versuchte, das Fragesignal zu vokalisieren, fing er an zu stottern: *«Huuuergh –»* und dann zu husten: *«Yurgh-yugg-yugg!»*, denn natürlich hatte der Wahn wieder die Herrschaft über seinen Körper übernommen, und er wußte nicht mehr, daß Schimpansen nicht gleichzeitig atmen und vokalisieren können. Das Dreckskokain hatte Simon in mehr als einer Hinsicht betäubt.

Und jetzt stand Simon Dykes aufrecht an die Unwand der Galerie gelehnt, sein Herz raste, und seine vorstehenden grünen Augen schossen umher und begafften den Alptraum einer tierisch gewordenen Welt. Überall wuselten Schimpansen, die Gesichter haarig, die Zähne gebleckt, das Fell gesträubt. Und wenn er ihnen in die geschlitzten Iriden sah, erkannte er nichts als artfremde Intelligenz. Sogar die leuchtenden, glücklichen Schimpansen wurden ihm immer fremder, je mehr sich das Kokain in seinem verwirrten Geist breitmachte. Die Szene in der Saatchi Gallery, mit ihrem Personal aus halbangezogenen Schimpansen, die, Champagnermietgläser in der freien Hand, auf drei Gliedern umherhüpften, erinnerte Simon an eine gigantische Zirkusnummer, die man für Menschenkinder inszeniert hatte.

Simon lachte und weinte, während sich Erinnerungen und Eindrücke vor seinen Augen vermischten. Die leuchtenden, glücklichen Schimpansen gaben sich die größte Mühe, ihn besänftigend zu lausen, aber Simons Kichern und Husten wurde bald hysterisch, und er fing an zu keuchschreien.

An diesem Punkt kam Busner zu ihm. Die Clique löste sich von Simon, und Busner gab dem einstigen Künstler ein paar beruhigende Schläge auf die Schnauze. Und ohne sich zu erkundigen, was eigentlich vorgefallen war, verabschiedete er sich mit einem Keuchruf von den versammelten Schimpansen, trommelte auf den Fuß eines Sockels – passenderweise der, auf dem das störrische Menschenkind stand – und führte Simon davon.

Das letzte, was Simon, als er sich umdrehte, durch seine Tränen sah, war Sarahs geliebte Schnauze. Auf ihr lag ein Ausdruck beinahe irrsinniger Verwirrung, aber dennoch tröstete sie sich – wie Affen es tun –, indem sie sich noch einmal mit Ken Braithwaite paarte.

Auf der Straße schaffte es Busner sofort, ein Taxi zu bekommen, und so waren sie binnen Minuten wieder in der Redington Road. Er brachte Simon direkt in sein Zimmer und verabreichte ihm die gewohnte Dosis Valium. Simon glotzte Busner benommen an, während der einstige Antipsychiater unter seinem Ellbogenfell nach einer Vene suchte. «*Huh*, was ist denn, Simon», fragte der alte Affe.

«*Hooh*, ich weiß es nicht, Zack, ich weiß es nicht ...» Busner hatte die Vene gefunden und drückte, nachdem er die Aderpresse gelöst hatte, den Kolben in den Spritzenzylinder. Jane Bowen hatte darauf bestanden, daß Simon wegen seiner extremen Erregbarkeit seine Medikamente auf diese Art verabreicht bekam, und Busner hielt es für klug, dies auch weiterhin zu tun. Die intravenöse Methode erlaubte eine effektivere Dosierung.

Simon verdrehte die Augen, und Busner spürte die Muskeln des Arms, den er hielt, erschlaffen. Simons Finger skizzierten in die Luft: «Wenn Sie mir diese Spritzen geben ... Wenn ich meinen Arm ansehe, wenn Sie mir diese Spritzen geben ... ich sehe ihn fast als einen Schimpansenarm – wirklich. Ich sehe ihn mit Fell, wirklich ...» Und mit dieser neuerlichen Offenbarung seiner knospenden Schimpansität sank Simon Dykes in sein Nest, rollte sich zusammen und schlief ein. Busner stemmte sich mit Mühe in die Höhe – es war ein feuchter Abend, schlimm für seine Arthritis – und betrachtete seinen Patienten.

Professionelle Distanzierteit hatte noch nie im Zentrum von Busners therapeutischer Philosophie gestanden. Als er jetzt hinuntersah auf Simons Schnauze, medikamentös in provisorischen Schlaf versetzt, und auf sein trauriges, mit Brandflecken übersätes Brustfell, gestand Busner sich ein, daß ihre Beziehung den therapeutischen Rahmen schon längst gesprengt hatte. Daß sie – in gewisser Weise – jetzt Verbündete waren, vereinigt gegen eine feindliche Welt, ob nun der Affen oder der Menschen. Busner schüttelte sich in dem stickigen kleinen Zimmer und kontrollierte dann seine Gesäßfalte, bevor er sich auf die Suche nach einem dritten Abendessen machte.

Simon träumte. In den Träumen war er wieder menschlich. Er ging entspannt aufrecht, spürte, wie die gerade Länge seines Rückens den nach vorne gerichteten Kegel einer grundlegend menschlichen Außenwahrnehmung trug. In den Kegel hinein und wieder hinaus tollten seine Kinder, drei kleine Männchen. Alle lachten sie, alle hatten sie Flachsköpfe und knuddelige rosige Haut. Aber der knuddeligste von allen, der Augapfel seines Vaters, war Simon junior. Simon lief zu ihm, hob ihn in die Höhe und spürte, wie Klein-Simons Knie über seinen Rumpf glitten. Er drückte seine Schnauze in das weiche Fleisch seines Kindes und atmete aufstöhnend seinen Menschenduft, seine wunderbare Sinnlichkeit ein.

Später verließ Simon dieses Erewhon und trat in ein noch alptraumhafteres ein, eins, in dem er und Sarah sich paarten, wie die Menschen es tun. Er lag auf ihr und spürte, wie ihr kahler Körper sich unter dem seinen wand. Wie ihre Haarlosigkeit sich an der seinen rieb, war ekelerregend. Sie waren wie zwei rasierte, schweißfeuchte, schleckende und schlabbernde Schnauzen. Auch Sarahs Augen waren verstörend, wie sie so blau und barbarisch in die seinen stachen; und ihr fürchterlicher kleiner Mund mit seinen Miniaturzähnen öffnete sich und stieß leise Grunzer und verschluckte Vokalisationen aus: *«Gru-nnnfickmich! Gru-nnnfickmich!»* Simon stieß in sie, so gut er konnte, aber er spürte nichts in seiner Leistengegend, kein heimeliges Mantschen sexueller Schwellungen, nur ein Fehlen, eine lokale Leere. *«Gru-nnnfickmich! Gru-nnnfickmich!»* Noch immer vokalisierte sie, und er mühte sich weiter, aber keiner von ihnen kam zum Höhepunkt, sie dauerte ewig, diese Paarung – Minuten. Es war – wie er mit der Klarheit der Traumlogik erkannte – eine entsetzliche Vorausschau auf Impotenz, Alter und Tod.

Im Schlaf zuckte die Schnauze des gelegentlichen Künstlers vor Angst. Sein Mund öffnete sich, und zwischen seinen großen Zähnen hervor kam Jaulen und Jammern.

Busner war früh auf am nächsten Morgen, rechtzeitig für ein erstes Frühstück mit den Kindern, die zur Schule, und den Jungerwachsenen, die auf Patrouille gingen. Er spielte mit ersteren und lieferte sich Scheinraufereien mit letzteren. Er streichelte die allgegenwärtigen Busnerschen Schoßponys und deckte ein paar seiner jüngeren Töchter, deren erste Brunst kurz bevorstand. Alles in allem war es ein glücklicher, sehr grupplicher Morgen. In dieses unschuldige Arkadien platzte eine Botschaft, die eine Bombe war, der Sprengsatz eines braunen Umschlags.

Mary, das Jota-Weibchen der Busners, brachte den Umschlag in die Küche, wo Busner am Tisch saß und den «Guardian» las, während Dr. Kenzaburo Yamuta, das distale Zeta-Männchen, sein Rückenfell lauste. Allein der Anblick des Umschlags reichte Busner – der alte Alpha sprang auf seinen Stuhl, stellte sich auf die Hinterbeine und wandte sich keuchrufend an seine Gruppe: «*HoooGrah!* Ich habe etwas Wichtiges mit euch zu gestikulieren. Ich will alle Gruppenerwachsenen, Männchen wie Weibchen, von Beta bis Epsilon, in drei Minuten in meinem Arbeitszimmer sehen. Ihr anderen habt euch stillzuhalten. Colin» – er winkte dem Theta-Männchen –, «schau etwas später nach, ob mit Simon alles in Ordnung ist. Wir hatten einen ziemlich rauhen Abend, und vielleicht braucht er etwas gegen seinen Kater, *h'hooh.*»

Als die Schimpansen, die er zusammengerufen hatte, sich dann in sein Arbeitszimmer schwangen, hatte er den Brief gelesen und seinen Inhalt verarbeitet. «*HoooGrah»,* begrüßte er sie und deutete auf den Brief, der auf dem Tisch lag. «Ich habe schon vor ein paar Wochen mit Charlotte im Nest über diese Sache gestikuliert, kurz nachdem Simon zu uns kam ...» Er hielt inne und sah in neun gespannte Augenpaare. «Zu dieser Zeit hatte ich bereits den Verdacht, daß unser einstiges Epsilon-Männchen – und mein früherer Forschungsassistent – Gambol ein Bündnis gegen mich betreibt –»

Diese Offenbarung führte zu hektisch verwirrtem Zeigen und bestürztem Wimmern unter den versammelten Busner-Schimpansen. «*Gru-nnn*, jetzt beruhigt euch wieder, alle miteinander! Wie gezeigt, das kommt nicht unerwartet. Ihr alle wißt, daß ich mir sowohl in den medizinischen wie den psychiatrischen Hierarchien mehr als genug Feinde gemacht habe, *tschup-tschupp*. Und ihr wißt auch, daß ich nie meinen geraden Weg verlassen habe, um vor jenen Individuen zu präsentieren oder ihnen die verlangte Ehrerbietung zu zeigen, sondern ich habe einfach nur getan, was ich für notwendig hielt, um jenen zu helfen, die die Schimpansität, *yugg-yugg*, psychisch krank zu nennen beliebt.

Hoooh, und jetzt fällt das alles auf mich zurück. Gambol hat – ich weiß nicht, wie – Informationen in die Hände bekommen, die mich schwer belasten. Informationen über eine ziemlich unglücklich verlaufene Versuchsreihe mit einem neuen anxiolytischen Medikament, an der ich mich dummerweise beteiligt hatte. Ich will euch, *yugg-yugg*, nicht mit Einzelheiten belasten, es genügt zu zeigen, daß mein mutmaßliches Fehlverhalten in dieser Angelegenheit auch Simon Dykes betrifft. Gambol hat es für angebracht gehalten, dieses Material der Ethikkommission der Gesundheitsbehörde zu präsentieren. Es wird nun ein Untersuchungsverfahren geben, *yugg-yugg*, und dieser Brief», er wedelte mit dem verhaßten Ding, «setzt mich davon in Kenntnis, daß meine ärztliche Zulassung für die Dauer dieses Verfahrens aufgehoben wird, *waah!*»

Einige Sekunden lang herrschte Chaos im Arbeitszimmer. Mit gesträubtem Fell und wütend knurrbellend rasten die Busner-Schimpansen umher und sprangen an den Wänden hoch. Busner machte sich hinter seinem Schreibtisch aufs Schlimmste gefaßt. Falls es zu einem Aufstand gegen seine Herrschaft als Alpha kommen sollte, war jetzt die richtige Zeit dafür. Aber es entstand keine Vereinigung, und das Fellgewirr zerteilte sich auch nicht in spontane Bündnisse, und so schlug er nach einer Weile auf den Tisch und vokalisierte, um die Aufmerksamkeit wieder auf sich zu ziehen: *«Hooo-Graah!»* Fingerschweigen und Unlaut legten sich über das Arbeitszimmer.

«Nun, ich habe nicht die Absicht, mich diesen Schimpansen zu beugen, ich habe sogar beschlossen, in keiner Weise gegen diese Untersuchung vorzugehen –» Wieder schrien die versammelten Schimpansen bekümmert auf. *«Yugg-yugg,* ich habe den Eindruck, wenn ich das täte, würde ich damit meine gesamte Karriere kompromittieren. Nein, ich werde vom medizinischen Baum heruntersteigen. Ich werde mich weiterhin um Simon Dykes kümmern, den ich als Schimpansen und als Verbündeten achten gelernt habe. Ich habe bereits eine Vorstellung, wie ich ihn weiterbehandeln könnte. Ich würde gern hier in unserem Gruppenheim bleiben, aber mir ist, *hooh,* durchaus bewußt, daß dies das Ende meiner Herrschaft als Gruppen-Alpha bedeuten könnte, da wir –»

Wieder Chaos. Alle sprangen auf, keckerten und trommelten auf die verfügbaren vertikalen und horizontalen Oberflächen. Es kam zu einer Kabbelei zwischen Henry, dem unerschütterlichen Busner-Beta, und David, dem heißblütigeren Gamma, aber es wurde kein richtiger Kampf daraus, und als kurz darauf wieder allgemeine Vereinigung entstand, bedeuteten die Schimpansen Dr. Kenzaburo Yamuta, daß er in ihrem Namen zeigen solle.

Der distale Zeta-Schimpanse stellte sich auf die Hinterbeine. *«HoooGrah!»* vokalisierte er und zeigte: «Zack, ich ringe die Hände für uns alle, wenn ich zeige, daß die Vorstellung, wir sollten uns nicht mehr vor dem strahlenden Glanz deines Arschlochs verbeugen, eine sehr traurige Vorstellung ist. Zack, wir verehren deine Gesäßfalte, unser einziger Wunsch ist es, ehrerbietig deinen Hintern zu liebkosen, und deine herausragende Stellung auf dem Gebiet der Psychiatrie ist für uns alle ein Grund, sehr stolz zu sein, *h'hooh*. Wir wollen dich als unseren Alpha behalten, und sei versichert, daß wir alles, was du zu unternehmen gedenkst, mit Händen und Füßen unterstützen werden.»

Während dieser Gestikulation spürte Busner, wie sich seine Augenhöhlen gegen seinen Willen mit Tränen füllten. Er hatte gewußt, daß seine häusliche Gruppe ihn respektierte, aber er war sich nie sicher gewesen, wieviel davon auf Angst und wieviel auf Liebe beruhte. Seinen Tränen nun freien Lauf lassend, sprang er über den Schreibtisch, hockte sich vor Kenzaburos niedliche kleine Füße und fing leise grunzend und schmatzend an, sein Lendenfell zu lausen. Die anderen Busners gesellten sich dazu, und es fand ein spontanes und tief befriedigendes Gruppenlausen statt.

Nach angemessener Zeit richtete Zack sich auf, kniff Kenzaburo ein letztes Mal aufmunternd und küßte ihn auf die platte Schnauze. *«HoooGraah!»* rief er dann und zeigte der versammelten Mannschaft: «Das wäre also erledigt. Kenzaburo, nimm diese nutzlosen Papierfetzen von der Wand» – er deutete auf die gerahmten medizinischen Zeugnisse, seine Mitgliedsurkunde des Royal College of Psychiatrists, die Mitgliedsurkunde des Institute of Psychoanalysis, seinen Fernsehpreis und die Ehrenurkunde des Variety Club of Great Britain –, «während ich mich um Simon kümmere. Seine Exgruppe und seine Kinder kommen heute zum ersten Mittagessen zu uns. Ich setze große Hoffnungen in ihre Wiedervereinigung.»

Simon hatte einen Kater, und schlimmer noch, das nächtliche Chaos der Traumbilder quälte ihn. Trotzdem freute er sich, als er hörte, daß die Angehörigen seiner Exgruppe erwartet wurden. Busner hockte sich auf sein Nest und teilte ihm die

Neuigkeit behutsam mit. «Ich habe gestern Ihre Ex-Alpha angerufen, und sie war einverstanden, die Kinder heute mitzubringen, *gru-nnn*. Allem Anschein nach werden auch noch andere Gruppenmitglieder bei ihr sein, meinen Sie, daß Sie das, *tschup-tschupp*, durchstehen, *huh?*»

«Ich wüßte nicht, warum nicht», gegenzeigte Simon. «Immerhin habe ich die Vernissage gestern abend auch durchgestanden, bis ich so dumm war, mir diese letzte Baktria anzustecken.»

«Und so dumm, dieses, *yugg-yugg*, Kokain zu nehmen –»

«Das Kokain war Dreck, *hooh!*» warf Simon dazwischen. «Totaler Dreck!»

«Das mag schon sein, Simon – und es steht mir fern, mich kritisch über Drogenkonsum zu äußern ...» Busners sonst so behende Finger stockten, und er merkte, daß er Simon etwas über seine eigene Notlage zeigen mußte. Und das tat er, wenn auch mit einer bedeutenden Auslassung – das Debakel um die Inclusion-Versuchsreihe erwähnte er mit keinem Zeichen. Statt dessen konzentrierte sich Busner auf die Abschnitte des Briefs von der Gesundheitsbehörde, die seine ungewöhnlichen therapeutischen Methoden in Frage stellten.

«Soll das heißen», zeigte Simon nach Busners Gestikulation, «es kann sein, daß man Sie suspendiert wegen der Methoden, mit denen Sie mir zu helfen versuchen, *huuh?*»

«Darauf läuft es in etwa hinaus», gegenzeigte Busner unbefangen.

«Aber das ist ja, *yugg-yugg*, absurd! Sie haben mir meinen Verstand gerettet – vielleicht sogar mein Leben!»

Busner verzog zwar seine Schnauze zu einer angemessen bescheidenen Miene, dachte aber bei sich: Und zuerst einmal deinen Verstand in Gefahr gebracht, vielleicht sogar dein Hirn geschädigt.

«Schauen Sie, Simon», gestikulierte er dann weiter, «das Wesentliche ist doch, daß wir noch nicht fertig sind. Da ist immer noch dieses Problem mit Ihrem abhanden gekommenen Kind zu lösen. Sie sind doch weiterhin überzeugt, daß es existiert, nicht, *huh?*» Simon nickte stumm. «Und mit diesem Kind gehen all die anderen verstörenden menschlichen Phantasien einher, habe ich nicht recht, *huh?*»

«*Hooh*, ja.» Simons Schnauze erbleichte, als er an die vergangene Nacht dachte, die Träume von animalischer Paarung und menschlicher Kopulation. Denn aus der Perspektive der wachen Welt mit ihren Schoßponys, Baktrias und «Planet der Menschen»-Videos waren diese Träume keine Alpträume mehr, sondern erotisch aufgeladen.

«*Gru-nn*, Simon, solange wir diese negative Mensch-Fixierung nicht aufgedröselt haben, werden Sie es nicht schaffen, Ihr normales Leben wiederaufzunehmen. Deshalb ist es nötig, daß wir uns Kapital beschaffen, wenn wir mit unserer Arbeit fortfahren wollen –»

«Ich bezahle Sie, Zack», wedelte Simon, «wenn es das ist, was Sie brauchen – oder wollen, *huh?*»

«Nein, Simon, *grnn.*» Busner war sanft, aber bestimmt. «Das sehe ich nicht als die richtige Vorgehensweise. Was ich Ihnen skizzieren wollte, ist eher eine Art soliden Bündnisses ...» Und nun informierte er Simon über seine Begegnung mit Knight, dem Fernsehproduzenten.

«*Gru-nnn*», vokalisierte Simon nach einer Weile – offensichtlich war er nicht verärgert. «Wollen Sie damit vorschlagen, daß wir uns auf diesen Schimpansen und seine Dokumentation einlassen sollen, *huh?*»

«Genau. Ich weiß aus glaubwürdiger Quelle, daß er vertrauenswürdig ist, und ich habe bereits Arbeiten von ihm gesehen – sie sind gut. Und was diese Fernsehschimpansen angeht, *tschup-tschupp*, kann ich mir vorstellen, daß Gambols Verrat und die Untersuchung durch die Gesundheitsbehörde der Geschichte nur zusätzliche Würze verleihen. Simon, ich weiß, das Ganze sieht komisch aus, aber denken Sie nur, diese Schimpansen haben soviel Geld, und falls wir im Verlauf unserer Arbeit in die Ferne schweifen müßten, würden sie dafür bezahlen!»

Nach einer guten Stunde sorgfältigen, bedachtsamen gegenseitigen Lausens und der entsprechenden Gestikulation verließ Busner Simon, damit er sich auf die Wiedervereinigung mit seiner Exgruppe vorbereiten konnte.

Sie trennten sich mit einer klaren Übereinkunft. Busner sollte Knight anrufen und ihm die Voraussetzungen signalisieren, unter denen sie zu dieser Dokumentation bereit wären. Knight sollte absolute Freiheit erhalten, alles zu filmen, was er für richtig erachtete, und würde dafür alle anfallenden Kosten übernehmen, doch die Busner-Dykes-Allianz behielt sich ein absolutes Veto in bezug auf das fertiggestellte Material vor.

Busner tätigte den Anruf sofort. Knight war mehr als bereit, auf die Forderungen einzugehen. Er war ein ehrgeizes junges Männchen, das im Eiltempo in der Hierarchie nach oben kletterte, und weil er mit einem reduzierten Team arbeitete – ein Assistent, ein Tontechniker und er selbst hinter der Kamera –, war er bereit, das Risiko auf sich zu nehmen.

«Wenn Sie mit meinen Vorschlägen einverstanden sind», zeigte Busner, «wäre es vermutlich eine gute Idee, wenn Sie um die Zeit des zweiten Mittagessen in mein Haus in Hampstead kommen – ich habe den Eindruck, daß in Mr. Dykes' Zustand einschneidende Veränderungen kurz bevorstehen. Bringen Sie auch gleich die entsprechenden Verträge mit – falls Sie sie in so kurzer Zeit aufsetzen lassen können, *huh?*»

Knight gegenzeigte, daß dies kein Problem sei, und nachdem er sich den Weg hatte beschreiben lassen, beendeten sie ihren videophonischen Zeichenwechsel zur gegenseitigen Zufriedenheit.

Busners Eindruck sollte nicht trügen.

20

Die Dykes-Gruppe – sie hatte den alten Namen behalten – kam rechtzeitig in der Redington Road an. Und das trotz der Tatsache, daß Jean Dykes, obwohl schon beinahe dreißig, noch immer diese lange anhaltenden Schwellungen präsentierte, die Simon anfangs an ihr so attraktiv gefunden hatte. Ihre Brunst konnte Wochen dauern, und als gute Katholikin machte sie gern das Beste daraus, indem sie sich so häufig paarte, wie es nur ging. Im Zug von Thame nach London hatte sie sich ein paarmal decken lassen, zweimal auf der U-Bahn-Fahrt von Marylebone nach Hampstead, und auf dem Knöchelgang der Gruppe zur Redington Road war es zu vier weiteren Paarungen gekommen, von denen nur eine endogam war.

Zu der Patrouille gehörten neben Jean drei neue männliche Mitglieder der Dykes-Hierarchie. Der Alpha, Derek, war der Tankstellenschimpanse aus Tiddington. Simon, der hinter den Vorhängen im Nestzimmer der jungerwachsenen Männchen hervorspähte, erkannte ihn an seiner sommersprossigen Schnauze, den dicken Schenkeln und dem stämmigen Rumpf. Die beiden anderen kannte er nicht, und sie gefielen ihm auch nicht besonders, vor allem dieses rundschnäuzige Individuum mit der dichten Krause weißen Fells unter dem Kinn. Vor Simons Augen deckte dieses Männchen seine Ex direkt vor dem Gartentor, und zwar mit solch hastiger Beiläufigkeit, daß Simon, hätte er es nicht besser gewußt, geglaubt hätte, sie hätten sich zufällig angerempelt.

Doch es waren eigentlich nicht die Erwachsenen, ob kopulierend oder nicht, die Simon beschäftigten, es waren seine geliebten Kinder. Wo waren sie? Zuerst tauchte hinter der Hecke ein kleiner Kopf, dann ein zweiter auf. Simon hatte fürchterliche Angst gehabt, daß er sie nicht erkennen würde – aber das war unbegründet. Er hätte Magnus in jeder wimmelnden Masse erkannt, so einzigartig war die Strähne blonden Fells, die ihm in die Stirn fiel. Und Henry, der Kleinste, der war so pausschnäuzig und knuddelig wie in seiner menschlichen Inkarnation.

Simon sah zu, wie seine beiden Jungen an den kopulierenden Erwachsenen vorbeistürmten, durchs Gartentor bretterten und den Weg zur Haustür entlangrannten, wo sie von einer Horde Busner-Kinder empfangen wurden. Hüpfend, kreischend, einander jagend und kitzelnd, verschmolzen die beiden Gruppen zu einem typisch schimpanslichen Gewimmel. Ganz anders als das reservierte Rührmichnichtan von Menschenkindern, dachte Simon, als er Hand über Hand die Treppe hinunterpolterte und schlitternd am Kleiderständer in der Diele zum Stehen kam.

Busner kam gemessenen Knöchelgangs aus der Richtung seines Arbeitszimmers, zusammen mit einem Schimpansen, den Simon als Colin Weeks erkannte, dem ziemlich schwächlichen Theta-Männchen der Busners. «*HoooGrah*», vokalisierte er. «Sind Sie bereit, Simon, *huh?*»

«*Hooh*, bereiter geht's nicht, Zack.» Die Türklingel ließ ihre gewöhnte Dissonanz hören, und Colin Weeks öffnete die Tür. Die Dykes-Kinder purzelten herein; ein hellbraunes Bündel von exakt derselben Tönung wie Simons Fell rollte über den Boden. Dann lösten sich die beiden kleinen Männchen voneinander, standen auf und stürzten auf ihren Alpha zu.

«*HoooH'Graah! HoooH'Grah! HoooH'Grah!*» riefen sie.

Sie sprangen Simon in die ausgestreckten Arme, Magnus hängte sich an seinen Hals, Henry umklammerte seinen Oberarm, und beide ließen gleichzeitig ihre Finger sprechen, so daß die Zeichen sich vermischten, vermählten. «Alphy! Alphy! *Gru-nnn*, wo warst du denn die ganze Zeit, *huuh?*

Hast du uns was mitgebracht, *huh?* Was hast du für uns, *huh?* Alphy! Alphy!»

«*Huh-huh-huh-gru-nn*, immer mit der Ruhe, ihr zwei, beruhigt euch ...» Kuß um Kuß drückte Simon ihnen auf die Schnauzen. Er strich ihnen mit den Fingern durch das Kopffell, küßte ihre übergroßen Ohren und roch ihr felliges Aroma, das Duftgemisch aus ihm und ihnen – den Geruch der Blutsverwandtschaft.

In diesen wenigen Augenblicken, als seine Kinder an ihm hingen, ihre Finger und Zehen in sein Fell verwühlt, empfand Simon Dykes, der einst Ambitionen gehabt, es gewagt hatte, sein eigenes Ideal nachzuäffen, nichts anderes als Liebe für seinen Nachwuchs, ungeachtet seiner Spezies. «*Gru-nnn*, es ist so schön, euch wieder zu spüren, meine Kleinen», fingerte er, «ihr seht super aus. Wart ihr auch gut zu eurer Mutter, *huuh?* Habt ihr gut auf sie aufgepaßt, *h'huuh*, seid ihr brav gewesen?»

«*Grnn*, ja-ah, Alph», drückte Magnus seinem Alpha auf die Schnauze, und die Zeichen perlten von Simons Stirn wie bedeutungstragender Schweiß. «Wir haben alle zwei ganz tolle Noten dieses Jahr, und ich habe von Mrs. Greely zwei goldene Sternchen bekommen –»

«Sehr schön, Magnus, *h'hoooh*. Was für ein kluges junges Männchen du doch geworden bist.»

Sie hatten sich nicht um die anderen Schimpansen gekümmert, die in die Diele drängten, doch als Simon jetzt einen vertrauten Keuchruf hörte, löste er sich von seinen Kindern. «*HoooGrah!*» vokalisierte Jean Dykes und zeigte Simon, als er sich ihr zuwandte: «So, mein alter Alpha, hier sind wir!» Simon hatte die schlimmsten Befürchtungen wegen dieses Wiedersehens mit seiner Ex gehabt. So viel Ballast, so viele Mißverständnisse, Streite und Zwistigkeiten standen zwischen ihnen. Es hatte Unstimmigkeiten in prinzipiellen Fragen, in Fragen der Erziehung, der Hierarchie und der Weltsicht gegeben. Es hatte Vereinigungen, Spaltungen, Bündnisse und Rebellionen in ihrer Gruppe gegeben – zu viele, um sich an alle zu erinnern.

Simon hatte befürchtet, daß allein der Anblick von Jeans Schnauze ihn wieder in die Psychose stürzen würde. Und auch falls das nicht passierte, konnte er sich nicht vorstellen, wie er sich ihr gegenüber verhalten, wer vor wem präsentieren sollte. «Denken Sie sich nichts, *grnn*», hatte Zack Busner ihn beruhigt. «Wenn es soweit ist, werden Sie schon wissen, was zu tun ist.»

Simon wußte es – ganz instinktiv. Als er zu Jean knöchelging, fiel ihm auf, daß sie unverändert war: derselbe Saum dunklen Fells um die niedrige Stirn, derselbe religiöse Eifer in ihren umflorten Augen. *«HoooH'Grah!»* vokalisierte Simon, drehte sich dann um und streckte ihr tief gebückt seinen zukkenden Steiß hin. Jean drückte Simon einen Schlabberkuß auf die Gesäßfalte, dann wechselten sie die Stellung, und Simon sah sich plötzlich ihren Arsch küssen. Und während die anderen Schimpansen eine provisorische Hierarchie unter sich etablierten, hockten die beiden ehemaligen Nestgenossen sich hin und lausten einander zärtlich und behutsam – um der alten Zeiten willen.

Zack Busner betrachtete diese emotionale Wiedervereinigung alter Gruppenmitglieder mit gemischten Gefühlen. Natürlich wollte er, daß Simon wieder gesund wurde, und diese Szene schien ein deutlicher Hinweis auf eine Besserung im Zustand seines Verbündeten zu sein. Gleichzeitig fühlte Busner jedoch eine gewisse Traurigkeit. Simon war sein letzter Patient, sein finaler Fall; seine Gesundung würde das Ende von Busners therapeutischer Karriere bedeuten. Genausogut könnte sich der alte Affe gleich – im metaphorischen Sinne – ins Unterholz verkriechen und dort sein letztes Nest bauen.

Doch Busner schob diese verstörenden Gedanken beiseite,

richtete sich auf, trommelte an die Wand und vokalisierte laut: «*H'hoooh!*» Als der Tumult sich ein wenig gelegt hatte, fingerte er: «Ich möchte die erwachsenen und kindlichen Angehörigen von Simons Exgruppe in unserem Haus begrüßen und zeigen, was für ein Vergnügen es für mich ist, all eure prächtig leuchtenden Arschlöcher zu sehen. Nun, *gru-nn*, es gibt einen Grund für diese Vereinigung – Simon, Jean und ich haben eine wichtige Gestikulation zu führen. Ich glaube, es wäre eine gute Idee, wenn ihr Kleinen ins Kinderzimmer geht und dort miteinander spielt. Ich weiß nicht, ob du, Magnus, und dein Bruder schon die neuen Spielbäume habt, aber ich glaube, daß es euch viel Spaß machen wird, in ihnen zu hangeln – während die erwachsenen Männchen, die uns mit ihrem Besuch beehren, vielleicht ein erstes Mittagessen zu sich nehmen, *h'huh?*»

Das große Männchen, das Jean Dykes vor dem Gartentor gedeckt hatte, hatte sich bis jetzt im Hintergrund gehalten, doch nun trat es mit dem ganzen Pomp eines provinziellen Akademikers durch die Tür. Als Simon diesen vertrauten Gang sah, wußte er sofort, um wen es sich handelte. Es war Anthony Bohm, sein Arzt und alter Verbündeter. Den hatte Jean also an Bord genommen, zusammen mit Derek, dem Tankstellenschimpansen, und diesem dünnen bartlosen Männchen mit den dunkelbraunen Koteletten. «*HooH'Grah*», vokalisierte Bohm, ging dann schnell zu Simon, präsentierte tief gebückt vor ihm und fingerzeigte: «Simon, freut mich, dich wiederzusehen, magst du mir den Arsch küssen, *huh?*» Was Simon auch sofort tat.

Busner trennte die beiden Schimpansen behutsam und zeigte: «Dr. Bohm, bitte seien Sie so freundlich und nehmen Sie ein erstes Mittagessen zu sich, wir haben frische Durian, *tschup-tschupp*. Nach meiner Gestikulation mit diesen alten Nestgenossen würde ich gerne mit Ihnen ein paar vertrauliche Zeichen wechseln – wenn Sie nichts dagegen haben, *huh?*»

Bohm präsentierte tief vor Busner und gegenzeigte: «Natürlich, Dr. Busner, ich bin Ihr Gast, Ihrer wohlgeformten Gesäßfalte zu Dank verpflichtet, Ihrer göttlichen Dominanz ergeben. Ich freue mich schon, Ihnen in Kürze, *gru-nn*, Zeichen und Gegenzeichen stehen zu dürfen.» Colin Weeks gesellte sich ebenfalls zu Bohm und steckte seine Finger zu denen Busners ins allgemeinärztliche Fell. Die beiden Busner-Schimpansen machten dem Arzt mit dem Versprechen weiterer Leckereien den Mund wäßrig, und bald darauf waren alle in verschiedenen Zimmern verschwunden.

Nachdem sie sich um den großen Eichentisch in Busners Arbeitszimmer versammelt hatten – Jean und Simon in den Sessel gekuschelt, Zack in Hockstellung auf der Schreibunterlage –, kamen sie ohne große Umschweife zur Sache. «*H'huh*, Mrs. Dykes –»

«Bitte», warf Jean dazwischen. «Nennen Sie mich Jean, Dr. Busner. Ich erkenne Ihre zeitweilige, momentane Vorherrschaft an, und obwohl ich mir ursprünglich nicht vorstellen konnte, daß Ihre Seelenklempnerei meinem armen, umnachteten Ex-Alpha wirklich helfen würde, sehe ich doch jetzt am Ausdruck der Demut auf seiner Schnauze, daß es Ihnen gelungen ist, ihn wenigstens ein Stück weit auf den Weg der Tugend zurückzuführen, *h'hooh*.»

Busner war etwas verstimmt über diese Zurschaustellung der Frömmigkeit, da ihn jedoch sowohl Jane Bowen wie Simon vor Jean Dykes' verzehrender Religiosität gewarnt hatten, ließ er diese Zeichen unwidersprochen und fingerte nur: «Sie sind zu unterwürfig, Mrs. Dykes, zu unterwürfig.»

Simon, der seit seiner Lösung aus dem kindlichen Kuddelmuddel zeichenlos geblieben war, lauste Jeans Lende mit größter Zärtlichkeit und – das erklärte den Ausdruck auf seiner Schnauze – größter Demut. Von all den Schimpansen, die er kennengelernt hatte, war ihm, neben seinen Kindern, Jeans Körper der vertrauteste. Ihr Fell, ihre Figur, ihr Brauenwulst, sogar die eigentümliche Sprenkelung ihrer verlängerten Brustwarzen – all das erinnerte ihn an die Vergangenheit, an ihr Gruppenleben damals im Brown House.

Als er nun Anthony Bohms schnell stockenden Samen aus ihrem Lendenfell pulte, teilte er ihr – mit äußerster Ehrerbietung – mit: «Zeig mir, *tschup-tschupp*, Jean, hatten wir damals, als wir noch zusammen waren, auch schon andere erwachsene Männchen im Haus, *huh?*»

Jean starrte Simon ungläubig an – eine so unsinnige Frage brachte sie aus dem Konzept. «*Hooh*, mein lieber alter Schwanz, was gestikulierst du denn da, *huh?* Derek war dein Beta, und Anthony ein ziemlich distaler Gamma. Natürlich hat auch Christobel bei uns gewohnt, aber du hast sie nie so oft gedeckt, wie sie es gern gehabt hätte. Sie verließ uns, lange bevor wir uns trennten, *gru-nn.*»

Dieses Befingern der Vergangenheit rührte an Simons drängendstes Problem. War die Wiedervereinigung mit seinen Kindern bis jetzt, nach gegenseitigem Wiedererkennen und befriedigendem Lausen, gut verlaufen, war sie doch an dem einstigen Künstler nicht spurlos vorübergegangen. Auch wenn diese Wiedervereinigung ihn tiefer in die stachelige Umarmung der Schimpansität zog, drängte sie ihm doch mit gleicher Macht diese Bilder einer verlorenen Menschlichkeit auf, die er immer stärker als psychotisch, verrückt, durchgeknallt betrachtete.

Quasi als Schatten seiner zwei kleinen Männchen sah Simon noch immer ein drittes, menschliches. Er konnte sich an Klein-Simons nacktes Gesichtchen, an seinen vorstehenden Unterkiefer und die etwas schiefen Zähne ebenso deutlich erinnern wie an die Schnauzen seines unrasierten Nachwuchses, wenn nicht sogar besser. Und mit dieser Erinnerung kamen dämmerige Bilder einer menschlichen Vergangenheit.

Bilder vom Braten von Pommes und Fischstäbchen, vom schnalzenden Hochziehen von Unterhosen, vom Überkreuz-Pinkeln und wie die gelben Strahlen über den Badezimmerboden prasselten und spritzten. Und zu alldem gehörten drei männliche Kinder. Wo war das dritte?

Simon zog seine Finger aus Jeans Schwellung und setzte sich auf. Busner miteinbeziehend, gestikulierte er: «Ich weiß, das mag jetzt, *hooh*, verstörend für dich sein, Jean, meine verehrte Ex-Alpha. Gott weiß, es ist verstörend genug für mich, aber ein wesentlicher Teil meiner, *hooh*, Krankheit, meines Zusammenbruchs, ist diese absolute Überzeugung, daß wir drei gemeinsame Kinder haben – nicht nur zwei. Jean, kannst du dir, *h'huuh*, irgendeinen Grund vorstellen, warum das so ist?»

Anfangs sah es so aus, als würde Jean Dykes diese merkwürdige Frage ignorieren, denn das einzige Zeichen, bei dem sie eine Regung zeigte, war Simons Blasphemie. Und die strafte sie jetzt, indem sie Simon kräftig ins Auge stach. «*Iieek!*» kreischte Simon.

«*Hraah!*» vokalisierte Jean und zeigte: «Du solltest dich hüten, das Zeichen des Herrn zu mißbrauchen, Simon. Weißt du nicht mehr, wie es in der Bibel heißt: ‹Am Anfang war das Zeichen, und das Zeichen ist Fleisch geworden›, *h'huuh?*»

Simon war nicht so dumm, diesen Angriff zu parieren; er präsentierte vor Jean und wedelte: «Tut mir leid, *hooh*, ich wollte nicht respektlos sein, aber Jean, dieses fehlende Kind, *huh?* Warum sollte ich eine so merkwürdige Erinnerung haben, *huh?*»

Jean Dykes war verwirrt. «*Hooh*, das kann ich mir wirklich nicht vorstellen, Simon. Natürlich, ich wollte immer ein drittes Kind, nachdem Henry entwöhnt war, aber du, *yugg-yugg*, hast ja darauf beharrt, daß du dich auf deine, *yugg-yugg*, Kunst konzentrieren müßtest –»

«Jean, *gru-nn,* tut mir leid, daß ich dir das Zeichen abschneide, aber das Kind, um das es mir geht, wäre im Alter zwischen Magnus und Henry, ungefähr sieben jetzt. Und Jean, ich denke an ein, *hooh,* menschliches Kind.»

Mit sanftem Killekille umgarnte Busner Jean Dykes, seine Zehen drückten ihren Fußsohlen die Zeichen auf. «Bitte, Mrs. Dykes, ich weiß, was er da zeigt, muß absurd auf Sie wirken, aber versuchen Sie, auf ihn einzugehen – er hat in letzter Zeit solche Fortschritte gemacht ...»

Jean zog den Brauenwulst in die Höhe. «Ein menschliches Kind, *huh?* Ungefähr sieben Jahre ...» Ihre Finger stockten, und plötzlich ging hinter ihren grünen Augen ein Licht an. «Ein menschliches Kind, *h'hie-hie.* Simon, du mußt mir, *h'hie-hie,* verzeihen, aber es gab da – es gab da wirklich ein menschliches Kind –»

«Was! *H'hoooh!* Was, Jean, *huuh?*» Der einstige Künstler sprang auf die Hinterbeine, sein Fell war gesträubt, alles an ihm signalisierte wilde Erregung.

«Simon, bitte, *hoogrnn,* beruhige dich. Ja, es gab da ein Menschenkind, das wir adoptiert hatten –»

«Adoptiert, *huuuh?*»

«Ja, *hie-hie,* genau, im Zoo, im Londoner Zoo. Du hast eine Adoption für deine Kinder organisiert. Es gehörte zu diesem Naturschutzprogramm Lifewatch, ja, ich glaube, so heißt es. Du weißt doch, wie versessen die Kinder auf Tiere sind, und du hast gemeint, es würde ihnen guttun, wenn sie ein, *gru-nn,* einzelnes Tier hätten, mit dem sie sich vereinigen könnten. Es war eine deiner väterlicheren Taten. Du hast die Patenschaft für dieses Tier übernommen, und es war ein kleines Männchen von ungefähr sieben Jahren –»

«Habe ich, *huuh*», warf Simon wieder dazwischen, «habe ich diesem Menschen auch einen Namen gegeben? Habe ich ihn irgendwie genannt, *huh?*»

«Nun, das hast du Magnus überlassen, schließlich war es

sein Projekt. Wenn ich mich recht erinnere, nannte er ihn – es überrascht mich, daß du das nicht mehr weißt –»

«Warum, *huh?*»

«Weil es zu einem Witz in unserer Gruppe wurde, du hast mit den Kindern dauernd darüber gekichert. Weißt du, als ihr in den Zoo gegangen seid, um das Menschenkind anzuschauen, war sein Kopffell ziemlich genau wie deins, mein Ex-Alpha, und seine Augen, und deshalb nannte Magnus ihn ... Simon.»

Als Alex Knight, der Dokumentarfilmer, ein paar Stunden später in der Redington Road eintraf, brach Simons Exgruppe eben auf. Mitten auf dem Gartenpfad sah er sich plötzlich dem Spektakel einer in ausführliches Abschiedslausen vertieften Gruppe von etwa zwanzig Erwachsenen und Kindern gegenüber. Ohne sich die Mühe zu machen, vor irgend jemandem zu präsentieren – sie waren alle so ineinander verwickelt, daß sie es eh nicht bemerkt hätten –, baute er seinen Camcorder auf und fing an zu filmen. Viele Tage lang sollte er damit nicht mehr aufhören, so unterhaltsam war das Schauspiel von Dr. Busner und seinem ungewöhnlichen Patienten.

«HoooGraah», vokalisierte Simon ein letztes Mal, als die beiden kleinen Steiße in Richtung Frognal verschwanden. Magnus und Henry blieben stehen, drehten sich um und keuchriefen zum Abschied: *«HoooGrah.»* Ihre Falsettstimmen gellten durch die nachmittägliche Dämmerung eines englischen Spätherbsttages. Simon wandte sich Busner zu, der neben ihm auf der Türschwelle hockte. «Ich werde sie bald wiedersehen, *huh*, nicht, Zack?»

«Natürlich, Simon, diese, *tschup-tschupp*, Wiedervereinigung ist außergewöhnlich gut gelaufen. Schauen Sie nur, wie kooperativ Ihre Ex-Alpha war und wie sehr Ihre Kinder sich gefreut haben, wieder einmal von ihrem Alpha gelaust zu werden. Anthony Bohm, Derek und dieser Gamma – wie hieß er gleich wieder, *huh?*»

«Keine Ahnung.»

«Na, auf jeden Fall dieses andere Männchen auch. Sie alle haben mir gezeigt, daß sie nichts dagegen hätten, wenn Sie im Gruppenheim übernachten, sooft Sie die Kinder sehen wollen. Das ist doch gar nicht so schlecht, oder, *huh?*»

«Nein, vermutlich, *gru-nnn,* nicht.»

Busner bemerkte Alex Knight und rief ihn zu sich. *«HoooH'-Grah,* Mr. Knight, bitte seien Sie so freundlich und präsentieren Sie sich.» Der junge Schimpanse eilte herbei, den Arsch voraus, die Kamera im Anschlag. «Sie kommen gerade rechtzeitig», fingerte Busner weiter, nachdem Knight sich angemessen erniedrigt hatte, «für einen Ausflug in den Zoo.»

«In den Zoo, *huh?*»

«Sie haben richtig gesehen, in den Zoo. Mein Freund Mr. Dykes hat ein adoptiertes Menschenkind im Londoner Zoo, ein Menschenkind, das den Schlüssel zu seinem unglücklichen Wahn darstellen könnte. Wir glauben, daß eine Konfrontation mit diesem Tier seine negative Fixierung aufs Menschsein auflösen könnte.» Natürlich verstand der TV-Schimpanse diese Zeichen nicht so recht, doch er nickte wissend und ließ den Camcorder laufen.

Simon erregte diese Information viel mehr. «Was soll das heißen, *huh?* Gehen wir jetzt sofort in den Zoo?»

«Carpe diem», gegenzeigte der avantgardistische Antipsychiater, wie er sich selbst gern nannte. «Während Ihres Abschiedslausens mit Ihrer Exgruppe habe ich Hamble in Eynsham angerufen. Wie ich erwartet habe, kennt er den Chef der Primatenabteilung im Londoner Zoo, einen Schimpansen namens Mick Carlton. Hamble rief Carlton an, und der hat uns seine Unterstützung versprochen. *H'huh,* ich frage mich, ob er zur selben Gruppe gehört.» – «Wer, *huh?*»

«Carlton – zur selben Gruppe wie dieser Anwalt.»

Sie kletterten alle in den Transporter des Fernsehteams. Simon hatte angeboten, den Volvo zu fahren, und Zack gezeigt: «Kommen Sie, lassen Sie mich mal, Autofahren hat mir früher echt Spaß gemacht.» Doch als er sah, wie viele Gänge das Auto hatte – zwanzig Vorwärts- und fünfzehn Rückwärtsgänge, die alle mit Zwischengas geschaltet werden mußten, zog er sein Angebot zurück.

Alex Knight hatte seine Tontechnikerin bei sich, Janet Higson, und Bob, den Rechercheassistenten und Schimpansen für alles. Bob fuhr den Transporter, Alex Knight hockte auf dem Beifahrersitz und hielt den Camcorder auf die beiden Schimpansen auf der Rückbank gerichtet. Die arme Higson bemühte sich, ihre Vokalisationen mit einem Galgenmikro einzufangen, das sie von der Ladefläche des Transporters nach vorne hielt.

Mick Carlton begrüßte sie am Haupttor zusammen mit dem Zoodirektor, einem fröhlichen Kerl, der darauf bestand, daß sie ihn einfach Jo nannten. Er präsentierte tief vor Busner wie vor Simon und wedelte: «Es ist uns eine Ehre, eine so ungewöhnliche Patrouille bei uns begrüßen zu dürfen, und Sie beide mit so prachtvollen Gesäßfalten, bitte seien Sie so freundlich, *gru-nn*, mir den Arsch zu küssen.» Das taten sie auch, und dann knöchelging die ganze Schimpansengruppe durch den Zoo zum Menschengehege, wobei Alex Knight die ganze Zeit filmte.

An diesem Nachmittag mitten in der Woche war der Zoo ziemlich leer. Hier und dort hockten ein paar Touristen, die Erdnüsse aßen und sich träge lausten. Auch die Tiere waren apathisch. Die Reiher in ihrem Käfig standen so bewegungslos einbeinig da wie Gartenstatuetten. Im Gorillakäfig war das einzige Lebenszeichen das leise Auf und Ab eines Strohbündels, das den Silberrücken des riesigen Männchens vor den Blicken verbarg.

Und was die Menschen anging, die waren so zombiehaft

und uninspirierend wie bei Simons erstem Besuch. «*H'huuh*, soweit ich weiß, haben Sie unsere Menschengruppe schon einmal gesehen, Mr. Dykes?» fingerzeigte Mick Carlton, als sie vor der Glaswand des Geheges stehenblieben.

«Ja, das stimmt», gegenzeigte Simon. «Vor allem an den da erinnere ich mich, *yugg-yugg*.» Es war der Wichser, wie Simon ihn getauft hatte, der jetzt wieder seine Aufmerksamkeit erregte. Der Wichser machte seinem Spitznamen alle Ehre, denn er stand umnebelt da, die stieren, weiß pigmentierten Augen verdreht, und zupfte mit schlaffer Hand an dem großen Wiener seines Glieds. Ein silbriger Faden Spucke hing ihm aus dem Mund und baumelte im Takt mit seinem lustlosen Masturbieren vor seiner Brust.

«Das ist unser Alpha-Männchen», zeigte Carlton. «Er ist am längsten von allen unseren Menschen bei uns.»

«Wurde er hier geboren, *huh?*» fragte Busner.

«Nein, geboren wurde er in Twycross – die haben dort eine sehr große Menschengruppe. Aber einige unserer anderen Menschen wurden in freier Wildbahn gefangen – der da zum Beispiel.» Carlton deutete auf das andere traurige Exemplar, das Simon den Pendler getauft hatte. Auch der Pendler tat seinem Titel Genüge, er stand bewegungslos da, den einen Arm locker um eine schulterhohe Halterung gehakt, der andere schlaff herabhängend, eine Scheibe Weißbrot zwischen den grauen Fingern.

«Dieser Mensch stammt ursprünglich aus Tansania, aber zu uns kam er aus dem Labor einer Pharmafirma, nachdem die mit ihm fertig waren –»

«Was machen die mit den Menschen, *huh?*» warf Simon dazwischen.

«*Hooh*, alles mögliche, Mr. Dykes – und ich fürchte, nichts davon ist besonders nett. Ich glaube, dieses Exemplar wurde in einem großen Gehege gehalten – und Sie wissen doch, wie sehr Menschen zuviel Freiraum hassen –, und zusammen mit anderen erwachsenen Männchen wurde er mit Injektionspfeilen voller Kokain beschossen.»

«Kokain, *huh*? Was sollte denn das?»

«Gute Frage, ich vermute, es hatte mit irgendwelchen Studien über Drogenabhängigkeit zu tun. Es ist das große Pech der Menschen, daß sie unsere nächsten lebenden Verwandten sind, weil sie so für alle möglichen Forschungsprojekte verwendet werden. Auch wir hier im Zoo machen einige Experimente – allerdings so schimpanslich wie irgend möglich.»

«Was für Experimente, *huuh*?»

Simons Schnauze war ein Bild der Angst. Er hatte nicht unbedingt erwartet, Simon junior im Menschengehege zu sehen, dennoch tauchte beharrlich das Gesicht seines fehlenden Menschenkindes vor seinem inneren Auge auf. Er spähte durch das dicke Glas in die düsteren Tiefen des Menschenraums.

Es wäre dämonisch, teuflisch schlimm, wenn er jetzt die vertraute Schnauze, das vorspringende Kinn und die etwas schiefen Zähne inmitten dieser nackten Tiere sehen würde. Alle Bilder Simons waren die eines bekleideten Kindes, eines Kindes in Schuluniform. Wenn diese Menschen bekleidet wären, würden sie nur subversiv wirken, wie Menschen, die man für die Parodie einer Teeparty hergerichtet hatte oder für einen P.-G.-Tips-Werbespot.

Noch beunruhigender jedoch war das Bild von Simon junior, wie er nackt auf eine Pritsche geschnallt lag, mit Elektroden an seinem rasierten Schädel und Infusionsnadeln in seinem haarlosen Fleisch. Oder Simon junior mit SIV infiziert, mit Anthrax vergiftet oder mit fixierten Lidern, so daß man parfümierten Fellspray auf seinen bloßliegenden Augäpfeln testen konnte.

«*Hooh*, wir tun nichts, was unseren Menschen schaden könnte. Wir sind vorwiegend daran interessiert, genetische Profile der menschlichen Subspezies zu erhalten. Eins unserer größten Probleme mit Menschen in Gefangenschaft besteht darin, daß alle Subspezies sich in Gefangenschaft untereinander gepaart haben, so daß alle diese Menschen Mischlinge sind. Wissen Sie, bis vor kurzem war nicht einmal bekannt, daß es menschliche Subspezies gibt –»

«*H'huuh,* was unterscheidet die denn voneinander, wenn ich fragen darf?» schnippte Busner dazwischen.

«Für einen ungeübten Laien ist es schwer, die Unterschiede zu entdecken, ich glaube vor allem deshalb, weil schon der erste Anblick von Menschen so beunruhigend ist – aber, in einfachen Zeichen, sie haben verschiedene Hautfarben und auch verschiedene Schnauzenformen. Wenn man erst einmal eine gewisse Übung hat, ist es ziemlich einfach, sie auseinanderzuhalten. Wobei Ihnen das bei dieser Gruppe nicht viel bringen würde, denn bis auf den da», er deutete auf den Pendler, «sind alle Mischlinge.»

Ein paar Minuten lang hockten die Schimpansen schweigend da und beobachteten den Mangel an Aktivität im Menschengehege. Fast alle Tiere hatten sich auf der Schlafplattform versammelt, aber anders als Schimpansen hatten sie kein Interesse, sich gegenseitig zu berühren. Statt dessen saßen sie in einer langen Reihe nebeneinander, die zeichenlosen, steifen Füße von der Unterlage hochragend wie knöcherne Buchstützen, die kahlen Schnauzen ohne Ausdruck oder Zeichen von Intelligenz. Die einzige Bewegung kam von einer Gruppe Kinder, die im Bereich unterhalb der Plattform spielten. Diese Kleinen waren viel schimpansenähnlicher. Sie rollten im Stroh, sie baumelten von den Handgriffen, sie kitzelten und neckten einander.

Natürlich waren es diese Kinder, die das Interesse der wenigen Zoobesucher auf sich zogen. Die Schimpansen waren wie immer verzaubert von den Menschenkindern und fingerzeigten unaufhörlich, wie ähnlich sie doch Schimpansenkindern seien. Simon faßte Busner an den dicken Schenkel und teilte ihm mit: «Wenn ich noch einen Schimpansen zeigen sehe, daß sie niedlich sind, fange ich an zu schreien.»

«Beruhigen Sie sich, *gru-nnn*», gegenzeigte Busner. «Es verlangt die Höflichkeit, daß wir Carlton ein wenig seine Schützlinge präsentieren lassen, bevor wir zur Sache kommen.»

Zwei erwachsene Menschen zogen nun die Aufmerksamkeit der Schimpansen auf sich. Es war ein Paar im hinteren Teil des Geheges, das fast völlig von einem Strohballen verdeckt war. Zu sehen waren nur der Hintern des einen, der sich hob und senkte, hob und senkte, sowie die obszön nackten Fußballen des anderen, die diesen Hintern umklammerten. Die Schimpansen deuteten auf diese Szene und gestikulierten darüber, aber keiner schien auch nur die geringste Ahnung zu haben, was da eigentlich vor sich ging. «Sehr ungewöhnlich», fingerzeigte Mick Carlton, als er sah, daß Simon gebannt hinstarrte, «sie während des Tages kopulieren zu sehen.»

«*H'huuh*, kopulieren?»

«Richtig. Sie wissen natürlich, daß Menschen sich für gewöhnlich zum Paaren zurückziehen. Das ist vermutlich auch der Grund, warum diese beiden versuchen, sich hinter dem Heuballen zu verstecken. Der obenauf ist das Männchen, und die Füße um seinen Rumpf gehören dem Weibchen. Es ist nicht gerade ein schöner Anblick –»

«Die sind ja schon ewig zu Gange», fuchtelte Busner.

«Richtig. Wie Sie vielleicht wissen, kann bei den Menschen der Vollzug der Paarung bis zu einer halben Stunde dauern – es gibt sogar Berichte, daß sie in freier Wildbahn noch länger brauchen, auch wenn niemand so recht weiß, wieso.»

Simon meinte zu wissen, warum. Er sah zu, wie der Hintern sich hob und senkte, hob und senkte, und der Anblick der zuckenden Tiere zerrte ein Bild von Sarah aus den Tiefen seines Bewußtseins hervor. Ein Bild von Sarah als wunderschöne menschliche Stöhnende unter ihm, ihre Füße um seinen ruckenden Hintern. «Bitte, *huh,* ich dränge wirklich nicht gerne, Mr. Carlton –»

«Bitte nennen Sie mich Mick», gegenzeigte der Primatenwärter.

«Mick, ich weiß nicht, ob Dr. Hamble Ihnen etwas über den eigentlichen Grund unseres Besuchs gezeigt hat, *huh?*»

«Seinen Zeichen nach geht es um einen speziellen Menschen, an dem Sie interessiert sind.»

Simon zündete sich eine Baktria an und nahm einen tiefen Zug, bevor er fortfuhr. «*Hoooh,* das stimmt. Sehen Sie, soweit ich weiß, haben Sie hier ein Programm, bei dem Schimpansen ein Tier, *yugg-yugg,* adoptieren, eine Art Patenschaft für seinen Unterhalt übernehmen können, *huh?*»

«Ja, das gehört zu dem Lifewatch-2000-Projekt. Ist der Mensch, an dem Sie interessiert sind, ein adoptiertes Tier, *huh?*»

«Wir glauben es zumindest», zeigte Busner. «Mein Verbündeter Mr. Dykes hat im Namen seiner Kinder die Patenschaft für das Tier übernommen. Ein männliches Kind von etwa sieben Jahren – es könnte zu der Gruppe dort gehören.» Er deutete auf die herumtollenden Menschenkinder.

«Im Augenblick haben wir keine Kinder in diesem Alter, aber warum kommen Sie nicht mit in mein Büro, *huuh?* Ich habe dort das Zuchtstammbuch und das Lifewatch-Register, und mit diesen beiden sollten wir in der Lage sein herauszufinden, was mit Ihrem adoptierten Menschen passiert ist.»

Carltons Büro lag im rückwärtigen Teil des Verwaltungsgebäudes, doch obwohl es ein gutes Stück von den Gehegen entfernt war, roch es noch ziemlich stark nach tierischen Ausdünstungen. Das Büro war spärlich möbliert mit zwei ramponierten Aktenschränken und einem Schreibtisch. An den Wänden hingen Abbildungen von Tierstammbäumen neben Werbebroschüren für Tiermedizin.

Knights Team zwängte sich neben Carlton, Busner und Simon in das kleine Zimmer. Der Direktor hatte etwas von einem zweiten Fernsehteam gezeigt, das ihn filmen wollte, und sich verdrückt.

Die ersten fünf Minuten widmeten sie dem Lausen, um, wie Schimpansen es müssen, die provisorische Hierarchie zu bekräftigen. Dann löste sich Carlton aus dem haarigen Knäuel und schwankte zu einem Bücherregal. Mit dem Fuß zog er einen dicken Ringordner aus dem untersten Fach, mit der Hand einen viel dünneren, protziger aufgemachten aus dem obersten. «Das», zeigte er, «ist das Lifewatch-Register. Können Sie sich noch erinnern, Mr. Dykes, wie die Seriennummer Ihres adoptierten Menschen lautete, *huh?*»

Simon sah ziemlich dumm aus dem Fell. «Seriennummer, *huh?* Nein. Wissen Sie, ich habe den Menschen für meinen Ältesten, Magnus, adoptiert, und er hat ihm einen Namen gegeben … Simon nannte er ihn.»

«Simon, *huh?* Eigentlich geben wir unseren Menschen, zumindest in unseren Unterlagen, keine Namen, das erscheint uns zu primatomorphisierend, wobei natürlich die Wärter sie bei ihrer täglichen Arbeit durchaus mit Namen rufen, weil es einfacher ist. Und ein Teil unserer Lifewatch-Literatur zeigt eindeutig primatomorphisierende Tendenzen.» Er hielt eine Broschüre in die Höhe, die den Leser einlud, sich zu überlegen, ob er nicht einen «Menschen lausen» wolle.

«Aber wir können Ihren Namen im Register ausfindig machen und kommen so auf die Seriennummer des Tiers. Mal sehen …» Er blätterte im Lifewatch-Ordner. «Dykes, Dykes, ja – da haben wir's. Simon Dykes. Sie haben dieses Tier, Seriennummer 9234, mit einem Betrag von fünfhundert Pfund gesponsert – eine sehr großzügige Spende. Und wenn ich jetzt im Zuchtstammbuch nachschaue, kann ich herausfinden, was mit 9234 passiert ist. Er könnte in einen anderen Zoo verlegt worden sein oder auch ganz woandershin –»

«Aber man wird ihn doch nicht, *hoooh*» – Simon fuchtelte durch die Luft –, «einem dieser entsetzlichen Forschungsprojekte überlassen haben, oder, *huh?*»

«In der Hinsicht kann ich Sie beruhigen, Mr. Dykes», zeigte Carlton, kam dann zu Simon und drückte ihm mit tröstenden Fingern ins Fell: «Wir versuchen, das bei allen unseren Menschen zu vermeiden, und bei einem adoptierten würde es besonders, *yugg-yugg*, schlecht aussehen, wenn er in einem Labor enden würde. Stellen Sie sich nur vor, was militante Tierschützer tun könnten, wenn ihnen eine solche Information in die Hände fiele.»

Carlton beendete seine informative Massage mit einem doppelten Kneifen und kehrte zum Zuchtstammbuch zurück. «Wollen doch mal sehen, 9234. Ganz einfach, wenn man weiß, wie's geht. Ja, er ist nicht mehr bei uns, ich fürchte, er wurde verlegt –»

«Wohin, *hooh*, wohin, *huh?*» kratzten Simons Finger, seine Bestürzung war sowohl sichtbar wie fühlbar.

«In gewisser Weise, Mr. Dykes, scheint 9234 nach Hause zurückgekehrt zu sein.»

«Nach Hause, *huh?*»

«Ja, er ist einer der wenigen Menschen, die aus der entwickelten Welt nach Afrika zurückkehrten. 9234 wurde aufgenommen in ein ziemlich kontroverses Projekt zur Rückführung von Menschen in ihren angestammten Lebensraum. Wenn Sie ihn wiedersehen wollen, werden Sie ihn aufspüren müssen.»

Bestürzt über diese Information, hockte Simon sich hin. Nun war es an Busner, die Gestikulation weiterzuführen. «Signalisieren Sie mir, Mr. Carlton, wenn Sie zeigen, daß 9234 nach Hause zurückgekehrt ist, heißt das, daß er tatsächlich in Afrika geboren wurde, *huh?* Daß er ein wilder Mensch ist?»

«Das wäre extrem unwahrscheinlich, Dr. Busner. Es gibt hier im Westen so viele Menschen in Gefangenschaft, daß wir nur sehr selten neue Exemplare brauchen. Wir zum Beispiel haben so viele Menschen hier, daß wir, wie andere Zoos auch, Männchen kastrieren müssen, wenn sie in die Pubertät kommen.»

Simon, der diesen Zeichenwechsel verfolgt hatte, erschauderte. Seine bleiche Schnauze wurde noch blasser, und er umklammerte seine Genitalien mit ängstlicher, zeichenloser Hand.

Busner ließ nicht locker. «Und warum, wenn ich fragen darf, Mr. Carlton –»

«Bitte, Euer posteriores Strahlen, es wäre mir eine Ehre, wenn Sie mich Mick nennen würden.»

«*Gru-nn,* also Mick – warum zeigen Sie, daß dieses Projekt kontrovers ist, *huh?*»

«Nun, wie Sie vielleicht wissen» – Carlton nahm eine entspannte Haltung ein, offensichtlich hatte er vor, sich ausführlicher auszulassen –, «wurde das erste Projekt zur Beobachtung von Menschen in freier Wildbahn von Dr. Louis Leakey initiiert. Er schickte, *grunn,* Jane Goodall zum Studium der Menschen ins Gombe-Reservat in Tansania, Dian Fossey zum Studium der Berggorillas nach Ruanda, und Birute Galdikas zum Studium der Orang-Utans nach Sumatra. Auch wenn die Arbeit dieser drei Weibchen zum Teil sehr kontrovers betrachtet wurde, haben sie doch einen unbestreitbaren und dauerhaften Beitrag zur Anthropologie geleistet.

Goodall war selbst an Auswilderungsprojekten beteiligt, aber dies hier ist etwas, *hooh,* ganz Spezielles. Eine der Feldforscherinnen, die sie beschäftigte, war eine Deutsche, Ludmilla Rauhschütz. Rauhschütz ist ausgesprochen wohlhabend und pflegt sehr exzentrische Ansichten über die Beziehung zwischen Menschen und Schimpansen. Nach ihrer Trennung von Goodall erkaufte sie sich von der tansanischen Regierung die Erlaubnis, in der Gombe-Region ihre eigene Forschungsstation einzurichten. Dort führt sie zum einen schimpanslichen Touristen wilde Menschen vor und versucht zum anderen, Menschen aus Zoos in ihren angestammten Lebensraum zurückzuführen –»

«Mick.» Simon erhob sich und unterbrach den Zeichenfluß des Primatenchefs. «*H'hooh*, können Sie mir zeigen, warum Leakey eigentlich nur Weibchen für diese Arbeit ausgewählt hat, *huh?*»

«Eine gute Frage, Simon. Leakey war der Ansicht, daß vor allem die Menschenmännchen sich von Schimpansenweibchen weniger gestört fühlen würden. Wie Sie wissen, haben Menschen keine erkennbare sexuelle Schwellung, und ein männlicher Schimpanse könnte deshalb unnötiges Paarungsinteresse erregen.»

«Verstehe.»

«Normalerweise schicken wir Rauhschütz keine Menschen, aber hin und wieder, wie im Fall dieses präpubertären Männchens, scheint es uns doch einen Versuch wert zu sein. Schließlich ist es entweder das oder die Kastration.» Und mit dieser abschließenden Bemerkung ließ Carlton die Finger sinken.

Später an diesem Abend lag Simon gemütlich in seinem Nest im Busnerschen Gästezimmer und sah sich eine Folge von «Jungerwachsene Küchenstars» an. Ein Männchen, das Simon als den TV-Moderator Lloyd Grossmith erkannte, gestikulierte mit seinem Gast, dem ähnlich medienfreundlichen Chefkoch Anton Moisson. Die kleinen Schnauzen in ängstliche Falten gelegt, sahen die ehrgeizigen jungerwachsenen Küchenstars zu, wie die beiden großen Männchen die erste Runde ihres Zeichengefechts begannen. «*Yugg-yugg*, Anton», zeigte Grossmith in seinem affektierten Bostoner Tempo, «es überrascht mich nicht, daß Sie nicht gerade begeistert waren vom Soufflé dieses jungen Weibchens; soweit ich weiß, haben Sie für junge Weibchen – oder deren Soufflés – nicht viel übrig.»

«Mon dieu, *yugg-yugg,* was soll denn das nun heißen, *huh?*» gegenzeigte der Franzose.

«Nichts, *h'hooh,* rein gar nichts – sie haben drei Töchter, soweit ich weiß, *huh?*»

Moissons Antwort bekam Simon nicht mehr mit, denn die Tür ging auf, und der einstige Psychiater trat ein. Als er die Schimpansen auf dem Bildschirm sah, wedelte er: «Moisson, *h'hooh.* Ich kenne jemanden, der ihn flüchtig kennt. Es heißt, er mißbraucht seine Töchter – bespringt sie nicht genug – oder gar nicht!»

«Tatsächlich.» Simons Zeigen war so ausdruckslos wie das Winken der Königin aus ihrer Kutsche bei einer Parade.

«Was ist denn los, Simon, *huh?* Hat der Besuch im Zoo Sie verstört, *huh?*»

«Natürlich hat er das.»

«Sie glauben noch immer, daß dieses Menschenkind, 9234 –»

«Verdammt noch mal, nicht 9234, *wraah!* Er heißt Simon, *wraah!*»

Busner bestrafte diese Aufsässigkeit sofort. Er sprang aufs Bett und versetzte Simon mit fliegenden Armen ein paar kräftige Schläge auf die Schnauze. Er brauchte nur Sekunden, um den einstigen Künstler zur Räson zu bringen. Simon jaulte um Gnade und drehte sich im Nest, um vor seinem Alpha zu präsentieren. Busner glättete ihm das zerstrubbelte Fell und teilte ihm mit: «So ist's recht, *gru-nn,* ich verstehe ja, daß Sie aufgeregt sind, Simon, mein Kleiner, aber eine solche Unverschämtheit kann ich trotzdem nicht dulden. Ich bin sicher, daß Sie das verstehen –»

«Natürlich, natürlich, es tut mir, *tschup-tschupp,* leid, Ihre Gesäßfalte bedeutet mir mehr, als ich zeigen kann.»

«Ich weiß, aber worum es mir geht: Glauben Sie immer noch, daß dieser Mensch Ihr fehlendes Kind ist, Ihr Simon, *huh?*»

«Ich weiß nicht warum, aber ja, ich tue es.»

«Nun gut.» Der berühmte Naturphilosoph – wie er sich noch immer gern nannte – hockte sich etwas entspannter hin. «In dem Fall habe ich Neuigkeiten, die Sie, *grnn*, freuen dürften.»

«Und welche, *huuh?*»

«Ich habe mit Alex Knight über diese Sache gestikuliert, und er zeigte mir, daß sein Sender fasziniert ist von Ihrem Fall und er deshalb bereit ist, das Geld aufzubringen.»

«Das Geld wofür, *huh?*»

«Für unsere Suche nach diesem Menschen, für unsere Expedition nach Afrika.»

«Nach Afrika, *huuh*? Aber wann?»

«So schnell wie schimpansenmöglich.»

21

Der zerbeulte Toyota Landcruiser holperte über den unebenen, aufgeweichten Weg und wirbelte Kleckse und Spritzer verflüssigten Schlamms hoch in die Luft. Diese Schlutze regnete auf die Körper der sechs sich in dem Fahrzeug drängenden Schimpansen herab, was ausdauerndes und erschöpfendes Lausen nötig machte. Simon Dykes, einst Künstler, dann Psychiatriepatient und jetzt Schimpanse mit einem höchst ungewöhnlichen Anliegen, hockte eingeklemmt zwischen Janet Higson, der Tontechnikerin, und dem Schimpansen für alles, Bob.

Seit dem Abend, als Busner in «Jungerwachsene Küchenstars» hineingeplatzt war, waren Simons Tage ein Strudel aus Vorbereitungen für die Afrikareise gewesen. Visa mußten beantragt, Impfungen aufgefrischt und ergänzt, Kleidung und andere Ausrüstungsgegenstände gekauft werden. Und wohin Busner und Simon auch gingen – Alex Knights Camcorder folgte ihnen.

«Es geht um den Hintergrund», zeigte der Dokumentarfilmer. «Ich will genügend Material haben, das den Betrachter hinführt zu Simons erster Begegnung mit Menschen in freier Wildbahn und hoffentlich zu einem Treffen mit 9234, dem jungen Männchen, von dem er glaubt, daß es sein verlorenes Kind ist.»

Anfangs machte die beständige Anwesenheit des Fernsehteams Simon nervös und unsicher. Es gab vier oder fünf ziemlich üble Konfrontationen zwischen ihm und Knight, von denen drei in gewalttätigen Auseinandersetzungen endeten, Auseinandersetzungen allerdings, in denen sich Simon als der Stärkere erwies. Als der Stärkere in der Beziehung zu Knight, aber auch gestärkt an Persönlichkeit und Selbstvertrauen. Es war nur zu erwarten, dachte Busner bei sich, daß das, was den einstigen Künstler am wirkungsvollsten zu seiner körperlich-seelischen Ganzheitlichkeit zurückbrachte, diese schimpanslichsten aller Aktivitäten waren, Sex und Gewalt.

So behauptete sich Simon also gegen das Filmteam und wurde sogar so arrogant, daß er seine Anwesenheit gar nicht mehr wahrnahm und sich von Bob Feuer für eine seiner unzähligen Baktrias geben ließ, ohne es ihm auch nur mit einem Blick oder einem Zeichen zu danken.

Für Busner war die Reise nach Afrika die endgültige Wasserscheide, der Rinnstein im Hinterhof seiner Karriere. Er hatte keine Ahnung, was er nach seiner Rückkehr tun würde – falls überhaupt irgend etwas. Am Tag des Besuchs von Simons Exgruppe in der Redington Road hatte eine kurze private Gestikulation mit Anthony Bohm seine schlimmsten Befürchtungen bestätigt. Natürlich wurde auch Bohm von der Gesundheitsbehörde aufs Korn genommen, nachdem Phillips sie über die Aktivitäten von Cryborg Pharmaceuticals ins Bild gesetzt hatte. «Ich habe keine Ahnung», zeigte der Hausarzt mit fahrigen, ängstlichen Händen, «wie Jean darauf reagieren wird. Ich bin zwar nur ein distales Mitglied ihrer Gruppe, aber sogar dieser, *hooh*, Rang dürfte in Gefahr sein – Sie wissen ja, zu welchem moralischen Rigorismus sie fähig ist.»

Busner beruhigte Bohm, er tröstete, schmeichelte und streichelte. «Dr. Bohm, Sie sollten sich nicht allzusehr den Kopf darüber zerbrechen, und vor allem dürfen Sie sich da nicht zu tief hineinziehen lassen. Ich habe beschlossen, die ganze Verantwortung für diesen unglücklichen Vorfall allein auf meine Schultern zu nehmen. Wenn Sie denen klarmachen, worum ich Sie gebeten habe, daß Sie nämlich von der verdeckten Verschreibung von Inclusion nichts wußten, *tschup-tschupp*, werde ich diese Erklärung bestätigen. Das ist das wenigste, was ich tun kann – die geringste Entschädigung, die ich allen Beteiligten zukommen lassen kann. Ich hoffe, Sie kommen mit einer Verwarnung davon.»

«Und was ist, *huuh*, mit Simon?»

«Ja, was ist mit ihm? Er hat die unterschiedlichsten Vorstellungen, was für seinen Zusammenbruch verantwortlich sein könnte. Manchmal gibt er einem Zusammenstoß mit einem Bus in seiner Kindheit die Schuld, manchmal den Drogen, die er früher nahm. Aber da er jetzt auf dem Weg der Genesung ist, sehe ich keine Notwendigkeit, ihm etwas zu zeigen, was vielleicht nicht einmal die Wahrheit ist.»

Dabei hatten sie es belassen – es quasi aus den Händen gegeben. Busner informierte die Gesundheitsbehörde, daß er nach seiner Rückkehr als Zeuge zur Verfügung stehen werde, und er gab ihr sein Zeichen, daß er bis zu diesem Termin nicht öffentlich darüber gestikulieren werde.

Was Gambol, Phillips und Whatley betraf, die drei Schimpansen, deren Allianz Busner aus dem Baum gestürzt und seinen Ruf als großer Affe unwiederbringlich geschädigt hatte, so war ihr Triumph ein reiner Pyrrhussieg: Phillips erlag einer opportunistischen Lungeninfektion wenige Wochen nach dem Verschwörertreffen im Human Zoo. Das war ein Glück für ihn, denn hätte er länger gelebt, hätte er mit ansehen müssen, wie Cryborg Pharmaceuticals das ganze Gewicht seiner Konzernmacht in die juristische Waagschale warf und – wie vorauszusehen – mit einem Freispruch aus dem Prozeß hervorging.

Whatley wandte sich, als er vom Brief der Gesundheitsbehörde an Busner hörte, sofort an den Verwaltungsrat des Heath Hospital und bewarb sich um die freigewordene Stelle als leitender psychiatrischer Facharzt. Die erhielt er auch, nachdem Archer, der Verwaltungschef, bestätigt hatte, daß Busner in den vorzeitigen Ruhestand ging. Aber Whatleys Herrschaft als Alpha der psychiatrischen Abteilung war problematisch. Das Personal war an eine zugleich elastische und rigorose Hierarchie gewöhnt, Whatley dagegen war einerseits Zuchtmeister, andererseits von mangelnder Durchsetzungskraft. Die Patienten merkten dies ebenso schnell wie das medizinische und das Hilfspersonal, und es kam deshalb für niemanden überraschend, daß Whatley von einem manischen Schimpansen, dem er eine Abreibung verpassen wollte, übel zugerichtet wurde. Es dauerte Monate, bis die Bißwunden verheilt waren, und danach war er nicht mehr derselbe. Das letzte, was man von Kevin Whatley, Doktor der Medizin und Mitglied der Königlichen Gesellschaft der Psychiater, hörte, war, daß er zusammen mit Allen Carr Seminare zur Raucherentwöhnung veranstaltete.

Seine Nachfolgerin als Psychiatriechefin im Heath Hospital wurde Dr. Jane Bowen, deren einfühlsame Beobachtung von Simon Dykes' Wahnzustand in einem elegant formulierten Essay* ihren Ausdruck fand. Ihre sorgfältige Beschreibung der Symptomatologie, Pathologie und Ätiologie des Zustands führte, wie Busner vorausgesehen hatte, zur Diagnose vieler weiterer, ähnlicher Fälle. So war es nur angemessen, daß der Menschenwahn als «Bowensche Krankheit» bekannt wurde.

Gambol, *hooh*, Gambol. Der dürre, blaßschnäuzige Epsilon, der es geschafft hatte, Zack Busner aus dem Wipfel der Berühmheit zu zerren und auf den Waldboden zu schleudern. Gambol, einst ein glühender Bewunderer, dann ein heimtückischer Iago, beschloß, wie zu vermuten war, die Psychologie an den Nagel zu hängen und das Nächstschlimmere zu tun – einen Roman darüber zu schreiben. «Die dunkle Seite des Geistes», ein Schlüsselroman, eng an seine Erfahrungen mit Busner angelehnt und mit einem Schimpansen namens «Jack Sumner» als Protagonisten, wurde zum Über-

* «Träume vom Menschsein» («British Journal of Ephemera», März 1995)

raschungshit und zum Renner der Herbstlisten des folgenden Jahres. Gambol fand sich unvermittelt in den höchsten Kreisen der literarischen Welt wieder und taumelte in einem benommenen Tanz von Party zu Lesung zu viertem Abendessen. Plötzlich war er erster statt fünfzigster in der Schlange vor einer frischen Schwellung, und er wurde Mitglied im Sealink Club.

Es versteht sich von selbst, daß diese Phase nicht sehr lange dauerte. Da er sein Material erschöpft hatte – Busner war das einzig Interessante, was ihm je passiert war –, war Gambol nicht mehr in der Lage, sein zweites, vertraglich vereinbartes Buch zu beenden. Er hatte den Vorschuß bereits für Wohlleben verpulvert, und in seinem alten Betätigungsfeld konnte er keine Anstellung mehr finden, so lang war der Schatten, den die Cryborg-Affäre warf.

Binnen Monaten war Gambol ein gebrochenes, erbärmliches Männchen. Die literarische Welt ließ ihn so schnell fallen, wie sie ihn aufgenommen hatte. Auch wenn sie alle so taten, als gäbe es nichts Romantischeres, nichts Edleres als die Vorstellung des Schriftstellers als selbstloser Künstler, der sich in einem schlecht beheizten Baumhaus, ohne Hoffnung auf Lohn noch Leser, redlich Mühe gab, hatten sie in Wahrheit für einen Versager genausowenig übrig wie der Rest der Schimpansität.

Die einzige, die neben Jane Bowen aus der traurigen Affäre um Simon Dykes' Zusammenbruch mit so etwas wie einer Verbesserung ihres Lebens hervorging, war Sarah Peasenhulme. Die letzte, freudvolle Paarung mit ihrem früheren Nestgenossen in der Saatchi Gallery befreite Sarah völlig aus dem lähmenden Griff dieser Zweierbeziehung. Sie empfand eine eigentümliche Erleichterung darüber, die Verantwortung für dieses hypernervöse Männchen endlich losgeworden zu sein. Als sie nach dem Ende ihrer bis dato längsten Brunst bemerkte, daß sie trotz eines Diaphragmas von der

Größe eines Spülbeckenstöpsels schwanger geworden war, beschloß sie, die Braithwaites zu fragen, ob sie mit ihr eine Geburtsgruppe gründen wollten.

Steve und Ken waren hocherfreut. Sie brachten Earl, einen alten Verbündeten, als Gamma, ihren Onkel Marcus als distalen Delta, einen Freund namens Cuthbert als Epsilon und zwei andere Brüder, Paul und Delroy, als Zeta und Theta mit dazu.

Sarah erhielt all die Begattung, die sie brauchte – all die kräftigen, schnellen Penetrationen, die sie als Jungerwachsene so vermißt hatte. Und Jahre später, als ihre Töchter ihre ersten kleinen Schwellungen bekamen, freute es sie zu sehen, daß sie von ihren liebevollen männlichen Altvorderen auf gute, anständige Art durchgevögelt wurden. Wenn sie je an den Künstler dachte, dann mit einem nachdenklichen Ausdruck auf ihrer Schnauze, doch sie erinnerte sich dabei nicht an sein Tempo und seine Geschicklichkeit als Beschäler, sondern an die Zeichnungen, die Tony Figes aus seiner Wohnung mitgenommen hatte. Sie hatten ihr, als sie sie an einen privaten Sammler verkaufte, eine stattliche fünfstellige Summe als Nestei eingebracht.

Das Geld war Sarah sehr willkommen, denn natürlich konnte sie – in Anbetracht der Zusammensetzung ihrer neuen Gruppe – nie mehr nach Surrey zurückkehren.

«H'huuh, glauben Sie, wir sollten den Fahrer auch lausen?» Bob, der Wichtigmacher, drückte Simon die Frage auf die Schulter, während sie zusammen im Jeep die Piste entlangholperten.

«Ich weiß nicht», erwiderte Simon. «Es könnte ein Fehler sein – Sie wissen doch, daß diese ganze Region hier Aids-verseucht ist, *hooh*.»

«Yugg-yugg», hüstelte Busner auf dem Beifahrersitz und

zeigte: «Ich glaube kaum, daß man sich beim Lausen den SIV holen kann. Mal sehen, *tschup-tschupp,* ob ich dem Kerl was Gutes tun kann.» Der berühmte Naturphilosoph – wie er sich noch immer gern nannte – schob seine Finger in das schlammverspritzte Brustfell des Bonobos und wurde sofort mit einem lauten Zähneklacken und einem Schlabberschmatz auf die Schnauze belohnt, den Busner gerade noch ohne Zusammenzucken über sich ergehen ließ.

Der Flug von London war lang und unruhig gewesen. Busner hatte keine Ahnung, warum gerade Air Lanka den einzigen Linienflugservice nach Daressalam unterhielt, außer man zog die bizarre Vermutung in Betracht, daß Schimpansen aus einer krisengeschüttelten Region der Welt sich anschauen wollten, wie es in einer anderen zuging.

Die Busner-Dykes-Gruppe hing dann drei Tage in der Stadt fest, da erst die Genehmigung für die Reise ins Landesinnere eingeholt und ein Führer/Chauffeur organisiert werden mußte, der sie die achthundert Meilen von der Küste zum Tanganjika-See bringen konnte, an dessen Ufer das Lager Rauhschütz sich befand. Es waren drei Tage des Eingewöhnens in ein Land, in dem mehr herrschte als nur das übliche Chaos. In Ruanda kam es noch immer zu diesen entsetzlichen Massakern, und sogar in Daressalam wimmelte es von Flüchtlingen. Die, wenn sie Geld hatten, jede verfügbare Unterkunft belegten, und wenn nicht, jeden Baum besetzten, der noch stand. Die Busner-Dykes-Gruppe mußte mit einem Bordell vorliebnehmen, in dem man sie aufforderte, pro halbe Stunde zu bezahlen.

Dies gab Busner Gelegenheit, ihnen allen eine Beschränkung der Paarungsaktivitäten während des Aufenthalts in Afrika ans Herz zu legen. «Es mag zwar sein, daß die heterosexuelle Paarung nicht gerade die effektivste Art der Virusübertragung darstellt, aber die Weibchen hier werden häufig einer, *yugg-yugg,* Infibulation unterzogen – oder sogar einer

Schwellungsbeschneidung. Nicht nur das, *hooh*, soweit wir wissen, mutiert das Virus selbst noch immer. Wir sind hier in den Tropen, wo die größte, *tschup-tschupp*, biologische Vielfalt auf dem Planeten zu finden ist; es gibt hier mehr Arten als sonst irgendwo, und von den Viren nicht weniger als von anderen Organismen. Und bei dieser, *hooh*, schrecklichen Geschichte in Ruanda und Burundi können wir sicher sein, daß auch alle möglichen, *yugg-yugg*, Infektionen unterwegs sind. Trotzdem.» Er wedelte weiter mit seinen langen Armen. «Große Sorgen mache ich mir um keinen von euch, weil ihr, abgesehen von diesen, *yugg-yugg*, Arbeitsweibchen, kaum Paarungsgelegenheiten finden werdet. Die Bonobos sind, wie ihr – mit der möglichen Ausnahme von Simon – wahrscheinlich wißt, auf perverse Art nicht penetrativ. Sie ziehen Frottage einer guten, soliden Einführung vor. Eine Tatsache, die übrigens auch ihre bedauerliche Fruchtbarkeit erklärt: Da in der Gebärmutter der Weibchen kein fremdes Sperma kursiert, empfangen sie mit lächerlicher Schnelligkeit.»

Simon fand die Wirklichkeit eines von Schimpansen dominierten Afrika viel zu überwältigend, um ans Paaren überhaupt zu denken. Er schaffte es kaum, in der wimmelnden schwarzen Masse, die sich über die bröckelnden Betongebäude von Daressalam ergoß, ein einzelnes Weibchen zu identifizieren, geschweige denn festzustellen, ob es eine Schwellung zwischen den Beinen trug. So hielt er den Kopf gesenkt und folgte brav dem Steiß seines Alpha.

Der Führer und Chauffeur, der Busner empfohlen wurde, war zwar vertrauenswürdig, zeigte jedoch nichts als Pidgin-Gebärdensprache, was die Gestikulation schwierig machte. Je weiter die Gruppe nach Norden vordrang, desto heftiger wurden die Niederschläge und desto wilder das Land. Die Straße verkümmerte von einer schlaglochübersäten mehrspurigen Autobahn zu einer schlaglochübersäten Asphaltpiste und schließlich zu dem schlaglochübersäten Feldweg, der von Kigoma Richtung Norden nach Nyarabanda führte, einem Ort nur fünf Meilen von der burundischen Grenze entfernt.

Hier wimmelte es von Flüchtlingen, sowohl auf dem Boden wie in den Palmen neben der Straße. Sie schwinghangelten sich kraftlos von Stengel zu Stamm oder knöchelgingen in dem Morast, der das Bankett bildete, wobei sie bei jedem Fahrzeug, das vorbeizockelte, ein Schlammbad riskierten. Simon fragte sich, wie die Menschen in dieser auf den Kopf gestellten Welt wohl zurechtkamen – wenn ein Schimpansenleben so billig war, wer scherte sich da noch um ein paar Tiere?

Simons Befürchtungen wegen des Schicksals der Menschheit wurden von einem zuvorkommenden Bonobo bestärkt, mit dem er in Kigoma einen kurzen Zeichenwechsel hatte. Ein Bonobo, der, nach seiner adretten Tunika und der Designersonnenbrille zu urteilen, ein Parteikader sein mußte. Er zeigte Simon, daß Menschenfleisch so begehrt sei wie noch nie. «Egal, was hier so alles über Artenschutz gestikuliert wird, Schimpanse», fingerte er, «diese Menschen schnappen sich trotzdem unsere Kinder – also gehen wir in den Busch und schnappen uns die, *grrn'yum,* ihren. Und mit dieser Geschichte da» – er deutete nach Norden – «gibt es sogar einen Markt für Buschfleisch.»

Aber Busner, der dies gesehen hatte, beruhigte Simon. «Achten Sie, *tschup-tschupp,* nicht darauf. Tatsache ist, daß dieses Menschenreservat besser geschützt ist als sonst etwas in diesem umnachteten Land – was man allerdings nicht zeigen kann von den Reservaten in den Virungas-Bergen an der ruandisch-burundischen Grenze, wo Dian Fossey ihr Karisoke-Forschungszentrum zum Studium der Gorillas eingerichtet hat. Hierin liegt allerdings eine, *h'-h',* Ironie, die den Einheimischen sicher nicht entgangen sein dürfte, daß nämlich, während die Schimpansen einander unbarmherzig abschlachten, die Menschen ein ziemlich unbehelligtes Leben führen.»

Busner hatte Ludmilla Rauhschütz vorab von ihrem Kommen informiert. Wie fast in jedem Fall, in dem er Hilfe brauchte, hatte Busner auch hier eine nützliche Beziehung aufgetan. Es hatte sich gezeigt, daß Rauhschütz' Alpha der Opernimpresario Hans Rauhschütz war, für den Peter Wiltshire schon einige Inszenierungen übernommen hatte. Wiltshire rief Rauhschütz an, und der schickte der Expedition ein Empfehlungsschreiben für seine Tochter, das ihr sofort durchgefaxt wurde.

Ludmilla Rauhschütz war, sogar nach den Maßstäben der Anthropologie – ein Fach, das seit jeher Eiferer angezogen hatte –, sehr extrem in ihren Überzeugungen, daß Menschen sowohl empfindungsbegabt wie intelligent seien. In ihrem Buch «Unter den Menschen» schrieb sie, daß sie in ihrer Feldarbeit mit wilden Menschen «... dem Verständnis des Willens Gottes so nahe gekommen [sei], wie es einem Schimpansen nur möglich ist».

Wurde anfangs ihre Arbeit mit den Menschen von Gombe als wegweisend sowohl für die Anthropologie wie für das Verständnis der Herkunft des Schimpansen betrachtet, geriet sie jedoch, da sie weiterhin auf den Fähigkeiten des Menschen und seinem Anspruch auf eine Form von Schimpansität beharrte, innerhalb der wissenschaftlichen Hierarchie zunehmend ins Abseits.

Es gab Gerüchte, daß die Rückführung von Menschen aus der Gefangenschaft kaum mehr sei als ein Vorwand, um mehr Touristen ins Lager Rauhschütz zu locken. Touristen wollten Menschen sehen, und die ehemals gefangenen Menschen, die nicht in der Lage waren, sich in freier Wildbahn zu behaupten und oft mit beträchtlicher Aggressivität ihrer wilden Artgenossen zu kämpfen hatten, neigten dazu, sich in der Nähe des Lagers aufzuhalten, wo sie sich füttern und fotografieren ließen. Ein Anthropologe, der das Lager besucht hatte, teilte Busner vor ihrer Abreise nach Afrika mit: «Es sieht eher aus wie ein Streichelzoo als ein Ort, wo Tiere ausgewildert werden.»

Busner hatte noch Schlimmeres über Rauhschütz selbst gesehen. Es wurde gezeigt, sie sei «ein entsetzliches, fettes Weibchen, das ihren Lieblingsmenschen behandelt, als wäre er ein Schimpanse». Andere Gerüchte erinnerten an jene, die über Fossey und andere Anthropologinnen verbreitet wurden. Man fuchtelte, daß Rauhschütz, deren Schwellungen klein bis zur Unkenntlichkeit seien, sich Menschen als Nestgefährten aussuche, weil sich kein schimpanslicher Freier für sie interessiere. Dies ging bis zu der – allzu abgedroschenen – Behauptung, eine Position in der Hierarchie, und noch dazu die einer Forschungs-Alpha, habe sie nur erreicht, weil sie unfruchtbar sei. Aber dergleichen zeigten Männchen immer über erfolgreiche Karriereweibchen.

Busner registrierte das alles, beschloß aber, unvoreingenommen zu bleiben. Schließlich, dachte er, steht es einem Schimpansen, der von der akademischen Hierarchie so geschmäht wird wie ich, schlecht zu Gesicht, dem Sehenzeigen gegen einen ähnlich Geschmähten Glauben zu schenken.

Jetzt, nur noch wenige Stunden von ihrem Ziel entfernt, ließ Busner sich all diese Fingerzeige durch den Kopf gehen und fragte sich, was ihn wohl erwartete. Er persönlich war noch völlig unentschlossen, ob Simons Überzeugung, daß es sich bei dem Menschen mit der Nummer 9234 um seinen verlorenen Sohn handelte, nur ein Anhängsel der Psychose des einstigen Künstlers war oder deren Dreh- und Angelpunkt. Ob die Begegnung mit Menschen in freier Wildbahn ihn befreien oder sein Elend besiegeln würde. Busner hatte vor, nach demselben Prinzip zu verfahren wie Alex Knight und sein Team: das Aufnahmegerät aufs Geschehen halten und schauen, wie es sich präsentiert.

Wie die Landschaft um sie herum sich präsentierte, war höchst telegen. Nachdem sie die Grenze des Wildreservats erreicht und ihre Papiere von einem Kalaschnikow-schwingenden Bonobo am Checkpoint hatten kontrollieren lassen, dehnte sich vor ihnen steil wogende grüne Üppigkeit bis hin zur blauen Unermeßlichkeit des großen Sees dahinter. Als würde Mutter Natur selbst ihre Ankunft mit einem Keuchruf verkünden, lichtete sich der Regenvorhang und riß dann ganz auf. Der Landcruiser holperte und schlitterte zwischen dreißig Hand hohen Wällen aus Gras, über denen der Dunst waberte. Es gab Kokospalmen im Überfluß und Kandelaberbäume mit leuchtendroter Blütenpracht.

Alex Knight schwang beständig seine Kamera und drehte sich alle paar Minuten um dreihundertsechzig Grad. «*Aaah,* es wird bald dunkel», fingerzeigte er Simon, «und ich will ganz sichergehen, daß ich auch wirklich genug Hintergrundmaterial habe.»

Sie erreichten den Kamm der letzten Hügelkette, und unter ihnen lag der See. Die Auslegerboote der Dagaa-Fischer kehrten eben ans Ufer zurück, ihre Außenbordmotoren zogen grauweiße Furchen durch das kabbelige Blau. Und da lag auch das Lager Rauhschütz, eine armselige kleine Ansammlung von Wellblechhütten, die feuerverzinkten Dächer leuchtend orange in den Strahlen der untergehenden Sonne, die sich aufblähte wie eine stellare Schwellung, als sie vom Horizont penetriert wurde.

Simon sah das alles und nahm es auf, aber seine Gedanken und Vorstellungen waren vollauf beschäftigt mit dem Menschlichen, das ihn erwartete. Wie schnell würde er Simon junior finden? Er hatte sich nicht getraut, das Bild, das in den Tiefen seines Bewußtseins lauerte, zur Gänze zum Vorschein zu holen, ein Bild, das so nahtlos zum restlichen Mobiliar seines Menschenwahns paßte, als wäre es maßgefertigt worden von dem psychischen Schreiner, der seine Stirnlappen umgebaut, die Blickwinkelverengung installiert und sein gesamtes Sehvermögen manipuliert hatte. Es war ein Bild von Simon juniors nacktem kleinem Gesicht mit dem vorstehenden Kinn und den etwas schiefen Zähnen. Es war ein Bild, das wie ein kraftvoller Schlepper einen ganzen Lastkahn der Veränderung hinter sich herzog. Denn wenn Simon Simon traf, das wagte er zumindest beinahe zu hoffen, würde der ganze gräßliche Planet der Affen sich in Luft auflösen. Busner würde eine Hose anziehen und sich rasieren. Und dann würden sie nach England zurückfliegen, wo die Politiker nur sprichwörtlich arschkrochen und nicht tatsächlich.

«*HoooH'Grah!*» Die sechs Schimpansen im Landcruiser schickten einen lauten Keuchruf der Ankommensfreude in die Luft, als das Fahrzeug mitten auf dem schlammigen Platz anhielt. Zur Begrüßung bereit stand Ludmilla Rauhschütz zusammen mit ihren Bonobo-Assistenten. Rauhschütz war eine bemerkenswerte Gestalt, so fett, daß sie fast nur ein Ball braunen Fells war. Ihre Schnauze war beängstigend flach und tierisch für eine deutsche Schimpansin, und ihr kurzgeschorenes Kopffell machte die Sache auch nicht besser. Ebensowenig wie der abscheulich gemusterte kurze Kittel, der ausgestellt von ihren Schultern flatterte wie eine perverse Stoffverzierung auf einem unappetitlichen Gericht. Der Kittel nichtverhüllte das Nichtobjekt der Begierde zwischen ihren haarigen Beinen. Es war deutlich zu sehen, warum Rauhschütz Schwellungsschützer verabscheute – sie brauchte keine. In voller Brunst war ihre Schwellung vermutlich eine armselige Angelegenheit, und jetzt, in der Zwischenzeit, war ihre Perineumsgegend kaum wahrnehmbar.

Sogar Simon fand das abstoßend, wenn nicht gar beängstigend, und er teilte Bobs Schulter mit: «*Yugg-yugg,* das ist ja eklig, die hat unten überhaupt nichts dran!» Busner brachte ihn mit einem leisen Knurren zum Fingerschweigen, denn Rauhschütz kam eben zum Landcruiser geschlendert, während ihre dienstbaren Bonobos um der lautlichen Untermalung willen auf die Blechwände der nächsten Hütte hämmerten.

«*HooohGrah!*» rief sie und zeigte mit großer Geste: «Willkommen in meinem bescheidenen Lager, Dr. Busner. Den ganzen Tag halte ich schon Ausschau nach dem hellen Schein am Horizont, der das Kommen Ihres prächtig leuchtenden Hinterteils ankündigen würde. Seit vielen, *gru-nn*, Jahren sehne ich mich danach, meine Finger in Ihr berühmtes Fell zu stecken und mit Ihnen den traurigen Zustand der Schimpansität zu befingern.» Busner ließ sich, wie es seine Art war, von dieser ekelhaften Speichelleckerei nicht im geringsten aus der Fassung bringen. Er sprang aus dem Landcruiser, so flinkhändig wie ein Jungerwachsener auf der Jagd, präsentierte tief gebückt vor dem fetten Weibchen und fingerzeigte dabei: «*H'hooh*, Madam, es ist mir eine Ehre, Ihre Bekanntschaft zu machen. Die gesamte wissenschaftliche Gemeinschaft verbeugt sich in Ehrfurcht vor Ihrer Gesäßfalte – zumindest der Teil, der zählt –, und auch ich bewundere Ihre baumelnden Teile. Es würde mir zur Ehre gereichen, wenn Sie meinen Arsch küssen würden.»

Simon, der diesen Zeichenwechsel beobachtete, fragte sich, ob Rauhschütz Busner bei der Präsentation dieser konventionellen Höflichkeiten Ironie unterstellte, aber ihre flache Schnauze verriet weder Argwohn noch Ärger, als sie Busner den verlangten Kuß aufdrückte und im Gegenzug ihn um ein Arschlecken bat.

Die übrigen englischen Schimpansen schwangen sich aus dem Landcruiser und kamen keuchrufend dazu. Die Bonobos liefen ebenfalls herbei, und einige Minuten vergingen mit gegenseitigem Präsentieren und Gruppenlausen. Als das haarige Bündel sich dann wieder zu trennen begann, legte Busner Simon die Hand auf und drehte ihn in Rauhschütz' Richtung. «*H'hoh*, Madam Rauhschütz, darf ich Ihnen den eigentlichen Grund für unseren Besuch vorstellen. Das ist, *tschup-tschupp*, Simon Dykes, der Künstler.»

Simon präsentierte tief, er drückte die Schnauze in den Schlamm, und sein Steiß zitterte unter den aufmunternden Klapsen der Anthropologin. Er sah in Augenhöhlen von ungewöhnlicher Tiefe, in Iriden von kompromißloser Vertikalität. Falls er, ausgehend von dem Irrglauben des Weibchens, in diesen Augen eine Spur Menschlichkeit erwartet hatte, wurde er grausam enttäuscht. Denn Rauhschütz' Ausdruck war durch und durch schimpanslich, lernbegierig, neugierig, von nackter Eindringlichkeit.

«*Hooh*, Mr. Dykes», zeigte das Alpha-Weibchen mit schwerfälligen Fingern und unübersehbarem Akzent, «Dr. Busner hat mir in einem Brief bereits über Ihr verstörendes Leiden berichtet. Verzeihen Sie mir» – sie kauerte sich wieder hin, um mit dem Finger über Simons Gesäßfalte zu streichen, und kniff ihn obendrein noch in den Hodensack –, «aber abgesehen von einer gewissen Steifheit Ihres Gangs kann ich nichts an Ihnen erkennen, das unschimpanslich wäre, geschweige denn menschlich, *grnnn*.»

«Madam Rauhschütz, Ihre Schwellung ist die tropische Üppigkeit, die uns umgibt, Ihre Falte ist wie der Ostafrikanische Graben – eine Quelle der Artbildung. Es stimmt, daß ich nicht, *gru-nnn*, menschlich aussehe, und es stimmt außerdem, daß ich seit meinem, *yugg-yugg*, verheerenden Zusammenbruch dank Dr. Busners Hilfe hier es geschafft habe, mit gewissen Aspekten meiner Schimpanslichkeit zurechtzukommen, aber es gibt trotzdem noch etwas, das mir Schwierigkeiten macht. Die Sache, die uns hierher gebracht –»

«Ich weiß.» Die avantgardistische deutsche Anthropologin winkte ab; ihre plumpen Finger kraulten seinen Rumpf, als sie ihm mitteilte: «Dr. Busner hat mir von Ihrem Interesse an Biggles berichtet –»

«Biggles, *huuh*?» fuchtelte Simon.

«*Hooh,* ich vermute, Sie kennen ihn unter einem anderen Namen, aber ich habe den Menschenjungen Biggles genannt – wenn Sie ihn sehen, werden Sie verstehen, warum. Aber ich vernachlässige ja völlig meine Pflichten als Gastgeberin; Joshua hier wird Ihnen Ihr Schlafquartier zeigen.» Die letzten Zeichen waren an die ganze Gruppe gerichtet. «In einer Stunde, bei Sonnenuntergang, werden wir das erste – und letzte Abendessen – gemeinsam einnehmen. Meine Dame, meine Herren, Sie werden feststellen, daß wir uns hier ziemlich an den menschlichen Tagesablauf gewöhnt haben. Wir stehen bei Sonnenaufgang auf und gehen eine Stunde nach dem Untergang ins Nest. Wenn Ihnen das nicht paßt, kann ich nur von Herzen zeigen – verschwinden Sie wieder.»

Mit dieser herausfordernden, wenn nicht gar beleidigenden Geste stieß Rauhschütz einen Keuchruf stentorialen Ausmaßes aus, trommelte auf eine in der Nähe stehende Wassertonne und knöchelmarschierte davon. Alle Bonobos bis auf einen – offensichtlich Joshua – folgten ihr. Mit Bestürzung erkannte Simon, daß zwei von ihnen Kalaschnikows trugen.

Das Schlafquartier, das man den englischen Schimpansen zugewiesen hatte, befand sich natürlich in einer der Hütten. Der Boden war betoniert, und die Wellblechwände endeten etwa einen halben Meter über diesem Fundament. Als Simon Joshua darauf hinwies, gegenzeigte der nur: «Was reinkommt, weißte, muß auch, *hooh,* wieder raus.» Simon wollte schon bemerken, daß bei sinnvoller konstruierten Wänden erst gar nichts hereinkommen würde, doch als er die gebleckten Reißzähne und die aufgeworfenen Lippen des Bonobos sah, ließ er es sein.

Wenigstens hatten sie ihre eigenen Moskitonetze und Luftmatratzen dabei. Die vom Lager gestellten Nester hatten die Größe von Kinderbadewannen. Bereits jetzt gab es genügend wirbelloses Leben in der Hütte – Moskitos summten in den Schatten, riesige Motten flatterten gegen die zischende Gaslampe, die Joshua angezündet hatte, bevor er sie verließ. Es gab auch unheimlichere, eher auf Wirbeltiere hindeutende Geräusche, Trappeln und Knacken von unverkennbar nagetierischem Ursprung. Janet Higson und Bob, der Schimpanse für alles, ließen sich von der Atmosphäre in der Hütte so nervös machen, daß sie Paaren spielten, obwohl Janet noch Wochen von ihrer Brunst entfernt war.

Zack Busner war der einzige, der sich von diesem Empfang im Lager nicht aus der Fassung bringen ließ. Er hatte als junger Schimpanse, im Rahmen seiner Beschäftigung mit dem in Malaysia auftretenden pervers hysterischen Wahnzustand namens «latah», ausführlich die Tropen bereist, und die Fahrt hinunter zum See, das provisorische Lager und die Schönheit der Umgebung hatten ihn in eine nostalgische Träumerei versetzt. Als er nun sah, wie bekümmert seine Gruppe war, kroch er zu den wimmernden und keuchenden TV-Schimpansen, nahm sie beide in beide Hände und teilte ihnen mit: «*Tschup-tschupp*, ganz ruhig. Madam Rauhschütz mag ja ein bißchen komisch sein, aber wir werden uns schon mit ihr zurechtreiben. Und was unser Quartier angeht, ich kenne da aus meiner Jugend noch ein paar Tricks, die uns das Leben hier ein bißchen, *gr-nnn*, bekömmlicher gestalten sollten.»

Er zeigte ihnen, wie man die Moskitonetze aufhängte und die persönliche Habe so verstaute, daß die Ratten nicht drankommen konnten. Außerdem zog er einige Pappschälchen hervor, die er unter die Beine der Lagernester stellte und mit Paraffin aus einer Flasche auffüllte. «Das wird etwaige sechsbeinige Besucher davon abhalten, zu, *hie-hie*, intim zu werden.» Simon war ihm höchst dankbar, als er dies sah, denn seit seiner Ankunft in Afrika hatte er, trotz rigoroser Anwendung aller Insektenlotions und -cremes, die sie im Übermaß mit sich führten, die größten Schwierigkeiten gehabt, sich Zecken, Flöhe und Schlimmeres vom Fell zu halten.

Nicht zuletzt dies drängte ihm aufs neue jene widersinnige Vorstellung auf – daß er ein Schimpanse war. Denn es war schwer zu leugnen, daß man ein Fell besaß, wenn Moskitobisse zwar unter Haarbüscheln versteckt waren, aber dennoch verdammt juckten.

Die Busner-Dykes-Gruppe lauste sich, so gut es ging, und verließ dann vorsichtig die Hütte. Vorsichtig, denn die Nacht war hereingebrochen, wie immer in den Tropen, so plötzlich und total, als wäre die ganze Erde in Bewußtlosigkeit versunken. Der uralte Wald seufzte und ächzte im Uferwind. Das Knacken von Fledermäusen und das Summen von Insekten erfüllte die sich abkühlende Luft. Aus dem Busch drangen die Geräusche größerer Tiere zu ihnen, die sich einen Weg durchs Unterholz bahnten, aber obwohl Simon seine großen Ohren aufstellte, hörte er nichts von den charakteristischen gutturalen Schreien der wilden Menschen.

Auf der offenen Veranda der größten Hütte hatte man einen langen Tisch für das gemeinsame Mahl aufgebaut. Der Vorbau ragte über das Mitternachtsblau des Sees hinaus, und während sie ihre Mahlzeit – die vorwiegend aus dem zuvor an Land gebrachten Dagaa und Unmengen frischer Feigen bestand – mampften, konnten sie, sofern sie wollten, die Laternen der Nachtfischer beobachten, die auf dem Wasser aufblitzten.

Sofern sie wollten oder sofern sie dazu in der Lage waren, denn das erste und letzte Abendessen im Lager Rauhschütz erwies sich als stimulierende Angelegenheit. Zunächst einmal stellten sie fest, daß sie nicht die einzigen Gäste waren. Als sie sich über das Geländer schwangen und über den Verandaboden polterten, wurden sie dort bereits von einer weiteren Schimpansengruppe erwartet. Es waren drei Männchen und fünf oder möglicherweise sechs Weibchen. Alle waren Europäer – ihre blassen Schnauzen leuchteten im Lampenlicht –, und alle trugen sie die absurdesten neuen Tropenanzüge, sämtlich aus Gore-Tex oder anderen Mikrofaserstoffen, sämtlich in leuchtenden Pastelltönen und sämtlich versehen mit mehr Klettverschlüssen, Druckknöpfen und Riemchen als im entferntesten nötig.

Es zeigte sich mit schmerzlicher Unausweichlichkeit, daß sie Holländer waren. *«H'hoooh»*, vokalisierte Rauhschütz fröhlich, während sie sich zu ihnen auf die Bank wuchtete, und zeigte dann: «Wie ich sehe, haben Sie meine gegenwärtigen Gäste bereits kennengelernt, die Van-Grijn-Gruppe aus den Niederlanden –»

«Haben wir noch nicht», gegenzeigte Busner für seine Gruppe, «aber es freut uns sehr, Ihre Bekanntschaft zu machen, Ihre Hintern sind ja köstlich gekrönt von Ihren brandneuen High-Tech-Gewändern.» Man präsentierte voreinander. Falls Rauhschütz die Ironie in Busners Zeichen gesehen hatte, ließ sie sich nichts anmerken.

Die Holländer präsentierten vor den Engländern. Ihr Alpha, ein hartschnäuziges Männchen namens Oskar, signalisierte, daß sie hier seien in ihrer Eigenschaft als Mitglieder des holländischen Arms einer Initiative mit dem Namen «Das Menschenprojekt», deren Ziel es sei, wilden und in Gefangenschaft lebenden Menschen ein Minimum an Schimpansenrechten zu sichern. «Wir sind hier zu besuchen Madam Rauhschütz», zeigte er mit irritierenden kleinen Hackbewegungen seiner Finger, «weil sie, *huh*, wie zeigt man? Sie ist das, *hooh*, das wichtigste lebende Weibchen unserer Zeit –»

«Wegen Ihrer Bemühung um eine Wiederauswilderung in Gefangenschaft lebender Menschen, *huh?*» fuchtelte Busner.

«Natürlich, *gru-nn*, aber das ist nicht alles. Wir glauben nämlich, müssen Sie wissen, daß sie, im Spirituellen, ein kleines bißchen besser ist als andere Anthropologen. Sie ist, nun, wie ein sehr heiliger Schimpanse, nur nicht religiös.»

Busner fiel ein, was Rauhschütz in «Unter den Menschen»

geschrieben hatte, und beschloß, seine Finger bei sich zu halten. Die Anthropologin selbst jedoch war nicht so zurückhaltend. Von ihrem Platz am Kopf der Tafel, den sie mit viel schnaufendem Pomp eingenommen hatte, ließ sie vor der versammelten Gesellschaft ihren Zeichen freien Lauf, während die Schüsseln mit Feigen die Runde machten. «Ich bin Oskar hier, *tschup-tschupp*, dankbar, daß er das Thema Spiritualität aufs Tapet gebracht hat. Für mich ist der Mensch nicht nur ein primitives Tier, ganz im Gegenteil. Wenn ich mit wilden Menschen kommuniziere, habe ich das Gefühl, daß sie mir in ihrer Stille, ihrer Unberührbarkeit, ihrer scheinbaren Isolation mehr darüber beibringen, was es bedeutet, Schimpanse zu sein, als jeder Schimpanse das könnte.»

Während dieser Gestikulation rauchte Rauhschütz einen kleinen schwarzen Stumpen, der zwischen ihren gelben Zähnen klemmte. Außerdem nahm sie immer wieder einen Schluck aus einem Blechbecher auf dem Tisch, einem Becher, der voller Pfirsichschnaps war; Simon wußte dies, denn was die Fehler und Nachteile des Lagers Rauhschütz auch sein mochten, Trockenheit – in jeder Bedeutung des Zeichens – gehörte nicht dazu. Die Schnapsflaschen waren auf den Tisch gekommen, kaum daß sie sich gesetzt hatten, und machten während des ganzen Essens die Runde.

Simon fühlte sich zum ersten Mal seit seinem Zusammenbruch entspannt genug, um Spirituosen zu trinken. Die avantgardistische Anthropologin hatte etwas an sich, das merkwürdig beruhigend auf ihn wirkte. Es war, als würde diese Konfrontation mit einem Schimpansenweibchen, das allen Ernstes an die Empfindungsfähigkeit des Menschen glaubte, Simon deutlich vor Augen führen, wie es für ihn sein könnte, wenn er diese Überzeugung aufgab.

Da war dies, und da war auch noch die anachronistische Atmosphäre im Lager Rauhschütz. Trotz ihrer vielgerühmten Spiritualität herrschte Rauhschütz nach Art eines kolonialen Provinzgouverneurs. Die Bonobos, die sie bei Tisch bedienten, richteten kein Zeichen an die weißen Schimpansen, außer um sie zu fragen, ob sie fertig seien oder ob sie noch mehr möchten. Ansonsten drückten sie sich im Hintergrund herum. In der Gestikulation mit Rauhschütz nannten sie sie nur ihre «Baas». Sie dagegen benutzte entweder ihre Vornamen – als wären sie Jungerwachsene – oder rief sie einfach mit einem knappen, herrischen Keuchschrei.

«Wir stehen an der Schwelle», gestikulierte sie weiter, während die anderen sich über den Fisch hermachten, «einer Katastrophe enormen Ausmaßes, einer Katastrophe, die wir als Schimpansen noch heftigst bedauern werden –»

«Und die wäre?» Simon konnte sich das schnippische Zeichen nicht verkneifen.

«Die ist, mein, *grnn*, menschlicher Freund, die Ausrottung unserer wildlebenden seelischen Artverwandten. Ja, *Hoooh-Grah*, binnen fünfzig Jahren wird es mit ziemlicher Sicherheit keine Menschen mehr in freier Wildbahn geben, und mit ihnen wird auch unsere Chance auf eine spirituelle Erlösung verschwunden sein. Wir würden gut daran tun, uns an Schumachers Zeichen zu erinnern: Wenn die Schimpansität den Kampf gegen die Natur gewinnt – werden wir uns auf der Verliererseite wiederfinden!»

Während Rauhschütz fingerte, wurde den englischen Schimpansen klar, daß sie eigentlich gar nichts dagegen hatte, wenn die Schimpansität sich auf der Verliererseite wiederfand, daß sie in ihrem Bestreben, sich mit dem menschlichen Geist zu identifizieren, so weit gegangen war, daß sie die grundlegenden schimpanslichen Tugenden aus den Augen verloren hatte. Simon war aufgefallen, daß sie, vom flüchtigen Lausen bei ihrer Ankunft abgesehen, kaum jemanden berührte. Was sie zeigte, hing alles irgendwie in der Luft, nichts davon war wirklich taktil mitgeteilt. Und mehr noch, trotz der automatischen Gewehre, die ihre Lager-

Bonobos trugen, und der Ströme von Flüchtlingen auf der Straße von Nyarabanda, die sie damit abwehren wollten, schienen die entsetzlichen Massaker, die im Norden stattfanden, die Menschenforscherin völlig kaltzulassen.

Wenn sie überhaupt ein Zeichen darauf verschwendete, dann nur um störende Nebeneffekte der Apokalypse zu kommentieren, etwa in Gestalt von Nachschubschwierigkeiten, Reiseerschwernissen oder – und dies erregte sie wirklich – der Gefährdung ihrer ausgewilderten oder wilden Menschengruppen. Sogar für Simon war diese kaltherzige Gleichgültigkeit dem Schicksal von Millionen ihrer Mitschimpansen gegenüber nur schwer verdaulich, aber es sollte noch schlimmer kommen, denn es stand ein Kastenkonflikt bevor, der Rauhschütz wirklich aufregte, ein Konflikt, den sie für wichtiger und grundlegender hielt als jeden anderen, und das war der Konflikt zwischen ihr und der internationalen anthropologischen Hierarchie.

«Sie, *hooh*, nennen mich eine häßliche Lesbe», fuchtelte sie ihnen entgegen. «Sie insinuieren, daß ich sexuelle Beziehungen zu meinen Menschen unterhalte, *yugg-yugg*. Ist das nicht typisch? Werden Weibchen in unserer Gesellschaft denn nicht immer so ignoriert und herabgesetzt, *h'huuuh?* Mir liegen die Tiere zu sehr am Herzen, und also muß ich mich auch mit ihnen paaren, weil mir, als Weibchen, die sexuelle Lust über alles geht, *wraah!* Und so, mit einem einzigen grausamen Schlag, diskreditieren sie mich und verurteilen meine Menschen, meine wunderschönen Menschen, zur ultimativen Wildnis – zur Wildnis der Ausrottung, *wraaaf!*»

Wie als Reaktion auf diesen leidenschaftlichen Ruf kam nun eine antwortende, aber viel tiefere Vokalisation aus der Dunkelheit des sie umgebenden Dschungels. Ein Schrei, der für Simon beinahe außerirdisch fremd und zugleich beängstigend vertraut war. Alle Schimpansen fielen in Zeichenlosigkeit und Unlaut und drehten die Schnauzen in die ungefähre

Richtung des Wesens, das Laut gegeben hatte. Busner fragte für sie alle: «Zeigen Sie mir, Madam Rauhschütz, ist das einer Ihrer Menschen, *huh?* Wir haben seit unserer Ankunft noch keinen gesehen.»

Sie nahm einen langen Zug von ihrem Stumpen, bevor sie antwortete, und als sie dann zeigte, kamen die begleitenden Vokalisationen in Form von Tröpfchen und Kringelchen grauen Rauchs, die von ihrem stoppeligen Kinn hingen wie vergängliche Bärte. «*Grunn,* ja, das sind die Menschen, Dr. Busner, die armen Menschen. Die wilden hier in Gombe streifen weit umher, aber diejenigen, die ich persönlich, *tschup-tschupp,* ausgesetzt habe, bleiben eher in der Nähe des Lagers. Am späten Nachmittag wandern sie einige Meilen bis zu einer isolierten Bucht, um dort zu baden. Jetzt kehren sie zurück, um ihre Unterkünfte für die Nacht zu bauen. Wenn Sie, *aah,* die Ohren aufsperren, können Sie die anderen Mitglieder der Gruppe antworten hören.»

Die Schimpansen hockten weiter zeichenlos und unlaut da und lauschten, wie von ihnen verlangt. Simon spürte, wie sich ihm die Nackenhaare aufstellten, und er packte sein Schnapsglas fester. Er konzentrierte sich auf das Gewirr nächtlicher Geräusche, das pulsierende Zirpen der Zikaden, das leise Flattern der Motten, und dann hörte er es wieder: *«Verrrrschwiiiiinde-Verrrrschwiiiiinde.»* Es war so merkwürdig – Simon musterte die anderen Schimpansen am Tisch. Alle lauschten konzentriert den Menschenrufen, aber konnten sie auch – wie er – in diesen tiefen, barschen Schreien die Wut und die Verzweiflung hören? Sie zeigten nichts dergleichen.

«Verrrrschwiiiiinde-Verrrrschwiiiiinde», antwortete ein anderer Mensch. Dann antwortete ein dritter auf dieses zweite Tier, dann ein vierter und ein fünfter, bis die tiefen Lautwirbel heranschwappten wie agglutinierende Wellen.

Dies dauerte einige Minuten und verklang dann langsam. Ein letztes, etwas schrilleres *«Verrrrschwiiiinde»* war zu hören, dann herrschte Unlaut. Rauhschütz hob, ein breites Grinsen auf der Schnauze, die Hände zu großer Gestik. «*Gru-nnn,* der menschliche Nachtgesang, vielleicht der ehrfurchtgebietendste und tiefgründigste Klang, den die Natur hervorbringt. Wer ihn einmal gehört hat, vergißt ihn nie wieder. Wir haben, *tschup-tschupp,* das große Privileg, meine Verbündeten, ihn erleben zu dürfen. Diese Menschen waren einst in Zoos oder Laborgehegen eingesperrt. Sie wurden infiziert mit Schimpansenkrankheiten und mißhandelt von Schimpansenwärtern – und jetzt hat ein Schimpanse ihnen die Freiheit wiedergeschenkt, *HoohGraah!*»

«*H'huuh,* bitte, Madam Rauhschütz», wedelte Busner respektvoll, «hatte diese spezielle Rufkombination irgendeine Bedeutung?»

Rauhschütz grinste über diese Frage und gegenzeigte: «Aber natürlich, Dr. Busner. Das ist der menschliche Nestruf. Es ist eine zärtliche Ermahnung der Männchen an die Weibchen, mit der sie ausdrücken, daß die Unterkünfte fertig sind und es Zeit ist für die Paarung. Und, meine Damen und Herren, es ist, *h'hooh,* auch Zeit für uns, ins Nest zu gehen. Noch einmal willkommen im Lager Rauhschütz. Dr. Busner, ich erwarte, daß Sie und Ihre, *grnn,* Verbündeten morgen bei Sonnenaufgang bereit sind. Biggles hält sich einige Meilen von hier entfernt auf, und Sie werden früh aufbrechen müssen. Und was Ihre Truppe angeht, Mr. Van Grijn, ich habe auch für Sie ein sehr anstrengendes Programm arrangiert, *HoohGraah!*»

Mit diesem abschließenden Keuchruf trommelte die avantgardistische Anthropologin auf die Tischplatte, schwang sich über das Verandageländer und verschwand, flankiert von zwei Bonobos, in der stygischen Nacht. Rascheln im Unterholz war zu hören, dann war sie verschwunden.

Am noch immer unlauten Tisch tauschten die Mitglieder der Busner-Dykes-Gruppe untereinander bedeutungsvolle

Blicke aus. Derselbe Gedanke wuselte hinter ihren niedrigen Stirnen und schwinghangelte sich durch die zellulären Äste ihres Hirngewebes. Konnte es sein, daß Ludmilla Rauhschütz tatsächlich praktizierte, was sie predigte? Daß die Rufe der Menschenmännchen auch eine Aufforderung für sie waren, und nicht nur für deren eigene Weibchen? Daß Rauhschütz womöglich genau jetzt in einem perversen Akt artübergreifenden Paarens begriffen war?

Busner, Dykes, Knight, Higson und Bob, der Schimpanse für alles, richteten sich auf und präsentierten tief vor den holländischen Schimpansen und den Bonobos, die noch im Hintergrund ausharrten, und suchten sich dann ihren Weg über die noch warme Fläche des schlammigen Platzes zu ihrem Quartier.

Zurück in der Sicherheit der Hütte, zündete Busner die Gaslampe an, und die Gruppe stürzte sich ohne weitere Umschweife in eine schnelle Paarungsrunde. Vielleicht war es die gespannte Atmosphäre beim Essen, vielleicht die noch gespanntere Atmosphäre, die generell im Lager Rauhschütz herrschte, auf jeden Fall hatte bei Janet im Verlauf der letzten Stunden die Brunst eingesetzt, und obwohl ihre Schwellung noch kaum zu sehen war, war sie doch mehr als bereit, sich von den Männchen decken zu lassen. Simon, der rammelnd und zähneklackend in wenigen Sekunden kam, hatte sich ebenso rasch wieder beruhigt. Nach den Schrullen der Anthropologin und der zeichenlosen Ergebenheit der holländischen Tierrechtsfanatiker war es wunderbar entspannend und einschläfernd, in der schlampigen Umarmung einer postkoitalen Kraulrunde zu ruhen. Sie schafften es gerade noch, zu ihren Nestern zu kriechen und unter die Moskitonetze zu schlüpfen, bevor der Schlaf sie übermannte.

22

Simon erwachte, gemäß dem Diktat der Lagerkommandantin, bei Sonnenaufgang. Noch bevor er sah, ob es schon hell war oder nicht, hörte er die Geräusche des Waldes, das Brüllen der Paviane, das Schnattern der Sittiche, Ibisse und anderer Vögel und die gutturalen Schreie der Menschen – ganz in der Nähe und vermischt mit den erregten Vokalisationen von Schimpansen.

Simon schlug das Moskitonetz zurück, sprang aus dem Nest und zog seine Safarijacke an. Er schwankte durch die Hütte, seine verhornten Zehen klapperten über den Betonfußboden, und nachdem er sich versichert hatte, daß seine Verbündeten bereits aufgestanden waren, stieß er die Tür auf und tauchte ein ins grellgraue Licht des anbrechenden Tages.

Die Szene, die sich seinen noch verklebten Augen bot, war anfangs schwierig zu durchschauen. Auf dem Platz wimmelte es von Gestalten, den huschenden, borstigen Körpern von Schimpansen und den größeren, hagereren Gestalten ihrer nächsten lebenden Verwandten.

Es war die morgendliche Fütterungszeit für die ausgewilderten Menschen des Lagers Rauhschütz. Neben der Veranda der Haupthütte war ein Futtertrog aufgestellt. Zwei von Rauhschütz' Bonobos überwachten die gesamte Prozedur. Die Menschen, die sich mit ihrem charakteristischen zombiehaft zweibeinigen Gang bewegten, lösten sich langsam aus dem Schutz der Bäume. In kleinen Trupps von zwei oder drei Erwachsenen und ebenso vielen Jungerwachsenen oder Kindern zockelten sie über den Platz.

Die Bonobos trieben sie mit langen Stangen zum Trog. Falls einer der Menschen Anstalten machte, sich von dem Angebot an Bananen, Brot und Feigen mehr zu nehmen, als ihm zustand, trennten die Bonobos ihn von seiner Gruppe und trieben ihn vom Trog weg, mit, wie Simon fand, ziemlich heimtückischen Hieben.

Die Menschen, die sich ihren Anteil an der Nahrung bereits gesichert hatten, standen in unordentlichen Reihen am Rand des Platzes. Es mußten mindestens fünfzig oder sechzig Tiere sein, sicher war Simon sich allerdings nicht, da die graue Tönung ihrer Haut es schwierig machte, sie im Zwielicht voneinander zu unterscheiden. Da war dies, und da war auch noch der Anblick ihrer ungelenken Körper und der Trägheit ihrer Bewegungen. Ein Schimpanse, der an schnell sich bewegende Finger und huschende Glieder gewohnt war, mußte bei den Menschen immer zweimal hinschauen, um sich zu versichern, daß sie immer noch an derselben Stelle standen, x-beinig mit schlaff hängenden Mündern, in die Seite gestemmten Armen und stieren Blicken.

Inmitten dieses Gespenstergetümmels bewegten sich einige der holländischen Schimpansen. Sie rieben sich an den Menschen und versuchten, sie zu lausen. Sie äußerten Vokalisationen, von denen sie vermutlich hofften, die Menschen würden sie irgendwie verstehen, tiefe, gutturale Schreie, die denen der Tiere ein wenig ähnelten. Simon hatte allerdings den Eindruck, als würden die Menschen auf diese Versuche überhaupt nicht reagieren. Er knöchelging ein wenig näher ran und konnte nun die Vokalisationen der beiden Arten unterscheiden. Die holländischen Schimpansen grunzten und keuchriefen, schmatzten und keuchten und gaben sich die größte Mühe, den Menschen die Freude mitzuteilen, die sie beim Kontakt mit ihren Artverwandten empfanden. Die Menschen dagegen nuschelten nur unverständlich auf ihre schweinische Art, «*Verschwinde-verschwinde-verschwinde-verschwinde*», immer und immer wieder.

Lange konnte Simon dieses Spektakel allerdings nicht genießen, denn eine vertraute Hand packte ihn am Hals und teilte ihm mit: «*HoohGrah,* Morgen, Simon, früh auf, wie Madam es befohlen hat!» Simon drehte sich um und sah seinen Alpha.

Busner schien die Atmosphäre im Lager Rauhschütz geradezu in Hochstimmung zu versetzen, seine Schnauze kräuselte sich vor Ränkelust und Spekulation. «Kommen Sie», fuhr er fort, «*grnnn,* Madam erwartet uns auf der großen Veranda, zusammen mit ein paar ihrer, *huh-huh,* engsten Verbündeten!»

Sie knöchelgingen über den Platz zurück und schwangen sich auf die Veranda. Rauhschütz war da, in einem anderen häßlichen Kittel, zusammen mit einer kleinen Gruppe Menschen. Simon machte die Nähe der nackten Tiere ziemlich nervös. Er drückte sich, die Schnauze in die Luft gereckt, am Rand der Veranda herum. Rauhschütz veranstaltete eben eine Art Teezeremonie, sie goß dampfende Flüssigkeit aus einem großen Aluminiumtopf in Blechbecher, die sie den Menschen in die ausgestreckten, gierig zuckenden Hände gab.

Immerhin schien den Menschen der Tee zu schmecken. Die stumpfen Schnauzen zum Wellblechdach gerichtet, schütteten sie sich die dampfende Brühe in die Mäuler, ohne auf die heißen Tropfen zu achten, die ihnen auf die Brust spritzten. «Tee», teilte Busner sanft Simons Handgelenk mit. «Das beste Getränk des Tages!»

Obwohl die Menschen auf der Veranda so schüchtern wirkten wie ihre Kollegen auf dem Platz, war doch einer darunter, der ein wenig Mumm hatte. Ein kurzes Männchen mit einer Matte roten Fells auf der Brust und einem ähnlich abstoßenden Busch zwischen den röhrenförmigen Beinen nutzte das kurze morgendliche Präsentieren zwischen Busner und Rauhschütz aus, um die verbeulte Zuckerdose vom Tisch zu nehmen und sich den Inhalt in seinen schmalen, rosalippigen Mund zu kippen. Das Männchen vollführte dann ein Manöver, das unter den Menschen als rasant durchging, indem er von der Veranda schwankte. «*Hooh*, er hat den Zukker!» fuchtelte Rauhschütz, und alle Schimpansen verfolgten den Halunken.

Dem Zuckerdieb stieg seine Beute ziemlich schnell zu Kopf. Simon merkte das an der Art, wie er in kleinen Kreisen herumzutorkeln begann und jaulte und knurrte: *«Verschwinde-verschwinde-verschwinde.»* Busner, noch immer neben Simon, teilte ihm mit: «Ich glaube, sein Blutzuckerspiegel wird ziemlich rasant in die Höhe schnellen – diese Wesen haben einen überraschend schnellen Stoffwechsel. Und sie sind an Stimulanzien jeder Art nicht gewöhnt. *Grnnn*, Kaffee und Zucker können bei ihnen ziemlich dramatische Wirkungen zeigen.»

Ob sie dramatisch war, konnte Simon nicht beurteilen – unübersehbar war die Wirkung auf jeden Fall. Der Zuckerdieb torkelte nun gegen die Wand der Haupthütte, stieß erst mit der Schnauze, dann mit seiner hydrozephalen Stirn dagegen, rammte das scheppernde Blech, *«deng-deng-deng»*, wie ein riesiger Vierbeiner – ein Ochse oder ein Warzenschwein – einen Baum rammen würde. Die avantgardistische Anthropologin, die sich nun zu ihnen gesellte, betrachtete den theoretisch ausgewilderten Menschen mit einem Ausdruck reinster Bewunderung, bevor sie bemerkte: «*Hooh*, sehen Sie nur die Kraft und die Präzision, mit der er die Wand rammt. Ich glaube, man kann mit gutem Gewissen zeigen daß er ein tiefes Verständnis für die Gesetze der Physik besitzt.»

Bei Rauhschütz war Joshua, ihr erster Bonobo-Assistent. Der Rest der Busner-Dykes-Gruppe kam nun ebenfalls hinzu. Sie waren für eine Runde morgendlicher Fellpflege unten am See gewesen. Als Rauhschütz sie nun alle versammelt sah, richtete sie die Finger auf sie: «*HoooGrann*, man hat Sie alle hier freundlich aufgenommen, und ich bin mir sicher, Sie» – dieses Zeichen war an Alex Knight gerichtet, dessen

Camcorder natürlich bereits lief – «werden ein wohlwollendes Bild der Arbeit zeichnen, dir wir hier leisten, *yugg-yugg.* Aber jetzt sollten Sie sich besser auf den Weg machen. Das Menschenkind, das Sie interessiert, hält sich einige Stunden südlich von hier auf. Wenn Sie den Jungen sehen und vor Einbruch der Nacht wieder zurück sein wollen, sollten Sie schleunigst *hooh,* aufbrechen. Joshua hier wird Sie führen.»

Den ganzen Morgen lang knöchelgingen und schwinghangelten sie. Kurz vor Mittag stiegen sie unter der hämmernden Sonne den letzten steilen, grünen Hügel hinab und kamen zu einer kleinen Bucht. Am Ufer drängte sich eine einsame Gruppe von sechs oder sieben Erwachsenen und ein paar Kindern. Joshua, der den anderen vorausgelaufen war, brach nun mit lautem Knurrbellen aus der Deckung und schaffte es, wie ein pongides Schäferpony hin und her hetzend, eins der Menschenkinder vom Rest zu isolieren und in die Richtung der Schimpansenpatrouille zu treiben, die ihm, zweibeinig beieinanderstehend, neugierig zusah.

Das arme Kind torkelte hierhin und dorthin. Ein ziemlich jämmerliches Exemplar, dachte Simon, wie die meisten der ausgewilderten Menschen, die er in der Umgebung des Lagers Rauhschütz gesehen hatte. Seine bemitleidenswert nackte Haut war zerschunden und zerkratzt vom scharfkantigen Gras, seine Schnauze von Insekten zerstochen, sein Kopffell strubbelig und verfilzt. Als Joshua den Kleinen bis auf fünf Meter an die Schimpansen herangetrieben hatte, signalisierte er: «Mr. Dykes, das ist der Mensch, den Sie sehen wollten. Derjenige, der aus London zu uns gekommen ist. Den die Chefin Biggles nennt.»

Simon starrte, die Augen gegen die mittäglich äquatoriale Sonne zusammengekniffen, lange in die primitive Schnauze des Menschenkindes, das wiederum, mit weiß pigmentierten, stieren und glasigen Augen, ihn anstarrte. Simon musterte das nackte kleine Gesicht, das vorstehende Kinn und die etwas schiefen Zähne, dann drehte er sich auf allen vieren um, rief *«H'hooh»* und signalisierte dem Rest der Gruppe: «Na, das war's dann.» Und damit machten sie sich auf den Rückweg ins Lager.

Spät an diesem Abend kamen Simon Dykes und Zack Busner kurz vor dem Insnestgehen noch für ein letztes Lausen auf der kleinen Veranda vor ihrer Hütte zusammen. Die übrigen schliefen bereits, durch die Wellblechwand war ihr Schnaufen und Keuchen zu hören. Die beiden Männchen hockten an einem Tisch, auf dem eine Gaslaterne stand, und das Zischen dieser Lampe verstärkte die Geräusche der Nacht um sie herum.

Bei einer Flasche Scotch befingerten sie entspannt die Ereignisse des Tages.

«Das ist ein guter Tropfen», zeigte Simon. «*Grnnn*, Laphroaig, nicht, *huuh?*»

«Ja», gegenzeigte sein Alpha. «Ich habe ihn mir im Duty-free-Shop in Daressalam besorgt. Nehmen Sie sich noch ein Glas.»

Nachdem jeder einen Schluck getrunken hatte, hockte Busner sich aufrecht hin, faßte Simon in den Bart und teilte seinem Kinn mit: «Nun, alter Verbündeter, dann haben Sie in Biggles Ihren Sohn also nicht wiedererkannt, *huuh?*»

«Nein, überhaupt nicht, er sah für mich aus wie irgendein Mensch, häßlich, tierisch und langbeinig, *huh-huh.*»

«Aber zeigen Sie mir», Busner beugte sich vor, «haben Sie jetzt das Gefühl, daß dank dieser Erkenntnis Ihr Wahn sich aufgelöst hat, *huuh?*»

«Ja aber nicht nur das, es ist auch etwas an diesem Lager – mitzukriegen, welche Verrenkungen dieses Weibchen macht, um Ihre Schimpansität zu verleugnen, das hat in mir ebenfalls eine Veränderung verursacht.»

«Wissen Sie, Simon» – Busners Gestikulieren war sehr sanft, nur die leichteste Verwirbelung der Luft –, «mir ist schon vor einiger Zeit aufgefallen, daß Ihr Menschenwahn eigentlich gar keine Psychose im normalen Sinn war, *tschup-tschupp.*»

«Wirklich, *huh?*»

«Ja, ich will damit zeigen, daß Ihr Wirklichkeitstesten – wie wir Psychologen so etwas gern nennen – während der ganzen Zeit irgendwie, *hooh,* anders war, nicht einfach rundherum falsch. Ausgehend davon, daß Sie sich vor Ihrem Zusammenbruch mit dem Wesen der Körperlichkeit und seiner Beziehung zu den Grundfesten unseres schimpanslichen Seins beschäftigt haben, ist mir der Gedanke gekommen – und ich hoffe, Sie, *gru-nn,* verzeihen mir diese Spekulation schon im voraus, falls Sie mit mir nicht übereinstimmen –, daß es sich bei Ihrer Überzeugung, daß Sie ein Mensch sind und der Mensch die evolutionär erfolgreichste Primatenspezies ist, eher um eine Art satirischen Tropus handelt, *huh?*»

Simon überlegte eine Weile, bevor er antwortete, und dann fingerzeigte er nur: «Das ist ein Gedanke.»

Noch lange Zeit danach hockten die beiden Verbündeten beisammen, berührten sich zärtlich und ließen die Flasche Scotch kreisen, während um sie herum die Menschen ihre bedeutungsarmen Vokalisationen in die äquatoriale Nacht heulten und jaulten: *«Verrrschwiiiinde-Verrrrschwiiinde-Verrschwiiiiinde.»*

Will Self
Die Quantitätstheorie des Irrsinns

Erzählungen 1999. Aus dem Englischen von Klaus Berr
320 Seiten, gebunden

Will Selfs erster Erzählband, mit dem er als »Retter der britischen Literatur« bekannt wurde, enthält sechs brillante Satiren auf die moderne Gesellschaft. Scheinbar unverbunden, erschaffen sie doch allmählich einen kohärenten Kosmos, in dem die Grenzen zwischen Absurdem und Banalem, zwischen Normalität und Wahnsinn verschwimmen.

»Der brillante erste Wurf des Engländers … vereint sechs grandiose Satiren auf die moderne Gesellschaft. Verschmitzt, unnachgiebig und mit einer besonderen Schwäche für vielsilbige und seltene Wörter verfasst Self Geschichten, die auf dem schmalen Grat zwischen Genialität und Wahnsinn ihre Purzelbäume schlagen.«
Cash

»Selfs Kurzgeschichten … werden den Liebhabern delikater Gesellschaftssatiren auf der Zunge zergehen.« NZZ

Luchterhand

Romane und Erzählungen

Julian Barnes
Flauberts Papagei *Roman*
(rororo 22133)
«Dieses Buch gehört zur Gattung der Glücksfälle.»
Süddeutsche Zeitung
Briefe aus London 1990-1995
(rororo 22128)
In fünfzehn Briefen aus London erzählt Barnes von Margaret Thatcher, John Major und Tony Blair und wirft vielsagende Blicke hinter die Kulissen von Lloyd's of London und über die Mauern des Buckingham-Palasts.
«Unglaublich witzig.»
Stuttgarter Nachrichten

Andre Dubus
Sie leben jetzt in Texas *Short Stories*
(rororo 13925)
«Seine Geschichten sind bewegend und tief empfunden.» *John Irving*

Erri De Luca
Die erste Nacht nach einem Mord *Erzählungen*
(rororo 22406)
Die Asche des Lebens
Erzählung
(rororo 22407)

Stewart O'Nan
Engel im Schnee *Roman*
(rororo 22363)
«Stewart O'Nans spannendes Erzählwerk ist zum Heulen traurig und voller Schönheit, seine Sprache genau und von bestechendem Charme. Die literarische Szene ist um einen exzellenten Erzähler reicher geworden.» *Der Spiegel*

rororo Literatur

Nicholas Shakespeare
Der Obrist und die Tänzerin
Roman
(rororo 22619)
«Ein spannender und poetischer Roman über Gewalt, Ethik und Liebe.»
Süddeutsche Zeitung

Alexandru Vona
Die vermauterten Fenster
Roman
(rororo 22459)
«Ein Jahrhundertwerk.»
Saarländischer Rundfunk

Daniel Douglas Wissmann
Dillingers Luftschiff *Roman*
(rororo 13923)
«Dillingers Luftschiff» ist eine romantische Liebesgeschichte und zugleich eine verrückte Komödie voll schrägem Witz, unbekümmert um die Grenzen zwischen Literatur und Unterhaltung.

Weitere Informationen in der **Rowohlt Revue**, kostenlos in Ihrer Buchhandlung oder im **Internet: www.rowohlt.de**

3287/8

rowohlt paperback

Helmut Krausser
Schweine und Elefanten *Roman*
(paperback 22526)
Schweine und Elefanten ist der noch ausstehende erste Teil der Hagen-Trinker-Trilogie, mit der Helmut Krausser seinen literarischen Durchbruch schaffte.

Susanna Moore
Die unzuverlässigste Sache der Welt *Roman*
(paperback 22427)
Abschied vom Haifischgott *Roman*
(paperback 22328)
«Susanna Moore schreibt wie ein Engel, der ein Leben lang Dämonologie studiert hat.» *Jim Harrison*

Virginie Despentes
Die Unberührte *Roman*
(paperback 22330)
«... ausnahmsweise liegen die Trendjäger richtig, die Virginie Despentes zum absoluten *must* dieses Jahres gekürt haben.» *Le Figaro*

Sarah Khan
Gogo-Girl *Roman*
(paperback 22516)
Mit untrüglichem Sinn für Situationskomik und herzerfrischender Selbstironie fängt die Autorin unvergeßliche, wahre Szenen aus dem Leben moderner junger Menschen zwischen wilden Träumen und Perspektivlosigkeit ein. Kleine sarkastische Seitenhiebe auf Institutionen wie die «Hamburger Schule» inbegriffen.

Ray Loriga
Schlimmer geht's nicht *Roman*
(paperback 13999)

Literatur

Justine Ettler
Marilyns beinah tödlicher Trip nach New York *Roman*
(paperback 22350)
«Dieser Roman fordert den Leser von Anfang an zu seinem eigenen Vergnügen heraus, stachelt und kitzelt und verursacht Schwindelgefühle.» *The Sunday Age*

Will Self
Das Ende der Beziehung *Stories*
(paperback 22418)
Den Kultstatus, den Will Self derzeit genießt, verdankt er in erster Linie seinen Stories, von denen der vorliegende Band die bedeutendsten versammelt.

Alberto Manguel
Eine Geschichte des Lesens
(paperback 22600)
«Gleichermaßen gelehrt wie tiefsinnig und geistreich. Eine wahre Schatzinsel, die wahrscheinlich schon durch den bloßen Erwerb klüger macht ... ein großes und schönes Buch.» *Die Zeit*

Weitere Informationen in der **Rowohlt Revue** oder im **Internet: www.rowohlt.de**

rowohlt paperback

Janice Deaner
Fünf Tage, fünf Nächte *Roman*
(paperback 22666)
Zwei Fremde, eine Frau und ein Mann, besteigen in New York den Zug nach Los Angeles. Beide hüten ein Geheimnis; beide fliehen vor ihrem bisherigen Leben. Sie kommen ins Gespräch, und schon bald entwickelt sich eine Nähe zwischen ihnen.

Daniel Woodrell
John X. *Roman*
(paperback 22648)

Elfriede Jelinek
Macht nichts *Eine kleine Trilogie des Todes*
(paperback 22683)
«Im ersten Teil hat eine Täterin gesprochen, die nie eine sein wollte, im letzten Teil spricht ein Opfer, das auch nie eines sein wollte. Die Zeiten, da alle Opfer werden sein wollen, sollen ja erst noch kommen.»
Elfriede Jelinek

Toby Litt
Unterwegs mit Jack *Roman*
(paperback 22408)

Stewart O'Nan
Die Armee der Superhelden
Erzählungen
(paperback 22675)
In diesen preisgekrönten Erzählungen entfaltet Stewart O'Nan die ganze Bandbreite menschlichen Lebens zwischen Verzweiflung und Hoffnung. «O'Nans spannendes Werk ist zum Heulen traurig und voller Schönheit, seine Sprache genau und von bestechendem Charme.»
Der Spiegel

Literatur

Thor Kunkel
Das Schwarzlich-Terrarium
Roman
(paperback 22646)
Thor Kunkels Roman vermischt Elemente der schwarzen Komödie mit Pulp-Fiction und utopisch-technischer Phantasie zu einem ebenso düsteren wie hellsichtigen Panorama der siebziger Jahre.

Dakota Hamilton
Hinter dem Horizont geht's weiter *Roman*
(paperback 22558 / April 2000)
«Krimi, Komödie und Liebesgeschichte – dieser Roman ist wie ein Harley-Davidson-Trip an einem sonnigen Nachmittag: ein rasanter Spaß.»
Quill & Quire

Weiter Informationen in der **Rowohlt Revue**, kostenlos in Ihrer Buchhandlung, und im **Internet: www.rowohlt.de**